U0124605

烟草种质资源及其创新技术研究

任学良 等著

科学出版社

北京

内 容 提 要

本书内容包括烟草种质资源的本底多样性及性状间相关，烟草核心种质构建，烟草种质资源抗病特征及主要抗源，烤烟育种策略，烟草种质资源DNA遗传多样性，烟草种质资源系统聚类和群体结构，烟草各亚群特异性及位点-性状间关联，烟草多叶突变的遗传分析与分子标记定位，烤烟种质资源DNA甲基化多样性分析与TMV抗性分子标记初步筛选，烤烟种质资源的腺毛密度及其与主要品质和抗病性状的灰色关联，烟草诱变种质创新技术，烟属植物的起源、进化与分类研究的新进展和烟草种质资源管理系统操作说明等。

本书可供从事农作物品种资源、育种及生物技术研究，特别是从事烟草农业、种质资源和生物技术研究的专家、技术人员和管理人员参考。

图书在版编目(CIP)数据

烟草种质资源及其创新技术研究／任学良等著.—北京：科学出版社，2010

ISBN 978-7-03-029698-6

Ⅰ.①烟…　Ⅱ.①任…　Ⅲ.①烟草–种质资源–研究
Ⅳ.①S572.024

中国版本图书馆 CIP 数据核字（2010）第 238545 号

责任编辑：张　展　韩卫军／封面设计：四川胜翔

科学出版社 出版

北京东黄城根北街16号
邮政编码：100717
http://www.sciencep.com

四川煤田地质制图印刷厂印刷

科学出版社发行　各地新华书店经销

*

2011 年 1 月第 一 版　　开本：889×1194　1/16
2011 年 1 月第一次印刷　　印张：21
印数：1—1 000　　　　　　字数：500 000

定价：100.00 元

序

　　亲代传递给子代的遗传物质称种质，携带各种种质的材料称种质资源，又称遗传资源或基因资源，俗称品种资源（中国农业百科全书·农业卷）。作物种质资源包括古老的地方种、新培育的推广品种、重要的育种品系和遗传材料，以及作物的野生亲缘植物等。在历史上形成的种质资源中，富含有进化过程中形成的各种基因，是作物育种的物质基础，也是研究作物起源、进化、分类、遗传的基本材料。新品种选育是以具有丰富遗传变异可供选择利用的种质资源为基础的。

　　服务于作物育种的资源研究和管理工作主要包括种质的采集、评价、建立数据库、增殖、分发和遗传构成研究等。具体内容有：种质评价，包括核心库的建立、评价和利用；种质创新，增加作物遗传多样性，拓宽遗传基础，降低遗传脆弱性；对尚未充分利用的作物和物种资源的保存和利用；提供育种家需要的信息系统，便于国际、国内的信息交流和种子增殖与分发；国际、国内种质资源权益和惠益政策的制订等。

　　《烟草种质资源及其创新技术研究》专著即将问世，主编任学良先生嘱为作序，欣然命笔。原因有以下几方面：

　　其一，贵州省烟草科学研究所的专家们深刻认识到种质资源对于烟草改良的重要性，开展了广泛、深入的烟草种质资源研究工作，获得了一系列的研究进展和成果，"十一五"期间已陆续出版了四部专著，本书将是"十一五"期间的第五部专著。一个研究所、一个课题组能系统地、持之以恒地对种质资源开展系列研究是很少见的。认准方向、积极探索、勇往直前是科学研究的基本准则。在现时许多人赶潮流、赶时髦、追求表面文章的背景下能脚踏实地做系统积累的基础性工作，这种科学精神是值得鼓励的。

　　其二，《烟草种质资源及其创新技术研究》的内容组织上不拘一格，有其特点。该书并未按常见的搜集、保存、研究、利用作安排，而在介绍烟草种质资源本底多样性的基础上，先收缩到核心种质的构建，然后突出了烟草的抗病种质，烟草种质的群体研究和个体研究等。这一格局体现了贵州省烟草科学研究所烟草资源研究的个性。

其三，《烟草种质资源及其创新技术研究》不仅报告了烟草原有资源研究的结果，而且重点介绍了本单位选育的大量新种质的研究结果和烟草种质创新技术的研究结果。种质资源是动态的，随着育种工作的发展新基因在形成，新种质在产生。因而在资源总体研究的基础上把种质研究的重点放到新创造的种质上是有前瞻性的。

《烟草种质资源及其创新技术研究》的编写，内容充实，图文并茂，为烟草育种工作者提供了丰富的资源信息。当然，种质资源的研究是长远的、持续的，随着育种工作的发展、资源的扩展，育种工作者对资源信息的要求越来越高，越来越深入，要求掌握每一份资源的遗传构成（基因组成），希望本书作者一如既往，进一步把烟草资源的研究推向新阶段，适时地为烟草育种界提供更新、更广的种质资源和育种目标基因的信息。

中国工程院院士
2010 年 10 月 24 日

前　言

作物种质资源是控制作物性状基因的载体，又称作物基因资源。作物育种实际上是对作物种质资源中的基因进行选择与组合，没有作物种质资源就没有作物育种，由此可见作物种质资源是作物育种及其相关学科的生命物质基础。

我国的烟草种质资源收集保存工作始于 20 世纪 50 年代。截至 2009 年底，国家烟草种质资源库中已编目的种质数量达 4950 份。我国已成为世界上烟草种质资源保存数量最多、遗传多样性较为丰富的国家。然而，我国烟草育种的进展并未因种质资源收集保存份数的巨大增长而取得重大进展，特别是特色、优质、低害、高效和多抗烟草品种的选育仍未取得重大突破。分析产生这种现象的原因，普遍认为主要是由于育种亲本的遗传基础狭窄所致。这就是说，尽管收集保存的种质资源很丰富，但用于育种的种质资源却十分贫乏。另外，缺乏将种质资源与育种新技术有机结合的手段也是产生这一现象的重要原因。总体来讲，深入鉴定这些种质资源的遗传多样性和利用价值，并利用基因组学手段深入挖掘基因资源，研究重要育种性状的遗传规律和选择创新方法是解决这些问题的重要途径。

为此，贵州省烟草科学研究所从 2005 年起即加大了种质资源研究和创新的力度，利用育种原始亲本 114 份，创新种质 214 份。同时，对现有种质资源进行了较为全面和系统的研究，初步形成了一些创新成果。为了便于同行交流和查阅，我们对这些研究成果进行了整理，以期推动烟草种质资源研究和创新工作进一步深入开展。

第一章重点介绍了贵州省烟草科学研究所保存的 881 份烟草种质资源的形态、农艺、化学成分和感官评吸等性状的本底多样性，并对烤烟和晒烟资源主要农艺性状、化学指标和感官质量等指标进行了相关分析和通径分析。

第二章重点介绍了采用混合线性模型基于主要农艺性状基因型效应值构建烟草核心种质库的方法和提取结果，以及烤烟和晒烟品质性状核心种质库的提取方法和结果。

第三章对不同类型烟草种质的抗病特征和主要病害的抗源做了详细说明。

第四章介绍了贵州省烟草科学研究所新近育成烤烟种质的本底多样性，估算了主要农艺和经济性状的遗传力、遗传变异系数和遗传进度，分析了不同杂交育种方式对拓宽烤烟种质资源遗传多样性的效果，利用 BP 神经网络分析了主要化学成分与形态和农艺性状的敏感性。

第五章利用 SRAP 分子标记对 800 余份烟草种质资源的 DNA 遗传多样性进行了分析。

第六章分析了 800 余份烟草种质资源的群体遗传结构、分子方差和群体间遗传分化，并进行了系统聚类。

第七章对烟草种质亚群间的互补等位变异和特有特缺情况进行了说明，并利用连锁不平衡关联分析法研究了位点和性状间的相关关系。

第八章介绍了一多叶巨型烟草突变株（兴烟 1 号）突变位点的遗传规律和连锁标记。

第九章探讨了烟草种质资源的 DNA 甲基化水平和模式与地域来源、表型特征及 TMV 抗性的关系。

第十章利用灰色关联分析法研究了烤烟种质资源腺毛密度与主要品质和抗病性状的关系。

第十一章介绍了烟草理化因素单独及复合种质创新的技术和效果。

第十二章系统整理了烟属植物起源、进化与分类研究的最新进展，包括烟属起源、进化和分类研究的主要历程，烟属分子系统分类与传统分类结果的比较，及烟属13个组、76个种的分类新体系。

第十三章简要介绍了《烟草种质资源管理系统》（软件著作权号：2010SR022574）的操作方法。

本书是我们拟在"十一五"期间出版的烟草种质资源研究与创新系列专著的最后一本，这套丛书还包括由贵州科技出版社于2008年和2009年先后出版的《贵州烟草品种资源》卷一和卷二两本专著，以及由科学出版社出版的《贵州自育烤烟种质资源》和《烟草种质资源DNA指纹图谱》两本专著。上述5本专著相互联系，相互渗透，相互补充，是我们"十一五"烟草种质资源研究全面和系统的总结，也是继往开来，不断提高种质资源研究和创新水平，实现烟草种质资源向基因资源转变的重要基础。

烟草种质资源研究和创新工作意义重大，但涉及面广，工作细致繁琐，需要丰富的学科背景、娴熟的操作技能和专业的数据分析能力，更需要严谨认真、持之以恒和甘于寂寞的敬业精神。本书的编撰出版凝聚着贵州省烟草科学研究所育种创新团队广大科研人员多年的心血和汗水，他们热心科研、兢兢业业、团结友爱、无私奉献；本书的编撰完成还得到浙江大学原子核农业科学研究所崔海瑞研究员和浙江大学生物信息研究所徐海明博士的大力支持，两位老师在百忙之中分别完成了部分章节的数据分析和材料撰写；四川师范大学生命科学院的李群副教授指导的两位硕士研究生完成了部分种质资源DNA遗传多样性研究的试验工作；我们的烟草种质资源研究工作始终得到贵州省烟草专卖局（公司）和贵州省烟草科学研究所领导的高度重视和大力支持，为顺利推进该项研究提供了坚强的组织保障；科学出版社成都有限责任公司的领导和编辑为本书的出版投入了大量精力。在此，一并表示衷心的感谢。

特别感谢的是，中国工程院院士、著名作物遗传育种学家、南京农业大学原校长盖钧镒教授，在繁重的教学科研工作之余阅读了本书书稿，并作序。能得到盖院士的关心和指导，本书编著人员深感荣幸，备受鼓舞，深受启发。正如盖钧镒院士在序中所指出的那样，我们将把"为烟草育种界提供更新、更广的种质资源和育种目标基因的信息"作为今后烟草种质资源研究的主要方向和重要内容，"一如既往，进一步把烟草资源的研究推向新阶段"。

鉴于本书涉及的研究内容比较多，有些方面还不尽周全，加之作者水平所限和时间仓促，不妥和谬误之处在所难免，敬请各位读者和专家批评指正。

任学良

2010 年 10 月 26 日

目　录

第一章 烟草种质资源本底多样性及性状间相关研究

烟草属大多是草本，少数是灌木或乔木。有1年生的，也有多年生的。主茎高度从十余厘米到数百厘米。单叶互生，有叶柄或无叶柄，叶型变化很大。聚伞状花序，花色多种，有白色、黄色、红色、紫色等。花萼管状或钟状，五裂。雄蕊5枚，着生于花冠基部。子房3室或4室。蒴果，种子很小，但数量很多。茎、叶和花萼都有腺毛，能分泌黏液，都能产生植物碱。

种质资源又称遗传资源或基因资源，育种上通常称品种资源。携带各种种质（即遗传物质）的植物材料，是作物育种的物质基础，包括古老的地方品种，新培育的推广品种，有特点的育种品系和遗传材料以及作物的野生近缘植物等（刘思衡，2001）。能被育种者选择利用的材料必须具有符合育种目标的一些或个别性状基因。

遗传资源与烟草育种是紧密联系的、不可分割的整体，是创造新品种的物质基础。没有资源，育种就成了无源之水、无本之木。育种工作的突破性进展往往依赖于发现和/或创新了突破性的种质资源。譬如我国杂交水稻育种在世界上居于领先地位，关键是我国首先发现了野败不育株。诸多事例表明，一旦发现了优良的种质，就可能产生出优良的品种。然而，具有某些特性的材料是较稀少且不易被发现的。尽量广泛、持续地收集、保存、研究大量的烟草种质，是保证烟草育种工作顺利开展的先决条件。目前，烟草仅有少数种质被利用，大量种质尚待研究评价。资源收集的最终目的在于利用，深入研究是资源工作的核心，只有把研究引向深入，才能很好地发现利用优异种质的潜在价值，这对发展、振兴烟草育种事业具有重要意义和深远的影响。

贵州省烟草科学研究所现保存烟草种质资源881份，其中国内697份，国外引进184份。按类型和种性分：烤烟331份，晒烟451份，晾烟19份，白肋烟37份，雪茄烟5份，香料烟15份，黄花烟12份，野生种11份。2005年以来，对其中保存的849份烟草种质资源进行了植物学性状鉴定，对原烟外观品质、化学成分、感官评吸、抗病性等方面进行了鉴定评价。

为了总体认识烟草种质资源形态、农艺、化学成分和感官评吸等性状的遗传多样性，加快种质资源的育种利用，本章对烟草种质资源的本底多样性进行了介绍，包括株型、叶形、叶色、叶尖、叶面、叶缘、主脉粗细、叶耳、花色和花序等形态性状，株高、叶数、茎围、节距、腰叶长宽和产量等农艺性状，烟碱、总糖、还原糖、总氮、钾、氯、蛋白质、糖碱比、钾氯比、两糖比、氮碱比和施木克值等化学指标，香气质、香气量、吃味、杂气刺激性和总分等感官评吸指标的最大值、最小值、极差、平均值、标准差、变异系数、多样性指数及分布频率。同时，利用238份烤烟资源和372份晒烟资源的农艺性状、化学指标及感官质量指标数据，进行了性状间相关分析；在此基础上，为进一步明确化学指标对感官质量评吸总分影响的相对重要性，进行了通径分析，初步揭示了烤烟和晒烟主要农艺性状、化学指标及感官质量指标内和指标间的相互关系，尤其对化学指标与感官质量评吸总分进行了深入的分析，以期为育种工作者通过农艺性状间接选择品质性状和通过检测化学成分快速、准确评价烟叶质量提供理论依据。

第一节　资源介绍及数据采集方法

一、烟草资源目录

研究使用的种质资源的详细清单如表 1-1 所示。

表 1-1　种质资源名称

类型	编号	品种名称	类型	编号	品种名称	类型	编号	品种名称
烤烟	FD001	大柳叶	烤烟	FD034	麻江柳叶烟	烤烟	FG018	D101
烤烟	FD002	独山软杆	烤烟	FD035	湄潭大柳叶	烤烟	FG019	E1
烤烟	FD003	福泉朝天立	烤烟	FD036	湄潭龙坪多叶	烤烟	FG020	E2
烤烟	FD004	福泉大鸡尾	烤烟	FD037	湄潭枇杷黄	烤烟	FG021	F347
烤烟	FD005	福泉大枇杷叶	烤烟	FD038	湄潭平板柳叶	烤烟	FG022	GAT-2
烤烟	FD006	福泉丰收	烤烟	FD039	湄潭铁杆烟	烤烟	FG023	GAT-4
烤烟	FD007	福泉高脚黄	烤烟	FD040	湄潭紫红花	烤烟	FG024	Hicks
烤烟	FD008	福泉厚节巴	烤烟	FD041	黔江一号	烤烟	FG025	Hicks(Broad leaf)
烤烟	FD009	福泉尖叶折烟	烤烟	FD042	瓮安大毛烟	烤烟	FG026	K110
烤烟	FD010	福泉沙坪烟	烤烟	FD043	瓮安枇杷烟	烤烟	FG027	K149
烤烟	FD011	福泉团叶折烟	烤烟	FD044	瓮安铁秆烟	烤烟	FG028	K326
烤烟	FD012	福泉窝鸡叶烟	烤烟	FD045	瓮安中坪烟	烤烟	FG029	K346
烤烟	FD013	福泉小黄壳	烤烟	FD046	乌江二号	烤烟	FG030	K358
烤烟	FD014	福泉小黄叶	烤烟	FD047	乌江一号	烤烟	FG031	K394
烤烟	FD015	福泉小枇杷叶	烤烟	FD048	折烟	烤烟	FG032	K399
烤烟	FD016	福泉永兴二号	烤烟	FD049	遵义黑烟	烤烟	FG033	K730
烤烟	FD017	福泉永兴一号	烤烟	FG001	AK6	烤烟	FG034	Kutsaga51E
烤烟	FD018	贵定尖叶折烟	烤烟	FG002	Bazanga log	烤烟	FG035	KutsagaE1
烤烟	FD019	贵定柳叶	烤烟	FG003	Bell-15	烤烟	FG036	M. C
烤烟	FD020	贵定团鱼叶	烤烟	FG004	CNH-No. 7	烤烟	FG037	Meck
烤烟	FD021	黄坪大柳叶	烤烟	FG005	Coker 51	烤烟	FG038	MRS-1
烤烟	FD022	黄坪毛杆烟	烤烟	FG006	Coker spedlgreed	烤烟	FG039	MRS-3
烤烟	FD023	金农一号	烤烟	FG007	Coker 176	烤烟	FG040	Nc 2326
烤烟	FD024	柳叶烟	烤烟	FG008	Coker 213	烤烟	FG041	Nc 71
烤烟	FD025	龙里小黄烟	烤烟	FG009	Coker 254	烤烟	FG042	Nc 72
烤烟	FD026	炉山大柳叶	烤烟	FG010	Coker 258	烤烟	FG043	Nc 107
烤烟	FD027	炉山大窝笋叶	烤烟	FG011	Coker 319	烤烟	FG044	Nc 1108
烤烟	FD028	炉山柳叶	烤烟	FG012	Coker 347	烤烟	FG045	Nc 27. NF
烤烟	FD029	炉山小柳叶	烤烟	FG013	Coker 371G	烤烟	FG046	Nc 37. NF
烤烟	FD030	炉山小窝笋叶	烤烟	FG014	Coker 411	烤烟	FG047	Nc 567
烤烟	FD031	麻江白花烟	烤烟	FG015	Coker 86	烤烟	FG048	Nc 60
烤烟	FD032	麻江大红花	烤烟	FG016	Delcrest 66	烤烟	FG049	Nc 729
烤烟	FD033	麻江立烟	烤烟	FG017	德里 76	烤烟	FG050	Nc 8029

类型	编号	品种名称	类型	编号	品种名称	类型	编号	品种名称
烤烟	FG051	Nc 8053	烤烟	FG098	G-70	烤烟	FS015	78-02-46
烤烟	FG052	Nc 82	烤烟	FG099	G-80	烤烟	FS016	78-11-36
烤烟	FG053	Nc 89	烤烟	FG100	SPTG-172	烤烟	FS017	8602-123
烤烟	FG054	Nc 95	烤烟	FG101	T. T. 6	烤烟	FS018	9111-21
烤烟	FG055	Nc TG 55	烤烟	FG102	T. T. 7	烤烟	FS019	CF965
烤烟	FG056	Nc TG 70	烤烟	FG103	TI93	烤烟	FS020	保险黄 0764
烤烟	FG057	牛津一号	烤烟	FG104	TI245	烤烟	FS021	扁黄金 1129
烤烟	FG058	牛津二号	烤烟	FG105	TI448A	烤烟	FS022	长脖黄
烤烟	FG059	OX2007	烤烟	FG106	TL106	烤烟	FS023	寸茎烟
烤烟	FG060	OX2028	烤烟	FG107	V2	烤烟	FS024	大白筋 599
烤烟	FG061	牛津 26 号	烤烟	FG108	Virgina 182	烤烟	FS025	大顶烟 0893
烤烟	FG062	牛津三号	烤烟	FG109	VA116	烤烟	FS026	大虎耳
烤烟	FG063	牛津四号	烤烟	FG110	VA260	烤烟	FS027	大黄金 5210
烤烟	FG064	OX940	烤烟	FG111	VA410	烤烟	FS028	大叶 0928
烤烟	FG065	P3	烤烟	FG112	VA432	烤烟	FS029	单育二号
烤烟	FG066	PD4	烤烟	FG113	VA436	烤烟	FS030	单育三号
烤烟	FG067	PVH01	烤烟	FG114	VA444	烤烟	FS031	革新二号
烤烟	FG068	PVH02	烤烟	FG115	VA578	烤烟	FS032	革新三号
烤烟	FG069	PVH03	烤烟	FG116	富字 30 号	烤烟	FS033	革新五号
烤烟	FG070	PVH05	烤烟	FG117	富字 33 号	烤烟	FS034	革新一号
烤烟	FG071	PVH06	烤烟	FG118	富字 47 号	烤烟	FS035	广黄 21 号
烤烟	FG072	PVH08	烤烟	FG119	富字 64 号	烤烟	FS036	广黄 51
烤烟	FG073	PVH09	烤烟	FG120	Virgina Bright leaf	烤烟	FS037	广黄 55
烤烟	FG074	Qual 946	烤烟	FG121	Whit Gold	烤烟	FS038	广黄六号
烤烟	FG075	Reams M-1	烤烟	FG122	Yellow Mammoth	烤烟	FS039	广黄三十九
烤烟	FG076	R-G	烤烟	FG123	Yellow orinoco	烤烟	FS040	广黄十号
烤烟	FG077	RG11	烤烟	FG124	ZT99	烤烟	FS041	72-41-11
烤烟	FG078	RG12	烤烟	FG125	白花 G-28	烤烟	FS042	桂单一号
烤烟	FG079	RG13	烤烟	FG126	万良烟	烤烟	FS043	红花大金元
烤烟	FG080	RG17	烤烟	FG127	温德尔	烤烟	FS044	红星一号
烤烟	FG081	RG22	烤烟	FG129	TL33	烤烟	FS045	金星 6007
烤烟	FG082	RG3414	烤烟	FG130	Broad Leaf Orinoco	烤烟	FS046	晋太 76
烤烟	FG083	RG8	烤烟	FG131	K317	烤烟	FS047	晋太 7618
烤烟	FG084	RG89	烤烟	FG132	K340	烤烟	FS048	晋太 7645
烤烟	FG085	RGH12	烤烟	FS001	315	烤烟	FS049	晋太 78
烤烟	FG086	RGH4	烤烟	FS002	317	烤烟	FS050	净叶黄
烤烟	FG087	RGH51	烤烟	FS003	507	烤烟	FS051	抗 44
烤烟	FG088	S. C58	烤烟	FS004	517	烤烟	FS052	辽烟 7910
烤烟	FG089	特字 400 号	烤烟	FS005	5008	烤烟	FS053	辽烟 8100
烤烟	FG090	特字 401 号	烤烟	FS006	6251	烤烟	FS054	柳叶尖 0695
烤烟	FG091	SPG-108	烤烟	FS007	6388	烤烟	FS055	路美邑
烤烟	FG092	SPG-111	烤烟	FS008	7618	烤烟	FS056	马尚特
烤烟	FG093	G-140	烤烟	FS009	8608	烤烟	FS057	牡丹 78-7
烤烟	FG094	G-164	烤烟	FS010	8813	烤烟	FS058	牡丹 79-1
烤烟	FG095	G-28	烤烟	FS011	9105	烤烟	FS059	牡丹 79-6
烤烟	FG096	G-33	烤烟	FS013	400-7	烤烟	FS060	宁东凤凰烟
烤烟	FG097	G-41	烤烟	FS014	4-4	烤烟	FS061	潘园黄

类型	编号	品种名称	类型	编号	品种名称	类型	编号	品种名称
烤烟	FS062	偏筋黄 1036	烤烟	FY014	毕金二号	晒烟	SG004	安龙柳叶烟
烤烟	FS063	千斤黄	烤烟	FY015	毕金一号	晒烟	SG005	安龙转刀柳叶
烤烟	FS064	黔-2	烤烟	FY016	春雷二号	晒烟	SG006	安顺大吊枝变种
烤烟	FS065	庆胜二号	烤烟	FY017	春雷三号	晒烟	SG007	安顺大吊枝变种(2)
烤烟	FS066	人民六队	烤烟	FY018	春雷三号(丙)	晒烟	SG008	安顺大柳叶
烤烟	FS067	神烟 1059	烤烟	FY019	春雷三号(甲)	晒烟	SG009	安顺二吊枝
烤烟	FS068	竖叶 0982	烤烟	FY020	春雷四号	晒烟	SG010	安顺小吊枝
烤烟	FS069	竖叶子 0987	烤烟	FY021	春雷五号	晒烟	SG011	巴铃大柳叶
烤烟	FS070	胎里实 1011	烤烟	FY022	春雷一号	晒烟	SG012	巴铃护耳烟(1)
烤烟	FS071	歪把子	烤烟	FY023	反帝三号-丙	晒烟	SG013	巴铃护耳烟(2)
烤烟	FS072	窝里黑 0774	烤烟	FY024	工农高大烟	晒烟	SG014	巴铃护耳烟(3)
烤烟	FS073	窝里黑 0782	烤烟	FY025	贵定 400 号尖叶	晒烟	SG015	巴铃小柳叶
烤烟	FS074	梧桐叶 1012	烤烟	FY026	贵烟 4 号	晒烟	SG016	白花 2169(平)
烤烟	FS075	小白肋 0948	烤烟	FY027	娄山一号	晒烟	SG017	白花 2169(皱)
烤烟	FS076	小黄金 1025	烤烟	FY028	湄辐四号	晒烟	SG018	白花株长烟
烤烟	FS077	许金二号	烤烟	FY029	湄黄二号	晒烟	SG020	摆金大红花
烤烟	FS078	许金四号	烤烟	FY030	湄潭黑团壳	晒烟	SG021	摆金小红花
烤烟	FS079	许金一号	烤烟	FY031	湄育 2-1	晒烟	SG022	包家坨二黄匹
烤烟	FS080	岩烟 97	烤烟	FY032	湄育 2-2	晒烟	SG023	本所大鸡尾
烤烟	FS081	永定 401	烤烟	FY033	湄育 2-3	晒烟	SG024	毕节大青杆(林)
烤烟	FS082	永定 7708	烤烟	FY034	新农 3-1 号	晒烟	SG025	毕节大青杆(阮)
烤烟	FS083	云烟 85	烤烟	FY035	新铺二号	晒烟	SG026	毕节吊把烟
烤烟	FS084	云烟 87	烤烟	FY036	新铺三号	晒烟	SG027	毕节红花青杆
烤烟	FS085	云烟二号	烤烟	FY037	新铺一号	晒烟	SG028	毕节小青杆
烤烟	FS086	中卫一号	烤烟	FY039	黄平薄叶烟	晒烟	SG029	边兰大青杆(1)
烤烟	FS087	中烟 14	烤烟	FY063	黔西自留种	晒烟	SG030	边兰大青杆(2)
烤烟	FS088	中烟 86	烤烟	FY066	大方自留种	晒烟	SG031	册亨威旁冬烟
烤烟	FS089	中烟 90	烤烟	FS096	河南自留种	晒烟	SG032	册亨威旁土烟
烤烟	FS090	中烟 9203	烤烟	FY042	84-E101	晒烟	SG033	册亨威旁叶子烟
烤烟	FS091	株 8	烤烟	FY043	CZ-1	晒烟	SG034	册亨伟俄烟
烤烟	FS092	资阳黄	烤烟	FY044	GS045	晒烟	SG035	册亨小柳叶
烤烟	FS093	丸叶	烤烟	FY045	HT-5	晒烟	SG036	册亨丫他叶子烟
烤烟	FS094	804	烤烟	FY046	TD3	晒烟	SG037	岑巩小花烟
烤烟	FS096	长柳叶黑烟	烤烟	FY047	白花 G-28	晒烟	SG038	长顺白花二青杆
烤烟	FY001	6186	烤烟	FY048	毕纳 1 号	晒烟	SG039	长顺大青杆(1)
烤烟	FY002	7202	烤烟	FY050	兴烟 1 号	晒烟	SG040	长顺大青杆(2)
烤烟	FY003	7402	烤烟	FY051	自美	晒烟	SG041	长顺大青杆(3)
烤烟	FY004	68E-2	烤烟	FY052	RG8(1)	晒烟	SG042	长顺兰花烟
烤烟	FY005	73A-1	烤烟	FY053	96021	晒烟	SG043	长顺小立耳(1)
烤烟	FY006	75D-3	烤烟	FY054	TZ-1	晒烟	SG044	长顺小立耳(2)
烤烟	FY007	96019	烤烟	FY055	TZ-2	晒烟	SG045	长顺小立耳(3)
烤烟	FY008	GT-11A	烤烟	FY056	草海 1 号	晒烟	SG046	长顺转刀烟
烤烟	FY009	H68E-1	烤烟	FY057	金 7939	晒烟	SG047	赤水烟
烤烟	FY010	H80A432	烤烟	FY059	白岩市	晒烟	SG048	大方大红花
烤烟	FY011	NB1	晒烟	SG001	安龙本黄烟	晒烟	SG049	大方二红花
烤烟	FY012	γ72(3)B-2	晒烟	SG002	安龙大脖烟	晒烟	SG050	大柳叶(龚)
烤烟	FY013	γ72(4)e-2	晒烟	SG003	安龙护耳大柳叶	晒烟	SG051	大柳叶(木)

类型	编号	品种名称	类型	编号	品种名称	类型	编号	品种名称
晒烟	SG052	大柳叶节骨密	晒烟	SG099	黄平蒲扇叶	晒烟	SG146	湄潭大蒲扇（2）
晒烟	SG053	大柳叶节骨稀（1）	晒烟	SG100	黄平小广烟	晒烟	SG147	湄潭大蒲扇（3）
晒烟	SG054	大柳叶节骨稀（2）	晒烟	SG101	惠水对筋烟	晒烟	SG148	湄潭黑烟
晒烟	SG055	大匹烟	晒烟	SG102	惠水三都大白花	晒烟	SG149	湄潭黄杆烟
晒烟	SG056	道真大黑烟	晒烟	SG103	鲫鱼塘大黄匹	晒烟	SG150	湄潭黄毛籽
晒烟	SG057	道真大坪枇杷烟	晒烟	SG104	鲫鱼塘二黄匹	晒烟	SG151	湄潭顺筋烟
晒烟	SG058	道真大坪团叶壳	晒烟	SG105	金沙青杆	晒烟	SG152	湄潭团鱼壳（1）
晒烟	SG059	道真黑烟	晒烟	SG106	开阳大黑烟	晒烟	SG153	湄潭团鱼壳（2）
晒烟	SG060	道真旧城枇杷烟	晒烟	SG107	开阳大蒲扇叶	晒烟	SG154	木水沟枇杷烟
晒烟	SG061	道真团叶烟	晒烟	SG108	开阳叶子烟	晒烟	SG155	盘白花烟
晒烟	SG062	道真稀节枇杷	晒烟	SG109	凯里大柳叶	晒烟	SG156	盘县大柳叶
晒烟	SG063	德大鸡尾	晒烟	SG110	凯里鸡尾烟	晒烟	SG157	盘县大山叶子烟
晒烟	SG064	德江尖叶子	晒烟	SG111	凯里立头烟	晒烟	SG158	盘县二柳叶
晒烟	SG065	德江兰花烟	晒烟	SG112	凯里枇杷烟	晒烟	SG159	盘县红花大黑烟
晒烟	SG066	德江小黑烟	晒烟	SG113	凯里小广烟	晒烟	SG160	盘县刘官叶子烟
晒烟	SG067	德江小鸡尾	晒烟	SG114	凯里中号叶子	晒烟	SG161	盘县柳叶烟
晒烟	SG068	德江中花烟（1）	晒烟	SG115	雷山土烟	晒烟	SG162	盘县马场烟
晒烟	SG069	德江中花烟（2）	晒烟	SG116	荔波大包耳	晒烟	SG163	盘县晒烟
晒烟	SG070	多年生烟	晒烟	SG117	龙里白花烟	晒烟	SG164	泡杆团鱼壳
晒烟	SG071	福泉白花大黑烟	晒烟	SG118	龙里大白花	晒烟	SG165	枇杷烟
晒烟	SG072	福泉光把烟	晒烟	SG119	龙里红花烟	晒烟	SG166	平坝晒烟
晒烟	SG073	福泉红花大黑烟	晒烟	SG120	龙作柳叶	晒烟	SG167	平地大柳叶乡
晒烟	SG074	福泉青杆烟	晒烟	SG121	罗甸冬烟	晒烟	SG168	平塘土烟
晒烟	SG075	福泉小黑烟	晒烟	SG122	罗甸柳叶烟	晒烟	SG169	平塘中坝晒烟
晒烟	SG076	刮刮烟	晒烟	SG123	罗甸枇杷烟	晒烟	SG170	普安寸骨烟
晒烟	SG077	光把黑烟	晒烟	SG124	罗甸四十片	晒烟	SG171	普安大白花
晒烟	SG078	光柄大耳朵	晒烟	SG125	罗甸烟冒	晒烟	SG172	普安付耳烟（1）
晒烟	SG079	光柄柳叶（罗）	晒烟	SG126	麻江白花烟	晒烟	SG173	普安付耳烟（2）
晒烟	SG080	光柄柳叶（木）	晒烟	SG127	麻江大广烟	晒烟	SG174	普安付耳烟（3）
晒烟	SG081	光柄柳叶（杨）	晒烟	SG128	麻江大叶红花	晒烟	SG175	普安付耳烟（4）
晒烟	SG082	贵定黑土烟	晒烟	SG129	麻江红花烟	晒烟	SG176	普安小黑烟（光柄）
晒烟	SG083	安龙柳叶烟-2	晒烟	SG130	麻江立烟	晒烟	SG177	普安小黑烟（无柄）
晒烟	SG084	贵定柳叶密	晒烟	SG131	麻江柳叶烟	晒烟	SG178	黔西红花吊把
晒烟	SG085	贵定毛杆烟	晒烟	SG132	麻江小广烟	晒烟	SG179	黔西青杆吊把
晒烟	SG086	贵定青杆烟	晒烟	SG133	麻江小叶红花	晒烟	SG180	青山湾二黄匹
晒烟	SG087	贵定水红烟	晒烟	SG134	马耳烟	晒烟	SG181	晴隆大黑烟
晒烟	SG088	贵阳大白花	晒烟	SG135	湄潭大黑烟（1）	晒烟	SG182	晴隆大柳叶
晒烟	SG089	赫章青杆烟	晒烟	SG136	湄潭大黑烟（2）	晒烟	SG183	晴隆大枇杷
晒烟	SG090	红花黑烟	晒烟	SG137	湄潭大黑烟（3）	晒烟	SG184	晴隆兰花烟
晒烟	SG091	红花株长烟	晒烟	SG138	湄潭大黑烟（4）	晒烟	SG185	晴隆枇杷烟
晒烟	SG092	护耳转刀小柳叶	晒烟	SG139	湄潭大黑烟（5）	晒烟	SG186	球子崖大鸡尾
晒烟	SG093	凤冈花坪凤香溪	晒烟	SG140	湄潭大鸡尾（1）	晒烟	SG187	仁怀大蒲扇（1）
晒烟	SG094	花溪大青杆	晒烟	SG141	湄潭大鸡尾（2）	晒烟	SG188	仁怀大蒲扇（2）
晒烟	SG095	黄平铧口烟	晒烟	SG142	湄潭大鸡尾（3）	晒烟	SG189	仁怀大蒲扇（3）
晒烟	SG096	黄平毛杆烟	晒烟	SG143	湄潭大柳叶	晒烟	SG190	仁怀尾巴烟（无柄）
晒烟	SG097	黄平毛杆烟（3）	晒烟	SG144	湄潭大蛮烟	晒烟	SG191	仁怀尾巴烟（有柄）
晒烟	SG098	黄平毛杆烟（皱叶）	晒烟	SG145	湄潭大蒲扇（1）	晒烟	SG192	仁怀竹笋烟

类型	编号	品种名称	类型	编号	品种名称	类型	编号	品种名称
晒烟	SG193	三都晒烟（1）	晒烟	SG240	永兴秀山叶子	晒烟	SG290	天柱叶子烟（蒋）
晒烟	SG194	三都晒烟（2）	晒烟	SG241	余庆大黑烟	晒烟	SG291	天柱无把烟
晒烟	SG195	施秉鸡尾烟	晒烟	SG242	余庆光把烟	晒烟	SG292	大叶冬烟
晒烟	SG196	狮山晒烟	晒烟	SG243	余庆黑口烟	晒烟	SG293	大烟 S01-001
晒烟	SG197	思南尖叶兰花	晒烟	SG244	玉屏枇杷烟	晒烟	SG295	小包耳
晒烟	SG198	思南叶子	晒烟	SG245	玉屏细黄匹	晒烟	SG296	开阳小黑烟
晒烟	SG199	松桃枇杷烟	晒烟	SG246	玉屏彰寨大黄匹	晒烟	SG297	黄平大鸡尾
晒烟	SG200	松桃小花青	晒烟	SG247	贞丰二柳叶	晒烟	SG298	镇远小莲花烟（申）
晒烟	SG201	绥阳大蒲扇叶	晒烟	SG248	贞丰柳叶烟	晒烟	SS001	1974-1-2
晒烟	SG202	潭寨柳叶	晒烟	SG250	贞丰万年烟	晒烟	SS002	68-13
晒烟	SG203	天柱芭蕉叶	晒烟	SG251	贞丰小柳叶（1）	晒烟	SS003	68-13
晒烟	SG204	天柱大鸡尾	晒烟	SG252	贞丰小柳叶（2）	晒烟	SS004	68-39
晒烟	SG205	天柱大柳叶（1）	晒烟	SG253	镇完大叶烟	晒烟	SS005	72-50-5
晒烟	SG206	天柱大柳叶（2）	晒烟	SG254	镇远金斗烟	晒烟	SS006	81-26
晒烟	SG207	天柱枇杷烟	晒烟	SG255	镇远莲花烟（龙）	晒烟	SS007	A37
晒烟	SG208	天柱无把烟（宽）	晒烟	SG256	镇远莲花烟（卫）	晒烟	SS008	FL33
晒烟	SG209	天柱无把烟（窄）	晒烟	SG257	镇远莲花烟（姚）	晒烟	SS009	GAT-9
晒烟	SG210	天柱无把烟（中）	晒烟	SG258	镇远莲花烟（周）	晒烟	SS012	Va309
晒烟	SG211	天柱小柳叶	晒烟	SG259	镇远水菜叶	晒烟	SS013	Va312
晒烟	SG212	天柱有把烟	晒烟	SG260	镇远小花烟	晒烟	SS014	Va331
晒烟	SG213	桐梓大黑烟	晒烟	SG261	织金大红花	晒烟	SS015	Va539
晒烟	SG214	桐梓二泡杆	晒烟	SG262	织金二红花平伸	晒烟	SS016	Va781
晒烟	SG215	桐梓小泡杆	晒烟	SG263	织金黑大烟	晒烟	SS017	Va782
晒烟	SG216	铜仁大黄匹	晒烟	SG264	织金黑吊把	晒烟	SS018	Va787
晒烟	SG217	歪春烟	晒烟	SG265	织金小红花	晒烟	SS019	Va934
晒烟	SG218	望漠本地烟	晒烟	SG266	转刀光柄小柳叶	晒烟	SS020	矮株二号
晒烟	SG219	望漠打易烟	晒烟	SG267	紫云火花椒坪冬烟	晒烟	SS021	矮株一号
晒烟	SG220	望漠大地叶烟	晒烟	SG268	紫云四大寨冬烟	晒烟	SS022	安麻山晒烟（三）
晒烟	SG221	望漠砘土烟	晒烟	SG269	遵义大耳朵（1）	晒烟	SS023	安麻山晒烟（四）
晒烟	SG222	望漠乐望麻湾烟	晒烟	SG270	遵义大耳朵（2）	晒烟	SS024	安麻山晒烟（五）
晒烟	SG223	望漠里乐烟	晒烟	SG271	遵义大耳朵（3）	晒烟	SS025	八大河土烟
晒烟	SG224	望漠里平烟	晒烟	SG272	遵义黑烟	晒烟	SS026	八里香
晒烟	SG225	望漠晒烟	晒烟	SG273	遵义泡杆烟	晒烟	SS027	把柄烟
晒烟	SG226	威宁金钟青杆	晒烟	SG274	遵义土烟	晒烟	SS028	坝林土烟
晒烟	SG227	威宁六洞青杆	晒烟	SG275	遵义小黑烟（1）	晒烟	SS029	白花铁杆子
晒烟	SG228	威宁土烟	晒烟	SG276	遵义小黑烟（2）	晒烟	SS030	白花竹杂三号
晒烟	SG229	息烽大黑烟	晒烟	SG277	遵义小鸡尾	晒烟	SS031	白里香
晒烟	SG230	息烽大柳叶	晒烟	SG278	遵义转枝莲	晒烟	SS032	半坤村晒烟
晒烟	SG231	稀节巴格黑烟	晒烟	SG279	仁怀光把烟	晒烟	SS033	波贝达2号
晒烟	SG232	小柳叶（田）	晒烟	SG280	罗甸马耳烟	晒烟	SS034	波贝达3号
晒烟	SG233	小叶冬烟	晒烟	SG281	天柱大鸡尾	晒烟	SS035	车良晒烟
晒烟	SG234	兴仁大柳叶	晒烟	SG282	道真大烟	晒烟	SS036	澄红老板烟
晒烟	SG235	兴仁小柳叶	晒烟	SG283	三都大白花	晒烟	SS037	打洛晒烟
晒烟	SG236	兴义大柳叶	晒烟	SG284	大坪大鸡尾	晒烟	SS038	大达磨401
晒烟	SG237	兴义金堂烟	晒烟	SG285	平坝大鸡尾	晒烟	SS039	大渡岗晒烟
晒烟	SG238	兴义叶子烟	晒烟	SG287	道真珠长烟	晒烟	SS040	大花
晒烟	SG239	野鸡湾二黄匹	晒烟	SG288	黑大烟	晒烟	SS041	大柳叶土烟

类型	编号	品种名称	类型	编号	品种名称	类型	编号	品种名称
晒烟	SS042	大牛耳	晒烟	SS091	马里村晒烟（二）	晒烟	SS140	小黄烟种
晒烟	SS043	大塞山一号	晒烟	SS092	马里村晒烟（三）	晒烟	SS141	小黄叶
晒烟	SS044	大筒烟	晒烟	SS095	马里兰872号	晒烟	SS142	小叶尖
晒烟	SS045	大瓦垅	晒烟	SS096	芒勐町晒烟（一）	晒烟	SS143	新都柳叶
晒烟	SS046	单100号	晒烟	SS097	勐板晒烟	晒烟	SS144	宣威白花
晒烟	SS047	邓州柳叶烟	晒烟	SS098	勐海乡晒烟（二）	晒烟	SS145	杨家河大黄烟
晒烟	SS048	地里础	晒烟	SS099	勐海乡晒烟（一）	晒烟	SS146	一朵花
晒烟	SS049	东川大柳叶	晒烟	SS100	勐腊晒烟	晒烟	SS147	依兹密耳
晒烟	SS050	冬瓜坪晒烟	晒烟	SS101	勐洛村晒烟	晒烟	SS148	永郎长叶草烟
晒烟	SS051	督叶实杆	晒烟	SS102	孟定草烟	晒烟	SS149	云南茶科所晒烟
晒烟	SS052	二黑烟	晒烟	SS103	密节金丝尾（一）	晒烟	SS150	芝勐町晒烟（二）
晒烟	SS053	风林一号	晒烟	SS104	密节金丝尾（二）	晒烟	SS152	枝子花
晒烟	SS054	凤城大柳叶	晒烟	SS105	密叶一号	晒烟	SS153	竹杂一号
晒烟	SS055	福清晒烟	晒烟	SS106	穆林大护脖香	晒烟	SS154	转角楼
晒烟	SS056	盖见尔一号	晒烟	SS107	穆林护脖香	晒烟	SS155	竹杂三号
晒烟	SS057	高株一号	晒烟	SS108	穆林柳叶	晒烟	SS156	大黄烟
晒烟	SS058	梗枝牛利	晒烟	SS109	南雄青梗	晒烟	SS157	芦岗晒烟
晒烟	SS059	古木辣烟	晒烟	SS110	南州黑烟-1	晒烟	SS158	锦江柳烟7号
晒烟	SS060	光柄皱	晒烟	SS111	弄角二烟	晒烟	SS159	锦江柳烟2号
晒烟	SS061	光脖子壳烟	晒烟	SS112	排潭烟	晒烟	SS160	大红花
晒烟	SS062	广红3号	晒烟	SS113	千层塔	晒烟	SS161	四川西阳大柳叶
晒烟	SS063	海林护脖香	晒烟	SS114	黔江乌烟	晒烟	SS191	枝子花-2
晒烟	SS064	海林小护脖香	晒烟	SS115	茄子烟	晒烟	SS192	辽宁大红花-2
晒烟	SS066	贺县公会晒烟	晒烟	SS116	青梗	晒烟	SS193	海林小护脖香-2
晒烟	SS067	鹤山牛利	晒烟	SS117	青梗8号	香料烟	TG001	A37
晒烟	SS068	黑牛皮	晒烟	SS118	清远牛利	香料烟	TG002	Adcook
晒烟	SS069	红花铁杆子	晒烟	SS119	曲靖晒烟	香料烟	TG003	Argiro
晒烟	SS070	红鱼坪大黄烟	晒烟	SS120	泉烟	香料烟	TG004	巴斯马536
晒烟	SS071	湖北大黄烟	晒烟	SS121	桑马晒烟	香料烟	TG005	巴斯马
晒烟	SS072	湖北二发早（1）	晒烟	SS122	晒红烟	香料烟	TG006	Cekpka
晒烟	SS073	湖北二发早（2）	晒烟	SS123	山东晒烟	香料烟	TG007	PK873
晒烟	SS074	护脖香1365	晒烟	SS124	山洞烟	香料烟	TG008	沙姆逊
晒烟	SS075	护脖香1368	晒烟	SS125	什邡70-30号	香料烟	TG009	Samsun15A
晒烟	SS076	护耳柳叶烟	晒烟	SS126	疏节金丝尾	香料烟	TG010	Xanthi
晒烟	SS077	黄柳夫叶	晒烟	SS127	顺宁晒烟	香料烟	TG011	Xanthi yaka
晒烟	SS078	假川烟	晒烟	SS128	四川黑柳尖叶	香料烟	TG012	Xanthi-nc
晒烟	SS079	蛟沙晒烟	晒烟	SS129	松川关东201	香料烟	TG013	克散席（2）
晒烟	SS080	金莱定	晒烟	SS130	松选3号	香料烟	TG014	科英蒂尼巴什马
晒烟	SS081	金沙江密节小黑烟	晒烟	SS131	塘蓬烟	香料烟	TG015	Alidat0bak
晒烟	SS082	金英红烟	晒烟	SS132	腾冲大柳叶	雪茄烟	GG001	Ambalema
晒烟	SS083	景红镇晒烟	晒烟	SS133	腾冲光把烟	雪茄烟	GG002	白因哈台1000-1
晒烟	SS084	科普卡（长柄）	晒烟	SS134	桐乡303	雪茄烟	GG003	Beinhart100-1
晒烟	SS085	科普卡（无柄）	晒烟	SS135	巫山黑烟	雪茄烟	GG004	Florida301
晒烟	SS086	兰帕库拉克	晒烟	SS136	武鸣牛月利	雪茄烟	GG005	Pennbel69
晒烟	SS087	老山烟	晒烟	SS137	香烟	黄花烟	NG001	巴西兰花烟
晒烟	SS088	勒角合	晒烟	SS138	祥云土烟（1）	黄花烟	NG002	本所兰花烟
晒烟	SS090	辽宁大红花	晒烟	SS139	祥云土烟（2）	黄花烟	NG003	道真兰花烟

续表

类型	编号	品种名称	类型	编号	品种名称	类型	编号	品种名称
黄花烟	NG004	福泉兰花烟	晾烟	AG093	马里兰（短宽叶）	白肋烟	BG025	建始白肋 10 号
黄花烟	NG005	湄潭兰花烟	晾烟	AG094	马里兰 609	白肋烟	BG026	南泉半铁泡
黄花烟	NG006	孟加拉国兰花烟	白肋烟	BG001	141L8Lof81.12	白肋烟	BG027	黔白二号
黄花烟	NG007	盘县民主兰花烟	白肋烟	BG002	KY17（多叶）	白肋烟	BG028	黔白一号
黄花烟	NG008	盘县四格兰花烟	白肋烟	BG003	KY17（少叶）	白肋烟	BG029	BY21
黄花烟	NG009	黔西兰花烟	白肋烟	BG004	KY17Lof171	白肋烟	BG030	BY37
黄花烟	NG010	山东兰花烟	白肋烟	BG005	KY17Lof51	白肋烟	BG031	BY64
黄花烟	NG011	桐梓大叶茄花烟	白肋烟	BG006	KY56	白肋烟	BG032	KY10
黄花烟	SS010	Rustica	白肋烟	BG007	L-8	白肋烟	BG033	KY14
晾烟	AG001	从江石秀禾叶	白肋烟	BG008	509Lof52	白肋烟	BG034	KY8959
晾烟	AG002	从江塘洞烟	白肋烟	BG009	528Lof51	白肋烟	BG035	KY907
晾烟	AG003	丹寨柳叶亮杆	白肋烟	BG010	M. S 白肋 21	白肋烟	BG036	TN86
晾烟	AG005	剑河老土烟	白肋烟	BG011	S. N69	白肋烟	BG041	VA 509
晾烟	AG006	剑河香洞土烟	白肋烟	BG012	W. B68	野生种	WG001	*N. alata* Link and Otto（具翼烟草）
晾烟	AG007	锦平花烟	白肋烟	BG013	白筋烟	野生种	WG002	*N. debneyi* Domin（迪勃纳氏烟草）
晾烟	AG008	黎平大叶烟	白肋烟	BG014	白筋洋烟	野生种	WG003	*N. exigua* Wheeler（稀少烟草）
晾烟	AG009	黎平鸡翅膀	白肋烟	BG015	白肋 162	野生种	WG004	*N. glutinosa* L.（黏烟草）
晾烟	AG010	黎平鸡尾大叶烟	白肋烟	BG016	白肋 6208	野生种	WG005	*N. goodspeedii* Wheeler（古特斯比氏烟草）
晾烟	AG011	黎平鸡尾烟	白肋烟	BG017	白肋 B-5	野生种	WG006	*N. nudicaulis* Watson（裸茎烟草）
晾烟	AG012	榕江大耳烟	白肋烟	BG018	白肋 ky41A	野生种	WG007	*N. plumbaginifolia* Viviani（蓝茉莉叶烟草）
晾烟	AG013	榕江细羊角烟	白肋烟	BG019	白肋半铁泡	野生种	WG008	*N. quadrivalvis* Pursh（夸德瑞伍氏烟草）
晾烟	AG014	榕江羊角烟	白肋烟	BG020	白肋小叶烟	野生种	WG009	*N. repanda* Willdenow ex Lehmann（残波烟草）
晾烟	AG015	榕江羊角烟（1）	白肋烟	BG021	白肋烟品系	野生种	WG010	*N. sylvestris* Spegazzini and Comes（林烟草或美花烟草）
晾烟	AG016	榕江羊角烟（2）	白肋烟	BG022	白远州一号	野生种	WG011	*N. undulata* Ruiz and Pavon（波叶烟草）
晾烟	AG017	台江翁龙团叶	白肋烟	BG023	半铁泡			
晾烟	AG018	台江小柳叶	白肋烟	BG024	半铁泡变种			

二、数据调查方法

1. 农艺性状数据调查方法

按《烟草种质资源描述规范和数据标准》（王志德等，2006）进行。数据调查年份为2005～2009 年，调查地点有福泉、金沙、清镇和开阳。

2. 主要化学成分检测方法

烟叶样品均采用当年初烤（调制）烟叶，烤烟用 C3L（或 C3F）等级，晒烟采用中部三级等级，将烟叶进行二分法，一半用于化验，一半用于感官质量评吸。各项目的测定参照王瑞新等（1990）介绍的方法，由贵州省烟草科学研究所分析测试中心检测化验。

3. 烟叶评吸数据

数据由贵州省烟草科学研究所评吸委员会和贵州省烟叶质量鉴定检测站提供，为了更直观准确，评吸质量采用记分制。评吸记分标准如下：

香气质：好（10分）、尚好（8分）、一般（6分）、较差（4分）、差（2分）

香气量：充足（10分）、足（8分）、有（6分）、微有（4分）、平淡（2分）

吃味：纯净舒适（12分）、尚舒适（9分）、微不舒适（7分）、稍苦辣（4分）、苦辣（1分）

杂气：无（10分）、微有（8分）、有（6分）、较重（4分）、重（1分）

刺激性：轻（10分）、微有（8分）、有（6分）、较大（4分）、大（1分）

总分为香气质、香气量、吃味、杂气和刺激性得分之和。

三、数据处理方法

1. 多样性指数计算方法

先对数量性状进行质量化处理，以每个性状级差的1/10为间距将各性状分为10个等级。表型性状采用Shannon-Wiever多样性指数，利用DPS软件进行计算。

2. 相关分析及通径分析方法

采用SPSS软件对238份烤烟资源和372份晒烟资源进行相关分析。根据通径系数为标准的偏回归系数（边宽江等，1999），计算通径系数，即通径系数=自变量的偏回归系数×（自变量的标准差/因变量的标准差）。同理，某一自变量通过另一自变量间接作用于一变量的间接通径系数等于另一自变量的直接通径系数乘以二者的相关系数。

第二节　烟草种质资源本底多样性概述

一、形态特征

烟草种质资源的外部特征主要通过株型、叶形、叶色、叶面、叶尖、主脉粗细、叶耳、茎叶角度、花序和花色等形态学特征进行区分。

1. 株型

烟草种质资源的株型有塔形、筒形和橄榄形等3种。主要是塔形，筒形和橄榄形较少。香料烟和晒烟的株型多样性指数较其他类型大。在烤烟中，则以贵州育成烤烟资源的多样性指数为最大（表1-2）。*N. alata* Link and Otto、*N. debneyi* Domin、*N. glutinosa* L.、*N. quadrivalvis* Pursh、*N. sylvestris* Speg. and Comes、*N. undulata* Ruiz and Pavon等野生种只有一主茎，株型呈塔形。*N. goodspeedii* Wheeler等野生种有多个主茎，呈丛生。

2. 叶片性状

叶片性状描述分叶形、叶色、叶面、叶尖、叶缘、主脉粗细和叶耳等（表1-3）。

烟草种质资源的叶形主要有椭圆形、宽椭圆形、长椭圆形、披针形、卵圆形、宽卵圆形、长卵圆形、心脏形等，多数为椭圆形、长椭圆形和宽椭圆形。野生种叶形类型较丰富，多样性指数较大，为2.222。其次为晾烟资源，多样性指数为2.018。

　　烟草种质资源的叶面主要有平、较平、较皱、皱等。烤烟和晒烟资源以平、较平和较皱分布较多。黄花烟、雪茄烟和野生种以皱分布较多。

　　烟草种质资源的叶尖主要有渐尖、尾尖、急尖和钝尖等。烤烟、晒烟、白肋烟和晾烟以渐尖较多。香料烟以急尖较多，占83.3%。黄花烟全部为钝尖。野生种叶尖类型较丰富，多样性指数为1.868。

　　烟草种质资源的叶耳主要有大、中、小、无4种。烤烟主要有大、中、小3种，部分晒烟、香料烟和黄花烟没有叶耳。

表 1-2　不同类型种质资源株型统计

类型		份数	多样性指数	分布频率/%		
				塔形	筒形	橄榄形
烤烟	烤烟	331	0.855	80.7	4.2	15.1
	贵州省内育成	53	1.064	71.7	5.7	22.6
	贵州省内地方种	52	0.622	88.5	3.8	7.7
	贵州省外引进	94	0.876	79.8	4.3	16.0
	国外引进	132	0.799	82.6	3.8	13.6
晒烟	晒烟	451	0.379	94.0	1.8	4.2
	贵州省内收集	272	0.348	94.5	1.1	4.4
	贵州省外引进	179	0.421	93.3	2.8	3.9
白肋烟		27	0.229	96.3	3.7	
晾烟		19	0.591	89.5	5.3	5.3
香料烟		12	1.000	50.0	50.0	
黄花烟		12		100.0		
雪茄烟		5	0.722	20.0	80.0	
野生烟		8		100.0		

表 1-3　不同类型种质资源叶片性状统计

性状		类型	份数	多样性指数	分布频率/%						
					1	2	3	4	5	6	7
叶形	烤烟	贵州育成种质资源	53	0.675	88.7	5.7	3.8	1.9			
		贵州地方种质资源	52	1.006	75.0	19.2	5.8				
		省外烤烟资源	94	0.943	77.7	17.0	5.3				
		国外烤烟资源	132	0.990	76.5	16.7	6.8				
		烤烟种质资源	331	0.944	78.9	15.1	5.7	0.3			
	晒烟	贵州省内晒烟	209	1.457	66.0	13.9	9.6	10.5			
		贵州省外晒烟	176	0.907	83.0	4.5	3.4	9.1			
		晒烟种质资源	385	1.241	73.8	9.6	6.8	9.9			
		白肋烟种质资源	27	1.590	57.7	23.1	7.7	11.5			
		晾烟种质资源	19	2.018	42.1	26.3	5.3	10.5	15.8		
		香料烟种质资源	12	1.784	16.7	8.3	41.7	33.3			
		黄花烟种质资源	12	0.811				75.0		25.0	
		雪茄烟种质资源	5	1.922	40.0	20.0	20.0	20.0			
		野生种	11	2.222	45.5	18.2	9.1	9.1	9.1		9.1

性状		类型	份数	多样性指数	分布频率/%						
					1	2	3	4	5	6	7
叶	烤烟	贵州育成种质资源	53	1.437		15.1	50.9	34.0			
		贵州地方种质资源	52	1.615	1.9	23.1	48.1	26.9			
		省外烤烟资源	94	1.746	4.3	24.5	39.4	31.9			
		国外烤烟资源	132	1.520		22.7	47.0	30.3			
		烤烟种质资源	331	1.599	1.2	22.1	45.6	31.1			
	晒烟	贵州省内晒烟	271	1.572	2.2	30.6	50.6	16.6			
面		贵州省外晒烟	179	1.436	3.9	29.1	59.2	7.8			
		晒烟种质资源	450	1.533	2.9	30.0	54.0	13.1			
		白肋烟种质资源	27	1.706	25.9	44.4	25.9	3.7			
		晾烟种质资源	19	1.758	5.3	36.8	36.8	21.1			
		香料烟种质资源	12	0.811		75.0	25.0				
		黄花烟种质资源	12	1.483	41.7	16.7	41.7				
		雪茄烟种质资源	5	0.971	60.0	40.0					
		野生种	11	1.322	54.5	36.4	9.1				
叶	烤烟	贵州育成种质资源	53	0.916	79.2	17.0	1.9	1.9			
		贵州地方种质资源	52	1.000	73.1	23.1	3.8				
		省外烤烟资源	94	0.900	73.4	25.5	1.1				
		国外烤烟资源	132	0.992	64.4	34.8	0.8				
		烤烟种质资源	331	0.987	70.4	27.8	1.5	0.3			
	晒烟	省内晒烟	270	1.098	74.4	13.7	11.5	0.4			
		省外晒烟	179	0.360	93.9	5.6	0.6				
		晒烟种质资源	449	0.865	82.2	10.5	7.1	0.2			
尖		白肋烟种质资源	27	1.262	70.4	7.4	18.5	3.7			
		晾烟种质资源	19	1.105	68.4	26.3	5.3				
		香料烟种质资源	12	0.817	8.3		83.3	8.3			
		黄花烟种质资源	12				100.0				
		雪茄烟种质资源	5	0.971	60.0		40.0				
		野生种	11	1.868	27.3		36.4	27.3	9.1		
叶	烤烟	贵州育成种质资源	53	1.041	77.4		5.7	15.1	1.9		
		贵州地方种质资源	52	1.249	61.5			32.7	3.8	1.9	
		省外烤烟资源	94	1.637	56.4	1.1	12.8	24.5	5.3		
		国外烤烟资源	132	1.293	67.4		11.4	19.7	1.5		
		烤烟种质资源	331	1.391	65.3	0.3	9.1	22.4	2.7	0.3	
	晒烟	省内晒烟	269	1.699	37.9		11.9	42.8	7.4		
		省外晒烟	179	1.827	34.6		21.8	35.8	7.8		
		晒烟种质资源	448	1.763	36.6		15.8	40.0	7.6		
缘		白肋烟种质资源	27	1.973	29.6		18.5	29.6	22.2		
		晾烟种质资源	19	1.892	42.1		21.1	21.1	15.8		
		香料烟种质资源	12	1.459			16.7	50.0	33.3		
		黄花烟种质资源	12	0.918	33.3			66.7			
		雪茄烟种质资源	5	1.522			40.0	40.0	20.0		
		野生种	11	1.309		18.2	18.2	63.6			

续表

性状	类型		份数	多样性指数	分布频率/%						
					1	2	3	4	5	6	7
叶耳	烤烟	贵州育成种质资源	53	1.115	50.9	47.2	1.9				
		贵州地方种质资源	52	1.118	50.0	48.1	1.9				
		省外烤烟资源	94	0.988	56.4	43.6					
		国外烤烟资源	132	0.996	53.8	46.2					
		烤烟种质资源	331	1.042	53.8	45.6	0.6				
	晒烟	省内晒烟	271	1.600	18.5	33.9	45.8	1.8			
		省外晒烟	179	1.754	24.6	47.5	20.7	7.3			
		晒烟种质资源	450	1.718	20.9	39.3	35.8	4.0			
		白肋烟种质资源	27	0.605	18.5	66.7	14.8				
		晾烟种质资源	19	1.462	15.8	47.4	36.8				
		香料烟种质资源	12	1.730	8.3	16.7	25.0	50.0			
		黄花烟种质资源	12	0.811	25.0			75.0			
		雪茄烟种质资源	5	0.722		20.0	80.0				
主脉粗细	烤烟	贵州育成种质资源	53	0.084	3.8	94.3	1.9				
		贵州地方种质资源	52	0.060	1.9	96.2	1.9				
		省外烤烟资源	94	0.054	0.6	99.4					
		国外烤烟资源	132	0.054	1.5	98.5					
		烤烟种质资源	331	0.201	2.1	97.3	0.6				
	晒烟	省内晒烟	268	0.699	3.7	96.3					
		省外晒烟	179	0.089	1.1	98.9					
		晒烟种质资源	447	0.178	2.7	97.3					
		白肋烟种质资源	27	0.503	11.1	88.9					
		晾烟种质资源	19	0.486	10.5	89.5					
		香料烟种质资源	12	1.000	50.0	50.0					
		黄花烟种质资源	12			100.0					
		雪茄烟种质资源	5		100.0						

注：代码说明

叶形 1：椭圆形，2：长椭圆形，3：宽椭圆形，4：卵圆形，5：披针形，6：长卵圆形，7：宽卵圆形

叶面 1：平，2：较平，3：较皱，4：皱

叶尖 1：渐尖，2：尾尖，3：急尖，4：钝尖

叶缘 1：皱折，2：皱，3：微波，4：波浪，5：平滑，6：锯齿

叶耳 1：大，2：中，3：小，4：无

主脉粗细 1：细，2：中，3：粗

3. 花色和花序

烟草种质资源的花色主要有淡红色、红色、深红色、白色和黄色 5 种，多数为淡红和红色，深红色、白色和黄色的花少见（表 1-4）。

花序分密集和松散 2 种，所占比例各为 50% 左右。

4. 茎叶角度

烟草叶片与茎着生的角度差别较大，主要分为大、中、小 3 类，少数资源茎叶角度为甚大。雪茄烟、黄花烟和香料烟的茎叶角度相对较大，以大为主，其他类型以中为主（表 1-5）。

表 1-4 不同类型种质资源花色统计

	类型	份数	多样性指数	分布频率/%				
				淡红色	红色	深红色	白色	黄色
烤烟	烤烟种质资源	118	0.696	85.5	12.0	2.6		
	贵州育成种质资源	36	0.581	86.1	13.9			
	贵州地方种质资源	18	0.503	88.9	11.1			
	省外烤烟资源	34	0.745	85.3	8.8	5.9		
	国外烤烟资源	30	0.770	83.3	13.3	3.3		
晒烟	晒烟种质资源	447	0.662	84.1	11.4	2.2		2.2
	省内晒烟	270	0.813	86.7	10.4			2.9
	省外晒烟	177	0.974	79.8	12.9	5.6		1.7
	白肋烟种质资源	27	0.381	92.6	7.4			
	晾烟种质资源	19		100.0				
	香料烟种质资源	12	0.817	83.3	8.3			8.3
	黄花烟种质资源	12						100.0
	雪茄烟种质资源	5	0.971	60.0	40.0			

表 1-5 不同类型种质资源茎叶角度统计

	类型	份数	多样性指数	分布频率/%			
				小	中	大	甚大
烤烟	贵州育成种质资源	42	0.806	2.4	81.0	16.7	
	贵州地方种质资源	25	0.795		76.0	24.0	
	省外烤烟资源	62	1.124	4.8	66.1	29.0	
	国外烤烟资源	81	0.856		76.5	22.2	1.2
	烤烟种质资源	210	0.954	1.9	74.3	23.3	0.5
晒烟	省内晒烟	226	0.916		69.9	29.6	0.4
	省外晒烟	110	0.722		80.0	20.0	
	晒烟种质资源	336	0.909		73.2	26.5	0.3
	白肋烟种质资源	34	0.855		79.4	17.6	2.9
	晾烟种质资源	19	1.236		52.6	42.1	5.3
	香料烟种质资源	12	1.189	8.3	25.0	66.7	
	黄花烟种质资源	12	1.168		8.3	75.0	16.7
	雪茄烟种质资源	5	0.722		20.0	80.0	

二、农艺性状

1. 株高

烤烟种质资源株高变幅为 82.7~267.9cm，主要分布在 150.0~199.9cm，平均 165.3cm，变异系数为 14.8%，多样性指数（H'）为 2.127。烤烟资源中，以省外引进烤烟资源多样性指数较大，贵州地方烤烟资源多样性指数较小。晒烟种质资源株高变幅为 70.0~258.3cm，主要分布在 100.0~199.9cm，平均 162.8cm，变异系数为 17.7%，多样性指数（H'）为 2.698。黄花烟和野生种株高较矮，均小于 100.0cm。

野生种、香料烟和雪茄烟株高变异程度较高，变异系数较大。不同类型间（黄花烟和野生种除外）多样性指数在 0.931~2.716，平均 1.742，多样性丰富，特别是烤烟、晒烟和晾烟多样性指数均较高（表 1-6）。

表 1-6　不同类型种质资源株高统计

类型		份数	最大值/cm	最小值/cm	极差	平均值/cm	标准差	变异系数%	多样性指数	分布频率/%				
										<100.0cm	100.0~149.9cm	150.0~199.9cm	200.0~249.9cm	250.0~299.9cm
烤烟	贵州育成种质资源	52	241.6	113.7	127.9	168.3	26.57	15.8	2.135		26.9	65.4	7.7	
	贵州地方种质资源	52	203.2	116.6	86.6	168.2	17.72	10.5	1.634		9.6	88.5	1.9	
	省外烤烟资源	94	232.6	88.5	144.1	166.3	27.34	16.4	2.291	4.3	19.1	64.9	11.7	
	国外烤烟资源	132	267.9	82.7	185.2	162.3	23.41	14.4	1.948	1.5	24.2	70.5	2.3	1.5
	烤烟种质资源	330	267.9	82.7	185.2	165.3	24.48	14.8	2.127	1.8	20.9	70.9	5.8	0.6
晒烟	省内晒烟	259	258.3	85.2	173.1	160.9	27.99	17.4	2.632	1.5	30.5	59.5	8.1	0.4
	省外晒烟	163	251.0	70.0	181.0	165.9	29.77	17.9	2.716	1.8	28.8	56.4	12.3	0.6
	晒烟种质资源	422	258.3	70.0	188.3	162.8	28.79	17.7	2.698	1.7	29.9	58.3	9.7	0.5
	白肋烟种质资源	34	191.0	129.6	61.4	159.6	17.46	10.9	1.561		38.2	61.8		
	晾烟种质资源	19	189.8	95.0	94.8	152.0	22.83	15.0	2.310	5.3	42.1	52.6		
	香料烟种质资源	12	150.0	54.7	95.3	81.1	24.73	30.5	1.041	83.3	16.7			
	黄花烟种质资源	12	85.4	48.2	37.2	73.2	9.74	13.3	0.931	100.0				
	雪茄烟种质资源	5	238.3	128.6	109.7	189.2	39.13	20.7	1.922		20.0	40.0	40.0	
	野生种	11	110.0	33.6	76.4	70.8	22.35	31.6	1.348	90.9	9.1			

2. 叶数

烤烟种质资源叶数变幅为 11.2~38.3 片，主要分布在 20.0~24.9 片，平均 23.5 片，变异系数为 18.0%，多样性指数（H'）为 1.263。晒烟种质资源叶数变幅为 8.0~33.0 片，主要分布在 15.0~24.9 片，平均 18.7 片，变异系数为 21.0%，多样性指数（H'）为 2.673。香料烟和晒烟的变异系数和多样性指数均较烤烟大。烤烟种质资源叶片数大于 35 片的多叶型种质较少，只有 1.2%，晒烟没有大于 35 片的多叶型资源（表 1-7）。

表 1-7　不同类型种质资源叶数统计

类型		份数	最大值	最小值	极差	平均值	标准差	变异系数/%	多样性指数	分布频率/%				
										<15.0片	15.0~19.9片	20.0~24.9片	25.0~29.9片	30.0~34.9片	35.0~39.9片
烤烟	烤烟种质资源	330	38.3	11.2	27.1	23.5	4.23	18.0	1.263	0.9	14.5	56.4	19.7	7.3	1.2
	贵州育成种质资源	52	34.5	11.2	23.3	24.6	4.84	19.7	1.367	1.9	7.7	53.8	17.3	19.2	
	贵州地方种质资源	52	34.6	17.4	17.2	23.9	3.47	14.5	0.928	0.0	13.5	55.8	26.9	3.8	
	省外烤烟资源	94	37.0	14.8	22.2	23.0	4.59	20.0	1.464	1.1	23.4	48.9	18.1	6.4	2.1
	国外烤烟资源	132	38.3	12.4	25.9	23.3	3.89	16.6	1.119	0.8	12.1	62.1	18.9	4.5	1.5
晒烟	晒烟种质资源	422	33.0	8.0	25.0	18.7	3.94	21.0	2.673	15.4	53.6	25.6	4.5	0.9	
	省内晒烟	259	31.6	9.6	22.0	19.2	3.43	17.8	2.481	8.9	57.1	29.3	3.9	0.8	
	省外晒烟	163	33.0	8.0	25.0	17.9	4.51	25.2	2.839	25.8	47.9	19.6	5.5	1.2	
	白肋烟种质资源	34	30.3	12.0	18.3	21.3	3.98	18.7	1.359	5.9	35.3	47.1	8.8	2.9	
	晾烟种质资源	19	20.8	13.8	7.0	16.6	2.09	12.6	1.747	31.6	63.2	5.3			
	香料烟种质资源	12	28.0	10.0	18.0	18.2	5.40	29.7	2.855	33.3	33.3	25.0	8.3		
	黄花烟种质资源	12	16.0	9.2	6.8	13.3	1.88	14.2	1.614	8.3	91.7				
	雪茄烟种质资源	5	28.0	19.0	9.0	23.9	3.35	14.0	1.922		20.0	20.0	60.0		
	野生种	8	16.0	8.0	8.0	11.4	2.91	25.6		93.8	6.2				

3. 茎围

烤烟种质资源茎围变幅为5.1~13.1cm，主要分布在7.0~8.9cm，平均8.7cm，变异系数为13.6%，多样性指数（H'）为2.598。晒烟种质资源茎围变幅为2.5~16.8cm，主要分布在7.0~10.9cm，平均8.4cm，变异系数为19.8%，多样性指数（H'）为2.104（表1-8）。

表1-8　不同类型种质资源茎围统计

类型		份数	最大值/cm	最小值/cm	极差	平均值/cm	标准差	变异系数%	多样性指数	分布频率/%				
										<7.0cm	7.0~8.9cm	9.0~10.9cm	11.0~12.9cm	13.0cm
烤烟	贵州育成种质资源	52	12.1	6.0	6.1	9.0	1.38	15.5	2.750	3.8	48.1	38.5	9.6	
	贵州地方种质资源	52	13.1	5.1	8.1	8.6	1.30	15.1	2.515	5.8	61.5	28.8	1.9	1.9
	省外烤烟资源	94	11.5	5.9	5.6	8.9	1.16	13.1	2.558	3.2	54.3	37.2	5.3	
	国外烤烟资源	132	11.3	5.5	5.8	8.6	1.04	12.1	2.411	4.5	59.8	34.1	1.5	
	烤烟种质资源	330	13.1	5.1	8.1	8.7	1.19	13.6	2.598	4.2	56.7	34.8	3.9	0.3
晒烟	省内晒烟	260	16.8	2.5	14.3	8.2	1.62	13.0	2.190	22.3	47.3	28.5	1.5	0.4
	省外晒烟	163	11.6	6.3	5.3	8.8	1.14	11.1	1.825	5.5	52.1	39.9	2.5	
	晒烟种质资源	423	16.8	2.5	14.3	8.4	1.48	19.8	2.104	15.8	49.2	32.9	1.9	0.2
	白肋烟种质资源	34	11.1	6.6	4.5	9.1	1.01	18.1	2.241	2.9	47.1	47.1	2.9	
	晾烟种质资源	19	10.7	4.9	5.8	8.4	1.53	40.5	2.089	15.8	42.1	42.1		
	香料烟种质资源	12	8.1	2.3	5.8	3.9	1.59	13.9	1.208	91.7	8.3			
	黄花烟种质资源	12	4.5	3.0	1.5	3.9	0.54	17.0		100.0				
	雪茄烟种质资源	5	10.8	6.6	4.2	9.1	1.55	43.5	1.522	20.0	20.0	60.0		
	野生种	7	4	1.2	2.8	2.1	0.90	13.6		100.0				

4. 节距

烤烟种质资源节距变幅为2.0~10.3cm，主要分布在3.0~6.9cm，平均4.8cm，变异系数为27.4%，多样性指数（H'）为2.650。晒烟种质资源节距变幅为2.2~12.0cm，主要分布在3.0~8.9cm，平均6.2cm，变异系数为28.8%，多样性指数（H'）为2.848。不同类型间（野生种除外）多样性指数平均为2.106，多样性较丰富，特别是烤烟、晒烟和晾烟，多样性指数>2.5。野生种节距极差较小，变异系数较小（表1-9）。

表1-9　不同类型种质资源节距统计

类型		份数	最大值/cm	最小值/cm	极差	平均值/cm	标准差	变异系数/%	多样性指数	分布频率/%				
										<3.0cm	3.0~4.9cm	5.0~6.9cm	7.0~8.9cm	9.0~10.9cm	≥11.0cm
烤烟	贵州育成种质资源	52	9.1	2.7	6.4	5.1	1.6	31.7	2.859	5.8	51.9	25.0	15.4	1.9
	贵州地方种质资源	52	8.1	3.0	5.1	4.6	1.0	21.7	2.142		75.0	23.1	1.9	
	省外烤烟资源	94	10.3	2.4	7.8	4.8	1.3	26.5	2.586	6.4	55.3	34.0	3.2	1.1
	国外烤烟资源	132	8.5	2.0	6.5	4.8	1.3	27.4	2.627	3.8	56.8	30.3	9.1	
	烤烟种质资源	330	10.3	2.0	8.2	4.8	1.3	27.4	2.650	4.2	58.5	29.4	7.3	0.6
晒烟	省内晒烟	260	12.0	2.2	9.8	5.8	1.8	30.9	2.807	3.1	31.5	41.5	19.6	3.5	0.8
	省外晒烟	160	12.0	3.7	8.3	6.6	1.6	23.1	2.680		14.4	45.6	32.5	6.3	1.3
	晒烟种质资源	420	12.0	2.2	9.8	6.2	1.8	28.8	2.848	1.9	25.0	43.1	24.5	4.5	1.0
	白肋烟种质资源	34	12.0	3.4	8.6	5.4	1.5	28.0	2.356		41.2	52.9	2.9		2.9

续表

类型	份数	最大值/cm	最小值/cm	极差	平均值/cm	标准差	变异系数/%	多样性指数	分布频率/%					
									<3.0cm	3.0~4.9cm	5.0~6.9cm	7.0~8.9cm	9.0~10.9cm	≥11.0cm
晾烟种质资源	19	9.2	3.0	6.2	6.9	1.6	23.2	2.610	5.3	10.5	42.1	36.8	5.3	
香料烟种质资源	12	4.9	2.1	2.8	3.6	1.0	28.0	1.585	33.3	66.7				
黄花烟种质资源	12	4.6	2.8	1.8	3.9	0.6	14.4	1.325	8.3	91.7				
雪茄烟种质资源	5	8.0	4.1	3.9	6.7	1.4	20.7	1.371		20.0	20.0	60.0		
野生种	5	4.4	3.5	0.9	3.9	0.4	10.1			100.0				

5. 腰叶长

烤烟种质资源腰叶长变幅为 39.3~89.4cm，主要分布在 50.0~69.9cm，平均 64.2cm，变异系数为 13.7%，多样性指数（H'）为 2.862。晒烟种质资源腰叶长变幅为 26.0~89.3cm，主要分布在 50.0~69.9cm，平均 55.9cm，变异系数为 16.8%，多样性指数（H'）为 2.606。烤烟、晒烟、白肋烟、晾烟和雪茄烟多样性较丰富，香料烟、黄花烟和野生种多样性较窄（表 1-10）。

表 1-10　不同类型种质资源腰叶长统计

类型		份数	最大值/cm	最小值/cm	极差	平均值/cm	标准差	变异系数/%	多样性指数	分布频率/%				
										<50.0cm	50.0~59.9cm	60.0~69.9cm	70.0~79.9cm	80.0cm
烤烟	贵州育成种质资源	52	89.4	41.6	47.8	64.7	9.6	14.8	2.978	5.8	26.9	34.6	28.8	3.8
	贵州地方种质资源	52	75.1	39.3	35.8	58.8	8.3	14.1	2.685	11.5	46.2	32.7	9.6	
	省外烤烟资源	94	84.4	42.6	41.9	64.8	8.8	13.6	2.884	7.4	19.1	41.5	27.7	4.3
	国外烤烟资源	132	83.0	41.4	41.5	65.6	7.8	11.8	2.649	3.8	16.7	50.8	27.3	1.5
	烤烟种质资源	330	89.4	39.3	50.1	64.2	8.8	13.7	2.862	6.4	23.6	42.7	24.8	2.4
晒烟	省内晒烟	259	89.3	30.1	59.2	56.6	9.8	17.2	2.639	24.3	41.7	25.9	5.8	2.3
	省外晒烟	159	73.7	26.0	47.7	54.7	8.7	15.8	2.487	30.2	45.3	20.8	3.8	
	晒烟种质资源	418	89.3	26.0	63.3	55.9	9.4	16.8	2.606	26.6	43.1	23.9	5.0	1.4
白肋烟种质资源		34	76.6	43.5	33.1	60.3	8.8	14.5	2.683	14.7	35.3	32.4	17.6	
晾烟种质资源		19	82.6	42.7	39.8	57.0	10.5	18.4	2.394	21.1	57.9	10.5		10.5
香料烟种质资源		12	52.5	16.5	36.0	23.7	9.2	39.0	0.414	91.7	8.3			
黄花烟种质资源		12	26.9	18.4	8.5	24.8	3.0	12.0		100.0				
雪茄烟种质资源		5	65.0	44.3	20.7	54.0	7.9	14.6	2.322	40.0	40.0	20.0		
野生种		11	34.0	12.3	21.7	21.3	5.2	24.4		100.0				

6. 腰叶宽

烤烟种质资源腰叶宽变幅为 15.0~47.2cm，主要分布在 25.0~34.9cm，平均 28.6cm，变异系数为 18.6%，多样性指数（H'）为 2.756。晒烟种质资源腰叶宽变幅为 8.0~47.4cm，主要分布在 20.0~29.9cm，平均 26.2cm，变异系数为 24.2%，多样性指数（H'）为 2.719（表 1-11）。

表 1-11 不同类型种质资源腰叶宽统计

类型		份数	最大值/cm	最小值/cm	极差	平均值/cm	标准差	变异系数/%	多样性指数	<20.0cm	20.0~24.9cm	25.0~29.9cm	30.0~34.9cm	35.0~39.9cm	≥40.0cm
烤烟	贵州育成种质资源	52	40.2	20.4	19.8	29.8	5.3	17.9	2.677		23.1	28.8	26.9	19.2	1.9
	贵州地方种质资源	52	34.1	15.0	19.1	27.0	3.9	14.3	2.194	3.8	19.2	51.9	25.0		
	省外烤烟资源	94	40.3	15.5	24.8	29.1	5.9	20.4	2.804	6.4	22.3	19.1	34.0	17.0	1.1
	国外烤烟资源	132	47.2	15.4	31.8	28.3	5.2	18.2	2.675	5.3	19.7	37.9	28.0	6.8	2.3
	烤烟种质资源	330	47.2	15.0	32.2	28.6	5.3	18.6	2.756	4.5	20.9	33.0	29.1	10.9	1.5
晒烟	省内晒烟	259	47.4	12.7	34.7	27.3	6.3	22.9	2.690	10.4	29.3	31.3	17.8	8.5	2.7
	省外晒烟	159	36.3	8.0	28.3	24.4	6.0	24.7	2.619	22.6	37.1	20.8	15.7	3.8	
	晒烟种质资源	418	47.4	8.0	39.4	26.2	6.3	24.2	2.719	15.1	32.3	27.3	17.0	6.7	1.7
	白肋烟种质资源	34	40.3	20.0	20.3	29.3	5.1	17.3	2.627	5.9	17.6	35.3	26.5	11.8	2.9
	晾烟种质资源	19	46.1	13.5	32.6	27.9	7.4	26.6	2.570	10.5	31.6	26.3	10.5	15.8	5.3
	香料烟种质资源	12	30.0	9.3	20.7	13.4	5.4	40.5	1.418	91.7		8.3			
	黄花烟种质资源	12	19.4	9.8	9.6	13.9	3.4	24.5	1.500	100.0					
	雪茄烟种质资源	5	33.7	19.8	13.9	27.9	4.7	16.8	1.922	20.0		40.0	40.0		
	野生种	11	14.0	4.3	9.7		3.3	37.0		100.0					

7. 产量

烤烟种质资源产量变幅为 44.8~236.5kg/亩，主要分布在 100.0~199.9kg/亩，平均 154.5kg/亩，变异系数为 25.3%，多样性指数（H'）为 2.920。在烤烟资源中，省外引进烤烟资源多样性指数较大，贵州育成烤烟资源较小。晒烟种质资源产量变幅为 27.9~187.7kg/亩，主要分布在 50.0~99.9kg/亩，平均 84.9kg/亩，变异系数为 33.9%，多样性指数（H'）为 2.789（表 1-12）。

表 1-12 不同类型种质资源产量统计

类型		份数	最大值/kg/亩	最小值/kg/亩	极差	平均值/kg/亩	标准差	变异系数/%	多样性指数	<50.0kg/亩	50.0~99.9kg/亩	100.0~149.9kg/亩	150.0~199.9kg/亩	≥200.0kg/亩
烤烟	贵州育成种质资源	21	236.5	112.3	124.2	158.1	29.2	18.5	2.239			52.4	38.1	9.5
	贵州地方种质资源	12	177.9	63.0	114.9	117.5	41.2	35.1	2.585		50.0	25.0	25.0	
	省外烤烟资源	25	233.3	61.9	171.5	157.4	45.1	28.6	2.980		12.0	24.0	48.0	16.0
	国外烤烟资源	30	206.5	44.8	161.8	149.6	39.3	26.3	2.773	3.3	13.3	23.3	53.3	6.7
	烤烟种质资源	88	236.5	44.8	191.8	154.5	39.1	25.3	2.920	1.3	9.2	31.6	47.4	10.5
晒烟	省内晒烟	114	170.8	38.5	132.3	86.1	26.0	30.3	2.646	2.6	71.1	23.7	2.6	
	省外晒烟	121	187.7	27.9	159.9	83.7	31.1	37.1	2.828	8.3	65.3	21.5	5.0	
	晒烟种质资源	235	187.7	27.9	159.9	84.9	28.8	33.9	2.789	5.5	68.1	22.6	3.8	
	白肋烟种质资源	14	170.8	49.3	121.5	95.8	29.7	31.0	2.264	57.1	28.6	7.1		7.1
	晾烟种质资源	16	153.2	48.0	105.2	88.0	34.5	39.2	2.477	6.3	62.5	25.0	6.3	

续表

类型	份数	最大值/kg/亩	最小值/kg/亩	极差	平均值/kg/亩	标准差	变异系数/%	多样性指数	分布频率/%				
									<50.0 kg/亩	50.0~99.9 kg/亩	100.0~149.9 kg/亩	150.0~199.9 kg/亩	≥200.0 kg/亩
香料烟种质资源	12	85.0	31.0	54.0	54.3	19.1	35.3	1.959	41.7	58.3			
黄花烟种质资源	12	78.0	51.0	27.0	62.8	8.2	13.1	1.483		100.0			
雪茄烟种质资源	5	95.9	72.5	23.4	84.1	8.6	10.2	1.522		100.0			

三、化学成分

1. 烟碱含量

烤烟种质资源烟碱含量变幅为 0.9%~4.9%，主要分布在 2.0%~3.0%，平均 2.7%，变异系数为 30.4%，多样性指数（H'）为 2.954。晒烟种质资源烟碱含量变幅为 0.3%~7.1%，主要分布在 3.0%~5.99%，平均 3.2%，变异系数为 34.2%，多样性指数（H'）为 2.659（表 1-13）。

总体来说，烤烟资源中，国外引进烤烟种质资源烟碱含量相对较高，贵州育成种质资源烟碱含量相对较低。贵州育成种质资源烟碱处于 2.0%~2.8% 适宜范围的占 37.5%，<1.5% 低烟碱资源占 4.2%，>3.5% 的高烟碱资源占 8.3%；贵州地方种质资源烟碱适宜的占 37.5%，高烟碱资源占 24.4%，没有低烟碱资源；贵州省外引进种质资源烟碱适宜的占 47.9%，高烟碱资源占 20.8%，没有低烟碱资源；国外引进烤烟种质资源烟碱适宜的占 39.6%，高烟碱资源占 41.4%，没有低烟碱资源。不同类型中，香料烟烟碱较低，为 1.0%；其次为白肋烟，而黄花烟和晾烟烟碱相对较高。

表 1-13　不同类型种质资源烟碱含量统计

	类型	份数	最大值/%	最小值/%	极差	平均值/%	标准差	变异系数/%	多样性指数	分布频率/%						
										<1.0%	1.0%~1.49%	1.5%~1.99%	2.0%~2.49%	2.5%~2.99%	3.0%~3.49%	≥3.5%
烤烟	贵州育成种质资源	24	3.8	0.9	3.0	2.1	0.7	35.5	2.486	4.2	20.8	25.0	20.8	20.8		8.3
	贵州地方种质资源	41	4.3	1.7	2.5	2.5	0.6	25.3	2.370			22.0	36.6	17.1	17.1	7.3
	省外烤烟资源	48	4.9	1.2	3.7	2.5	0.8	30.4	2.677		6.3	16.7	31.3	25.0	10.4	10.4
	国外烤烟资源	111	4.9	1.1	3.8	2.9	0.8	27.8	2.954		3.6	5.4	25.2	24.3	17.1	24.3
	烤烟种质资源	224	4.9	0.9	4.0	2.7	0.8	30.4	2.954	0.4	5.4	13.0	27.8	22.9	13.9	16.6
晒烟	省内晒烟	252	7.1	0.3	6.8	3.5	1.1	32.1	2.659	0.4	0.8	2.8	14.3	19.8	22.2	39.7
	省外晒烟	146	5.7	0.9	4.9	2.8	1.0	34.1	2.482	1.4	8.2	8.2	18.5	26.7	15.8	21.2
	晒烟种质资源	398	7.1	0.3	6.8	3.2	1.1	34.2	2.659	0.8	3.5	4.8	15.8	22.4	19.8	32.9
	白肋烟种质资源	17	4.5	1.6	2.9	2.6	0.7	25.9	1.902			17.6	29.4	35.3	11.8	5.9
	晾烟种质资源	12	5.8	2.7	3.1	4.1	1.0	24.7	2.459					8.3	25.0	66.7
	香料烟种质资源	6	1.4	0.7	0.7	1.0	0.2	23.9	0.918	33.3	66.7					
	黄花烟种质资源	4	6.6	2.4	4.2	4.2	1.8	43.3	1.500				50.0			50.0

2. 总糖含量

烤烟种质资源总糖含量变幅为 3.1%～35.6%，主要分布在 10.0%～20.0%，平均 18.0%，变异系数为 36.2%，多样性指数（H'）为 2.897。晒烟种质资源总糖含量变幅为未检测出至 20.3%，主要分布在 0～4.9%，平均 3.2%，变异系数为 88.8%，多样性指数（H'）为 2.049（表 1-14）。

总体来说，贵州省科学研究所收集的烤烟种质资源总糖含量总体偏低，平均 18.0%，处于 22.0%～26.0% 适宜范围的占 16.0%。贵州育成种质资源总糖含量处于适宜范围的占 12.5%；贵州地方种质资源总糖含量适宜的占 29.3%；贵州省外引进种质资源总糖含量适宜的占 12.5%；国外引进种质资源总糖含量适宜的占 13.5%。不同类型之间，白肋烟、晾烟、晒烟和黄花烟总糖含量相对较低，平均值均低于 5%。

表 1-14　不同类型种质资源总糖含量统计

类型		份数	最大值/%	最小值/%	极差	平均值/%	标准差	变异系数/%	多样性指数	分布频率/%						
										<5.0%	5.0~9.9%	10.0~14.9%	15.0~19.9%	20.0~24.9%	25.0~29.9%	≥30.0%
烤烟	贵州育成种质资源	24	34.6	4.5	30.1	20.5	7.1	34.6	2.761	4.2		25.0	29.2	16.7	12.5	12.5
	贵州地方种质资源	41	29.2	6.0	23.2	21.4	4.8	22.3	2.298		4.9	2.4	22.0	51.2	19.5	
	省外烤烟资源	48	35.6	3.1	32.5	17.2	6.7	39.1	2.922	4.2	8.3	31.3	25.0	16.7	12.5	2.1
	国外烤烟资源	111	34.9	5.3	29.6	16.7	6.3	37.7	2.722		9.9	37.8	27.0	9.0	13.5	2.7
	烤烟种质资源	224	35.6	3.1	32.5	18.0	6.5	36.2	2.897	1.3	7.6	28.7	25.6	19.3	14.3	3.1
晒烟	省内晒烟	252	17.6	未检测出	17.6	3.3	2.8	85.0	2.051	83.7	11.9	4.0	0.4			
	省外晒烟	146	20.3	未检测出	20.3	3.1	3.0	95.5	2.007	81.5	15.1	2.7		0.7		
	晒烟种质资源	398	20.3	未检测出	20.3	3.2	2.9	88.8	2.049	82.9	13.1	3.5	0.3	0.3		
	白肋烟种质资源	15.0	4.9	0.3	4.6	1.1	1.1	94.2	0.353	100.0						
	晾烟种质资源	12	6.9	0.9	6.0	2.6	1.7	65.5	1.418	91.7	8.3					
	香料烟种质资源	6	17.2	8.9	8.3	13.7	2.6	19.0	1.918		16.7	50.0	33.3			
	黄花烟种质资源	4	4.7	1.1	3.5	3.2	1.4	43.8	1.500	100.0						

3. 还原糖含量

烤烟种质资源还原糖含量变幅为 2.0%～32.5%，主要分布在 10.0%～20.0%，平均 15.5%，变异系数为 35.2%，多样性指数（H'）为 2.795。晒烟种质资源还原糖含量变幅为未检测出至 17.8%，主要分布在 0～4.9%，平均 2.2%，变异系数为 122.2%，多样性指数（H'）为 1.855（表 1-15）。

总体来说，贵州省科学研究所收集的烤烟种质资源还原糖含量总体偏低，平均 15.5%，处于 18.0%～22.0% 适宜范围的占 20.0%。贵州育成种质资源还原糖含量处于适宜范围的占 16.7%；贵州地方种质资源还原糖含量适宜的占 41.5%；贵州省外引进种质资源还原糖含量适宜的占 16.7%；国外引进种质资源还原糖含量适宜的占 13.5%。不同类型间，白肋烟、晾烟、晒烟和黄花烟还原糖含量相对较低，平均值均低于 5%。

表 1-15 不同类型种质资源还原糖含量统计

类型		份数	最大值/%	最小值/%	极差	平均值/%	标准差	变异系数/%	多样性指数	分布频率/%						
										<5.0%	5.0%~9.9%	10.0%~14.9%	15.0%~19.9%	20.0%~24.9%	25.0%~29.9%	≥30.0%
烤烟	贵州育成种质资源	24	32.5	2.0	30.5	17.2	6.2	36.1	2.640	4.2		29.2	37.5	20.8	4.2	4.2
	贵州地方种质资源	41	26.7	3.3	23.3	18.4	4.6	25.0	2.479	2.4	2.4	14.6	43.9	29.3	7.3	
	省外烤烟资源	48	30.2	3.0	27.3	14.5	5.7	39.2	2.775	4.2	20.8	31.3	22.9	18.8	0.0	2.1
	国外烤烟资源	111	30.8	4.3	26.5	14.4	4.9	34.0	2.604	1.8	13.5	46.8	24.3	10.8	1.8	0.9
	烤烟种质资源	224	32.5	2.0	30.5	15.5	5.4	35.2	2.795	2.7	11.7	35.9	28.7	17.0	2.7	1.3
晒烟	省内晒烟	249	16.7	未检测出	16.7	2.2	2.7	120.8	1.887	89.2	7.6	2.8	0.4			
	省外晒烟	144	17.8	未检测出	17.8	2.2	2.7	124.7	1.734	86.8	10.4	2.1	0.7			
	晒烟种质资源	393	17.8	未检测出	17.8	2.2	2.7	122.2	1.855	88.3	8.7	2.5	0.5			
	白肋烟种质资源	15	4.2	0.0	4.2	0.5	1.0	194.3	0.353	100.0						
	晾烟种质资源	12	5.4	0.7	4.7	2.0	1.4	69.3	1.418	91.7	8.3					
	香料烟种质资源	6	15.3	7.2	8.2	12.0	2.6	21.8	1.793		16.7	66.7	16.7			
	黄花烟种质资源	4	4.0	0.3	3.7	2.3	1.6	68.4		100.0						

4. 总氮含量

烤烟种质资源总氮含量变幅为 1.2%~3.5%，主要分布在 2.0%~2.9%，平均 2.3%，变异系数为 16.1%，多样性指数（H'）为 2.528。晒烟种质资源总氮含量变幅为 1.3%~7.0%，主要分布在 2.0%~3.5%，平均 3.1%，变异系数为 29.0%，多样性指数（H'）为 2.535（表 1-16）。

总体来说，贵州烟草科学研究所收集的烤烟种质资源总氮含量总体偏高，平均 2.3%，< 2.0% 适宜范围的占 22.4%。贵州育成种质资源总氮含量处于适宜范围的占 45.8%；贵州地方种质资源总氮含量适宜的占 14.6%；省外引进种质资源适宜的占 20.9%；国外引进种质资源总氮含量适宜的占 20.7%。不同类型中，白肋烟、黄花烟和晒烟总氮含量相对较高。

表 1-16 不同类型种质资源总氮含量统计

类型		份数	最大值/%	最小值/%	极差	平均值/%	标准差	变异系数/%	多样性指数	分布频率/%				
										<1.5%	1.5%~1.99%	2.0%~2.49%	2.5%~2.99%	3.0%~3.49%	≥3.5%
烤烟	烤烟种质资源	224	3.5	1.2	2.3	2.3	0.4	16.1	2.528	1.8	20.6	47.1	26.9	3.6
	贵州育成种质资源	24	2.8	1.7	1.2	2.2	0.3	14.4	2.220		45.8	41.7	12.5	
	贵州地方种质资源	41	3.0	1.8	1.2	2.3	0.3	11.8	1.988		14.6	70.7	12.2	2.4
	省外烤烟资源	48	3.3	1.8	2.0	2.3	0.4	15.7	2.444	2.1	18.8	45.8	31.3	2.1
	国外烤烟资源	111	3.5	1.2	2.3	2.4	0.4	17.0	2.603	2.7	18.0	40.5	33.3	5.4
晒烟	晒烟种质资源	397	7.0	1.3	5.6	3.1	0.9	29.0	2.535	0.5	3.8	20.7	28.0	22.4	24.7
	省内晒烟	251	7.0	1.3	5.6	3.3	1.0	31.3	2.699	0.8	2.8	19.1	26.7	19.1	31.5
	省外晒烟	146	4.9	1.9	3.1	2.9	0.6	20.2	2.072		5.5	23.3	30.1	28.1	13.0

续表

类型	份数	最大值/%	最小值/%	极差	平均值/%	标准差	变异系数/%	多样性指数	分布频率/%				
									<1.5%	1.5%~1.99%	2.0%~2.49%	2.5%~2.99%	3.0%~3.49%	≥3.5%

类型	份数	最大值/%	最小值/%	极差	平均值/%	标准差	变异系数/%	多样性指数	<1.5%	1.5%~1.99%	2.0%~2.49%	2.5%~2.99%	3.0%~3.49%	≥3.5%
白肋烟种质资源	17	4.5	2.5	2.0	3.4	0.5	15.5	1.873				5.9	17.6	35.3	41.2
晾烟种质资源	12	3.6	1.8	1.7	2.7	0.5	17.4	1.730		8.3	16.7	50.0	16.7	8.3
香料烟种质资源	6	2.2	1.9	0.3	2.0	0.1	6.3	0.918		66.7	33.3			
黄花烟种质资源	4	3.9	1.5	2.4	3.1	1.0	31.1	1.000	25.0				25.0	50.0

5. 钾含量

烤烟种质资源钾含量变幅为 1.0%~3.0%，主要分布在 1.5%~2.5%，平均 1.9%，变异系数为 20.0%，多样性指数（H'）为 2.534。晒烟种质资源钾含量变幅为 0.3%~4.3%，平均 1.7%，变异系数为 54.2%，多样性指数（H'）为 2.984（表 1-17）。

总体来说，贵州烟草科学研究所收集的烤烟种质资源钾含量平均为 1.9%，>1.8%的占 57.8%，>2.5%富钾资源占 5.8%。贵州育成种质资源钾含量>1.8%的占 41.7%；贵州地方种质资源钾含量大于 1.8%的占 43.9%，>2.5%富钾资源占 7.3%；贵州省外引进种质资源钾含量>1.8%的占 79.2%，>2.5%富钾资源占 6.3%；国外引进种质资源钾含量>1.8%的占 57.7%，>2.5%富钾资源占 6.3%。不同类型间，白肋烟、黄花烟和晾烟钾含量较高，平均大于 2.5%。

表 1-17　不同类型种质资源钾含量统计

	类型	份数	最大值/%	最小值/%	极差	平均值/%	标准差	变异系数/%	多样性指数	<1.0%	1.0%~1.49%	1.5%~1.99%	2.0%~2.49%	2.5%~2.99%	≥3.0%
烤烟	贵州育成种质资源	24	2.0	1.1	0.9	1.7	0.3	16.6	2.032			29.2	62.5	8.3	
	贵州地方种质资源	41	2.7	1.0	1.6	1.7	0.5	26.7	2.691			34.1	41.5	17.1	7.3
	省外烤烟资源	48	2.5	1.5	1.1	2.0	0.3	13.8	2.027			4.2	43.8	45.8	6.3
	国外烤烟资源	111	3.0	1.2	1.7	1.9	0.4	18.4	2.398			11.7	52.3	29.7	6.3
	烤烟种质资源	224	3.0	1.0	1.9	1.9	0.4	20.0	2.534			16.1	49.3	28.7	5.8
晒烟	省内晒烟	243	4.0	0.3	3.7	1.4	0.9	63.7	2.699	46.1	17.7	8.6	7.8	14.8	4.9
	省外晒烟	142	4.3	0.6	3.8	2.3	0.7	32.4	2.826	4.2	16.2	10.6	24.6	33.8	10.6
	晒烟种质资源	385	4.3	0.3	4.1	1.7	0.9	54.2	2.984	30.6	17.1	9.4	14.0	21.8	7.0
	白肋烟种质资源	17	4.5	2.5	2.0	3.4	0.5	15.5	1.873				5.9	17.6	35.3	41.2
	晾烟种质资源	12	3.6	1.8	1.7	2.7	0.5	17.4	1.730			8.3	16.7	50.0	16.7	8.3
	香料烟种质资源	6	2.2	1.9	0.3	2.0	0.1	6.3	0.918			66.7	33.3		
	黄花烟种质资源	4	3.9	1.5	2.4	3.1	1.0	31.1	1.000	25.0				25.0	50.0

6. 氯含量

烤烟种质资源氯含量变幅为 0.08%~0.51%，主要分布在 0.15%~0.30%，平均

0.23%，变异系数为 35.6%，多样性指数（H'）为 2.874。晒烟种质资源氯含量变幅为 0.02%～0.53%，主要分布在 0～0.15%，平均 0.14%，变异系数为 53.4%，多样性指数（H'）为 2.340（表 1-18）。

表 1-18　不同类型种质资源氯含量统计

类型		份数	最大值/%	最小值/%	极差	平均值/%	标准差	变异系数/%	多样性指数	分布频率/%					
										<0.1%	0.1%~0.15%	0.15%~0.2%	0.2%~0.25%	0.25%~0.3%	≥0.3%
烤烟	贵州育成种质资源	24	0.32	0.08	0.24	0.19	0.06	31.9	2.382	8.3	20.8	25.0	25.0	16.7	4.2
	贵州地方种质资源	41	0.31	0.11	0.20	0.21	0.04	20.7	2.011		7.3	24.4	41.5	24.4	2.4
	省外烤烟资源	48	0.39	0.08	0.31	0.21	0.08	38.9	2.712	10.4	20.8	20.8	12.5	20.8	14.6
	国外烤烟资源	111	0.51	0.09	0.42	0.26	0.09	34.9	3.020	2.7	10.8	12.6	27.0	19.8	27.0
	烤烟种质资源	224	0.51	0.08	0.43	0.23	0.08	35.6	2.874	4.5	13.5	17.9	26.0	20.6	17.5
晒烟	省内晒烟	243	0.53	0.04	0.50	0.14	0.08	54.4	2.400	34.6	31.3	14.8	8.6	6.2	4.5
	省外晒烟	142	0.43	0.02	0.41	0.13	0.07	50.6	2.169	31.7	38.7	21.8	3.5	0.7	3.5
	晒烟种质资源	385	0.53	0.02	0.51	0.14	0.07	53.4	2.340	33.5	34.0	17.4	6.8	4.2	4.2
	白肋烟种质资源	15	0.4	0.1	0.3	0.2	0.08	49.9	2.013	20.0	46.7	6.7	6.7	13.3	6.7
	晾烟种质资源	12	0.3	0.1	0.2	0.2	0.05	24.0	1.793		16.7	8.3	50.0	8.3	16.7
	香料烟种质资源	6	1.8	0.1	1.8	0.7	0.64	95.5	1.459	33.3		16.7			50.0
	黄花烟种质资源	4	0.2	0.1	0.0	0.2	0.01	4.9	1.500		25.0	75.0			

7. 蛋白质含量

烤烟种质资源蛋白质含量变幅为 6.2%～22.5%，主要分布在 8.0%～12.0%，平均 9.7%，变异系数为 19.9%，多样性指数（H'）为 1.984。晒烟种质资源蛋白质含量变幅为 7.1%～19.6%，主要分布在 8.0%～12.0%，平均 10.9%，变异系数为 14.0%，多样性指数（H'）为 2.282（表 1-19）。

表 1-19　不同类型种质资源蛋白质含量统计

类型		份数	最大值/%	最小值/%	极差	平均值/%	标准差	变异系数/%	多样性指数	分布频率/%					
										<8.0%	8.0%~9.9%	10.0%~11.9%	12.0%~13.9%	14.0%~15.9%	≥16.0%
烤烟	贵州育成种质资源	24	14.8	6.2	8.6	9.9	2.2	22.0	2.238	16.7	54.2	8.3	16.7	4.2	
	贵州地方种质资源	41	12.1	7.1	5.0	8.8	1.3	14.2	1.458	22.0	63.4	12.2	2.4		
	省外烤烟资源	48	22.5	6.7	15.8	10.8	2.7	24.5	2.308	4.2	41.7	27.1	18.8	4.2	4.2
	国外烤烟资源	111	15.7	6.3	9.5	9.4	1.4	14.5	1.705	6.3	73.9	15.3	3.6	0.9	
	烤烟种质资源	224	22.5	6.2	16.3	9.7	1.9	19.9	1.984	9.9	62.8	16.6	8.1	1.8	0.9
晒烟	省内晒烟	252	19.6	7.1	12.4	10.8	1.6	15.0	2.318	2.0	31.0	47.2	15.5	4.0	0.4
	省外晒烟	146	13.9	7.3	6.6	10.9	1.3	12.1	2.141	0.7	23.3	56.2	19.9		
	晒烟种质资源	398	19.6	7.1	12.4	10.9	1.5	14.0	2.282	1.5	28.1	50.5	17.1	2.5	0.3

续表

类型	份数	最大值/%	最小值/%	极差	平均值/%	标准差	变异系数/%	多样性指数	分布频率/% <8.0%	8.0%~9.9%	10.0%~11.9%	12.0%~13.9%	14.0%~15.9%	≥16.0%
白肋烟种质资源	17	14.2	9.8	4.4	12.7	1.2	9.1	1.713		5.9	17.6	58.8	17.6	
晾烟种质资源	12	12.6	5.5	7.1	8.4	2.2	26.4	1.551	50.0	16.7	25.0	8.3		
香料烟种质资源	6	11.2	9.5	1.7	10.1	0.6	5.5	1.252		50.0	50.0			
黄花烟种质资源	4	17.7	10.0	7.7	13.1	3.1	23.9	1.000		25.0	25.0		25.0	25.0

8. 糖碱比

烤烟种质资源糖碱比变幅为 0.7~30.2，主要分布在 2.0~9.0，平均 6.8，变异系数为 65.1%，多样性指数（H'）为 2.276（表 1-20）。

糖碱比反映烟叶质量的总体平衡性和香吃味，一般认为糖碱比在 6.5~11.5 适宜。贵州省科学研究所收集的烤烟种质资源糖碱比总体较低，处于适宜范围的占 35.0%，主要原因是还原糖含量总体较低，导致糖碱比较低。贵州育成种质资源糖碱比相对较协调，处于适宜范围的占 50.0%。白肋烟、黄花烟、晾烟和晒烟糖碱比均较低。

表 1-20　不同类型种质资源糖碱比统计

	类型	份数	最大值/%	最小值/%	极差	平均值/%	标准差	变异系数/%	多样性指数	分布频率/% <5.0	5.0~6.9	7.0~8.9	9.0~10.9	11.0~12.9	≥13.0
烤烟	贵州育成种质资源	24	30.2	1.3	28.9	9.7	5.9	60.4	2.433	20.8	4.2	33.3	12.5	8.3	20.8
	贵州地方种质资源	41	14.9	0.8	14.1	7.9	3.1	39.6	1.954	12.2	29.3	31.7	9.8	9.8	7.3
	省外烤烟资源	48	22.7	0.7	22.0	6.6	4.0	61.0	2.201	37.5	22.9	12.5	18.8	2.1	6.3
	国外烤烟资源	111	28.7	1.0	27.8	5.8	4.3	72.6	1.951	53.2	18.9	16.2	7.2	0.9	3.6
	烤烟种质资源	224	30.2	0.7	29.5	6.8	4.4	65.1	2.276	39.0	20.2	19.7	10.8	3.6	6.7
晒烟	省内晒烟	251	8.1	0.0	8.1	1.1	1.5	141.9	1.432	98.8	0.8	0.4			
	省外晒烟	146	8.1	0.0	8.1	1.0	1.5	153.5	1.541	95.9	2.7	1.4			
	晒烟种质资源	397	8.1	0.0	8.1	0.8	1.2	148.8	1.499	97.7	1.5	0.8			
	白肋烟种质资源	15	1.7	0.0	1.7	0.2	0.4	194.0	0.353	100.0					
	晾烟种质资源	12	2.0	0.2	1.8	0.5	0.5	90.4	0.817	100.0					
	香料烟种质资源	6	21.0	5.3	15.7	13.0	4.7	36.4	0.650		16.7		16.7	16.7	50.0
	黄花烟种质资源	4	0.7	0.1	0.6	0.5	0.2	43.9	1.500	100.0					

9. 钾氯比

烤烟种质资源钾氯比变幅为 3.3~28.2，主要分布在 4.0~10.0，平均 9.3，变异系数为 45.2%，多样性指数（H'）为 1.687（表 1-21）。

钾氯比反映烟叶的燃烧性，一般认为钾氯比>4.0 燃烧性较好。贵州省科学研究所收集的烤烟种质资源钾氯比总体较高，>4.0 的占 97.8%。

表 1-21　不同类型种质资源钾氯比统计

类型		份数	最大值	最小值	极差	平均值	标准差	变异系数/%	多样性指数	分布频率/%					
										<4.0	4.0~5.9	6.0~7.9	8.0~9.9	10.0~11.9	≥12.0
烤烟	贵州育成种质资源	24	17.1	5.2	11.9	9.5	3.3	34.3	1.459		12.5	20.8	29.2	20.8	16.7
	贵州地方种质资源	41	16.8	4.0	12.8	8.4	2.9	34.7	1.297		24.4	26.8	22.0	17.1	9.8
	省外烤烟资源	48	22.0	4.0	18.0	11.5	4.6	39.8	1.944		4.2	25.0	25.0	6.3	39.6
	国外烤烟资源	111	28.2	3.3	24.9	8.7	4.3	49.6	1.545	4.5	27.9	22.5	18.0	10.8	16.2
	烤烟种质资源	224	28.2	3.3	24.9	9.3	4.2	45.2	1.687	2.2	20.6	23.8	21.1	12.1	20.2
晒烟	省内晒烟	243	66.8	1.1	65.6	13.9	12.9	92.7	2.312	23.0	16.9	9.5	4.9	4.9	40.7
	省外晒烟	142	63.0	2.0	61.0	22.0	12.0	54.5	2.755	3.5	4.2	4.2	2.8	4.2	81.0
	晒烟种质资源	385	66.8	1.1	65.6	16.9	13.1	77.9	2.620	15.9	12.2	7.6	4.2	4.7	55.5
	白肋烟种质资源	15	45.1	6.2	39.0	24.8	11.7	47.0	2.657			13.3		6.7	80.0
	晾烟种质资源	12	13.8	3.6	10.2	7.9	2.6	33.2	1.000	8.3	16.7	25.0	33.3	8.3	8.3
	香料烟种质资源	6	27.8	1.0	26.9	10.6	10.5	98.9	1.793	50.0			16.7		33.3
	黄花烟种质资源	4	29.9	3.2	26.8	19.7	10.0	50.7	1.500	25.0					75.0

10. 两糖比

烤烟种质资源两糖比变幅为 0.5~1.0，主要分布在 0.8~1.0，平均 0.9，变异系数为 9.8%，多样性指数（H'）为 1.756（表 1-22）。

两糖比反映烟叶的成熟度，一般认为两糖比>0.8 烟叶成熟度较好。贵州省科学研究所收集的烤烟种质资源两糖比总体较高，>0.8 的占 83.4%。

表 1-22　不同类型种质资源两糖比统计

类型		份数	最大值	最小值	极差	平均值	标准差	变异系数/%	多样性指数	分布频率/%				
										<0.6	0.6~0.7	0.7~0.8	0.8~0.9	≥0.9
烤烟	贵州育成种质资源	24	0.9	0.5	0.5	0.8	0.1	12.1	1.612	4.2	4.2	12.5	54.2	25.0
	贵州地方种质资源	41	1.0	0.6	0.4	0.9	0.1	8.6	1.675	2.4	2.4	9.8	58.5	26.8
	省外烤烟资源	48	1.0	0.6	0.4	0.9	0.1	11.2	1.893	2.1	8.3	12.5	39.6	37.5
	国外烤烟资源	111	1.0	0.7	0.3	0.9	0.1	8.7	1.614		3.6	9.9	42.3	44.1
	烤烟种质资源	224	1.0	0.5	0.5	0.9	0.1	9.8	1.756	1.3	4.5	10.8	45.7	37.7
晒烟	省内晒烟	250	1.4	0.0	1.4	0.5	0.4	66.6	2.922	48.8	10.4	12.4	10.4	18.0
	省外晒烟	146	1.0	0.0	1.0	0.6	0.3	50.2	2.905	48.6	13.7	14.4	15.8	7.5
	晒烟种质资源	396	1.4	0.0	1.4	0.5	0.3	60.8	2.966	48.7	11.6	13.1	12.4	14.1
	白肋烟种质资源	15	1.0	0.0	1.0	0.4	0.3	93.2	2.683	73.3	6.7	6.7	6.7	6.7
	晾烟种质资源	12	0.9	0.6	0.3	0.8	0.1	9.6	1.281		8.3	58.3	25.0	8.3
	香料烟种质资源	6	0.9	0.8	0.1	0.9	0.1	4.6	0.650				66.7	33.3
	黄花烟种质资源	4	0.9	0.6	0.3	0.8	0.3	41.6	2.000	50.0		25.0		25.0

11. 氮碱比

烤烟种质资源氮碱比变幅为 0.5~2.0，主要分布在 0.7~1.1，平均 0.9，变异系数为

26.5%，多样性指数（H'）为1.809（表1-23）。

有研究表明烟叶氮碱比与感官质量之间密切相关。当氮碱比<1时，总氮、总植物碱、香气量、劲头、浓度和评吸总分均高于氮碱比≥1的组别，且差异达到1%极显著水平；刺激性则在氮碱比<1时较小，显著低于氮碱比≥1时的分值；而香气质、余味、杂气、灰色和燃烧性在两组间的差异不显著。一般认为氮碱比处于0.7～1.0较好。贵州省科学研究所收集的烤烟种质资源氮碱比平均0.9，处于0.7～1.0的占56.5%。

表1-23　不同类型种质资源氮碱比统计

类型		份数	最大值	最小值	极差	平均值	标准差	变异系数/%	多样性指数	分布频率/%					
										<0.7	0.7～0.9	0.9～1.1	1.1～1.3	1.3～1.5	≥1.5
烤烟	贵州育成种质资源	24	2.0	0.6	1.4	1.2	0.4	33.0	2.355	12.5	12.5	29.2	12.5	16.7	16.7
	贵州地方种质资源	41	1.2	0.6	0.6	0.9	0.1	14.9	1.077	2.4	43.9	46.3	7.3		
	省外烤烟资源	48	1.9	0.5	1.5	1.0	0.3	27.2	1.951	10.4	27.1	41.7	10.4	2.1	8.3
	国外烤烟资源	111	1.6	0.5	1.1	0.8	0.2	21.8	1.545	18.9	44.1	30.6	3.6	1.8	0.9
	烤烟种质资源	224	2.0	0.5	1.6	0.9	0.3	26.5	1.809	13.5	37.2	35.4	6.7	3.1	4.0
晒烟	省内晒烟	251	2.5	0.4	2.1	1.0	0.4	39.7	2.150	24.3	21.5	21.9	10.0	9.6	12.7
	省外晒烟	146	3.7	0.5	3.3	1.2	0.5	47.5	2.365	12.3	24.7	22.6	15.1	8.9	16.4
	晒烟种质资源	397	3.7	0.4	3.3	1.1	0.5	43.8	2.259	19.9	22.7	22.2	11.8	9.3	14.1
	白肋烟种质资源	17	2.2	0.6	1.6	1.4	0.4	27.3	2.145	5.9	5.9	5.9	17.6	23.5	41.2
	晾烟种质资源	12	1.0	0.5	0.5	0.7	0.2	23.5	0.980	58.3	25.0	16.7			
	香料烟种质资源	6	2.9	1.5	1.4	2.1	0.5	25.4	1.918						100.0
	黄花烟种质资源	4	1.6	0.2	1.4	1.0	0.5	54.7	1.500	25.0	25.0			25.0	25.0

12. 施木克值

烤烟种质资源施木克值变幅为0.3～5.4，主要分布在1.0～3.0，平均2.0，变异系数为45.2%，多样性指数（H'）为2.718（表1-24）。

施木克值是可溶性糖与蛋白质的比值，反映烟叶中的酸碱平衡关系，一般认为2.0左右品质较好。贵州省科学研究所收集的烤烟种质资源施木克值处于1.5～2.5的占37.5%。

表1-24　不同类型种质资源施木克值统计

类型		份数	最大值	最小值	极差	平均值	标准差	变异系数/%	多样性指数	分布频率/%				
										<1.0	1.0～1.9	2.0～2.9	3.0～3.9	4.0～4.9	≥5.0
烤烟	贵州育成种质资源	24	3.4	0.3	3.0	2.2	0.7	34.2	2.543	4.2	37.5	41.7	16.7		
	贵州地方种质资源	41	3.9	0.6	3.3	2.5	0.8	31.4	2.598	4.9	17.1	48.8	29.3		
	省外烤烟资源	48	5.3	0.3	5.1	1.7	0.9	51.9	2.533	20.8	47.9	25.0	4.2		2.1
	国外烤烟资源	111	5.4	0.5	4.9	1.9	0.9	46.8	2.582	10.8	55.0	22.5	9.9	0.9	0.9
	烤烟种质资源	224	5.4	0.3	5.1	2.0	0.9	45.2	2.718	11.2	44.8	29.6	13.0	0.4	0.9

续表

类型		份数	最大值	最小值	极差	平均值	标准差	变异系数/%	多样性指数	分布频率/%					
										<1.0	1.0~1.9	2.0~2.9	3.0~3.9	4.0~4.9	≥5.0
晒烟	省内晒烟	251	1.8	0.0	1.8	0.2	0.3	127.7	1.733	96.8	3.2				
	省外晒烟	146	1.6	0.0	1.6	0.2	0.3	127.4	1.561	98.6	1.4				
	晒烟种质资源	397	1.8	0.0	1.8	0.2	0.3	127.6	1.692	97.5	2.5				
	白肋烟种质资源	15	0.4	0.0	0.4	0.0	0.1	207.3	0.353	100.0					
	晾烟种质资源	12	0.7	0.1	0.6	0.2	0.2	69.7	1.650	100.0					
	香料烟种质资源	6	1.6	0.6	0.9	1.2	0.3	25.1	1.793	16.7	83.3				
	黄花烟种质资源	4	0.4	0.0	0.4	0.2	0.2	73.2	1.500	100.0					

四、感官评吸

1. 香气质

评吸烤烟种质资源 219 份，香气质变幅为 6.1~8.4 分，主要分布在 7.0~8.0 分，平均 7.4 分，变异系数为 5.1%，多样性指数（H'）为 1.712。贵州地方种质资源 41 份，香气质变幅为 6.4~8.2 分，平均 7.6 分，变异系数为 5.8%，多样性指数（H'）为 1.795。贵州育成种质资源 26 份，香气质变幅为 6.4~8.4 分，平均 7.6 分，变异系数为 6.4%，多样性指数（H'）为 1.879。贵州省外引进种质资源 46 份，香气质变幅为 6.7~8.0 分，平均 7.5 分，变异系数为 3.1%，多样性指数（H'）为 1.177。国外引进种质资源 106 份，香气质变幅为 6.1~7.9 分，平均 7.3 分，变异系数为 4.3%，多样性指数（H'）为 1.471。

晒烟种质资源香气质变幅为 6.1~8.1 分，主要分布在 6.5~8.0 分，平均 7.3 分，变异系数为 6.3%，多样性指数（H'）为 3.093（表 1-25）。

表 1-25　不同类型种质资源香气质统计

类型		份数	最大值/分	最小值/分	极差	平均值/分	标准差	变异系数/%	多样性指数	分布频率/%				
										<6.5分	6.5~6.9分	7.0~7.49分	7.5~7.9分	≥8.0分
烤烟	贵州育成种质资源	26	8.4	6.4	2.0	7.6	0.5	6.4	1.879	3.8	7.7	19.2	50.0	19.2
	贵州地方种质资源	41	8.2	6.4	1.8	7.6	0.4	5.8	1.795	4.9	7.3	24.4	53.7	9.8
	省外烤烟资源	46	8.0	6.7	1.3	7.5	0.2	3.1	1.177		4.3	58.7	37.0	
	国外烤烟资源	106	7.9	6.1	1.8	7.3	0.3	4.3	1.471	3.8	15.1	62.3	18.9	
	烤烟种质资源	219	8.4	6.1	2.3	7.4	0.4	5.1	1.712	3.2	10.1	49.5	33.0	4.1
晒烟	省内晒烟	251	8.1	6.1	2.0	7.3	0.5	6.2	3.100	5.6	26.7	36.3	31.1	0.4
	省外晒烟	167	8.0	6.4	1.6	7.4	0.5	6.4	3.042	4.8	22.8	34.1	38.3	
	晒烟种质资源	418	8.1	6.1	2.0	7.3	0.5	6.3	3.093	5.3	25.1	35.4	34.0	0.2
	晾烟种质资源	8	7.4	6.0	1.4	6.7		7.1	1.750	62.5		37.5		
	香料烟种质资源	6	7.9	7.4	0.5	7.7	0.2	2.7	1.585			33.3	66.7	

2. 香气量

评吸烤烟种质资源 219 份，香气量变幅为 6.3~8.3 分，主要分布在 7.0~8.0 分，平均 7.5 分，变异系数为 4.5%，多样性指数（H'）为 1.558。贵州地方种质资源 41 份，香气量变幅为 6.5~8.3 分，平均 7.6 分，变异系数为 5.3%，多样性指数（H'）为 1.511。贵州育成种质资源 26 份，香气量变幅为 6.5~8.1 分，平均 7.6 分，变异系数为 5.5%，多样性指数（H'）为 1.475。贵州省外引进种质资源 46 份，香气量变幅为 6.9~8.0 分，平均 7.6 分，变异系数为 2.8%，多样性指数（H'）为 1.001。国外引进种质资源 106 份，香气量变幅为 6.3~7.7 分，平均 7.3 分，变异系数为 3.9%，多样性指数（H'）为 1.446。

晒烟种质资源香气量变幅为 6.3~8.1 分，主要分布在 7.0~8.0 分，平均 7.5 分，变异系数为 5.9%，多样性指数（H'）为 2.871（表 1-26）。

表 1-26　不同类型种质资源香气量统计

类型		份数	最大值/分	最小值/分	极差	平均值/分	标准差	变异系数/%	多样性指数	分布频率/%				
										<6.5分	6.5~6.9分	7.0~7.49分	7.5~7.9分	≥8.0分
烤烟	贵州育成种质资源	26	8.1	6.5	1.6	7.6	0.4	5.5	1.475	7.7	7.7	11.5	69.2	3.8
	贵州地方种质资源	41	8.3	6.5	1.8	7.6	0.4	5.3	1.511	4.9	7.3	12.2	68.3	7.3
	省外烤烟资源	46	8.0	6.9	1.1	7.6	0.2	2.8	1.001		2.2	28.3	69.6	
	国外烤烟资源	106	7.7	6.3	1.4	7.3	0.3	3.9	1.446	2.8	9.4	57.5	30.2	
	烤烟种质资源	219	8.3	6.3	2.0	7.5	0.3	4.5	1.558	3.2	6.9	37.6	50.5	1.8
晒烟	省内晒烟	251	8.1	6.3	1.8	7.4	0.5	6.3	3.017	9.6	14.3	25.5	50.2	0.4
	省外晒烟	167	8.0	6.4	1.6	7.5	0.4	5.2	2.564	5.4	10.8	18.0	65.9	
	晒烟种质资源	418	8.1	6.3	1.8	7.5	0.4	5.9	2.871	7.9	12.9	22.5	56.5	0.2
	晾烟种质资源	8	8.0	6.0	2.0	7.1	0.7	9.3	2.500	12.5	50.0		37.5	
	香料烟种质资源	6	8.2	7.5	0.7	7.8	0.3	3.2	1.918			33.3	50.0	16.7

3. 吃味

评吸烤烟种质资源 219 份，吃味变幅为 6.2~9.5 分，主要分布在 7.5~8.5 分，平均 7.8 分，变异系数为 5.6%，多样性指数（H'）为 0.994。贵州地方种质资源 41 份，吃味变幅为 6.7~8.7 分，平均 8.0 分，变异系数为 6.1%，多样性指数（H'）为 1.065。贵州育成种质资源 26 份，吃味变幅为 6.8~9.5 分，平均 8.0 分，变异系数为 7.2%，多样性指数（H'）为 1.214。贵州省外引进种质资源 46 份，吃味变幅为 7.0~8.5 分，平均 7.9 分，变异系数为 3.9%，多样性指数（H'）为 0.557。国外引进种质资源 106 份，吃味变幅为 6.2~8.2 分，平均 7.7 分，变异系数为 4.7%，多样性指数（H'）为 0.953。

评吸晒烟种质资源 418 份，吃味变幅为 6.2~8.7 分，主要分布在 6.5~8.5 分，平均 7.6 分，变异系数为 4.8%，多样性指数（H'）为 2.515（表 1-27）。

表 1-27　不同类型种质资源吃味统计

类型		份数	最大值/分	最小值/分	极差	平均值/分	标准差	变异系数/%	多样性指数	分布频率/%				
										<6.5分	6.5~7.49分	7.5~8.49分	8.5~9.49分	≥9.5分
烤烟	贵州育成种质资源	26	9.5	6.8	2.7	8.0	0.6	7.2	1.214		23.1	69.2	3.8	3.8
	贵州地方种质资源	41	8.7	6.7	2.0	8.0	0.5	6.1	1.065		19.5	73.2	7.3	
	省外烤烟资源	46	8.5	7.0	1.5	7.9	0.3	3.9	0.557		13.0	87.0		
	国外烤烟资源	106	8.2	6.2	2.0	7.7	0.4	4.7	0.953	0.9	30.2	68.9		
	烤烟种质资源	219	9.5	6.2	3.3	7.8	0.4	5.6	0.994	0.5	23.4	73.9	1.8	0.5

类型		份数	最大值/分	最小值/分	极差	平均值/分	标准差	变异系数/%	多样性指数	分布频率/%				
										<6.5分	6.5~7.49分	7.5~8.49分	8.5~9.49分	≥9.5分
晒烟	省内晒烟	251	8.7	6.2	2.5	7.6	0.4	5.3	2.651	2.0	36.3	61.4	0.4	
	省外晒烟	167	8.3	6.4	1.9	7.6	0.3	4.0	2.237	1.2	26.3	72.5	0.0	
	晒烟种质资源	418	8.7	6.2	2.5	7.6	0.4	4.8	2.515	1.7	32.3	65.8	0.2	
晾烟种质资源		8	8.4	4.7	3.7	6.0	1.3	22.0	1.061	75.0		25.0		
香料烟种质资源		6	9.2	8.0	1.2	8.4	0.5	5.4	1.459			66.7	33.3	

4. 杂气

评吸烤烟种质资源 219 份，杂气变幅为 5.9~8.2 分，主要分布在 6.5~7.5 分，平均 7.2 分，变异系数为 4.9%，多样性指数（H'）为 1.495。贵州地方种质资源 41 份，杂气变幅为 6.0~7.9 分，平均 7.3 分，变异系数为 6.1%，多样性指数（H'）为 1.685。贵州育成种质资源 26 份，杂气变幅为 6.6~8.2 分，平均 7.4 分，变异系数为 5.7%，多样性指数（H'）为 1.766。贵州省外引进种质资源 46 份，杂气变幅为 6.4~7.7 分，平均 7.2 分，变异系数为 3.9%，多样性指数（H'）为 1.227。国外引进种质资源 106 份，杂气变幅为 5.9~7.6 分，平均 7.1 分，变异系数为 4.2%，多样性指数（H'）为 1.208。

评吸晒烟种质资源 418 份，杂气变幅为 5.9~8.0 分，主要分布在 6.5~7.5 分，平均 7.2 分，变异系数为 5.2%，多样性指数（H'）为 2.595（表 1-28）。

表 1-28　不同类型种质资源杂气统计

类型		份数	最大值/分	最小值/分	极差	平均值/分	标准差	变异系数/%	多样性指数	分布频率/%				
										<6.5分	6.5~6.9分	7.0~7.49分	7.5~7.9分	≥8.0分
烤烟	贵州育成种质资源	26	8.2	6.6	1.6	7.4	0.4	5.7	1.766		19.2	46.2	26.9	7.7
	贵州地方种质资源	41	7.9	6.0	1.9	7.3	0.4	6.1	1.685	7.3	14.6	51.2	26.8	
	省外烤烟资源	46	7.7	6.4	1.3	7.2	0.3	3.9	1.227	2.2	15.2	71.7	10.9	
	国外烤烟资源	106	7.6	5.9	1.7	7.1	0.3	4.2	1.208	6.6	21.7	69.8	1.9	
	烤烟种质资源	219	8.2	5.9	2.3	7.2	0.4	4.9	1.495	5.0	18.3	64.2	11.5	0.9
晒烟	省内晒烟	251	8.0	5.9	2.1	7.2	0.4	5.5	2.716	6.0	29.1	50.2	14.7	
	省外晒烟	167	8.0	6.4	1.6	7.2	0.3	4.7	2.329	0.6	26.3	57.5	15.6	
	晒烟种质资源	418	8.0	5.9	2.1	7.2	0.4	5.2	2.595	3.8	28.0	53.1	15.1	
晾烟种质资源		8	8.0	2.2	5.8	7.0	0.9	12.9	1.811	37.5			62.5	
香料烟种质资源		6	8.2	7.2	1.0	7.7	0.3	4.1	2.252			33.3	50.0	16.7

5. 刺激性

评吸烤烟种质资源 219 份，刺激性变幅为 5.8~8.0 分，主要分布在 7.0~7.5 分，平均 7.3 分，变异系数为 4.6%，多样性指数（H'）为 1.564。贵州地方种质资源 41 份，刺激性变幅为 6.0~8.0 分，平均 7.3 分，变异系数为 5.4%，多样性指数（H'）为 1.799。贵州育成种质资源 26 份，刺激性变幅为 6.5~8.0 分，平均 7.4 分，变异系数为 4.7%，多样性指数（H'）为 1.835。贵州省外引进种质资源 46 份，刺激性变幅为 6.7~7.9 分，平均 7.3 分，变异系数为 3.9%，多样性指数（H'）为 1.370。国外引进种质资源 106 份，刺激性变幅为 5.8~7.7 分，平均 7.2 分，变异系数为 4.4%，多样性指数（H'）为 1.305。

评吸晒烟种质资源 418 份，刺激性变幅为 5.8~8.0 分，主要分布在 7.0~8.0 分，平均 7.3 分，变异系数为 5.3%，多样性指数（H'）为 2.613（表 1-29）。

表 1-29　不同类型种质资源刺激性统计

类型		份数	最大值/分	最小值/分	极差	平均值/分	标准差	变异系数/%	多样性指数	分布频率/%				
										<6.5分	6.5~6.9分	7.0~7.49分	7.5~7.9分	≥8.0分
烤烟	贵州育成种质资源	26	8	6.5	1.5	7.4	0.3	4.7	1.835	3.8	15.4	38.5	38.5	3.8
	贵州地方种质资源	41	8	6	2	7.3	0.4	5.4	1.799	4.9	14.6	43.9	34.1	2.4
	省外烤烟资源	46	7.9	6.7	1.2	7.3	0.3	3.9	1.370		15.2	58.7	26.1	
	国外烤烟资源	106	7.7	5.8	1.9	7.2	0.3	4.4	1.305	2.8	17.0	68.9	11.3	
	烤烟种质资源	219	8	5.8	2.2	7.3	0.3	4.6	1.564	2.8	16.1	58.3	22.0	0.9
烤烟	省内晒烟	251	8.0	5.8	2.2	7.3	0.4	5.4	2.627	2.0	20.3	46.2	27.1	4.4
	省外晒烟	167	8.0	6.4	1.6	7.3	0.4	5.2	2.571	1.2	21.0	45.5	26.3	6.0
	晒烟种质资源	418	8.0	5.8	2.2	7.3	0.4	5.3	2.613	1.7	20.6	45.9	26.8	5.0
	晾烟种质资源	8	8.0	6.9	0.7	6.9	0.7	10.5	2.250	37.5	25.0	12.5	12.5	12.5
	香料烟种质资源	6	7.8	7.2	0.6	7.5	0.2	3.0	1.918			50.0	50.0	

6. 评吸总分

评吸烤烟种质资源 219 份，总分变幅为 30.5~41.6 分，主要分布在 37.0~39.0 分，平均 37.2 分，变异系数为 4.6%，多样性指数（H'）为 1.644。贵州地方种质资源 41 份，总分变幅为 31.8~40.7 分，平均 37.8 分，变异系数为 5.5%，多样性指数（H'）为 1.724。贵州育成种质资源 26 份，总分变幅为 34.2~41.6 分，平均 38.0 分，变异系数为 4.7%，多样性指数（H'）为 1.924。贵州省外引进种质资源 46 份，总分变幅为 33.8~40.1 分，平均 37.5 分，变异系数为 3.2%，多样性指数（H'）为 1.290。国外引进种质资源 106 份，总分变幅为 30.5~39.0 分，平均 36.6 分，变异系数为 4.0%，多样性指数（H'）为 1.372。

评吸晒烟种质资源 418 份，总分变幅为 30.5~40.5 分，主要分布在 35.0~39.0 分，平均 36.9 分，变异系数为 3.8%，多样性指数（H'）为 2.412（表 1-30）。

表 1-30　不同类型种质资源评吸总分统计

类型		份数	最大值/分	最小值/分	极差	平均值/分	标准差	变异系数/%	多样性指数	分布频率/%			
										<35.0分	35.0~36.9分	37.0~38.9分	39.0~40.9分	≥41.0分
烤烟	贵州育成种质资源	26	41.6	34.2	7.4	38.0	1.8	4.7	1.924	7.7	19.2	46.2	23.1	3.8
	贵州地方种质资源	41	40.7	31.8	8.9	37.8	2.1	5.5	1.724	9.8	14.6	51.2	24.4	
	省外烤烟资源	46	40.1	33.8	6.3	37.5	1.2	3.2	1.290	2.2	21.7	67.4	8.7	
	国外烤烟资源	106	39	30.5	8.5	36.6	1.5	4.0	1.372	11.3	35.8	52.8		
	烤烟种质资源	219	41.6	30.5	11.1	37.2	1.7	4.6	1.644	8.7	26.6	55.0	9.2	0.5

续表

类型		份数	最大值/分	最小值/分	极差	平均值/分	标准差	变异系数/%	多样性指数	分布频率/%				
										 35.0分	35.0~ 36.9分	37.0~ 38.9分	39.0~ 40.9分	≥ 41.0分
晒烟	省内晒烟	251	40.5	30.5	10.0	36.8	1.5	4.1	2.502	14.3	37.8	44.2	3.6	
	省外晒烟	167	39.1	34.5	4.6	37.1	1.2	3.2	2.202	9.0	34.7	52.1	4.2	
	晒烟种质资源	418	40.5	30.5	10.0	36.9	1.4	3.8	2.412	12.2	36.6	47.4	3.8	
	晾烟种质资源	8	39.0	30.4	8.6	33.8	2.8	8.3	2.500	62.5	25.0	12.5		
	香料烟种质资源	6	41.2	37.6	3.6	39.1	1.3	3.3	1.585			66.7	16.7	16.7

第三节　不同种质类型各性状多样性比较

一、形态性状

各形态性状间，叶面、叶缘和叶形多样性较丰富，各种烟草类型的多样性指数相对较大，主脉粗细多样性相对较小。

不同烟草类型间，香料烟和雪茄烟多样性指数相对较大；在烤烟中，贵州育成烤烟资源多样性较丰富，多样性指数较大；在晒烟中，贵州省内晒烟多样性较丰富（表1-31）。

表 1-31　烟草形态性状多样性指数

类型		株型	叶形	叶面	叶尖	叶缘	叶耳	主脉粗细	花色	茎叶角度
烤烟	贵州育成种质资源	1.064	0.675	1.437	0.916	1.041	1.115	0.084	0.581	0.806
	贵州地方种质资源	0.622	1.006	1.615	1.000	1.249	1.118	0.060	0.503	0.795
	省外烤烟资源	0.876	0.943	1.746	0.900	1.637	0.988	0.054	0.745	1.124
	国外烤烟资源	0.799	0.990	1.520	0.992	1.293	0.996	0.054	0.770	0.856
	烤烟种质资源	0.855	0.944	1.599	0.987	1.391	1.042	0.201	0.696	0.954
晒烟	省内晒烟	0.348	1.457	1.572	1.098	1.699	1.600	0.699	0.813	0.916
	省外晒烟	0.421	0.907	1.436	0.360	1.827	1.754	0.089	0.974	0.722
	晒烟种质资源	0.379	1.241	1.533	0.865	1.763	1.718	0.178	0.662	0.909
	白肋烟种质资源	0.229	1.590	1.706	1.262	1.973	0.605	0.503	0.381	0.855
	晾烟种质资源	0.591	2.018	1.758	1.105	1.892	1.462	0.486		1.236
	香料烟种质资源	1.000	1.784	0.811	0.817	1.459	1.730	1.000	0.817	1.189
	黄花烟种质资源		0.811	1.483		0.918	0.811			1.168
	雪茄烟种质资源	0.722	1.922	0.971	0.971	1.522	0.722		0.971	0.722
	野生种		2.222	1.322	1.868	1.309				

二、农艺性状

各农艺性状多样性均较丰富，大部分多样性指数都大于 2。不同烟草类型间，烤烟、晒烟和晾烟多样性指数相对较大；在烤烟中，贵州育成烤烟资源和贵州省外引进烤烟资源多样性较丰富，多样性指数较大（表 1-32）。

表 1-32　烟草农艺性状多样性指数

	类型	株高	叶数	茎围	节距	腰叶长	腰叶宽	产量
烤烟	贵州育成种质资源	2.135	1.367	2.750	2.859	2.978	2.677	2.239
	贵州地方种质资源	1.634	0.928	2.515	2.142	2.685	2.194	2.585
	省外烤烟资源	2.291	1.464	2.558	2.586	2.884	2.804	2.980
	国外烤烟资源	1.948	1.119	2.411	2.627	2.649	2.675	2.773
	烤烟种质资源	2.127	1.263	2.598	2.650	2.862	2.756	2.920
晒烟	省内晒烟	2.632	2.481	2.190	2.807	2.639	2.690	2.646
	省外晒烟	2.716	2.839	1.825	2.680	2.487	2.619	2.828
	晒烟种质资源	2.698	2.673	2.104	2.848	2.606	2.719	2.789
	白肋烟种质资源	1.561	1.359	2.241	2.356	2.683	2.627	2.264
	晾烟种质资源	2.310	1.747	2.089	2.610	2.394	2.570	2.477
	香料烟种质资源	1.041	2.855	1.208	1.585	0.414	1.418	1.959
	黄花烟种质资源	0.931	1.614		1.325		1.500	1.483
	雪茄烟种质资源	1.922	1.922	1.522	1.371	2.322	1.922	1.522
	野生种	1.348						

三、化学指标

各主要化学成分及派生值多样性较丰富，大部分多样性指数＞2。不同烟草类型间，烤烟和晒烟多样性指数相对较大，香料烟和黄花烟相对较小（表 1-33）。

表 1-33　烟草主要化学成分及派生值多样性指数

	类型	烟碱	总糖	还原糖	总氮	钾	氯	蛋白质	糖碱比	钾氯比	两糖比	氮碱比	施木克值
烤烟	贵州育成种质资源	2.486	2.761	2.640	2.220	2.032	2.382	2.238	2.433	1.459	1.612	2.355	2.543
	贵州地方种质资源	2.370	2.298	2.479	1.988	2.691	2.011	1.458	1.954	1.297	1.675	1.077	2.598
	省外烤烟资源	2.677	2.922	2.775	2.444	2.027	2.712	2.308	2.201	1.944	1.893	1.951	2.533
	国外烤烟资源	2.954	2.722	2.604	2.603	2.398	3.020	1.705	1.951	1.545	1.614	1.545	2.582
	烤烟种质资源	2.954	2.897	2.795	2.528	2.534	2.874	1.984	2.276	1.687	1.756	1.809	2.718
晒烟	省内晒烟	2.659	2.051	1.887	2.699	2.699	2.400	2.318	1.432	2.312	2.922	2.150	1.733
	省外晒烟	2.482	2.007	1.734	2.072	2.826	2.169	2.141	1.541	2.755	2.905	2.365	1.561
	晒烟种质资源	2.659	2.049	1.855	2.535	2.984	2.340	2.282	1.499	2.620	2.966	2.259	1.692

续表

类型	烟碱	总糖	还原糖	总氮	钾	氯	蛋白质	糖碱比	钾氯比	两糖比	氮碱比	施木克值
白肋烟种质资源	1.902	0.353	0.353	1.873	1.873	2.013	1.713	0.353	2.657	2.683	2.145	0.353
晾烟种质资源	2.459	1.418	1.418	1.730	1.730	1.793	1.551	0.817	1.000	1.281	0.980	1.650
香料烟种质资源	0.918	1.918	1.793	0.918	0.918	1.459	1.252	0.650	1.793	0.65	1.918	1.793
黄花烟种质资源	1.500	1.500		1.000	1.000	1.500	1.000	1.500	1.500	2.000	1.500	1.500

四、感官评吸指标

感官评吸质量指标间，香气质多样性指数相对较大，吃味相对较小。不同烟草类型间，晒烟多样性相对较丰富，多样性指数>2.0，香气质多样性指数>3.0。在烤烟中，贵州育成烤烟资源多样性相对较丰富（表1-34）。

表1-34　烟草感官评吸质量多样性指数

	类型	香气质	香气量	吃味	杂气	刺激性	总分
烤烟	贵州育成种质资源	1.879	1.475	1.214	1.766	1.835	1.924
	贵州地方种质资源	1.795	1.511	1.065	1.685	1.799	1.724
	省外烤烟资源	1.177	1.001	0.557	1.227	1.370	1.290
	国外烤烟资源	1.471	1.446	0.953	1.208	1.305	1.372
	烤烟种质资源	1.712	1.558	0.994	1.495	1.564	1.644
晒烟	省内晒烟	3.100	3.017	2.651	2.716	2.627	2.502
	省外晒烟	3.042	2.564	2.237	2.329	2.571	2.202
	晒烟种质资源	3.093	2.871	2.515	2.595	2.613	2.412
	晾烟种质资源	1.750	2.500	1.061	1.811	2.250	2.500
	香料烟种质资源	1.585	1.918	1.459	2.252	1.918	1.585

第四节　烤烟和晒烟资源性状间相关分析及通径分析

一、烤烟

1. 主要农艺性状及产量间的相关分析

通过对239份烤烟资源分析表明，株高与节距、腰叶宽和茎围呈极显著正相关；茎围与腰叶长、腰叶宽和节距呈极显著正相关，与叶数和产量呈显著正相关；节距与腰叶宽和腰叶长呈极显著正相关，与叶数呈极显著负相关；叶数与腰叶宽呈极显著负相关，与移栽至开花天数呈显著正相关；腰叶长与腰叶宽和产量呈极显著正相关；移栽至开花天数与产量呈显著正相关。

在育种上，在一定范围内，选择叶长较长，茎围较大，移栽至开花天数较长的材料能获得较高产量（表 1-35）。

表 1-35　烤烟资源主要农艺性状的相关系数

相关系数	株高	茎围	节距	叶数	腰叶长	腰叶宽	移栽至开花天数	产量
株高	1.00							
茎围	0.20 **	1.00						
节距	0.34 **	0.17 **	1.00					
叶数	0.09	0.14 *	−0.44 **	1.00				
腰叶长	0.07	0.36 **	0.17 **	−0.11	1.00			
腰叶宽	0.24 **	0.36 **	0.45 **	−0.24 **	0.54 **	1.00		
移栽至开花天数	−0.02	0.09	0.02	0.12 *	−0.02	0.00	1.00	
产量	−0.07	0.12 *	0.08	−0.06	0.21 **	0.10	0.14 *	1.00

注：**，* 分别表示 0.01 和 0.05 显著性水平。（下同）

2. 化学指标之间的相关分析

糖类（总糖、还原糖）含量与含氮化合物（烟碱、总氮、蛋白质）含量呈极显著或显著负相关，说明在一定范围内糖含量的增加与含氮有机化合物的积累呈负相关（表 1-36）。烟叶化学成分之间的相关性反映了烟叶本身的碳—氮代谢平衡。控制烟碱过高积累，提高还原糖相对于总糖的比例，将糖碱比维持在合适范围内一直是烟草行业关注的问题（胡溶容等，2007）。

表 1-36　烤烟资源主要化学指标的相关系数

相关系数	烟碱/%	总糖/%	还原糖/%	总氮/%	钾/%	氯/%	蛋白质/%	糖碱比	钾氯比	两糖比	氮碱比	施木克值
烟碱/%	1.00											
总糖/%	−0.29 **	1.00										
还原糖/%	−0.52 **	0.93 **	1.00									
总氮/%	0.02	−0.69 **	−0.58 **	1.00								
钾/%	−0.50 **	−0.01	0.12 *	0.19 **	1.00							
氯/%	0.90 **	−0.17 **	−0.41 **	−0.19 **	−0.57 **	1.00						
蛋白质/%	−0.28 **	−0.16 **	−0.12 *	0.42 **	0.24 **	−0.39 **	1.00					
糖碱比	−0.45 **	0.80 **	0.83 **	−0.60 **	0.08	−0.26 **	−0.07	1.00				
钾氯比	−0.33 **	0.17 **	0.17 **	−0.12 *	0.38 **	−0.31 **	0.30 **	0.28 **	1.00			
两糖比	−0.68 **	−0.06	0.29 **	0.28 **	0.43 **	−0.77 **	0.15 **	0.14 **	0.07	1.00		
氮碱比	−0.64 **	0.23 **	0.31 **	−0.01	0.28 **	−0.48 **	0.38 **	0.60 **	0.45 **	0.25 **	1.00	
施木克值	−0.38 **	0.83 **	0.89 **	−0.65 **	0.01	−0.21 **	−0.48 **	0.76 **	0.08	0.21 **	0.16 **	1.00

3. 感官评吸质量之间的相关分析

烤烟感官评吸质量各指标间均达到极显著正相关，且相关系数较大（表 1-37）。

表 1-37　烤烟感官评吸质量的相关系数

相关系数	香气质	香气量	吃味	杂气	刺激性	总分
香气质	1.00					
香气量	0.92**	1.00				
吃味	0.91**	0.83**	1.00			
杂气	0.88**	0.79**	0.90**	1.00		
刺激性	0.68**	0.61**	0.74**	0.75**	1.00	
总分	0.96**	0.91**	0.96**	0.94**	0.82**	1.00

4. 主要农艺性状及产量与主要化学成分及派生值的相关分析

产量与烟叶化学成分及派生值有着密切的关系。烟碱含量与产量呈极显著负相关,与腰叶长、腰叶宽、茎围、株高、节距、叶数和移栽至开花天数呈负相关,相关性未达到显著水平;产量与糖类(总糖、还原糖)含量、有机钾含量、糖碱比、两糖比和施木克值呈极显著正相关;氯离子含量与产量和腰叶长呈极显著负相关;钾氯比与产量呈极显著正相关,与节距和移栽至开花天数呈极显著负相关;氮碱比与产量和叶数呈极显著正相关(表 1-38)。

烟碱与主要农艺性状呈负相关,说明在一定范围内,选择农艺性状表现较好的品种,能获得低烟碱材料,这与烟草生产上提倡的"开片降碱"措施吻合。

表 1-38　烤烟资源主要农艺性状与主要化学成分的相关系数

相关系数	烟碱/%	总糖/%	还原糖/%	总氮/%	钾/%	氯/%	蛋白质/%	糖碱比	钾氯比	两糖比	氮碱比	施木克值
株高	-0.04	-0.03	-0.03	0.05	-0.01	-0.05	0.04	-0.06	-0.06	0.02	-0.02	-0.06
茎围	-0.06	0.02	0.02	-0.08	0.05	-0.07	-0.03	0.01	0.01	0.05	-0.05	0.04
节距	-0.04	-0.01	0.02	0.09	0.02	-0.09	-0.02	-0.05	-0.11*	0.10	-0.09	0.01
叶数	-0.04	0.03	0.02	-0.08	-0.07	0.03	0.01	0.10	0.06	-0.04	0.15**	0.02
腰叶长	-0.10	0.03	0.03	0.11		-0.15**	0.06	-0.04	0.00	0.09	-0.07	0.01
腰叶宽	-0.09	0.03	0.05	0.03		-0.11	-0.03	0.02	0.00	0.08	-0.03	0.04
移栽至开花天数	-0.04	0.01	0.02	-0.09				0.01	-0.11*	-0.02	0.05	0.04
产量	-0.69**	0.18**	0.34**	0.09	0.42**	-0.73**	0.35**	0.27**	0.19	0.54**	0.44**	0.17**

5. 主要农艺性状及产量与感官评吸质量的相关分析

腰叶长和产量与烟叶感官评吸质量有着密切的关系。腰叶长与吃味、香气质、刺激性和总分呈极显著或显著负相关;产量与香气质、吃味和杂气呈显著正相关;株高、叶数和栽移至开花天数与感官评吸质量呈正相关(表 1-39)。

在烤烟育种上,在一定范围内,选择产量较高、株高较高、叶数较多、栽移至开花天数较长、腰叶长较短的材料,能较大可能获得感官评吸质量较好的材料。

表 1-39　烤烟资源主要农艺性状与感官评吸质量的相关系数

相关系数	香气质	香气量	吃味	杂气	刺激性	总分
株高	0.05	0.08	0.04	0.05	0.02	0.05
茎围	-0.05	-0.03	-0.03	-0.06	-0.02	-0.04

续表

相关系数	香气质	香气量	吃味	杂气	刺激性	总分
节距	−0.01	−0.01	−0.01	0.02	−0.02	−0.01
叶数	0.06	0.01	0.03	0.01	0.02	0.03
腰叶长	−0.12*	−0.09	−0.14**	−0.09	−0.11*	−0.12*
腰叶宽	0.01	0.03	−0.02	0.02	−0.04	0.00
移栽至开花天数	0.10	0.05	0.07	0.08	0.00	0.07
产量	0.11*	0.11	0.12*	0.12*	−0.01	0.10

6. 主要化学成分及派生值与感官评吸质量的相关分析

烟碱、总氮与感官评吸质量各项指标呈负相关，大部分达到显著或极显著水平，而糖类（总糖、还原糖）和糖碱比与感官评吸质量各项指标呈极显著正相关，说明在一定范围内，控制含氮化合物和增加糖含量有利于提高烟叶感官评吸质量；钾氯比与香气量和评吸总分呈极显著正相关，与香气质、吃味和刺激性呈显著正相关；氮碱比与香气质、吃味、杂气和评吸总分呈极显著正相关，与香气量和刺激性呈显著正相关（表1-40）。

烟碱、总氮含量与感官评吸质量各指标呈负相关，部分指标达显著或极显著水平，这与李朝建的研究基本一致（李朝建等，2009）。同样有研究表明，烟碱和总氮与感官评吸指标香气质、香气量、吃味、杂气、刺激性和总分呈显著或极显著负相关（常爱霞等，2009）。这说明在一定范围内，烟碱、总氮含量过高时，烟叶的香气质、吃味和燃烧性变差，香气量变小，杂气、刺激性变大，整体感官评吸质量变差。钾与香气量和刺激性呈正相关，与香气质、吃味和评吸总分呈负相关，这与李曦的研究有一定的相似性（李曦，2008）。

表 1-40　烤烟资源主要化学成分与感官评吸质量的相关系数

相关系数	香气质	香气量	吃味	杂气	刺激性	总分
烟碱/%	−0.13*	−0.12*	−0.15**	−0.13*	−0.10	−0.14*
总糖/%	0.40**	0.33**	0.41**	0.36**	0.28**	0.39**
还原糖/%	0.34**	0.29**	0.35**	0.31**	0.25**	0.34**
总氮/%	−0.37**	−0.30**	−0.36**	−0.30**	−0.28**	−0.35**
钾/%	−0.07	0.01	−0.02	0.00	0.02	−0.01
氯/%	−0.06	−0.06	−0.10	−0.08	−0.01	−0.07
蛋白质/%	0.01	−0.03	−0.06	−0.04	0.00	0.03
糖碱比	0.30**	0.25**	0.31**	0.28**	0.23**	0.30**
钾氯比	0.13*	0.15**	0.14*	0.11	0.12*	0.14*
两糖比	−0.14**	−0.09	−0.12*	−0.11*	−0.09	−0.12*
氮碱比	0.16*	0.12	0.17*	0.20**	0.13*	0.17*
施木克值	0.27**	0.23**	0.25**	0.22**	0.21**	0.26**

7. 产量与主要农艺性状通径分析

为进一步明确农艺性状对产量形成的重要性，在相关分析的基础上进行了通径分析。从相关系数来看，主要农艺性状对产量影响力大小顺序为：腰叶长＞移栽至开花天数＞茎围＞腰叶宽＞节距＞株高＞叶数；从直接通径系数看，主要农艺性状对产量影响力大小顺序为：

腰叶长>移栽至开花天数>株高>节距>茎围>腰叶宽>叶数。综合认为，腰叶长、移栽至开花天数、节距和叶数以直接影响产量为主，间接影响为辅；茎围除直接影响产量外，还通过腰叶长间接影响产量；腰叶宽直接影响产量较小，主要通过腰叶长间接影响（表 1-41）。

表 1-41　烤烟主要农艺性状与产量通径系数

性状	与产量的相关系数	直接通径系数	间接通径系数						
			株高	茎围	节距	叶数	腰叶长	腰叶宽	移栽至开花天数
株高	−0.067	−0.101		0.012	0.025	−0.003	0.014	−0.013	−0.002
茎围	0.117	0.058	−0.020		0.013	−0.004	0.079	−0.019	0.012
节距	0.078	0.074	−0.034	0.010		0.013	0.036	−0.024	0.003
叶数	−0.057	−0.030	−0.009	0.008	−0.032		−0.023	0.013	0.016
腰叶长	0.214	0.216	−0.007	0.021	0.012	0.003		−0.029	−0.003
腰叶宽	0.101	−0.054	−0.024	0.021	0.033	0.007	0.117		0.001
移栽至开花天数	0.135	0.135	0.002	0.005	0.002	−0.004	−0.005	0.000	

8. 评吸总分与主要化学成分及派生值通径分析

为进一步明确主要化学成分及派生值对感官质量评吸总分影响的重要性，在相关分析的基础上进行了通径分析（表 1-42）。从相关系数来看，主要化学成分及派生值对评吸总分影响力大小顺序为：总糖>总氮>还原糖>糖碱比>施木克值>氮碱比>钾氯比>烟碱>两糖比>氯>蛋白质>钾；从直接通径系数看，主要化学成分及派生值对评吸总分影响力大小顺序为：还原糖>两糖比>糖碱比>总氮>总糖>氮碱比>氯>烟碱>施木克值>蛋白质>钾氯比>钾。综合认为：总氮直接影响评吸总分；钾和蛋白质对总分直接影响和间接影响均较小；总糖负向直接影响评吸总分，通过还原糖正向间接影响评吸总分；还原糖正向直接影响评吸总分较大，通过总糖和糖碱比负向间接影响评吸总分；糖碱比负向直接影响评吸总分较大，通过还原糖、总氮和氮碱比正向影响评吸总分，最终正向影响评吸总分；施木克值直接影响评吸总分较小，通过还原糖和总氮正向影响评吸总分，通过总糖和糖碱比负向影响评吸总分，最终正向影响评吸总分。

表 1-42　烤烟资源评吸总分与主要化学成分及派生值通径系数

化学成分	与总分的相关系数	直接通径系数	间接通径系数											
			烟碱/%	总糖/%	还原糖/%	总氮/%	钾/%	氯/%	蛋白质/%	糖碱比	钾氯比	两糖比	氮碱比	施木克值
烟碱/%	−0.140	0.117		0.095	−0.432	−0.006	0.002	−0.184	−0.018	0.165	0.004	0.252	−0.168	0.034
总糖/%	0.391	−0.326	−0.034		0.775	0.231	0.000	0.035	−0.010	−0.290	−0.002	0.023	0.062	−0.073
还原糖/%	0.336	0.835	−0.061	−0.302		0.193	0.000	0.084	−0.008	−0.300	−0.002	−0.108	0.083	−0.078
总氮/%	−0.354	−0.334	0.002	0.225	−0.482		−0.001	0.038	0.027	0.220	0.001	−0.105	−0.002	0.057
钾/%	−0.011	−0.003	−0.059	0.003	0.096	−0.062		0.116	0.016	−0.028	−0.004	−0.161	0.075	0.000
氯/%	−0.070	−0.205	0.105	0.056	−0.341	0.062	0.002		−0.025	0.095	0.003	0.286	−0.127	0.019

续表

化学成分	与总分的相关系数	直接通径系数	间接通径系数												
			烟碱/%	总糖/%	还原糖/%	总氮/%	钾/%	氯/%	蛋白质/%	糖碱比	钾氯比	两糖比	氮碱比	施木克值
蛋白质/%	0.031	0.064	−0.033	0.052	−0.102	−0.140	−0.001	0.081		0.027	−0.003	−0.057	0.101	0.043
糖碱比	0.301	−0.363	−0.053	−0.260	0.689	0.202	0.000	0.054	−0.005		−0.003	−0.052	0.158	−0.067
钾氯比	0.142	−0.011	−0.039	−0.055	0.139	0.039	−0.001	0.065	0.019	−0.102		−0.022	0.118	−0.007
两糖比	−0.122	−0.372	−0.080	0.020	0.243	−0.094	−0.001	0.158	0.010	−0.051	−0.001		0.064	−0.019
氮碱比	0.173	0.263	−0.075	−0.077	0.264	0.003	−0.001	0.099	0.025	−0.218	−0.005	−0.091		−0.014
施木克值	0.256	−0.088	−0.045	−0.270	0.742	0.216	0.000	0.044	−0.031	−0.275	−0.001	−0.078	0.042	

二、晒烟

1. 晒烟主要农艺性状及产量之间的相关分析

通过对 372 份晒烟资源分析表明：株高与节距、茎围、叶数、腰叶长和腰叶宽呈极显著正相关，与移栽至开花天数和产量呈显著正相关；茎围与腰叶长、腰叶宽和节距呈极显著正相关，与移栽至开花天数呈显著正相关；节距与腰叶宽呈极显著正相关，与叶数呈极显著负相关；叶数与产量、移栽至开花天数和腰叶长呈极显著正相关；腰叶长与腰叶宽和产量呈极显著正相关，与移栽至开花天数呈显著正相关；腰叶宽与产量呈极显著正相关。

晒烟主要农艺性状及产量之间的相关与烤烟有相同的趋势。不同之处在于，烤烟株高与栽移至开花天数和产量呈负相关，而晒烟株高与栽移至开花天数和产量呈显著正相关；烤烟叶数与产量呈负相关，而晒烟叶数与产量呈极显著正相关（表 1-43）。

表 1-43 晒烟资源主要农艺性状的相关系数

相关系数	株高	茎围	节距	叶数	腰叶长	腰叶宽	移栽至开花天数	产量
株高	1.00							
茎围	0.37**	1.00						
节距	0.42**	0.24**	1.00					
叶数	0.27**	0.05	−0.31**	1.00				
腰叶长	0.27**	0.34**	0.07	0.21**	1.00			
腰叶宽	0.18**	0.15**	0.20**	0.07	0.49**	1.00		
移栽至开花天数	0.11*	0.09*	0.00	0.12**	0.10*	0.07	1.00	
产量	0.10*	0.08	−0.07	0.40**	0.21**	0.25**	0.03	1.00

2. 晒烟化学指标之间的相关分析

糖类（总糖、还原糖）含量与含氮化合物（烟碱、总氮、蛋白质）含量呈极显著负相关，说明在一定范围内糖含量的增加与含氮有机化合物的积累呈负相关。有机钾与烟碱含量、氯离子含量、总糖含量和还原糖含量呈极显著负相关。

晒烟化学成分之间的相关性与烤烟有着相同的趋势。只是部分性状间相关的显著水平不同（表 1-44）。

表 1-44　晒烟资源主要化学成分及派生值的相关系数

相关系数	烟碱/%	总糖/%	还原糖/%	总氮/%	钾/%	氯/%	蛋白质/%	糖碱比	钾氯比	两糖比	氮碱比	施木克值
烟碱/%	1.00											
总糖/%	-0.16**	1.00										
还原糖/%	-0.19**	0.95**	1.00									
总氮/%	0.13**	-0.18**	-0.16**	1.00								
钾/%	-0.17**	-0.15**	-0.10*	0.08	1.00							
氯/%	-0.16**	-0.08	-0.09*	0.04	-0.31**	1.00						
蛋白质/%	0.08	-0.18**	-0.16**	0.22**	0.51**	-0.13**	1.00					
糖碱比	-0.39**	0.79**	0.85**	-0.18**	-0.06	-0.07	-0.14**	1.00				
钾氯比	-0.17**	-0.06	-0.03	0.05	0.74**	-0.63**	0.34**	0.00	1.00			
两糖比	-0.24**	0.48**	0.62**	0.00	0.08	-0.10*	-0.08	0.52**	0.01	1.00		
氮碱比	-0.53**	-0.01	0.03	0.35**	0.12**	-0.03	0.14**	0.38**	0.09	0.16**	1.00	
施木克值	-0.20**	0.94**	0.99**	-0.18**	-0.14**	-0.08	-0.26**	0.85**	-0.05	0.60**	0.02	1.00

3. 晒烟感官评吸质量的相关分析

晒烟资源感官评吸质量各指标间均达到极显著正相关，与烤烟资源表现一致（表 1-45）。

表 1-45　晒烟感官评吸质量的相关系数

相关系数	香气质	香气量	吃味	杂气	刺激性	总分
香气质	1.00					
香气量	0.45**	1.00				
吃味	0.41**	0.26**	1.00			
杂气	0.32**	0.31**	0.42**	1.00		
刺激性	0.20**	0.23**	0.32**	0.47**	1.00	
总分	0.72**	0.68**	0.68**	0.71**	0.63**	1.00

4. 主要农艺性状及产量与主要化学成分及派生值的相关分析

烟碱含量与移栽至开花天数呈极显著正相关，与株高、茎围、节距和腰叶长呈负相关，相关性未达到显著水平；节距与有机钾含量和钾氯比极显著正相关，与总氮和氯离子含量呈显著负相关；叶数与总糖含量显著正相关；腰叶宽与糖类（总糖、还原糖）含量显著正相关，与有机钾含量极显著负相关；氯离子含量与产量和腰叶长呈极显著负相关；钾氯比与产量呈极显著正相关（表 1-46）。

在烟碱含量与株高、茎围、节距和腰叶长呈负相关，糖类（总糖、还原糖）含量与叶数和腰叶宽呈正相关，氯含量与株高、节距和产量呈负相关等方面，晒烟与烤烟基本相同。

晒烟资源主要农艺性状与主要化学成分的相关性方面与烤烟相驳较多。在晒烟上，烟碱与移栽至开花天数极显著正相关，与产量正相关，总氮与节距呈显著负相关，钾与腰叶宽极显著负相关，钾氯比与节距极显著正相关，与产量负相关。而烤烟上，烟碱与移栽至开花天数呈负相关，与产量呈极显著负相关，总氮与节距正相关，钾与腰叶宽正相关，钾氯比与节距显著负相关，与产量极显著正相关。

表 1-46　晒烟资源主要农艺性状与主要化学成分的相关系数

相关系数	烟碱 /%	总糖 /%	还原糖 /%	总氮 /%	钾 /%	氯 /%	蛋白质 /%	糖碱比	钾氯比	两糖比	氮碱比	施木克值
株高	−0.07	0.04	0.05	−0.05	0.02	−0.04	−0.07	0.05	0.05	0.00	−0.02	0.05
茎围	−0.05	−0.03	0.00	−0.07	0.08	0.03	−0.06	0.00	0.03	−0.02	−0.07	0.00
节距	−0.08	0.01	0.02	−0.10*	0.12**	−0.10*	0.02	0.04	0.12**	0.00	−0.01	0.02
叶数	0.01	0.10*	0.09	0.09	−0.04	0.01	−0.06	0.00	0.00	0.02	0.00	0.08
腰叶长	−0.01	0.00	0.03	0.00	−0.09	0.02	−0.04	0.01	−0.06	0.02	−0.05	0.03
腰叶宽	0.06	0.11*	0.12**	0.04	−0.15**	0.06	−0.03	0.08	−0.12**	0.09*	−0.02	0.12**
移栽至开花天数	0.15**	−0.03	−0.04	−0.05	−0.06	0.05	−0.05	−0.04	−0.02	−0.06	−0.10*	−0.02
产量	0.06	0.07	0.07	0.00	0.01	−0.01	0.00	0.04	−0.01	0.08	−0.02	0.06

5. 主要农艺性状及产量与感官评吸质量的相关分析

主要农艺性状及产量与感官评吸质量各指标间相关性不强。节距与香气质和香气量显著正相关；移栽至开花天数与香气量呈显著正相关（表 1-47）。

表 1-47　晒烟资源主要农艺性状与感官评吸质量的相关系数

相关系数	香气质	香气量	吃味	杂气	刺激性	总分
株高	0.06	0.08	−0.01	−0.04	−0.05	0.02
茎围	0.03	−0.01	−0.04	0.00	0.02	0.00
节距	0.10*	0.11*	0.00	0.04	−0.01	0.08
叶数	0.01	0.04	0.05	−0.04	0.04	0.03
腰叶长	−0.06	−0.01	−0.08	−0.07	−0.01	−0.07
腰叶宽	0.06	0.06	0.01	0.01	0.02	0.05
移栽至开花天数	0.05	0.11*	−0.04	−0.02	0.03	0.05
产量	0.01	0.02	−0.06	−0.03	0.02	−0.01

6. 主要化学成分及派生值与感官评吸质量的相关分析

晒烟主要化学成分及派生值与感官评吸质量的相关和烤烟有着相同的趋势。烟碱、总氮和蛋白质与感官评吸质量各项指标呈负相关，部分达到显著或极显著水平，而糖类（总糖、还原糖）含量和糖碱比与感官评吸质量各项指标呈正相关，说明在一定范围内，控制含氮化合物和增加糖含量有利于提高烟叶感官评吸质量；糖碱比与刺激性和评吸总分显著正相关；两糖比与香气质呈显著正相关；施木克值与刺激性显著正相关（表 1-48）。

烟碱含量、总氮含量、氯含量和施木克值与感官评吸质量各指标呈负相关，糖类（总糖、还原糖）含量和糖碱比与感官评吸质量各指标呈正相关，晒烟与烤烟表现一致。

晒烟两糖比与香气质呈显著正相关，与其他评吸指标呈正相关，而烤烟两糖比与香气质呈极显著负相关，与吃味、杂气和总分呈显著负相关，与香气量和刺激性负相关。说明用两糖比来反映烟叶感官评吸质量存在较大的不确定性，现在许多文献采用两糖差来反映烟叶感官评吸质量，有研究表明，相对于两糖比指标，烟叶的两糖差与感官质量的关系更为密切（常爱震等，2009）。

表 1-48　晒烟资源主要化学成分与感官评吸质量的相关系数

相关系数	香气质	香气量	吃味	杂气	刺激性	总分
烟碱/%	−0.07	−0.05	−0.03	−0.04	−0.11 *	−0.09
总糖/%	0.02	0.03	0.01	−0.01	0.07	0.04
还原糖/%	0.04	0.03	0.03	0.03	0.09	0.06
总氮/%	−0.13 **	−0.07	−0.08	−0.14 **	−0.04	−0.13 **
钾/%	0.02	−0.03	0.01	−0.01	−0.07	−0.02
氯/%	−0.01	−0.07	−0.09	−0.04	0.00	−0.06
蛋白质/%	−0.01	−0.04	−0.08	−0.01	−0.11 *	−0.07
糖碱比	0.08	0.06	0.04	0.06	0.12 *	0.10 *
钾氯比	−0.03	0.04	0.00	−0.05	−0.07	−0.03
两糖比	0.10 *	0.02	0.09	0.03	0.05	0.08
氮碱比	0.03	0.02	−0.03	0.00	0.07	0.03
施木克值	0.05	0.04	0.05	0.03	0.09 *	0.08

7. 晒烟主要农艺性状与产量通径分析

为了进一步了解晒烟主要农艺性状对产量影响的相对重要性，在相关分析的基础上进行了通径分析。从相关系数来看，主要农艺性状对产量影响力大小顺序为：叶数>腰叶宽>腰叶长>株高>茎围>节距>移栽至开花天数；从直接通径系数看，主要农艺性状对产量影响力大小顺序为：叶数>腰叶宽>株高>节距>茎围>腰叶长>移栽至开花天数。综合认为，叶数和腰叶宽主要是直接影响产量，间接影响较小；茎围除直接影响产量外，另外还主要通过腰叶宽和叶数间接影响产量；株高直接影响产量较小，主要通过叶数间接影响产量；节距通过叶数间接影响产量；腰叶长通过腰叶宽和叶数间接影响产量；移栽至开花天数通过叶数间接影响产量（表 1-49）。

表 1-49　晒烟主要农艺性状与产量通径系数

项目	相关系数	直接通径系数	间接通径系数						
			株高	茎围	节距	叶数	腰叶长	腰叶宽	移栽至开花天数
株高	0.100	−0.095		0.018	0.021	0.115	0.008	0.037	−0.003
茎围	0.083	0.048	−0.035		0.012	0.021	0.010	0.030	−0.003
节距	−0.068	0.049	−0.041	0.012		−0.130	0.002	0.041	0.000
叶数	0.402	0.424	−0.026	0.002	−0.015		0.006	0.014	−0.004
腰叶长	0.212	0.030	−0.026	0.016	0.003	0.090		0.101	−0.003
腰叶宽	0.246	0.205	−0.017	0.007	0.010	0.029	0.015		−0.002
移栽至开花天数	0.035	−0.029	−0.010	0.005	0.000	0.051	0.003	0.015	

8. 评吸总分与主要化学成分及派生值通径分析

为了进一步了解晒烟主要化学成分及派生值对评吸总分影响的相对重要性，在相关分析的基础上进行了通径分析。从相关系数来看，主要化学成分及派生值对评吸总分影响力大小顺序为：总氮>糖碱比>烟碱>两糖比>施木克值>蛋白质>还原糖>氯>总糖>钾氯比>氮碱比>钾；从直接通径系数看，主要化学成分及派生值对评吸总分影响力大小顺序为：施木克值>还原糖>总糖>钾氯比>氯>总氮>糖碱比>钾>两糖比>氮碱比>蛋白质>烟碱。综合认为，总氮直接影响评吸总分，间接影响较小；钾和氮碱比直接和间接影响评吸总分均较小；烟碱直接影响评吸总分较小，通过施木克值负向间接影响评吸总分；还原糖直接负向影响评吸总分，通过施木克值间接正向影响评吸总分；糖碱比直接正向影响评吸总分，通过施木克值正向影响评吸总分，通过还原糖和总糖负向影响评吸总分；施木克值直接正向影响评吸总分较大，通过还原糖和总糖负向影响评吸总分，最终对评吸总分影响不大（表1-50）。

表 1-50　晒烟资源评吸总分与主要化学成分及派生值通径系数

化学成分	与总分的相关系数	直接通径系数	间接通径系数											
			烟碱/%	总糖/%	还原糖/%	总氮/%	钾/%	氯/%	蛋白质/%	糖碱比	钾氯比	两糖比	氮碱比	施木克值
烟碱/%	-0.086	-0.011		0.034	0.083	-0.016	-0.010	-0.020	0.001	-0.040	0.026	-0.010	-0.010	-0.113
总糖/%	0.036	-0.214	0.002		-0.412	0.022	-0.008	0.010	-0.003	0.082	0.008	0.019	0.000	0.530
还原糖/%	0.063	-0.431	0.002	-0.204		0.019	-0.006	0.012	-0.003	0.088	0.004	0.024	0.001	0.557
总氮/%	-0.134	-0.123	-0.002	0.039	0.068		0.004	-0.004	0.003	-0.018	-0.007	0.000	0.007	-0.101
钾/%	-0.023	0.057	0.002	0.032	0.042	-0.010		0.040	0.008	-0.006	-0.113	0.003	0.002	-0.079
氯/%	-0.059	-0.128	-0.002	0.017	0.039	-0.004	-0.018		-0.002	-0.007	0.097	-0.004	-0.001	-0.046
蛋白质/%	-0.070	0.016	-0.001	0.039	0.070	-0.027	0.029	0.016		-0.014	-0.052	-0.003	0.003	-0.146
糖碱比	0.103	0.104	0.004	-0.170	-0.365	0.021	-0.004	0.009	-0.002		0.001	0.021	0.007	0.477
钾氯比	-0.031	-0.153	0.002	0.012	0.013	-0.006	0.042	0.081	0.005	0.000		0.000	0.002	-0.029
两糖比	0.085	0.039	0.003	-0.103	-0.266	0.001	0.005	0.014	-0.001	0.054	-0.002		0.003	0.338
氮碱比	0.027	0.019	0.006	0.002	-0.012	-0.043	0.007	0.004	0.002	0.040	-0.014	0.006		0.009
施木克值	0.077	0.563	0.002	-0.202	-0.426	0.022	-0.008	0.010	-0.004	0.088	0.008	0.023	0.000	

第五节　本章小结

一、烟草种质资源本底多样性概述

贵州烟草科学研究所收集的烤烟资源株型以塔形为主，株高变幅为82.7~267.9cm，主要分布在150.0~199.9cm，叶数变幅为11.2~38.3片，平均23.5片，>35片的多叶型种质较少。产量变幅为44.8~236.5kg/亩，主要分布在100.0~199.9 kg/亩，平均154.5 kg/亩。烟碱含量变幅为0.9%~4.9%，主要分布在2.0%~3.0%，总糖和还原糖含量总体较低，钾含量相对较高，总氮含量总体偏高。香气量变幅为6.3~8.3分，平均7.5分；吃味变幅为6.2~9.5分；杂气变幅为5.9~8.2分；总分变幅为30.5~41.6分，主要分布37.0~39.0分，平均 37.2 分，变异系数为 4.6%，多样性指数（H'）为 1.644。

　　贵州省科学研究所收集的晒烟资源株型以塔形为主，株高变幅为 70.0～258.3cm，叶数变幅为 11.2～38.3 片，产量变幅为 27.9～187.7kg/亩，主要分布在 50.0～99.9 kg/亩。烟碱含量变幅为 0.3%～7.1%，主要分布在 3.0%～5.99%，平均 3.2%，总糖、还原糖含量和糖碱比总体较低，钾含量相对较高，总氮含量总体偏高。香气质变幅为 6.1～8.1 分，香气量变幅为 6.3～8.1 分，吃味变幅为 6.2～8.7 分，刺激性变幅为 5.8～8.0 分，总分变幅为 30.5～41.6 分，主要分布在 37.0～39.0 分，平均 37.2 分。

二、不同种质类型各性状多样性比较

　　不同性状间，叶面、叶缘和叶形等形态性状，株高、茎围、节距、腰叶长宽和产量等农艺性状，烟碱、总糖、还原糖、总氮、钾、氯、蛋白质、两糖比、氮碱比和施木克值等化学指标，香气质等感官评吸质量指标多样性较丰富，主脉粗细、吃味等性状多样性相对较窄。

　　不同烟草类型间，香料烟和雪茄烟的形态性状，烤烟、晒烟和晾烟的农艺性状，烤烟和晒烟的化学指标，晒烟的感官评吸指标的多样性相对较大。香料烟和黄花烟的化学指标的多样性相对较小。

三、烤烟与晒烟资源性状间相关分析及通径分析

1. 主要农艺性状及产量之间相关性

　　烤烟主要农艺性状及产量间相关性为：株高与节距、腰叶宽和茎围呈极显著正相关；茎围与腰叶长、腰叶宽和节距呈极显著正相关，与叶数和产量呈显著正相关；节距与腰叶宽和腰叶长呈极显著正相关，与叶数呈极显著负相关；叶数与腰叶宽呈极显著负相关，与移栽至开花天数呈显著正相关；腰叶长与腰叶宽和产量呈极显著正相关；移栽至开花天数与产量呈显著正相关。

　　晒烟主要农艺性状及产量之间的相关与烤烟有相同的趋势。不同之处在于，烤烟株高与栽移至开花天数和产量呈负相关，而晒烟株高与栽移至开花天数和产量呈显著正相关；烤烟叶数与产量呈负相关，而晒烟叶数与产量呈显著正相关。

2. 化学指标之间的相关分析

　　烤烟化学指标糖类（总糖、还原糖）含量与含氮化合物（烟碱、总氮、蛋白质）含量呈极显著或显著负相关。

　　晒烟化学指标之间的相关性与烤烟有着相同的趋势。只是部分性状间相关的显著水平不同。

3. 主要农艺性状与化学指标间的相关分析

　　在烟碱含量与株高、茎围、节距和腰叶长呈负相关，糖类（总糖、还原糖）含量与叶数和腰叶宽呈正相关，氯含量与株高、节距和产量呈负相关等方面，烤烟与晒烟基本相同。

　　烤烟资源主要农艺性状与主要化学成分的相关性方面与晒烟相驳较多。在烤烟上，烟碱与移栽至开花天数呈负相关，与产量呈极显著负相关，总氮与节距正相关，钾与腰叶宽正相关，钾氯比与节距显著负相关，与产量极显著正相关。而晒烟上，烟碱与移栽至开花天数极显著正相关，与产量正相关，总氮与节距显著负相关，钾与腰叶宽极显著负相关，钾氯比与节距极显著正相关，与产量负相关。

4. 主要农艺性状及产量与感官评吸质量的相关分析

在烤烟上，腰叶长与吃味、香气质、刺激性和总分呈极显著或显著负相关；产量与香气质、吃味和杂气呈显著正相关。株高、叶数和栽移至开花天数与感官评吸质量呈正相关。

在晒烟上，主要农艺性状及产量与感官评吸质量各指标间相关性不强。节距与香气质和香气量显著正相关；移栽至开花天数与香气量呈显著正相关。

5. 化学指标与感官评吸质量的相关分析

在烟碱含量、总氮含量、氯含量和施木克值与感官评吸质量各指标呈负相关，糖类（总糖、还原糖）含量和糖碱比与感官评吸质量各指标呈正相关等方面，晒烟与烤烟表现一致。

烤烟两糖比与香气质呈极显著负相关，与吃味、杂气和总分呈显著负相关，与香气量和刺激性负相关。而晒烟两糖比与香气质呈显著正相关，与其他评吸指标呈正相关。

6. 产量与主要农艺性状通径分析

烤烟产量与主要农艺性状通径分析表明，腰叶长、移栽至开花天数、节距和叶数以直接影响产量为主，间接影响为辅；茎围除直接影响产量外，还通过腰叶长间接影响产量；腰叶宽直接影响产量较小，主要通过腰叶长间接影响。

晒烟产量与主要农艺性状通径分析表明，叶数和腰叶宽主要是直接影响产量，间接影响为辅；茎围除直接影响产量外，另外还主要通过腰叶宽和叶数间接影响产量；株高直接影响产量较小，主要通过叶数间接影响产量；节距通过叶数间接影响产量；腰叶长通过腰叶宽和叶数间接影响产量；移栽至开花天数通过叶数间接影响产量。

7. 评吸总分与主要化学指标通径分析

烤烟评吸总分与主要化学成分及派生值通径分析表明，总氮直接影响评吸总分；钾和蛋白质对总分直接影响和间接影响均较小；总糖负向直接影响评吸总分，通过还原糖正向间接影响评吸总分；还原糖正向直接影响评吸总分较大，通过总糖和糖碱比负向间接影响评吸总分；糖碱比负向直接影响评吸总分较大，通过还原糖、总氮和氮碱比正向影响评吸总分，最终正向影响评吸总分；施木克值直接影响评吸总分较小，通过还原糖和总氮正向影响评吸总分，通过总糖和糖碱比负向影响评吸总分，最终正向影响评吸总分。

晒烟评吸总分与主要化学成分及派生值通径分析表明，总氮直接影响评吸总分；钾和氮碱比直接和间接影响评吸总分均较小；烟碱直接影响评吸总分较小，通过施木克值负向间接影响评吸总分；还原糖直接负向影响评吸总分，通过施木克值间接正向影响评吸总分；糖碱比直接正向影响评吸总分，通过施木克值正向影响评吸总分，通过还原糖和总糖负向影响评吸总分。

参 考 文 献

边宽江，等. 1999. 小麦品种产量与产量因素通径分析. 西北农业学报，8（2）：20-21.

常爱霞，等. 2009. 烤烟主要化学成分与感官质量的相关性分析. 中国烟草科学，30（6）：9-12.

胡溶容，等. 2007. 烤烟糖含量的空间变异特征. 生态学杂志，26（11）：1804-1810.

李朝建，等. 2009. 烤烟主要化学成分与吸味品质的相关性. 湖南农业大学学报，35（3）：253-256.

李曦. 2008. 四川烤烟中部叶评吸质量与主要化学成分的关系研究. 安徽农业科学，36（32）：14163-14165.

刘思衡. 2001. 作物育种与良种繁育学词典. 北京：中国农业出版社.

王志德，等. 2006. 烟草种质资源描述规范和数据标准. 北京：中国农业出版社.

王瑞新，等. 1990. 烟叶化学品质分析. 郑州：河南科学技术出版社，64-104.

第二章　烟草种质资源核心种质构建

随着对种质资源重要性的认识，种质资源保护的加强，种质资源基因库的规模变得越来越大。种质资源数量及资源库容量的不断增大给保存、评价、研究和利用带来了众多困难（Holden，1984）。Harlan（1972）提出可先对整个收集的某个子集进行重点研究以促进资源库的利用，这个子集最初被称为活动子集（Active working collection），Frankel（1984）将其称为核心库（Core Collection），是代表一个作物种的遗传多样性具有最小样品重复的物种子集，此后核心种质的概念得到进一步发展。Brown（1989a；b）认为核心库由来自一个已存在的种质库（Germplasm collection）中的部分样品所构成，用于代表整个资源群体的遗传多样性。在构建核心种质库时应该使子集保存的遗传多样性最大化，但在实践中为强调核心种质的利用往往将一些特异的材料直接选入核心库，从而使核心库的变异降低（van Hintum，1999），因此 van Hintum（1999）将核心库的概念定义为：能最优地代表特定遗传多样性的资源子集。

概括起来核心种质应具有以下特征：

①异质性：核心种质是从现有遗传资源中选出的数量有限的一部分材料，彼此间在生态和遗传上的相似性尽可能小，还应最大限度地去除遗传信息上重复的材料。

②多样性和代表性：核心种质应代表本物种及其近缘种主要的遗传组成和生态类型，应包括本物种的尽可能多的生态和遗传多样性，而不是全部种质收集品的简单代表和压缩。

③实用性：由于核心种质的规模急剧减小，又与备份的保留种质间存在着极为密切的联系，因此，极大地方便了对种质资源的保存、评价与创新利用，更容易找到所需特性或特性组合的遗传材料。

④动态性：核心种质是满足当前及未来遗传研究和育种目标需要的重要材料来源，因此，应该在核心种质与保留种质之间保持材料上的动态交流与调整。

鉴于核心种质资源库的上述特点，核心种质库具有如下功能：

①便于种质资源的深入研究和有效保护：由于核心库的容量相对较小，使种质资源管理者有可能对其遗传特性进行深入研究，如采用分子生物学手段检测基因组水平的遗传多样性，通过核心库的研究了解物种的遗传结构、亲缘关系及进化，为种质资源的有效保护提供合理的策略；

②便于种质资源的育种利用：种质资源的利用首先必须了解遗传材料的变异特性，特别是形态—农艺性状，大多为数量性状，其性状的变异受多基因作用的同时还受到环境、基因×环境互作的协同调控，同样由于核心库有限的材料数使种质资源管理者可以对核心材料进行多环境、多年份的田间试验，充分了解不同种质材料的遗传特性和环境适应性（Charmet，1993），为育种工作者从核心种质库中筛选亲本材料创造必要的前提条件，极大地促进种质资源的利用；

③便于新种质材料的鉴别：种质资源管理中经常会面临新征集的种质材料是否已收集在资源库内，是否有必要作为核心材料或者备用材料收集到种质库等问题，可以首先比较样品与核心种质库内各份材料在地理起源、生态类型、形态性状等信息的相似性，对新征集材料保存的必要性作快速粗糙的判断，然而决定是否可进一步做分子标记等的鉴别，因此利用核心种质库累积的多样性信息可加快新材料的鉴别，减轻资源库的管理负担；

④便于提高育种效率：种质改良是指对种质作难度较大的改进，把需要的性状从不同的遗传背景中引入当地适应品种中去的工作，需要较长的过程和较多的费用。利用核心库可以形成一系列具有代表性的样品，减少工作的样品量，用于当地的品种进行一般配合力的测定，进行提高品质、产量的育种和抗病虫育种；

⑤便于种质资源的科学管理，缓解轮种保存压力：核心种质库的构建使种质资源的保存和管理有了工作重点，可以极大地节约管理和轮种的人力和物力。

总之，烟草核心种质库的构建将使烟草种质资源的保存、评价、管理和利用更科学、有效；更便于发掘和利用有利基因、提高育种效率和加快育种进程；也更便于新技术在烟草种质资源研究中的深入应用，为科研机构和育种单位提供更为便利的研究基础。

为此，本章采用混合线性模型，用朱军（1997）提出的调整无偏预测（AUP）法无偏预测了12个烟草重要农艺性状的基因型效应值，通过筛选适宜系统聚类方法和抽样方法的组合，构建了具有嵌套结构的烟草农艺性状核心种质；另外，通过性状表型值计算的殴氏距离，在适宜系统聚类方法和抽样方法筛选的基础上，分别构建了烤烟和晒烟种质资源的品质性状核心种质。

第一节　材料与方法

一、材料

同本书第一章。

二、试验设计

对于农艺性状核心种质构建，项目设贵州金沙和贵州福泉两个观测点，分别代表两个环境条件，采用按田间行列编号顺序种植基因型的试验设计，两次重复，每个品种材料种植一个小区，选去除边株后的8株做为测定样本，检测株高、茎围、节距、叶数、脚叶长、脚叶宽、腰叶长、腰叶宽、顶叶长、顶叶宽、茎叶角、主侧脉角。

对于烤烟和晒烟品质性状核心种质构建，项目设贵州福泉1个观测点，按照常规方法设计。

三、数据调查方法

同本书第一章。

四、数据分析

对于分析的 12 个数量性状，即株高、茎围、节距、叶数、脚叶长、脚叶宽、腰叶长、腰叶宽、顶叶长、顶叶宽、茎叶角、主侧脉角，首先采用包括基因型效应、环境效应、基因型与环境互作效应的混合线性模型进行各项效应的变异分析，预测基因型效应值，再用基因型效应值进行核心种质的构建及数量性状遗传多样性评价。对于第 i 个环境下第 k 个区组内第 j 个个体的性状表型观测值 y_{ijk}，可采用如下混合线性模型进行分解

$$y_{ijk} = \mu + E_i + G_j + GE_{ij} + B_k + \varepsilon_{ijk}$$

其中，μ 为群体均值，固定效应；E_i 表示第 i 个环境（或第 i 年）效应，随机效应，$E_i \sim (0, \sigma_E^2)$；G_j 表示第 j 个个体的基因型效应，随机效应，$G_j \sim (0, \sigma_G^2)$；GE_{ij} 表示环境 i 和基因型 j 的互作效应，随机效应，$GE_{ij} \sim (0, \sigma_{GE}^2)$；$B_k$ 表示第 k 个区组的效应，随机效应，$B_{k(i)} \sim (0, \sigma_B^2)$；$\varepsilon_{ijk}$ 是剩余效应，随机效应，$\varepsilon_{ijk} \sim (0, \sigma_\varepsilon^2)$。

采用最小范数无偏估计法（MINQUE）估算各项随机效应方差，用刀切法（Jackknife）检验各项效应方差的显著性，用朱军提出的调整无偏预测（AUP）法无偏预测基因型效应值（朱军，1993a；1993b；1997）。对于混合线性模型，第 u 项随机效应的 AUP 值为：

$$\ell_u = \kappa_u \boldsymbol{U}_u^T \boldsymbol{Q}_a \boldsymbol{y}$$

其中，κ_u 是第 u 项随机效应预测值的调整系数，

$$\kappa_u = \sqrt{(n_u - 1)\, \hat{\sigma}_u^2 / (\boldsymbol{y}^T \boldsymbol{Q}_a \boldsymbol{U}_u \boldsymbol{U}_u^T \boldsymbol{Q}_a \boldsymbol{y})}$$

其中，n_u 是系数矩阵 $\boldsymbol{U}_u$ 的列数，$\hat{\sigma}_u^2$ 是第 u 项方差分量的估计值；

对于品质性状，则直接采用性状表型值计算不同材料的殴氏距离。

多态位点百分率（P）、平均多样性指数（I）、平均期望杂合度（H）及平均有效等位基因数（A）等多样性度量指标的统计计算公式简要概述如下：

$$P = n_p / n$$

$$I = -\frac{1}{n} \sum_j \sum_i p_{ij} \ln p_{ij}$$

$$H = 1 - \frac{1}{n} \sum_j \sum_i p_{ij}^2$$

$$A = \frac{1}{n} \sum_j 1 / \sum_i p_{ij}^2$$

其中 n_p 为存在多态性的位点数目，n 为总位点数，p_{ij} 是第 j 个位点第 i 种等位基因的频率。

第二节　农艺性状基因型及其与环境互作分析和基因型值预测

方差分析结果（表 2-1）表明，烟草农艺性状遗传变异显著地受基因型效应和基因型与环境互作效应影响。除茎围外，其余 11 个性状都存在极显著或显著的基因型效应方差，脚叶长和株高基因型效应方差占到总表型方差的 87.7% 和 77.1%。对于基因型与环境互作（GE），除株高和茎叶角外，其余 10 个性状都检测到显著或极显著的 GE 互作方差，占总表型方差的比率最低为 16.5%，最高为 33.2%。对于环境效应，没有检测到茎叶角和主侧脉角的显著性，顶叶长的表型显著地受环境效应影响，环境效应的变异占总表型变异的 66.7%，顶叶宽

同样受环境影响较大，环境效应变异占总变异的 62.5%。所有性状的剩余效应方差都检测到显著性，但他们占总变异的比率相对较小，最高为 16.1%，表明田间试验的误差得到了较好的控制，试验数据具有较好的可靠性。这些方差变异表明，考察的 12 个农艺性状除受显著的基因型效应作用外，环境、基因型与环境互作效应、剩余效应同样显著地影响着这些性状的表型变异。

表 2-1 农艺性状效应方差分析

参数	株高	茎围	节距	叶数	脚叶长	脚叶宽
V_G	740.590 **	0.977	0.878 **	11.727 **	92.816 **	30.777 **
V_E	122.001 *	2.479 *	0.511 *	9.657 *	88.747 *	16.410 *
V_{GE}	29.750	1.685 *	0.518 **	8.222 **	37.967 **	18.767 **
V_e	68.757 **	0.334 **	0.202 **	2.782 **	10.814 **	5.810 **
V_G/V_P	0.771 **	0.178	0.416 **	0.362 **	0.403 **	0.429 **
V_E/V_P	0.127 *	0.453	0.242	0.298 *	0.385 *	0.229 *
V_{GE}/V_P	0.031	0.308	0.246 **	0.254 **	0.165 **	0.262 **
V_e/V_P	0.072 **	0.061 **	0.096 **	0.086 **	0.047 **	0.081 **
	腰叶长	腰叶宽	顶叶长	顶叶宽	茎叶角	主侧脉角
V_G	59.311 **	19.387 **	31.789 *	9.824 *	183.528 **	41.061 **
V_E	86.299 **	13.650 *	218.779 **	62.170 **	5.313	0.142
V_{GE}	39.487 **	18.680 **	67.536 **	23.741 **	8.015	23.203 **
V_e	12.469 **	4.500 *	9.971 *	3.760 *	12.407 **	12.316 **
V_G/V_P	0.300 **	0.345 **	0.097	0.099 *	0.877 **	0.535 **
V_E/V_P	0.437 **	0.243 *	0.667 **	0.625 **	0.025	0.002
V_{GE}/V_P	0.200 **	0.332 **	0.206 **	0.239 **	0.038	0.302 **
V_e/V_p	0.063 **	0.080 **	0.030	0.038 *	0.059 **	0.161 **

注：V_G 为基因型效应方差；V_E 环境效应方差；V_{GE} 基因型与环境互作效应方差；V_e 剩余效应方差；V_P 表型方差。**（*）表示相应的效应方差达到 0.01（0.05）显著性水平。

第三节 基于农艺性状的核心种质构建

首先用预测的基因型效应值计算不同材料间的欧氏距离，用 5 种系统聚类方法进行遗传聚类，结合优先取样、变异度取样、完全随机取样 3 种抽样方法构建核心种质。5 种系统聚类方法分别为最短距离法（Single linkage），最长距离法（Complete linkage），重心法（Centroid method），不加权类平均法（Unweighted pair group method with arithmatic mean，UPGMA），离差平方和法（Ward's method）。5 种系统聚类方法依次用代码 C1、C2、C3、C4、C5 标识，3 种抽样方法用 S1、S2、S3 标识，而 $CiSj$（$i=1\sim5$，$j=1,2,3$）表示两者的结合。在不同抽样比率下获得的核心子集命名为 $CiSj\_n$，其中 n 是核心种质的容量。

一、农艺性状核心种质构建策略的筛选

从表 2-2 可知，各种结合下，优先取样和变异度取样所得各核心子集与总群体具有完全相同的极差，主要是因为在多次聚类构建核心种质时首先将具有最大和最小性状基因型值的个体作为优先保存的样品选入核心子集。

对于优先取样法，较少子集的性状均值与总群体间表现出显著差异，而变异度取样法所得子集具有较大均值差异百分率。根据总群体与核心子集的均值比发现，变异度取样所得子集的性状均值比的平均值都低于 1，而优先取样法所得核心子集的均值比的平均值都大于 1，但均值比方差接近或等于零，说明 4 种比率所得的核心种质各性状均值都没有较大地偏离原有分布的均值。

性状均值差异的显著性不但与均值间差异的大小有关，还与 t 检验的自由度密切相关，尽管变异度取样的核心种质具有较大的均值差异百分率，但均值比的平均值和均值比的方差表明了各子集的性状均值基本保存了总群体的特征。另一方面，性状的均值还取决于群体的分布，冗余遗传材料的剔除会改变性状的分布，从而检测到核心种质与总群体间显著的均值差异。比较相同比率下核心种质间的变异系数变化率和多样性指数均值，最短距离法多次聚类结合变异度取样法，所得子集具有相对较高的变异系数变化率，而且也具有较高的多样性指数均值。

另外，多次聚类优先取样与多次聚类变异度取样相比，变异度取样的核心子集具有较大的多样性。如果采用完全随机取样，则因没有考虑各个材料间的遗传相似性，因此所得的子集多样性逐步减小，但各性状均值都与总群体没有显著性差异。因此，最短距离法多次聚类结合变异度取样是构建烟草农艺性状核心种质的可行策略。

表 2-2　4 种抽样比率下不同构建策略所得核心种质的遗传多样性比较

群体	均值差异 百分率/%	方差差异 百分率/%	极差符 合率/%	变异系数 变化率	均值比的 平均值	均值比的 方差	方差比 的均值	方差比 的方差	多样性指 数均值
				最短距离法多次聚类优先取样					
总群体	0	0	100	100	1	0	1	0	2.008
C1S1_282	0	66.667	100	108.960	1.007	0	1.207	0.010	2.045
C1S1_201	8.333	91.667	100	112.174	1.012	0	1.293	0.018	2.047
C1S1_121	0	83.333	100	119.289	1.012	0	1.466	0.042	2.065
C1S1_81	0	91.667	100	128.020	1.003	0	1.663	0.085	2.053
				最长距离法多次聚类优先取样					
C2S1_282	0	33.333	100	106.949	1.003	0	1.154	0.012	2.024
C2S1_201	0	75	100	111.765	1.007	0	1.273	0.031	2.032
C2S1_121	0	83.333	100	118.210	1.011	0	1.440	0.056	2.038
C2S1_81	0	83.333	100	128.500	1.006	0	1.692	0.133	2.059
				重心法多次聚类优先取样					
C3S1_282	0	8.333	100	102.772	0.999	0	1.056	0.008	2
C3S1_201	0	41.667	100	108.029	1	0	1.171	0.017	2.025
C3S1_121	0	66.667	100	116.482	1.007	0	1.387	0.058	2.047
C3S1_81	0	75	100	124.268	1.006	0	1.577	0.108	2.051

续表

群体	均值差异百分率/%	方差差异百分率/%	极差符合率/%	变异系数变化率	均值比的平均值	均值比的方差	方差比的均值	方差比的方差	多样性指数均值
不加权类平均法多次聚类优先取样									
C4S1_282	0	33.333	100	106.732	1.008	0	1.159	0.008	2.029
C4S1_201	0	83.333	100	110.506	1.006	0	1.240	0.017	2.037
C4S1_121	0	83.333	100	118.268	1.016	0	1.453	0.046	2.043
C4S1_81	0	83.333	100	124.435	1.014	0	1.612	0.103	2.036
离差平方和法多次聚类优先取样									
C5S1_282	0	25	100	105.436	1.005	0	1.125	0.006	2.026
C5S1_201	0	83.333	100	110.796	1.004	0	1.241	0.015	2.045
C5S1_121	0	75	100	114.574	1.005	0	1.333	0.032	2.040
C5S1_81	0	75	100	122.523	1.008	0	1.537	0.070	2.035
最短距离法多次聚类变异度取样									
C1S2_282	66.667	66.667	100	114.531	0.965	0	1.227	0.026	2.064
C1S2_201	58.333	75	100	120.932	0.963	0	1.361	0.045	2.081
C1S2_121	33.333	83.333	100	130.905	0.964	0.001	1.606	0.098	2.090
C1S2_81	50	83.333	100	140.923	0.950	0.001	1.817	0.204	2.089
最长距离法多次聚类变异度取样									
C2S2_282	91.667	50	100	112.276	0.948	0.001	1.135	0.022	2.031
C2S2_201	83.333	66.667	100	119.264	0.941	0.001	1.263	0.033	2.051
C2S2_121	91.667	83.333	100	130.080	0.923	0.001	1.449	0.075	2.066
C2S2_81	91.667	83.333	100	142.618	0.920	0.002	1.737	0.150	2.068
重心法多次聚类变异度取样									
C3S2_282	83.333	25	100	111.215	0.955	0.001	1.128	0.009	2.037
C3S2_201	83.333	75	100	119.162	0.942	0.001	1.263	0.026	2.057
C3S2_121	75	83.333	100	131.532	0.943	0.001	1.548	0.081	2.086
C3S2_81	75	91.667	100	143.182	0.930	0.001	1.784	0.136	2.069
类平均法多次聚类变异度取样									
C4S2_282	83.333	50	100	113.482	0.953	0	1.173	0.024	2.047
C4S2_201	83.333	66.667	100	120.207	0.944	0.001	1.292	0.044	2.061
C4S2_121	83.333	83.333	100	130.895	0.926	0.001	1.477	0.086	2.062
C4S2_81	91.667	83.333	100	143.915	0.914	0.002	1.739	0.150	2.069
离差平方和法多次聚类变异度取样									
C5S2_282	91.667	41.667	100	112.538	0.950	0.001	1.145	0.021	2.039
C5S2_201	83.333	66.667	100	118.705	0.938	0.001	1.244	0.039	2.053
C5S2_121	91.667	83.333	100	131.389	0.924	0.001	1.484	0.083	2.069
C5S2_81	91.667	83.333	100	143.274	0.911	0.002	1.712	0.135	2.057
完全随机取样									
S3_282	0	0	88.722	100.295	0.996	0	0.999	0.006	2.005
S3_201	0	16.667	82.057	100.147	1.003	0	1.012	0.017	2.001
S3_121	0	8.333	77.506	100.537	0.997	0	1.011	0.019	1.991
S3_81	0	8.333	76.246	102.589	0.999	0	1.057	0.025	1.985

注：S3_282、S3_201、S3_121、S3_81 分别为 35%、25%、15%、10%抽样比率下完全随机抽样方法获得的核心子集；均值比是指核心种质性状均值与总群体性状均值之比，方差比是指核心种质性状方差与总群体性状方差之比。

二、4 种抽样比率所得核心种质

核心种质是种质群体的一个代表性子集，用最少的遗传材料最大限度地保有原有群体的遗传多样性。不同的抽样比率会有不同大小的核心子集。抽样比率与资源群体的大小、原有遗传多样性程度及分布结构、遗传多样性评价和抽样方法等因素密切相关，国际上核心种质的构建没有固定的抽样比率。

我们采用 4 种抽样比率，构建 4 个具有嵌套结构的核心种质，不同育种工作者可结合自身需要及情况选择使用。4 种取样比率分别为 35%、25%、15%、10%，采用最短距离法变异度抽样获得的 4 个核心种质分别标记为 C1S2_282、C1S2_201、C1S2_121、C1S2_81，各自的核心材料代码如下：

表 2-3　最短距离法多次聚类变异度取样所得 4 个嵌套核心种质材料代码

C1S2_282	C1S2_201	C1S2_121	C1S2_81	材料代码
C1S2_282	C1S2_201	C1S2_121	C1S2_81	SG006, SG007, SG052, SG056, SG061, SG066, SG086, SG094, SG114, SG119, SG127, SG154, SG198, SG207, SG257, SG258, SG260, NG001, TG002, TG003, TG005, TG006, TG007, TG014, SS012, SS045, SS051, SS052, SS063, SS064, SS066, SS068, SS078, SS098, SS108, SS142, SS149, WG001, WG002, WG003, WG004, WG005, WG007, FD004, FD017, FD045, FY005, FY015, FY019, FY031, FS008, FS019, FS025, FS027, FS042, FS043, FS045, FS052, FS053, FS054, FS055, FS062, FS065, FS067, FS070, FS075, FS077, FS089, FG006, FG010, FG012, FG016, FG020, FG026, FG063, FG073, FG088, FG118, FG119, FG126
C1S2_282	C1S2_201	C1S2_121		SG038, SG046, SG085, SG105, SG124, SG194, SG198, SG209, SG231, SG233, SG235, SG256, SG272, NG008, TG010, BG002, BG016, SS025, SS044, SS056, SS060, SS071, SS082, SS115, SS145, WG006, WG010, FD005, FD012, FD025, FD031, FD035, FD043, FY017, FY028, FS038, FS037, FS064, FG019, FG028
C1S2_282	C1S2_201			SG017, SG036, SG048, SG065, SG117, SG118, SG121, SG129, SG140, SG149, SG165, SG190, SG203, SG255, AG008, AG009, AG013, AG016, AG094, GG002, BG027, BG028, SS002, SS003, SS018, SS020, SS022, SS024, SS035, SS038, SS041, SS050, SS053, SS058, SS059, SS064, SS073, SS081, SS091, SS092, SS097, SS105, SS106, SS107, SS109, SS110, SS112, SS123, SS128, SS133, SS137, SS141, SS150, SS152, FD003, FD018, FD019, FD034, FD041, FY009, FY011, FY014, FY022, FY029, FS013, FS014, FS016, FS031, FS036, FS058, FS090, FG003, FG021, FG027, FG034, FG044, FG061, FG089, FG098, FG100
C1S2_282				AG007, NG004, TG013, AG015, SG009, SG010, SG022, SG042, SG037, SG051, SG057, SG060, SG063, SG074, SG082, SG084, SG088, SG101, SG125, SG144, SG166, SG172, SG175, SG178, SG179, SG193, SG200, SG213, SG215, SG223, SG229, SG234, SG238, SG253, SS033, SS061, SS069, SS084, SS087, SS098, SS101, SS111, SS124, SS131, SS132, SS138, SS139, SS140, FD010, FD014, FD016, FD018, FD024, FD031, FD039, FD042, FD049, FY016, FY030, FS002, FS040, FS044, FS051, FS060, FS084, FS088, FS092, FG005, FG008, FG040, FG048, FG055, FG057, FG060, FG074, FG079, FG080, FG081, FG085, FG116, FG122

三、核心种质农艺性状与分子标记遗传多样性

1. 农艺性状遗传多样性

　　分别计算单个性状的均值、方差、变异系数、均值比值、方差比值和多样性指数，并以此与总群体进行遗传多样性比较。对于数量性状的多样性指数，先根据性状的均值（μ）和标准差（σ），将品种进行 10 级分类，1 级 $< \mu - 2\sigma$，10 级 $\geqslant \mu + 2\sigma$ 每级间差 0.5σ，然后用 Shannon-weaver 遗传多样性指数公式计算。

　　从表 2-4 可知，随着抽样比率从 35% 减少到 10%，除节距和茎叶角外，其余性状的变异系数和多样性指数都得到较大幅度的提高，呈现递增的变化特征。只有叶数这一性状，各核心种质的性状均值被提高，但没有检测到与总群体间的显著性差异。对于其余 11 个性状，所有核心种质的性状均值都略低于总群体的对应均值，两者的比率至少在 90% 以上。

表 2-4　各嵌套的核心种质与总群体间 12 个农艺性状的遗传多样性比较

株高						
	均值	方差	变异系数	均值比值	方差比值	多样性指数
总群体	139.444	740.592	0.195	1.000	1.000	1.995
C1S2_282	131.532**	854.867	0.222	0.943	1.154	2.048
C1S2_201	131.158**	995.186**	0.241	0.941	1.344	2.077
C1S2_121	128.890**	1097.320**	0.257	0.924	1.482	2.114
C1S2_81	129.169**	1137.490**	0.261	0.926	1.536	2.142
茎围						
	均值	方差	变异系数	均值比值	方差比值	多样性指数
总群体	7.641	0.977	0.129	1.000	1.000	2.023
C1S2_282	7.502	1.253**	0.149	0.982	1.282	2.085
C1S2_201	7.470	1.427**	0.160	0.978	1.460	2.090
C1S2_121	7.466	1.581**	0.168	0.977	1.619	2.077
C1S2_81	7.437	2.015**	0.191	0.973	2.063	2.105
节距						
	均值	方差	变异系数	均值比值	方差比值	多样性指数
总群体	4.210	0.878	0.223	1.000	1.000	1.951
C1S2_282	4.028**	0.840	0.227	0.957	0.957	1.958
C1S2_201	4.057*	0.846	0.227	0.964	0.964	1.946
C1S2_121	4.059	0.944	0.239	0.964	1.076	1.976
C1S2_81	3.971*	0.969	0.248	0.943	1.104	1.931
叶数						
	均值	方差	变异系数	均值比值	方差比值	多样性指数
总群体	19.648	11.728	0.174	1.000	1.000	1.989
C1S2_282	19.708	14.400*	0.193	1.003	1.228	2.019
C1S2_201	19.779	14.712*	0.194	1.007	1.254	2.028
C1S2_121	19.938	16.908**	0.206	1.015	1.442	2.026
C1S2_81	20.171	17.797**	0.209	1.027	1.518	2.021

脚叶长					
	均值	方差	变异系数	均值比值	方差比值	多样性指数
总群体	45.693	92.816	0.211	1.000	1.000	2.002
C1S2_282	44.183	137.391**	0.265	0.967	1.480	2.122
C1S2_201	43.690*	155.856**	0.286	0.956	1.679	2.139
C1S2_121	43.918	191.458**	0.315	0.961	2.063	2.163
C1S2_81	43.867	238.508**	0.352	0.960	2.570	2.173

脚叶宽					
	均值	方差	变异系数	均值比值	方差比值	多样性指数
总群体	23.538	30.778	0.236	1.000	1.000	2.002
C1S2_282	22.507*	42.970**	0.291	0.956	1.396	2.099
C1S2_201	22.287*	50.077**	0.318	0.947	1.627	2.137
C1S2_121	22.558	56.124**	0.332	0.958	1.824	2.144
C1S2_81	22.289	67.021**	0.367	0.947	2.178	2.142

腰叶长					
	均值	方差	变异系数	均值比值	方差比值	多样性指数
总群体	46.381	59.310	0.166	1.000	1.000	2.045
C1S2_282	44.111**	82.516**	0.206	0.951	1.391	2.142
C1S2_201	43.908**	88.463**	0.214	0.947	1.492	2.149
C1S2_121	43.873*	110.896**	0.240	0.946	1.870	2.141
C1S2_81	42.922**	130.745**	0.266	0.925	2.204	2.131

腰叶宽					
	均值	方差	变异系数	均值比值	方差比值	多样性指数
总群体	22.721	19.387	0.194	1.000	1.000	2.038
C1S2_282	21.212**	24.261**	0.232	0.934	1.251	2.105
C1S2_201	21.153**	27.836**	0.249	0.931	1.436	2.137
C1S2_121	21.264**	33.771**	0.273	0.936	1.742	2.142
C1S2_81	20.665**	35.936**	0.290	0.909	1.854	2.129

顶叶长					
	均值	方差	变异系数	均值比值	方差比值	多样性指数
总群体	32.188	31.789	0.175	1.000	1.000	1.996
C1S2_282	31.329*	42.236**	0.207	0.973	1.329	2.081
C1S2_201	31.201	45.468**	0.216	0.969	1.430	2.072
C1S2_121	31.343	58.802**	0.245	0.974	1.850	2.055
C1S2_81	30.932	67.390**	0.265	0.961	2.120	2.067

顶叶宽					
	均值	方差	变异系数	均值比值	方差比值	多样性指数
总群体	14.718	9.824	0.213	1.000	1.000	1.979
C1S2_282	14.225*	10.654	0.229	0.967	1.085	2.028

续表

	均值	方差	变异系数	均值比值	方差比值	多样性指数
C1S2_201	14.234	11.596	0.239	0.967	1.180	2.056
C1S2_121	14.474	14.219**	0.261	0.983	1.447	2.063
C1S2_81	14.133	15.545**	0.279	0.960	1.582	2.072
			茎叶角			
	均值	方差	变异系数	均值比值	方差比值	多样性指数
总群体	51.640	183.528	0.262	1.000	1.000	2.050
C1S2_282	50.358	182.755	0.268	0.975	0.996	2.029
C1S2_201	50.341	197.464	0.279	0.975	1.076	2.042
C1S2_121	49.968	195.444	0.280	0.968	1.065	2.041
C1S2_81	47.733*	205.296	0.300	0.924	1.119	2.020
			主侧脉角			
	均值	方差	变异系数	均值比值	方差比值	多样性指数
总群体	60.907	41.061	0.105	1.000	1.000	2.027
C1S2_282	59.569**	48.112*	0.116	0.978	1.172	2.047
C1S2_201	59.372**	57.185**	0.127	0.975	1.393	2.099
C1S2_121	58.861*	73.522**	0.146	0.966	1.791	2.140
C1S2_81	57.454**	80.471**	0.156	0.943	1.960	2.141

注：**，*分别是指0.01和0.05显著性水平，表示核心种质与总群体间的性状均值或方差达到极显著或显著水平。

2. 分子标记遗传多样性

表2-5表明，核心种质的分子标记多样性随着抽样比率的减小，多态位点百分率和平均有效等位基因数逐步减少，而平均多样性指数和平均期望杂合度与总群体差异不大，因为这两个指标主要与等位基因频率有关。

表2-5 分子标记遗传多样性

群体	多态位点百分率	平均多样性指数	平均期望杂合度	平均有效等位基因数
总群体	0.960	0.036	0.069	1.043
C1S2_282	0.875	0.036	0.068	0.958
C1S2_201	0.836	0.035	0.066	0.916
C1S2_121	0.776	0.039	0.073	0.867
C1S2_81	0.713	0.041	0.077	0.810

3. 资源群体的空间分布及性状间的相关性

首先计算12个性状间的相关系数矩阵，然后计算该矩阵的特征值和特征向量，通过主成分转换得到各个体的第1、2、3主成分值，分别用3（2）个主成分绘制核心种质和剩余（备用）种质的三（二）维分布视图。相关矩阵的特征值分别为：4.557、1.991、1.324、0.861、0.732、0.608、0.531、0.444、0.420、0.347、0.110、0.074，第1和第2两个主成分解释了总变异的54.6%，而前3个主成分则解释了总变异的65.6%。

图2-1至图2-4表明，尽管前3个主成份所解释的总变异并不高，但三维和二维都很好地保留了总群体的空间分布特征，特别是35%抽样比率所得的核心种质C1S2_282。比较表

2-6、表2-7、表2-8中成对性状间的相关系数及其显著性，各核心种质基本上保留了原群体性状间的相关性及其显著性，表明核心种质同样能很好地反映总群体的多样性结构。

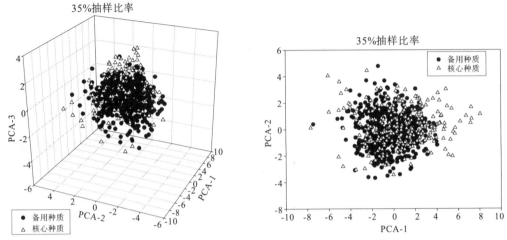

图 2-1　基于主成分的核心种质 CIS2_282 及备用种质空间分布视图

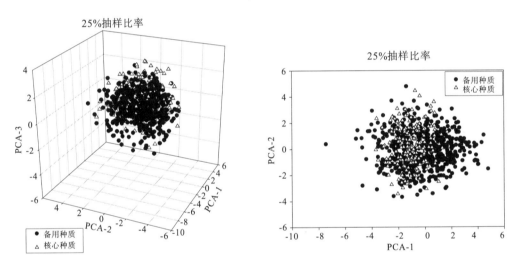

图 2-2　基于主成分的核心种质 CIS2_201 及备用种质空间分布视图

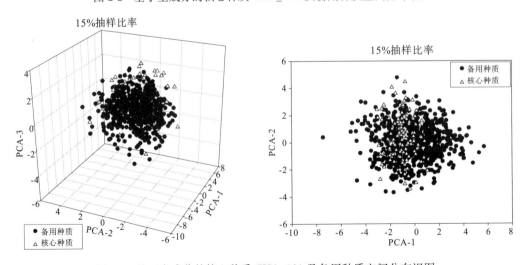

图 2-3　基于主成分的核心种质 CIS2_121 及备用种质空间分布视图

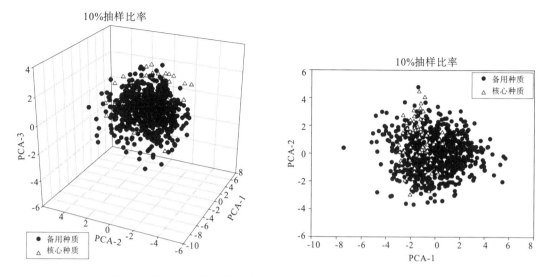

图 2-4　基于主成分的核心种质 CIS2_81 及备用种质空间分布视图

表 2-6　总群体 12 个农艺性状间的相关系数

	茎围	节距	叶数	脚叶长	脚叶宽	腰叶长	腰叶宽	顶叶长	顶叶宽	茎叶角	主侧脉角
株高	0.351**	0.25**	0.381**	0.358**	0.343**	0.354**	0.33**	0.262**	0.238**	−0.172**	0.171**
茎围		−0.056**	0.134**	0.52**	0.472**	0.585**	0.485**	0.525**	0.447**	0.025	0.074*
节距			−0.108**	−0.063	−0.018	−0.029	0.113**	−0.042	0.1**	0.134**	0.216**
叶数				0.347**	0.222**	0.12**	−0.036	0.033	−0.088*	−0.402**	−0.154**
脚叶长					0.746**	0.711**	0.467**	0.513**	0.292**	−0.298**	−0.054
脚叶宽						0.524**	0.667**	0.377**	0.445**	−0.114**	0.146**
腰叶长							0.683**	0.699**	0.458**	−0.072*	0.049
腰叶宽								0.473**	0.639**	0.095**	0.288**
顶叶长									0.732**	0.012	−0.002
顶叶宽										0.184**	0.213**
茎叶角											0.29**

注：** ，* 分别表示相关达到 0.01 和 0.05 显著性水平

表 2-7　核心种质 C1S2_282 和 C1S2_201 的 12 个农艺性状间的相关系数

	株高	茎围	节距	叶数	脚叶长	脚叶宽	腰叶长	腰叶宽	顶叶长	顶叶宽	茎叶角	主侧脉角
株高		0.411**	0.261**	0.414**	0.448**	0.432**	0.412**	0.391**	0.298**	0.309**	−0.151*	0.268**
茎围	0.443**		−0.037	0.140*	0.610**	0.566**	0.658**	0.576**	0.563**	0.489**	−0.026	0.182**
节距	0.272**	0.014		−0.050	−0.012	0.008	−0.016	0.071	−0.091	0.049	0.083	0.175**
叶数	0.467**	0.158*	−0.029		0.329**	0.233**	0.112	−0.018	0.042	−0.045	−0.378**	−0.114
脚叶长	0.481**	0.611**	0.005	0.359**		0.821**	0.767**	0.587**	0.584**	0.410**	−0.263**	0.091
脚叶宽	0.461**	0.578**	0.030	0.266**	0.847**		0.631**	0.726**	0.470**	0.492**	−0.124*	0.219**
腰叶长	0.437**	0.659**	0.003	0.149*	0.785**	0.685**		0.758**	0.768**	0.590**	−0.059	0.183**
腰叶宽	0.410**	0.587**	0.094	0.009	0.619**	0.752**	0.795**		0.563**	0.695**	0.086	0.357**
顶叶长	0.333**	0.570**	−0.078	0.066	0.606**	0.494**	0.776**	0.597**		0.761**	−0.045	0.121*

续表

	株高	茎围	节距	叶数	脚叶长	脚叶宽	腰叶长	腰叶宽	顶叶长	顶叶宽	茎叶角	主侧脉角
顶叶宽	0.342**	0.517**	0.045	−0.025	0.445**	0.521**	0.635**	0.731**	0.775**		0.142*	0.336**
茎叶角	−0.187**	−0.033	0.104	−0.407**	−0.263**	−0.152*	−0.090	0.053	−0.092	0.100		0.246**
主侧脉角	0.291**	0.231**	0.152*	−0.111	0.153*	0.281**	0.254**	0.428**	0.172*	0.372**	0.274**	

注：上三角和下三角系数分别为核心种 C1S2_282 和 C1S2_201 得到的性状间相关系数；**，* 分别表示相关达到 0.01 和 0.05 显著性水平

表 2-8　核心种质 C1S2_121 和 C1S2_81 的 12 个农艺性状间的相关系数

	株高	茎围	节距	叶数	脚叶长	脚叶宽	腰叶长	腰叶宽	顶叶长	顶叶宽	茎叶角	主侧脉角
株高		0.436**	0.240**	0.523**	0.592**	0.540**	0.473**	0.416**	0.384**	0.360**	−0.191*	0.317**
茎围	0.464**		0.021	0.128	0.654**	0.649**	0.668**	0.653**	0.594**	0.572**	0.035	0.297**
节距	0.272*	0.077		−0.045	0.034	0.068	0.018	0.100	−0.112	−0.027	0.162	0.158
叶数	0.556**	0.147	−0.021		0.362**	0.236**	0.149	−0.012	0.131	0.002	−0.336**	−0.072
脚叶长	0.635**	0.698**	0.078	0.401**		0.856**	0.840**	0.701**	0.673**	0.491**	−0.212*	0.213*
脚叶宽	0.584**	0.711**	0.063	0.306**	0.880**		0.748**	0.804**	0.571**	0.562**	−0.097	0.329**
腰叶长	0.518**	0.689**	0.040	0.179	0.876**	0.784**		0.840**	0.810**	0.665**	−0.030	0.291**
腰叶宽	0.482**	0.718**	0.083	0.084	0.760**	0.834**	0.868**		0.649**	0.750**	0.139	0.453**
顶叶长	0.394**	0.614**	−0.047	0.093	0.729**	0.632**	0.840**	0.712**		0.794**	−0.095	0.206*
顶叶宽	0.328**	0.584**	−0.061	−0.020	0.496**	0.559**	0.651**	0.740**	0.798**		0.171	0.408**
茎叶角	−0.256*	0.015	0.039	−0.315**	−0.209	−0.126	−0.056	0.106	−0.074	0.176		0.286**
主侧脉角	0.364**	0.359**	0.021	−0.025	0.265*	0.386**	0.336**	0.500**	0.282*	0.473**	0.253*	

注：上三角和下三角系数分别为核心种 C1S2_121 和 C1S2_81 得到的性状间相关系数；**，* 分别表示相关达到 0.01 和 0.05 显著性水平

第四节　烤烟品质性状的核心种质构建

因品质性状数据不是多环境或多重复的实验资料，因此直接采用性状表型值计算不同遗传材料间的欧氏距离，分别采用 5 种系统聚类方法和 3 种抽样方法结合进行核心种质构建，筛选相对较好的构建策略，然后用所选方法在 4 种抽样比率下抽样，选择具有嵌套结构的核心子集，并进行多样性评价。对于品质性状，烤烟和晒晾烟分别单独构建。各核心子集的命名规则同上。

另外，原始烤烟群体中部分材料品质性状类同，如 FD001、FD018、FD014、FD024、FD026、FD030、FD034、FD049、FY001、FY003、FY004、FY005、FY006、FY011、FY012、FY018、FY019、FY020、FY024、FY031、FY032、FY033、FY035、FY037、

FS003、FS004、FS005、FS006、FS008、FS013、FS014、FS021、FS025、FS027、FS028、FS035、FS038、FS039、FS041、FS047、FS049、FS051、FS053、FS054、FS055、FS056、FS057、FS058、FS059、FS060、FS062、FS065、FS067、FS069、FS072、FS073、FS074、FS075、FS077、FS081、FS082、FS086、FS092、FG004、FG019、FG020、FG021、FG023、FG038、FG041、FG043、FG060、FG074、FG081、FG101、FG102、FG109、FG115、FG121、FY063、FY066、FY067、F096 各个品质性状调查值完全相同，因此，在逐步聚类构建核心种质库时剔除了这些样品，上述其中一份材料直接选入各个核心子集。

一、烤烟品质性状核心种质构建策略的筛选

与农艺性状相比，烤烟品质性状 4 个嵌套的核心种质具有较小的均值差异百分率，相同抽样比率下，变异度取样法具有较大的方差差异百分率、变异系数变化率、平均多样性指数。说明多次聚类优先取样与多次聚类变异度取样相比，变异度取样的核心库具有较大的多样性。在所有结合方法中，不加权类平均法逐步聚类结合变异度取样具有最大的多样性指数均值，但对于变异系数变化率，与变异度取样的各核心种质相比，其值处于中等水平。总体考虑，本文选择不加权类平均法逐步聚类变异度取样构建 4 种比率下烤烟品质性状核心种质。

表 2-9　4 种抽样比率下不同构建策略所得烤烟核心种质的遗传多样性比较

群体	均值差异百分率/%	方差差异百分率/%	极差符合率/%	变异系数变化率	平均的均值比	均值比的方差	平均的方差比	方差比的方差	平均的多样性指数
最短距离法多次聚类优先取样									
总群体	0	0	100	100	1.000	0	1.000	0	1.734
C1S1_73	0	58.824	100	117.277	1.052	0.020	1.507	0.054	1.756
C1S1_52	0	82.353	100	127.767	1.059	0.032	1.795	0.088	1.780
C1S1_31	0	100	100	146.924	1.116	0.165	2.477	0.358	1.786
C1S1_20	5.882	100	99.16	168.772	1.198	0.513	3.379	1.038	1.699
最长距离法多次聚类优先取样									
C2S1_73	0	70.588	100	116.941	1.036	0.008	1.459	0.029	1.743
C2S1_52	0	88.235	100	128.323	1.058	0.035	1.803	0.087	1.765
C2S1_31	0	100	100	149.797	1.108	0.171	2.519	0.298	1.772
C2S1_20	5.882	100	99.16	168.772	1.198	0.513	3.379	1.038	1.699
重心法多次聚类优先取样									
C3S1_73	0	64.706	100	115.937	1.033	0.008	1.426	0.027	1.758
C3S1_52	0	88.235	100	125.721	1.059	0.034	1.737	0.083	1.781
C3S1_31	11.765	100	100	148.688	1.111	0.166	2.507	0.333	1.789
C3S1_20	5.882	100	99.16	168.772	1.198	0.513	3.379	1.038	1.699
不加权类平均法多次聚类优先取样									
C4S1_73	0	82.353	100	119.711	1.045	0.023	1.542	0.050	1.779
C4S1_52	0	100	100	132.724	1.079	0.074	1.962	0.135	1.792
C4S1_31	0	100	100	148.701	1.115	0.169	2.523	0.329	1.755
C4S1_20	5.882	100	99.16	168.772	1.198	0.513	3.379	1.038	1.699

续表

群体	均值差异百分率/%	方差差异百分率/%	极差符合率/%	变异系数变化率	平均的均值比	均值比的方差	平均的方差比	方差比的方差	平均的多样性指数
离差平方和法多次聚类优先取样									
C5S1_73	0	76.471	100	117.974	1.042	0.023	1.496	0.065	1.769
C5S1_52	0	94.118	100	130.458	1.081	0.074	1.913	0.170	1.788
C5S1_31	0	100	100	150.918	1.106	0.171	2.547	0.301	1.763
C5S1_20	5.882	100	99.16	168.772	1.198	0.513	3.379	1.038	1.699
最短距离法多次聚类变异度取样									
C1S2_73	0	82.353	100	124.177	1.052	0.085	1.648	0.201	1.792
C1S2_52	0	88.235	100	134.205	1.085	0.136	1.996	0.291	1.788
C1S2_31	0	100	100	152.984	1.147	0.311	2.698	0.539	1.786
C1S2_20	0	100	98.698	171.849	1.183	0.527	3.377	0.934	1.716
最长距离法多次聚类变异度取样									
C2S2_73	17.647	64.706	100	123.638	1.046	0.086	1.613	0.200	1.785
C2S2_52	17.647	88.235	100	137.398	1.085	0.219	2.032	0.456	1.797
C2S2_31	0	100	100	154.635	1.127	0.325	2.650	0.568	1.795
C2S2_20	0	100	98.698	171.849	1.183	0.527	3.377	0.934	1.716
重心法多次聚类变异度取样									
C3S2_73	0	76.471	100	120.159	1.020	0.028	1.479	0.059	1.776
C3S2_52	0	82.353	100	130.616	1.055	0.082	1.821	0.169	1.795
C3S2_31	0	100	100	153.262	1.138	0.317	2.666	0.586	1.772
C3S2_20	0	100	98.698	171.849	1.183	0.527	3.377	0.934	1.716
不加权类平均法多次聚类变异度取样									
C4S2_73	5.882	88.235	100	123.059	1.022	0.028	1.559	0.068	1.808
C4S2_52	0	94.118	100	132.845	1.062	0.079	1.907	0.157	1.826
C4S2_31	0	100	100	152.923	1.135	0.322	2.639	0.594	1.813
C4S2_20	0	100	98.698	171.849	1.183	0.527	3.377	0.934	1.716
离差平方和法多次聚类变异度取样									
C5S2_73	11.765	70.588	100	124.400	1.041	0.090	1.618	0.216	1.787
C5S2_52	17.647	82.353	100	135.123	1.062	0.147	1.927	0.304	1.785
C5S2_31	0	100	100	154.979	1.128	0.326	2.659	0.548	1.791
C5S2_20	0	100	98.698	171.849	1.183	0.527	3.377	0.934	1.716
完全随机取样									
S3_73	0	0	82.841	98.897	1.000	0.001	0.981	0.014	1.737
S3_52	0	5.882	76.617	100.665	1.001	0.001	1.024	0.034	1.728
S3_31	0	17.647	73.724	111.308	1.023	0.027	1.302	0.141	1.747
S3_20	5.882	11.765	53.076	93.153	0.960	0.028	0.947	0.192	1.618

二、4 种抽样比率所得烤烟核心种质

在 4 种取样比率 35%、25%、15%、10% 下，不加权类平均法逐步聚类变异度取样所得的 4 个嵌套核心种质为 C4S2_73、C4S2_52、C4S2_3、C4S2_20，各自的核心材料代码如下：

表 2-10　4 个烤烟品质性状核心种质的个体代码

C4S2_73	C4S2_52	C4S2_31	C4S2_20	FD005，FD032，FD040，FD041，FD044，FD047，FY008，FY022，FY030，FY034，FY036，FS022，FS046，FG011，FG014，FG018，FG037，FG040，FG073，FG126
				FD046，FY002，FY009，FY010，FY023，FS030，FG022，FG030，FG082，FG100，FG119
				FD045，FY014，FY021，FS001，FS034，FS045，FS048，FS052，FG005，FG035，FG036，FG049，FG053，FG062，FG072，FG088，FG089，FG096，FG108，FG116，FG118
				FD007，FD008，FD016，FD017，FD021，FY013，FY017，FS009，FG006，FG007，FG010，FG012，FG029，FG045，FG046，FG048，FG084，FG109，FG110，FG111，FG125

三、烤烟核心种质品质性状遗传多样性

1. 烤烟品质性状遗传多样性

由于变异度取样构建核心种质时优先将具有性状最大值和最小值的个体选入核心种质，因此表 2-11 中各核心种质具有与总群体相同的性状极值及极差。表 2-11 表明，只有核心种质 C4S2_73 的香气量均值显著地低于总群体。尽管没有检测到核心种质与总群体间氯（%）均值的差异显著性，但从均值大小看，4 种抽样比率下的核心种质氯均值从原始群体的 0.603 被提高到 0.991 及最高的 2.374。总体上，核心种质的方差大都得到极显著的提高，最高达到总群体方差的 5.459 倍，C4S2_73 和 C4S2_52 的钾氯比与总群体没有显著性差异。与方差的变化相对应，各性状的多样性指数也得到相应的提高。方差和多样性指数提高幅度最大的性状是烟碱和氯。

表 2-11　各嵌套的烤烟核心种质与总群体间 17 个品质性状的遗传多样性比较

	烟碱/%					
	均值	方差	变异系数	均值比值	方差比值	多样性指数
总群体	3.108	6.009	0.789	1.000	1.000	1.158
C4S2_73	3.473	11.817**	0.990	1.117	1.967	1.388
C4S2_52	3.680	16.263**	1.096	1.184	2.707	1.444
C4S2_31	4.376	25.752**	1.160	1.408	4.286	1.528
C4S2_20	4.769	32.802**	1.201	1.534	5.459	1.557
	总糖/%					
	均值	方差	变异系数	均值比值	方差比值	多样性指数
总群体	17.554	39.299	0.357	1.000	1.000	2.015
C4S2_73	16.713	55.418*	0.445	0.952	1.410	2.026

C4S2_52	17.201	64.086**	0.465	0.980	1.631	2.050
C4S2_31	17.678	83.995**	0.518	1.007	2.137	2.077
C4S2_20	17.645	99.684**	0.566	1.005	2.537	2.138

还原糖/%

	均值	方差	变异系数	均值比值	方差比值	多样性指数
总群体	14.803	30.899	0.376	1.000	1.000	2.004
C4S2_73	14.009	45.839*	0.483	0.946	1.484	2.037
C4S2_52	14.097	55.752**	0.530	0.952	1.804	2.048
C4S2_31	13.987	78.094**	0.632	0.945	2.527	1.974
C4S2_20	13.968	102.370**	0.724	0.944	3.313	1.943

总氮/%

	均值	方差	变异系数	均值比值	方差比值	多样性指数
总群体	2.337	0.141	0.161	1.000	1.000	2.024
C4S2_73	2.309	0.200*	0.194	0.988	1.418	2.073
C4S2_52	2.256	0.238**	0.216	0.965	1.682	2.115
C4S2_31	2.190	0.273**	0.239	0.937	1.936	2.140
C4S2_20	2.182	0.347**	0.270	0.934	2.455	2.042

钾/%

	均值	方差	变异系数	均值比值	方差比值	多样性指数
总群体	1.850	0.219	0.253	1.000	1.000	1.941
C4S2_73	1.730	0.310*	0.322	0.935	1.417	1.954
C4S2_52	1.697	0.376**	0.362	0.917	1.722	1.926
C4S2_31	1.592	0.529**	0.457	0.861	2.420	1.964
C4S2_20	1.527	0.631**	0.521	0.825	2.889	2.013

氯/%

	均值	方差	变异系数	均值比值	方差比值	多样性指数
总群体	0.603	3.916	3.280	1.000	1.000	0.147
C4S2_73	0.991	7.656**	2.793	1.642	1.955	0.250
C4S2_52	1.280	10.510**	2.532	2.122	2.684	0.317
C4S2_31	1.983	16.597**	2.054	3.287	4.238	0.442
C4S2_20	2.374	19.514**	1.861	3.935	4.983	0.500

蛋白质/%

	均值	方差	变异系数	均值比值	方差比值	多样性指数
总群体	9.504	4.446	0.222	1.000	1.000	1.746
C4S2_73	9.449	6.201*	0.264	0.994	1.395	1.835
C4S2_52	9.531	8.416**	0.304	1.003	1.893	1.948
C4S2_31	9.355	12.579**	0.379	0.984	2.829	1.949
C4S2_20	9.375	18.247**	0.456	0.986	4.104	1.970

糖碱比					
	均值	方差	变异系数	均值比值	方差比值	多样性指数
总群体	6.280	16.439	0.646	1.000	1.000	1.855
C4S2_73	6.492	30.822**	0.855	1.034	1.875	1.938
C4S2_52	6.920	37.770**	0.888	1.102	2.298	1.991
C4S2_31	7.150	51.473**	1.003	1.139	3.131	2.000
C4S2_20	7.549	69.796**	1.107	1.202	4.246	1.987

钾氯比					
	均值	方差	变异系数	均值比值	方差比值	多样性指数
总群体	8.958	20.783	0.509	1.000	1.000	1.858
C4S2_73	7.918	19.782	0.562	0.884	0.952	1.820
C4S2_52	8.333	25.659	0.608	0.930	1.235	1.928
C4S2_31	8.072	35.225*	0.735	0.901	1.695	1.880
C4S2_20	8.052	47.834**	0.859	0.899	2.302	1.752

两糖比					
	均值	方差	变异系数	均值比值	方差比值	多样性指数
总群体	0.846	0.020	0.166	1.000	1.000	1.543
C4S2_73	0.837	0.033**	0.215	0.990	1.641	1.581
C4S2_52	0.811	0.042**	0.252	0.959	2.116	1.636
C4S2_31	0.767	0.061**	0.321	0.907	3.070	1.616
C4S2_20	0.750	0.070**	0.352	0.886	3.522	1.583

氮碱比					
	均值	方差	变异系数	均值比值	方差比值	多样性指数
总群体	0.898	0.077	0.310	1.000	1.000	1.837
C4S2_73	0.906	0.121**	0.385	1.008	1.568	1.899
C4S2_52	0.920	0.157**	0.431	1.025	2.034	1.861
C4S2_31	0.889	0.220**	0.527	0.990	2.844	1.878
C4S2_20	0.901	0.295**	0.603	1.002	3.813	1.805

施木克值					
	均值	方差	变异系数	均值比值	方差比值	多样性指数
总群体	1.630	0.506	0.436	1.000	1.000	2.002
C4S2_73	1.546	0.616	0.508	0.949	1.218	2.022
C4S2_52	1.556	0.730*	0.549	0.955	1.443	2.051
C4S2_31	1.574	0.919**	0.609	0.966	1.817	2.078
C4S2_20	1.632	1.249**	0.685	1.001	2.468	1.917

香气质					
	均值	方差	变异系数	均值比值	方差比值	多样性指数
总群体	7.400	0.132	0.049	1.000	1.000	1.903
C4S2_73	7.297	0.217**	0.064	0.986	1.649	2.024

续表

C4S2_52	7.349	0.233**	0.066	0.993	1.771	1.954
C4S2_31	7.350	0.293**	0.074	0.993	2.227	1.814
C4S2_20	7.312	0.365**	0.083	0.988	2.767	1.595

香气量					
	均值	方差	变异系数	均值比值	方差比值	多样性指数
总群体	7.465	0.105	0.044	1.000	1.000	1.799
C4S2_73	7.352*	0.171**	0.056	0.985	1.617	1.925
C4S2_52	7.392	0.172**	0.056	0.990	1.628	1.787
C4S2_31	7.373	0.215**	0.063	0.988	2.035	1.681
C4S2_20	7.324	0.299**	0.075	0.981	2.836	1.373

吃味					
	均值	方差	变异系数	均值比值	方差比值	多样性指数
总群体	7.802	0.189	0.056	1.000	1.000	1.901
C4S2_73	7.698	0.329**	0.074	0.987	1.737	2.039
C4S2_52	7.728	0.394**	0.081	0.991	2.086	2.047
C4S2_31	7.779	0.555**	0.096	0.997	2.933	2.039
C4S2_20	7.752	0.731**	0.110	0.994	3.867	1.805

杂气					
	均值	方差	变异系数	均值比值	方差比值	多样性指数
总群体	7.189	0.118	0.048	1.000	1.000	1.903
C4S2_73	7.103	0.204**	0.064	0.988	1.733	2.025
C4S2_52	7.129	0.241**	0.069	0.992	2.042	2.012
C4S2_31	7.147	0.343**	0.082	0.994	2.909	1.932
C4S2_20	7.143	0.446**	0.093	0.994	3.777	1.566

刺激性					
	均值	方差	变异系数	均值比值	方差比值	多样性指数
总群体	7.287	0.104	0.044	1.000	1.000	1.841
C4S2_73	7.200	0.152*	0.054	0.988	1.461	1.900
C4S2_52	7.191	0.171**	0.058	0.987	1.642	1.928
C4S2_31	7.253	0.190**	0.060	0.995	1.822	1.831
C4S2_20	7.253	0.216**	0.064	0.995	2.074	1.623

注：**，* 分别是指 0.01 和 0.05 显著性水平，表示核心种质与总群体间的性状均值或方差差异达到极显著或显著水平。

2. 烤烟群体的空间分布及性状间的相关性

烤烟品质性状相关矩阵的 17 个特征值分别为 6.2、3.802、2.593、1.211、0.924、0.568、0.428、0.389、0.231、0.223、0.157、0.09、0.062、0.046、0.043、0.026、0.006，前 3 个主成分解释了总变异的 74.1%，前 2 个则解释了总变异的 58.8%。从主成分的 3 维和 2 维视图可知，35% 和 25% 的核心种质很好地保存了原群体个体的空间分布特征，较多外围的个体被选入了核心种质。对于性状间的相关性强弱及显著性，与农艺性状类似，各核心种质较好地反映了烤烟群体原有的结构。比如，烟碱与氯的相关性在总群体内高达 0.899（表 2-12），而在各核心种质内则分别为 0.89、0.898、0.903、0.884，同样达到极显著的水平（表 2-12，13，14）。

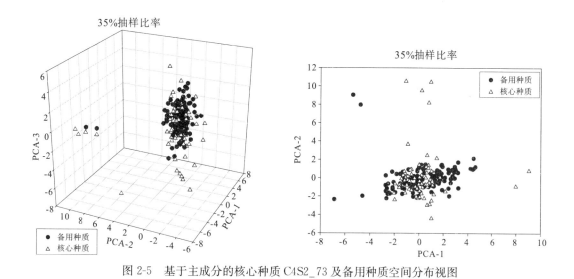

图 2-5　基于主成分的核心种质 C4S2_73 及备用种质空间分布视图

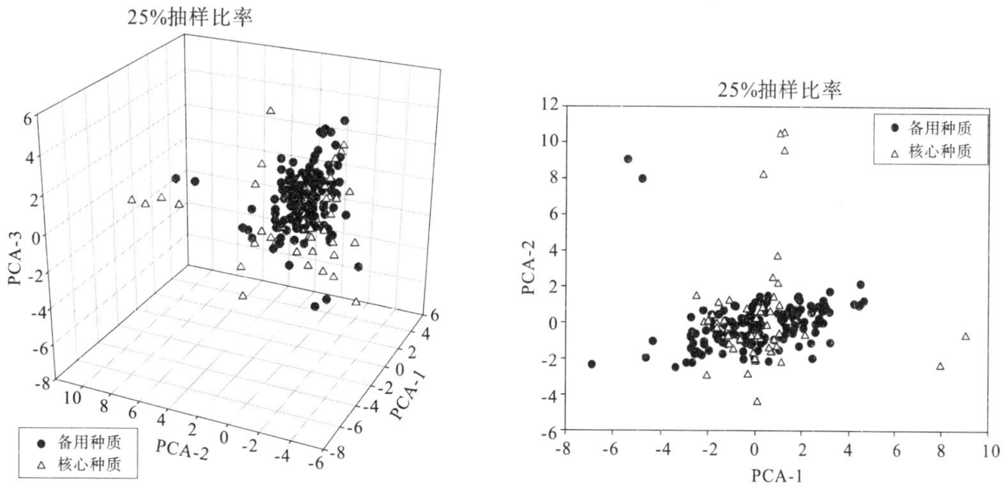

图 2-6　基于主成分的核心种质 C4S2_52 及备用种质空间分布视图

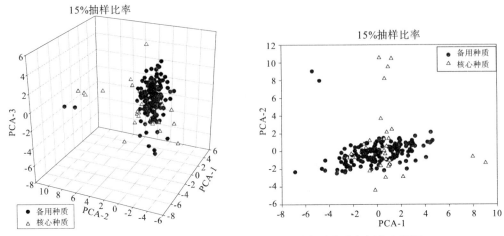

图 2-7　基于主成分的核心种质 C4S2_31 及备用种质空间分布视图

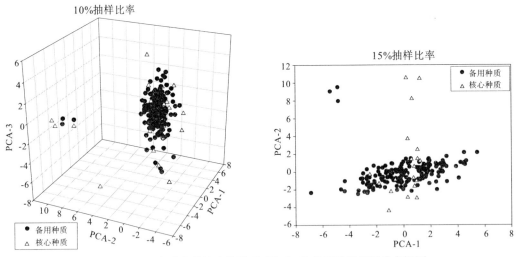

图 2-8　基于主成分的核心种质 C4S2_20 及备用种质空间分布视图

表 2-12 烤烟 17 个品质性状间的相关系数

	总糖/%	还原糖/%	总氮/%	钾/%	氯/%	蛋白质/%	糖碱比	钾氯比	两糖比	氮碱比	施木克值	香气质	香气量	吃味	杂气	刺激性
烟碱/%	-0.277**	-0.519**	-0.014	-0.500**	0.899**	-0.303**	-0.477**	-0.421**	-0.690**	-0.670**	-0.380**	-0.136*	-0.116	-0.148*	-0.137*	-0.104
总糖/%		0.919**	-0.672**	-0.017	-0.176*	-0.115	0.802**	0.243**	-0.049	0.236**	0.813**	0.428**	0.345**	0.439**	0.388**	0.302**
还原糖/%			-0.544**	0.120	-0.429**	-0.077	0.836**	0.240**	0.325**	0.327**	0.883**	0.355**	0.296**	0.375**	0.327**	0.262**
总氮/%				0.207**	-0.211**	0.415**	-0.576**	-0.164*	0.301**	-0.001	-0.617**	-0.378**	-0.299**	-0.370**	-0.313**	-0.300**
钾/%					-0.565**	0.253**	0.086	0.488**	0.439**	0.307**	0.001	-0.074	0.008	-0.021	-0.007	0.023
氯/%						-0.403**	-0.293**	-0.396**	-0.774**	-0.511**	-0.230**	-0.056	-0.061	-0.100	-0.084	-0.006
蛋白质/%							-0.001	0.378**	0.149*	0.435**	-0.461**	0.016	0.034	0.052	0.032	-0.020
糖碱比								0.243**	0.166*	0.617**	0.709**	0.344**	0.273**	0.361**	0.330**	0.266**
钾氯比									0.069	0.361**	0.075	0.184**	0.210**	0.190**	0.144*	0.162*
两糖比										0.263**	0.247**	-0.147*	-0.096	-0.120	-0.114	-0.094
氮碱比											0.129	0.191**	0.148*	0.200**	0.227**	0.143
施木克值												0.299**	0.236**	0.275**	0.242**	0.240**
香气质													0.924**	0.907**	0.873**	0.689**
香气量														0.835**	0.791**	0.621**
吃味															0.899**	0.745**
杂气																0.756**
刺激性																

注：**、* 分别表示相关达到 0.01 和 0.05 显著性水平

表 2-13　核心种质 C4S2_73 和 C4S2_52 的 17 个品质性状间的相关系数

性状	刺激性	杂气	吃味	香气量	香气质	施木克值	氮碱比	两糖比	钾氯比	糖碱比	蛋白质/%	氯/%	钾/%	总氮/%	还原糖/%	总糖/%	烟碱/%
烟碱/%	-0.029	-0.099	-0.107	-0.068	-0.086	-0.421**	-0.707**	-0.753**	-0.507**	-0.454**	-0.313**	0.890**	-0.632**	-0.174	-0.533**	-0.245	
总糖/%	0.271*	0.425**	0.456**	0.336**	0.416**	0.752**	0.354**	0.010	0.284*	0.818**	0.094	-0.200	0.063	-0.603**	0.916**		-0.247*
还原糖/%	0.191	0.316**	0.348**	0.235*	0.298**	0.835**	0.465**	0.381**	0.359**	0.844**	0.156	-0.481**	0.283**	-0.404**		0.916**	-0.549**
总氮/%	-0.318**	-0.352**	-0.405**	-0.372**	-0.413**	-0.502**	-0.041	0.484**	-0.153	-0.498**	0.338**	-0.371**	0.323**		0.386**	-0.603**	-0.210
钾/%	-0.058	-0.054	-0.049	-0.050	-0.123	0.098	0.368**	0.658**	0.578**	0.151	0.376**	-0.757**		0.348*	-0.527**	0.063	-0.673**
氯/%	0.054	-0.076	-0.102	-0.018	-0.025	-0.234*	-0.600**	-0.830**	-0.504**	-0.320**	-0.495**		-0.810**	-0.378**	0.202	-0.200	0.898**
蛋白质/%	0.025	0.161	0.163	0.123	0.123	-0.315*	0.300*	0.265*	0.355**	0.080		-0.522**	0.413**	0.357**	0.841**	0.094	-0.331*
糖碱比	0.250*	0.343**	0.342**	0.260*	0.316**	0.722**	0.688**	0.189	0.278*		0.096	-0.368**	0.208	-0.446**	0.390**	0.818**	-0.468**
钾氯比	0.194	0.178	0.242*	0.264*	0.219	0.189	0.422**	0.233*		0.274	0.388**	-0.557**	0.594**	-0.119	0.463**	0.284*	-0.536**
两糖比	-0.176	-0.202	-0.194	-0.211	-0.232*	0.289*	0.331**		0.308*	0.275*	0.291*	-0.841**	0.743**	0.455**	0.456**	0.010	-0.790**
氮碱比	0.119	0.283**	0.221	0.190	0.218	0.306**		0.404**	0.417**	0.678**	0.310**	-0.646**	0.395**	0.022	0.812**	0.354**	-0.720**
施木克值	0.157	0.152	0.176	0.138	0.193		0.289*	0.367**	0.194	0.711**	-0.301*	-0.260	0.174	-0.471**	0.436**	0.752**	-0.432**
香气质	0.635**	0.860**	0.896**	0.957**		0.302	0.260	-0.198	0.192	0.424**	0.125	-0.064	-0.211	-0.487**	0.390**	0.416**	-0.119
香气量	0.604**	0.784**	0.828**		0.957**	0.262	0.232	-0.191	0.254	0.383**	0.126	-0.053	-0.152	-0.473**	0.464**	0.336**	-0.100
吃味	0.707**	0.896**		0.819**	0.890**	0.258	0.260	-0.171	0.221	0.440**	0.175	-0.128	-0.120	-0.461**	0.426**	0.456**	-0.126
杂气	0.751**		0.917**	0.787**	0.871**	0.246	0.304*	-0.192	0.164	0.410**	0.145	-0.102	-0.119	-0.409**	0.294**	0.425**	-0.117
刺激性		0.742**	0.713**	0.609**	0.650**	0.265	0.128	-0.198	0.182	0.324*	0.014	0.069	-0.174	-0.389**		0.271*	-0.021

注：上三角和下三角系数分别为核心种质 C4S2_73 和核心种质 C4S2_73 和 C4S2_42 得到的性状间相关系数；*，** 分别表示相关达到 0.01 和 0.05 显著性水平

表2-14 核心种质C4S2_31和C4S2_20的17个品质性状间的相关系数

	烟碱/%	总糖/%	还原糖/%	总氮/%	钾/%	氯/%	蛋白质/%	糖碱比	钾氯比	两糖比	氮碱比	施木克值	香气质	香气量	吃味	杂气	刺激性
烟碱/%		−0.253	−0.584**	−0.294	−0.737**	0.903**	−0.354	−0.491**	−0.572**	−0.845**	−0.738**	−0.488**	−0.083	−0.044	−0.124	−0.115	−0.051
总糖/%	−0.232		0.911**	−0.459	0.230	−0.304	0.249	0.797**	0.313	0.192	0.331	0.667**	0.573**	0.508**	0.564**	0.537**	0.450*
还原糖/%	−0.560*	0.923**		−0.246	0.486**	−0.594**	0.310	0.844**	0.409*	0.552**	0.493**	0.784**	0.443*	0.386*	0.449*	0.412*	0.330
总氮/%	−0.284	−0.529*	−0.306		0.366*	−0.429*	0.348	−0.342	−0.041	0.458*	0.122	−0.366*	−0.454*	−0.461*	−0.413*	−0.395*	−0.448*
钾/%	−0.721**	0.335	0.531*	0.301		−0.862**	0.459**	0.337	0.665**	0.786**	0.534**	0.242	−0.178	−0.137	−0.075	−0.090	−0.200
氯/%	0.884**	−0.331	−0.593**	−0.411	−0.851**		−0.555**	−0.436*	−0.616**	−0.867**	−0.706**	−0.318	−0.072	−0.040	−0.172	−0.127	0.030
蛋白质/%	−0.316	0.213	0.270	0.336	0.485*	−0.555*		0.173	0.392*	0.321	0.359*	−0.225	0.199	0.187	0.221	0.189	−0.045
糖碱比	−0.485*	0.802**	0.837**	−0.346	0.402	−0.452*	0.147		0.279	0.372*	0.684**	0.707**	0.385*	0.333	0.397*	0.393*	0.343
钾氯比	−0.533*	0.296	0.371	−0.049	0.692**	−0.606**	0.369	0.231		0.352	0.462**	0.209	0.175	0.239	0.212	0.177	0.143
两糖比	−0.843**	0.297	0.613**	0.424	0.740**	−0.844**	0.307	0.431	0.316		0.483**	0.468**	−0.165	−0.186	−0.106	−0.147	−0.162
氮碱比	−0.713**	0.288	0.436	0.138	0.548**	−0.700**	0.332	0.664**	0.401	0.463*		0.323	0.189	0.139	0.249	0.335	0.178
施木克值	−0.466*	0.659**	0.762**	−0.422	0.227	−0.277	−0.295	0.673**	0.153	0.509**	0.245		0.254	0.208	0.196	0.191	0.341
香气质	−0.067	0.509*	0.411	−0.510*	−0.126	−0.072	0.157	0.360	0.193	−0.148	0.176	0.247		0.952**	0.916**	0.908**	0.804**
香气量	−0.022	0.489*	0.374	−0.507*	−0.107	−0.027	0.161	0.327	0.266	−0.198	0.131	0.216	0.961**		0.837**	0.817**	0.757**
吃味	−0.124	0.507*	0.419	−0.439	−0.008	−0.203	0.197	0.369	0.235	−0.071	0.252	0.165	0.914**	0.838**		0.915**	0.752**
杂气	−0.135	0.483*	0.388	−0.460*	−0.015	−0.166	0.155	0.389	0.222	−0.111	0.377	0.172	0.909**	0.820**	0.912**		0.802**
刺激性	−0.055	0.356	0.276	−0.491*	−0.169	0.033	−0.097	0.318	0.184	−0.131	0.201	0.327	0.826**	0.804**	0.725**	0.787**	

注:上三角和下三角系数分别为核心种C4S2_31和C4S2_20得到的性状间相关系数;**、*分别表示相关达到0.01和0.05显著性水平

第五节　晒晾烟品质性状核心种质构建

对于晒晾烟，材料 AG094、SG007、SG008、SG015、SG021、SG034、SG037、SG040、SG045、SS047、SG057、SG063、SG074、SG077、SG093、SG117、SG156、SG162、SG178、SG215、SG255、SG256、SG257、SG258、SG259、SG273、SG276、SS008、SS009、SS026、SS031、SS034、SS043、SS064、SS071、SS073、SS074、SS080、SS090、SS106、SS107、SS110、SS118、SS140、SS143、SS144、SS145、SS152、SS153 较多品质性状表型值完全一致，这些品质性状主要为：烟碱（％）、总糖（％）、还原糖（％）、总氮（％）、钾（％）、氯（％）、蛋白质（％）、糖碱比、钾氯比、两糖比、氮碱比、施木克值，但这些材料在剩余 5 个品质性状香气质、香气量、吃味、杂气、刺激性上存在微小的差异，因此选用了所有 409 份晒晾烟材料进行逐步聚类构建核心种质。核心种质的构建方法、遗传距离、抽样比率、子集命名方法与前述方法一致。

一、晒晾烟品质性状核心种质构建策略的筛选

由表 2-15 可知，所有的核心种质与总群体的多样性指数均值差异不大，总群体的多样性指数为 1.765，而各核心种质的值大多在 1.76 附近上下波动，但与烤烟品质性状核心种质相比，较多晒晾烟核心种质的均值显著地偏离了原始群体的均值。

与优先取样核心种质相比，总体上变异度取样的核心种质具有略高的变异系数变化率，但在相同抽样方法下，不同聚类方法对变异系数的作用规律不明显。在 35％ 抽样比率下，C4S2_143 具有最大的变异系数变化率，但在 25％ 比率下，C4S2_102 的变异系数变化率低于 C5S2_102，在这一比率下 C5S2_102 具有最大的变异系数变化率，而当抽样比率进一步减小到 15％ 时，C4S2_64 的变异系数变化率又是所有相同抽样比率下的核心种质中最大的。在 10％ 抽样比率下，C1S2_41 具有最大变异系数变化率 133.319，紧随其后的是 C4S2_41。综合比较，我们认为不加权类平均法逐步聚类结合变异度取样是构建晒晾烟品质性状核心种质的可行策略。

表 2-15　4 种抽样比率下不同构建策略所得晒晾烟品质性状核心种质的遗传多样性比较

群体	均值差异百分率/％	方差差异百分率/％	极差符合率/％	变异系数变化率	平均的均值比	均值比的方差	平均的方差比	方差比的方差	多样性指数均值
最短距离法多次聚类优先取样									
总群体	0	0	100	100	1	0	1	0	1.765
C1S1_143	0	23.529	100	109.328	0.995	0.001	1.197	0.068	1.776
C1S1_102	5.882	29.412	100	111.433	1.009	0.001	1.29	0.156	1.772
C1S1_61	11.765	52.941	100	123.927	0.986	0.006	1.546	0.533	1.728
C1S1_41	5.882	82.353	100	129.118	1.036	0.006	1.903	1.313	1.724
最长距离法多次聚类优先取样									
C2S1_143	0	23.529	100	108.273	1.014	0	1.217	0.056	1.774
C2S1_102	0	35.294	100	112.277	1.017	0.001	1.327	0.153	1.771
C2S1_61	5.882	76.471	100	122.212	1.054	0.004	1.718	0.533	1.761
C2S1_41	5.882	82.353	100	131.26	1.071	0.012	2.086	1.308	1.731

续表

群体	均值差异百分率/%	方差差异百分率/%	极差符合率/%	变异系数变化率	平均的均值比	均值比的方差	平均的方差比	方差比的方差	多样性指数均值
重心法多次聚类优先取样									
C3S1_143	0	17.647	100	108.225	0.987	0.001	1.156	0.072	1.767
C3S1_102	0	23.529	100	111.386	0.98	0.003	1.221	0.178	1.747
C3S1_61	0	52.941	100	120.59	1.014	0.002	1.557	0.564	1.761
C3S1_41	5.882	82.353	100	129.567	1.032	0.004	1.896	1.343	1.76
不加权类平均法多次聚类优先取样									
C4S1_143	0	35.294	100	107.766	1.014	0.001	1.21	0.079	1.775
C4S1_102	0	47.059	100	111.244	1.012	0.001	1.299	0.18	1.771
C4S1_61	5.882	47.059	100	118.809	1.013	0.003	1.515	0.57	1.749
C4S1_41	5.882	76.471	100	131.019	1.017	0.005	1.881	1.324	1.729
离差平方和法多次聚类优先取样									
C5S1_143	0	17.647	100	110.87	0.981	0.001	1.192	0.049	1.758
C5S1_102	0	35.294	100	115.895	0.99	0.002	1.338	0.141	1.772
C5S1_61	0	58.824	100	123.024	1.008	0.004	1.599	0.535	1.764
C5S1_41	5.882	82.353	100	132.011	1.04	0.01	2.001	1.38	1.765
最短距离法多次聚类变异度取样									
C1S2_143	5.882	29.412	100	110.84	0.981	0.002	1.192	0.063	1.764
C1S2_102	17.647	41.177	100	114.822	0.988	0.005	1.307	0.157	1.762
C1S2_61	5.882	64.706	100	123.72	1.012	0.005	1.62	0.503	1.778
C1S2_41	0	76.471	100	133.319	1.017	0.005	1.953	1.33	1.762
最长距离法多次聚类变异度取样									
C2S2_143	17.647	29.412	100	111.254	0.982	0.002	1.208	0.076	1.782
C2S2_102	11.765	41.177	100	114.421	0.989	0.002	1.309	0.17	1.787
C2S2_61	5.882	41.177	100	123.357	1.008	0.005	1.61	0.583	1.794
C2S2_41	0	76.471	100	130.411	1.037	0.01	1.957	1.444	1.768
重心法多次聚类变异度取样									
C3S2_143	0	23.529	100	107.85	1.02	0.004	1.211	0.051	1.777
C3S2_102	0	41.177	100	111.726	1.021	0.003	1.318	0.145	1.777
C3S2_61	0	76.471	100	122.009	1.05	0.006	1.695	0.534	1.788
C3S2_41	0	82.353	100	129.643	1.072	0.012	2.045	1.389	1.799
不加权类平均法多次聚类变异度取样									
C4S2_143	23.529	41.177	100	113.97	0.984	0.003	1.271	0.073	1.762
C4S2_102	29.412	29.412	100	114.726	0.994	0.003	1.324	0.17	1.759
C4S2_61	35.294	47.059	100	124.288	0.999	0.009	1.598	0.593	1.770
C4S2_41	5.882	76.471	100	132.467	1.026	0.01	1.968	1.409	1.744
离差平方和法多次聚类变异度取样									
C5S2_143	29.412	29.412	100	112.149	0.99	0.002	1.24	0.057	1.777
C5S2_102	17.647	47.059	100	116.26	0.987	0.003	1.338	0.154	1.772
C5S2_61	0	52.941	100	121.735	1.008	0.003	1.564	0.554	1.768
C5S2_41	5.882	76.471	100	130.834	1.019	0.007	1.893	1.366	1.774

群体	均值差异百分率/%	方差差异百分率/%	极差符合率/%	变异系数变化率	平均的均值比	均值比的方差	平均的方差比	方差比的方差	多样性指数均值
				完全随机取样					
S3_143	0	17.647	86.312	98.39	0.98	0.001	0.941	0.035	1.759
S3_102	0	17.647	81.732	97.371	0.979	0.001	0.923	0.042	1.746
S3_61	0	23.529	74.237	100.783	0.952	0.004	0.944	0.071	1.720
S3_41	0	29.412	66.6	96.014	0.958	0.004	0.884	0.102	1.712

二、4 种抽样比率所得晒晾烟核心种质

4 种取样比率 35%、25%、15%、10%下，不加权类平均法逐步聚类变异度取样所得的 4 个晒晾烟品质性状核心种质为 C4S2_143、C4S2_102、C4S2_61、C4S2_41，组成各核心种质的材料代码如表 2-16 所示：

表 2-16　晒晾烟 4 个嵌套的品质性状核心种质材料代码

C4S2_143	C4S2_102	C4S2_61	C4S2_41	SG022, SG025, SG029, SG036, SG053, SG065, SG069, SG080, SG092, SG095, SG118, SG120, SG126, SG128, SG132, SG170, SG181, SG187, SG197, SG241, SG242, SG247, SG253, SG272, SS038, SS042, SS053, SS054, SS056, SS072, SS077, SS079, SS095, SS110, SS116, SS118, SS131, SS141, SS148, SS152, SS154
			SG001, SG055, SG061, SG076, SG100, SG110, SG130, SG176, SG177, SG185, SG201, SG208, SG229, SG240, SG250, SS021, SS061, SS084, SS102, SS146
		SG005, SG007, SG009, SG032, SG034, SG039, SG047, SG051, SG060, SG078, SG082, SG108, SG112, SG139, SG142, SG146, SG174, SG196, SG198, SG203, SG218, SG234, SG270, SG276, SS006, SS029, SS034, SS040, SS041, SS070, SS076, SS097, SS121, SS133
	SG012, SG024, SG031, SG049, SG052, SG086, SG087, SG141, SG144, SG153, SG158, SG160, SG167, SG192, SG204, SG209, SG226, SG231, SG232, SG237, SG243, SG262, SG263, SG274, SS001, SS004, SS012, SS020, SS058, SS081, SS085, SS090, SS105, SS109

三、晒晾烟核心种质品质性状遗传多样性

1. 晒晾烟品质性状遗传多样性

根据表 2-17 给出的单个性状的变异信息，各核心种质的烟碱均值与总群体差异不大，只检测到 C4S2_31 的差异显著性，当抽样比率达到 15%和 10%时，核心种质的方差提高到原群体的 2 倍左右，变异系数和多样性指数也得到相应提高，多样性指数提高的幅度不大。

对于总糖，没有检测到均值的差异显著性，而检测到 C4S2_143、C4S2_41 的方差显著性，C4S2_41 的多样性指数反而低于原群体的值，但其余 3 个核心种质的多样性指数都比总群体略有提高。对于还原糖，4 个核心种质的多样性指数都低于总群体。对于总氮、钾、氯、蛋白质，各核心种质的变异系数略有提高，但多样性指数与总群体差异不大，但在 10%抽样比率下，方差和变异系数都得到较大提高。对于糖碱比和氮碱比性状，从 35%比率开始，各

核心子集的方差都有较大幅度地提高，但糖碱比的多样性指数反而降低，而氮碱比的多样性指数与群体间差异也不大。对于施木克值，没有检测到 C4S2_102 的方差差异显著性，尽管各核心种质的变异系数都高于总群体，但多样性指数都低于总群体的多样性指数。对于香气质和香气量，所有核心种质都没有检测到方差差异显著性，但变异系数、多样性指数都略有提高。对于吃味，检测到 C4S2_143 和 C4S2_102 的均值与总群体间的差异显著性，C4S2_61 和 C4S2_41 的方差与总群体方差的差异显著性，变异系数略高于总群体，但吃味的多样性指数都低于原群体。对于杂气和刺激性，尽管检测到部分核心种质均值的差异显著性，但均值的大小与总群体差异极小，当抽样比率降低到 15％和 10％时，才检测到方差的差异显著性，各核心种质的变异系数、多样性指数都得到了提高，但幅度不大。

表 2-17　嵌套的晒晾烟核心种质与总群体间 17 个品质性状的遗传多样性比较

	均值	方差	变异系数	均值比值	方差比值	多样性指数
烟碱/％						
总群体	3.250	1.114	0.325	1.000	1.000	1.908
C4S2_143	3.298	1.483*	0.369	1.015	1.332	1.965
C4S2_102	3.400	1.643**	0.377	1.046	1.475	1.930
C4S2_61	3.647*	2.139**	0.401	1.122	1.921	1.915
C4S2_41	3.543	2.336**	0.431	1.090	2.098	1.955
总糖/％						
	均值	方差	变异系数	均值比值	方差比值	多样性指数
总群体	3.261	6.862	0.803	1.000	1.000	1.718
C4S2_143	3.236	8.778*	0.916	0.992	1.279	1.751
C4S2_102	3.305	7.627	0.836	1.013	1.111	1.715
C4S2_61	3.420	9.154	0.885	1.049	1.334	1.791
C4S2_41	3.424	11.692**	0.999	1.050	1.704	1.675
还原糖/％						
	均值	方差	变异系数	均值比值	方差比值	多样性指数
总群体	2.230	6.106	1.108	1.000	1.000	1.506
C4S2_143	2.151	8.110*	1.324	0.965	1.328	1.412
C4S2_102	2.203	6.880	1.190	0.988	1.127	1.449
C4S2_61	2.212	7.566	1.243	0.992	1.239	1.464
C4S2_41	2.157	9.452*	1.425	0.967	1.548	1.391
总氮/％						
	均值	方差	变异系数	均值比值	方差比值	多样性指数
总群体	3.132	0.764	0.279	1.000	1.000	1.788
C4S2_143	3.113	0.906	0.306	0.994	1.186	1.776
C4S2_102	3.101	0.837	0.295	0.990	1.096	1.782
C4S2_61	3.049	0.877	0.307	0.973	1.147	1.788
C4S2_41	3.144	1.105*	0.334	1.004	1.446	1.820

续表

钾/%					
	均值	方差	变异系数	均值比值	方差比值	多样性指数
总群体	1.665	0.740	0.517	1.000	1.000	1.930
C4S2_143	1.532	0.751	0.566	0.920	1.014	1.939
C4S2_102	1.494	0.732	0.573	0.897	0.990	1.917
C4S2_61	1.432	0.763	0.610	0.860	1.031	1.931
C4S2_41	1.571	0.799	0.569	0.943	1.080	1.975

氯/%					
	均值	方差	变异系数	均值比值	方差比值	多样性指数
总群体	0.140	0.005	0.492	1.000	1.000	1.807
C4S2_143	0.153	0.006*	0.516	1.098	1.325	1.818
C4S2_102	0.156	0.007**	0.533	1.120	1.471	1.821
C4S2_61	0.170*	0.009**	0.553	1.221	1.879	1.863
C4S2_41	0.171*	0.010**	0.575	1.229	2.062	1.878

蛋白质/%					
	均值	方差	变异系数	均值比值	方差比值	多样性指数
总群体	10.830	2.122	0.135	1.000	1.000	1.938
C4S2_143	10.594	2.570	0.151	0.978	1.211	1.987
C4S2_102	10.577	3.150**	0.168	0.977	1.484	1.991
C4S2_61	10.553	3.999**	0.190	0.974	1.884	1.960
C4S2_41	10.822	5.119**	0.209	0.999	2.412	1.980

糖碱比					
	均值	方差	变异系数	均值比值	方差比值	多样性指数
总群体	0.837	1.424	1.426	1.000	1.000	1.423
C4S2_143	0.859	2.223**	1.736	1.026	1.561	1.316
C4S2_102	0.875	2.123**	1.665	1.045	1.490	1.318
C4S2_61	0.910	2.731**	1.816	1.088	1.918	1.328
C4S2_41	1.030	3.848**	1.904	1.231	2.702	1.240

钾氯比					
	均值	方差	变异系数	均值比值	方差比值	多样性指数
总群体	15.767	154.209	0.788	1.000	1.000	1.789
C4S2_143	13.602	144.880	0.885	0.863	0.940	1.704
C4S2_102	13.613	163.546	0.939	0.863	1.061	1.702
C4S2_61	12.894	191.323	1.073	0.818	1.241	1.667
C4S2_41	14.915	246.398*	1.052	0.946	1.598	1.654

两糖比					
	均值	方差	变异系数	均值比值	方差比值	多样性指数
总群体	0.560	0.099	0.562	1.000	1.000	1.905
C4S2_143	0.509	0.119	0.676	0.909	1.198	1.930
C4S2_102	0.537	0.115	0.633	0.959	1.166	1.907
C4S2_61	0.503	0.127	0.707	0.898	1.280	1.929
C4S2_41	0.487	0.132	0.746	0.869	1.334	1.844

续表

氮碱比					
	均值	方差	变异系数	均值比值	方差比值	多样性指数
总群体	1.080	0.472	0.636	1.000	1.000	1.450
C4S2_143	1.127	1.014**	0.893	1.044	2.148	1.531
C4S2_102	1.123	1.321**	1.023	1.040	2.799	1.486
C4S2_61	1.110	2.054**	1.292	1.027	4.352	1.406
C4S2_41	1.251	2.965**	1.376	1.158	6.281	1.487

施木克值					
	均值	方差	变异系数	均值比值	方差比值	多样性指数
总群体	0.214	0.062	1.168	1.000	1.000	1.489
C4S2_143	0.211	0.085**	1.382	0.990	1.370	1.414
C4S2_102	0.220	0.080	1.282	1.030	1.277	1.451
C4S2_61	0.224	0.090*	1.336	1.049	1.442	1.485
C4S2_41	0.215	0.113**	1.558	1.008	1.808	1.355

香气质					
	均值	方差	变异系数	均值比值	方差比值	多样性指数
总群体	7.332	0.190	0.059	1.000	1.000	2.039
C4S2_143	7.207**	0.203	0.063	0.983	1.072	2.015
C4S2_102	7.213*	0.202	0.062	0.984	1.064	2.008
C4S2_61	7.178*	0.205	0.063	0.979	1.083	2.028
C4S2_41	7.248	0.232	0.066	0.989	1.222	2.059

香气量					
	均值	方差	变异系数	均值比值	方差比值	多样性指数
总群体	7.451	0.188	0.058	1.000	1.000	1.845
C4S2_143	7.363*	0.227	0.065	0.988	1.209	1.945
C4S2_102	7.325*	0.234	0.066	0.983	1.249	1.934
C4S2_61	7.286**	0.226	0.065	0.978	1.202	1.944
C4S2_41	7.356	0.265	0.070	0.987	1.410	1.947

吃味					
	均值	方差	变异系数	均值比值	方差比值	多样性指数
总群体	7.597	0.126	0.047	1.000	1.000	1.755
C4S2_143	7.526*	0.137	0.049	0.991	1.089	1.648
C4S2_102	7.508*	0.152	0.052	0.988	1.204	1.623
C4S2_61	7.508	0.185*	0.057	0.988	1.468	1.671
C4S2_41	7.540	0.196*	0.059	0.992	1.557	1.518

续表

杂气					
	均值	方差	变异系数	均值比值	方差比值	多样性指数
总群体	7.184	0.126	0.049	1.000	1.000	1.997
C4S2_143	7.099*	0.146	0.054	0.988	1.160	2.059
C4S2_102	7.090*	0.152	0.055	0.987	1.208	2.076
C4S2_61	7.081*	0.164	0.057	0.986	1.299	2.061
C4S2_41	7.106	0.202*	0.063	0.989	1.601	2.115
刺激性					
	均值	方差	变异系数	均值比值	方差比值	多样性指数
总群体	7.328	0.139	0.051	1.000	1.000	1.720
C4S2_143	7.262	0.164	0.056	0.991	1.184	1.742
C4S2_102	7.229*	0.172	0.057	0.987	1.241	1.790
C4S2_61	7.197*	0.200*	0.062	0.982	1.440	1.854
C4S2_41	7.218	0.222*	0.065	0.985	1.599	1.756

注：**，*分别是指0.01和0.05显著性水平，表示核心种质与总群体间的性状均值或方差差异达到极显著或显著水平。

2. 资源群体的空间分布及性状间的相关性

晒晾烟品质性状相关矩阵的17个特征值分别为4.305、2.565、2.321、1.541、1.119、0.945、0.846、0.750、0.568、0.538、0.466、0.434、0.326、0.138、0.091、0.041、0.006，前3个主成分解释了总变异的54.1%，前2个则解释了总变异的40.4%。从主成分的3维和2维视图可知，四种抽样比率的核心种质很好地保存了总群体的空间分布特征，较多外围的个体被选入了核心种质。表2-18是晒晾烟群体品质性状间的相关系数及显著性。由表可知，烟碱分别与总糖、还原糖、总氮、钾、氯、糖碱比、钾氯比、两糖比、氮碱比、施木克值间存在显著或极显著的相关性，其中与氮碱比的相关系数达到0.524。总糖与还原糖和施木克值、还原糖与糖碱比和施木克值、钾与钾氯比等都具有较强的相关性，相关系数达到0.7以上，而且都达到了极显著水平。这些显著的相关性在各核心种质内同样被很好地保留，表明核心种质没有破坏原有群体的性状间内在的遗传结构，有效地保存了资源群体的遗传多样性（表2-18，表2-19，表2-20）。

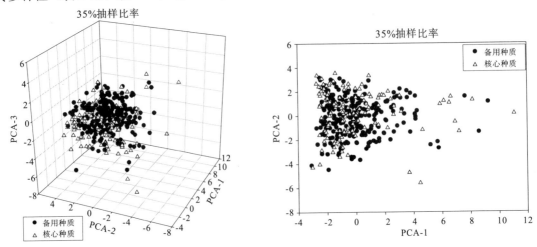

图2-9　基于主成分的核心种质C4S2_143及备用种质空间分布视图

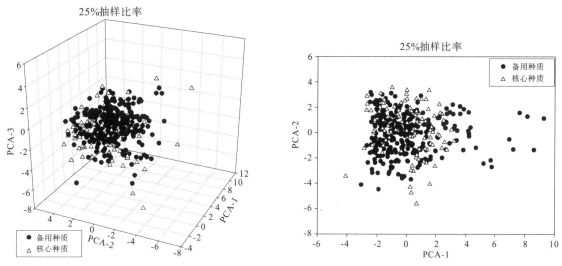

图 2-10 基于主成分的核心种质 C4S2_102 及备用种质空间分布视图

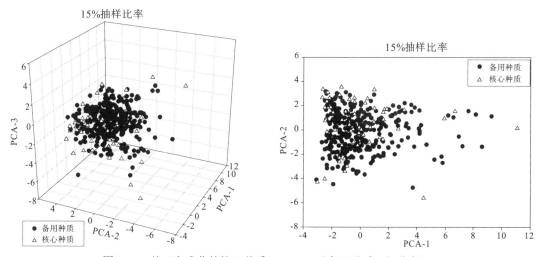

图 2-11 基于主成分的核心种质 C4S2_61 及备用种质空间分布视图

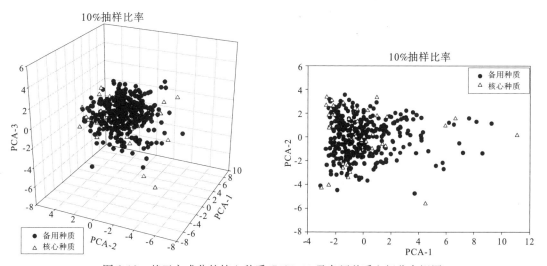

图 2-12 基于主成分的核心种质 C4S2_41 及备用种质空间分布视图

表 2-18　晒晾烟 17 个品质性状间的相关系数

	总糖/%	还原糖/%	总氮/%	钾/%	氯/%	蛋白质/%	糖碱比	钾氯比	两糖比	氮碱比	施木克值	香气质	香气量	吃味	杂气	刺激性
烟碱/%	-0.152**	-0.184**	0.108*	-0.166**	0.148**	0.081	-0.389**	-0.162**	-0.223**	-0.524**	-0.194**	-0.052	-0.035	-0.009	-0.015	-0.096
总糖/%		0.950**	-0.171**	-0.126**	-0.081	-0.161**	0.779**	-0.044	0.490**	-0.013	0.936**	0.003	0.015	-0.003	-0.047	0.055
还原糖/%			-0.141**	-0.083	-0.090	-0.145**	0.836**	-0.022	0.635**	0.028	0.987**	0.027	0.013	0.017	-0.004	0.069
总氮/%				0.100*	0.021	0.216**	-0.158**	0.069	0.022	0.358**	-0.165**	-0.131**	-0.059	-0.067	-0.122*	-0.026
钾/%					-0.314**	0.518**	-0.055	0.746**	0.088	0.135**	-0.130**	0.022	-0.040	-0.004	-0.011	-0.069
氯/%						-0.131**	-0.064	-0.629**	-0.112*	-0.033	-0.080	-0.001	-0.068	-0.084	-0.030	0.011
蛋白质/%							-0.122*	0.346**	-0.044	0.144**	-0.249**	-0.009	-0.031	-0.084	0.004	-0.093
糖碱比								-0.003	0.534**	0.398**	0.836**	0.066	0.042	0.029	0.039	0.107*
钾氯比									0.014	0.092	-0.046	-0.040	0.041	-0.005	-0.059	-0.081
两糖比										0.155**	0.612**	0.093	-0.002	0.075	0.001	0.030
氮碱比											0.014	0.023	0.024	-0.036	0.000	0.066
施木克值												0.039	0.020	0.037	0.004	0.078
香气质													0.457**	0.404**	0.330**	0.207**
香气量														0.239**	0.283**	0.205**
吃味															0.400**	0.305**
杂气																0.427**

注：**，*分别表示相关达到 0.01 和 0.05 显著性水平

表 2-19　晒晾烟核心种质 C4S2_143 和 C4S2_102 的 17 个品质性状间的相关系数

	烟碱/%	总糖/%	还原糖/%	总氮/%	钾/%	氯/%	蛋白质/%	糖碱比	钾氯比	两糖比	氮碱比	施木克值	香气质	香气量	吃味	杂气	刺激性
烟碱/%		-0.124**	-0.156**	0.085*	-0.270**	0.145**	-0.018	-0.378**	-0.220**	-0.180**	-0.498**	-0.150*	-0.129	-0.072	0.012	-0.094	-0.136
总糖/%	-0.107*		0.939**	-0.171**	-0.123**	-0.092	-0.103**	0.716**	-0.093	0.496**	-0.024	0.925**	0.073	0.005	0.020	-0.005	0.064
还原糖/%	-0.160**	0.925**		-0.126**	-0.093	-0.090	-0.112**	0.788**	-0.072	0.635**	0.028	0.990**	0.096	-0.016	0.041	0.032	0.058
总氮/%	0.104*	-0.216**	-0.182**		0.190**	-0.056	0.234**	-0.119	0.235	-0.016	0.256**	-0.145**	-0.177**	-0.046	-0.185	-0.052*	-0.020
钾/%	-0.316**	-0.074	-0.086	0.250**		0.288**	0.432**	0.027	0.747**	0.092	0.182**	-0.130**	-0.137	-0.080	-0.137	-0.037	-0.031
氯/%	0.158**	-0.115	-0.111	-0.138	-0.322**		-0.168**	-0.022	-0.584**	-0.132*	-0.044	-0.076	0.081	-0.036	0.067	0.058	0.078
蛋白质/%	-0.036	-0.111**	-0.159**	0.282**	0.369**	-0.128**		0.010*	0.331**	-0.025	0.264**	-0.203**	-0.130	-0.107	-0.165	-0.086	-0.087
糖碱比	-0.417**	0.631**	0.728**	-0.153**	-0.017	-0.012	0.006		-0.035	0.540**	0.503**	0.767**	0.166	0.062	0.011	0.097	0.113*
钾氯比	-0.248**	-0.053	-0.061	0.319	0.716**	0.601**	0.262**	-0.026		-0.012	0.137	-0.088	-0.135	0.026	-0.156	-0.002	-0.095
两糖比	-0.213**	0.461**	0.618**	-0.103	0.058	-0.207*	-0.066	0.521**	-0.047		0.164*	0.622**	0.127	-0.011	-0.016	-0.037	-0.054
氮碱比	-0.494**	-0.052	0.012	0.198**	0.204**	0.074	0.295**	0.576**	0.152	0.168**		-0.001	0.121	0.095	-0.068	0.124	0.117
施木克值	-0.152**	0.910**	0.991**	-0.209**	-0.125**	-0.092	-0.258**	0.707**	-0.076	0.595**	-0.024		0.116	0.001	0.076	0.061	0.063
香气质	-0.098	0.001	0.050	-0.201**	-0.135	0.063	-0.108	0.132	-0.142	0.071	0.127	0.070		0.585**	0.441**	0.299**	0.131**
香气量	-0.057	0.087	0.059	-0.131	-0.107	-0.113	-0.078	0.108	0.058	0.032	0.074	0.078	0.446**		0.266**	0.161**	0.259**
吃味	0.057	0.035	0.074	-0.212	-0.092	0.073	-0.141	0.027	-0.122	-0.005	-0.081	0.102	0.409**	0.318**		0.490**	0.408**
杂气	-0.035	0.015	0.071	-0.066	-0.097	0.073	-0.103	0.116	-0.011	-0.041	0.111	0.093	0.337**	0.168**	0.529**		0.453**
刺激性	-0.129	0.084	0.074	-0.039	-0.060	0.113	-0.100	0.125*	-0.113	0.023	0.113	0.081	0.192**	0.248**	0.485**	0.440**	

注：上三角（下三角）为基于核心种质 C4S2_143（C4S2_102）所得的相关系数及显著性；**、* 分别表示相关达到 0.01 和 0.05 显著性水平

表 2-20　晒晾烟核心种质 C4S2_61 和 C4S2_41 的 17 个品质性状间的相关系数

	烟碱/%	总糖/%	还原糖/%	总氮/%	钾/%	氯/%	蛋白质/%	糖碱比	钾氯比	两糖比	氮碱比	施木克值	香气质	香气量	吃味	杂气	刺激性
烟碱/%		-0.133**	-0.197**	0.146*	-0.276**	0.107**	0.030	-0.466**	-0.208**	-0.214**	-0.485**	-0.202	-0.082	0.031	-0.016	-0.046	-0.114
总糖/%	-0.163**		0.911**	-0.214**	-0.001*	-0.166	-0.090	0.556**	-0.037	0.464**	-0.062	0.892**	0.094	0.125	0.050	0.005	0.074
还原糖/%	-0.249**	0.918**		-0.169*	-0.036	-0.143	-0.156*	0.675**	-0.067	0.618**	0.020	0.991**	0.167	0.079	0.083	0.039	0.064
总氮/%	0.185*	-0.308**	-0.264**		0.337**	-0.084	0.326**	-0.160**	0.404	-0.190	0.153**	-0.198*	-0.249**	-0.215	-0.156	-0.101*	-0.088
钾/%	-0.306**	0.067	0.059	0.355**		-0.320*	0.353**	-0.028	0.679**	0.010	0.178**	-0.074	-0.068	-0.109	-0.023	-0.049	0.074
氯/%	0.025*	-0.203	-0.165	-0.151	-0.386**		-0.170**	-0.005	-0.597**	-0.148*	-0.040	-0.114	0.142	0.004	-0.005	0.041	0.084
蛋白质/%	0.048	-0.099**	-0.142**	0.283**	0.292**	0.185**		0.016*	0.287**	-0.096	0.307**	-0.262**	-0.173	-0.187	-0.139	-0.066	-0.042
糖碱比	-0.510**	0.545**	0.671**	-0.235**	-0.024	-0.011	0.017		-0.075	0.526**	0.632**	0.662**	0.273	0.179	0.111	0.138	0.167*
钾氯比	-0.189**	0.001	-0.016	0.432	0.634**	0.654**	0.231**	-0.082		-0.171	0.107	-0.084	-0.094	0.033	-0.003	0.134	0.007
两糖比	-0.324**	0.406**	0.548**	-0.297	0.159	-0.195*	-0.037	0.539**	-0.127		0.203**	0.597**	0.042	-0.067	-0.067	-0.200	0.022
氮碱比	-0.502**	-0.079	0.014	0.116	0.164**	-0.047	0.301**	0.635**	0.077	0.255**		-0.013	0.182	0.069	0.011	0.157	0.138
施木克值	-0.249**	0.903**	0.992**	-0.275**	0.026	-0.126	-0.240	0.659**	-0.028	0.523**	-0.019		0.201	0.111	0.108	0.074	0.066
香气质	-0.047	0.174	0.251	-0.292**	-0.214	0.209	-0.232	0.314	-0.216	0.172	0.181	0.279		0.544**	0.456**	0.435**	0.259**
香气量	0.030	0.242	0.188	-0.245	-0.230	0.038	-0.231	0.229	-0.046	0.071	0.058	0.211	0.538**		0.509**	0.306**	0.392**
吃味	-0.132	0.192	0.238	-0.185	-0.086	0.003	-0.200	0.208	-0.059	0.081	0.031	0.260	0.513**	0.536**		0.638**	0.667**
杂气	-0.115	0.113	0.165	-0.096	-0.102	0.002	-0.085	0.212	0.132	-0.107	0.186	0.200	0.494**	0.279**	0.560**		0.543**
刺激性	-0.134	0.177	0.161	-0.202	0.017	0.070	-0.116	0.235*	-0.034	0.136	0.142	0.171	0.302**	0.479**	0.663**	0.507**	

注：上三角（下三角）为基于核心种质 C4S2_61（C4S2_41）所得的相关系数及显著性；**，* 分别表示相关达到 0.01 和 0.05 显著性水平

第六节　本章小结

（1）最短距离法多次聚类结合变异度取样是构建烟草农艺性状核心种质的可行策略；

（2）不加权类平均法逐步聚类变异度取样是构建烤烟和晒晾烟核心种质的可行方法；

（3）通过分子标记遗传多样性、资源群体的空间分布及性状间相关性分析发现，所提取的核心种质具有较好的代表性，提取质量符合要求。

参 考 文 献

胡晋，等. 2000. 基因型值多次聚类法构建作物种质资源核心库. 生物数学学报，15（1）：103—109.

裴鑫德. 1991. 多元统计分析及其应用. 北京：中国农业大学出版社，89—195.

徐海明，等. 2000. 构建作物种质资源核心库的一种有效抽样方法. 作物学报，26（2）：157—162.

徐海明，等. 2005. 整合质量数量性状构建作物核心种质的策略研究. 浙江大学学报（农业与生命科学版），31（4）：362—367.

徐海明. 2005. 种质资源核心库构建方法的研究及其应用. 浙江大学博士学位论文.

朱军. 1993a. 作物杂种后代基因型值和杂种优势的预测方法. 生物数学学报，8（1）：32—44.

朱军. 1993b. Mixed model approaches for estimating genetic covariances between two traits with unequal design matrices. 生物数学学报，8（3）：24—30.

朱军. 1994. 广义遗传模型与数量遗传分析新方法. 浙江农业大学学报，20：551—559.

朱军. 1997. 遗传模型分析. 北京：中国农业出版社.

Holden J. H. W. 1984. The second ten years. In：Crop genetic resources：conservation and evaluation. Holden J. H. W. and Williams J. （eds），George Allen and Unwin, Winchester, Massachusetts，277—285.

Harlan J. R. 1972. Genetic resources in sorghum. In：Sorghum in the Seventies. Rao N. G. P. and House L. R. （eds），. Oxford & IBH Publi. Co. , New Delhi，1—13.

Frankel O. H. , et al. 1984. Current plant genetic resources-a critical appraisal. In：Genetics：new frontiers（vol. IV）. Chopra V. L. , Joshi B. C. , Sharma R. P. and Bansal H. C. （eds），Oxford & IBH Publ. Co. , New Delhi，1—13.

Brown A H D. 1989a. Core collections：A practical approach to genetic resources management. Genome，31：818—824.

Brown A. H. D. 1989b. The case for core collections. In：The Use of Plant Genetic Resources. Brown A. H. D. , Frankel O. H. , Marshall D. R. and Williams J. T. （eds）. Cambridge：Cambridge University Press，136—156.

van Hintum Th. J. L. 1994. Comparison of market system and construction of a core collection in a pedigree of European spring barley. Theor. Appl. Genet. , 89：991—997.

Charmet G. , et al. 1993. Genotype environment interactions in a core collection of French perennial ryegrass populations. Theor. Appl. Genet. , 86：731—736.

第三章 烟草种质资源抗病性研究

抗病资源是烟草种质资源最有价值的组成部分之一，抗病资源的优劣，直接影响种质资源的利用价值。烟草的基因资源由原始种质、地方种质、近年来选育的改良种质和近缘野生种等几类资源组成。地方种质资源具有丰富的遗传多样性，它与病原物间保持平衡的遗传弹性较大，现今推广烟草品种抗病性大多来源于古老的地方种质，这些种质不仅是当前育种的资源，而且还是将来针对其他病害抗病品种选育的首要资源。在针对国内几种烟草主要病害的抗病育种工作中，一些"公认"优质抗源备受追捧，这些抗源材料的优点十分突出，表现为抗性稳定、抗病性与品质性状、农艺性状结合度较好，容易通过这些材料育出新品系；但同时也带了育种遗传基础愈来愈狭窄的问题，易诱导病原群体突变，将高度积累病害爆发风险。地方种质中存在来源更为广泛的抗病资源，特别是一些微效基因控制的中抗性抗源，对于育种利用、拓宽遗传背景有重要意义。

烟草在整个生育期都可受到多种病害危害，目前烟草已发现的侵染性病害按病原划分，主要包括真菌病害 28 种，约占烟草侵染性病害的 47%；细菌性病害 8 种，约占烟草侵染性病害的 13.5%；烟草病毒病有 16 种，约占烟草侵染性病害的 27.1%；烟草线虫病害三个大类（根结线虫、胞囊线虫、根腐线虫）；寄生性种子植物（列当、菟丝子）；烟草植原体病害（烟草丛枝病）；以及不适宜气候、营养失调引起的非侵染性病害。针对西南烟区的病害发生特点，贵州烟草种质资源抗病性研究主要针对青枯病、黑胫病、TMV、CMV、PVY、赤星病、气候斑、根结线虫等 8 种病害开展。研究重点为青枯病、黑胫病等为代表的根茎性病害，其次为 TMV、CMV、PVY3 种病毒病害。

烟草种质资源材料数量繁多，而对抗病性研究的深入程度往往仅限于对一些推广品种的主要病害抗性和对某种病害的常用抗源上，而对大多数资源抗病性还不甚清楚，很多资料也较零散。因鉴定方法不同，病源、环境等差异，有时在不同资料中对同一份资源的介绍，抗病性差异都很大。品种（品系）抗病性不清楚，在育种工作中选择合适的资源进一步利用就有一定困难，要更广泛利用一个种质资源库中的资源，开展系统的抗病性鉴定工作是必不可少的。为解决这一问题，2006 年至 2009 年，对贵州烟草科学研究所的 800 余份种质资源的主要病害抗病性进行了集中鉴定，深入挖掘抗病资源，提高种质资源利用价值。

抗病性鉴定是种质资源抗病性研究最重要的手段。抗性鉴定包括田间鉴定、苗期鉴定、离体鉴定及分子鉴定等方法。目前最能真实反映烟草种质资源抗病性的鉴定方法是田间鉴定，其次为苗期鉴定。田间鉴定的优点是可以在烟草正常生长环境下，研究烟草包括抗侵入、抗扩展、抗繁殖、耐病、抗再侵染、避病及环境适应等多种机制交互的综合抗病性，但这种方法受土壤环境、气候环境、病原小种、栽培条件等多重因素的影响，年度、地区间鉴定结果经常出现较大差异，因此每份资源都需要多年多点的综合分析，工作量较大，难以在相对较短的时间内对数量众多的种质资源进行研究。面对数量较多的种质资源和多种病害的抗病鉴定工作，苗期鉴定不失为一种可行的方法。苗期鉴定可以控制病原、环境等多个因素，鉴定结果稳定。

第一节　材料与方法

一、材料

研究材料包括贵州烟草种质资源 12 个类型，计 865 份资源（表 3-1），种质特征特性详见《贵州烟草品种资源（卷一）》和《贵州烟草品种资源（卷二）》。

表 3-1　实验材料

类型	材料数	鉴定地点			
		2006	2007	2008	2009
贵州育成烤烟	53				
贵州烤烟农家种	52				
省外烤烟	94	福		福	福
国外烤烟	132	泉		泉	泉
省内晒烟	272				
省外晒烟	179				
白肋烟	27	金	福	清	开
晾烟	19	沙	泉	镇	阳
香料烟	12				
黄花烟	12				
雪茄烟	5				
野生烟	8				
合计	865				

二、鉴定方法

青枯病、黑胫病、CMV、根结线虫病等 4 种病害抗性鉴定方法以中华人民共和国烟草行业标准烟草品种抗病性鉴定（YC/T 41-1996）为基础，并进行了适当的优化；TMV、PVY、赤星病、气候性斑点病等其他病害，以行业标准（YC/T 41-1996）为基准，参照同类病害鉴定方法。各种病害鉴定方法见表 3-2。

表 3-2　病害鉴定方法

病害种类	鉴定方法	病原种类及来源
青枯病	田间鉴定、自然发病观察	贵州福泉、开阳、金沙田间自然发病
黑胫病	田间鉴定、苗期鉴定、自然发病观察	接种病原采自贵州福泉，鉴定为黑胫病菌 1 号小种

续表

病害种类	鉴定方法	病原种类及来源
根结线虫	田间鉴定、自然发病观察	贵州福泉、金沙田间自然发病；病害田间混发爪哇根结线虫、南方根结线虫和花生根结线虫
TMV	苗期鉴定、田间鉴定	福泉田间采集普通花叶病毒株系
CMV	苗期鉴定、田间鉴定	接种病原为 CMV 的 II-1 毒株
PVY	苗期鉴定、田间鉴定	接种病原为 PVY 叶脉坏死株系
赤星病	田间鉴定、自然发病观察	贵州福泉、开阳、金沙田间自然发病
气候性斑点病	田间鉴定、自然发病观察	贵州福泉、开阳、金沙田间自然发病

第二节　贵州烟草种质资源抗病性概述

贵州烟草种质资源抗病性研究以田间鉴定、苗期鉴定、自然发病、历史资料收集等多种方式相结合开展，对青枯病、黑胫病、根结线虫、赤星病、气候性斑点病、白粉病等病害主要采用田间鉴定和田间自然发病方法；对 TMV、PVY、CMV 3 种病毒病主要采用苗期鉴定的方法；对部分黑胫病的田间鉴定结果又进行了苗期验证。

从抗源数量上看，现有种质资源中，黑胫病抗源最为丰富；其次为 TMV 抗源；发现了一批青枯病、根结线虫病抗及中抗材料；在晒晾烟资源中鉴定出部分 CMV、PVY 抗源，但烤烟中 CMV、PVY 抗源较少；赤星病等其他病害抗源相对较少（图 3-1）。

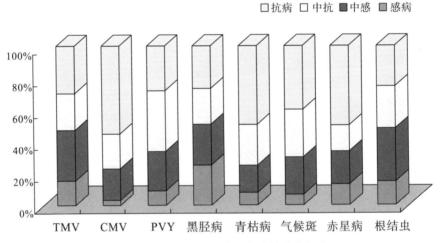

图 3-1　贵州烟草品种资源抗病性分布频率

图中，分布频率为 $Pi = ni/n$，其中 Pi 为第 i 级分布频率，ni 为第 i 级材料数，n 为某一性状总材料数。多样性指数（H'）采用 Shannon-weaver 信息指数计算公式：

$$H' = -\sum Pi \ln(Pi)$$

在资源的选择利用上，能够兼抗两种或两种以上病害的抗源更有利于育种上的应用，贵州烟草种质资源库中黑胫病、TMV 的抗源数量较多，已鉴定出 32 份兼抗两种病害的种质；抗青枯病资源，兼抗黑胫病、根结线虫病种质分别有 20 份和 11 份；没有发现兼抗 TMV、CMV、PVY 3 种病毒病的材料；赤星病兼抗其他病害的材料较少（见表 3-3）。

表 3-3　贵州烟草种质资源主要病害抗源及兼抗两种病害抗源数量

	抗病	中抗	中感	感病	兼抗黑胫	兼抗根结	兼抗TMV	兼抗（中抗）CMV	兼抗（中抗）PVY	兼抗赤星	材料总数
青枯病	22	47	71	137	20	11			1	3	277
黑胫病	212	217	190	227		22	32	8	22	7	846
根结线虫	33	74	59	57			6		8	4	223
TMV	101	210	152	197				30	40	2	660
CMV	19	118	131	331					6		599
PVY	53	145	225	166						2	589
赤星病	16	25	20	61							122

第三节　不同类型烟草抗性特征分析

一、贵州育成烤烟种质资源

20 世纪 50～70 年代贵州育成了黔福系列、湄育系列、春雷系列等烤烟品种，这些品种为贵州烤烟生产曾作出巨大贡献。在抗病性上，显著提高了黑胫病抗性，一定程度上缓解了黑胫病在贵州烟区为害猖獗的问题。53 个育成烤烟资源中，鉴定出 23 份抗黑胫病资源和 14 份中抗黑胫病资源。这类资源针对 3 种主要病毒病（TMV、CMV、PVY）的抗源较少。在抗 CMV 方面，鉴定出新农 3-1 号对 CMV Ⅱ-1 病毒株系表现为抗病，其他品种对 CMV 表现为感或中感；在抗普通花病叶方面，鉴定出 CZ-1、γ72(3)B-2、金烟 1 号等 3 份种质表现为抗病，还有 14 份种质表现为中抗；在抗 PVY 上，没有发现抗病种质，有 4 份种质表现为中抗，其余为感或中感。

二、贵州烤烟农家种质资源

贵州地方烤烟资源是种质资源中潜在价值最大的一类资源。这些资源大部分为民间收集特点突出的烟农自留种，是在贵州复杂的山地气候、地貌下形成的珍贵基因资源，这些资源对于生物多样性的保持有重大意义。在抗病性方面，这些资源虽然不具备推广烤烟品种优质与多抗兼备的特性，也很少表现对某种病害高抗，但来源丰富的抗源和水平抗性的积累，都是推广品种所不能比拟的。在这类资源中鉴定出的黑胫病、TMV 抗病种质资源较多；并鉴定出长冲毛烟对 CMV 表现为抗病；自美对 PVY 表现为抗病；翁安铁秆烟对赤星病表现为抗病。

三、贵州省外烤烟种质资源

贵州烟草种质资源库中收集省外烤烟资源 94 份，这些资源包含了国内多种风格的烤烟品种（品系）。在抗病性方面，抗黑胫病、赤星病较突出。在黑胫病抗病性上，有革新三号、金星 6007 等为代表的抗黑胫病品种；在赤星病抗病性方面，有净叶黄为突出代表的抗赤星病品种，常用来作为抗赤星病对照品种。另外还鉴定出单育 2 号、潘园黄、9111-21、8813 等材料抗赤星病。这类资源在病毒病（TMV、CMV、PVY）抗性上没有发现较突出的种质；在青枯病抗性上多为中感品种。

四、国外烤烟种质资源

国外烤烟资源是目前可利用价值较大的一类资源。贵州烟草种质资源库中收集国外烤烟资源 132 份，各种病害抗病资源均比较丰富，很多国内烤烟、省内育成烤烟品种的抗源也直接或间接来自国外烤烟资源。国外烤烟资源多数表现为根茎性病害抗性较好，青枯病、黑胫病、根结线虫病抗源丰富，如 Nc95、Nc1108、NcTG55、D101、K149、K730、牛津 2028、RG11、G111、G164 等品种同时抗三种根茎性病害，Nc95、K149 还兼抗赤星病。国外烤烟资源中抗叶斑类病害资源较少，仅发现 Nc95、K149 抗赤星病；未鉴定出优质抗气候性斑点病资源。在抗病毒方面，TMV 抗源较多，包括 Coker176、Coker51、K110、MRS-1、MRS-3、Nc27. NF、Nc567、Nc60、PVH01、PVH03、PVH05、PVH09、ZT99 等；CMV 抗源较单一，只有 TI245 一个材料；未发现优良的抗 PVY 烤烟资源。

五、贵州晒烟资源

贵州烟草种质资源库中收集的贵州省内晒烟资源共 272 份。这类资源在贵州特有生态环境下形成了独特风格，在抗病性上也具有与其他资源不同之处。贵州晒烟种质资源抗病性突出表现为抗病毒病材料丰富，特别是从中发现了一批抗 PVY 和 CMV 种质。在抗病鉴定中发现了册亨威旁土烟、岑巩小花烟、德江中花烟（2）、光柄柳叶（罗）、开阳小黑烟、凯里枇杷烟、盘县大柳叶、平塘中坝晒烟、普安付耳烟（2）、潭寨柳叶、兴仁大柳叶等 18 份抗 PVY 资源；发现了册亨丫他叶子烟、黑大烟、凤冈花坪风香溪、龙里大白花、望漠乐望麻湾烟、余庆光把烟、稀节巴格黑烟、贞丰柳叶烟等 12 份抗 CMV 资源，而这两种病害的抗源在烤烟中很难找到。贵州晒烟种质资源的另一特点是根茎性病害抗性较差，抗黑胫病、根结线虫的资源较少，未发现抗青枯病资源。

六、贵州省外晒烟资源

贵州烟草种质资源库中收集的省外晒烟资源共 187 份。在抗病性研究上，进行了普通花叶病、黄瓜花叶病、马铃薯 Y 病毒和黑胫病 4 种病害的抗性鉴定工作。这类资源中鉴定出抗马铃薯 Y 病毒资源 GAT-9、大瓦垅、东川大柳叶等 22 份，对其他病害抗病材料较少；鉴定出巴西变种、茄子烟两个材料同时抗普通花叶病、马铃薯 Y 病毒和黑胫病 3 种病害。

七、雪茄烟资源

贵州烟草种质资源库中收集了 5 份雪茄烟资源，尽管数量较少，但在 TMV、黑胫病、赤星病抗源方面有很重要的意义，是三种病害的重要抗源。Ambale-ma 是世界上最早发现的普通花叶病抗源之一，是抗 TMV 隐性等位基因 mt1 和 mt2 的最初来源；Florida301、Beinhart1000-1 则是黑胫病抗病基因的重要抗源，多数烟草品种黑胫病抗性来自这两个品种。Beinhart1000-1 又是赤星病的主要抗源，有国外烤烟抗赤星病品种的遗传背景的品种，其抗源大多来自 Beinhart100-1。

八、白肋烟资源

贵州烟草种质资源库中收集白肋烟资源共 37 份。白肋烟资源中包含较为丰富的抗病种质。在 PVY 抗病性上有 TN90、KY8959、KY907、S. N69、W. B68 等 5 份资源，其中 TN90 是目前世界上最突出的 PVY 抗源；黑胫病抗源有 L-8、KY14、TN86、KY907 等种质，同时 TN86 也是青枯病、赤星病的优质抗源。这类资源中还包括抗根黑腐病种质 KY　、KY14、白肋 21、TN90；抗野火病种质 BY21、KY14、TN90；及抗普通花叶病种质 BY37、KY10、白远州一号等。

九、其他烟草种质资源

贵州烟草种质资源库中还包含晾烟（19 份）、野生种（8 份）、香料烟（12 份）、黄花烟（12 份）等四类种质资源。其中晾烟、香料烟两类资源中发现抗源较少；在黄花烟中鉴定出盘县民主兰花烟、黔西兰花烟、巴西兰花烟三种材料同时抗普通花叶病、黑胫病和马铃薯 Y 病毒（中抗）。野生种是很多抗病基因的最初来源，烟草大部分抗病基因都是来自于野生种，几乎所有病害的抗源都可以在野生种中找到，但野生种所包含抗源的利用是一个难题。虽然有很多优良的抗病资源在野生种中已发现，但还未能成功转入栽培品种加以利用。

第四节　主要病害抗源分析

一、青枯病

青枯病在贵州、云南、四川、福建、山东等烟区都有发生，是贵州烤烟生产为害最严重的病害之一，因此青枯病抗病性是贵州烟草种质资源研究的重点。

青枯病病原学研究现状是制约种质资源抗青枯病研究及烟草抗青枯病育种的关键因素之一。青枯菌生理生化分化复杂，在小种划分、致病力划分等方面一直存在较多争论，有待进一步的深入研究。世界上很多专家都对青枯菌进行了种以下的分类或分型的各种尝试，包括生理小种、生化型、生物型、致病型等多种划分方法，但这些方法都不能完全解释青枯病发生与致病性特点。目前有两个亚分类系统被接受较为广泛。一是按不同来源菌株对不同植物种类的致病性差异，将青枯菌划分为不同的生理小种，20 世纪 60 年代已命名 4 个小种；种 1 号，小种 2 号，小种 3 号，小种 4 号；另一个亚分类系统是根据不同芽　　　糖和三种乙醇氧化产酸能力的差异将青枯菌划分为 4 个生化变种：生化变种　　生化变种 2，生化变种 3，生化变种 4。生理小种和生化变种的关系是这样的　生　　　1 号中包含生化变种 1、

3 和 4，生理小种 2 号中包含生化变种 1 和 3，生理小种 3 号中包含生化变种 2，生理小种 4 号中包含生化变种 4。

目前普遍认为我国烟草青枯病菌一般属于 1 号生理小种，但这并不意味着烟草品种（品系）对不同地区青枯病抗性都相同。在全国烟草良种区域实验中也发现有些品种（品系）在不同地区青枯病田间鉴定圃中表现抗病性有较大差异，有时甚至得到相反的结果，说明我国烟草青枯病虽大部分属于 1 号生理小种，但对烟草品种的致病性差异很大，病原与环境的差别导致了不同条件下测定的品种抗性可能不一致。在生产上引进和推广抗青枯病品种时，不能完全依赖于资源的介绍，应做预备试验。

在抗源方面，TI448A 是目前青枯病最重要的抗源之一，为隐性多基因遗传。美国在青枯病抗病品种选育方面较为成功，利用这一抗源，美国选育出了 Nc95、Nc729、Coker86、K149、K399、G-28 等一系列材料；国内引进时的品种（G28、K326、Nc82 等）很多都含有这一抗源，国内育成的品种（品系）的青枯病抗性都直接或间接来源于 TI448A。在大面积多年种植后，由于品种自身退化和单一抗病基因引起的病原种群定向选择等因素，导致很多品种（品系）的青枯病抗性发生变化。很多研究也证实了目前鉴定的一些品种青枯病抗性并不完全与资料记载相吻合的问题，但在目前还未找到更为优质的青枯病抗源来替代 TI448A 系列。

烟草青枯病抗性表现为不同的遗传系统控制，因此通过不同抗源遗传物质积累，选育比目前抗性更高的品种是完全可行的。例如来自爪哇的 TI79A 与土耳其的两个中抗品种杂交，育成了高抗青枯病的烟草品系 79X，其抗病程度就高于任何一个亲本。

在贵州烟草种质资源研究中，对 277 份重要资源进行了多次青枯病抗性鉴定研究，鉴定方法以田间鉴定为主，为多年多点鉴定，并参考田间自然发病及历史资料记载。在国外烤烟、贵州烤烟、白肋烟、香料烟等 4 个类型中鉴定出抗病资源 24 份，贵州烤烟中有 4 份（H80A432、湄育 2-3 等）、白肋烟中有 2 份、香料烟中有 1 份，其余均来自国外烤烟资源，其中鉴定出兼抗性较好、可利用性较高的有 Nc95、K149、D101 等（表 3-4）；在国外烤烟、贵州晒烟、贵州烤烟、贵州地方烤烟等 7 类资源中，鉴定出中抗青枯病资源 47 份，其中 25 份来自国外烤烟资源，13 份来自贵州晒烟资源（表 3-6）。烤烟类型的抗青枯病资源很多都可直接利用，对于烤烟生产、品种选育的实际意义较大；在贵州晒烟资源中鉴定出的中抗青枯病材料，虽然目前利用还有一定困难，但在品种资源多样性、抗源拓宽等方面具有较高价值。从各类型资源多态性上看，国外烤烟的青枯病抗性多态性指数最高，为 1.37，其次为白肋烟（表 3-5）。

表 3-4　贵州烟草种质抗青枯病资源

资源名称	种类	对其他病害抗性征
BY21	白肋烟	感黑胫病，抗野火病
TN86	白肋烟	抗黑胫病，赤星病
H80A432	贵州烤烟	抗黑胫病
春雷三号（甲）	贵州烤烟	抗黑胫病
反帝三号-丙	贵州烤烟	感黑胫病
湄育 2-3	贵州烤烟	抗黑胫病
Coker371G	四川烤烟	抗黑胫病，赤星病

续表

资源名称	种类	对其他病害抗性征
Dixie Bright 101（D101）	国外烤烟	抗黑胫病、根结线虫；感 TMV、CMV、赤星病
K149	国外烤烟	抗黑胫病、根结线虫、赤星病；感病毒病
K358	国外烤烟	抗黑胫病
K730	国外烤烟	抗黑胫病、根结线虫；感 CMV、PVY
Nc95	国外烤烟	抗黑胫病、根结线虫、赤星病，中抗 TMV
Nc1108	国外烤烟	抗黑胫病、根结线虫；感 PVY
Nc729	国外烤烟	抗黑胫病；感赤星病、病毒病
NcTG55	国外烤烟	抗黑胫病、根结线虫；感 PVY、CMV
Oxford 2028	国外烤烟	抗黑胫病、根结线虫；感病毒病
RG11	国外烤烟	抗黑胫病、根结线虫；感赤星病、病毒病
Speight G-111	国外烤烟	抗黑胫病、根结线虫；感 PVY、CMV
Speight G-164	国外烤烟	抗黑胫病、根结线虫；感 CMV、TMV
SPTG-172	国外烤烟	抗黑胫病
TI448A	国外烤烟	中抗黑胫病
VA444	国外烤烟	抗黑胫病；感 TMV
Oxford 26	国外烤烟	抗黑胫病
Adcook	香料烟	感黑胫病；感根结线虫

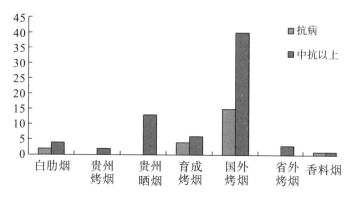

图 3-2　抗及中抗青枯病种质资源数量

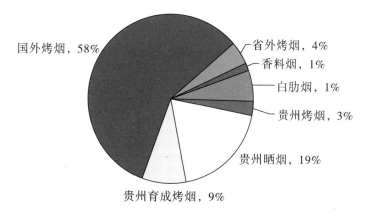

图 3-3　贵州烟草青枯病中抗以上资源分布

表 3-5　烟草抗青枯病类型频率分布

	白肋烟	贵州地方烤烟	省内晒烟	贵州育成烤烟	国外烤烟	省外烤烟	晾烟资源	香料烟	雪茄烟
抗病	14.3%			26.7%	17.2%			12.5%	
中抗	14.3%	14.3%	15.5%	13.3%	28.7%	7.9%			
中感	14.3%	64.3%	23.8%	6.7%	25.3%	34.2%	14.3%	25.0%	
感病	57.1%	21.4%	60.7%	53.3%	28.7%	57.9%	85.7%	62.5%	100.0%
多态性指数	1.15	0.89	0.93	1.14	1.37	0.88	0.41	0.90	0.00
鉴定数	14	14	84	15	87	38	14	8	3

表 3-6　贵州烟草种质中抗青枯病资源

品种（品种）	类型	品种（品种）	类型	品种（品种）	类型
KY56	白肋烟	转刀光柄小柳叶	贵州晒烟	PVH05	国外烤烟
Lof51-528	白肋烟	930032	贵州烤烟	PVH06	国外烤烟
乌江二号	贵州地方	贵定 400 号（尖叶）	贵州烤烟	PVH09	国外烤烟
乌江一号	贵州地方	AK6	国外烤烟	Reams M1	国外烤烟
安龙柳叶烟（扭叶）	贵州晒烟	Coker 51	国外烤烟	RG12	国外烤烟
巴铃护耳烟（3）	贵州晒烟	Coker176	国外烤烟	RG13	国外烤烟
巴铃小柳叶	贵州晒烟	Coker213	国外烤烟	RG22	国外烤烟
大柳叶节骨密	贵州晒烟	Coker254	国外烤烟	RG8	国外烤烟
贵定毛杆烟	贵州晒烟	Coker86	国外烤烟	RGH4	国外烤烟
护耳转刀小柳叶	贵州晒烟	Nc71	国外烤烟	RGH51	国外烤烟
龙里红花烟	贵州晒烟	Nc27. NF	国外烤烟	Speight G-108	国外烤烟
罗甸马耳烟	贵州晒烟	Nc8053	国外烤烟	Speight G-28	国外烤烟
麻江小广烟	贵州晒烟	Oxford 940	国外烤烟	8813	省外烤烟
马耳烟	贵州晒烟	PVH01	国外烤烟	大虎耳	省外烤烟
普安大白花	贵州晒烟	PVH02	国外烤烟	晋太 7645	省外烤烟
绥阳大蒲扇叶	贵州晒烟	PVH03	国外烤烟		

二、黑胫病

烟草黑胫病发生较为普遍，我国多数烟区都有发生，20 世纪 40 年代末成为对中国烟叶生产为害最严重的病害之一，20 世纪 50 年代通过抗病品种和综合防治技术的推广，基本控制了黑胫病发病，但在 20 世纪 70 年代后期至 80 年代初，由于全国植烟面积迅速扩大，连作面积增加，连作年限加长，且生产上大面积种植的烤烟品种对黑胫病抗性不高，致使黑胫病再度流行。贵州省烟叶生产在 20 世纪 60 年代遭受了黑胫病的严重危害，通过贵州抗病品种选育、国外抗病品种引进、综合防治技术的推广，基本遏制了黑胫病严重发生的势头，但到目前为止贵州烟区黑胫病仍是主要病害。

黑胫病抗源相对其他病害较为丰富，目前已经发现的烟草黑胫病抗源主要有 4 个，它们分别来自雪茄烟品种 Florida301、Beinhart1000-1、野生种蓝茉莉叶烟草和长花烟草。烟草生产中使用的品种大多数抗源来自 Florida301，这种抗性属于数量遗传的水平抗性，对烟草黑胫病的 0 号、1 号小种都是有效的。我国烟草黑胫病菌主要是 0 号和 1 号两个小种，以 0 号小种为主，1 号小种次之，还未发现其他小种大面积发生的报导。我国利用 D101、G28 培育出一系列抗黑胫病品种，都是利用了来自 Florida301 的抗源，该抗源育成的品种占抗黑胫病烟草品种的 95％。

在贵州烟草种质资源的收集、研究工作中对黑胫病抗病性问题十分关注。首先是从国外引进了一批抗黑胫病烤烟资源，同时在贵州本土种质资源上进行深入挖掘，对抗黑胫病育种工作起到了重要的推动作用。贵州烟草种质资源抗黑胫病研究较为深入，黑胫病抗性鉴定覆盖率达 90％以上。在 846 份材料中，鉴定出抗病资源 212 份，为鉴定总数的 25.1％。从各类型资源黑胫病抗性多态性的角度分析，省外烤烟、白肋烟、省内晒烟、省外晒烟的多态性指数较高，达 1.3 以上（表 3-7）。烟草抗黑胫病资源不仅数量多，且可利用资源较多，212 份抗病资源中有 70％来自于各类烤烟资源，以国外烤烟中的抗黑胫病资源最多，鉴定出 75 份，占抗病资源总数的 35％（图 3-5）；省外烤烟、贵州地方烤烟、贵州育成烤烟中也平均有 10％的资源表现为抗病。这些抗源大多可直接利用。贵州省内外的晾晒烟种质资源在黑胫病抗性表现较差，大部分为中感、感黑胫病。

抗黑胫病种质是否兼抗其他病害是选择利用的一个重要的指标。国外引进资源中抗黑胫病同时兼抗青枯病、根结线虫材料较多，但兼抗叶部斑点类病害和病毒病的材料较少，如 D101、K730、Nc95、Nc1108、NcTG55、Oxford 2028、RG11、Speight G-111、Speight G-164 等。贵州地方烤烟中的黑胫病抗病资源对抗青枯病与根结线虫兼抗性较弱，但有部分材料兼抗赤星病等叶部斑点类病害和病毒类病害，如发现长冲毛烟抗黑胫病兼抗 CMV（见表 3-8）。

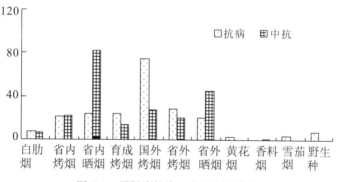

图 3-4　黑胫病抗病、中抗资源数量

表 3-7　烟草抗黑胫病抗性类型频率分布

	白肋烟	省内烤烟	省内晒烟	育成烤烟	国外烤烟	省外烤烟	省外晒烟	自育品种	黄花烟	晾烟资源	香料烟	雪茄烟	野生种
抗	21.9%	32.3%	9.2%	45.1%	57.7%	31.2%	11.2%	86.0%	100.0%			80.0%	63.6%
中抗	18.8%	33.8%	32.9%	27.5%	20.8%	21.5%	25.3%	10.1%			8.3%		
中感	21.9%	7.7%	30.1%	17.6%	8.5%	14.0%	34.8%	3.4%		5.9%	25.0%	20.0%	27.3%
感	37.5%	26.2%	27.7%	9.8%	13.1%	33.3%	28.7%	0.5%		94.1%	66.7%		9.1%
多态性指数	1.35	1.28	1.30	1.25	1.12	1.34	1.32	0.48	0.00	0.22	0.82	0.50	0.86
鉴定数	32	65	249	51	130	93	178	206	3	17	12	5	11

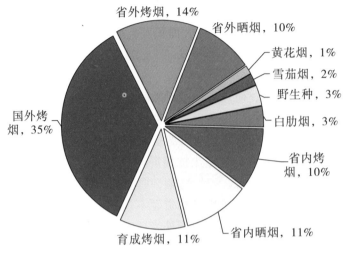

图 3-5　黑胫病抗病资源分布

表 3-8　贵州烟草种质资源优质抗黑胫病资源表

种类	品种名称	其他病害抗性	种类	品种名称	其他病害抗性
白肋烟	KY14	抗根黑腐、野火病；感 TMV、CMV、气候斑	贵州地方烤烟	黔东南自留种	感 CMV、PVY
白肋烟	KY907	抗 TMV、PVY；感青枯病、根结线虫	贵州地方烤烟	湄潭平板柳叶	感青枯病
白肋烟	L-8	感青枯病、根结线虫	贵州地方烤烟	黔江一号	中感青枯病；感 PVY
白肋烟	TN86	抗青枯病、根结线虫、赤星病	贵州地方烤烟	吴春	中感 TMV、CMV
贵州地方烤烟	K 系-1	感 CMV；中感 PVY	贵州晒烟	德江大鸡尾	抗 TMV；感青枯病
贵州地方烤烟	ZYMT-1	感 CMV；中感 PVY	贵州晒烟	鲫鱼塘二黄匹	抗 TMV
贵州地方烤烟	矮子黄	中感 CMV、PVY	贵州晒烟	罗甸四十片	抗 TMV
贵州地方烤烟	白岩市	感花叶病	贵州育成烤烟	6186	感青枯病、PVY
贵州地方烤烟	长冲毛烟	抗 CMV；感 TMV、PVY	贵州育成烤烟	96021	感 CMV、PVY
贵州地方烤烟	大方自留种	抗 TMV；感 CMV	贵州育成烤烟	CZ-1	感 CMV、PVY
贵州地方烤烟	独山软杆	感赤星病	贵州育成烤烟	GS045	感 CMV
贵州地方烤烟	福泉沙坪烟	感 TMV	贵州育成烤烟	GT-11A	感 CMV、PVY
贵州地方烤烟	福泉永兴二号	抗 TMV；感 CMV、PVY	贵州育成烤烟	H80A432	抗青枯病
贵州地方烤烟	黄坪大柳叶	感赤星病	贵州育成烤烟	NB1	中抗根结线虫
贵州地方烤烟	炉山大柳叶	抗 TMV；中感青枯病；感 PVY	贵州育成烤烟	毕纳 1 号	感 CMV、PVY
贵州地方烤烟	麻江大红花	抗野火病；中感青枯病；感 PVY、CMV	贵州育成烤烟	春雷三号（甲）	抗青枯病
贵州地方烤烟	马田-1	感 CMV、PVY	贵州育成烤烟	春雷五号	感赤星病
贵州地方烤烟	麻江立烟	感赤星病	贵州育成烤烟	贵烟 4 号	感花叶病
贵州地方烤烟	片片黄	抗 TMV；感 CMV、PVY	贵州育成烤烟	金 7939	感花叶病
贵州地方烤烟	黔东南	抗 TMV；感 PVY	贵州育成烤烟	金烟 1 号	感 CMV

种类	品种名称	其他病害抗性	种类	品种名称	其他病害抗性
贵州育成烤烟	娄山1号	感CMV	国外烤烟	Nc82	中感青枯；感根结线虫病、赤星病、TMV和气候斑
贵州育成烤烟	湄育2—1	感TMV	国外烤烟	Nc89	中抗根结线虫、气候斑、赤星病
贵州育成烤烟	湄育2—2	感青枯病	国外烤烟	Nc95	抗根结线虫、青枯病、赤星病，中抗TMV
贵州育成烤烟	湄育2—3	抗青枯病	国外烤烟	NcTG55	抗青枯病、根结线虫；中抗赤星病
贵州育成烤烟	南江3号	中抗青枯病；感CMV、PVY	国外烤烟	Oxford 2	中抗根结线虫、感青枯病
贵州育成烤烟	新铺一号	感花叶病	国外烤烟	Oxford 2007	抗根结线虫；中感青枯病
贵州育成烤烟	黔西1号	感CMV、PVY	国外烤烟	Oxford 2028	抗根结线虫、青枯病；感花叶病
国外烤烟	Coker 51	抗TMV；中抗青枯病；感赤星病	国外烤烟	Oxford 26	抗青枯病；感TMV、赤星病
国外烤烟	Coker213	中抗青枯病、根结线虫	国外烤烟	Oxford 940	中抗青枯病；感根结线虫
国外烤烟	Coker347	中抗赤星病、根结线虫；感青枯病	国外烤烟	P3	中感青枯病；感根结线虫、花叶病
国外烤烟	Coker371G	抗青枯病；感赤星病、根结线虫	国外烤烟	PD4	感花叶病
国外烤烟	Coker86	抗根结线虫；中抗青枯病、赤星病	国外烤烟	PVH01	抗TMV；中抗青枯病、根结线虫
国外烤烟	Dixie Bright 101	抗青枯病、根结线虫；感赤星病	国外烤烟	PVH03	抗TMV；中抗青枯病；感根结线虫
国外烤烟	F347	感赤星病	国外烤烟	PVH06	中抗青枯病；感赤星病、根结线虫
国外烤烟	GAT-2	感花叶病	国外烤烟	PVH09	中抗青枯病；感赤星病、根结线虫
国外烤烟	K149	抗青枯病、赤星病、根结线虫；感花叶病	国外烤烟	Reams M1	
国外烤烟	K326	中抗青枯病、根结线虫；感花叶病、赤星病	国外烤烟	RG11	抗青枯病、根结线虫；感赤星病、花叶病
国外烤烟	K340		国外烤烟	RG12	中抗青枯病；感花叶病
国外烤烟	K346		国外烤烟	RG13	抗根结线虫；中抗青枯病；感PVY
国外烤烟	K358	抗青枯病；中抗赤星病	国外烤烟	RG17	感TMV、PVY
国外烤烟	K394	中抗青枯病；感根结线虫、赤星病	国外烤烟	RG22	中抗青枯病
国外烤烟	K730	抗青枯病、根结线虫	国外烤烟	RG8（1）	感花叶病
国外烤烟	Meck		国外烤烟	RG89	中抗根结线虫；感TMV、CMV
国外烤烟	Nc72	抗根结线虫；中感青枯病	国外烤烟	RGH12	感赤星病、TMV
国外烤烟	Nc1108	抗根结线虫、青枯病；中抗赤星病	国外烤烟	RGH4	中抗青枯病；感赤星病、根结线虫
国外烤烟	Nc27. NF	抗TMV；中抗赤星病；	国外烤烟	RGH51	中抗青枯病；感赤星病、根结线虫
国外烤烟	Nc37. NF	中感青枯病、根结线虫	国外烤烟	Speight G-111	抗青枯病、根结线虫；感PVY、CMV
国外烤烟	Nc567	抗TMV；中感青枯病；感赤星病、根结线虫	国外烤烟	Speight G-164	抗青枯病、根结线虫
国外烤烟	Nc729	抗青枯病；感赤星病、花叶病	国外烤烟	Speight G-28	中抗青枯病、根结线虫
国外烤烟	Nc8053	中抗青枯病	国外烤烟	Speight G-70	感青枯病

种类	品种名称	其他病害抗性	种类	品种名称	其他病害抗性
国外烤烟	Speight G-80	抗根结线虫；感青枯病、病毒病	省外烤烟	桂单一号	抗 TMV
国外烤烟	SPTG-172	抗青枯病、根结线虫	省外烤烟	潘园黄	抗赤星病
国外烤烟	T. T. 7	抗 TMV；中抗 CMV	省外烤烟	竖叶子 0982	感青枯病；感花叶病；中感根结线虫
国外烤烟	TI245	抗 CMV；中抗 TMV	省外烤烟	窝里黑 0774	感青枯病；中感根结线虫
国外烤烟	TL106	抗野火病；中抗根结线虫；感青枯病	省外烤烟	许金二号	
国外烤烟	V2	感 TMV、根线虫	省外烤烟	岩烟 97	
国外烤烟	VA 182	感根结线虫、TMV、CMV、PVY	省外烤烟	云烟 85	
国外烤烟	VA116	感根结线虫、TMV、CMV、PVY	省外烤烟	云烟 87	
国外烤烟	VA260	感花叶病	省外晒烟	Rustica	抗 TMV、PVY；中抗 CMV
国外烤烟	VA410	中抗赤星病	省外晒烟	巴西变种	抗 TMV、PVY；中感 CMV
国外烤烟	VA432	感赤星病、TMV、CMV	省外晒烟	茄子烟	抗 TMV、PVY
国外烤烟	VA436	中感青枯病；感 TMV	黄花烟	盘县民主兰花烟	抗 TMV
国外烤烟	VA444	抗青枯病；感 TMV	黄花烟	黔西兰花烟	抗 TMV
国外烤烟	VA578	感 CMV；中抗 TMV	黄花烟	巴西兰花烟	抗 TMV、PVY；感 CMV
国外烤烟	富字 33 号	感赤星病、青枯病；中抗根结线虫	雪茄烟	Ambale-ma	抗 TMV；感青枯病、根结线虫
国外烤烟	富字 47 号	感赤星病、青枯病	雪茄烟	Beinhart1000-1	抗赤星病；感青枯病
国外烤烟	ZT99	抗 TMV；感 CMV	雪茄烟	Beinhart100-1	抗赤星病
省外烤烟	315	中抗根结线虫	雪茄烟	Florida301	抗赤星病；感青枯病、根结线虫
省外烤烟	317	中抗根结线虫	野生种	*N. exigua*	抗 TMV、根结线虫；中抗 PVY
省外烤烟	804	抗 TMV	野生种	*N. glutinosa*	抗 TMV、根结线虫、根黑腐；中抗 PVY
省外烤烟	大虎耳	中抗青枯病；感根结线虫	野生种	*N. nudicaulis*	抗 TMV、根结线虫、根黑腐；中抗 PVY；感 CMV
省外烤烟	大黄金 5210		野生种	*N. plumbaginifolia* (*n*=6)	抗根结线虫、根黑腐、野火病
省外烤烟	革新二号	中感赤星病；感青枯病	野生种	*N. repanda*	抗 TMV、赤星病、根结线虫、根黑腐病、野火病
省外烤烟	革新三号	中抗根结线虫；感青枯病	野生种	*N. alata*	抗 TMV、PVY、野火病
省外烤烟	广黄 55	中抗 TMV；感 CMV、PVY	野生种	*N. alata*（白花）	抗 TMV；感 CMV
省外烤烟	广黄三十九	中抗 TMV；感 CMV、PVY			

三、根结线虫

烟草根结线虫是烟草重要土传病害之一，线虫侵染烟草根部为害烟草的同时还能加重青枯病、黑胫病等其他病害的发生与危害程度，造成更严重的损失。由于根结线虫为害较为隐蔽，即使发病也常不为所知，在生产中造成的损失往往被错误解释为营养元素缺乏、其他病害、品种问题等原因。

据中国烟叶公司统计，贵州省是烟草根结线虫主要发生地区之一，贵州烟叶生产因根结线虫病害带来的损失要高于全国平均水平（图 3-6）。根结线虫种类繁多，在以往的研究中，大部分结果表明我国各烟区根结线虫病原是以南方根结线虫 1 号小种为优势种群；但近年来发现，各烟区 5 种根结线虫（南方根结线虫、花生根结线虫、爪哇根结线虫、北方根结线虫、高弓根结线虫）均有发生，且田间种群变化越来复杂，爪哇根结线虫和花生根结线虫的种群数量有上升趋势。王仁刚（2007）在贵州福泉、金沙两个根结线虫田间鉴定圃中，先后鉴定出了爪哇根结线虫、南方根结线虫和花生根结线虫三个种，说明了贵州根结线虫存在混发现象。

目前烟草种质资源中的根结线虫抗源以抗南方根结线虫 1 号小种为主。克雷顿等人筛选出抗南方根结线虫的抗源 TI706。莫尔等选育出高抗南方根结线虫的 Nc95（抗南方根结线虫 1、3 号小种），此后许多育种工作者以 Nc96 和 Coker139（抗源亦来自 TI706）为主体亲本，进而育成了 SC72、Nc60、K326、G28、G80、RG11、Coker347 等一系列抗南方根结线虫的烤烟品种；野生种长花烟草（*N. longiflora*）和残波烟草（*N. repanda*）也是根结线虫抗源。Nc95、G80 等品种高抗南方根结线虫 1 号小种，为抗病性较为稳定的品种，K326、G28 等表现为中抗或抗病，中烟 14、云烟 2 号等在不同地区抗性表现有一定差异。目前针对各烟区根结线虫种群有所变化的特点，选用抗病品种应在监测线虫种群动态基础上，因地制宜有针对性地选择使用。

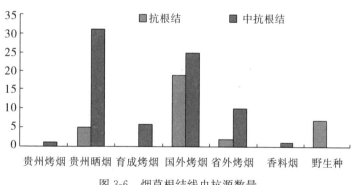

图 3-6　烟草根结线虫抗源数量

贵州烟草种质资源根结线虫抗性研究结果来源于田间鉴定与田间自然发病，鉴定 223 份材料，鉴定出抗病资源 34 份。在鉴定涉及的几类资源中，国外烤烟资源抗病及中抗以上材料分布频率较高，占中抗以上抗源总数的 40%（图 3-7）；贵州晒烟资源中，也发现了一批抗病及中抗资源，特别是中抗根结线虫资源较多（表 3-6）。从各类型种质资源对根结线抗性多态性上看，国外烤烟的多态性最为丰富，多态性指数为 1.34，其次为省外烤烟与省内晒烟资源，多态性指数分别为 1.22 和 1.13（表 3-9）。

表 3-9　烟草品种根结线虫抗性的类型频率分布

	白肋烟	省内烤烟	省内晒烟	育成烤烟	国外烤烟	省外烤烟	晾烟资源	香料烟	雪茄烟	野生种
抗			7.4%		25.3%	6.5%				100.0%
中抗		50.0%	45.6%	85.7%	33.3%	32.3%		11.1%		
中感	33.3%		38.2%		13.3%	41.9%	50.0%		33.3%	
感	66.7%	50.0%	8.8%	14.3%	28.0%	19.4%	50.0%	88.9%	66.7%	
多态性指数	0.64	0.69	1.13	0.41	1.34	1.22	0.69	0.35	0.64	0.00
鉴定数	9	2	68	7	75	31	12	9	3	7

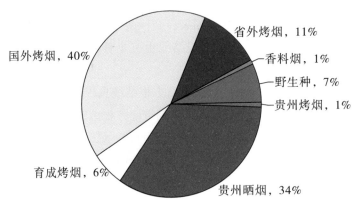

图 3-7　烟草根结线虫中抗以上资源分布

表 3-10　抗根结线虫资源

品种名称	种类	其他病害抗性
巴铃护耳烟（1）	贵州晒烟	中抗黑胫病；中感青枯病
毕节小青杆	贵州晒烟	感黑病、青枯病
福泉白花大黑烟	贵州晒烟	
天柱枇杷烟	贵州晒烟	感黑病、青枯病
遵义黑烟	贵州晒烟	中感青枯病；感黑胫病
Coker86	国外烤烟	抗黑胫病；中抗青枯病、赤星病、TMV；感PVY
Delcrest 66	国外烤烟	感黑病、青枯病
Dixie Bright 101	国外烤烟	抗青枯病、黑胫病；感赤星病
K149	国外烤烟	抗青枯病、赤星病、黑胫病；感花叶病
K730	国外烤烟	抗青枯病、黑胫病
Nc72	国外烤烟	抗黑胫病；中感青枯病
Nc1108	国外烤烟	抗黑胫病、青枯病；中抗赤星病
Nc95	国外烤烟	抗黑胫病、青枯病、赤星病，中抗TMV
NcTG55	国外烤烟	抗青枯病、黑胫病，中抗赤星病

续表

品种名称	种类	其他病害抗性
Oxford 2007	国外烤烟	抗黑胫病；中感青枯病
Oxford 2028	国外烤烟	抗黑胫病、青枯病；感花叶病
PVH05	国外烤烟	抗 TMV；中抗黑胫病、青枯病；感赤星病
RG11	国外烤烟	抗青枯病、黑胫病；感赤星病、花叶病
RG13	国外烤烟	抗黑胫病；中抗青枯病；感 PVY
RG8	国外烤烟	中抗黑胫病、青枯病；
Speight G-111	国外烤烟	抗青枯病、黑胫病；感 PVY、CMV
Speight G-164	国外烤烟	抗青枯病、黑胫病
Speight G-41	国外烤烟	中抗赤星病；中感黑胫病、青枯病
Speight G-80	国外烤烟	抗黑胫病；感青枯病、病毒病
SPTG-172	国外烤烟	抗青枯病、黑胫病
6388	省外烤烟	抗黑胫病；中抗赤星病；中感青枯病
云烟二号	省外烤烟	中抗黑胫病、赤星病；
N. debneyi	野生种	抗 PVY、TMV、赤星病
N. exigua	野生种	抗 TMV、黑胫病，中抗 PVY
N. glutinosa	野生种	抗 TMV、黑胫病，中抗 PVY
N. nudicaulis	野生种	抗 TMV、黑胫病
N. plumbaginifolia ($n=6$)	野生种	抗黑胫病
N. repanda	野生种	抗 TMV、黑胫病
N. sylvestris	野生种	抗 PVY

四、普通花叶病（TMV）

普通花叶病（TMV）是烟草上最常见的病毒病，一旦发生则难以防治，对烟叶产量、品质都有较大影响。TMV 抗源主要是三类，表现型有耐病、过敏坏死与抗侵染。TMV 抗源的研究主要集中在烟草品种 Ambale-ma（安巴利马）、野生烟黏烟草和 GAT 品系三个资源材料上。最早由 Nolla 等发现 Ambale-ma 抗 TMV；Bancrof 等研究发现 Ambale-ma 型抗性是一种耐病性，而且依赖于气温条件，它包含了抗扩展的抗性。Ambale-ma 抗性是隐性等位基因 mt1 和 mt2 控制，而且是与不利性状基因有连锁关系，目前应用到烤烟育种上较少。目前在抗 TMV 育种中应用最广泛的抗源基因是来自于野生烟黏烟草的抗性，属于显性单基因（NN）控制。用烟草普通花叶病病毒接种黏烟草（*N. glutinosa*）可产生过敏性坏死斑，它有一对显性基因，后将此基因转移到普通烟草上，这是烟草 TMV 抗病育种的一个历史性转变。用这种方法育成的品种有 VA080、VA528、VA770、Coker86、Reams158、万国士（Vam-Hicks）、万国芬（Vam-fen-Hicks）、台烟 5 号以及辽烟 8 号、辽烟 10 号、辽烟 12 号等。Shenoi M. M. 筛选出耐烟草普通花叶病毒的 FCH6248，该品种被烟草普通病毒侵染后症状会很快消失，经测定被侵染烟株的农艺性状与健康烟株没有差异，表明是一种很好的耐病种质。

贵州烟草种质资源 TMV 抗病研究中，总计对 660 份资源进行了 TMV 抗性病鉴定，发现 TMV 抗病种质 101 份（表 3-11、表 3-12）。几乎在各种类型的烟草种质资源中都发现了 TMV 的抗病资源，在省内晒烟、省外晒烟、国外烤烟这三类资源中发现的抗 TMV 资源较多，占总抗病资源的 67%（图 3-8）。鉴定出可利用性较高、抗 TMV、又兼抗其他病害的资源有大方自留种、福泉大鸡尾、Nc27.NF、PVH01、PVH09、Coker176 等。TMV 抗性多态性是各种病害中最高的，多态性指数为 1.35。

表 3-11　烟草品种 TMV 抗性的类型频率分布

	白肋烟	省内烤烟	省内晒烟	育成烤烟	国外烤烟	省外烤烟	省外晒烟	黄花烟	晾烟资源	香料烟	雪茄烟	野生种
抗	35.3%	18.2%	16.7%	8.8%	14.5%	4.2%	12.6%	100.0%			50.0%	75.0%
中抗	35.3%	40.9%	43.1%	38.2%	20.5%	23.9%	28.0%		50.0%	42.9%		25.0%
中感	5.9%	18.2%	24.1%	23.5%	21.4%	38.0%	22.3%			28.6%		
感	23.5%	22.7%	16.1%	29.4%	43.6%	33.8%	37.1%		50.0%	28.6%	50.0%	
多态性指数	1.24	1.32	1.30	1.28	1.30	1.21	1.32	0.00	0.69	1.08	0.69	0.56
鉴定数	17	44	174	34	117	71	175	3	4	7	2	12

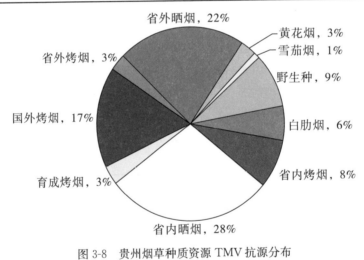

图 3-8　贵州烟草种质资源 TMV 抗源分布

表 3-12　贵州烟草种质资源抗 TMV 资源

品种名称	种类	其他病害抗性	品种名称	种类	其他病害抗性
BY37	白肋烟	抗赤星病；中感黑胫病；感根结线虫	福泉大鸡尾	贵州地方烤烟	中抗黑胫病；感赤星病
KY10	白肋烟	抗根黑腐病；感黑胫病、根结线虫；中抗赤星病	福泉永兴二号	贵州地方烤烟	抗黑胫病；
KY17（少叶）	白肋烟	中抗黑胫病；	炉山大柳叶	贵州地方烤烟	抗黑胫病；
KY907	白肋烟	抗 PVY、黑胫病；感青枯病、根结线虫	片片黄	贵州地方烤烟	抗黑胫病；
白远州一号	白肋烟	感黑胫病、PVY	黔东南	贵州地方烤烟	抗黑胫病；
建始白肋10号	白肋烟		福泉摺烟	贵州地方烤烟	中抗黑胫病；感赤星病
大方自留种	贵州地方烤烟	抗黑胫病；	哲伍毛烟	贵州地方烤烟	中抗黑胫病；

品种名称	种类	其他病害抗性	品种名称	种类	其他病害抗性
白花株长烟	贵州晒烟	中抗黑胫病；	CZ-1	贵州育成烤烟	抗黑胫病；
岑巩小花烟	贵州晒烟	抗 PVY	γ72 (3) B-2	贵州育成烤烟	中抗黑胫病；
道真大坪团叶壳	贵州晒烟	抗黑胫病；	金烟 1 号	贵州育成烤烟	抗黑胫病；
道真黑烟	贵州晒烟		Coker 51	国外烤烟	抗黑胫病；中抗青枯病；感赤星病、CMV
德江大鸡尾	贵州晒烟	抗黑胫病；感青枯病	Coker176	国外烤烟	中抗黑胫病、青枯病、根结线虫、白粉病；中感赤星病
刮刮烟	贵州晒烟	中抗黑胫病；	E1	国外烤烟	
贵定黑土烟	贵州晒烟	中抗黑胫病；	GAT-4	国外烤烟	
红花株长烟	贵州晒烟	中抗黑胫病；	K110	国外烤烟	
花溪大青杆	贵州晒烟	感黑胫病；中抗 CMV、PVY	MRS-1	国外烤烟	
黄平毛杆烟 (3)	贵州晒烟	中抗 PVY	MRS-3	国外烤烟	抗 CMV
鲫鱼塘二黄匹	贵州晒烟	抗黑胫病；	Nc27. NF	国外烤烟	抗黑胫病；中抗青枯病；感赤星病、CMV、PVY、根结线虫
凯里中号叶子	贵州晒烟		Nc567	国外烤烟	感赤星病、根结线虫
荔波大包耳	贵州晒烟		Nc60	国外烤烟	中抗黑胫病；
罗甸枇杷烟	贵州晒烟	中抗黑胫病；	PVH01	国外烤烟	抗黑胫病；中抗青枯病、根结线虫；感赤星病、CMV
罗甸四十片	贵州晒烟	抗黑胫病；	PVH03	国外烤烟	抗黑胫病；中抗青枯病；感赤星病、根结线虫
罗甸烟冒	贵州晒烟		PVH05	国外烤烟	抗根结线虫；中抗黑胫病；感赤星病
麻江立烟	贵州晒烟		PVH09	国外烤烟	抗黑胫病；中抗青枯病；感赤星病、CMV
湄潭大蒲扇 (1)	贵州晒烟	中抗黑胫病；	T. T. 6	国外烤烟	
湄潭黑烟	贵州晒烟		T. T. 7	国外烤烟	抗黑胫病；
湄潭团鱼壳 (1)	贵州晒烟		ZT99	国外烤烟	抗黑胫病；
湄潭团鱼壳 (2)	贵州晒烟		4-4	省外烤烟	中抗黑胫病；
木水沟枇杷烟	贵州晒烟		804	省外烤烟	抗黑胫病；
盘县大柳叶	贵州晒烟	抗 PVY	桂单一号	省外烤烟	抗黑胫病；
盘县二柳叶	贵州晒烟		68-13	省外晒烟	
松桃小花青	贵州晒烟	中抗黑胫病；	Rustica	省外晒烟	抗 PVY、黑胫病
望漠大地叶烟	贵州晒烟	中抗黑胫病；	Va787	省外晒烟	中抗黑胫病；
望漠晒烟	贵州晒烟		巴西变种	省外晒烟	抗 PVY、黑胫病
镇远金斗烟	贵州晒烟		半坤村晒烟	省外晒烟	抗 PVY
镇远莲花烟 (龙)	贵州晒烟	中抗黑胫病；	大达磨 401	省外晒烟	

续表

品种名称	种类	其他病害抗性	品种名称	种类	其他病害抗性
大花	省外晒烟	中抗黑胫病；	竹杂一号	省外晒烟	抗 CMV、感黑胫病
大柳叶土烟	省外晒烟		盘县民主兰花烟	黄花烟	抗黑胫病；
邓州柳叶烟	省外晒烟		黔西兰花烟	黄花烟	抗 PVY、黑胫病
地里础	省外晒烟	中抗黑胫病；	巴西兰花烟	黄花烟	抗 PVY、黑胫病
东川大柳叶	省外晒烟	抗 PVY，中抗黑胫病；	Ambale-ma	雪茄烟	抗黑胫病；
督叶实杆	省外晒烟		*N. debneyi*	野生种	抗 PVY、赤星病、根结线虫、白粉病、野火病
贺县公会晒烟	省外晒烟	抗 PVY	*N. exigua*	野生种	抗黑胫病、根结线虫、白粉病
老山烟	省外晒烟		*N. glutinosa*	野生种	抗黑胫病、根结线虫、白粉病；
勐腊晒烟	省外晒烟	中抗黑胫病；	*N. nudicaulis*	野生种	抗黑胫病、根结线虫、白粉病、野火病，中抗 PVY
南州黑烟-1	省外晒烟		*N. quadrivalvis* (*N. bigelovii*)	野生种	
茄子烟	省外晒烟	抗 PVY、黑胫病	*N. repanda*	野生种	抗黑胫病、根结线虫、赤星病、白粉病、野火病，中抗 PVY
曲靖晒烟	省外晒烟	中抗黑胫病；	*N. undulata*	野生种	抗 PVY
晒红烟	省外晒烟		*N. alata*	野生种	抗 PVY、黑胫病、野火病、白粉病
松川关东 201	省外晒烟		*N. alata* （白花）	野生种	
桐乡 303	省外晒烟	中抗黑胫病；			

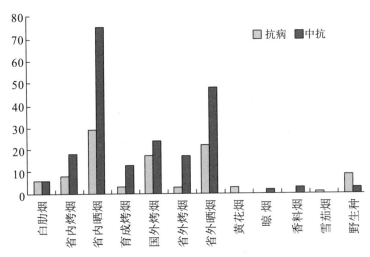

图 3-9　贵州烟草种质资源 TMV 抗源数量

五、黄瓜花叶病（CMV）

黄瓜花叶病（CMV）是烟草上重要蚜传病毒病，目前我国推广品种中尚无抗 CMV 烤烟品种，在气候条件适宜、蚜虫防治不当时就可能大面积发生，为害严重。CMV 抗源较少，主要来自 TI245 两个非小种专化型隐性单基因（t1、t2）。其他抗源还有 Holmes、Hicks broad leaf 等，Holmes 的抗性由 5 个基因控制，其中 N 基因来自 *N. glutinosa*，rm1 和 rm2 来自 Ambale-ma，t1、t2 来自 TI245；台湾地区用 Hicks（broad leaf）育成耐病品种 TT6、TT7；我国应用的抗源还包括铁把子、GAT-2 和 GAT-4 等。

为寻找更多的 CMV 抗源，对贵州烟草种质资源进了 CMV 抗性集中鉴定，总计鉴定材料 805 份，鉴定出抗 CMV 资源 19 份（表 3-13）。鉴定发现的 CMV 抗病、中抗资源，大部分来自贵州省内晒烟资源（图 3-10、图 3-11），但这类资源的抗性遗传背景尚不清楚；在烤烟中，除鉴定出 TI245、MRS-3 这两个传统抗 CMV 品种，还发现贵州地方烤烟中的长冲毛烟、贵州育成烤烟中的新农 3-1 号表现为抗 CMV。烟草种质资源 CMV 抗性多态性指数仅为 1.03，远低于其对其他病害抗病性状多态性 1.3 的平均水平，其原因就是抗病资源过少，抗病资源来源单一。在各类型中，省内晒烟资源 CMV 抗性多态性指数高于其他类型资源（表 3-14）。

表 3-13 烟草种质资源抗 CMV 资源

品种名称	种类	其他病害抗性	品种名称	种类	其他病害抗性
长冲毛烟	贵州地方烤烟	抗黑胫病	稀节巴格黑烟	贵州晒烟	中抗黑胫病
白花 2169（平）	贵州晒烟	抗黑胫病，中抗 TMV	余庆光把烟	贵州晒烟	中感黑胫病
册亨丫他叶子烟	贵州晒烟	中抗黑胫病	贞丰柳叶烟	贵州晒烟	中抗黑胫病
黑大烟	贵州晒烟	中感黑胫病	新农 3-1 号	贵州育成烤烟	中感黑胫病
花坪风香溪	贵州晒烟	中感黑胫病	MRS-3	国外烤烟	抗 TMV
龙里大白花	贵州晒烟	中感黑胫病	TI245	国外烤烟	抗黑胫病，中抗 TMV
湄潭大蒲扇（3）	贵州晒烟	中抗黑胫病	68-13	省外晒烟	中抗黑胫病
普安付耳烟（3）	贵州晒烟	抗 PVY，中抗黑胫病	72-50-5	省外晒烟	中抗黑胫病
普安小黑烟（无柄）	贵州晒烟	中抗黑胫病	竹杂一号	省外晒烟	抗 TMV；感黑胫病
望漠乐望麻湾烟	贵州晒烟	中抗黑胫病			

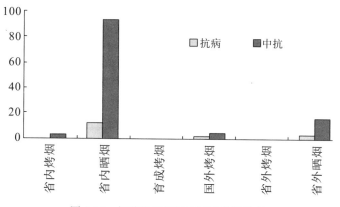

图 3-10 烟草种质资源 CMV 抗源数量

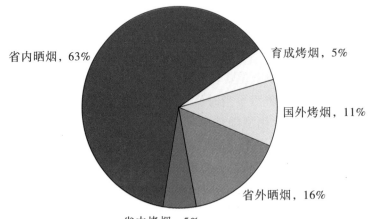

图 3-11　烟草种质资源 CMV 抗源分布

表 3-14　烟草 CMV 抗性的类型频率分布

	白肋烟	省内烤烟	省内晒烟	育成烤烟	国外烤烟	省外烤烟	省外晒烟	黄花烟	晾烟资源	香料烟	雪茄烟	野生种
抗		2.9%	6.6%	2.9%	2.3%		1.7%					
中抗		8.6%	51.6%		4.6%	1.9%	9.1%					
中感	9.1%	20.0%	25.8%	17.1%	14.9%	13.5%	23.9%	33.3%	33.3%		100.0%	50.0%
感	90.9%	68.6%	15.9%	80.0%	78.2%	84.6%	65.3%	66.7%	66.7%	100.0%		50.0%
多态性指数	0.30	0.89	1.16	0.58	0.70	0.49	0.91	0.64	0.64	0.00	0.00	0.69
鉴定数	11	35	182	35	87	52	176	3	3	4	1	10

六、马铃薯 Y 病毒 （PVY）

　　马铃薯 Y 病毒 （PVY） 是烟草上重要蚜传病毒病，特别是在烤烟中，很难找到抗病品种，一旦大面积发生就会损失惨重，甚至有绝收的危险。PVY 主要抗源为 TI1406 （隐性单基因控制） 是辐射诱变产生的抗 PVY 突变体 （Virgin A Mutant），为隐性单基因控制。目前已证实含有 Va 基因的品种抗马铃薯 Y 病毒感染，几乎不表现坏死症状，通过单体分析，把 Va 定体在 E 染色体上，纯合的 Va 基因表现为抗 PVY 的几种株系及 TEV 和 TVMV 的大多数株系。含有该基因的抗病品种有 Virginia SCR、TN86、TN90 等；雪茄烟品种 Havana307 具有与 Va 相似的等位基因；另外抗病品种 PBD6 的遗传背景不详。育成的抗 PVY 品种有 Burley49、KY907、KY8529、KY8958、TN90、TN86、KDH926、KDH906 等。野生种中也发现一些抗源，但目前野生种中的 PVY 抗性还未应用到育种中来。

　　对贵州烟草品种资源马铃薯 Y 病毒抗性鉴定研究中，总计鉴定材料 589 份，发现抗病种质 53 份。在烤烟资源中发现地方烤烟种质自美对 PVY 表现为抗病，其他抗 PVY 资源大多集中在晒烟资源与白肋烟资源中 （图 3-12，3-13），目前在烤烟的抗病育种工作中还难以直接利用。贵州烟草种质资源 PVY 抗病总体多态性则相对其他病害较低，从各类型上看，白肋烟、省外晒烟、省内晒烟三个类型的烟草抗 PVY 多态性指数远高于其他类型烤烟 （表 3-15）。

　　贵州烟草种质资源库中收集的抗 PVY 的白肋烟资源，全部为国外品种，追朔其遗传背景源自 Havana307 中所含抗病基因；晒烟资源中发现的大批抗 PVY 材料其遗传背景不详，但通过 DNA 指纹图谱分析，与国外白肋烟遗传背景相去甚远，抗病基因来自 TI1406、Havana307 的可能性较小。在今后的工作中野生种中所含有的抗 PVY 基因的远缘杂交与晒烟资源抗 PVY 资源的应用，有可能成为 PVY 抗病育种重要突破口（表 3-16）。

表 3-15　烟草 PVY 抗性的类型频率分布

	白肋烟	省内烤烟	省内晒烟	育成烤烟	国外烤烟	省外烤烟	省外晒烟	黄花烟	晾烟资源	香料烟	雪茄烟	野生种
抗	38.5%	2.8%	10.5%				13.1%	66.7%				41.7%
中抗	15.4%	8.3%	36.0%	11.8%	7.7%	13.5%	28.6%	33.3%	33.3%	50.0%	100.0%	58.3%
中感	23.1%	38.9%	42.4%	11.8%	39.6%	44.2%	41.1%		33.3%	50.0%		
感	23.1%	50.0%	11.0%	76.5%	52.7%	42.3%	17.3%		33.3%			
多态性指数	1.33	1.02	1.21	0.71	0.90	0.99	1.29	0.64	1.10	0.69	0.00	0.68
鉴定数	13	36	172	34	91	52	168	3	3	4	1	12

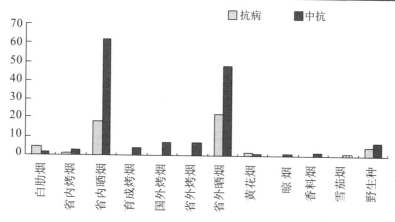

图 3-12　贵州烟草种质资源 PVY 抗源数量

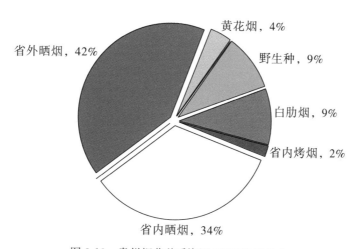

图 3-13　贵州烟草种质资源 PVY 抗源分布

表 3-16　贵州烟草种质资源 PVY 抗源材料

种类	品种名称	其他病害抗性
白肋烟	KY8959	感黑胫病、青枯病、根结线虫
白肋烟	KY907	抗 TMV；感青枯、根结线虫
白肋烟	S. N69	中抗黑胫病
白肋烟	TN90	中抗黑胫病
白肋烟	W. B68	感黑胫病、青枯病
贵州地方烤烟	自美	中抗黑胫病
贵州晒烟	册亨威旁土烟	
贵州晒烟	岑巩小花烟	抗 TMV
贵州晒烟	德江中花烟（2）	中抗黑胫病
贵州晒烟	光柄柳叶（罗）	中抗黑胫病
贵州晒烟	光柄柳叶（木）	中抗黑胫病
贵州晒烟	开阳小黑烟	
贵州晒烟	凯里枇杷烟	
贵州晒烟	盘县大柳叶	抗 TMV、感黑胫病
贵州晒烟	平塘中坝晒烟	
贵州晒烟	普安付耳烟（2）	中抗黑胫病
贵州晒烟	普安付耳烟（3）	中抗黑胫病
贵州晒烟	普安付耳烟（4）	中抗黑胫病
贵州晒烟	潭寨柳叶	
贵州晒烟	小柳叶（田）	
贵州晒烟	兴仁大柳叶	中抗黑胫病
贵州晒烟	兴仁小柳叶	中抗黑胫病
贵州晒烟	兴义大柳叶	中抗黑胫病
贵州晒烟	贞丰木桑柳叶	
省外晒烟	GAT-9	
省外晒烟	Rustica	抗 TMV、黑胫病
省外晒烟	矮株二号	
省外晒烟	八大河土烟	感 CMV、TMV
省外晒烟	巴西变种	抗 TMV、黑胫病
省外晒烟	坝林土烟	
省外晒烟	半坤村晒烟	抗 TMV
省外晒烟	大渡岗晒烟	感黑胫病
省外晒烟	大瓦垅	中抗黑胫病
省外晒烟	东川大柳叶	中抗黑胫病
省外晒烟	高株一号	感黑胫病
省外晒烟	梗枝牛利	感黑胫病
省外晒烟	贺县公会晒烟	抗 TMV
省外晒烟	黄泥沟川烟	感黑胫病
省外晒烟	金山乡旱烟	

种类	品种名称	其他病害抗性
省外晒烟	马里村晒烟（三）	
省外晒烟	勐板晒烟	
省外晒烟	勐海乡晒烟（二）	
省外晒烟	茄子烟	抗 TMV、黑胫病
省外晒烟	桑马晒烟	
省外晒烟	杨家河大黄烟	感黑胫病
省外晒烟	一朵花	
黄花烟	黔西兰花烟	抗 TMV、黑胫病
黄花烟	巴西兰花烟	抗 TMV、黑胫病；感 CMV
野生种	*N. debneyi*	抗 TMV
野生种	*N. goodspeedii*	抗赤星病、白粉病，中抗 TMV
野生种	*N. sylvestris*	抗根结线虫、白粉病；感黑胫病
野生种	*N. undulata*	抗 TMV
野生种	*N. alata*	抗 TMV、黑胫病、野火病、白粉病

七、赤星病

赤星病是我国大部分烟区发生较普遍的叶部斑点类病害，据估测每年赤星病发病面积约占中国植烟面积的 30%～35%，损失较大，赤星病抗性类型频率分布如表 3-17 所示。贵州烟草种质资源中的赤星病抗源可分成三类，一是来源于国外引进的 Nc95、Coker319 等品种，这类抗源主要是普通烟草中本来就存在的赤星病抗性基因，它们属于多基因的中抗型，通过抗性因素累加和选择育成的一批具有水平抗性的中抗品种；二是来源于高抗赤星病的 Beinhart1000-1，这种抗性是受部分显性的单基因控制，主要表现为抗侵入，容易通过杂交的方式把抗病性转移给其他品种；三是我国育种工作者通过系统选育的方法在长脖黄中选育出的高抗赤星病品种净叶黄，该品种的抗病基因大部分是隐性的，抗扩展能力强，病斑较小，同时也抗侵入。利用净叶黄这个抗赤星病主体亲本，育成了中烟 15、中烟 86、许金四号等抗病品种。但来源于净叶黄的品种大多也继承了其黑胫病抗性不高的特点，使这类品种的应用受到很大限制。贵州烟草种质资源赤星病抗源数量和分布情况如图 3-14、3-15 所示，抗源材料见表 3-18。在贵州地方烤烟资源中鉴定出瓮安铁秆烟、贵州育成烤烟中鉴定出 930032，这两个品种在抗赤星病的同时，兼抗黑胫病、青枯病等。

表 3-17　烟草种质资源赤星病抗性类型频率分布

	白肋烟	省内烤烟	省内晒烟	育成烤烟	国外烤烟	省外烤烟	雪茄烟	野生种
抗	25.0%	5.6%		16.7%	1.6%	25.0%	75.0%	100.0%
中抗	50.0%			16.7%	18.0%	40.0%	25.0%	
中感	12.5%		100.0%	16.7%	18.0%	25.0%		
感	12.5%	94.4%		50.0%	62.3%	10.0%		
多态性指数	1.21	0.21	0.00	1.24	0.98	1.29	0.56	0.00
鉴定数	8	18	2	6	61	20	4	3

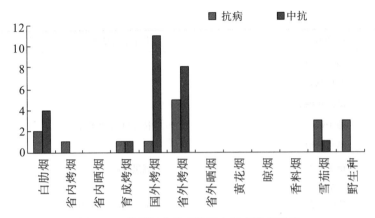

图 3-14 贵州烟草种质资源赤星病抗源数量

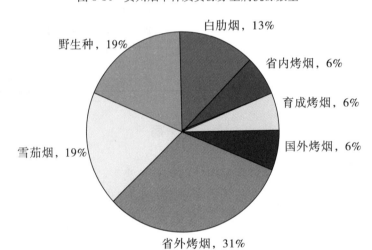

图 3-15 贵州烟草种质资源赤星病抗源分布

表 3-18 烟草种质资源赤星病抗源材料

品种名称	种类	其他病害抗性
BY37	白肋烟	抗 TMV
TN86	白肋烟	抗黑胫病、青枯病，中抗 TMV
瓮安铁秆烟	贵州地方烤烟	中抗黑胫病
930032	贵州育成烤烟	抗气候斑；中抗黑胫病、青枯病，感白粉病
K149	国外烤烟	抗黑胫病、青枯病、根结线虫
Nc95	国外烤烟	抗黑胫病、青枯病、根结线虫
8813	省外烤烟	中抗青枯病；感黑胫病
9111-21	省外烤烟	中感青枯病；中抗黑胫病
单育二号	省外烤烟	感青枯病、根结线虫，中感黑胫病
净叶黄	省外烤烟	感黑胫病、青枯病、花叶病
潘园黄	省外烤烟	抗黑胫病
Beinhart1000-1	雪茄烟	抗黑胫病；感青枯病
Beinhart100-1	雪茄烟	抗黑胫病
Florida301	雪茄烟	抗黑胫病；感青枯病
N. debneyi	野生种	抗 TMV、PVY、根结线虫、野火病、白粉病
N. goodspeedii	野生种	抗白粉病、PVY
N. repanda	野生种	抗 TMV、黑胫病、根结线虫、野火病、白粉病

八、气候性斑点病

烟草气候斑点病是大气污染所致的叶斑病害，是烟草的主要病害之一。气候斑的发生原因有多种观点，近年的研究普遍认为是由大气中的臭氧（O_3）引起。该病在我国二十世纪八十年代末普遍发生，主要原因有两方面，一是对气候斑较感病的国外引进烤烟品种在各烟区大面积种植；二是大气污染日趋严重，诱发烟草发病。20 世纪 80、90 年代是气候斑危害最严重危害时期，目前应用抗病品种的推广使该病有所下降，但仍是一种主要病害。

烟草对气候斑点病的抗病性属于显性遗传，并呈上位和加性基因效应。已知抗病品种有F-200、F-221、F-225、F-226、BeL-B、BelW3-R、Burley49、Coker347、Conn-7D、GH-4、KY17 等；已知较感病品种有 G28、K326、BelW3、Coker88、Coker139、MC-1、Nc-88 等。贵州抗气候斑点病主要资源有：红花大金元、遵烟 1 号、翠碧 1 号、永定 1 号、云烟 2 号、云烟 4 号、大树烟、7208、Nc89、Nc678、中烟 90、岩烟 97 等。

第五节　小　结

贵州烟草种质资源在抗病性研究上，通过 4 年的集中鉴定，基本完成了 800 余份资源对贵州重要病害的抗性鉴定工作。面对数量较多种质资源在较短的时间内同时鉴定几种病害抗性，不可避免地存在鉴定数量与鉴定结果可靠性的矛盾，为平衡这一矛盾，在增加研究力量投入的同时，以烟草抗病性鉴定行业标准为原则，进行了鉴定方法的优化，充分利用苗期鉴定技术的优势来解决这一问题。通过系统的病害鉴定工作，贵州种质资源对主要病害的抗病性基本清楚，抗病资料完整化、系统化，提高了抗病种质可选择范围和选择目标性。将鉴定过程和结果总结如下：

一、鉴定规模

开展种质资源抗病性系统性研究，必需建立在大规模鉴定的基础上，只有了解大部分资源对主要病害的抗性，才能进一步对这些资源进行利用。贵州烟草种质资源抗病性研究过程中，总计鉴定种质材料（病害）5000 余份（次），涉及青枯病、黑胫病、根结线虫、TMV、CMV、PVY、赤星病、气候性斑点病等 8 种病害，对青枯病、黑胫病、赤星病部分材料还进行了两年以上的重复鉴定。通过这样的鉴定规模保证了资源抗病性鉴定覆盖率和结果准确性。

二、鉴定方法

在研究过程中，为解决鉴定材料数量过多的问题，在鉴定方法上，参照行业标准（YC/T 41-1996），积极合理的优化鉴定技术，对黑胫病、TMV、CMV、PVY 大量使用了改进的苗期鉴定技术，并对苗期鉴定结果进行了田间鉴定验证，结果基本可靠；对其他苗期鉴定技术尚不稳定的病害种类，在贵州福泉、金沙、开阳等地选择有较重发病史的地块，2006～2009 年，每年都种植 500～800 份材料进行田间鉴定。

三、鉴定结果

鉴定出青枯病抗病资源 24 份；黑胫病抗病资源 212 份；根结线虫抗病资源 34 份；TMV 抗病资源 101 份；CMV 抗病资源 19 份；PVY 抗病资源 53 份；赤星病抗病资源 17 份。

四、蚜传病毒病新抗源的发现

在晒烟资源中发现册亨丫他叶子烟、龙里大白花、稀节巴格黑烟、望漠乐望麻湾烟等 15 份资源对 CMV 表现抗病；鉴定 40 余份晒烟资源抗 PVY 材料。这两种抗病资源在烤烟中较少，晒烟抗源中蚜传病毒病新抗原的发现有助推动抗病育种的发展。

五、存在问题

由于鉴定数量较多、部分病原研究尚不清楚等问题，对一些抗病特点突出、应用价值较大的资源，还应进一步多年多点鉴定和加快育种利用。

参 考 文 献

苏德成，等.2005. 中国烟草栽培学. 上海：上海科学技术出版社.
佟道儒.1997. 烟草育种学. 北京：中国农业出版社.
王仁刚，等.2007. 贵州烤烟品种资源对根结线虫的抗性鉴定. 贵州农业科学，35（6）：57—59.
杨春元，等.2008. 贵州烟草品种资源（卷一）. 贵阳：贵州科技出版社.
杨春元，等.2009. 贵州烟草品种资源（卷二）. 贵阳：贵州科技出版社.
朱贤朝，等.2002. 中国烟草病害. 北京：中国农业出版社.

第四章　自育烤烟种质的本底多样性及育种策略

烟叶始终是烟草行业发展的重要物质基础，卷烟上水平的前提和基础是烟叶原料保障上水平。品种是烟叶生产的基础，特色品种的培育和使用直接影响卷烟骨干优势品牌的培育和卷烟上水平目标的实现。

烟草种质资源是烟草育种的物质基础，烟草育种的实践表明，突破性新品种的育成多是在种质资源突破的基础上实现的。烟草种质资源创新是烟草种质资源研究的重要内容，是烟草种质资源取得重大突破的主要手段，而适宜的种质创新技术和选择方法又直接关系到种质创新的效率和水平。

本章以贵州省烟草科学研究所自 2005 年起采用物理化学诱变、生物技术和有性杂交技术，结合南繁加代创新的 214 份种质为研究材料，分析了这批种质的本底多样性，包括形态、农艺、经济、抗病性、物理外观、化学成分和评吸指标各性状指标的分布频率、变异系数、极差和遗传多样性指数等，并与现有烤烟种质资源进行了对比；通过方差分析估算了株高、叶片数、茎围、腰叶长、产量、产值、均价和上等烟率等农艺和经济性状的遗传力、遗传变异系数和遗传进度等遗传参数，以期明确烤烟主要农艺和经济性状的适宜选择世代和选择群体；另外，本章还对不同杂交育种方式拓宽烤烟种质资源遗传多样性的效果进行了分析；最后，利用 BP 神经网络不必清楚复杂系统内部机理，只要确定输入输出变量和强大的非线性映射能力的预测优势，对烤烟的主要化学成分与形态和农艺性状进行了敏感性分析，初步建立了通过早期选择田间形态农艺性状间接进行品质育种的指标体系。

第一节　自育烤烟种质的本底多样性

2005 年以来贵州省烟草科学研究所以 140 余份省内外、国内外烤烟资源为原始亲本，运用单交、复交、回交及杂交结合理化诱变的方法，通过南繁加代加快稳定纯合，于 2008 和 2009 年获得了 214 份高代稳定烤烟新种质。部分种质田间表现、抗病性优于对照，株型、叶形、叶片数符合优质烤烟的田间生长表现。本节采用 Shannon-wiever 遗传多样性指数分析了这批新种质的本底多样性，并与贵州已有烤烟种质资源进行了对比，为更为准确合理地评价和利用以及进一步的种质创新提供参考。

一、材料与方法

1. 材料

试验于 2009 年在贵州省烟草科学研究所福泉育种基地进行。试验材料为贵州省烟草科学研究所近年选育的 214 份烤烟新种质（特征特性详见本章第三节）。试验地土壤肥力中等，地面平整连块，排灌方便，前作为玉米。田间试验设计采用顺序排列，每份种质种植 60 株，采用 4 行区种植，重复 2 次。在烤烟生产常规季节播种和栽培，田间管理、施肥和烘烤按当地优质烤烟规范化栽培烘烤技术进行。形态和农艺性状依 YC/T142-1998 国家行业标准调查。每小区调查 10 株，求平均值。病害严重度分级标准按国家行业标准 YC/39-1996 规定执行。以小区为单位单独采收、挂牌烘烤计算产量、产值（不含价外补贴）等经济性状指标。烟叶分级参照 GB2635-92《国家烟叶分级标准》，取中部烤后原烟（C3F 等级）送贵州省烟草科学研究所进行物理外观检测、化学成分和感官评吸分析。石油醚提取物和烟气化合物的测定利用贵州省烟草科学研究所建立的石油醚提取物（王轶等，2007）、焦油、烟气烟碱、总粒相物和烟气水分的近红外模型。

2. 方法

按照形态性状、农艺性状、抗病性、物理外观、化学成分、评吸指标分类对自育烤烟种质进行遗传多样性研究，并与现有烤烟种质资源进行比较。群体多样性分析利用 Shannon-wiever（Shannon-wiever index of genetic diversity）遗传多样性指数来衡量群体遗传多样性大小（孔繁玲，2005）。Shannon-wiever 遗传多样性指数计算公式如下：

$$H' = -\sum_{i=1}^{s} Pi \ln Pi$$

其中，H' 为群体某一性状遗传多样性指数，i 为某一性状级别数序号，s 为某一性状的级别数，Pi 为某一性状第 i 级别的频率。

分级标准参照本节第一章。

二、自育烤烟种质形态性状本底多样性分析

自育烤烟种质的各形态特征分布及遗传多样性指数见表 4-1。

1. 株型

自育烤烟新种质株型中以塔形和筒形居多，几乎各占一半。与贵州已有烤烟种质资源相比没有橄榄形种质出现。

2. 叶片

自育烤烟种质中叶形分别有长椭圆形、宽椭圆形、椭圆形、卵圆形、长卵圆形和宽卵圆形等 7 种类型。其中，大部分种质叶形为长椭圆形，其次为椭圆形，卵圆形最少。比贵州已有烤烟种质资源多了宽椭圆形、宽卵圆形和卵形 3 种叶形。

自育烤烟种质都有叶耳，且以小、中为主，几乎各占一半，与已有烤烟种质资源相比，无叶耳大的种质。

叶尖以渐尖为主，钝尖、急尖和尾尖很少。

大部分自育烤烟种质叶面较皱，叶面皱、较平和平的种质少。

表 4-1　自育烤烟品系主要形态性状分布表

项目	H'（现有烤烟种质资源）	H'（自育烤烟新种质）	频率分布/%						
			1	2	3	4	5	6	7
株型	0.855	0.9858	43.0	57.0					
叶形	0.944	1.1862	78.0	7.5	9.8	0.9	1.4	1.4	0.9
叶尖	0.987	0.6308	86.4	12.6	0.5	0.5			
叶面	1.599	1.0284	9.3	79.4	8.4	2.8			
叶缘	1.391	0.0764	99.1	0.9					
叶色	0.605	0.3149	94.9	4.7	0.5				
叶片厚薄	0.380	0.7229	3.3	5.1	87.9	3.7			
叶耳	1.042	0.9977	47.2	52.8					
主脉粗细	0.201	1.2605	39.2	54.4	6.4				
主侧脉夹角	—	0.2723	4.7	95.3					
茎叶角度	0.954	0.0094	0.5	99.5					
花序密度	—	0.3338	93.8	6.2					
花序形状	—	0.4824	89.6	10.4					
花色	0.696	0.8964	31.3	68.7					
花冠尖	—	0	100.0						

注：株型：1. 塔形，2. 筒形
　　叶型：1. 长椭圆形，2. 椭圆形，3. 长卵圆形，4. 卵圆形，5. 宽椭圆形，6. 宽卵圆形，7. 卵形
　　叶尖：1. 渐尖，2. 急尖，3. 钝尖，4. 尾尖
　　叶面：1. 皱，2. 较皱，3. 较平，4. 平
　　叶缘：1. 微波，2. 平滑
　　叶色：1. 绿，2. 浅绿，3. 黄绿
　　叶面厚薄：1. 厚，2. 较厚，3. 中等，4. 较薄，5. 薄
　　叶耳：1. 中，2. 小
　　主脉粗细：1. 粗，2. 中，3. 细
　　主侧脉夹角：1. 大，2. 中
　　茎叶角度：1. 大，2. 中
　　花序密度：1. 密集，2. 松散
　　花序形状：1. 球形，2. 菱形
　　花色：1. 红色，2. 淡红
　　花冠尖：1. 尖

自育烤烟种质叶色多为绿或浅绿，仅有 1 份种质叶色为黄绿色。与已有烤烟种质资源相比，叶色没有深绿色的种质。

自育烤烟种质的叶片厚薄以中等为主，厚、较薄、较厚的少。

自育烤烟种质的叶缘以微波为主，仅有 2 份品系叶缘平滑。与已有烤烟种质相比，没有波浪、皱褶两种叶缘的种质。

主脉粗细以中、粗为主，细较少，占 6.4%。主侧脉夹角多为中，无主侧脉夹角小的种质。自育烤烟种质植株外形上较为紧凑，茎叶角度多为中，0.5% 的种质茎叶角度为大，与已有烤烟种质资源相比，无茎叶角度小和甚大的种质。

3. 花

自育烤烟种质除 3 份种质因开花期长，而未开花。其余种质花序以密集为主，松散少。烤烟种质资源花序形状有球形、扁球形、倒圆锥形、菱形。花序仅有球形和菱形两类。其中以球形居多，占 89.6%。花色以淡红和红为主。全部自育烤烟种质都有花冠尖。

4. 自育烤烟种质形态性状遗传多样性分析

自育烤烟种质株型为塔形或筒形，叶形以长椭圆为主，叶尖渐尖，叶面较皱，叶色绿色，叶面厚薄中等，主脉粗细中或粗，茎叶角度中，花序密度密集，花序形状球形，花色淡红。与已有烤烟种质资源形态性状相比，通过多代的定向选育，部分性状如叶尖、叶面、叶色、茎叶角度、叶缘等的本底多样性不同程度的有所降低。因自育烤烟种质中无波浪、皱褶两种叶缘，茎叶角度也无甚大和小的种质，所以叶缘和茎叶角度的多样性降低幅度最大。但自育烤烟种质也提高了部分性状的丰富度，如叶形比已有烤烟资源多出宽椭圆形、宽卵圆形和卵形 3 种叶形。

三、自育烤烟种质农艺性状遗传多样性分析

1. 自然株高

从 214 份自育烤烟种质的自然株高观测值统计结果（表 4-2）可以看出，大部分种质自然株高集中在 100~150cm，自然株高变异范围为 89.8~314.5cm。虽然自然株高的遗传多样性指数远低于烤烟资源，但有 3 份新种质的自然株高达到 300cm 左右，相应拓宽了该性状的遗传多样性。

2. 自然叶片数

自育烤烟种质自然叶片数如表 4-2 所示。因定向选育时兼顾烟叶产量和质量的协调性以及栽培的可调控性，自然叶片数集中在 25~30 片，其次是 20~25 片，变化范围在 20.7~85 片。同样自然叶片数的多样性指数低于现有烤烟种质资源，但其变化幅度大，变异系数高，表明自育烤烟种质中蕴含了该性状遗传背景差异较大的种质资源。

3. 茎围和节距

从表 4-2 可以看出，自育烤烟种质的茎围和节距分别集中在 7.0~11.0cm 和 3.0~5.0cm。茎秆中等到稍粗，节间中等到稍密。茎围和节距变异幅度不大，多样性指数也小。

4. 腰叶长和腰叶宽

自育烤烟种质腰叶长变化幅度在 48.9~86.7cm，大部分种质腰叶长在 60~80cm，叶长稍长。腰叶宽变化范围为 20.4~41.3cm，大部分自育烤烟种质腰叶宽多集中在 25~35cm，叶片较宽。相对于现有烤烟种质资源，腰叶长和腰叶宽变异系数都较小，多样性低，这与多年定向选育叶片稍长、较大的选择标准有关。

5. 开花期

自育烤烟种质大部分开花期为 50~70 天，与现有烤烟种质资源相比，虽然开花期的多样性指数变小，但是其变异幅度变宽，变异系数变大，表明自育烤烟种质中蕴含了该性状遗传背景差异较大的种质资源。

6. 生育期

自育烤烟新种质大部分大田生育期多在 97~158 天，其次，部分品系大田生育期少于 120 天，其中有一份品系大田生育期最短，仅为 97 天，而有 9 份品系大田生育期超过 140 天。

表 4-2　自育烤烟品系主要农艺性状分布表

项目	最大值	最小值	极差	平均值	H'（自育烤烟新种质）	H'（现有烤烟种质资源）	标准差	变异系数/%	频率分布/%						
									1	2	3	4	5	6	7
自然株高/cm	314.5	89.8	224.7	118.6	0.5511	2.1270	26.5	22.34	6.5	91.1	0.5	0.5	0.5	0.9	0.0
自然叶片数/片	85.0	20.7	64.3	26.9	1.0872	1.263	7.9	29.37	0.0	0.0	36.0	61.7	0.0	0.0	2.3
茎围/cm	11.0	7.2	3.8	8.9	1.0347	2.598	0.7	8.42	0.0	53.3	46.3	0.5	0.0	0.0	0.0
节距/cm	5.6	3.1	2.6	4.3	0.3835	2.650	0.4	9.30	0.0	92.5	7.5	0.0	0.0	0.0	0.0
腰叶长/cm	86.7	48.9	37.8	65.3	1.2140	2.862	5.3	8.12	0.5	12.1	71.0	15.9	0.5	0.0	0.0
腰叶宽/cm	41.3	20.4	20.9	28.8	1.6102	2.756	3.4	11.81	0.0	12.1	52.3	30.8	4.2	0.5	0.0
开花/天	180	45	135	64.9	0.8063	1.542	14.3	22.03	0.5	10.3	85.0	2.3	1.9	0.0	0.0
生育期/天	158	97	61	125.3	0.5830	—	5.8	4.63	0.5	7.5	89.7	2.3	0.0	0.0	0.0

注：自然株高：1. <100cm，2. 100~149.9cm，3. 150~199.9cm，4. 200~249.9cm，5. 250~299.9cm，6. >300cm
自然叶片数：1. <15 片，2. 15~19.9 片，3. 20~24.9 片，4. 25~29.9 片，5. 30~34.9 片，6. 35~39.9 片，7. >40 片
茎围：1. <7.0cm，2. 7.0~8.9cm，3. 9.0~10.9cm，4. 11.0~12.9cm，5. >13cm
节距：1. <3.0cm，2. 3.0~4.9cm，3. 5.0~6.9cm，4. 7.0~8.9cm，5. 9~10.9cm，6>11cm
腰叶长：1. <50cm，2. 50.0~59.9cm，3. 60~69.9cm，4. 70~79.9cm，5. >80cm
腰叶宽：1. <20cm，2. 20~24.9cm，3. 25~29.9cm，4. 30~34.9cm，5. 35~29.9cm，6. >40cm
开花期：1. <50（天），2. 50~59（天），3. 60~69（天），4. 70~79（天），5. >80（天）
生育期：1. <100（天），2. 100~119（天），3. 120~139（天），4. >140（天）

四、自育烤烟种质的经济性状

由表 4-3 可以看出，214 份烤烟种质烤后烟叶具有较高的经济性状，表现较好。各烤烟种质经济性状变异系数较大，在不同材料间差异显著，反映出自育烤烟新种质中蕴含着丰富的种质资源，遗传范围较广，有利于烤烟育种工作取得突破。

表 4-3　自育烤烟品系经济性状表

项目	平均值	变幅	标准差	变异系数/%	>对照品系个数	对照（K326）
产值/元/亩	740.20	165.0~2068.0	351.30	47.46	80	809.78
产量/kg/亩	121.20	33.0~231.0	33.10	27.31	135	108.53
均价/元/kg	6.00	2.2~11.0	2.0	33.33	54	7.46
上中等烟比例/%	16.70	0.0~61.0	0.15	88.23	8	46.00
橘黄烟比例/%	20.40	0.0~77.0	0.16	78.43	17	46.00

五、自育烤烟新种质抗病性分析

如表 4-4 所示，自育烤烟新种质根茎性病害的抗性较好，抗黑胫病的有 183 份，抗青枯病的有 69 份，中抗 PVY 的种质 11 份，抗 TMV 的种质有 36 份，抗 CMV 的种质 1 份，中抗 25 份，抗气候斑的品系 99 份，说明自育烤烟新种质的根茎性病害抗性较好，而且适应性也强，在病毒病抗性方面也有了一定的突破。

就其综合抗性而言，抗黑胫病兼抗青枯病的有 58 份，抗两种根茎性病害又抗气候斑有 20 份，抗两种根茎性病害又抗 TMV 的有 14 份，表明自育烤烟新种质的综合抗性得到加强。

表 4-4　自育烤烟新种质抗病性

| 项目 | 抗性 | | | | 兼抗性 | | | | | |
	抗	中抗	中感	感	兼抗黑胫病	兼中抗PVY	兼抗TMV	兼抗CMV	兼中抗CMV	兼抗气候斑
青枯病	69	46	34	28	58	2	15	1	11	22
黑胫病	183	23	7			7	31	1	21	82
PVY	0	9	37	167			1	0	4	6
TMV	33	44	71	66				0	6	12
CMV	1	24	36	150						10
气候斑	95	50	41	28						

六、自育烤烟新种质物理检测指标

贵州所自育烤烟新种质原烟颜色以柠檬黄和橘黄为主，各占 63.5% 和 26.6%；大部分品系的成熟度成熟；油份稍有；身份稍薄至适中；结构疏松；色度中至弱（图 4-17）。

国内外研究和生产证明，单叶重过大过小对烟叶质量均有不利影响。自育烤烟种质的单叶重，主要集中在 5～8.8g，处于较为适宜的区间范围内，易于获得优质烟叶（表 4-5）。

表 4-5　自育烤烟物理指标表

项目	平均值	变幅	标准差	变异系数/%	对照（K326）
单叶重/g	7.15	3.3～11.3	1.30	18.18	7.99
梗叶比/%	32.40	25.0～42.0	0.03	9.26	32.28
单位叶面积重/g/m²	59.60	37.5～83.30	10.50	17.62	67.20

梗叶比是烟叶可用性的重要指标，通常占叶片重量的 20%～33%。而自育烤烟的梗叶比变异幅度在 25%～42%，主要集中在 27%～37%。140 份种质的梗叶比低于 33%（表 4-5）。

单位叶面积重，表示干叶片的干物质积累量，对产量来讲，越重越好；但对烟叶质量而言，过重过轻都不符合优质烟的要求。自育烤烟新种质的单位叶面积重变异幅度为 37.5～83.3g/m²，主要集中在 45.0～75.0g/m²，处于较为适宜的区间范围之内（表 4-5）。

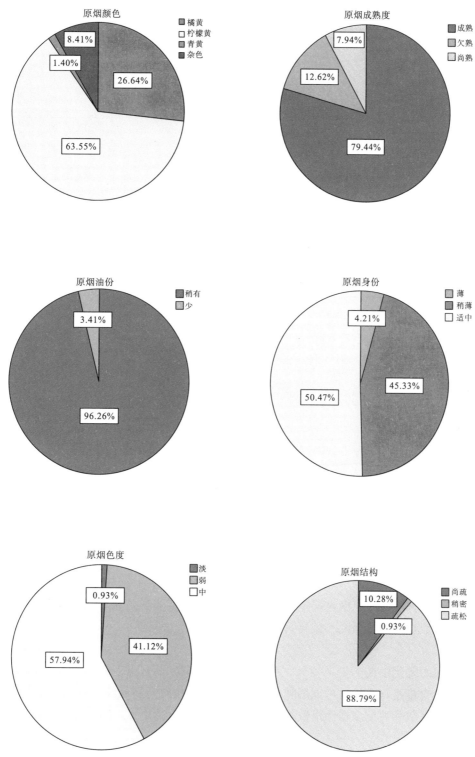

图 4-1　自育烤烟新种质物理性状指标

七、自育烤烟新种质化学成分遗传多样性

自育烤烟新种质化学成分遗传多样性见表 4-6。

表 4-6　自育烤烟种质主要化学指标分布表

项目	最大值	最小值	极差	平均值	遗传多样性指数（自育烤烟新种质）	遗传多样性指数（现有烤烟种质资源）	标准差	变异系数/%	频率分布/%						
									1	2	3	4	5	6	7
烟碱/%	5.0	0.9	4.1	3.1	2.2128	2.9539	0.72	23.20	0.5	0.5	5.2	15.0	26.7	32.4	44.8
总糖/%	23.9	3.2	20.65	13.2	1.8596	2.8972	4.2	31.59	1.9	23.1	43.0	47.6	8.0	0.0	0.0
还原糖/%	20.04	1.69	18.35	10.7	1.6230	2.7946	3.70	34.58	6.5	32.0	65.5	16.0	0.8	0.0	0.0
总氮/%	3.90	2.00	1.90	2.8	1.6331	2.5283	0.35	12.50	0.0	0.0	19.6	57.4	38.8	6.5	0.0
钾/%	3.34	0.67	2.70	1.8	2.2399	2.5338	0.60	32.22	6.1	29.5	35.3	32.2	19.5	3.2	0.0
氯/%	0.30	0.06	0.24	0.20	1.9061	2.8739	0.04	25.90	4.7	27.8	51.0	34.7	4.8	0.8	0.0
蛋白质/%	12.39	6.53	5.86	8.85	1.2335	1.9837	1.02	11.53	19.2	77.0	19.0	1.7	0.0	0.0	0.0

注：烟碱/%：1. <1，2.1~1.5，3.1.5~2，4.2~2.5，5.2.5~3，6.3~3.5，7. >3.5
　　总糖/%：1. <5，2.5~10，3.10~15，4.15~20，5.20~25，6.25~30，7. >30
　　还原糖/%：1. <5，2.5~10，3.10~15，4.15~20，5.20~25，6.25~30，7. >30
　　总氮/%：1. <1.5，2.1.5~2，3.2~2.5，4.2.5~3，5.3~3.5，6. >3.5
　　钾/%：1. <1，2.1~1.5，3.1.5~2，4.2~2.5，5.2.5~3，6. >3
　　氯/%：1. <0.1，2.0.1~0.15，3.0.15~0.2，4.0.2~0.25，5.0.25~0.3，6. >0.3
　　蛋白质/%：1. <8，2.8~10，3.10~12，4.12~14，5.14~16，6. >16

1. 烟碱

自育烤烟新种质烟碱含量与烤烟种质资源趋势相同，主要集中在 2%~5%。烟碱含量在 2%~2.5% 适宜区间的有 31 份种质。与现有烤烟种质资源相比，自育烤烟种质烟碱含量的变化幅度一致，但变异系数和遗传多样性指数都相对较小。

2. 总糖

自育烤烟新种质的总糖主要集中在 5%~20%。其变化幅度、变异系数和遗传多样性指数较之现有烤烟种质资源小。

3. 还原糖

自育烤烟新种质的还原糖含量主要集中在 5%~15%。同样，相对于现有烤烟种质资源，自育品系的还原糖的变化幅度、变异系数和遗传多样性指数都较小。

4. 总氮

总氮含量主要集中在 1.5%~3%，在 1.5%~2.5% 适宜区间的有 152 份种质。可见大部分种质的总氮含量是符合优质烤烟烟叶总氮含量要求。相对于现有烤烟种质资源，总氮的变化幅度、变异系数和遗传多样性指数都较小。

5. 钾

钾含量主要集中在 1.5%~3%，钾含量高于 1% 的品系有 110 份，说明绝大部分的自育烤烟新种质的钾含量较高，符合优质烤烟烟叶钾含量要求。与现有烤烟资源相比，虽然钾含量的遗传多样性指数相对接近，但自育烤烟种质的钾含量的变化幅度和变异系数都较高，说明其钾含量的多样性较为丰富，遗传背景差异较大。

6. 氯

自育烤烟新种质的 Cl 含量主要集中在 0.1%~0.25%，低于 1% 的种质有 201 份。与现有烤烟资源相比，虽然遗传多样性指数、变化幅度和变异系数相对较小，但是自育烤烟品系Cl 含量的最小值低于现有烤烟资源。

7. 蛋白质

自育烤烟新种质的蛋白质含量主要在 6.5%～11%，平均值为 8.85%，较为符合优质烤烟烟叶蛋白质含量要求。相比现有烤烟资源，其蛋白质含量整体偏低，遗传多样性指数、变化幅度和变异系数都相对较小。

8. 化学协调性

从表 4-7 可以得出，大部分种质的化学指标含量适中，比例协调，符合优质烟叶对化学成分协调性的要求。

表 4-7 自育烤烟新种质主要化学指标适宜分布表

化学指标	频率分布	
	1	2
钾氯比	210	4
两糖比	123	91
氮碱比	135	79
糖碱比	27	187
施木克值	111	103

注：钾氯比：1. 4≤x（中部烟叶钾氯比最适比例），2. x<4
两糖比：1. 0.8≤x（中部烟叶两糖比最适比例），2. x<0.8
氮碱比：1. 0.7≤x≤1（中部烟叶氮碱比最适比例），2. x<0.7；x>1
糖碱比：1. 6.5≤x≤11.5（中部烟叶糖碱比最适比例），2. x<6.5；x>11.5
施木克值：1. 1.5≤x≤2.5（中部烟叶施木克值最适比例），2. x<1.5；x>2.5
x：相应指标的测量值

表 4-8 自育烤烟种质化学协调性指标分布表

项目	最大值	最小值	极差	平均值	H'（自育烤烟新种质）	H'（现有烤烟资源）	标准差	变异系数/%	频率分布					
									1	2	3	4	5	6
糖碱比	21.4	0.8	20.6	4.6	1.3486	2.2761	2.25	48.91	63.6	42.4	9.7	2.5	1.7	0.8
钾氯比	52.1	3.1	49	12.2	2.1582	1.6865	6.88	56.39	1.9	10.9	20.5	16.2	13.2	60.3
两糖比	1.0	0.4	0.6	0.8	1.6353	1.7556	0.09	3.75	1.9	16.0	55.7	45.9	2.4	0.0
氮碱比	3.2	0.5	2.7	1.0	1.7421	1.8087	0.29	29.00	2.8	59.3	31.7	17.6	6.4	4.8
施木克值	3.4	0.3	3.1	1.5	1.4078	2.718	0.59	39.33	18.7	69.0	29.5	2.5	0.0	0.0

注：糖碱比：1. <5，2. 5～7，3. 7～9，4. 9～11，5. 11～13，6. >13
钾氯比：1. <4，2. 4～6，3. 6～8，4. 8～10，5. 10～12，6. >12
两糖比：1. <0.6，2. 0.6～0.7，3. 0.7～0.8，4. 0.8～0.9，5. >0.9
氮碱比：1. <0.7，2. 0.7～0.9，3. 0.9～1.1，4. 1.1～1.3，5. 1.3～1.5，6. >1.5
施木克值：1. <1，2. 1～2，3. 2～3，4. 3～4，5. 4～5，6. >5

表 4-8 表明除了钾氯比外，其余化学协调性指标的遗传多样性指数与贵州已有烤烟资源相比都较小。

糖碱比较低，绝大部分都低于 7。与已有烤烟资源相比，遗传多样性指数、变化幅度、变异系数都小。但自育品系的糖碱比的最小值低于现有烤烟资源。

自育烤烟新种质的钾氯比遗传多样性指数、变化幅度、变异系数都相应比现有烤烟资源高，说明自育品系的钾氯比的多样性丰富，而且其基因的丰富程度也较高，遗传背景差异较大，拓宽了该性状的遗传基础。

两糖比主要集中在 0.7~0.9，其遗传多样性与现有烤烟资源相比较接近。

氮碱比主要集中 0.7~1.1，虽然遗传多样性指数低于现有烤烟资源，但是其变化幅度和最大值都要比现有烤烟资源大。

施木克值大部分都小于 2，遗传多样性指数、变化幅度和变异系数都低于现有烤烟资源。

9. 石油醚提取物和烟气化合物

烟草石油醚提取物中含有芳香油、树脂、磷脂等体现烟草香气的物质，一定范围内，其含量越高，烟叶的香气量越足。因此石油醚提取物常作为评价烟草香味的重要指标之一（史宏志等，1994）。绝大部分的自育烤烟品系的石油醚提取物在 6%~10%，符合优质烟叶的石油醚提取物的标准。

烟气中总粒相物包括焦油、烟碱和水分。焦油和烟碱均被认为是有害人体健康的物质。从危害程度上来看，焦油中因含有微量稠环芳烃和亚硝胺类等致癌物质，其危害性远远大于烟碱，是烟气各种不利因素中最受重视的（中国农业科学院烟草研究所，2005）。自育烤烟新种质的焦油含量集中在 14.4~23.2mg/支，对照 K326 为 20.7mg/支。自育烤烟种质中焦油含量低于 20mg/支的品系有 128 份。

自育烤烟新种质的烟气烟碱分布较为分散，变异系数也相对较高。

表 4-9　自育烤烟新种质石油醚提取物和烟气化合物分布表

项目	平均值	变幅	标准差	变异系数/%	对照（K326）
石油醚提取物/%	7.71	2.35~11.6	0.84	10.89	8.0
焦油/mg/支	19.4	14.4~23.2	1.60	8.25	20.7
烟气烟碱/mg/支	2.5	1.4~3.5	0.41	16.40	2.9
总粒相物/mg/支	25.5	19~30.9	2.23	8.74	27.4
烟气水分/mg/支	4.08	2.83~5.12	0.44	10.78	4.5

八、自育烤烟新种质评吸指标分析

从表 4-10 和表 4-11 中可以看出，自育烤烟种质以中间香型为主，香气质尚好到较好，香气量较足，吃味尚舒适，杂气略有，刺激性略有到稍有，劲头适中到稍大，燃烧性较强，灰色白灰。

表 4-10　自育烤烟品系主要评吸指标分布表

项目	最大值	最小值	极差	平均值	遗传多样性指数（自育烤烟新种质）	遗传多样性指数（现有烤烟种质资源）	标准差	变异系数/%	频率分布						
									1	2	3	4	5	6	7
香气质	8.3	6.9	1.4	7.7	1.145	1.712	0.2	3.0	0.5	0.5	5.2	15.0	26.7	32.4	44.8
香气量	8.4	7.2	1.2	7.9	1.288	1.528	0.2	2.7	1.9	23.1	43.0	47.6	8.0	0.0	0.0

续表

项目	最大值	最小值	极差	平均值	遗传多样性指数（自育烤烟新种质）	遗传多样性指数（现有烤烟种质资源）	标准差	变异系数/%	频率分布						
									1	2	3	4	5	6	7
吃味	8.7	7	1.7	8.1	0.684	0.994	0.3	3.9	6.5	32.0	65.5	16.0	0.8	0.0	0.0
杂气	7.9	6.5	1.4	7.3	0.980	1.495	0.2	3.0	0.0	0.0	19.6	57.4	38.8	6.5	0.0
刺激性	7.8	6.9	0.9	7.4	0.789	1.564	0.2	2.1	6.1	29.5	35.3	32.2	19.5	3.2	0.0
总分	40.5	35.0	5.5	38.4	1.221	1.644	1.0	2.6	0.5	8.0	69.5	40.9	0.0	0.0	0.0

注：香气质：1. <6.5，2.6.5~7，3.7~7.5，4.7.5~8，5. >8
　　香气量：1. <6.5，2.6.5~7，3.7~7.5，4.7.5~8，5. >8
　　吃味：1. <6.5，2.6.5~7.5，3.7.5~8.5，4.8.5~9.5，5. >9.5
　　杂气：1. <6.5，2.6.5~7，3.7~7.5，4.7.5~8，5. >8
　　刺激性：1. <6.5，2.6.5~7，3.7~7.5，4.7.5~8，5. >8
　　总分：1. <35，2.35~37，3.37~39，4.39~41，5. >41

表 4-11　自育烤烟新种质评吸非量化指标分布表

评吸非量化指标	频率分布/%		
	1	2	3
香型	5.1	94.9	0.0
劲头	34.4	23.7	41.9
燃烧性	32.7	58.4	8.9
灰色	13.6	53.7	32.7

注：香型：1. 中间偏清香型，2. 中间香型
　　劲头：1. 适中，2. 较大，3. 稍大
　　燃烧性：1. 一般，2 较强，3. 强
　　灰色：1. 灰白，2. 白灰，3. 灰色

九、自育烤烟新种质创新点

运用 114 份育种原始亲本，经杂交、诱变以及生物技术等手段，选育而成的 214 份烤烟新品系遗传已经稳定。由于长期定向选择，部分自育烤烟新种质的农艺性状、抗病性、物理外观及经济性状和吸食品质等表现均较优异。株形、叶形符合优质烟叶要求，节距比较适中，田间生长整齐，长势较强。有些种质的感官评吸质量接近或超过对照，部分种质的烟香独特，具有晒烟气息。

1. 选育出 20 份兼具黑胫病、青枯病和气候斑点病抗性的新种质

黑胫病和青枯病是我国主产烟区均面临的两种主发根茎性病害，前者虽然通过适宜措施能够达到一定的防治效果，但对于青枯病，目前仍未找到有效的防治措施。因此种植优质抗病品种依然是最主要的防治手段。虽然有些国外烤烟品种对根茎性病害有较好的抗性，但是引进种植之后，其叶斑病害抗性弱，适应性差的缺点就暴露出来。

自育品系多份材料的抗性比较优异，尤其是通过国内外、省内外优质核心抗性亲本的不断聚合育种之后，综合抗性较为突出。兼抗黑胫病和青枯病的种质有 58 份，抗两种根茎性病害又抗气候斑点病的种质 20 份。

　　另外自育品系亲本的抗源较为丰富，既有来自比较公认的抗源如佛罗里达 301 的黑胫病抗源，TI448A 的青枯病抗源，TI245、Coker 86 的 TMV 抗源，又广泛利用了贵州省内丰富的地方品种的抗源。

2. 创造出 10 余份具有生产直接利用价值的新种质

　　运用模糊数学方法，以烟叶品质、抗病性和产值量等重要性状为评价指标对 214 份种质进行综合分析，发现 10 余份种质综合性状优于对照 K326，具有直接生产运用的潜力。目前已推荐 2 份品系参加了 2010 年全国烟草品种区域试验，2 份品系将于 2010 年度进行农业评审，2009 和 2010 年先后推荐 8 份品系参加贵州省烟草品种区域试验，4 份品系参加 2010 年度贵州省级生产试验，其余优异品系正进行严格多点的品系比较试验和配套措施试验，以进一步充分利用。

3. 丰富了已有烤烟种质资源的遗传多样性

　　经过多代的定向选育之后，自育烤烟种质的叶尖、叶面等形态性状，株高、叶片数等农艺性状和大部分的化学成分以及评吸指标的遗传多样性指数要比现有烤烟资源的低，但也拓宽了部分性状如钾氯比、叶形、叶片厚薄和主脉粗细的遗传多样性；自育烤烟种质的钾氯比遗传多样性指数、变化幅度、变异系数都相应比现有烤烟资源高；贵州现有烤烟资源的叶形只有 4 类，而自育新种质有 7 类，比现有烤烟资源多了宽椭圆形、宽卵圆形和卵形。尽管部分性状的遗传多样性指数较现有烤烟资源小，但其变化幅度，极值有一定扩充，如含钾量、株高、叶片数，自育烤烟种质中有 3 份种质的自然株高达到 300cm 左右，2 份种质的叶片数在 70 片以上，4 份种质的含钾量超过了 3%，表明自育烤烟种质相对贵州现有烤烟种质资源在部分性状上扩充了其本底多样性。

　　另外，对自育烤烟新种质的序列相关扩增多态性（Sequence-related Amplified Polymorphism，SRAP）分析后，发现自育烤烟种质的多态性比率在所有烤烟亚群中最高，达到 95.79%；通过各烤烟亚群的特有特缺位点及频率分析发现自育烤烟在所有烤烟亚群中所含特有变异位点最多，达 53 个；通过群体结构分析发现自育烤烟新种质将贵州现有烤烟资源的 7 类血缘扩充至 13 类，这些都表明自育烤烟新种质的多态性比率高，遗传距离大，遗传相似性小，是对贵州现有烤烟种质资源的重要补充（参见本书第五、第六章）。

第二节　烤烟育种重要农艺和经济性状遗传参数估算

　　在烤烟育种实践中，烟草所注重的若干性状，如叶片数、株高、茎围、产量等一般都是数量性状。而数量性状受微效多基因的控制，易受环境影响。遗传力是数量性状遗传与育种的重要参数，决定了由表型值预测基因型值的可靠性，可作为选择宽严度的指标，有助于确定性状选择的世代早晚和种植规模。对遗传力高的性状可在早期世代进行选择，对遗传力低的性状宜采取连续定向选择。

　　遗传变异系数可作为遗传变异潜力的指标。遗传变异系数大的性状，杂交后代或群体的基因型和表现型变幅大，易于通过杂交和选择达到育种目的。

　　遗传力只是一般地表明性状的相对遗传能力，它只反映了遗传方差占表型方差的比例。即使同样的遗传力，从亲代到子代的遗传效果也会随着其变异幅度的大小而不同。因此，遗传力不能完全作为选择效果的指标。用遗传力值预测某一性状在一定的选择强度下，下一代比亲代可能增加的数量，称为遗传获得量（即遗传进度）。遗传力高、遗传变异又大的性状，在一定选择强度下，可获得较大的遗传进度，即这个性状的选择效果较好。

本节采用贵州省烟草科学研究所自育的 214 份烤烟种质的农艺和经济性状基本数据，运用数量遗传学的原理和方法，估算了主要农艺和经济性状的广义遗传力、遗传变异系数和遗传进度，以期初步揭示这些性状的遗传规律，为烤烟育种确定有效的选择方式和选择世代提供理论依据。

一、材料与方法

1. 材料（见本章第一节）

2. 方法

对试验取得的数据进行随机模型的方差分析。所有分析均使用 SPSS17.0 软件。由 $\sigma_g^2 = (ss_t^2 - ss_e^2)/r$，$\sigma_p^2 = \sigma_g^2 + \sigma_e^2$ 分别估算遗传、表型方差；由 $GCV = \sigma_g / \bar{x} \times 100$ 估算遗传变异系数；由 $h_B^2\% = \sigma_g^2 / \sigma_p^2 \times 100$ 估算广义遗传力；由 $\Delta G\% = \sqrt{K \times GCV \times h_B}$ 估算相对遗传进度，式中的 $K = 1.75$ 为选择强度 10% 条件下的值（刘来福等，1984）。

以上各式中，$\sigma_g^2 =$ 遗传方差，$\sigma_p^2 =$ 表型方差，$\sigma_e^2 =$ 环境方差，$ss_t^2 =$ 方差分析中的品系变量，$ss_e^2 =$ 机误（O 环境）变量，$r =$ 重复次数，$\bar{x} =$ 性状平均值。

二、结果与分析

自育烤烟新种质在自然株高、茎围、节距、腰叶长、腰叶宽和自然叶片数间均达到极显著差异，表明种质间这些性状具有很大的差异。经济性状中亩产量、上等烟率、橘黄烟率品系间达到极显著差异，中等烟率品系间显著差异，均价和亩产值无显著差异。

从表 4-12 可以看出，自育烤烟新种质不同性状的遗传力差异较大，各性状的遗传力大小依次表现为：自然叶片数＞自然株高＞腰叶宽＞茎围＞节距＞腰叶长＞上等烟率＞亩产量＞橘黄烟率＞中等烟率＞亩产值＞均价。其中自然叶片数、自然株高、腰叶宽和茎围等农艺性状的遗传力较高，幅度在 38.95%～95.88%，这些性状的表现主要由遗传变异所致，环境效应小。经济性状遗传力低，幅度在 1.85%～25.70%，说明其表型易受环境影响，由其表型值预测其基因型值的效果较差。

表 4-12　自育烤烟种质主要性状的遗传分析

性状	遗传方差	表型方差	遗传变异系数/%	广义遗传力/%	遗传进度	相对遗传进度	方差分析F值
自然株高/cm	602.0035	644.34	19.26	93.43	41.50	32.58	8.22 **
茎围/cm	0.4240	0.61	7.08	69.17	0.95	10.30	5.50 **
节距/cm	0.2090	0.30	10.16	68.98	0.66	14.77	5.43 **
腰叶长/cm	367.1695	942.57	27.57	38.95	20.93	30.11	2.28 **
腰叶宽/cm	9.8215	14.07	10.29	69.83	4.58	15.05	5.63 **
自然叶片数/片	58.0005	60.49	29.52	95.88	13.05	50.58	3.10 **

性状	遗传方差	表型方差	遗传变异系数/%	广义遗传力/%	遗传进度	相对遗传进度	方差分析F值
亩产值/元/亩	12836.9775	144849.91	20.47	8.86	59.03	10.66	1.19
亩产量/kg/亩	279.3945	1498.59	15.64	18.64	12.63	11.82	1.46 **
均价/元/kg	0.0925	4.99	6.26	1.85	0.07	1.49	1.04
上等烟率/%	0.0002	0.0008	11.74	25.70	0.01	10.41	1.54 **
中等烟率/%	0.0020	0.02	43.17	13.33	0.03	27.58	1.30 *
橘黄烟率/%	0.0050	0.03	43.54	18.52	0.05	32.79	1.44 **

注：** 为极显著水平，* 为显著水平

14 个性状的遗传变异系数如表 4-12，橘黄烟率＞中等烟率＞自然叶片数＞腰叶长＞亩产值＞自然株高＞亩产量＞上等烟率＞腰叶宽＞节距＞茎围＞均价。前 5 个性状的遗传变异系数都在 20％以上，均价和茎围较小，低于 10％。

表 4-12 中，14 个性状相对遗传进度变幅为 1.49％～50.58％，其大小顺序为自然叶片数＞橘黄烟率＞自然株高＞腰叶长＞中等烟率＞腰叶宽＞节距＞亩产量＞亩产值＞上等烟率＞茎围＞均价。前 4 个性状的相对遗传进度较大，均在 30％以上。显然这些性状的预期选择效果较好，当代选择会使下一代的遗传获得量增加较大。

三、讨论

遗传力估算结果表明，农艺性状的广义遗传力都比经济性状大。前者在实际品系选择中，依表型直接进行严格选择可获预定效果，而后者在实际品系选择不宜过于严格，应放宽或在较高世代进行选择，这与多年的研究结果基本一致。在农艺性状遗传力的估算中，虽然因为研究材料和分析方法的不同而得出的广义遗传力值有一定差异，但按高低顺序来看变化不大（表 4-13）。

农艺和经济性状除均价和茎围外，其余性状的遗传变异系数较大，尤其是橘黄烟率、中等烟率、自然叶片数和腰叶长，亩产值的遗传变异系数大于 20％，表明这些性状在该群体中选择潜力较大，在该群体中进行选择与利用是有效的。

对于遗传力高、相对遗传进度又大的自然叶片数和自然株高性状，可根据育种目标在早代（F_2）进行严格的单株选择，至 F_3 代以后各世代不再进行株选，只淘汰不良株系，以减少工作量；对于遗传力中等、相对遗传进度较大的腰叶长、腰叶宽、茎围、节距、橘黄烟率和亩产量等性状，也应适当加强早代选择。

表 4-13　烤烟农艺性状与经济性状的广义遗传力表

性状	广义遗传力/%						
株高	75.12	79.00		73.24	91.44	71.00	98.35	51.70
茎围		74.39	40.92	52.78			83.89	15.60
节距				64.20	68.78	77.00		58.80
腰叶长	45.10	58.76	39.27	22.68	89.33	43.00	89.51	32.10
腰叶宽	33.28	66.48	27.08	57.60		69.00	91.30	42.30

续表

性状	广义遗传力/%							
叶片数	87.70	91.44	56.04	77.07	81.31	78.00	87.30	30.20
亩产量	44.48	31.88		40.46			95.45	32.10
参考文献	艾树理等（1984）	牛佩兰等（1984）	佟道儒等（1984）	韩晓红（1989）	陈学平（1990）	巫升鑫（2001）	许建等（2004）	肖炳光等（2005）

第三节　不同杂交育种方式对拓宽烤烟种质资源遗传多样性的影响

虽然现代生物技术和基因工程技术在作物遗传育种中发挥着越来越广泛的作用，显示了巨大的潜力，但杂交育种依然是当前国内外烟草育种的主要途径。其主要通过有性杂交，使基因分离、重组、累加和互作，经过选择，产生具有双亲或多亲优点的新品种。杂交育种能将多个品种的优良性状集中在一起，目前烟草上应用的杂交方式主要有单交、回交和复合杂交。

单交是烟草育种中常用的基本杂交方式，一次能聚合父母本 1/2 的细胞核基因，只要亲本选配得当，一般能培育出性状优良的品种。

回交是烟草杂交育种的又一种重要方式，其能创造保留非回交亲本个别或极少数性状，而其余性状表现为回交亲本性状的新种质，常用来改进原品种的个别缺点。

复合杂交是用三个以上的亲本进行两次或两次以上的杂交。为了打破有益和不利性状之间的基因连锁，而获得有利性状的结合，往往采用复合杂交。

诱变育种是人为的利用物理和化学因素诱导生物体染色体和基因发生突变，从中选育新品种的育种方法。

本节运用平均欧式距离和平均遗传多样性指数作为群体总体遗传多样性评判参数，分析了不同育种杂交方式之后群体本底多样性的变化情况。

一、材料与方法

1. 材料（见本章第一节）

2. 方法

将自育烤烟新种质按照不同的杂交育种方式分类，分别计算出不同杂交育种方式下自育烤烟种质群体与其对应的亲本群体的农艺性状总体平均欧氏距离和平均遗传多样性指数，并以此来衡量两群体遗传多样性的大小。

平均欧氏距离（$\overline{D}_E$）计算如下：

$$\overline{D}_E = \sum_{d=1}^{l} D_{Eij} / l$$

其中，D_{Eij} 是 i 个体和 j 个体的欧氏距离；i 和 j 是群体内个体的序号，d 是距离符号；l 是两个体间的距离值数。

平均遗传多样性指数（$\overline{H'}$）计算如下：

$$\overline{H'} = \sum_{t=1}^{m} H'/m$$

其中，H'是群体第 i 个性状的遗传多样性指数，m 是个体所观测的性状数，i 是性状序号。

育种亲本农艺性状如表 4-14 所示。

表 4-14 亲本农艺性状

亲本	自然株高/cm	茎围/cm	节距/cm	自然叶片数/片	腰叶长/cm	腰叶宽/cm
315	138.3	5.8	3.0	23.5	46.4	22.0
Coker176	161.9	8.9	3.8	24.0	62.4	25.0
Coker347	150.1	10.7	7.0	20.8	71.8	26.8
Coker86	150.7	10.4	5.3	24.6	77.0	27.5
Cokerspead	267.9	2.4	6.0	29.0	57.3	34.5
D101	180.1	7.4	7.2	18.4	46.9	26.1
G-164	161.8	8.4	3.8	18.7	65.0	26.7
G28	183.4	9.3	7.1	17.7	59.3	23.0
H80A	131.4	8.5	5.4	25.7	62.8	30.6
K317	171.0	9.0	4.5	27.0	68.0	28.3
K326	135.0	8.0	4.5	25.0	65.0	27.5
K340	156.5	9.7	5.1	22.4	76.4	27.5
K346	149.6	9.1	4.5	22.6	64.1	24.7
K358	151.8	9.1	6.2	22.1	67.8	28.8
K730	148.2	7.6	4.5	22.6	62.5	25.8
Nc27	149.9	9.5	5.4	21.4	67.7	23.1
Nc37	145.6	8.8	4.1	42.0	55.1	18.4
Nc729	145.5	9.5	7.9	23.6	68.3	29.2
Nc82	157.7	9.1	5.7	22.4	71.3	31.8
Nc95	157.8	9.6	7.7	20.4	69.0	33.9
OX2028	159.5	9.5	5.9	26.8	64.2	27.3
PVH02	174.6	9.4	5.0	22.0	81.1	32.6
PVH06	152.1	8.1	3.0	21.6	64.2	28.2
RG11	177.7	8.6	5.0	20.4	74.1	34.6
RG12	147.1	9.4	4.0	22.6	72.2	24.0
RG13	162.2	8.7	5.1	23.4	77.3	33.2
RG17	143.4	9.0	7.0	25.0	64.0	33.2
RG89	164.6	9.7	4.5	23.2	69.5	29.7
SPTG-172	165.2	10.0	4.3	23.1	69.9	30.4
TI245	164.2	9.9	4.6	23.7	68.9	29.9
V2	162.2	9.6	4.3	23.3	68.1	29.6
白岩市	160.1	13.1	3.3	23.4	73.2	32.8
长脖黄	180.0	9.7	7.2	21.0	69.7	19.3
春3	191.6	9.3	4.6	29.2	65.0	32.2

续表

亲本	自然株高/cm	茎围/cm	节距/cm	自然叶片数/片	腰叶长/cm	腰叶宽/cm
广黄55	173.3	8.2	3.8	24.6	72.9	30.3
贵11	164.3	9.6	4.4	23.1	70.3	30.1
红花大金元	141.6	10.8	6.4	21.0	75.4	37.7
湄育2-1	168.3	11.2	3.4	22.4	71.8	34.1
片片黄	171.4	10.0	6.7	24.6	65.0	27.0
黔东南	166.4	7.8	4.7	24.6	73.4	36.9
吴春	129.8	9.5	4.4	21.6	72.6	25.9
云85	157.1	9.7	6.0	21.5	68.0	26.2
云87	187.0	8.9	6.1	24.0	77.1	35.4
哲伍毛烟	172.5	11.3	5.3	24.6	68.9	29.2

二、结果与分析

结果见表4-15，单交、复交、回交后品系的平均欧氏距离变化无明显规律，但自育烤烟新种质所有农艺性状的平均遗传多样性指数不同程度全都低于亲本群体，表明以传统杂交方式定向选择后，降低了烤烟种质的本底多样性。只有单交结合诱变的处理无论是平均欧氏距离还是平均遗传多样性指数，即使经过多代的定向选择，烤烟新种质群都大于亲本群，说明杂交育种结合诱变的方法对于烤烟种质资源的创新较之其他方法，效果更为明显。

表4-15　不同杂交育种方式遗传多样性比较

杂交育种方式	亲本			自育烤烟种质		
	样本数	平均欧氏距离	平均遗传多样性指数	样本数	平均欧氏距离	平均遗传多样性指数
单交	34	8.26	1.400	80	8.04	0.921
三交	11	5.70	1.200	8	5.74	0.799
三亲本杂交并与其中一个亲本回交	25	6.60	1.341	56	8.56	1.035
双亲本杂交并与其中一个亲本回交	14	6.27	1.457	13	5.95	0.836
四亲本杂交，与其中一个亲本回交	6	4.72	1.355	7	4.88	0.896
四亲本杂交	7	5.44	1.195	3	3.85	0.765
单交后诱变F_1	2	3.46	0.167	8	4.67	0.805

三、小结与讨论

常规杂交育种虽然不能创造基因，但能利用已有基因的重组，按需加以选择，并创造出新的基因型。诱变实际上是一个"无中生有"的技术，它在创造或改变单基因控制的特殊性状方面具有独特的优势，利用人工诱变技术诱发遗传变异是丰富种质资源，选育新品种的重要手段之一。

Gregory（1963）根据试验指出：辐照杂种材料得到的变异，等于照射和杂交两者分别估测所得的变异之和的 $72\% \sim 77\%$。庞伯良等用 ^{60}Co-γ 射线辐照水稻杂交 F_0、F_1 代种子的突变谱和总突变频率均比单纯杂交种子的效果好。证明诱变处理杂交 F_1 能在杂交亲本基因重组的基础上，利用 F_1 代遗传组成丰富，理化诱变因素对其具有较高的敏感性的有利因素，能够增加染色体的交换和基因的突变，打破不良基因的连锁，从而表现出重组和突变的累加效应，扩大其遗传变异幅度，提高变异效率，获得有突破性的种质资源。本试验中，在诱变处理杂交 F_1 之后，虽然经过多代的定向选择，但新种质的本底多样性仍然较之亲本丰富。

同时，突变群体能在 F_2 分离同时加以选择，减少了选择程序。因此辐射诱变与杂交相结合，对扩大变异谱、提高变异率和种质资源创新都具有重要意义。

但是，本文的研究结果没有考虑定向选择对于后代遗传多样性的影响，具有一定的局限性。

第四节　烤烟品质育种早期间接选择指标的初步确立

品质育种是烤烟育种永恒的主题。但烤烟的品质性状较为复杂，多数与品质有关的因素又相互制约，品质的遗传控制和育种就更为复杂，使得烤烟的品质育种已然成为世界性的难题。这使得大多数育种家们不得不去改变其他性状，如产量和抗病性，把维持和缓慢改进品种的品质作为次要目标。

烟叶的化学成分和经过燃吸表现出的烟气品质是烟叶质量（包括外观质量、内在质量、化学成分、物理特性和安全性等）的物质基础，但若直接逐一检测每份育种材料的化学成分烟气品质，费工费时而且也不现实，鉴于烟叶的化学成分往往能在其外观上得以反映（闫克玉等，2000，2001；毕淑峰，2005；李国栋等，2001），若能建立起田间形态和农艺性状与调制后烟叶化学成分之间的联系，就可以通过田间性状观察，间接进行优质品种的选育。

研究变量之间相关性的方法很多，如简单相关、偏相关、回归分析等。White（1979）等就运用线性相关分析研究表明开花期、打顶株高、叶数、顶部三叶宽与总碱、总粒相物、焦油呈负相关。肖炳光（2005）等利用加性—显性及与环境的混合线性模型，采用最小范数二阶无偏估计法估算出各农艺性状与化学成分的加性遗传相关系数，但相关系数都很小，而且两者在烟碱与叶片数的相关性上分析有出入。前者试验为极显著负相关，后者研究为极显著正相关。表明现有的线性与非线性模型不能较好的说明田间形态农艺性状和化学成分之间的关系，同时也说明了烟草田间形态和农艺性状与主要化学成分之间关系的复杂性。

而已经在很多领域取得了广泛应用的 BP 神经网络，其最大优势在于能对不清楚其内部机理的复杂系统，只要确定其输入输出变量就可以明确变量间的敏感关系，进而构造一个网络模型来模拟这个系统。BP 神经网络是一种误差反向传播的多层前馈式网络，即将网络输出误差反向传播对网络权重及阈值进行修正，从而具有强大的非线性映射能力。

BP 神经网络的敏感性分析可以定量化地分析模型中各输入属性因素对输出值的影响程度。可将输入属性因素影响程度的大小称为该属性的敏感系数，敏感性系数大小反映属性因素对模型输出值影响力的大小。因此运用 BP 神经网络敏感性分析能较为准确地对田间形态和农艺性状与主要化学成分之间复杂关系进行说明，为建立起田间形态和农艺性状与调制后烟叶化学成分之间的联系提供理论依据。

一、材料与方法

1. 材料（见本章是第一节）

2. 方法

运用 Matlab 软件对数据进行 BP 神经网络敏感性分析。数据分析的过程如下，基本的 BP 神经网络网络如图 4-2 所示。

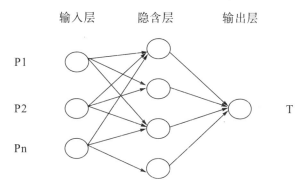

图 4-2　BP 神经网络结构图

节点输出：

$$y_j = f\left(\sum w_{ij} \times x_i - \theta_j\right)$$

其中，y_j 为节点输出；x_i 为节点输入；w_{ij} 为节点连接权重；$f(\cdot)$ 为非线性作用函数；θ_j 为神经元阈值。

权重修正：

$$\Delta W_{ij(n+1)} = a \times e_i \times y_j + \eta \times \Delta W_{ij(n)}$$

其中，a 为根据输出误差动态调整的学习因子；η 为动量因子；e_i 为计算误差。

误差计算：

$$e_p = 0.5 \times \sum (t_p i - o_p i)^2$$

其中，$t_p i$ 为 i 节点的期望输出值；$o_p i$ 为 i 节点计算输出值。

本章隐含层激励函数选用双曲正切（TANSIG）传递函数：

$$f(x) = \frac{2}{1 + e^{-2x}} - 1$$

基于输出变量对输入变量偏导的局部敏感性分析方法主要是利用网络传递函数的偏导数计算输入变量对输出变量的敏感系数，如计算单独一个 X_i^t 对 Y_k^t 的敏感系数表达式如下：

$$s_{ik}^{\ t} = \frac{\partial Y_k^t}{\partial X_i^t} = f'(net_k^t) \sum_{j=1}^{L} W_{ij} V_{jk} f'(net_j^t)$$

其中，$s_{ik}^{\ t}$ 为输入变量 X_i^t 对输出 Y_k^t 的敏感系数；$f'(net_j^t)$ 和 $f'(net_k^t)$ 分别为隐含层神经元 j 的传递函数、输出层神经元 k 的传递函数的偏导；W_{ij} 和 V_{jk} 分别为输入层与隐含层间连接权重和隐含层与输出层间的连接权重。

本文中网络结构为 $N:L:1$，隐含层和输出层的激活函数分别为双曲正切传递函数 $\left[f(x) = \dfrac{2}{1 + e^{-2x}} - 1\right]$ 及线性函数。通过变化

$$f'(net_j) = [1 + f(net_j)][1 - f(net_j)], f'(net_{k=1}) = 1 \text{ 所以 } X_{it} \text{ 对 } Y_t \text{ 的敏感系数可以}$$

简化为：

$$s_i^t = \sum_{j=1}^{L} W_{ij} V_j [1 + f(net_j^t)][1 - f(net_j^t)]$$

每一输入因素计算出的敏感系数有正有负，为了比较方便对其进行相应变化定义敏感度（SS_i）如下：

$$SS_i = \sum_{t=1}^{m} S_i^{t^2} \Big/ \sum_{i=1}^{n} \sum_{t=1}^{m} S_i^{t^2}$$

二 、结果与分析

如表 4-16 所示，整体上自然株高和有效叶片数对烤烟的化学性状敏感度较高；而化学指标中，总粒相物、总氮、钾、焦油和烟气烟碱等与农艺性状相关性较强。

表 4-16　烤烟形态和农艺性状对化学成分的敏感度

	株型	叶形	叶尖	叶面	叶缘	叶色	叶片厚薄	叶耳	主脉粗细	主侧脉夹角
烟碱	0.73	1.18	3.56	2.49	1.80	1.90	3.27	4.51	1.34	1.26
总糖	0.40	1.64	2.35	0.51	0.55	1.40	1.52	1.36	2.44	1.37
还原糖	2.57	0.29	3.42	2.17	1.87	2.67	3.01	1.62	1.58	1.56
总氮	1.34	0.38	7.69	1.51	0.92	0.40	1.38	3.91	2.01	0.66
钾	3.67	2.58	1.69	0.97	2.69	5.91	1.07	3.79	1.36	1.74
氯	1.58	0.31	0.58	0.45	0.69	0.31	1.37	1.77	0.46	0.21
蛋白质	0.37	2.60	2.36	1.82	0.38	0.44	0.52	1.12	1.30	0.61
糖碱比	1.20	1.85	2.37	3.55	0.91	0.71	1.18	4.08	4.18	1.77
钾氯比	0.56	0.68	1.47	0.73	0.46	0.64	1.01	0.83	0.40	1.04
两糖比	0.01	0.07	0.10	0.02	0.02	0.02	0.10	0.07	0.02	0.03
氮碱比	0.15	0.11	0.53	0.20	0.18	0.65	0.97	0.95	0.79	0.62
石油醚提取物	0.19	1.42	1.26	1.01	0.42	0.57	0.52	0.42	0.43	0.23
焦油	3.01	2.06	3.05	2.22	1.06	0.76	3.37	2.38	6.62	1.32
烟气烟碱	1.23	3.64	4.38	3.45	0.88	1.18	4.34	1.39	5.30	1.74
总粒相物	4.06	1.97	3.43	1.59	2.71	1.61	4.09	1.33	2.53	1.96
烟气水分	6.36	1.30	1.99	0.59	0.75	1.60	1.96	3.90	2.45	1.68
和的绝对值	27.44	22.08	40.21	23.28	16.30	20.76	29.67	33.43	33.22	17.79

	茎叶角度	花序密度	花序性状	花色	自然株高/cm	打顶株高/cm	茎围/cm	节距/cm
烟碱	1.86	0.75	3.47	0.91	−5.42	−3.88	−5.41	−6.05
总糖	0.77	3.39	1.73	1.20	10.43	3.73	1.19	3.88
还原糖	1.23	1.49	2.45	0.76	3.52	4.20	4.09	4.07
总氮	1.05	1.75	0.87	3.30	19.06	15.31	−3.68	−7.06
钾	1.01	4.33	1.73	2.03	30.47	16.93	−4.54	−3.41
氯	1.09	0.87	1.32	0.40	0.88	3.11	2.43	1.85
蛋白质	0.40	2.80	0.73	0.87	2.25	5.45	−3.51	−3.59

续表

	株型	叶形	叶尖	叶面	叶缘	叶色	叶片厚薄	叶耳	主脉粗细	主侧脉夹角
糖碱比	0.79	0.31	4.96	2.56	14.60	6.86	1.81	3.45		
钾氯比	0.59	0.43	0.64	0.78	−1.06	−2.68	−1.69	−1.97		
两糖比	0.05	0.04	0.01	0.09	0.10	0.03	0.21	0.06		
氮碱比	0.25	1.17	0.38	0.24	0.91	1.30	−1.08	0.55		
石油醚提取物	1.16	0.61	0.34	1.31	−1.12	−2.65	0.55	−1.02		
焦油	1.02	4.27	1.97	4.07	−6.81	−4.10	5.01	−5.46		
烟气烟碱	2.87	2.44	2.11	3.16	3.83	6.54	1.90	−3.46		
总粒相物	5.90	4.43	1.61	4.49	−4.16	−11.44	4.51	−5.27		
烟气水分	3.44	2.24	1.09	2.15	−14.60	−3.76	4.11	−3.04		
和的绝对值	23.47	31.30	25.40	28.30	119.22	91.97	45.74	54.20		

	腰叶长/cm	腰叶宽/cm	自然叶片数/片	有效叶片数/片	开花期	大田生育期	和的绝对值
烟碱	1.51	−6.50	−3.69	−6.47	−2.68	−2.85	73.49
总糖	5.16	2.97	−16.75	−4.21	3.33	3.30	75.57
还原糖	2.68	3.34	−1.58	−2.27	5.82	4.32	62.60
总氮	−7.98	−3.38	20.82	12.58	4.17	2.13	123.36
钾	−3.03	−4.98	9.85	1.88	4.87	2.24	116.76
氯	5.25	−2.17	0.60	1.59	3.46	1.27	34.01
蛋白质	−1.75	−4.39	5.40	1.78	3.29	2.45	50.17
糖碱比	3.28	2.13	1.32	8.19	1.25	2.39	75.67
钾氯比	−2.71	−2.64	2.30	0.96	2.39	1.11	29.75

	腰叶长/cm	腰叶宽/cm	自然叶片数/片	有效叶片数/片	开花期	大田生育期	和的绝对值
两糖比	0.02	−0.08	0.06	0.01	0.07	0.05	1.33
氮碱比	−1.50	−1.67	0.33	0.50	0.50	0.72	16.26
石油醚提取物	−1.40	−1.63	−0.55	−3.58	0.76	0.47	23.59
焦油	−4.25	−4.07	−5.24	−17.39	5.29	5.07	99.89
烟气烟碱	−2.97	−4.32	−11.11	−9.08	−5.58	2.90	89.82
总粒相物	6.93	−9.90	−5.01	−30.03	−6.36	3.78	129.08
烟气水分	2.50	−4.29	−6.25	−3.74	−4.97	2.58	81.34
和的绝对值	52.93	58.46	90.84	104.25	54.80	37.62	

对总氮敏感度较大的依次为自然叶片数、自然株高；对钾敏感度较大的依次为自然株高，打顶株高，自然叶片数；对烟碱敏感度较大的依次为腰叶宽，有效叶片数；对总糖敏感度较大的依次为自然叶片数，自然株高。对焦油敏感度较大的依次为有效叶片数，自然株高；对烟气烟碱敏感度较大的依次为自然叶片数，有效叶片数，打顶株高等；对总粒相物敏感度较大的依次为有效叶片数，打顶株高等。

形态和农艺性状除对糖碱比的敏感性较高外，对其余化学成分协调性指标的敏感度都较小，又以两糖比为最小，敏感度为1.33。

三、小结与讨论

腰叶宽、有效叶片数、节距、茎围、株高等农艺性状对烟碱含量的敏感度较大，且呈负相关，表明与产量成正相关的性状和烟叶含碱量呈负相关；其中又以腰叶宽和有效叶片数对烟碱含量的敏感度最大，因此推测在田间表现为叶多、叶宽的烟草种质更易于选择出低烟碱材料。这与 White 等（1979）和本书第一章的研究结论相一致，说明叶宽、叶多因为稀释效应确实能降低烟叶烟碱含量。

总钾是所有化学成分中与田间形态和农艺性状相关性较高的化学指标，叶片数和株高对其敏感度均较大，且呈正相关，这与肖炳光等（2005）、舒海燕、杨铁钊（2007）研究相一致，表明植株高大、叶片数多的烟株其总钾的含量可能较高。

对总糖的敏感度较大的依次为自然叶片数和自然株高，前者为负相关，后者为正相关，与肖炳光等（2005）研究结论相吻合。

对总粒相物与焦油敏感度较大的依次为有效叶片数，自然株高，且均为负相关，这与White 等（1979）的结论相吻合，说明增加株高和叶片数有利于降低烟叶中的焦油和总粒相物含量。

在育种实践中，当以低烟碱、高钾、低焦油作为目标性状时，因叶片数和株高对上述指标敏感度均较高，且与烟碱、焦油呈负相关，与钾成正相关，而且株高和叶片数的遗传力较高，故可利用株高和叶片数对烟碱、焦油和钾进行间接选择。

综合分析表明，株高、叶片数和腰叶宽是重要的品质鉴定的间接选择指标。育种工作者可以通过株高、叶片数和腰叶宽间接对主要化学成分烟碱、总糖、钾、总氮和焦油进行预判，减少早期品质育种选择的盲目性，提高选择效率。

第五节　本章小结

一、自育烤烟新种质是对现有烤烟种质资源的重要补充

本章以贵州省烟草科学研究所 2005 年以来，运用多种育种手段创新的 214 份烤烟种质为研究材料，分析了这批种质资源的本底多样性。研究表明自育烤烟种质经过多代的定向选育后，大部分形态、农艺、化学、评吸等性状与贵州已有烤烟资源相比，不同程度地降低了遗传多样性；但部分性状，如叶形、株高、叶片数、钾含量和钾氯比等性状拓宽了已有烤烟资源的多样性。通过分子标记和遗传结构的分析也说明，自育烤烟种质含有 53 个特有等位变异，从现有烤烟资源的 7 类血缘扩充至 13 类，是对现有烤烟种质资源的重要补充。

二、重要育种农艺和经济性状的遗传分析

运用遗传学原理，以 214 份自育烤烟种质为研究对象，分别估算了重要农艺和经济性状的广义遗传力、遗传变异系数和相对遗传进度。结果表明自然叶片数和自然株高遗传力较高，

相对遗传进度较大，可根据育种目标在杂交的早代进行严格的单株选择，后不再进行株选，只淘汰不良株系，以减少工作量；对于遗传力中等、相对遗传进度较大的腰叶长、腰叶宽、茎围、节距、橘黄烟率和亩产量等性状，应适当加强早代选择；对遗传力和相对遗传进度较小的亩产值、上等烟率、中等烟率和均价应在较高世代采用间接选择或综合选择法进行有效选择。

三、不同育种杂交方式对拓宽烤烟种质资源遗传多样性的影响

为了研究不同育种杂交方式对拓宽烤烟种质资源遗传多样性的影响，将 214 份自育烤烟种质按照不同的育种杂交方式进行了分类，以平均遗传多样性指数和平均欧氏距离为群体衡量参数，比较亲本与自育烤烟种质群体遗传多样性的变化。数据分析表明，单交、回交、复交有性杂交之后，群体的平均欧式距离虽无明显的变化规律，但平均遗传多样性指数均不同程度的降低；唯有诱变处理杂交 F_1 代后，群体的平均欧式距离和平均遗传多样性指数均增大，表明理化诱变处理杂交 F_1 代，确实能在 F_1 代亲本基因重组的基础上，利用其对理化诱变因素的较高敏感性，表现出重组与突变的累加效应，较之其他方式更能提高变异率和拓宽种质资源遗传多样性。

四、烤烟品质育种早期间接选择指标的初步确立

为了方便育种材料的早代间接品质性状选择，利用 BP 神经网络对复杂系统不需要清楚其内部机理和强大的非线性映射能力的预测优势，对田间形态农艺性状与烟叶主要化学成分之间进行了敏感性分析。研究发现，株高、叶片数是对主要化学成分敏感度较高的性状。株高对总糖、总氮、钾影响较大，呈正相关；与烟碱、焦油、总粒相物负相关。叶片数对钾影响较大，且正相关；而与烟碱、焦油、总糖、总粒相物负相关。育种实践中，可根据株高、叶片数对主要化学成分有所侧重的进行间接选择，以达到品质育种目标。

参 考 文 献

Gregory R L. 1963. Distortion of visual space as inappropriate constancy scaling. Nature，199：678－680.

White F H, et al. 1979. Correlation studies among and between agromic chemical, physical and smoke characteristics in flue-cured tobacco (Nicotiana tobaccum L.). Can. J. Plant，59：111－120.

艾树理，等. 1984. 烤烟数量性状配合力和遗传力的研究. 烟草科技，3：38－44.

毕淑峰. 2005. 云南烤烟评吸质量与化学成分的关系研究. 黄山学院院报，3：61－63.

陈学平. 1990. 不同类型烟草种质资源农艺性状的比较分析. 南京农业大学硕士学位论文.

韩晓红. 1989. 烤烟主要经济性状的遗传力及遗传进度的初步研究. 贵州农业科学，3：5－9.

孔繁玲. 2005. 植物数量遗传学. 北京：中国农业大学出版社.

李国栋，等. 2001. 河南烤烟化学成分与烟气成分的相关性分析. 烟草科技，8：28－30.

刘来福，等. 1984. 作物数量遗传. 北京：农业出版社.

牛佩兰，等. 1984. 烟草几个主要数量性状相关遗传力的初步研究. 中国烟草，4：4－5.

庞伯良，等. 1992. ^{60}Co-γ 射线辐照水稻杂交 F_0，F_1 代干种子的诱变效果比较. 湖南农业科学，6：20－21.

史宏志，等. 1994. 烟草香味学. 北京：中国农业出版社，396－398.

舒海燕，等. 2007. 烟叶钾含量与烟株农艺性状和烟碱含量的相关分析. 中国农学通报，23（2）：278－276.

佟道儒，等. 1984. 烟草（Nicotiana tabacum）杂种后代（F_1、F_2）叶数遗传的研究. 中国烟草，3：21－22.

王轶，等. 2007. 烟草石油醚提取物近红外光谱检测模型的建立. 广东农业科学，2：22－23.

巫升鑫，等. 2001. 烤烟若干农艺性状的杂种优势极其遗传分析. 中国烟草学报，4：17－22.

肖炳光. 2005. 烤烟农艺性状和烟叶化学成分的遗传分析. 浙江大学博士学位论文.

许建，等. 2004. 烤烟亲本配合力的双列杂交分析. 烟草科技，1：29－32.

闫克玉，等. 2000. 河南烤烟理化指标间的相关分析. 郑州轻工业学院院报（自然科学版），3：20－24.

闫克玉，等. 2001. 河南烤烟评吸质量与主要理化指标的相关分析. 烟草科技，10：5－9.

中国农业科学院烟草研究所. 2005. 中国烟草栽培学. 上海：上海科学技术出版社.

第五章　烟草种质资源 DNA 遗传多样性分析

　　遗传多样性是生物多样性的重要组成部分。广义地讲，遗传多样性就是生物所携带遗传信息的总和；狭义上，则指种内不同群体和个体间的遗传多态性的程度，或称遗传变异。遗传多样性可以从一定程度上反映出物种的进化，也可以作为其今后发展的基因基础。"一粒种子改变世界"，正是由于丰富的遗传多样性所拥有的潜力而创造出历史性的变革。

　　遗传多样性的研究无论是对生物多样性的保护，还是对生物资源的可持续利用，都有着重要的意义。深入了解不同烟草亚群的遗传变异，可以为我们今后育种工作起到重要的支撑作用。

　　序列相关扩增多态性（SRAP）分子标记是近年发展起来一种新的分子标记技术，因其特有的优势，日益受到重视。目前，国内很多实验室正在开展此方面的研究工作，其应用前景十分广阔。这个标记技术由美国加州大学蔬菜系 Li 与 Quirostu 博士于 2001 年提出，其基本原理是通过设计一对引物对 ORFs（open reading frames，开放阅读框）进行扩增。正向引物（F-primer）含有 17 个碱基，对外显子进行扩增；反向引物（R-primer）含有 18 个碱基，对内含子区域、启动子区域进行特异扩增，因个体不同以及物种的内含子、启动子与间隔区长度不同而产生多态性。其特点是：操作简便；多态性高；产率中等；高共显性；重复性、可靠性高；引物具有通用性；标记分布均匀；产物易测序。

　　SRAP 与其他基于 PCR 的分子标记相比，独特之处在于其引物是针对基因组成的一些特点而设计的，即外显子富含 GC，内含子富含 AT。研究表明，外显子一般处于富含 GC 区域，由于外显子序列在不同个体中通常是保守的，这种低水平多态性限制了将它们作为标记的来源；而内含子、启动子和间隔序列则处于富含 AT 区域，这在不同物种甚至不同个体间变异很大。因此，SRAP 的正向引物针对序列相对保守的外显子，运用"CCGG"序列就可以特异扩增出包含这些组分的序列；而反向序列针对变异性大的内含子、启动子和间隔序列，使用"AATT"序列以特异结合富含 AT 区。利用不同个体中外显子的相对保守性，及内含子和启动子的可变性，正反引物搭配扩增出基于内含子与外显子的 SRAP 多态性标记。

　　利用 SRAP 引物设计原理开发烟草分子标记，对贵州省烟草科学研究所保存的种质资源进行了遗传多样性分析，以期更多地了解种质资源的基因信息和遗传背景，为烟草良种选育奠定坚实的基础。

第一节　材料与方法

一、试验材料

从贵州省烟草科学研究所保存种质资源中选取有代表性材料 800 份，以种质类型和地区来源分为烤烟 489 份（其中省内农家 42 份，省内烤烟 36 份，省外烤烟 86 份，国外烤烟 113 份，自育烤烟 212 份）、晒烟 246 份（其中省内晒烟 130 份，省外晒烟 116 份）、晾烟 17 份、香料烟 11 份、黄花烟 6 份、白肋烟 26 份、雪茄烟 5 份（种质资源名称见表 5-1）。

省内农家为贵州省烟草科学研究所搜集的当地烤烟种植户选育的种质资源，在本书中简称省内农家；省内烤烟为经过贵州省审定的烤烟种质资源；省外烤烟为其他省选育的烤烟种质资源；自育烤烟为 2005 年以来本所选育的稳定品系；省内晒烟为在贵州省内搜集的晒烟种质资源；省外晒烟为在贵州省外搜集的晒烟种质资源。

表 5-1　800 份烟草种质资源

编号	名称	亚群分类	编号	名称	亚群分类	编号	名称	亚群分类
1	大柳叶	省内农家	29	麻江立烟	省内农家	57	春雷二号	省内烤烟
2	独山软杆	省内农家	30	湄潭大柳叶	省内农家	58	春雷三号	省内烤烟
3	福泉朝天立	省内农家	31	湄潭龙坪多叶	省内农家	59	春雷三号（丙）	省内烤烟
4	福泉大鸡尾	省内农家	32	湄潭平板柳叶	省内农家	60	春雷三号（甲）	省内烤烟
5	福泉大枇杷叶	省内农家	33	湄潭铁秆烟	省内农家	61	春雷四号	省内烤烟
6	福泉丰收	省内农家	34	湄潭紫红花	省内农家	62	春雷五号	省内烤烟
7	福泉厚节巴	省内农家	35	黔江一号	省内农家	63	春雷一号	省内烤烟
8	福泉沙坪烟	省内农家	36	瓮安大毛烟	省内农家	64	反帝三号-丙	省内烤烟
9	福泉团叶摺烟	省内农家	37	瓮安枇杷烟	省内农家	65	工农高大烟	省内烤烟
10	福泉窝鸡叶烟	省内农家	38	瓮安铁秆烟	省内农家	66	贵定 400 号尖叶	省内烤烟
11	福泉小黄壳	省内农家	39	瓮安中坪烟	省内农家	67	贵烟 4 号	省内烤烟
12	福泉小黄叶	省内农家	40	乌江二号	省内农家	68	娄山一号	省内烤烟
13	福泉小枇杷叶	省内农家	41	乌江一号	省内农家	69	湄辐四号	省内烤烟
14	福泉永兴二号	省内农家	42	摺烟	省内农家	70	湄黄二号	省内烤烟
15	贵定尖叶摺烟	省内农家	43	6186	省内烤烟	71	湄潭黑团壳	省内烤烟
16	贵定柳叶	省内农家	44	7202	省内烤烟	72	湄育 2-1	省内烤烟
17	贵定团鱼叶	省内农家	45	7204	省内烤烟	73	湄育 2-2	省内烤烟
18	黄平大柳叶	省内农家	46	68E-2	省内烤烟	74	新农 3-1 号	省内烤烟
19	黄平毛杆烟	省内农家	47	75D-3	省内烤烟	75	新铺二号	省内烤烟
20	金农一号	省内农家	48	96019	省内烤烟	76	新铺三号	省内烤烟
21	龙里小黄烟	省内农家	49	GT-11A	省内烤烟	77	新铺一号	省内烤烟
22	炉山大柳叶	省内农家	50	H68E-1	省内烤烟	78	FY042	省内烤烟
23	炉山大窝笋叶	省内农家	51	H80A432	省内烤烟	79	315	省外烤烟
24	炉山柳叶	省内农家	52	NB1	省内烤烟	80	317	省外烤烟
25	炉山小柳叶	省内农家	53	γ72（3）B-2	省内烤烟	81	507	省外烤烟
26	炉山小窝笋叶	省内农家	54	γ72（4）e-2	省内烤烟	82	517	省外烤烟
27	麻江白花烟	省内农家	55	毕金二号	省内烤烟	83	5008	省外烤烟
28	麻江大红花	省内农家	56	毕金一号	省内烤烟	84	6251	省外烤烟

编号	名称	亚群分类	编号	名称	亚群分类	编号	名称	亚群分类
85	6388	省外烤烟	132	牡丹 78-7	省外烤烟	179	E1	国外烤烟
86	7618	省外烤烟	133	牡丹 79-1	省外烤烟	180	E2	国外烤烟
87	8608	省外烤烟	134	牡丹 79-6	省外烤烟	181	F347	国外烤烟
88	8813	省外烤烟	135	宁东凤皇烟	省外烤烟	182	GAT-4	国外烤烟
89	317-2	省外烤烟	136	潘园黄	省外烤烟	183	Hicks	国外烤烟
90	400-7	省外烤烟	137	偏筋黄 1036	省外烤烟	184	Hicks（阔叶 Hicks）	国外烤烟
91	4-4	省外烤烟	138	千斤黄	省外烤烟	185	K149	国外烤烟
92	78-02-46	省外烤烟	139	黔-2	省外烤烟	186	K326	国外烤烟
93	78-11-36	省外烤烟	140	庆胜二号	省外烤烟	187	K346	国外烤烟
94	8602-123	省外烤烟	141	神烟 1059	省外烤烟	188	K358	国外烤烟
95	9111-21	省外烤烟	142	竖叶子 0982	省外烤烟	189	K394	国外烤烟
96	CF965	省外烤烟	143	竖叶子 0987	省外烤烟	190	K399	国外烤烟
97	保险黄 0764	省外烤烟	144	胎里富 1011	省外烤烟	191	K730	国外烤烟
98	扁黄金 1129	省外烤烟	145	歪把子	省外烤烟	192	Kutsaga51E	国外烤烟
99	长脖黄	省外烤烟	146	窝里黑 0774	省外烤烟	193	KutsagaE1	国外烤烟
100	寸茎烟	省外烤烟	147	窝里黑 0782	省外烤烟	194	M. C	国外烤烟
101	大白筋 599	省外烤烟	148	小白筋 0948	省外烤烟	195	Meck	国外烤烟
102	大顶烟 0893	省外烤烟	149	许金二号	省外烤烟	196	MRS-1	国外烤烟
103	大虎耳	省外烤烟	150	许金四号	省外烤烟	197	MRS-3	国外烤烟
104	大黄金 5210	省外烤烟	151	许金一号	省外烤烟	198	Nc2326	国外烤烟
105	单育二号	省外烤烟	152	岩烟 97	省外烤烟	199	Nc71	国外烤烟
106	单育三号	省外烤烟	153	永定 401	省外烤烟	200	Nc72	国外烤烟
107	革新二号	省外烤烟	154	永定 7708	省外烤烟	201	Nc107	国外烤烟
108	革新三号	省外烤烟	155	云烟 87	省外烤烟	202	Nc1108	国外烤烟
109	革新五号	省外烤烟	156	云烟二号	省外烤烟	203	Nc27. NF	国外烤烟
110	革新一号	省外烤烟	157	中卫一号	省外烤烟	204	Nc37. NF	国外烤烟
111	广黄 21 号	省外烤烟	158	中烟 14	省外烤烟	205	Nc567	国外烤烟
112	广黄 55	省外烤烟	159	中烟 86	省外烤烟	206	Nc60	国外烤烟
113	广黄六号	省外烤烟	160	中烟 90	省外烤烟	207	Nc729	国外烤烟
114	广黄三十九	省外烤烟	161	中烟 9203	省外烤烟	208	Nc8029	国外烤烟
115	广黄十号	省外烤烟	162	株 8	省外烤烟	209	Nc82	国外烤烟
116	广黄十号×净叶黄	省外烤烟	163	资阳黄	省外烤烟	210	Nc89	国外烤烟
117	桂单一号	省外烤烟	164	FS095	省外烤烟	211	Nc95	国外烤烟
118	红花大金元	省外烤烟	165	AK6	国外烤烟	212	NcTG55	国外烤烟
119	红星一号	省外烤烟	166	Bazanga log	国外烤烟	213	NcTG70	国外烤烟
120	金星 6007	省外烤烟	167	Coker 51	国外烤烟	214	Oxford 1	国外烤烟
121	晋太 76	省外烤烟	168	Coker spedlgreed	国外烤烟	215	Oxford 2	国外烤烟
122	晋太 7618	省外烤烟	169	Coker176	国外烤烟	216	Oxford 2007	国外烤烟
123	晋太 7645	省外烤烟	170	Coker213	国外烤烟	217	Oxford 2028	国外烤烟
124	晋太 78	省外烤烟	171	Coker254	国外烤烟	218	Oxford 26	国外烤烟
125	净叶黄	省外烤烟	172	Coker258	国外烤烟	219	Oxford 3	国外烤烟
126	抗 44	省外烤烟	173	Coker347	国外烤烟	220	Oxford 4	国外烤烟
127	辽烟 7910	省外烤烟	174	Coker411	国外烤烟	221	Oxford 940	国外烤烟
128	辽烟 8100	省外烤烟	175	Coker86	国外烤烟	222	P3	国外烤烟
129	柳叶尖 0695	省外烤烟	176	Delcrest 66	国外烤烟	223	PD4	国外烤烟
130	路美邑	省外烤烟	177	Delihi	国外烤烟	224	PVH01	国外烤烟
131	马尚特	省外烤烟	178	Dixie Bright 101	国外烤烟	225	PVH02	国外烤烟

编号	名称	亚群分类	编号	名称	亚群分类	编号	名称	亚群分类
226	PVH08	国外烤烟	265	富字 30 号	国外烤烟	FZ27	XPX-28	自育烤烟
227	Qual 946	国外烤烟	266	富字 33 号	国外烤烟	FZ28	XPX-29	自育烤烟
228	Reams M1	国外烤烟	267	富字 47 号	国外烤烟	FZ29	XPX-30	自育烤烟
229	R-G	国外烤烟	268	富字 64 号	国外烤烟	FZ30	XPX-31	自育烤烟
230	RG11	国外烤烟	269	Virgina Bright leaf	国外烤烟	FZ31	XPX-32	自育烤烟
231	RG12	国外烤烟	270	Whit Gold	国外烤烟	FZ32	XPX-33	自育烤烟
232	RG13	国外烤烟	271	Yellow Mammoth	国外烤烟	FZ33	XPX-34	自育烤烟
233	RG17	国外烤烟	272	Yellow orinoco	国外烤烟	FZ34	XPX-35	自育烤烟
234	RG22	国外烤烟	273	ZT99	国外烤烟	FZ35	XPX-36	自育烤烟
235	RG8	国外烤烟	274	白花 G-28	国外烤烟	FZ36	XPX-37	自育烤烟
236	RG89	国外烤烟	275	万良烟	国外烤烟	FZ37	XPX-38	自育烤烟
237	S. C58	国外烤烟	276	温德尔	国外烤烟	FZ38	XPX-39	自育烤烟
238	Special 400	国外烤烟	277	温德尔（变异）	国外烤烟	FZ39	XPX-40	自育烤烟
239	Special 401	国外烤烟	FZ1	XPX-1	自育烤烟	FZ40	XPX-41	自育烤烟
240	Speight G-108	国外烤烟	FZ2	XPX-3	自育烤烟	FZ41	XPX-42	自育烤烟
241	Speight G-111	国外烤烟	FZ3	XPX-4	自育烤烟	FZ42	XPX-43	自育烤烟
242	Speight G-140	国外烤烟	FZ4	XPX-5	自育烤烟	FZ43	XPX-44	自育烤烟
243	Speight G-164	国外烤烟	FZ5	XPX-6	自育烤烟	FZ44	XPX-45	自育烤烟
244	Speight G-28	国外烤烟	FZ6	XPX-7	自育烤烟	FZ45	XPX-46	自育烤烟
245	Speight G 33	国外烤烟	FZ7	XPX-8	自育烤烟	FZ46	XPX-47	自育烤烟
246	Speight G-41	国外烤烟	FZ8	XPX-9	自育烤烟	FZ47	XPX-48	自育烤烟
247	Speight G-70	国外烤烟	FZ9	XPX-10	自育烤烟	FZ48	XPX-49	自育烤烟
248	Speight G-80	国外烤烟	FZ10	XPX-11	自育烤烟	FZ49	XPX-50	自育烤烟
249	SPTG-172	国外烤烟	FZ11	XPX-12	自育烤烟	FZ50	XPX-51	自育烤烟
250	T. T. 6	国外烤烟	FZ12	XPX-13	自育烤烟	FZ51	XPX-52	自育烤烟
251	T. T. 7	国外烤烟	FZ13	XPX-14	自育烤烟	FZ52	XPX-53	自育烤烟
252	TI93	国外烤烟	FZ14	XPX-15	自育烤烟	FZ53	XPX-55	自育烤烟
253	TI245	国外烤烟	FZ15	XPX-16	自育烤烟	FZ54	XPX-56	自育烤烟
254	TI448A	国外烤烟	FZ16	XPX-17	自育烤烟	FZ55	XPX-57	自育烤烟
255	TL106	国外烤烟	FZ17	XPX-18	自育烤烟	FZ56	XPX-58	自育烤烟
256	V2	国外烤烟	FZ18	XPX-19	自育烤烟	FZ57	XPX-59	自育烤烟
257	VA 182	国外烤烟	FZ19	XPX-20	自育烤烟	FZ58	XPX-61	自育烤烟
258	VA116	国外烤烟	FZ20	XPX-21	自育烤烟	FZ59	XPX-62	自育烤烟
259	VA260	国外烤烟	FZ21	XPX-22	自育烤烟	FZ60	XPX-63	自育烤烟
260	VA410	国外烤烟	FZ22	XPX-23	自育烤烟	FZ61	XPX-64	自育烤烟
261	VA432	国外烤烟	FZ23	XPX-24	自育烤烟	FZ62	XPX-65	自育烤烟
262	VA436	国外烤烟	FZ24	XPX-25	自育烤烟	FZ63	XPX-66	自育烤烟
263	VA444	国外烤烟	FZ25	XPX-26	自育烤烟	FZ64	XPX-67	自育烤烟
264	VA578	国外烤烟	FZ26	XPX-27	自育烤烟	FZ65	XPX-68	自育烤烟

编号	名称	亚群分类	编号	名称	亚群分类	编号	名称	亚群分类
FZ66	XPX-69	自育烤烟	FZ113	XPX-120	自育烤烟	FZ160	XPX-170	自育烤烟
FZ67	XPX-70	自育烤烟	FZ114	XPX-121	自育烤烟	FZ161	XPX-171	自育烤烟
FZ68	XPX-71	自育烤烟	FZ115	XPX-122	自育烤烟	FZ162	XPX-172	自育烤烟
FZ69	XPX-72	自育烤烟	FZ116	XPX-123	自育烤烟	FZ163	XPX-173	自育烤烟
FZ70	XPX-73	自育烤烟	FZ117	XPX-124	自育烤烟	FZ164	XPX-174	自育烤烟
FZ71	XPX-75	自育烤烟	FZ118	XPX-125	自育烤烟	FZ165	XPX-175	自育烤烟
FZ72	XPX-76	自育烤烟	FZ119	XPX-126	自育烤烟	FZ166	XPX-176	自育烤烟
FZ73	XPX-77	自育烤烟	FZ120	XPX-127	自育烤烟	FZ167	XPX-177	自育烤烟
FZ74	XPX-78	自育烤烟	FZ121	XPX-129	自育烤烟	FZ168	XPX-178	自育烤烟
FZ75	XPX-79	自育烤烟	FZ122	XPX-130	自育烤烟	FZ169	XPX-179	自育烤烟
FZ76	XPX-80	自育烤烟	FZ123	XPX-131	自育烤烟	FZ170	XPX-183	自育烤烟
FZ77	XPX-81	自育烤烟	FZ124	XPX-132	自育烤烟	FZ171	XPX-184	自育烤烟
FZ78	XPX-82	自育烤烟	FZ125	XPX-133	自育烤烟	FZ172	XPX-185	自育烤烟
FZ79	XPX-83	自育烤烟	FZ126	XPX-134	自育烤烟	FZ173	XPX-186	自育烤烟
FZ80	XPX-84	自育烤烟	FZ127	XPX-135	自育烤烟	FZ174	XPX-187	自育烤烟
FZ81	XPX-85	自育烤烟	FZ128	XPX-136	自育烤烟	FZ175	XPX-188	自育烤烟
FZ82	XPX-86	自育烤烟	FZ129	XPX-137	自育烤烟	FZ176	XPX-189	自育烤烟
FZ83	XPX-87	自育烤烟	FZ130	XPX-138	自育烤烟	FZ177	XPX-190	自育烤烟
FZ84	XPX-88	自育烤烟	FZ131	XPX-139	自育烤烟	FZ178	XPX-191	自育烤烟
FZ85	XPX-89	自育烤烟	FZ132	XPX-141	自育烤烟	FZ179	XPX-192	自育烤烟
FZ86	XPX-90	自育烤烟	FZ133	XPX-142	自育烤烟	FZ180	XPX-193	自育烤烟
FZ87	XPX-91	自育烤烟	FZ134	XPX-143	自育烤烟	FZ181	XPX-194	自育烤烟
FZ88	XPX-92	自育烤烟	FZ135	XPX-144	自育烤烟	FZ182	XPX-198	自育烤烟
FZ89	XPX-94	自育烤烟	FZ136	XPX-145	自育烤烟	FZ183	XPX-199	自育烤烟
FZ90	XPX-95	自育烤烟	FZ137	XPX-146	自育烤烟	FZ184	XPX-200	自育烤烟
FZ91	XPX-96	自育烤烟	FZ138	XPX-147	自育烤烟	FZ185	XPX-201	自育烤烟
FZ92	XPX-97	自育烤烟	FZ139	XPX-148	自育烤烟	FZ186	XPX-202	自育烤烟
FZ93	XPX-98	自育烤烟	FZ140	XPX-149	自育烤烟	FZ187	XPX-203	自育烤烟
FZ94	XPX-99	自育烤烟	FZ141	XPX-150	自育烤烟	FZ188	XPX-204	自育烤烟
FZ95	XPX-100	自育烤烟	FZ142	XPX-151	自育烤烟	FZ189	XPX-205	自育烤烟
FZ96	XPX-101	自育烤烟	FZ143	XPX-152	自育烤烟	FZ190	XPX-206	自育烤烟
FZ97	XPX-102	自育烤烟	FZ144	XPX-153	自育烤烟	FZ191	XPX-461	自育烤烟
FZ98	XPX-103	自育烤烟	FZ145	XPX-154	自育烤烟	FZ192	XPX-462	自育烤烟
FZ99	XPX-104	自育烤烟	FZ146	XPX-155	自育烤烟	FZ193	XPX-463	自育烤烟
FZ100	XPX-105	自育烤烟	FZ147	XPX-156	自育烤烟	FZ194	XPX-464	自育烤烟
FZ101	XPX-106	自育烤烟	FZ148	XPX-157	自育烤烟	FZ195	XPX-465	自育烤烟
FZ102	XPX-107	自育烤烟	FZ149	XPX-159	自育烤烟	FZ196	XPX-466	自育烤烟
FZ103	XPX-109	自育烤烟	FZ150	XPX-160	自育烤烟	FZ197	XPX-467	自育烤烟
FZ104	XPX-110	自育烤烟	FZ151	XPX-161	自育烤烟	FZ198	XPX-468	自育烤烟
FZ105	XPX-111	自育烤烟	FZ152	XPX-162	自育烤烟	FZ199	XPX-469	自育烤烟
FZ106	XPX-112	自育烤烟	FZ153	XPX-163	自育烤烟	FZ200	XPX-500	自育烤烟
FZ107	XPX-113	自育烤烟	FZ154	XPX-164	自育烤烟	FZ201	XPX-501	自育烤烟
FZ108	XPX-114	自育烤烟	FZ155	XPX-165	自育烤烟	FZ202	XPX-502	自育烤烟
FZ109	XPX-115	自育烤烟	FZ156	XPX-166	自育烤烟	FZ203	XPX-503	自育烤烟
FZ110	XPX-116	自育烤烟	FZ157	XPX-167	自育烤烟	FZ204	XPX-504	自育烤烟
FZ111	XPX-117	自育烤烟	FZ158	XPX-168	自育烤烟	FZ205	XPX-505	自育烤烟
FZ112	XPX-119	自育烤烟	FZ159	XPX-169	自育烤烟	FZ206	XPX-506	自育烤烟

续表

编号	名称	亚群分类	编号	名称	亚群分类	编号	名称	亚群分类
FZ207	XPX-507	自育烤烟	SG42	大柳叶节骨密	省内晒烟	SG89	鲫鱼塘大黄匹	省内晒烟
FZ208	XPX-508	自育烤烟	SG43	大柳叶节骨稀（1）	省内晒烟	SG90	鲫鱼塘二黄匹	省内晒烟
FZ209	XPX-511	自育烤烟	SG44	大匹烟	省内晒烟	SG91	金沙青杆	省内晒烟
FZ210	XPX-512	自育烤烟	SG45	道真大黑烟	省内晒烟	SG92	开阳大蒲扇叶	省内晒烟
FZ211	XPX-516	自育烤烟	SG46	道真大坪枇杷烟	省内晒烟	SG93	开阳叶子烟	省内晒烟
FZ212	XPX-518	自育烤烟	SG47	道真大坪团叶壳	省内晒烟	SG94	凯里大柳叶	省内晒烟
SG1	安龙本黄烟	省内晒烟	SG48	道真黑烟	省内晒烟	SG95	凯里鸡尾烟	省内晒烟
SG2	安龙大脖烟	省内晒烟	SG49	道真旧城枇杷烟	省内晒烟	SG96	凯里枇杷烟	省内晒烟
SG3	安龙护耳大柳叶	省内晒烟	SG50	道真稀节枇杷	省内晒烟	SG97	凯里小广烟	省内晒烟
SG4	安龙柳叶烟	省内晒烟	SG51	德江大鸡尾	省内晒烟	SG98	雷山土烟	省内晒烟
SG5	安龙转刀柳叶	省内晒烟	SG52	德江尖叶子	省内晒烟	SG99	荔波大包耳	省内晒烟
SG6	安顺大吊枝变种(2)	省内晒烟	SG53	德江兰花烟	省内晒烟	SG100	龙里白花烟	省内晒烟
SG7	安顺大柳叶	省内晒烟	SG54	德江小黑烟	省内晒烟	SG101	龙里大白花	省内晒烟
SG8	安顺二吊枝	省内晒烟	SG55	德江中花烟（1）	省内晒烟	SG102	龙里红花烟	省内晒烟
SG9	安顺小吊枝	省内晒烟	SG56	德江中花烟（2）	省内晒烟	SG103	龙作柳叶	省内晒烟
SG10	巴铃大柳叶	省内晒烟	SG57	多年生烟	省内晒烟	SG104	罗甸冬烟	省内晒烟
SG11	巴铃护耳烟（1）	省内晒烟	SG58	福泉白花大黑烟	省内晒烟	SG105	罗甸柳叶烟	省内晒烟
SG12	巴铃护耳烟（3）	省内晒烟	SG59	福泉光把烟	省内晒烟	SG106	罗甸四十片	省内晒烟
SG13	巴铃小柳叶	省内晒烟	SG60	福泉红花大黑烟	省内晒烟	SG107	罗甸烟冒	省内晒烟
SG14	白花2169（平）	省内晒烟	SG61	福泉青杆烟	省内晒烟	SG108	麻江白花烟	省内晒烟
SG15	白花2169（皱）	省内晒烟	SG62	福泉小黑烟	省内晒烟	SG109	麻江大广烟	省内晒烟
SG16	摆金白花烟	省内晒烟	SG63	刮刮烟	省内晒烟	SG110	麻江红花烟	省内晒烟
SG17	包家坨二黄匹	省内晒烟	SG64	光把黑烟	省内晒烟	SG111	麻江立烟	省内晒烟
SG18	本所大鸡尾	省内晒烟	SG65	光柄大耳朵	省内晒烟	SG112	麻江柳叶烟	省内晒烟
SG19	毕节大青杆（阮）	省内晒烟	SG66	光柄柳叶（罗）	省内晒烟	SG113	麻江小广烟	省内晒烟
SG20	毕节吊把烟	省内晒烟	SG67	光柄柳叶（木）	省内晒烟	SG114	马耳烟	省内晒烟
SG21	毕节红花青杆	省内晒烟	SG68	光柄柳叶（杨）	省内晒烟	SG115	湄潭大黑烟（1）	省内晒烟
SG22	毕节小青杆	省内晒烟	SG69	贵定黑土烟	省内晒烟	SG116	湄潭大黑烟（2）	省内晒烟
SG23	边兰大青杆（1）	省内晒烟	SG70	贵定柳叶烟	省内晒烟	SG117	湄潭大黑烟（3）	省内晒烟
SG24	册亨威旁冬烟	省内晒烟	SG71	贵定毛杆烟	省内晒烟	SG118	湄潭大黑烟（4）	省内晒烟
SG25	册亨威旁土烟	省内晒烟	SG72	贵定青杆烟	省内晒烟	SG119	湄潭大黑烟（5）	省内晒烟
SG26	册亨威旁叶子烟	省内晒烟	SG73	贵定水红烟	省内晒烟	SG120	湄潭大鸡尾（1）	省内晒烟
SG27	册亨伟俄烟	省内晒烟	SG74	贵阳大白花	省内晒烟	SG121	湄潭大鸡尾（2）	省内晒烟
SG28	册亨小柳叶	省内晒烟	SG75	赫章青杆烟	省内晒烟	SG122	湄潭大鸡尾（3）	省内晒烟
SG29	册亨丫他叶子烟	省内晒烟	SG76	红花黑烟(浅色宽叶)	省内晒烟	SG123	湄潭大柳叶	省内晒烟
SG30	岑巩小花烟	省内晒烟	SG77	红花株长烟	省内晒烟	SG124	湄潭大蛮烟	省内晒烟
SG31	长顺大青杆（1）	省内晒烟	SG78	护耳转刀小柳叶	省内晒烟	SG125	湄潭大蒲扇（1）	省内晒烟
SG32	长顺大青杆（2）	省内晒烟	SG79	花坪风香溪	省内晒烟	SG126	湄潭大蒲扇（3）	省内晒烟
SG33	长顺兰花烟	省内晒烟	SG80	花溪大青杆	省内晒烟	SG127	湄潭黄杆烟	省内晒烟
SG34	长顺小立耳（1）	省内晒烟	SG81	黄平铧口烟	省内晒烟	SG128	湄潭团鱼壳（2）	省内晒烟
SG35	长顺小立耳（2）	省内晒烟	SG82	黄平毛杆烟	省内晒烟	SG129	木水沟枇杷烟	省内晒烟
SG36	长顺转刀烟	省内晒烟	SG83	黄平毛杆烟（3）	省内晒烟	SG130	盘县大柳叶	省内晒烟
SG37	赤水烟	省内晒烟	SG84	黄平毛杆烟（皱叶）	省内晒烟	SG131	68-13	省外晒烟
SG38	大方大红花	省内晒烟	SG85	黄平蒲扇叶	省内晒烟	SG132	68-39	省外晒烟
SG39	大方二红花	省内晒烟	SG86	黄平小广烟	省内晒烟	SG133	72-50-5	省外晒烟
SG40	大柳叶（龚）	省内晒烟	SG87	惠水对筋烟	省内晒烟	SG134	81-26（晒黄烟）	省外晒烟
SG41	大柳叶（木）	省内晒烟	SG88	惠水三都大白花	省内晒烟	SG135	A37	省外晒烟

编号	名称	亚群分类	编号	名称	亚群分类	编号	名称	亚群分类
SG136	GAT-9	省外晒烟	SG183	广红 3 号	省外晒烟	SG230	清远牛利	省外晒烟
SG137	Rustica	省外晒烟	SG184	海林护脖香	省外晒烟	SG231	泉烟	省外晒烟
SG138	Va 509	省外晒烟	SG185	海林小护脖香	省外晒烟	SG232	桑马晒烟	省外晒烟
SG139	Va309	省外晒烟	SG186	海林小护脖香（1）	省外晒烟	SG233	晒红烟	省外晒烟
SG140	Va312	省外晒烟	SG187	贺县公会晒烟	省外晒烟	SG234	山东晒烟	省外晒烟
SG141	Va331	省外晒烟	SG188	鹤山牛利	省外晒烟	SG235	山洞烟	省外晒烟
SG142	Va539	省外晒烟	SG189	黑牛皮	省外晒烟	SG236	什邡 70-30 号	省外晒烟
SG143	Va781	省外晒烟	SG190	红花铁杆子	省外晒烟	SG237	四川黑柳尖叶	省外晒烟
SG144	Va782	省外晒烟	SG191	红鱼坪大黄烟	省外晒烟	SG238	松选 3 号	省外晒烟
SG145	Va787	省外晒烟	SG192	湖北大黄烟	省外晒烟	SG239	巫山黑烟	省外晒烟
SG146	Va934	省外晒烟	SG193	湖北二发早（1）	省外晒烟	SG240	祥云土烟（1）	省外晒烟
SG147	矮株二号	省外晒烟	SG194	湖北二发早（2）	省外晒烟	SG241	小黄烟种	省外晒烟
SG148	矮株一号	省外晒烟	SG195	护脖香 1365	省外晒烟	SG242	小黄叶	省外晒烟
SG149	安麻山晒烟(三)	省外晒烟	SG196	护耳柳叶烟（云南）	省外晒烟	SG243	新都柳叶	省外晒烟
SG150	安麻山晒烟(四)	省外晒烟	SG197	黄柳夫叶	省外晒烟	SG244	杨家河大黄烟	省外晒烟
SG151	安麻山晒烟(五)	省外晒烟	SG198	假川烟	省外晒烟	SG245	一朵花	省外晒烟
SG152	八大河土烟	省外晒烟	SG199	蛟沙晒烟	省外晒烟	SG246	芝勐町晒烟（二）	省外晒烟
SG153	八里香	省外晒烟	SG200	金沙江密节小黑烟	省外晒烟	AG1	从江石秀禾叶	晾烟
SG154	把柄烟	省外晒烟	SG201	金英红烟	省外晒烟	AG2	从江塘洞烟	晾烟
SG155	坝林土烟	省外晒烟	SG202	景红镇晒烟	省外晒烟	AG3	丹寨柳叶亮杆	晾烟
SG156	白花铁杆子	省外晒烟	SG203	科普卡（长柄）	省外晒烟	AG4	丹寨桐叶烟	晾烟
SG157	白花竹杂三号	省外晒烟	SG204	科普卡（无柄）	省外晒烟	AG5	剑河老土烟	晾烟
SG158	白里香	省外晒烟	SG205	兰帕库拉克	省外晒烟	AG6	剑河香洞土烟	晾烟
SG159	半坤村晒烟	省外晒烟	SG206	老山烟	省外晒烟	AG7	锦平花烟	晾烟
SG160	波贝达 2 号	省外晒烟	SG207	勒角合	省外晒烟	AG8	黎平大叶烟	晾烟
SG161	波贝达 3 号	省外晒烟	SG208	辽宁大红花	省外晒烟	AG9	黎平鸡尾大叶烟	晾烟
SG162	东良晒烟	省外晒烟	SG209	马里村晒烟（二）	省外晒烟	AG10	黎平鸡尾烟	晾烟
SG163	澄红老板烟	省外晒烟	SG210	马里村晒烟（三）	省外晒烟	AG11	榕江大耳烟	晾烟
SG164	打洛晒烟	省外晒烟	SG211	马里兰（短宽叶）	省外晒烟	AG12	榕江细羊角烟	晾烟
SG165	大达磨 401	省外晒烟	SG212	马里兰 609	省外晒烟	AG13	榕江羊角烟	晾烟
SG166	大渡岗晒烟	省外晒烟	SG213	马里兰 872 号	省外晒烟	AG14	榕江羊角烟（1）	晾烟
SG167	大花	省外晒烟	SG214	芒勐町晒烟（一）	省外晒烟	AG15	榕江羊角烟（2）	晾烟
SG168	大柳叶土烟	省外晒烟	SG215	勐板晒烟	省外晒烟	AG16	台江翁龙团叶	晾烟
SG169	大牛耳	省外晒烟	SG216	勐腊晒烟	省外晒烟	AG17	台江小柳叶	晾烟
SG170	大塞山一号	省外晒烟	SG217	勐洛村晒烟	省外晒烟	TG1	A37	香料烟
SG171	大瓦垅	省外晒烟	SG218	孟定草烟	省外晒烟	TG2	Adcook	香料烟
SG172	邓州柳叶烟	省外晒烟	SG219	密节金丝尾（一）	省外晒烟	TG3	Argiro	香料烟
SG173	地里础	省外晒烟	SG220	密节金丝尾（二）	省外晒烟	TG4	Basma 536	香料烟
SG174	东川大柳叶	省外晒烟	SG221	密叶一号	省外晒烟	TG5	Basma（巴斯马）	香料烟
SG175	冬瓜坪晒烟	省外晒烟	SG222	穆林大护脖香	省外晒烟	TG6	Cekpka	香料烟
SG176	督叶实杆	省外晒烟	SG223	穆林护脖香	省外晒烟	TG7	PK-873	香料烟
SG177	二黑烟	省外晒烟	SG224	穆林柳叶	省外晒烟	TG8	Samsun（沙姆逊）	香料烟
SG178	风林一号	省外晒烟	SG225	南雄青梗	省外晒烟	TG9	Xanthi	香料烟
SG179	福清晒烟	省外晒烟	SG226	南州黑烟-1	省外晒烟	TG10	Xanthi-nc	香料烟
SG180	盖贝尔一号	省外晒烟	SG227	弄角二烟	省外晒烟	TG11	Xianthi No. 2	香料烟
SG181	古木辣烟	省外晒烟	SG228	千层塔	省外晒烟	NG1	道真兰花烟	黄花烟
SG182	光柄皱	省外晒烟	SG229	黔江乌烟	省外晒烟	NG2	福泉兰花烟	黄花烟

编号	名称	亚群分类	编号	名称	亚群分类	编号	名称	亚群分类
NG3	孟加拉国兰花烟	黄花烟	BG9	Lof51-528	白肋烟	BG21	白肋烟品系	白肋烟
NG4	盘县四格兰花烟	黄花烟	BG10	M. S 白肋 21	白肋烟	BG22	白远州一号	白肋烟
NG5	山东兰花烟	黄花烟	BG11	S. N69	白肋烟	BG23	半铁泡	白肋烟
NG6	桐梓大叶茄花烟	黄花烟	BG12	W. B68	白肋烟	BG24	半铁泡变种	白肋烟
BG1	141L8Lof81.12	白肋烟	BG13	白筋烟	白肋烟	BG25	建始白肋 10 号	白肋烟
BG2	KY17（多叶）	白肋烟	BG14	白筋洋烟	白肋烟	BG26	南泉半铁泡	白肋烟
BG3	KY17（少叶）	白肋烟	BG15	白肋 162	白肋烟	GG1	Ambale-ma	雪茄烟
BG4	KY17Lof171	白肋烟	BG16	白肋 6208	白肋烟	GG2	Beinhart1000-1	雪茄烟
BG5	KY17Lof51	白肋烟	BG17	白肋 B-5	白肋烟	GG3	Beinhart100-1	雪茄烟
BG6	KY56	白肋烟	BG18	白肋 KY41A	白肋烟	GG4	Florida301	雪茄烟
BG7	L-8	白肋烟	BG19	白肋半铁泡	白肋烟	GG5	Pennbel69	雪茄烟
BG8	Lof51-509	白肋烟	BG20	白肋小叶烟	白肋烟			

二、DNA 提取与 SRAP 分析

1. DNA 提取

每份参试材料从 10 株单株中随机取 200mg 幼嫩叶片，采用改良的 CTAB 法进行 DNA 的提取，对所提取的总 DNA 用 1‰琼脂糖凝胶电泳检测质量，并将浓度稀释至 20ng/μL，置于-20℃冰箱保存备用。

2. SRAP 分析

采用 Li，Ferriol 和 Riaz 等报道的引物共计 24 条，由上海生工生物技术有限公司合成，对 20 份烤烟种质资源经过初步筛选之后，从中挑选扩增稳定，条带数较多的 14 条引物（其中正向引物 6 条，反向引物 8 条），对 800 份种质资源进行遗传多样性分析，引物序列及组合见表 5-2 和表 5-3。

表 5-2　引物序列

正向引物	正向引物序列	反向引物	反向引物序列
me1	TGAGTCCAAACCGGATA	em1	GACTGCGTACGAATTAAT
me2	TGAGTCCAAACCGGAGC	em2	GACTGCGTACGAATTTGC
me3	TGAGTCCAAACCGGAAT	em3	GACTGCGTACGAATTGAC
me4	TGAGTCCAAACCGGACC	em5	GACTGCGTACGAATTAAC
me6	TGAGTCCAAACCGGTAA	em6	GACTGCGTACGAATTGCA
me7	TGAGTCCAAACCGGTCC	em7	GACTGCGTACGAATTCAA
		em9	GACTGCGTACGAATTCGA
		em11	GACTGCGTACGAATTCCA

表 5-3　引物组合

引物组合	引物（正向＋反向）	引物组合	引物（正向＋反向）
1	me1＋em2	9	me3＋em3
2	me1＋em9	10	me3＋em7
3	me2＋em2	11	me3＋em11
4	me2＋em3	12	me4＋em1
5	me2＋em5	13	me4＋em6
6	me2＋em6	14	me4＋em9
7	me2＋em7	15	me6＋em2
8	me3＋em2	16	me7＋em5

PCR 扩增总体积为 $25\mu L$，含 $1\times$Buffer，1.5mmol/L $MgCl_2$，0.1mmol/L dNTP，1.0U Taq 酶，引物 $0.4\mu mol/L$，模板 DNA 20ng，不足部分 ddH_2O 补足。PCR 扩增在百乐 C-1000PCR 扩增仪上进行，扩增程序为 94℃预变性 5min；前 5 个循环包括：94℃变性 45s，35℃退火 45s，72℃复性 1min；后 35 个循环包括：94℃变性 45s，52℃退火 45s，72℃复性 1min；72℃延伸 10min；4℃结束保存。

3. 产物检测

扩增产物采用 8%非变性聚丙烯酰胺凝胶电泳，电泳缓冲液为 $1\times$TBE，稳压 100V，溴酚兰距离凝胶 2~3cm 处结束电泳。电泳后银染，银染方法参考 Sanguinetti 银染方法并稍加改进。具体程序为：蒸馏水冲洗胶板 1 次，不超过 15s；将冲洗后的胶板放入 0.1%的 $AgNO_3$ 染色液中，染色 9~10min；将胶板从染色液中取出，放入蒸馏水中冲洗 15s，然后放入显色液中，轻轻摇晃 8~10min，等带完全显现后，将胶板放入终止液中 3~5min，进行终止显影，最后用蒸馏水冲洗后照相保存。

三、数据统计与分析

记载同一对 SRAP 引物扩增条带，按照同一位点在各参试材料中进行统计，有记为 1，无记为 0，对每个位点进行统计，构成 [1，0] 数据矩阵。根据不同软件的数据格式要求进行数据转换。

用 Popgene V. er 1.32 软件计算不同引物的多态性百分率（PPB）、等位变异数及等位变异频率、有效等位基因数目，基因多样性指数（H），Shannon's 多样性指数（I）等。其他分析由 EXCEL 和 MATLAB 完成。

第二节　结果与分析

一、SRAP 标记的多态性分析

1. 16 对引物组合在 800 份烟草种质资源中的多态性分析

16 对 SRAP 引物在 800 份烟草种质资源中共扩增出 43923 条带，多态性位点数 718 个，平均每对引物扩增出 3.43 条带,平均每对引物有 44.88 个多态性位点。从表 5-4 可以看出,烤烟中,国外烤烟 SRAP 标记扩增位点最多,达到 612 个;其次为省内农家、省内烤烟和省外烤烟,各有 611 个位点,自育烤烟总位点比较少,只有 428 个位点。省内晒烟和省外晒烟总位点数均为 405,其余依次为晾烟 194 个、白肋烟 194 个、雪茄烟 181 个、香料烟 177 个和黄花烟 139 个。

表 5-4　SRAP 标记在 800 份烟草种质资源中的多态性

	亚群	样品数	总条带数	总位点数	多态性位点数	多态性比率/%
烤烟	省内农家	42	3312	611	276	45.17
	省内烤烟	36	3162	611	250	40.92
	省外烤烟	86	6227	611	398	65.14
	国外烤烟	113	12077	612	443	72.39
	烤烟总体 (不含自育烤烟)	277	24778	612	612	100.00
	自育烤烟	212	10649	428	410	95.79
晒烟	省内晒烟	130	3462	405	245	60.49
	省外晒烟	116	3288	405	294	72.59
	晒烟总体	246	6750	405	404	99.75
其他	晾烟	17	492	194	86	44.33
	香料烟	11	356	177	82	46.33
	黄花烟	6	165	139	39	28.06
	白肋烟	26	578	194	98	50.52
	雪茄烟	5	155	181	61	33.70
总体		800	43923	718	718	100.00

自育烤烟比较其他烤烟类别,虽然在位点数上较少,但自育烤烟亚群内的多态性比率最高,在 428 个位点中,有 410 个为多态性位点,多态性比率达到 95.79%,远高于其他烤烟亚群。

就不同亚群间多态性比率比较,自育烤烟最高,其次为省外晒烟、国外烤烟、省外烤烟、白肋烟,其余亚群多态性比率均不到 50%。

2. 不同引物组合在 800 份烟草种质资源中的多态性分析

不同引物组合在不同类别烟草中的多态性位点有所不同。大部分引物组合在烤烟和晒烟类别中均能表现出较好的多态性,而在晾烟、香料烟、黄花烟、白肋烟和雪茄烟这些类别中不同引物组合表现各有优劣。

从表 5-5 可以看出,引物组合 1 在 12 个烟草亚群内均有多态性位点,总共扩增出 3237 条带,平均每个材料扩增出 4.05 条带。在烤烟中平均每个材料扩增出 5.80 条带,在晒烟中平均每个材料只扩增出 0.54 条带,晾烟平均每个材料扩增出 5.41 条带,香料烟平均每个材料扩增出 8.00 条带,黄花烟平均每个材料扩增出 3.67 条带,白肋烟平均每个材料扩增出 1.62 条带,雪茄烟平均每个材料扩增出 4.60 条带,可以看出引物组合 1 在晒烟类别中扩增条带比较少。

表 5-5　引物组合 1 在 800 份烟草种质资源中的多态性

引物组合	亚群		样品数	总条带数	总位点数	多态性位点数	多态性比率/%
1 (me1-em2)	烤烟	省内农家	42	250	41	19	46.34
		省内烤烟	36	234	41	17	41.46
		省外烤烟	86	402	41	30	73.17
		国外烤烟	113	840	41	21	51.22
		烤烟总体（不含自育烤烟）	277	1726	41	41	100.00
		自育烤烟	212	1111	38	37	97.37
	晒烟	省内晒烟	130	17	14	1	7.14
		省外晒烟	116	116	14	13	92.86
		晒烟总体	246	133	14	14	100.00
	其他	晾烟	17	92	16	10	62.50
		香料烟	11	88	16	9	56.25
		黄花烟	6	22	16	9	56.25
		白肋烟	26	42	16	7	43.75
		雪茄烟	5	23	16	6	37.50
	总体		800	3237	51	51	100.00

引物组合 1 共有总位点 51 个，其中烤烟有 41 个位点，晒烟有 14 个位点，其余烟草类别均为 16 个位点。

烤烟类别中，省内农家、省内烤烟、省外烤烟和国外烤烟的多态性位点均为 41，自育烤烟多态性位点为 38，自育烤烟的多态性比率在所有烤烟亚群中最高，达到 97.37%；晒烟扩增条带较少，尤其是省内晒烟；其他类别中，香料烟和白肋烟的扩增条带较多，晾烟多态性比率最高，雪茄烟多态性比率最低。除了在晒烟上扩增不理想外，引物组合 1 可以对大部分烟草类别进行遗传多样性分析。

从表 5-6 可以看出，引物组合 2 在 12 个烟草亚群内均有多态性位点，总共扩增出 4435 条带，平均每个材料扩增出 5.54 条带。其中在烤烟中平均每个材料扩增出 7.12 条带，在晒烟中平均每个材料扩增出 2.70 条带，晾烟平均每个材料扩增出 5.24 条带，香料烟平均每个材料扩增出 3.64 条带，黄花烟平均每个材料扩增出 1.50 条带，白肋烟平均每个材料扩增出 5.50 条带，雪茄烟平均每个材料扩增出 1.80 条带，可见引物组合 2 在黄花烟和雪茄烟类别中扩增条带比较少。

引物组合 2 共有多态性位点 51 个，其中烤烟有 37 个位点，晒烟有 38 个位点，晾烟 23 个位点、香料烟 24 个位点、黄花烟 14 个位点、白肋烟 24 个位点和雪茄烟 24 个位点。

烤烟类别中，省内农家、省内烤烟、省外烤烟和国外烤烟的多态性位点均为 37，自育烤烟多态性位点为 33，自育烤烟的多态性比率在所有烤烟亚群中最高，达到 90.91%；晒烟类别中，省内晒烟的多态性比率高于省外晒烟；其他类别中，晾烟的多态性比率较高，雪茄烟多态性比率最低。总体来看，引物组合 2 可以对所有烟草类别进行遗传多样性分析。

表5-6　引物组合2在800份烟草种质资源中的多态性

引物组合		亚群	样品数	总条带数	总位点数	多态性位点数	多态性比率/%
2 (me1-em9)	烤烟	省内农家	42	441	37	21	56.76
		省内烤烟	36	179	37	20	54.05
		省外烤烟	86	521	37	31	83.78
		国外烤烟	113	1425	37	21	56.76
		烤烟总体（不含自育烤烟）	277	2566	37	37	100.00
		自育烤烟	212	914	33	30	90.91
	晒烟	省内晒烟	130	318	38	30	78.95
		省外晒烟	116	347	38	26	68.42
		晒烟总体	246	665	38	37	97.37
	其他	晾烟	17	89	23	15	65.22
		香料烟	11	40	24	9	37.50
		黄花烟	6	9	14	5	35.71
		白肋烟	26	143	24	13	54.17
		雪茄烟	5	9	24	2	8.33
		总体	800	4435	51	51	100.00

从表5-7可以看出，引物组合3在12个烟草亚群内均有多态性位点，总共扩增出3494条带，平均每个材料扩增出4.37条带。其中在烤烟中平均每个材料扩增出6.23条带，在晒烟中平均每个材料扩增出1.00条带，晾烟平均每个材料扩增出1.71条带，香料烟平均每个材料扩增出0.73条带，黄花烟平均每个材料扩增出16.00条带，白肋烟平均每个材料扩增出2.27条带，雪茄烟平均每个材料扩增出2.20条带，引物组合3在黄花烟中扩增条带数最多，在晒烟、晾烟和香料烟亚群中扩增条带比较少。

表5-7　引物组合3在800份烟草种质资源中的多态性

引物组合		亚群	样品数	总条带数	总位点数	多态性位点数	多态性比率/%
3 (me2-em2)	烤烟	省内农家	42	161	51	20	39.22
		省内烤烟	36	306	51	27	52.94
		省外烤烟	86	345	51	26	50.98
		国外烤烟	113	771	51	45	88.24
		烤烟总体（不含自育烤烟）	277	1583	51	51	100.00
		自育烤烟	212	1463	30	30	100.00
	晒烟	省内晒烟	130	125	31	27	87.10
		省外晒烟	116	120	31	18	58.06
		晒烟总体	246	245	31	31	100.00
	其他	晾烟	17	29	16	8	50.00
		香料烟	11	8	16	6	37.50
		黄花烟	6	96	16	4	25.00
		白肋烟	26	59	16	8	50.00
		雪茄烟	5	11	16	7	43.75
		总体	800	3494	54	54	100.00

引物组合 3 共有多态性位点 54 个，其中烤烟有 51 个位点，晒烟有 31 个位点，其余亚群均为 16 个位点。

烤烟类别中，省内农家、省内烤烟、省外烤烟和国外烤烟的多态性位点均为 51，自育烤烟多态性位点为 30，自育烤烟的多态性比率在所有烤烟亚群中最高，达到 100％，远高于其他烤烟亚群；晒烟类别中，省内晒烟的多态性比率高于省外晒烟；其他类别中，晾烟和白肋烟的多态性比率较高，黄花烟多态性比率最低。总体来看，除了香料烟扩增条带数较少外，引物组合 3 可以对大部分烟草类别进行遗传多样性分析。

从表 5-8 可以看出，引物组合 4 在 9 个烟草亚群内有多态性位点，总共扩增出 2887 条带，平均每个材料扩增出 3.61 条带。其中在烤烟中平均每个材料扩增出 6.44 条带，在晒烟中平均每个材料扩增出 0.85 条带，白肋烟平均每个材料扩增出 0.35 条带，雪茄烟平均每个材料扩增出 1.8 条带，晾烟、香料烟和黄花烟中均没有扩增出条带。除了烤烟类别，引物组合 4 在其他类别中扩增条带均比较少或者不能扩增出条带。

表 5-8 引物组合 4 在 800 份烟草种质资源中的多态性

引物组合	亚群		样品数	总条带数	总位点数	多态性位点数	多态性比率/％
4 (me2-em3)	烤烟	省内农家	42	203	49	9	18.37
		省内烤烟	36	324	49	15	30.61
		省外烤烟	86	698	49	42	85.71
		国外烤烟	113	1073	49	38	77.55
		烤烟总体（不含自育烤烟）	277	2298	49	49	100.00
		自育烤烟	212	362	18	18	100.00
	晒烟	省内晒烟	130	69	30	9	30.00
		省外晒烟	116	140	30	24	80.00
		晒烟总体	246	209	30	30	100.00
	其他	晾烟	17	0	0	0	0.00
		香料烟	11	0	0	0	0.00
		黄花烟	6	0	0	0	0.00
		白肋烟	26	9	6	2	33.33
		雪茄烟	5	9	6	6	100.00
	总体		800	2887	51	51	100.00

引物组合 4 共有多态性位点 51 个，其中烤烟有 49 个位点，晒烟有 30 个位点，白肋烟和雪茄烟均为 6 个位点。

在烤烟类别中，省内农家、省内烤烟、省外烤烟和国外烤烟的多态性位点均为 49，自育烤烟多态性位点为 18，自育烤烟的多态性比率在烤烟亚群中最高，达到 100％；晒烟类别中，扩增条带数均比较少，尤其是省内晒烟。总体来看，引物组合 4 适合对烤烟类别进行遗传多样性分析。

从表 5-9 可以看出，引物组合 5 在 8 个烟草亚群内均有多态性位点，总共扩增出 1873 条带，平均每个材料扩增出 2.34 条带，其中在烤烟中平均每个材料扩增出 3.69 条带，在晒烟中平均每个材料扩增出 0.28 条带，在晾烟，香料烟，黄花烟，白肋烟，雪茄烟基本都没能扩增出条带。

表 5-9　引物组合 5 在 800 份烟草种质资源中的多态性

引物组合	亚群		样品数	总条带数	总位点数	多态性位点数	多态性比率/%
	烤烟	省内农家	42	362	35	13	37.14
		省内烤烟	36	374	35	11	31.43
		省外烤烟	86	75	35	15	42.86
		国外烤烟	113	743	35	29	82.86
		烤烟总体（不含自育烤烟）	277	1554	35	35	100.00
		自育烤烟	212	250	14	10	71.43
5 me2-em5	晒烟	省内晒烟	130	3	10	3	30.00
		省外晒烟	116	65	10	8	80.00
		晒烟总体	246	68	10	10	100.00
	其他	晾烟	17	1	1	1	100.00
		香料烟	11	0	0	0	0.00
		黄花烟	6	0	0	0	0.00
		白肋烟	26	0	0	0	0.00
		雪茄烟	5	0	0	0	0.00
	总体		800	1873	37	37	100.00

引物组合 5 共有多态性位点 37 个，其中烤烟有 35 个位点，晒烟有 10 个位点，晾烟只有 1 个位点。

烤烟类别中，省内农家、省内烤烟、省外烤烟和国外烤烟的多态性位点均为 35，自育烤烟多态性位点为 14，国外烤烟的多态性比率在所有烤烟亚群中最高，达到 82.86%，其次为自育烤烟 71.43%，其余烤烟亚群的多态性比率均没有超过 50%。引物组合 5 适合对烤烟类别进行遗传多样性分析。

从表 5-10 可以看出，引物组合 6 在 12 个烟草亚群内均有多态性位点，总共扩增出 2207 条带，平均每个材料扩增出 2.76 条带，其中在烤烟中平均每个材料扩增出 3.00 条带，在晒烟中平均每个材料扩增出 2.47 条带，晾烟平均每个材料扩增出 0.47 条带，香料烟平均每个材料扩增出 2.18 条带，黄花烟平均每个材料扩增出 1.17 条带，白肋烟平均每个材料扩增出 2.81 条带，雪茄烟平均每个材料扩增出 3.80 条带，引物组合 6 在晒烟中扩增条带比较少。

引物组合 6 共有多态性位点 44 个，其中烤烟有 36 个位点，晒烟有 28 个位点，晾烟、香料烟、黄花烟、白肋烟和雪茄烟均为 20 个位点。

烤烟类别中，省内农家、省内烤烟、省外烤烟和国外烤烟的多态性位点均为 36，自育烤烟多态性位点为 32，略少于其他烤烟亚群，自育烤烟的多态性比率在所有烤烟亚群中最高，达到 96.88%，远高于其他烤烟亚群；晒烟类别中，省外晒烟的多态性比率比省内晒烟多态性比率要高；其他类别中，香料烟的多态性比率最高，晾烟最低。引物组合 6 可以对所有烟草类别进行遗传多样性分析。

表 5-10　引物组合 6 在 800 份烟草种质资源中的多态性

引物组合	亚群		样品数	总条带数	总位点数	多态性位点数	多态性比率/%
6 me2-em6	烤烟	省内农家	42	90	36	16	44.44
		省内烤烟	36	92	36	17	47.22
		省外烤烟	86	325	36	23	63.89
		国外烤烟	113	498	36	28	77.78
		烤烟总体（不含自育烤烟）	277	1005	36	36	100.00
		自育烤烟	212	463	32	31	96.88
	晒烟	省内晒烟	130	246	28	17	60.71
		省外晒烟	116	362	28	23	82.14
		晒烟总体	246	608	28	28	100.00
	其他	晾烟	17	8	20	4	20.00
		香料烟	11	24	20	13	65.00
		黄花烟	6	7	20	5	25.00
		白肋烟	26	73	20	11	55.00
		雪茄烟	5	19	20	8	40.00
	总体		800	2207	44	44	100.00

从表 5-11 可以看出，引物组合 7 在 12 个烟草亚群内均有多态性位点，总共扩增出 2067 条带，平均每个材料扩增出 2.58 条带，其中在烤烟中平均每个材料扩增出 3.61 条带，在晒烟中平均每个材料扩增出 1.04 条带，晾烟平均每个材料扩增出 0.59 条带，香料烟平均每个材料扩增出 0.55 条带，黄花烟平均每个材料扩增出 0.50 条带，白肋烟平均每个材料扩增出 0.92 条带，雪茄烟平均每个材料扩增出 0.60 条带，引物组合 7 在晒烟、晾烟、香料烟、黄花烟、白肋烟和雪茄烟类别中扩增条带均比较少。

引物组合 7 共有多态性位点 42 个，其中烤烟有 39 个位点，晒烟有 22 个位点，晾烟、香料烟、黄花烟、白肋烟和雪茄烟均为 15 个位点。

在烤烟类别中，省内农家、省内烤烟、省外烤烟和国外烤烟的多态性位点均为 39，自育烤烟多态性位点为 27，自育烤烟的多态性比率在所有烤烟亚群中最高，达到 96.30%；晒烟类别中，省内晒烟多态性比率高于省外晒烟；其他类别中，白肋烟的多态性比率最高，黄花烟最低。总体来看，引物组合 7 适合对烤烟类别进行遗传多样性分析。

从表 5-12 可以看出，引物组合 8 在 12 个烟草亚群内均有多态性位点，总共扩增出 3429 条带，平均每个材料扩增出 4.28 条带，其中在烤烟中平均每个材料扩增出 5.82 条带，在晒烟中平均每个材料扩增出 1.85 条带，晾烟平均每个材料扩增出 1.53 条带，香料烟平均每个材料扩增出 3.18 条带，黄花烟平均每个材料扩增出 2.33 条带，白肋烟平均每个材料扩增出 1.38 条带，雪茄烟平均每个材料扩增出 3.60 条带。

引物组合 8 共有多态性位点 47 个，其中烤烟有 45 个位点，晒烟有 26 个位点，晾烟 16 个位点、香料烟 16 个位点、黄花烟 16 个位点、白肋烟 26 个位点和雪茄烟 16 个位点。

烤烟类别中，省内农家、省内烤烟、省外烤烟的多态性位点均为 44，国外烤烟多态性位点为 45，自育烤烟多态性位点为 30，自育烤烟的多态性比率在所有烤烟亚群中最高，达到

90.00%；晒烟类别中，省外晒烟多态性比率高于省内晒烟；其他类别中，晾烟和香料烟多态性比率最高，白肋烟最低。引物组合 8 适合对所有烟草类别进行遗传多样性分析。

表 5-11　引物组合 7 在 800 份烟草种质资源中的多态性

引物组合	亚群		样品数	总条带数	总位点数	多态性位点数	多态性比率/%
7 me2-em7	烤烟	省内农家	42	177	39	25	64.10
		省内烤烟	36	252	39	21	53.85
		省外烤烟	86	411	39	31	79.49
		国外烤烟	113	615	39	27	69.23
		烤烟总体（不含自育烤烟）	277	1455	39	39	100.00
		自育烤烟	212	309	27	26	96.30
	晒烟	省内晒烟	130	236	22	18	81.82
		省外晒烟	116	21	22	8	36.36
		晒烟总体	246	257	22	22	100.00
	其他	晾烟	17	10	15	5	33.33
		香料烟	11	6	15	5	33.33
		黄花烟	6	3	15	1	6.67
		白肋烟	26	24	15	9	60.00
		雪茄烟	5	3	15	3	20.00
	总体		800	2067	42	42	100.00

表 5-12　引物组合 8 在 800 份烟草种质资源中的多态性

引物组合	亚群		样品数	总条带数	总位点数	多态性位点数	多态性比率/%
8 me3-em2	烤烟	省内农家	42	158	44	24	54.55
		省内烤烟	36	171	44	20	45.45
		省外烤烟	86	635	44	26	59.09
		国外烤烟	113	1198	45	22	48.89
		烤烟总体（不含自育烤烟）	277	2162	45	45	100.00
		自育烤烟	212	683	30	27	90.00
	晒烟	省内晒烟	130	336	26	15	57.69
		省外晒烟	116	119	26	18	69.23
		晒烟总体	246	455	26	26	100.00
	其他	晾烟	17	26	16	8	50.00
		香料烟	11	35	16	8	50.00
		黄花烟	6	14	16	7	43.75
		白肋烟	26	36	26	9	34.62
		雪茄烟	5	18	16	6	37.50
	总体		800	3429	47	47	100.00

从表 5-13 可以看出，引物组合 9 在 8 个烟草亚群内有多态性位点，总共扩增出 2036 条带，平均每个材料扩增出 2.55 条带，其中在烤烟中平均每个材料扩增出 3.37 条带，在晒烟中平均每个材料扩增出 1.55 条带，在其余烟草类别中，只有雪茄烟扩增出条带，平均每个材料扩增出 0.80 条带。

表 5-13　引物组合 9 在 800 份烟草种质资源中的多态性

引物组合	亚群		样品数	总条带数	总位点数	多态性位点数	多态性比率/%
		省内农家	42	124	39	20	51.28
		省内烤烟	36	93	39	16	41.03
	烤烟	省外烤烟	86	418	39	24	61.54
		国外烤烟	113	493	39	29	74.36
		烤烟总体（不含自育烤烟）	277	1128	39	39	100.00
		自育烤烟	212	522	18	18	100.00
9 me3-em3	晒烟	省内晒烟	130	254	25	17	68.00
		省外晒烟	116	128	25	17	68.00
		晒烟总体	246	382	25	25	100.00
		晾烟	17	0	0	0	0.00
		香料烟	11	0	0	0	0.00
	其他	黄花烟	6	0	0	0	0.00
		白肋烟	26	0	0	0	0.00
		雪茄烟	5	4	2	2	100.00
	总体		800	2036	44	44	100.00

引物组合 9 共有多态性位点 44 个，其中烤烟有 39 个位点，晒烟有 25 个位点，雪茄烟 2 个位点。

烤烟类别中，省内农家、省内烤烟、省外烤烟和国外烤烟的多态性位点均为 39，自育烤烟多态性位点为 18，自育烤烟的多态性比率在所有烤烟亚群中最高，达到 100%，远高于其他烤烟亚群。晒烟类别中，省内晒烟扩增条带数比省外晒烟多，多态性比率两者相当。总体来看，引物组合 9 适合对烤烟和晒烟类别进行遗传多样性分析。

从表 5-14 可以看出，引物组合 10 在 12 个烟草亚群内均有多态性位点，总共扩增出 2980 条带，平均每个材料扩增出 3.73 条带，其中在烤烟中平均每个材料扩增出 4.90 条带，在晒烟中平均每个材料扩增出 1.74 条带，晾烟平均每个材料扩增出 2.65 条带，香料烟平均每个材料扩增出 6.45 条带，黄花烟平均每个材料扩增出 1.67 条带，白肋烟平均每个材料扩增出 0.42 条带，雪茄烟平均每个材料扩增出 3.20 条带，引物组合 10 在白肋烟亚群中扩增条带比较少。

引物组合 10 共有多态性位点 45 个，其中烤烟有 41 个位点，晒烟有 23 个位点，其他烟草亚群均有 21 个位点。

烤烟类别中，省内农家、省内烤烟、省外烤烟和国外烤烟的多态性位点均为 41，自育烤烟多态性位点为 26，自育烤烟的多态性比率在所有烤烟亚群中最高，达到 96.15%；晒烟类别中，省外晒烟多态性比率比省内晒烟高；其他类别中，香料烟多态性比率最高，黄花烟和白肋烟最低。引物组合 10 适合对所有烟草类别进行遗传多样性分析。

表 5-14　引物组合 10 在 800 份烟草种质资源中的多态性

引物组合	亚群		样品数	总条带数	总位点数	多态性位点数	多态性比率/%
10 me3-em7	烤烟	省内农家	42	446	41	14	34.15
		省内烤烟	36	289	41	12	29.27
		省外烤烟	86	373	41	24	58.54
		国外烤烟	113	529	41	38	92.68
		烤烟总体（不含自育烤烟）	277	1637	41	41	100.00
		自育烤烟	212	761	26	25	96.15
	晒烟	省内晒烟	130	270	23	13	56.52
		省外晒烟	116	159	23	17	73.91
		晒烟总体	246	429	23	23	100.00
	其他	晾烟	17	45	21	6	28.57
		香料烟	11	71	21	15	71.43
		黄花烟	6	10	21	4	19.05
		白肋烟	26	11	21	4	19.05
		雪茄烟	5	16	21	6	28.57
	总体		800	2980	45	45	100.00

从表 5-15 可以看出，引物组合 11 在 11 个烟草亚群内有多态性位点，总共扩增出 3205 条带，平均每个材料扩增出 4.00 条带，其中在烤烟中平均每个材料扩增出 4.95 条带，在晒烟中平均每个材料扩增出 2.58 条带，晾烟平均每个材料扩增出 4.00 条带，香料烟平均每个材料扩增出 5.55 条带，黄花烟平均每个材料扩增出 0.67 条带，雪茄烟平均每个材料扩增出 3.20 条带，引物组合 11 在白肋烟亚群中没有扩增出条带。

引物组合 11 共有多态性位点 49 个，其中烤烟有 40 个位点，晒烟有 32 个位点，其余亚群均为 15 个位点。

烤烟类别中，省内农家、省内烤烟、省外烤烟和国外烤烟的多态性位点均为 40，自育烤烟多态性位点为 26，自育烤烟的多态性比率在所有烤烟亚群中最高，达到 100%；晒烟类别中，省外晒烟多态性比率比省内晒烟高；其他类别中，香料烟多态性比率最高，黄花烟最低。总体来看，引物组合 11 适合对大部分烟草类别进行遗传多样性分析。

从表 5-16 可以看出，引物组合 12 在 7 个烟草亚群内有多态性位点，总共扩增出 1588 条带，平均每个材料扩增出 1.99 条带，其中在烤烟中平均每个材料扩增出 2.80 条带，在晒烟中平均每个材料扩增出 0.89 条带，在其他亚群均未能扩增出条带。

引物组合 12 共有多态性位点 37 个，其中烤烟有 33 个位点，晒烟有 17 个位点。

烤烟类别中，省内农家、省内烤烟、省外烤烟和国外烤烟的多态性位点均为 33，自育烤烟多态性位点为 16，自育烤烟的多态性比率在所有烤烟亚群中最高，达到 93.75%。晒烟类别中，省外晒烟多态性比率达到 100%，省内晒烟 41.18%。总体来看，引物组合 12 适合对烤烟、晒烟类别烟草进行遗传多样性分析。

表 5-15 引物组合 11 在 800 份烟草种质资源中的多态性

引物组合		亚群	样品数	总条带数	总位点数	多态性位点数	多态性比率/%
11 me3-cm11	烤烟	省内农家	42	45	40	5	12.50
		省内烤烟	36	195	40	9	22.50
		省外烤烟	86	578	40	30	75.00
		国外烤烟	113	982	40	35	87.50
		烤烟总体（不含自育烤烟）	277	1800	40	40	100.00
		自育烤烟	212	621	26	26	100.00
	晒烟	省内晒烟	130	326	32	17	53.13
		省外晒烟	116	309	32	26	81.25
		晒烟总体	246	635	32	32	100.00
	其他	晾烟	17	68	15	9	60.00
		香料烟	11	61	15	13	86.67
		黄花烟	6	4	15	4	26.67
		白肋烟	26	0	0	0	0.00
		雪茄烟	5	16	15	6	40.00
		总体	800	3205	49	49	100.00

表 5-16 引物组合 12 在 800 份烟草种质资源中的多态性

引物组合		亚群	样品数	总条带数	总位点数	多态性位点数	多态性比率/%
12 me4-em1	烤烟	省内农家	42	242	33	20	60.61
		省内烤烟	36	153	33	17	51.52
		省外烤烟	86	112	33	14	42.42
		国外烤烟	113	508	33	23	69.70
		烤烟总体（不含自育烤烟）	277	1015	33	33	100.00
		自育烤烟	212	354	16	15	93.75
	晒烟	省内晒烟	130	91	17	7	41.18
		省外晒烟	116	128	17	17	100.00
		晒烟总体	246	219	17	17	100.00
	其他	晾烟	17	0	0	0	0.00
		香料烟	11	0	0	0	0.00
		黄花烟	6	0	0	0	0.00
		白肋烟	26	0	0	0	0.00
		雪茄烟	5	0	0	0	0.00
		总体	800	1588	37	37	100.00

从表 5-17 可以看出，引物组合 13 在 9 个烟草亚群内有多态性位点，总共扩增出 2926 条带，平均每个材料扩增出 3.66 条带，其中在烤烟中平均每个材料扩增出 4.38 条带，在晒烟中平均每个材料扩增出 2.63 条带，晾烟平均每个材料扩增出 4.00 条带，白肋烟平均每个材料扩增出 2.77 条带，引物组合 13 在香料烟、黄花烟和雪茄烟亚群中均未能扩增出条带。

表 5-17　引物组合 13 在 800 份烟草种质资源中的多态性

引物组合	亚群		样品数	总条带数	总位点数	多态性位点数	多态性比率/%
		省内农家	42	94	27	14	51.85
		省内烤烟	36	118	27	9	33.33
		省外烤烟	86	487	27	16	59.26
	烤烟	国外烤烟	113	768	27	17	62.96
		烤烟总体（不含自育烤烟）	277	1467	27	27	100.00
		自育烤烟	212	673	34	33	97.06
13 me4-em6		省内晒烟	130	340	22	16	72.73
	晒烟	省外晒烟	116	306	22	16	72.73
		晒烟总体	246	646	22	22	100.00
		晾烟	17	68	15	9	60.00
		香料烟	11	0	0	0	0.00
	其他	黄花烟	6	0	0	0	0.00
		白肋烟	26	72	10	10	100.00
		雪茄烟	5	0	0	0	0.00
	总体		800	2926	41	41	100.00

引物组合 13 共有多态性位点 41 个，其中烤烟有 34 个位点，晒烟有 22 个位点，晾烟 15 个位点和白肋烟 10 个位点。

烤烟类别中，省内农家、省内烤烟、省外烤烟和国外烤烟的多态性位点均为 27，自育烤烟多态性位点为 34，自育烤烟的多态性比率在所有烤烟亚群中最高，达到 97.06%；晒烟类别中，省内晒烟和省外晒烟多态性比率相当；其他类别中，白肋烟多态性比率为 100%，晾烟为 60.00%。总体来看，引物组合 13 适合对烤烟、晒烟、晾烟、白肋烟类别烟草进行遗传多样性分析。

从表 5-18 可以看出，引物组合 14 在 7 个烟草亚群内有多态性位点，总共扩增出 2142 条带，平均每个材料扩增出 2.68 条带，其中在烤烟中平均每个材料扩增出 3.02 条带，在晒烟中平均每个材料扩增出 2.70 条带，其他亚群均未能扩增出条带。

引物组合 14 共有多态性位点 35 个，其中烤烟有 28 个位点，晒烟有 29 个位点。

烤烟类别中，省内农家、省内烤烟、省外烤烟和国外烤烟的多态性位点均为 26，自育烤烟多态性位点为 28，自育烤烟的多态性比率在所有烤烟亚群中最高，达到 100%，远高于其他烤烟亚群。晒烟类别中，省内晒烟多态性比率高于省外晒烟。引物组合 14 适合对烤烟、晒烟类别烟草进行遗传多样性分析。

表 5-18 引物组合 14 在 800 份烟草种质资源中的多态性

引物组合		亚群	样品数	总条带数	总位点数	多态性位点数	多态性比率/%
14 me4-em9	烤烟	省内农家	42	107	26	19	73.08
		省内烤烟	36	47	26	13	50.00
		省外烤烟	86	241	26	18	69.23
		国外烤烟	113	480	26	18	69.23
		烤烟总体（不含自育烤烟）	277	875	26	26	100.00
		自育烤烟	212	604	28	28	100.00
	晒烟	省内晒烟	130	437	29	26	89.66
		省外晒烟	116	226	29	16	55.17
		晒烟总体	246	663	29	29	100.00
	其他	晾烟	17	0	0	0	0.00
		香料烟	11	0	0	0	0.00
		黄花烟	6	0	0	0	0.00
		白肋烟	26	0	0	0	0.00
		雪茄烟	5	0	0	0	0.00
		总体	800	2142	35	35	100.00

从表 5-19 可以看出，引物组合 15 在 11 个烟草亚群内均有多态性位点，总共扩增出 3388 条带，平均每个材料扩增出 4.24 条带，其中在烤烟中平均每个材料扩增出 5.27 条带，在晒烟中平均每个材料扩增出 2.45 条带，晾烟平均每个材料扩增出 3.24 条带，香料烟平均每个材料扩增出 2.09 条带，白肋烟平均每个材料扩增出 4.04 条带，雪茄烟平均每个材料扩增出 5.20 条带，在黄花烟中未能扩增出条带。

表 5-19 引物组合 15 在 800 份烟草种质资源中的多态性

引物组合		亚群	样品数	总条带数	总位点数	多态性位点数	多态性比率/%
15 me6-em2	烤烟	省内农家	42	218	38	26	68.42
		省内烤烟	36	111	38	11	28.95
		省外烤烟	86	238	38	25	65.79
		国外烤烟	113	789	38	24	63.16
		烤烟总体（不含自育烤烟）	277	1356	38	38	100.00
		自育烤烟	212	1220	36	35	97.22
	晒烟	省内晒烟	130	213	28	21	75.00
		省外晒烟	116	390	28	21	75.00
		晒烟总体	246	603	28	28	100.00
	其他	晾烟	17	55	27	10	37.04
		香料烟	11	23	27	4	14.81
		黄花烟	6	0	0	0	0.00
		白肋烟	26	105	37	22	59.46
		雪茄烟	5	26	27	8	29.63
		总体	800	3388	45	45	100.00

引物组合 15 共有多态性位点 45 个，其中烤烟有 38 个多态性位点，晒烟有 28 个位点，晾烟 27 个位点、香料烟 27 个位点、白肋烟 37 个位点和雪茄烟 27 个位点。

烤烟类别中，省内农家、省内烤烟、省外烤烟和国外烤烟的多态性位点均为 38，自育烤烟多态性位点为 36，自育烤烟的多态性比率在所有烤烟亚群中最高，达到 97.22%；晒烟类别中，省外晒烟扩增条带比省内晒烟多，多态性比率两者相当；其他类别中，白肋烟多态性比率最高，香料烟最低。引物组合 15 适合对大部分烟草类别进行遗传多样性分析。

从表 5-20 可以看出，引物组合 16 在 10 个烟草亚群内有多态性位点，总共扩增出 2029 条带，平均每个材料扩增出 2.54 条带，其中在烤烟中平均每个材料扩增出 3.05 条带，在晒烟中平均每个材料扩增出 2.16 条带，在晾烟、香料烟、黄花烟、白肋烟和雪茄烟类别中扩增条带比较少或者没有条带。

表 5-20　引物组合 16 在 800 份烟草种质资源中的多态性

引物组合	类别		样品数	总条带数	总位点数	多态性位点数	多态性比率/%
		省内农家	42	194	35	11	31.43
		省内烤烟	36	224	35	15	42.86
	烤烟	省外烤烟	86	368	35	23	65.71
		国外烤烟	113	365	35	28	80.00
		烤烟总体（不含自育烤烟）	277	1151	35	35	100.00
		自育烤烟	212	339	22	21	95.45
16 me7-em5		省内晒烟	130	181	30	8	26.67
	晒烟	省外晒烟	116	352	30	26	86.67
		晒烟总体	246	533	30	30	100.00
		晾烟	17	1	3	1	33.33
		香料烟	11	0	0	0	0.00
	其他	黄花烟	6	0	0	0	0.00
		白肋烟	26	4	3	3	100.00
		雪茄烟	5	3	3	1	33.33
	总体		800	2029	45	45	100.00

引物组合 16 共有多态性位点 45 个，其中烤烟有 35 个位点，晒烟有 30 个位点，晾烟、白肋烟和雪茄烟均为 3 个位点。

烤烟类别中，省内农家、省内烤烟、省外烤烟和国外烤烟的多态性位点均为 35，自育烤烟多态性位点为 22，自育烤烟的多态性比率在所有烤烟亚群中最高，达到 95.45%。晒烟类别中，省外晒烟多态性比率远高于省内晒烟。引物组合 16 适合对烤烟和晒烟类别进行遗传多样性分析。

二、不同亚群的遗传多样性分析

从表 5-21 可以看出，不含自育烤烟的总群体 588 份种质资源的等位变异数为 1.96，加上自育烤烟后的 800 份种质资源的等位变异数为 1.99。

表 5-21　各亚群遗传多样性指数

亚群		样品数	等位变异数 Na	有效等位变异数 Ne	基因多样性指数 H	Shannon's 信息指数 I
烤烟	省内农家	42	1.45	1.12	0.08	0.13
	省内烤烟	36	1.41	1.13	0.08	0.13
	省外烤烟	86	1.65	1.14	0.09	0.16
	国外烤烟	113	1.73	1.21	0.13	0.22
	烤烟总体（不含自育烤烟）	277	2.00	1.20	0.14	0.23
	自育烤烟	212	1.96	1.14	0.10	0.19
晒烟	省内晒烟	130	1.61	1.08	0.06	0.11
	省外晒烟	116	1.73	1.08	0.06	0.12
	晒烟总体	246	2.00	1.08	0.06	0.13
其他	晾烟	17	1.40	1.16	0.10	0.16
	香料烟	11	1.42	1.18	0.11	0.17
	黄花烟	6	1.20	1.09	0.06	0.09
	白肋烟	26	1.51	1.13	0.09	0.16
	雪茄烟	5	1.32	1.19	0.11	0.17
	其他总体	65	1.99	1.18	0.13	0.23
总群体（除自育烤烟）		588	1.96	1.11	0.08	0.16
总群体（含自育烤烟）		800	1.99	1.10	0.08	0.16

烤烟类别中，烤烟总体（不含自育烤烟）等位变异数为 2.00 个，其中国外烤烟的等位变异数最多，达到 1.73 个，自育烤烟等位变异数比国外烤烟要多，达到 1.96 个，省内农家和省内烤烟种质资源比省外烤烟和国外烤烟种质资源的等位变异数均低，只有 1.40 左右；有效等位变异数以国外烤烟为最高，有 1.21 个，自育烤烟与之相当，有 1.20 个，省内农家和省内烤烟与省外烤烟的有效等位变异数相当，均为 1.10 左右；烤烟总体（不含自育烤烟）基因多样性指数为 0.14，其中国外烤烟基因多样性指数为 0.13，省内农家为 0.08，省内烤烟为 0.08，省外烤烟为 0.09，自育烤烟为 0.10，与其他烤烟亚群比较，略低于国外烤烟，但高于省内农家、省内烤烟和省外烤烟；烤烟总体（不含自育烤烟）Shannon's 信息指数为 0.23，其中国外烤烟为 0.22，省内农家为 0.13，省内烤烟为 0.13，省外烤烟为 0.16，自育烤烟与其他烤烟亚群比较，Shannon's 信息指数为 0.19，比国外烤烟略低，高于省内农家、省内烤烟和省外烤烟。

晒烟类别中，晒烟总体等位变异数为 2.00，其中省内晒烟为 1.61，省外晒烟为 1.73；晒烟总体有效等位变异数为 1.08，省内晒烟和省外晒烟有效等位变异数相同，均为 1.08；晒烟总体基因多样性指数为 0.06，省内晒烟和省外晒烟基因多样性指数相同，均为 0.06；晒烟总体 Shannon's 信息指数为 0.13，其中省内晒烟为 0.11，省外晒烟为 0.12。省外晒烟的等位变异数和 Shannon's 信息指数都略高省内晒烟。

其他烟草类别中，白肋烟等位变异数最多，为 1.51，其余依次为香料烟 1.42，晾烟

1.40，雪茄烟 1.32、黄花烟 1.20；有效等位变异数以雪茄烟最多，为 1.19，其余依次为香料烟 1.18、晾烟 1.16、白肋烟 1.13、黄花烟 1.09；基因多样性指数以香料烟和雪茄烟最高，为 0.11，其余依次为晾烟 0.10、白肋烟 0.09、黄花烟 0.06；Shannon's 信息指数以香料烟和雪茄烟最高，为 0.17，其余依次为晾烟和白肋烟，均为 0.16，黄花烟 0.09。

不同烟草类别间比较，烤烟和晒烟在等位变异数上均较多，有效等位变异数最高为国外烤烟 1.20，最低为省外晒烟 1.08。

不同烟草亚群间比较，国外烤烟的基因多样性指数和 Shannon's 信息指数高于其他烟草亚群。

三、遗传相似系数和遗传距离分析

各亚群遗传相似系数见表 5-22，800 份种质资源遗传相似系数为 0.1461，极差为 0.9344，变异系数为 0.8610。

表 5-22　各亚群遗传相似系数

	亚群	样品数	最小值	最大值	平均值	极差	标准差	变异系数
烤烟	省内农家	42	0.378	0.8671	0.6176	0.4891	0.0905	0.1465
	省内烤烟	36	0.4583	0.9444	0.6876	0.4861	0.0877	0.1276
	省外烤烟	86	0.1333	0.8961	0.4471	0.7628	0.1244	0.2782
	国外烤烟	113	0.2061	0.9451	0.5063	0.7390	0.1368	0.2703
	烤烟总体（不含自育）	277	0.0635	0.9451	0.3400	0.8816	0.1482	0.4358
	自育烤烟	212	0.0370	0.9836	0.3438	0.9466	0.158	0.4595
	烤烟总体（含自育）	489	0.0108	0.9451	0.2216	0.9342	0.1497	0.6755
晒烟	省内晒烟	130	0.0282	0.8667	0.2420	0.8385	0.1525	0.6303
	省外晒烟	116	0.0290	0.8409	0.2480	0.8119	0.1375	0.5530
	总体	246	0.0230	0.8667	0.1876	0.8437	0.1295	0.6904
其他	晾烟	17	0.1622	0.8615	0.4626	0.6994	0.1512	0.3269
	香料烟	11	0.3421	0.8235	0.5916	0.4814	0.1286	0.2174
	黄花烟	6	0.0833	0.8485	0.3644	0.7652	0.2208	0.6059
	白肋烟	26	0.0645	0.8000	0.4033	0.7355	0.1384	0.3432
	雪茄烟	5	0.2000	0.6923	0.5034	0.4923	0.1429	0.2839
	总材料	800	0.0106	0.9451	0.1461	0.9344	0.1258	0.8610

烤烟类别中，以自育烤烟遗传相似系数（0.3438）最小，小于省内烤烟（0.6876）和省内农家（0.6176），且自育烤烟遗传相似系数极差（0.9466）在烤烟类别中最大，大于国外烤烟（0.7390）和省外烤烟（0.7628），其变异系数（0.4595）在几个烤烟亚群中也最大，表明自育烤烟的遗传丰富度最高。

晒烟类别中，省内晒烟和省外晒烟遗传相似性系数相差很小，省内晒烟的极差（0.8385）略高于省外晒烟（0.8119），变异系数（0.6303）也比省外晒烟（0.5530）高，表明省内晒烟的遗传丰富度远高于省外晒烟。

其他烟草类别中，遗传相似系数在 0.3644～0.5916 变动，香料烟的遗传丰富度最低，其次为雪茄烟、晾烟、白肋烟，黄花烟的遗传丰富度最高，各亚群的极差和变异系数也支持这一结论。

各亚群遗传距离见表 5-23，800 份种质资源遗传距离为 0.8539，极差为 0.9345，变异系数为 0.1474。

表 5-23　各亚群遗传距离

亚群		样品数	最小值	最大值	平均值	极差	标准差	变异系数
烤烟	省内农家	42	0.1329	0.622	0.3824	0.4891	0.0905	0.2366
	省内烤烟	36	0.0556	0.5417	0.3124	0.4861	0.0877	0.2809
	省外烤烟	86	0.1039	0.8667	0.5529	0.7628	0.1165	0.2035
	国外烤烟	113	0.0549	0.7939	0.4937	0.7682	0.1244	0.2249
	烤烟总体（不含自育）	277	0.0549	0.9365	0.66	0.8816	0.1482	0.2245
	自育烤烟	212	0.0164	0.9630	0.6562	0.9466	0.1580	0.2407
	烤烟总体（含自育）	489	0.0549	0.9892	0.7784	0.9343	0.1497	0.1923
晒烟	省内晒烟	130	0.1333	0.9718	0.758	0.8385	0.1525	0.2012
	省外晒烟	116	0.1591	0.9710	0.7513	0.8119	0.1375	0.1830
	总体	246	0.1333	0.9718	0.8124	0.8437	0.1295	0.1594
	晾烟	17	0.1385	0.8378	0.5374	0.6993	0.1512	0.2814
	香料烟	11	0.1765	0.6579	0.4084	0.4814	0.1286	0.3149
	黄花烟	6	0.1515	0.9167	0.6356	0.7652	0.2208	0.3473
	白肋烟	26	0.200	0.9355	0.5967	0.7355	0.1384	0.2320
	雪茄烟	5	0.3077	0.8	0.4966	0.4923	0.1429	0.2878
总材料		800	0.0549	0.9894	0.8539	0.9345	0.1258	0.1474

烤烟类别中，以自育烤烟遗传距离（0.6562）最大，大于国外烤烟（0.4937）和省外烤烟（0.5529），且自育烤烟遗传距离极差（0.9466）和变异系数（0.2407）在几个烤烟亚群中也最大，遗传距离结果进一步表明自育烤烟遗传丰富度较高。

晒烟类别中，省内晒烟和省外晒烟遗传距离相似，省内晒烟的极差（0.8385）略高于省外晒烟（0.8119），变异系数（0.2012）也比省外晒烟（0.1830）高，表明省内晒烟的遗传丰富度高于省外晒烟。

其他烟草类别中，遗传距离在 0.4084～0.6356 变动，以香料烟的遗传距离为最小（0.4084），表明香料烟的遗传丰富度最低，其次为雪茄烟、晾烟、白肋烟，以黄花烟的遗传丰富度为最高，和之前的遗传相似性结果一致。

第三节　小结与讨论

一、SRAP 标记具有烟草类别特异性

SRAP 标记对于烟草的不同类别表现有差异，其差异表现在位点的数量和丰度上。由于时间仓促，在开发针对烟草的 SRAP 标记时，只用了烤烟种质资源作为初筛材料，因此没有针对晒烟、晾烟等类别烟草进行引物开发。研究结果表明，对不同烟草类别进行遗传多样性分析应该采取与之相对应的 SRAP 标记，目前已开发的 16 对引物，适用于不同烟草类别如表5-24 所示。

表 5-24　不同烟草类别适应的 SRAP 引物

烟草类别	1	2	3	4	5	6	7	8	9	10	11	12	13	14	15	16
烤烟	√	√	√	√	√	√	√	√	√	√	√	√	√	√	√	√
晒烟		√	√	√		√	√	√	√	√	√	√	√	√	√	√
晾烟	√	√	√			√		√			√		√			
香料烟	√	√				√				√					√	
黄花烟	√	√	√			√		√		√	√					
白肋烟	√	√	√			√				√			√			
雪茄烟	√	√	√	√		√		√			√	√			√	

注：表中 1~16 分别表示 SRAP 引物组合，"√"表示该对引物组合适应烟草类别。

二、不同亚群间遗传多样性有差异

贵州省是一个有着悠久种烟历史的省份，在长期的种植过程中，当地种植户根据经验，选育出一些具有地方特色的农家种质资源，这些农家种质资源大多具备适宜贵州气候、抗逆性较强、高产易烤等特质。这类种质资源作为具有贵州代表性的"基因库"，对我们了解贵州特色种质资源可能会起到重要作用。通过遗传多样性分析可知，这类种质资源遗传背景较为狭窄，多态性比率不高，这与长期的地理隔离和生殖隔离有关。贵州省省内烤烟种质资源多态性比率低于省外烤烟种质资源，省外烤烟种质资源多态性比率又低于国外烤烟种质资源；省内烤烟种质资源的有效等位变异数、基因多样性指数和 Shannon's 信息指数均低于省外烤烟种质资源，而省外烤烟种质资源的有效等位变异数、基因多样性指数和 Shannon's 信息指数又低于国外烤烟种质资源；省内烤烟种质资源遗传丰富度低于省外烤烟，省外烤烟遗传丰富度低于国外烤烟。这些都表明我国烟草育种的亲本来源比国外烤烟狭窄，而贵州省省内已选育种质资源与国内比较又显得亲本来源更狭窄。如何拓宽亲本选择范围，最大程度地利用好杂种优势，将是我国烟草育种急需解决的问题。通过遗传多样性分析，更多了解不同烟草类别的遗传信息，将有助于我们利用不同烟草类别优质基因拓宽遗传背景，来推进育种进程，更有利于选育出优质烟草品种。就对烤烟类别的遗传多样性分析来看，国外烤烟仍然应该作

为育种的主要亲本来源加以利用。

晒烟类别中，省外晒烟等位变异数略高于省内晒烟；省内晒烟和省外晒烟有效等位变异数相同；省内晒烟和省外晒烟基因多样性指数相同；省外晒烟的 Shannon's 信息指数略高于省内晒烟。

其他烟草类别比较，以白肋烟等位变异数最多；有效等位变异数以雪茄烟最多；基因多样性指数以香料烟和雪茄烟最高；Shannon's 信息指数以香料烟和雪茄烟最高。本研究中，晾烟、香料烟、黄花烟、白肋烟和雪茄烟等烟草类别所用种质资源数目比较少，因此，只能说明其类别的部分遗传多样性，对进一步的研究有参考价值。

不同烟草类别间比较，烤烟和晒烟在等位变异数上均较多，有效等位变异数最高为国外烤烟，最低为省外晒烟。不同烟草亚群间比较，国外烤烟的基因多样性指数和 Shannon's 信息指数均高于其他烟草亚群。

晾烟、香料烟、黄花烟、白肋烟和雪茄烟等烟草类别，作为宝贵的烟草种质资源，如何能更深入挖掘其基因信息，引入其香气、抗性等优质基因，长久以来都作为烟草育种的一个热点被广大育种家关注。针对这些烟草资源开展遗传多样性研究，对今后的有效利用将起到重要的借鉴作用。

三、自育烤烟种质资源有较丰富的遗传多样性

对不同亚群的多态性位点、多态性比率、等位变异数、有效等位变异数、基因多样性指数和 Shannon's 信息指数、遗传相似系数和遗传距离等进行分析，研究表明贵州省烟草科学研究所自育烟草种质资源其多态性比率高，遗传距离大，遗传相似性小，基因多样性指数（H）和 Shannon's 信息指数（I）值均较大，表明通过构建具有代表性的烟草品种核心亲本，加大亲本选择范围引入优质基因，再通过人工定向选择，能拓宽其育种的遗传背景，并将能逐步改善现阶段存在的烟草品种育种背景狭隘、来源单一等问题，也能为创造优良新种质打下坚实的基础。自育烤烟总共扩增出的 10649 条条带，平均每对引物扩增出 3.14 条条带，总烤烟（不含自育烤烟）总共扩增出 24778 条条带，平均每对引物扩增出 5.59 条条带，可见，每对引物自育烤烟的多态位点数基本上都比总烤烟（不含自育烤烟）低，但自育烤烟的多态性比率基本上都比其他烤烟亚群要高，说明在育种家有针对性的选择过程中，自育烤烟的亲本来源遗传背景更宽广，基因型类型更丰富。配合田间农艺性状、抗性和品质数据，更容易从中选出优良烟草品种。

参　考　文　献

Dice LR. 1945. Measures of the amount of ecologic association between species. Ecology，26，297—302.

Ferriol M，et al. 2003. Genetic diversity of germplasm collection of Cucurbita Pepo using SRAP and AFLP markers. Theor. Appl. Genet. ，107：271—28.

Li G，et al. 2001. Sequence—related amplified amplified Polymorphism（SRAP）：A new marker system based on a simple PCR reaction：its application to mapping and gene tagging in Brassica. Theor. Appl. Genet. . 103：455—461.

Yeh F，et al. 1997. Population genetic analysis of co—dominant and dominant markers and quantitative traits. Belgian Journal of Botany，129，157.

第六章 烟草种质资源聚类和群体结构分析

聚类分析是将抽象对象的集合分组成由类似对象组成的多个类的过程，能够获得数据的分布状况，观察每一簇数据的特征，集中对特定的聚簇集合作进一步分析；同一个簇中的对象有很大的相似性，而不同簇间的对象有很大的相异性，从而实现对种群固有结构的把握和认识。群体结构则是指遗传变异在物种或群体中的非随机分布，即遗传变异在群体内、群体间的分布样式以及在时间上的变化。聚类分析和群体结构的研究是遗传资源利用和物种保护的基础，对揭示种质资源遗传多样性、特异性和相互间的遗传关系有重要价值，也是杂交育种和遗传群体构建时指导亲本选配的重要依据之一。

Excoffier 等 1992 年发展出了一种分子方差分析（analysis of molecular variance，AMOVA）方法，通过估计单倍型（含等位基因）或基因型之间的进化距离，进行遗传变异的等级剖分，并提出了 Φ-statistics 等方法来有效地度量亚群间的分化。AMOVA 方法适用于所有类型的遗传学数据，充分考虑了单倍型之间的趋异程度，且可以在不需要假设的情况下直接对显性标记数据进行群体遗传结构分析，加上相应分析软件的应用，使得各种单倍型和显性标记数据在群体遗传结构研究中得到广泛的应用，尤其是对于近年来在遗传多样性和群体遗传结构研究中大量应用的 RAPD、ISSR、AFLP、SRAP 等分子标记技术，分子方差分析受到了广泛应用。

此外，通过群体间遗传分化研究，有助于探索已有种质资源的分化和形成。

本文运用遗传聚类分析、群体结构分析、分子方差分析和群体间遗传分化研究，对 800 份烟草种质资源进行综合评价，旨在了解现有种质资源遗传差异，为今后杂交育种选择亲本、配置组合提供参考依据。

第一节 材料与方法

一、试验材料

同第五章。

二、DNA 提取与 SRAP 分析

1. DNA 提取

同第五章。

2. SRAP 分析

　　同第五章。

3. 产物检测

　　同第五章。

三、数据统计与分析

　　遗传相似系数和遗传距离的计算采用 Nei 和 Li（1979）的计算方法；

　　不同亚群烟草种质资源利用 NTSYS-pc2.10 软件的 SAHN 程序中的 UPGMA 方法进行聚类分析并生成聚类图。总材料聚类分析根据遗传距离矩阵借助 MEGE 4 完成，利用 FigTree V1.3.1 进行聚类图像编辑。

　　在 STRUCTURE 2.2 软件包中采用混合模型和等位变异发生频率相关模型进行群体遗传结构分析，完成资源群体结构剖析及每份参试材料的适当群体划入及其相关参数计算。所设置的 Structure 参数 "Burnin Period" 和 "after Burnin" 为 10 000 次，K 值为 1~15，每个 K 值运行 10 次，计算每个 K 值对应的 "Var [ln P(D)]" 值的均值，然后做出折线图选择最佳 K 值。

　　应用 Arlequin V3.01 进行 AMOVA 分析和群体间分化系数计算。

第二节　结果与分析

一、聚类分析

1. 烤烟群体聚类分析

　　（1）省内农家种质资源聚类分析

　　省内农家烤烟种质资源一共有 42 份，聚类图（图 6-1）在截距 0.55 附近可以分为 2 个亚群。

　　第 1 亚群包含 3 个组群。

　　　　第 1 组群有大柳叶、福泉朝天立、福泉厚节巴、福泉团叶折烟、黄平毛杆烟、贵定柳叶、福泉永兴二号、福泉沙坪烟、福泉小黄壳、黄平大柳叶、湄潭平板柳叶、黔江一号、瓮安枇杷烟、炉山小柳叶、炉山小莴笋叶、麻江百花烟、湄潭紫红花、麻江大红花、湄潭铁杆烟、金农一号、炉山大窝笋叶、炉山柳叶、龙里小黄烟、炉山大柳叶、麻江立烟、湄潭大柳叶、湄潭农坪多叶；

　　　　第 2 组群有独山软杆、福泉大枇杷叶、福泉丰收、福泉窝鸡叶烟、福泉小黄叶、福泉小枇杷叶、贵定尖叶折烟、贵定团鱼叶；

　　　　第 3 组群有福泉大鸡尾。

　　第 1 亚群的第 1 组群主要来源于黔南州福泉市和贵定县以外地区的农家种质资源。第 2 组群和第 3 组群从地理来源看，主要集中在福泉市和贵定县。

　　第 2 亚群为瓮安大毛烟、瓮安铁杆烟、瓮安中坪烤烟、乌江二号、折烟、乌江一号。

第 2 亚群里主要为湄潭县和瓮安县选育的当地农家种质资源。

由聚类图可见，在贵州省长期烤烟种植过程中，省内农家多以福泉和湄潭两地农家种质资源为主，这在一定程度上形成了福泉和湄潭特色，作为贵州特色烟草种质资源的宝贵材料，在烤烟种植历史中起到了重要作用。

（2）省内烤烟种质资源聚类分析

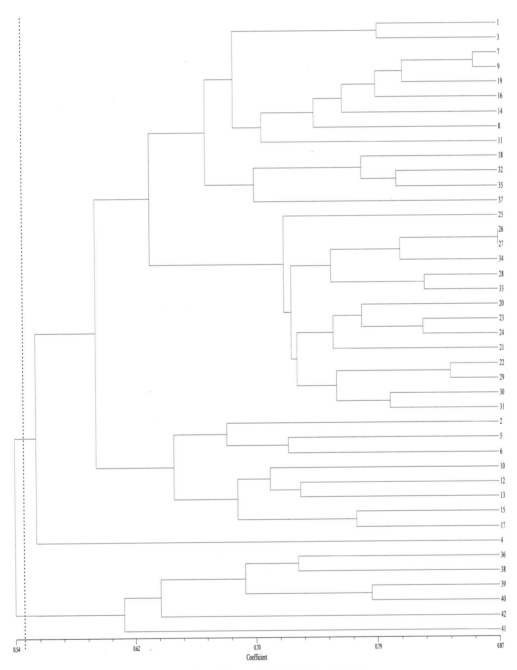

图 6-1　省内农家种质资源 UPGMA 聚类图

注：图 6-1 中从上至下分别为：大柳叶、福泉朝天立、福泉厚节巴、福泉团叶折烟、黄平毛杆烟、贵定柳叶、福泉永兴二号、福泉沙坪烟、福泉小黄壳、黄平大柳叶、湄潭平板柳叶、黔江一号、瓮安枇杷烟、炉山小柳叶、炉山小萵笋叶、麻江百花烟、湄潭紫红花、麻江大红花、湄潭铁杆烟、金农一号、炉山大窝笋叶、炉山柳叶、龙里小黄烟、炉山大柳叶、麻江立烟、湄潭大柳叶、湄潭农坪多叶、独山软杆、福泉大枇杷叶、福泉丰收、福泉窝鸡叶烟、福泉小黄叶、福泉小枇杷叶、贵定尖叶折烟、贵定团鱼叶、福泉大鸡尾、瓮安大毛烟、瓮安铁杆烟、瓮安中坪烤烟、乌江二号、折烟、乌江一号。

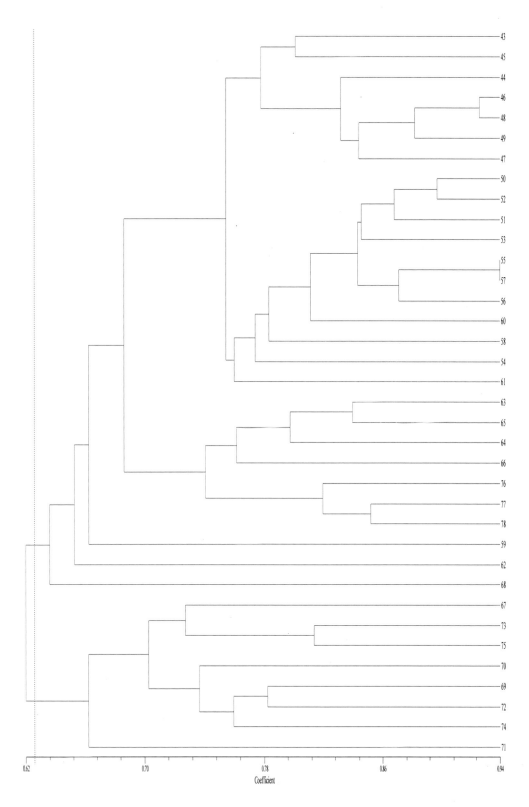

图 6-2 省内烤烟种质资源 UPGMA 聚类图

注：图 6-2 中从上至下分别为：6186、7204、7202、68E-2、96019、GT-11A、75D-3、H68E-1、NB1、H80A432、γ72（3）B-2、毕金二号、春雷二号、毕金一号、春雷三号（甲）、春雷三号、γ72（4）e-2、春雷四号、春雷一号、工农高大烟、反帝三号-丙、贵定 400 号尖叶、新铺三号、新铺一号、FY042、春雷三号（丙）、春雷五号、娄山一号、贵烟 4 号、湄育 2-2、新铺二号、湄黄二号、湄辐四号、湄育 2-1、新农 3-1 号、湄潭黑团壳。

省内烤烟种质资源一共有 36 份，聚类图（图 6-2）在截距 0.63 附近可以分为 2 个亚群。
第 1 亚群里有 4 个组群。

　　　　第 1 组群为 6186、7204、7202、68E-2、96019、GT-11A、75D-3、H68E-1、
NB1、H80A432、γ72（3）B-2、毕金二号、春雷二号、毕金一号、春雷三号（甲）、
春雷三号、γ72（4）e-2、春雷四号、春雷一号、工农高大烟、反帝三号-丙、贵定
400 号尖叶、新铺三号、新铺一号、FY042；

　　　　第 2 组群为春雷三号（丙）；

　　　　第 3 组群为春雷五号；

　　　　第 4 组群为娄山一号。

亚群 1 内种质资源追溯亲本，基本都集中来源于 D101、金星 6007，是主要针对当时黑胫
病病害严重的问题，我省集中以抗黑胫病抗源为亲本选育出的一批种质资源。比如春雷 3 号
就是金星 6007 与 D101 杂交中选育而成。

第 2 亚群里面有 2 个组群。

　　　　第 1 组群为贵烟 4 号、湄育 2-2、新铺二号、湄黄二号、湄辐四号、湄育 2-1、
新农 3-1 号；

　　　　第 2 组群为湄潭黑团壳。

亚群 2 内种质资源主要是集中在湄潭县选育烤烟，其亲本来源以地方性农家种为主，再
引入其他优质烤烟基因，如金星 6007、特字 400 等，其多半具有湄潭地方特色种质资源特
质。亚群 2 中湄潭黑团壳由乌江 2 号和 Beinhart1000-1 杂交而成，因此具有雪茄烟的特质而
单独作为 1 个组群。

（3）省外烤烟种质资源聚类分析

省外烤烟种质资源一共有 86 份，聚类图（图 6-3）在截距 0.30 附近可以分为 2 个亚群。
第 1 亚群里有 7 个组群。

　　　　第 1 组群包括 315、507、517、400-7、78-02-46、78-11-36、大白筋 599、4-4、
长脖黄、广黄三十九、7618、9111-21、5008、317、6388、8602-123、8608、8813、
CF965、扁黄金 1129、6251、317-2、保险黄 0764、大顶烟 0893、革新二号、革新
三号、寸茎烟、革新五号、大黄金 5210、单育二号、大虎耳、单育三号、革新一
号、广黄 21 号、广黄 55、广黄六号；

　　　　第 2 组群包括净叶黄、抗 44、马尚特、牡丹 78-7、牡丹 79-1、晋太 7618、宁东
凤皇烟、竖叶子 0982、黔-2、竖叶子 0987、晋太 7645、晋太 78、路美邑、辽烟
8100、柳叶尖 0695、潘园黄、千斤黄、牡丹 79-6、庆胜二号、胎里富 1011、神烟

图 6-3　省外烤烟种质资源 UPGMA 聚类图

　　注：图 6-3 中从上至下分别为：315、507、517、400-7、78-02-46、78-11-36、大白筋 599、4-4、长脖黄、广黄三十九、
7618、9111-21、5008、317、6388、8602-123、8608、8813、CF965、扁黄金 1129、6251、317-2、保险黄 0764、大顶烟
0893、革新二号、革新三号、寸茎烟、革新五号、大黄金 5210、单育二号、大虎耳、单育三号、革新一号、广黄 21 号、
广黄 55、广黄六号、净叶黄、抗 44、马尚特、牡丹 78-7、牡丹 79-1、晋太 7618、宁东凤皇烟、竖叶子 0982、黔-2、竖叶
子 0987、晋太 7645、晋太 78、路美邑、辽烟 8100、柳叶尖 0695、潘园黄、千斤黄、牡丹 79-6、庆胜二号、胎里富 1011、
神烟 1059、云烟二号、偏筋黄 1036、岩烟 97、永定 7708、中烟 86、窝里黑 0774、窝里黑 0782、许金二号、小白筋 0948、
许金一号、永定 401、中卫一号、中烟 14、歪把子、许金四号、云烟 87、中烟 90、中烟 9203、资阳黄、FS095、辽烟
7910、红星一号、广黄十号、晋太 76、桂单一号、红花大金元、72-41-11、金星 6007、株 8。

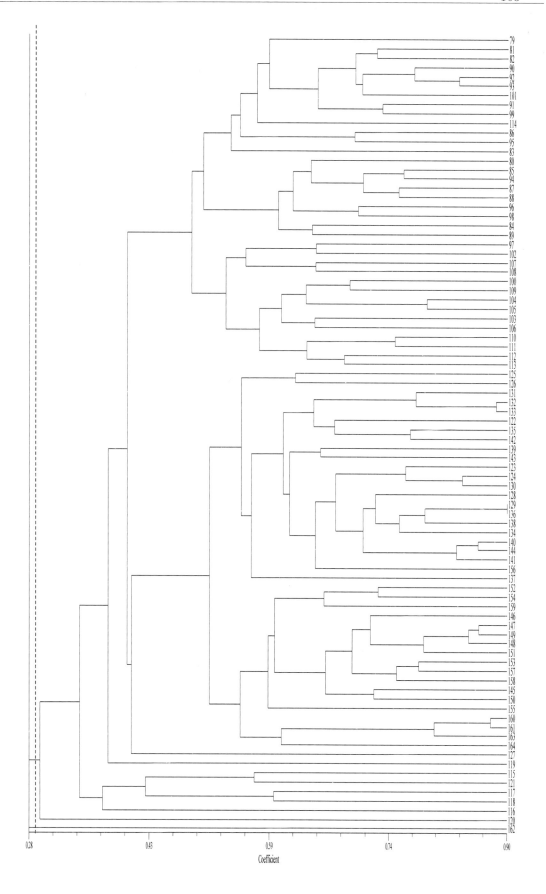

Coefficient

1059、云烟二号、偏筋黄 1036、岩烟 97、永定 7708、中烟 86、窝里黑 0774、窝里黑 0782、许金二号、小白筋 0948、许金一号、永定 401、中卫一号、中烟 14、歪把子、许金四号、云烟 87、中烟 90、中烟 9203、资阳黄、FS095；

　　　　第 3 组群包括辽烟 7910；

　　　　第 4 组群包括红星一号；

　　　　第 5 组群包括广黄十号、晋太 76、桂单一号、红花大金元；

　　　　第 6 组群包括 72-41-11；

　　　　第 7 组群包括金星 6007。

　　亚群 1 里组群 1 以云南省和广东省选育的种质资源为主，组群 2 以北方烟区选育的种质资源为主，组群 3、组群 4、组群 5、组群 6 和组群 7 内资源数量都比较少，其在亲本来源上可能有其各自特异来源，如红花大金元是从大金元中选育出来的突变株，而 72-41-11 由广黄十号和净叶黄杂交而成。

　　第 2 亚群里只有株 8。

　　作为亚群 2 里唯一的一个种质资源株 8，它和亚群 1 遗传距离比较远，株 8 从亲本来源来看，是云烟 4 号和 K326 杂交后代中的一个单株，与同是如此血统的 315 在遗传距离上比较远，推测其可能在种植过程中，产生了自然突变或者引入了其他亲缘关系比较远的血缘。

　　（4）国外烤烟种质资源聚类分析

　　国外烤烟种质资源一共有 113 份，聚类图（图 6-4）在截距 0.46 附近可以分为 3 个亚群。

　　第 1 亚群里有 2 个组群。

　　第 1 组群有 AK6、Bazanga log、Coker spedlgreed、Coker176、Coker258、Coker347、Coker411、Coker254、Coker86、Delcrest 66、Coker213、Delihi、Dixie Bright 101、GAT-4、K149、E1、K358、E2、F347、Hicks、K326、Hicks、K394、Coker 51、K399、K730、Kutsaga51F、KutsagaE1、MRS-3、M. C、Meck、MRS-1、Nc2326、Nc71、Nc72、K346、Nc1108、Nc37. NF、Nc567、Nc107、Nc60、Nc8029、Nc82、Nc729、Nc27. NF、NcTG55、Nc89、Nc95；

　　第 2 组群有 NcTG70、Oxford 1、Oxford 2、PVH08、Oxford 2007、Oxford 2028、Oxford 26、P3、Oxford 3、Oxford 4、Oxford 940、PD4、PVH01、PVH02、Qual 946、RG12、R-G、RG11、RG89、Reams M1、RG13、RG17、RG22、RG8、S. C58、Special 400、Special 401、

图 6-4　国外烤烟种质资源 UPGMA 聚类图

注：图 6-4 中从上至下分别为：AK6、Bazanga log、Coker spedlgreed、Coker176、Coker258、Coker347、Coker411、Coker254、Coker86、Delcrest 66、Coker213、Delihi、Dixie Bright 101、GAT-4、K149、E1、K358、E2、F347、Hicks、K326、Hicks、K394、Coker 51、K399、K730、Kutsaga51E、KutsagaE1、MRS-3、M. C、Meck、MRS-1、Nc2326、Nc71、Nc72、K346、Nc1108、Nc37. NF、Nc567、Nc107、Nc60、Nc8029、Nc82、Nc729、Nc27. NF、NcTG55、Nc89、Nc95、NcTG70、Oxford 1、Oxford 2、PVH08、Oxford 2007、Oxford 2028、Oxford 26、P3、Oxford 3、Oxford 4、Oxford 940、PD4、PVH01、PVH02、Qual 946、RG12、R-G、RG11、RG89、Reams M1、RG13、RG17、RG22、RG8、S. C58、Special 400、Special 401、Speight G-33、Speight G-41、Speight G-108、Speight G-111、Speight G-164、Speight G-28、Speight G-140、Speight G-80、SPTG-172、VA116、VA260、VA410、Speight G-70、T. T. 6、T. T. 7、Ti93、TI245、TI448A、V2、VA 182、TL106、VA444、富字 30 号、富字 47 号、VA578、Virgina Bright leaf、Whit Gold、富字 33 号、富字 64 号、温德尔、万良烟、温德尔（变异）、VA432、VA436、Yellow Mammoth、ZT99、白花 G-28、Yellow orinoco。

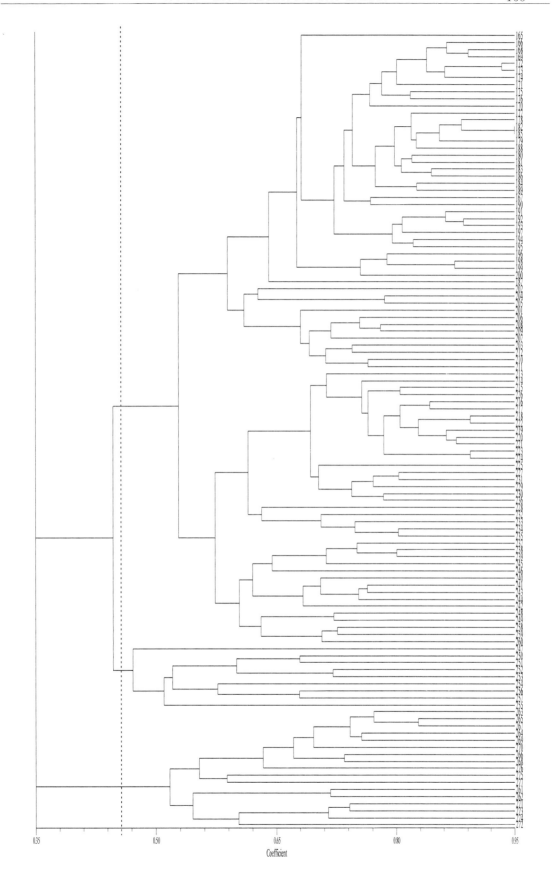

Coefficient

Speight G-33、Speight G-41、Speight G-108、Speight G-111、Speight G-164、Speight G-28、Speight G-140、Speight G-80、SPTG-172、VA116、VA260、VA410。

　　亚群 1 里面主要是美国、加拿大、津巴布韦、巴西的烤烟种质资源，其中组群 1 主要为 Coker 和 Hicks 系列种质资源，组群 2 主要为牛津、Speight 和 RG 系列。

　　第 2 亚群里有 4 个组群。

　　第 1 组群里有 Speight G-70；

　　第 2 组群 T. T. 6、T. T. 7、TI93、TI245；

　　第 3 组群里有 TI448A、V2、VA 182；

　　第 4 组群里有 TL106。

　　亚群 2 内主要为 TI 系列。

　　第 3 亚群里有 2 个组群。

　　第 1 组群里有 VA444、富字 30 号、富字 47 号、VA578、Virgina Bright leaf、Whit Gold、富字 33 号、富字 64 号、温德尔、万良烟、温德尔（变异）；

　　第 2 组群里有 VA432、VA436、Yellow Mammoth、ZT99、白花 G-28、Yellow orinoco。

　　亚群 3 主要为 Vesta 系列。

　　（5）自育烤烟种质资源聚类分析

表 6-1　自育烤烟种质资源来源

编号	来源	编号	来源
FZ1	Nc82/贵烟 11	FZ20	G-164/RG8（1）
FZ2	Coker86/哲伍毛烟	FZ21	PVH02/Nc82
FZ3	RG11/Nc95	FZ22	PVH02/Nc82
FZ4	RG17/Nc82	FZ23	PVH02/Nc82
FZ5	RG17/Nc27	FZ24	OX2028/K340
FZ6	RG17/Nc37	FZ25	K326/毛烟//K326/3/K326/4/ PVH02
FZ7	K346/哲伍毛烟	FZ26	D101/红花大金元//红花大金元/3/红花大金元/4/ RG8（1）
FZ8	白岩市/K358	FZ27	D101/红花大金元//红花大金元/3/红花大金元/4/ RG8（1）
FZ9	白岩市/K358	FZ28	D101/春雷 3 号//毛烟/3/K326/4/K326/5/K326
FZ10	片片黄/RG89	FZ29	Nc82/湄育 2−1//Nc729/3/Nc729
FZ11	G29/RG12	FZ30	Nc82/H80A//RG17/3/RG17
FZ12	广黄 55/G28	FZ31	Nc82/RG11/ /K326/3/K326
FZ13	广黄 55/315	FZ32	K730/RG11/ /K326/3/K326
FZ14	广黄 55/G-164	FZ33	K730/RG11//G28/3/G28
FZ15	广黄 55/K326	FZ34	G-164/V2//K358/3/K358
FZ16	广黄 55/K326	FZ35	G-164/V2//K358/3/K358
FZ17	广黄 55/K326	FZ36	Coker176/长脖黄//PVH06/ 3/PVH06
FZ18	RG12/RG8（1）	FZ37	Coker176/长脖黄//PVH06/ 3/PVH06
FZ19	RG15/Nc95	FZ38	Coker176/长脖黄//PVH06/ 3/PVH06

续表

编号	来源	编号	来源
FZ39	K730/福泉 1//RG11/3/RG11	FZ78	假云 87/K730//K730
FZ40	K730/福泉 1//RG11/3/RG11	FZ79	K358/RG8
FZ41	K730/福泉 1// PVH06/ 3/PVH06	FZ80	K358/RG13
FZ42	K326/春雷 3 号//K730/3/K730	FZ81	K358/PVH06
FZ43	K326/春雷 3 号//RG89/3/RG89	FZ82	K326/春雷 3 号//K346
FZ44	K326/春雷 3 号//RG89/3/RG89	FZ83	K326/春雷 3 号//K346
FZ45	K326/春雷 3 号//RG89/3/RG89	FZ84	K326/PVH02//PVH06/3/PVH06
FZ46	K326/春雷 3 号//RG89/3/RG89	FZ85	G28/Nc82
FZ47	K326/春雷 3 号//RG89/3/RG89	FZ86	TI245/G28//春雷 3 号
FZ48	K326/春雷 3 号//RG89/3/RG89	FZ87	湄育 2-1
FZ49	K326/春雷 3 号//RG89/3/RG89	FZ88	Nc82/贵 11（Ⅰ）
FZ50	K326/ H80A//RG11/3/RG11	FZ89	Nc82/贵 11（Ⅰ）
FZ51	K326/PVH02/ /PVH06/3/PVH06	FZ90	Nc82/贵 11（Ⅰ）
FZ52	K326/RG17// K326/3/K326	FZ91	Nc82/贵 11（Ⅰ）
FZ53	K326/RG11	FZ92	Nc82/贵 11（Ⅰ）
FZ54	K326/RG17	FZ93	春雷 3 号/红大//K346/3/K326/4/K326
FZ55	K326/RG8	FZ94	春雷 3 号/红大//K346/3/K326/4/K326
FZ56	K326/PVH02	FZ95	春雷 3 号/红花大金元//K346/3/K326/4/K326
FZ57	K317/RG12	FZ96	春雷 3 号/红花大金元//K346/3/K326/4/K326
FZ58	K317/RG89	FZ97	K730/RG11//K326
FZ59	K340/RG13	FZ98	K730/rg11/K326
FZ60	RG8（1）/NcTG70	FZ99	Nc95/315
FZ61	TC325/PVH06	FZ100	PVH02/广黄 55
FZ62	TC325/Nc82	FZ101	PVH02/广黄 55
FZ63	TC325/PVH02	FZ102	假 87/G28
FZ64	TC325/PVH02	FZ103	片片黄/K326
FZ65	TC325/Nc82	FZ104	片片黄/G28
FZ66	TC325/PVH02	FZ105	片片黄/G28
FZ67	假 87/Nc82//Nc82	FZ106	RG8（1）
FZ68	87/G28//G28	FZ107	K326/哲伍毛烟//PVH06
FZ69	黔东南/RG17//RG17	FZ108	D101/红花大金元//红花大金元/3/红花大金元/4/RG8
FZ70	白岩市/G28//G28	FZ109	K326/cC82//K326/3/K326/4/K326/5/K326
FZ71	片片黄/RG12//RG12	FZ110	云烟 87/红花大金元//K326/3/K326/4/K326/5/K326
FZ72	片片黄/K326// K326	FZ111	K326/贵烟 11/K346/3/K326/4/K326/5/K326
FZ73	PVH02/湄育 2-1// PVH02	FZ112	Nc82/云烟 87//K326/3/K326/4/K326
FZ74	K730/RG17	FZ113	春雷 3 号/D101//哲伍毛烟/3/K326/4/K326/5/K326
FZ75	Nc729/RG13	FZ114	Nc82/G28//K346
FZ76	PVH06/RG13	FZ115	K326/G28
FZ77	PVH02/RG11	FZ116	云烟 85/G28

编号	来源	编号	来源
FZ117	云烟 85/K346	FZ156	K730/福泉 1//PVH06/3/PVH06
FZ118	Nc82/G28	FZ157	K326＊H80A//K326/3/K326
FZ119	片片黄/云烟 87	FZ158	K326＊PVH02//PVH06/3/PVH06
FZ120	RG17 系选	FZ159	K317/RG89
FZ121	湄育 2−1 系选	FZ160	K317/K340
FZ122	Nc82/贵烟 11（Ⅰ）	FZ161	K340/RG89
FZ123	春雷 3 号/贵烟 11//K326	FZ162	K730/RG17
FZ124	片片黄/G28//G28	FZ163	G28/Nc82
FZ125	Coker176/V2	FZ164	云烟 85/TI245//M2HK2
FZ126	PVH02/广黄 55	FZ165	Nc82/贵 11（Ⅰ）
FZ127	片片黄/K326	FZ166	云烟 87/贵 11
FZ128	片片黄/G28	FZ167	Nc95/春雷 3 号//Nc729/3/Nc729
FZ129	D101/春雷 3 号//春雷 3 号/3/RG8（1）	FZ168	RG17/福泉 1//K326/3/K326
FZ130	云烟 85/Nc82//K326/3/Nc729	FZ169	K326 突变
FZ131	云烟 85/Nc82//哲伍毛烟/3/K358	FZ170	SPG−111/SPTG−172
FZ132	云烟 85/Nc82//K326/3/G28	FZ171	RG12/Nc82
FZ133	片片黄/K326	FZ172	白岩市/Coker347
FZ134	片片黄/G28	FZ173	白岩市/cokerspead
FZ135	Nc95/春雷 3 号//Nc729/3//Nc729	FZ174	片片黄/SPG−111
FZ136	RG17/RG11//K326/3/k326	FZ175	Nc82/PVH06
FZ137	RG17/RG11//Nc82/3/Nc82	FZ176	G28/RG8（1）
FZ138	RG17/RG11//Nc729/3/Nc729	FZ177	广黄 55/Cokerspead
FZ139	RG17/福泉 1/K326/3/K326	FZ178	Nc729/TC325
FZ140	RG17/福泉 1//G28/3/G28	FZ179	NcTG70/Nc95
FZ141	RG17/福泉 1//RG13/3/RG13	FZ180	G-164/Nc729
FZ142	K730/RG11//K356/3/K356	FZ181	PVH02/K358
FZ143	K730/RG11//RG12/3/RG12	FZ182	贵 11（1）
FZ144	K730/RG11//K326/3/K326	FZ183	贵 11（2）
FZ145	K730/RG11//G28/3/G28	FZ184	贵 11（3）
FZ146	K730/RG11//RG13/3/RG13	FZ185	PVH06/RG8
FZ147	G-164/V2//K358/3/K358	FZ186	片片黄/Nc82//Nc82
FZ148	G-164/V2//RG13/3/RG13	FZ187	PVH06/Nc729
FZ149	PVH02/湄育 2-1//RG12/3/RG12	FZ188	K358/RG12
FZ150	PVH02/湄育 2-1//K326/3/K326	FZ189	哲伍毛烟/RG13//RG13
FZ151	PVH02/H80A//K326/3/K326	FZ190	PVH02/湄育 2-1//PVH02
FZ152	PVH02/RG17//K326/3/K326	FZ191	Nc82/H80A//Nc729/3/Nc729
FZ153	Coker85/春雷 3 号//RG89/3/RG89	FZ192	Nc82/V2//RG17/3/Nc729
FZ154	Coker176/长脖黄//K730/3/K730	FZ193	Nc82/V2//Nc82/3/Nc82
FZ155	K730/福泉 1//RG11/3/RG11	FZ194	Nc82/RG11//RG17/3/RG17

编号	来源	编号	来源
FZ195	Nc82/RG11/K326/3/K326	FZ204	Coker176/长脖黄//K326/3/K326
FZ196	Nc82/RG17//Nc82/3/Nc82	FZ205	K730/RG11//K326
FZ197	Nc82/RG17//Nc729/3/Nc729	FZ206	Coker176/长脖黄//RG11/3/RG11
FZ198	Coker176/春雷3号//Nc729/3/Nc739	FZ207	K326/春雷3号//K730/3/K730
FZ199	贵11突变	FZ208	Coker86/哲伍毛烟
FZ200	cokerspead/哲伍毛烟	FZ209	Nc37/V2
FZ201	cokerspead/哲伍毛烟	FZ210	春雷3号/红花大金元//K346/3/K326/4/K326
FZ202	Coker85/春雷3号//RG89/3/RG89	FZ211	E（组培）
FZ203	Coker176/长脖黄//K326/3/K326	FZ212	K326突变

自育烤烟种质资源一共有212份，亲本来源见表6-1，聚类图（图6-5）在截距0.25附近可以分为5个亚群。

第1亚群里有4个组群。

第1组群有 FZ1、FZ16、FZ21、FZ22、FZ15、FZ19、FZ20、FZ2、FZ3、FZ4、FZ6、FZ11、FZ9、FZ10、FZ7、FZ8、FZ5、FZ12、FZ13、FZ14、FZ17、FZ18、FZ23、FZ35、FZ40、FZ24、FZ41、FZ42、FZ25、FZ26、FZ31、FZ28、FZ30、FZ32、FZ27、FZ43、FZ36、FZ38、FZ37、FZ29、FZ34、FZ33、FZ44、FZ45、FZ47、FZ48、FZ49、FZ50、FZ51、FZ53、FZ52、FZ54、FZ55、FZ56、FZ58、FZ57、FZ59；

第2组群里有 FZ61、FZ63、FZ62、FZ79、FZ95、FZ97、FZ96、FZ100、FZ104、FZ105、FZ106、FZ101、FZ107、FZ111、FZ112、FZ113、FZ123、FZ124、FZ125、FZ122、FZ129、FZ116、FZ110、FZ118、FZ120、FZ132、FZ133、FZ135、FZ137、FZ139、FZ138、FZ150、FZ152、FZ157、FZ158、FZ163、FZ159、FZ160、FZ164、FZ166、FZ169、FZ162、FZ165、FZ153、FZ177、FZ64、FZ68、FZ70、FZ71、FZ73、FZ74、FZ75、FZ78、FZ80、FZ77、FZ81、FZ86、FZ87、FZ88、FZ89、FZ92、FZ90、FZ91、FZ82、FZ83、FZ65、FZ84、FZ85、FZ127、FZ145、FZ146、FZ148、FZ149、FZ151、FZ154、FZ147、FZ161、FZ140、FZ206、FZ210、FZ212、FZ208、FZ209、FZ211、FZ207、FZ98、FZ99、FZ128、FZ131、FZ93、FZ94、FZ102、FZ108、FZ115、FZ109、FZ119、FZ117、FZ170、FZ178、FZ172、FZ176、FZ182、FZ183、FZ171、FZ174、FZ180、FZ175、FZ179、FZ184、FZ187、FZ186、FZ181、FZ190、FZ185、FZ188、FZ191、FZ197、FZ192、FZ193、FZ194、FZ198、FZ199、FZ195、FZ196、FZ202、FZ203、FZ204、FZ205；

第3组群里有 FZ39、FZ134、FZ136、FZ121、FZ126、FZ141、FZ142、FZ143、FZ144、FZ60、FZ66、FZ76、FZ67、FZ69、FZ72；

第4组群里有FZ114、FZ200、FZ201。

大部分自育烤烟都为亚群1，主要为省内烤烟、国内烤烟与国外烤烟种质资源的杂交后代。

第2亚群有FZ103。

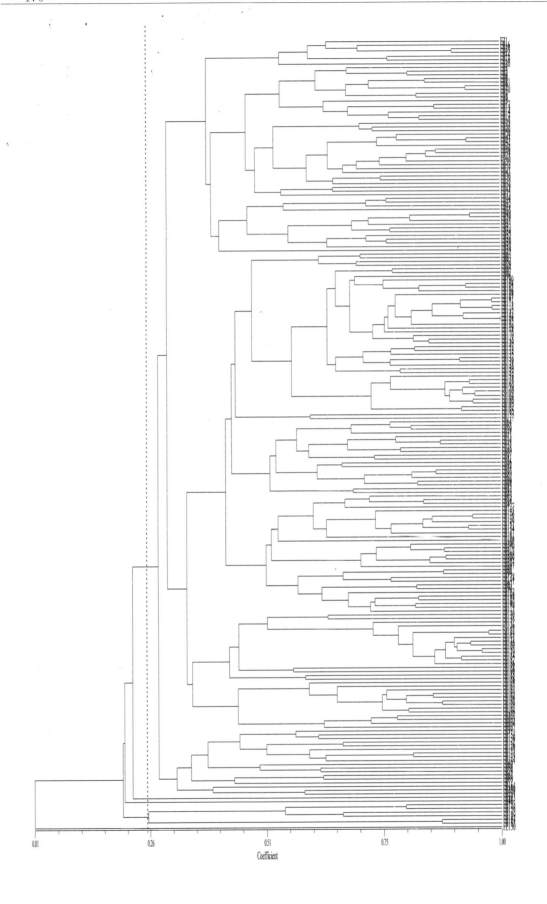

第 3 亚群有 FZ46。

第 4 亚群有 FZ155、FZ156、FZ173、FZ189、FZ167、FZ168。

第 5 亚群有 FZ130。

亚群 2、亚群 3、亚群 4 和亚群 5 里种质资源数量比较少，从亲本来源来看主要为省内农家和地方特色种质资源与国外烤烟杂交后代。

贵州烟草科学研究所自育烤烟种质资源一般以国内烤烟、省内烤烟和省内农家为亲本之一，与国外优质烤烟杂交，既保持了国外烤烟的优秀品质，又兼顾了本地特色种质资源对本省气候的适应性。

（6）总烤烟种质资源聚类分析

①总烤烟（不含自育）种质资源聚类分析

对 277 份烤烟种质资源（不含自育烤烟）进行聚类分析，聚类图（图 6-6）在截距 0.32 附近可以分为 5 个亚群。

第 1 亚群可以分为 2 个组群。

第 1 组群为省内农家；

第 2 组群为省内烤烟。

第 2 亚群以省外烤烟为主。

第 3 亚群以国外烤烟为主。

第 4 亚群只有株 8。

第 5 亚群只有金星 6007。

②总烤烟（含自育）种质资源聚类分析

图 6-5　自育烤烟资源 UPGMA 聚类图

注：图 6-5 中从上至下分别为：FZ1、FZ16、FZ21、FZ22、FZ15、FZ19、FZ20、FZ2、FZ3、FZ4、FZ6、FZ11、FZ9、FZ10、FZ7、FZ8、FZ5、FZ12、FZ13、FZ14、FZ17、FZ18、FZ23、FZ35、FZ40、FZ24、FZ41、FZ42、FZ25、FZ26、FZ31、FZ28、FZ30、FZ32、FZ27、FZ43、FZ36、FZ38、FZ37、FZ29、FZ34、FZ33、FZ44、FZ45、FZ47、FZ48、FZ49、FZ50、FZ51、FZ53、FZ52、FZ54、FZ55、FZ56、FZ58、FZ57、FZ59、FZ61、FZ63、FZ62、FZ79、FZ95、FZ97、FZ96、FZ100、FZ104、FZ105、FZ106、FZ101、FZ107、FZ111、FZ112、FZ113、FZ123、FZ124、FZ125、FZ122、FZ129、FZ116、FZ110、FZ118、FZ120、FZ132、FZ133、FZ135、FZ137、FZ139、FZ138、FZ150、FZ152、FZ157、FZ158、FZ163、FZ159、FZ160、FZ164、FZ166、FZ169、FZ162、FZ165、FZ153、FZ177、FZ64、FZ68、FZ70、FZ71、FZ73、FZ74、FZ75、FZ78、FZ80、FZ77、FZ81、FZ86、FZ87、FZ88、FZ89、FZ92、FZ90、FZ91、FZ82、FZ83、FZ65、FZ84、FZ85、FZ127、FZ145、FZ146、FZ148、FZ149、FZ151、FZ154、FZ147、FZ161、FZ140、FZ206、FZ210、FZ212、FZ208、FZ209、FZ211、FZ207、FZ98、FZ99、FZ128、FZ131、FZ93、FZ94、FZ102、FZ108、FZ115、FZ109、FZ119、FZ117、FZ170、FZ178、FZ172、FZ176、FZ182、FZ183、FZ171、FZ174、FZ180、FZ175、FZ179、FZ184、FZ187、FZ186、FZ181、FZ190、FZ185、FZ188、FZ191、FZ197、FZ192、FZ193、FZ194、FZ198、FZ199、FZ195、FZ196、FZ202、FZ203、FZ204、FZ205、FZ39、FZ134、FZ136、FZ121、FZ126、FZ141、FZ142、FZ143、FZ144、FZ60、FZ66、FZ76、FZ67、FZ69、FZ72、FZ114、FZ200、FZ201、FZ103、FZ46、FZ155、FZ156、FZ173、FZ189、FZ167、FZ168、FZ130。

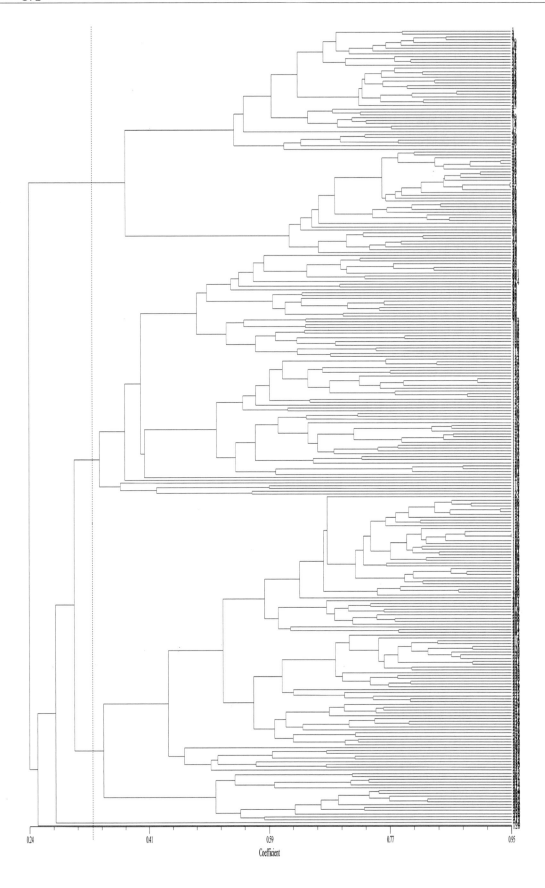

Coefficient

对 489 份烤烟种质资源（含自育烤烟）进行聚类（图 6-7），在截距 0.16 附近可以分为 3 个亚群。

第 1 亚群可分为 5 个组群。

第 1 组群为省内农家和省内烤烟，其中省内农家和省内烤烟又各为 1 个小组；

第 2 组群为省外烤烟；

第 3 组群为国外烤烟；

第 4 组群为株 8；

第 5 组群为金星 6007。

第 2 亚群为自育烤烟中的 FZ16。

第 3 亚群为自育烤烟。又可以分为 8 个组群。

省内农家、省内烤烟、省外烤烟、国外烤烟和自育烤烟种质资源的聚类分析结果表明：与省内农家、省内烤烟、省外烤烟、国外烤烟相比，自育烤烟自成一类，是对现有烟草种质的补充。

从对 277 份烤烟种质资源（不含自育烤烟）和 489 份烤烟种质资源（含自育烤烟）的聚类分析（图 6-6、图 6-7）可以看出，省内农家、省内烤烟、省外烤烟、国外烤烟和自育烤烟通过聚类分析，均能区别开，由此说明地理来源相同的种质资源倾向于聚为一类，在一定程度上形成了烤烟的"地理基因库"。无论是省内农家、省内烤烟、省外烤烟、抑或是国外烤烟，其在选育过程中，均在一定程度上引入了当地特色种质资源的血缘。通过选择不同类别的烤烟作为杂交亲本，更容易拓宽种质资源的遗传多样性。

图 6-6　总烤烟（不含自育）种质资源 UPGMA 聚类图

注：图 6-6 中从上至下分别为：大柳叶、福泉朝天立、福泉厚节巴、福泉团叶摺烟、黄平毛杆烟、贵定柳叶、福泉永兴二号、福泉沙坪烟、福泉小黄壳、黄平大柳叶、湄潭平板柳叶、黔江一号、瓮安枇杷烟、金农一号、炉山大窝笋叶、炉山柳叶、龙里小黄烟、炉山大柳叶、麻江立烟、湄潭大柳叶、湄潭龙坪多叶、炉山小窝笋叶、麻江白花烟、湄潭紫红花、麻江大红花、湄潭铁秆烟、炉山小柳叶、独山软杆、福泉大枇杷叶、福泉丰收、福泉窝鸡叶烟、福泉小黄叶、福泉小枇杷叶、贵定尖叶摺烟、贵定团鱼叶、福泉大鸡尾、瓮安大毛烟、瓮安铁秆烟、瓮安中坪烟、乌江二号、摺烟、乌江一号、6186、7204、7202、68E-2、96019、GT-11A、75D-3、H68E-1、NB1、H80A432、γ72（3）B-2、毕金二号、春雷二号、毕金一号、春雷三号（甲）、春雷三号、γ72（4）e-2、春雷四号、表雷一号、工农高大烟、反帝三号-丙、贵定 400 号尖叶、新铺三号、新铺一号、FY042、春雷三号（丙）、春雷五号、娄山一号、贵烟 4 号、湄育 2-2、新铺二号、湄辐四号、湄育 2—1、新农 3-1 号、湄黄二号、湄潭黑团壳、315、507、517、400-7、78-02-46、78-11-36、大白筋 599、4-4、长脖黄、广黄三十九、7618、9111-21、5008、6251、317-2、317、6388、8602-123、8608、8813、CF965、扁黄金 1129、保险黄 0764、大顶烟 0893、革新二号、革新三号、大虎耳、单育三号、大黄金 5210、单育二号、寸茎烟、革新五号、革新一号、广黄 21 号、广黄 55、广黄六号、晋太 7645、晋太 78、路美邑、晋太 7618、宁东凤皇烟、竖叶子 0982、辽烟 8100、柳叶尖 0695、潘园黄、千斤黄、牡丹 79-6、马尚特、牡丹 78-7、牡丹 79-1、黔-2、竖叶子 0987、偏筋黄 1036、净叶黄、抗44、歪把子、许金四号、云烟 87、窝里黑 0774、庆胜二号、胎里富 1011、神烟 1059、窝里黑 0782、许金二号、小白筋0948、许金一号、永定 401、中卫一号、中烟 14、云烟二号、岩烟 97、永定 7708、中烟 86、中烟 90、中烟 9203、资阳黄、FS095、辽烟 7910、红星一号、72-41-11、桂单一号、红花大金元、广黄十号、晋太 76、AK6、Bazanga log、Coker spedl-greed、Coker176、Coker258、Coker347、Coker411、Coker254、Coker86、Delcrest 66、Coker213、Delihi、Dixie Bright101、GAT-4、K149、E1、K358、E2、F347、Hicks、K326、Hicks（Broad leaf）、K394、Coker 51、K399、K730、Kut-saga51E、KutsagaE1、MRS-3、M. C.、Meck、MRS-1、Nc2326、Nc71、Nc72、K346、Nc107、Nc27. NF、NcTG55、Nc89、Nc95、Nc60、Nc8029、Nc82、Nc729、Nc1108、Nc37. NF、Nc567、NcTG70、Oxford 1、Oxford 2007、Oxford2028、Oxford 26、P3、Oxford 3、Oxford 4、Oxford 940、PD4、PVH01、Oxford 2、PVH08、PVH02、RG11、RG89、Qual 946、RG12、R-G、Reams M1、RG13、RG17、RG22、RG8、Speight G-108、Speight G-111、Speight G-164、Speight G-28、Speight G-140、S. C58、Special 400、Special 401、Speight G-33、Speight G-41、Speight G-80、SPTG-172、VA116、VA260、VA410、Speight G-70、T. T. 6、T. T. 7、TI93、TI245、TI448A、V2、VA 182、TL106、VA432、VA436、Yellow Mammoth、ZT99、白花 G-28、Yellow orinoco、VA578、Virgina Bright leaf、VA444、富字 30 号、富字47 号、Whit Gold、富字 33 号、富字 64 号、温德尔、万良烟、温德尔（变异）、株 8、金星 6007。

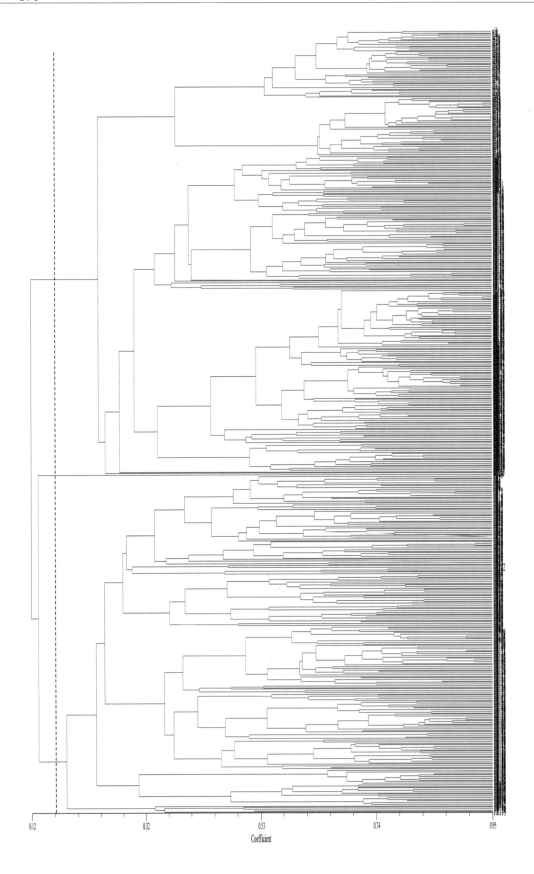

2. 晒烟群体聚类分析

（1）省内晒烟种质资源聚类分析

省内晒烟种质资源一共有130份，聚类图如图6-8所示，在截距0.19附近把省内晒烟种质资源分为3个亚群。

第1亚群里可以分为3个组群。

　　第1组群有安龙本黄烟、安龙护耳大柳叶、安龙大脖烟、安顺小吊枝、安顺大吊枝变种（2）、安龙转刀柳叶、安顺大柳叶、安顺二吊枝、巴铃护耳烟（3）、安龙柳叶烟、巴铃大柳叶，第1组群以安顺市和安龙县晒烟为主；

　　第2组群只有毕节小青杆；

图 6-7　总烤烟种质资源 UPGMA 聚类图

注：图6-7中从上至下分别为：大柳叶、福泉朝天立、福泉厚节巴、福泉团叶摺烟、黄平毛杆烟、贵定柳叶、福泉永兴二号、福泉沙坪烟、福泉小黄壳、黄平大柳叶、湄潭平板柳叶、黔江一号、瓮安枇杷烟、金农一号、炉山大窝笋叶、炉山柳叶、龙里小黄烟、炉山大柳叶、麻江立烟、湄潭大柳叶、湄潭龙坪多叶、炉山小窝笋叶、麻江白花烟、湄潭紫红花、麻江大红花、湄潭铁秆烟、炉山小柳叶、独山软叶、福泉大枇杷叶、福泉丰收、福泉窝鸡叶烟、福泉小黄叶、福泉小枇杷叶、贵定尖叶摺烟、贵定团鱼壳、福泉大鸡尾、瓮安大毛烟、瓮安铁秆烟、瓮安中坪烟、乌江二号、摺烟、乌江一号、6186、7204、7202、68E-2、96019、GT-11A、75D-3、H68E-1、NB1、H80A432、γ72（3）B-2、毕金二号、春雷二号、毕金一号、春雷三号（甲）、春雷三号、γ72（4）e-2、春雷四号、春雷三号（丙）、春雷五号、春雷一号、工农高大烟、反帝三号-丙、贵定400号尖叶、新铺三号、新铺一号、FY042、湄辐四号、湄育2-1、贵烟4号、湄育2-2、新铺二号、新农3-1号、湄潭黑团壳、娄山一号、317、6388、8602-123、8608、8813、CF965、扁黄金1129、6251、317-2、5008、7618、9111-21、315、507、517、400-7、78-02-46、78-11-36、大白筋599、4-4、长脖黄、广黄三十九、保险黄0764、大顶烟0893、革新二号、革新三号、寸茎烟、革新五号、大黄金5210、单育二号、大虎耳、单育三号、革新一号、广黄21号、广黄55、广黄六号、净叶黄、抗44、晋太7618、宁东凤凰烟、竖叶子0982、辽烟8100、柳叶尖0695、潘园黄、千斤黄、牡丹79-6、马尚特、牡丹78-7、牡丹79-1、晋太7645、晋太78、路美邑、黔-2、竖叶子0987、偏筋黄1036、庆胜二号、胎里富1011、神烟1059、窝里黑0782、许金二号、小白筋0948、许金一号、永定401、中卫一号、中烟14、云烟二号、窝里黑0774、歪把子、许金四号、云烟87、岩烟97、永定7708、中烟86、中烟90、中烟9203、资阳黄、FS095、辽烟7910、红星一号、72-41-11、广黄十号、晋太76、桂单一号、红花大金元、AK6、Bazanga log、Coker spedlgreed、Coker176、Coker258、Coker347、Coker411、Coker254、Coker86、Delcrest 66、Coker213、Delihi、Dixie Bright 101、GAT-4、K149、E1、K358、E2、F347、Hicks、K326、Hicks（Broad leaf）、K394、Coker 51、K399、K730、Kutsaga51E、KutsagaE1、MRS-3、M. C.、Meck、MRS-1、Nc2326、Nc71、Nc72、K346、Nc107、Nc27. NF、NcTG55、Nc89、Nc95、Nc60、Nc8029、Nc82、Nc729、Nc1108、Nc37. NF、Nc567、NcTG70、Oxford 1、Oxford 2、PVH08、Oxford 2007、Oxford 2028、Oxford 26、P3、Oxford 3、Oxford 4、Oxford 940、PD4、PVH01、PVH02、Qual 946、RG12、R-G、RG11、RG89、Reams M1、RG13、RG17、RG22、RG8、Speight G-108、Speight G-111、Speight G-164、Speight G-28、Speight G-140、S. C58、Special 400、Special 401、Speight G-33、Speight G-41、Speight G-80、SPTG-172、VA116、VA260、VA410、Speight G-70、T. T. 6、T. T. 7、TI93、TI245、Ti448A、V2、VA 182、TL106、VA432、VA436、Yellow Mammoth、ZT99、白花G-28、Yellow orinoco、VA444、富字30号、富字47号、VA578、Virgina Bright leaf、Whit Gold、富字33号、富字64号、温德尔、万良烟、温德尔（变异）、株8、金星6007、FZ16、FZ1、FZ2、FZ3、FZ4、FZ5、FZ6、FZ7、FZ8、FZ9、FZ11、FZ12、FZ13、FZ14、FZ15、FZ19、FZ17、FZ18、FZ10、FZ20、FZ21、FZ22、FZ23、FZ24、FZ25、FZ26、FZ30、FZ28、FZ31、FZ32、FZ29、FZ34、FZ27、FZ35、FZ38、FZ40、FZ41、FZ42、FZ36、FZ37、FZ43、FZ33、FZ48、FZ49、FZ50、FZ51、FZ52、FZ55、FZ57、FZ58、FZ59、FZ60、FZ56、FZ54、FZ53、FZ67、FZ69、FZ39、FZ142、FZ44、FZ45、FZ47、FZ46、FZ61、FZ62、FZ63、FZ64、FZ65、FZ66、FZ68、FZ70、FZ71、FZ73、FZ74、FZ75、FZ76、FZ77、FZ81、FZ78、FZ80、FZ82、FZ83、FZ84、FZ85、FZ86、FZ87、FZ88、FZ89、FZ92、FZ90、FZ91、FZ93、FZ94、FZ72、FZ79、FZ95、FZ97、FZ96、FZ98、FZ100、FZ101、FZ104、FZ105、FZ106、FZ99、FZ102、FZ108、FZ109、FZ107、FZ111、FZ112、FZ113、FZ123、FZ118、FZ120、FZ122、FZ124、FZ125、FZ129、FZ110、FZ115、FZ117、FZ119、FZ128、FZ131、FZ127、FZ132、FZ133、FZ135、FZ137、FZ139、FZ138、FZ114、FZ116、FZ126、FZ153、FZ177、FZ136、FZ140、FZ141、FZ143、FZ144、FZ145、FZ146、FZ147、FZ148、FZ149、FZ150、FZ151、FZ154、FZ152、FZ157、FZ158、FZ163、FZ159、FZ166、FZ164、FZ169、FZ160、FZ161、FZ162、FZ165、FZ155、FZ156、FZ167、FZ168、FZ170、FZ178、FZ171、FZ172、FZ174、FZ175、FZ176、FZ179、FZ180、FZ182、FZ183、FZ184、FZ187、FZ186、FZ185、FZ181、FZ188、FZ189、FZ190、FZ191、FZ192、FZ193、FZ198、FZ199、FZ195、FZ196、FZ194、FZ197、FZ200、FZ201、FZ204、FZ206、FZ207、FZ205、FZ202、FZ203、FZ208、FZ209、FZ210、FZ211、FZ212、FZ103、FZ121、FZ130、FZ134、FZ173。

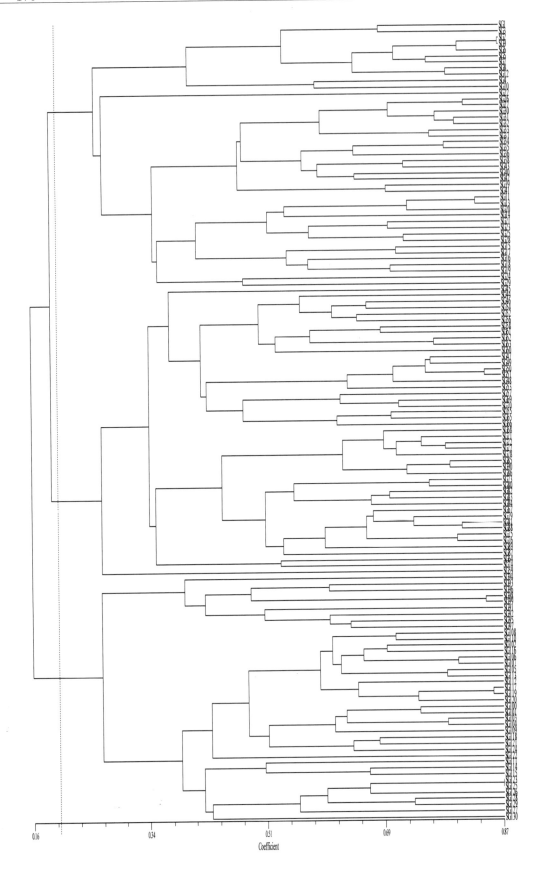

第3组群有册亨威旁叶子烟、册亨伟俄烟、岑巩小花烟、长顺大青杆（1）、长顺大青杆（2）、长顺兰花烟、赤水烟、长顺小立耳（1）、长顺小立耳（2）、长顺转刀烟、大方大红花、大柳叶节骨稀（1）、大柳叶（龚）、大柳叶节骨密、大方二红花、大柳叶（木）、巴铃护耳烟（1）、巴铃小柳叶、毕节吊把烟、白花2169（平）、毕节红花青杆、边兰大青杆（1）、册亨威旁土烟、册亨小柳叶、白花2169（皱）、包家坨二黄匹、摆金白花烟、本所大鸡尾、毕节大青杆（阮）、册亨威旁冬烟、册亨丫他叶子烟，第3个组群主要以毕节地区和册亨县晒烟为主。

可以看出，第1个亚群主要以安顺市、毕节地区和黔西南州晒烟为主。

第2亚群里分为2个组群。

第1组群有道真大黑烟、大匹烟、道真大坪枇杷烟、德江小黑烟、德江尖叶子、德江中花烟（2）、福泉白花大黑烟、福泉青杆烟、福泉小黑烟、刮刮烟、福泉红花大黑烟、道真大坪团叶壳、道真旧城枇杷烟、道真稀节枇杷、德江大鸡尾、道真黑烟、德江兰花烟、多年生烟、贵定黑土烟、贵定柳叶烟、德江中花烟（1）、光柄大耳朵、光柄柳叶（罗）、光柄柳叶（杨）、贵定毛杆烟、贵定青杆烟、红花株长烟、护耳转刀小柳叶、黄平蒲扇叶、鲫鱼塘二黄匹、黄平小广烟、贵定水红烟、花溪大青杆、黄平毛杆烟、黄平毛杆烟（3）、黄平毛杆烟（皱叶）、光柄柳叶（木）、花坪风香溪、黄平铧口烟、惠水三都大白花、赫章青杆烟、红花黑烟（浅色宽叶）、鲫鱼塘大黄匹、惠水对筋烟、光把黑烟、贵阳大白花，第1个组群主要以道真、福泉两地晒烟为主；

第2组群有福泉光把烟，第2个组群只有1个来源福泉本地的晒烟种质资源。

可以看出，第2个亚群主要以遵义道真，黔南贵定和福泉，铜仁德江晒烟为主。

第3亚群里分为2个组群。

第1组群有凯里大柳叶、开阳叶子烟、凯里枇杷烟、雷山土烟、荔波大包耳、金沙青杆、开阳大蒲扇叶（大黄烟）、凯里鸡尾烟、凯里小广烟，第1个组群以凯里、麻江晒烟为主；

第2组群有麻江白花烟、麻江红花烟、龙里红花烟、湄潭大黑烟（2）、罗甸四十片、罗甸烟冒、罗甸柳叶烟、麻江小广烟、麻江柳叶烟、湄潭大黑烟（3）、湄潭大黑烟（5）、湄潭

图 6-8　省内晒烟种质资源 UPGMA 聚类图

注：图6-8中从上至下分别为：安龙本黄烟、安龙护耳大柳叶、安龙大脖烟、安顺小吊枝、安顺大吊枝变种（2）、安龙转刀柳叶、安顺大柳叶、安顺二吊枝、巴铃护耳烟（3）、安龙柳叶烟、巴铃大柳叶、毕节小青杆、册亨威旁叶子烟、册亨伟俄烟、岑巩小花烟、长顺大青杆（1）、长顺大青杆（2）、长顺兰花烟、赤水烟、长顺小立耳（1）、长顺小立耳（2）、长顺转刀烟、大方大红花、大柳叶节骨稀（1）、大柳叶（龚）、大柳叶节骨密、大方二红花、大柳叶（木）、巴铃护耳烟（1）、巴铃小柳叶、毕节吊把烟、白花2169（平）、毕节红花青杆、边兰大青杆（1）、册亨威旁土烟、册亨小柳叶、白花2169（皱）、包家坨二黄匹、摆金白花烟、本所大鸡尾、毕节大青杆（阮）、册亨威旁冬烟、册亨丫他叶子烟、道真大黑烟、大匹烟、道真大坪枇杷烟、德江小黑烟、德江尖叶子、德江中花烟（2）、福泉白花大黑烟、福泉青杆烟、福泉小黑烟、刮刮烟、福泉红花大黑烟、道真大坪团叶壳、道真旧城枇杷烟、道真稀节枇杷、德江大鸡尾、道真黑烟、德江兰花烟、多年生烟、贵定黑土烟、贵定柳叶烟、德江中花烟（1）、光柄大耳朵、光柄柳叶（罗）、光柄柳叶（杨）、贵定毛杆烟、贵定青杆烟、红花株长烟、护耳转刀小柳叶、黄平蒲扇叶、鲫鱼塘二黄匹、黄平小广烟、贵定水红烟、花溪大青杆、黄平毛杆烟、黄平毛杆烟（3）、黄平毛杆烟（皱叶）、光柄柳叶（木）、花坪风香溪、黄平铧口烟、惠水三都大白花、赫章青杆烟、红花黑烟（浅色宽叶）、鲫鱼塘大黄匹、惠水对筋烟、光把黑烟、贵阳大白花、福泉光把烟、凯里大柳叶、开阳叶子烟、凯里枇杷烟、雷山土烟、荔波大包耳、金沙青杆、开阳大蒲扇叶（大黄烟）、凯里鸡尾烟、凯里小广烟、麻江白花烟、麻江红花烟、龙里红花烟、湄潭大黑烟（2）、罗甸四十片、罗甸烟冒、罗甸柳叶烟、麻江小广烟、麻江柳叶烟、湄潭大黑烟（3）、湄潭大黑烟（5）、湄潭大鸡尾（1）、龙里白花烟、龙里大白花、龙作柳叶、罗甸冬烟、麻江大广烟、湄潭大黑烟（4）、湄潭大鸡尾（2）、湄潭大蛮烟、湄潭大鸡尾（3）、麻江立烟、马耳烟、湄潭大黑烟（1）、湄潭大柳叶、湄潭大蒲扇（1）、湄潭大蒲扇（3）、湄潭团鱼壳（2）、木水沟枇杷烟、湄潭黄杆烟、盘县大柳叶。

大鸡尾（1）、龙里白花烟、龙里大白花、龙作柳叶、罗甸冬烟、麻江大广烟、湄潭大黑烟
（4）、湄潭大鸡尾（2）、湄潭大蛮烟、湄潭大鸡尾（3）、麻江立烟、马耳烟、湄潭大黑烟
（1）、湄潭大柳叶、湄潭大蒲扇（1）、湄潭大蒲扇（3）、湄潭团鱼壳（2）、木水沟枇杷烟、湄
潭黄杆烟、盘县大柳叶，第2个组群以湄潭晒烟为主。

可以看出，第3个亚群主要以黔东南凯里和麻江、遵义湄潭晒烟为主。

从图6-8可以看出，130份省内晒烟种质资源经过聚类分析后，主要以地理位置来划分。
晒烟作为农民自产自销的种质资源，其种子的流通一般以县、乡、村为单位，形成小局域范
围的种植，这在一定程度上保证了种质资源的稳定，从而形成了地理上的"基因库"。贵州省
作为有着悠久的晒烟种植历史的省份，出了不少地方特色晒烟种质资源，丰富了我国晒烟种
质资源资源。

（2）省外晒烟聚类分析

省外晒烟种质资源一共有116份，聚类图如图6-9所示，在截距0.14附近分割可以分为
4个亚群。

第1亚群里有3个组群。

第1组群有68-13、Va 509、68-39、81-26、GAT-9、Va309、Va312、A37、Va331、
Va782、72-50-5、Va539、Va781、Va787、Va934、矮株二号、矮株一号、安麻山晒烟
（三）、安麻山晒烟（五）、八里香、八大河土烟、大达磨401、大柳叶土烟、白花铁杆子、白
花竹杂三号、东良晒烟、半坤村晒烟、波贝达2号、打洛晒烟 、大牛耳、安麻山晒烟（四）、
坝林土烟、白里香、波贝达3号、澄红老板烟、把柄烟、大塞山一号、冬瓜坪晒烟、风林一
号、大渡岗晒烟、邓州柳叶烟、东川大柳叶、地里础、大花；

第2组群有光柄皱、松选3号、祥云土烟（1）、一朵花、山东晒烟、四川黑柳尖叶、小
黄烟种、小黄叶、芝勐町晒烟（二）、新都柳叶、杨家河大黄烟、泉烟、勐洛村晒烟、密节金
丝尾（一）、黔江乌烟、清远牛利、孟定草烟、密节金丝尾（二）、穆林护脖香、穆林柳叶、
弄角二烟、密叶一号、南雄青梗、南州黑烟-1、千层塔、穆林大护脖香、桑马晒烟、晒红烟
什邡70-30号、山洞烟、巫山黑烟；

第3组群里有二黑烟、福清晒烟、盖贝尔一号、督叶实杆、古木辣烟、海林护脖香、海
林小护脖香、广红3号、鹤山牛利、红鱼坪大黄烟、黑牛皮、湖北二发早（1）、湖北大黄烟、
红花铁杆子、湖北二发早（2）、海林小护脖香（1）、护脖香1365、护耳柳叶烟（云南）、金
沙江密节小黑烟、兰帕库拉克、科普卡（无柄）、科普卡（长柄）、假川烟、蛟沙晒烟、景红

图6-9　省外晒烟种质资源 UPGMA 聚类图

注：图6-9中从上至下分别为：68-13、Va 509、68-39、81-26（晒黄烟）、GAT-9、Va309、Va312、A37、Va331、
Va782、72-50-5、Va539、Va781、Va787、Va934、矮株二号、矮株一号、安麻山晒烟（三）、安麻山晒烟（五）、八里香、
八大河土烟、大达磨401、大柳叶土烟、白花铁杆子、白花竹杂三号、东良晒烟、半坤村晒烟、波贝达2号、打洛晒烟 、
大牛耳、安麻山晒烟（四）、坝林土烟、白里香、波贝达3号、澄红老板烟、把柄烟、大塞山一号、冬瓜坪晒烟、风林一
号、大渡岗晒烟、邓州柳叶烟、东川大柳叶、地里础、大花、光柄皱、松选3号、祥云土烟（1）、一朵花、山东晒烟、四
川黑柳尖叶、小黄烟种、小黄叶、芝勐町晒烟（二）、新都柳叶、杨家河大黄烟、泉烟、勐洛村晒烟、密节金丝尾（一）、
黔江乌烟、清远牛利、孟定草烟、密节金丝尾（二）、穆林护脖香、穆林柳叶、弄角二烟、密叶一号、南雄青梗、南州黑
烟-1、千层塔、穆林大护脖香、桑马晒烟、晒红烟什邡70-30号、山洞烟、巫山黑烟、二黑烟、福清晒烟、盖贝尔一号、
督叶实杆、古木辣烟、海林护脖香、海林小护脖香、广红3号、鹤山牛利、红鱼坪大黄烟、黑牛皮、湖北二发早（1）、湖
北大黄烟、红花铁杆子、湖北二发早（2）、海林小护脖香（1）、护脖香1365、护耳柳叶烟（云南）、金沙江密节小黑烟、
兰帕库拉克、科普卡（无柄）、科普卡（长柄）、假川烟、蛟沙晒烟、景红镇晒烟、老山烟、马里村晒烟（二）、马里兰
（短宽叶）、马里兰609、马里兰872号、芒勐町晒烟（一）、勐腊晒烟、马里村晒烟（三）、勐板晒烟、黄柳夫叶、金英红
烟、勒角合、辽宁大红花 、贺县公会晒烟、Rustica、大瓦垅。

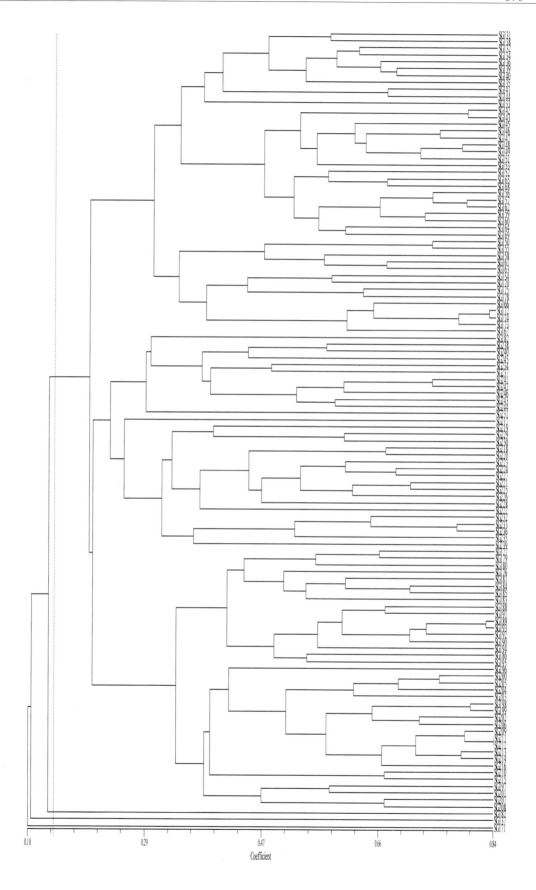

Coefficient

镇晒烟、老山烟、马里村晒烟（二）、马里兰（短宽叶）、马里兰 609、马里兰 872 号、芒勐町晒烟（一）、勐腊晒烟、马里村晒烟（三）、勐板晒烟、黄柳夫叶、金英红烟、勒角合、辽宁大红花。

第 1 亚群中省外晒烟种质资源并没有地理上的规律，但是相同地方的晒烟种质资源在聚类图上往往被聚在一起，如第 1 组群里的 Va 系列，第 2 组群里的穆林县的晒烟种质资源，第 3 组群里的湖北晒烟种质资源，这些在聚类图中都倾向于聚在一个组群中，由此可见，相同地方的晒烟种质资源，其在亲本上有类似的血缘。

第 2 亚群只有贺县公会晒烟。

第 3 亚群只有 Rustica。

第 4 亚群只有大瓦垅。

除了第 1 亚群，其他 3 个亚群只有 3 个种质资源，这 3 个种质资源可能在亲本上有其他类型烟草的血缘。

（3）总晒烟种质资源聚类分析

晒烟一共有 246 份资源，聚类图如图 6-10 所示，在截距 0.14 附近可以把晒烟分为 5 个亚群。

第 1 亚群均为省内晒烟。

第 2 亚群分为 2 个组群。

第 1 组群为省内晒烟；

第 2 组群为省外晒烟。

图 6-10　总晒烟种质资源 UPGMA 聚类图

注：图 6-10 中从上至下分别为：安龙本黄烟、安龙护耳大柳叶、安龙大脖烟、安顺小吊枝、安顺大吊枝变种（2）、安龙转刀柳叶、安顺大柳叶、安顺二吊枝、巴铃护耳烟（3）、安龙柳叶烟、巴铃大柳叶、巴铃护耳烟（1）、巴铃小柳叶、毕节吊把烟、白花 2169（平）、毕节红花青杆、边兰大青杆（1）、册亨威旁土烟、册亨小柳叶、白花 2169（皱）、包家坨二黄四、摆金白花烟、本所大鸡尾、毕节大青杆（阮）、册亨威旁冬烟、册亨丫他叶子烟、册亨威旁叶子烟、册亨伟俄烟、岑巩小花烟、长顺大青杆（1）、长顺大青杆（2）、长顺兰花烟、赤水烟、长顺小立耳（1）、长顺小立耳（2）、长顺转刀烟、大方大红烟、大柳叶节骨稀（1）、大柳叶（龚）、大柳叶节骨密、大方二红花、大柳叶（木）、毕节小青杆、大匹烟、道真大坪枇杷烟、德江小黑烟、德江尖叶子、德江中花烟（2）、福泉白花大黑烟、福泉青杆烟、福泉小黑烟、刮刮烟、福泉红花大黑烟、道真大坪团叶壳、道真旧城枇杷烟、道真稀节枇杷、德江大鸡尾、道真黑烟、德江兰花烟、德江中花烟（1）、光柄大耳朵、光柄柳叶（罗）、多年生烟、贵定黑土烟、贵定柳叶烟、道真大黑烟、光把黑烟、贵阳大白花、光柄柳叶（杨）、贵定毛杆烟、贵定青杆烟、红花株长烟、护耳转刀小柳叶、黄平蒲扇叶、鲫鱼塘二黄四、黄平小广烟、光柄柳叶（木）、花坪风香溪、黄平铧口烟、惠水三都大白花、赫章青杆烟、红花黑烟（浅色宽叶）、鲫鱼塘大黄四、惠水对筋烟、贵定水红烟、花溪大青杆、黄平毛杆烟、黄平黄杆烟（3）、黄平毛杆烟（皱叶）、福泉光把烟、金沙青杆、开阳大蒲扇叶（大黄烟）、凯里鸡尾烟、凯里小广烟、开阳叶子烟、凯里枇杷烟、雷山土烟、荔波大包耳、凯里大柳叶、龙里红花烟、湄潭大黑烟（2）、罗甸四十片、罗甸烟冒、罗甸柳叶烟、麻江小广烟、麻江白花烟、麻江红花烟、麻江柳叶烟、湄潭大黑烟（3）、湄潭大黑烟（5）、湄潭大鸡尾（1）、龙里白花烟、龙里大白花、龙作柳叶、罗甸冬烟、麻江大广烟、湄潭大黑烟（4）、湄潭大鸡尾（2）、湄潭大蛮烟、湄潭大鸡尾（3）、麻江立烟、马耳烟、湄潭大黑烟（1）、湄潭黄杆烟、湄潭大柳叶、湄潭大蒲扇（1）、湄潭大蒲扇（3）、湄潭团鱼壳（2）、木水沟枇杷烟、盘县大柳叶、光柄皱、山东晒烟、四川黑柳尖叶、小黄烟种、小黄叶、芝勐町晒烟（二）、新都柳叶、杨家河大黄烟、松选 3 号、祥云土烟（1）、一朵花、泉烟、勐洛村晒烟、孟定草烟、密节金丝尾（一）、密叶一号、南雄青梗、南州黑烟-1、穆林护脖香、穆林柳叶、弄角二烟、千层塔、穆林大护脖香、密节金丝尾（二）、黔江乌烟、清远牛利、桑马晒烟、晒红烟、什邡 70-30 号、山洞烟、巫山黑烟、72-50-5、68-13、Va 509、A37、68-39、81-26（晒黄烟）、GAT-9、Va309、Va312、Va331、Va782、Va539、Va781、Va787、Va934、矮株二号、矮株一号、安麻山晒烟（三）、安麻山晒烟（五）、八里香、白花铁杆子、白花竹杂三号、东良晒烟、半坪村晒烟、波贝达 2 号、打洛晒烟、大牛耳、八大河土烟、大达磨 401、大柳叶土烟、安麻山晒烟（四）、坝林土烟、白里香、波贝达 3 号、澄红老板烟、把柄烟、大塞山一号、冬瓜坪晒烟、风林一号、大渡岗晒烟、邓州柳叶烟、东川大柳叶、地坪础、大花、督叶实杆、古木辣烟、海林护脖香、海林小护脖香、广红 3 号、二黑烟、福清晒烟、盖贝尔一号、黑牛皮、湖北二发早（1）、湖北大黄烟、红花铁杆子、鹤山牛利、红鱼坪大黄烟、湖北二发早（2）、海林小护脖香（1）、护脖香 1365、护耳柳叶烟（云南）、假川烟、蛟沙晒烟、景红镇晒烟、老山烟、马里村晒烟（二）、马里兰（短宽叶）、马里兰 609、马里兰 872 号、芒勐町晒烟（一）、勐腊晒烟、金沙江密节小黑烟、兰帕库拉克、科普卡（无柄）、科普卡（长柄）、马里村晒烟（三）、勐板晒烟、黄柳夫叶、金英红烟、勒角合、辽宁大红花、贺县公会晒烟、大瓦垅、Rustica。

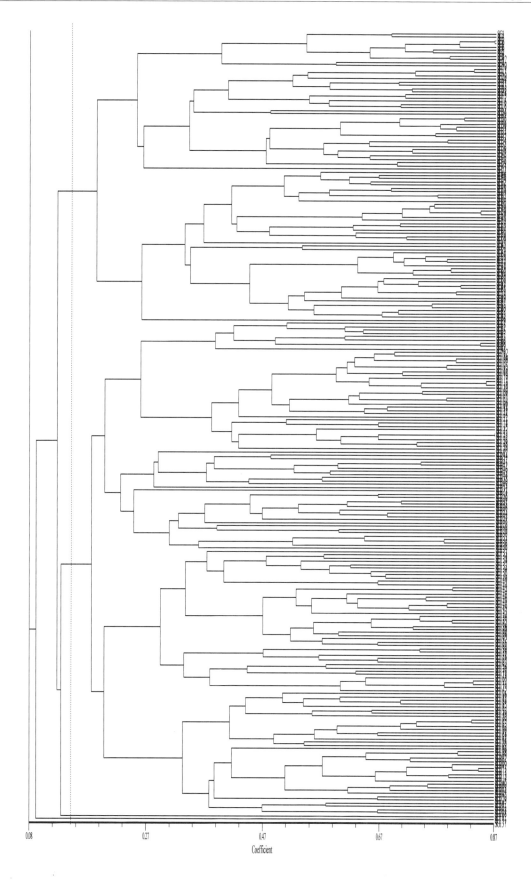

Coefficient

第 3 亚群为贺县公会晒烟。

第 4 亚群为大瓦垅。

第 5 亚群为 Rustica。

从聚类图（图 6-10）上可以明显地把省内晒烟和省外晒烟区分开来。这说明从亲缘关系上看，省内晒烟由于有贵州当地亲本来源，亲缘关系比较相近，因此被聚为一个亚群。贺县公会晒烟、大瓦垅和 Rustica 各自作为单独的亚群，可能是其在亲本来源上有特殊之处。

3. 其他类别种质资源聚类分析

其他类别烟草一共有 65 份种质资源，其中晾烟 17 份、香料烟 11 份、黄花烟 6 份、白肋烟 26 份、雪茄烟 5 份，聚类图如图 6-11 所示在截距 0.26 附近可以分为 5 个亚群。

第 1 亚群可以分为 2 个组群。

第 1 组群有从江石秀禾叶和从江塘洞烟，均为晾烟；

第 2 组群有丹寨柳叶亮杆、剑河老土烟、榕江羊角烟、丹寨桐叶烟、道真兰花烟、剑河香洞土烟、锦平花烟、榕江细羊角烟、榕江羊角烟（2）、台江翁龙团叶、台江小柳叶、Adcook、A37、Argiro、Basma 536、Basma、Cekpka、PK-873、samsun、xanthi、xanthi-nc、Xianthi No. 2、黎平大叶烟、榕江大耳烟、黎平鸡尾大叶烟、黎平鸡尾烟、榕江羊角烟（1），第 2 组群为晾烟和香料烟。

第 2 亚群有福泉兰花烟和孟加拉国兰花烟，为黄花烟。

第 3 亚群有 2 个组群。

第 1 组群有盘县四格兰花烟、桐梓大叶茄花烟、山东兰花烟，为黄花烟；

第 2 组群有 141L8Lof81. 12，为白肋烟。

第 4 亚群有 Ambale-ma、Beinhart1000-1、Beinhart100-1、Florida301、pennbel69，为雪茄烟。

第 5 亚群有 2 个组群。

第 1 组群有 KY17（多叶）、KY17Lof51、KY17（少叶）、Lof51-528、Lof51-509、KY17Lof171、M. S 白肋 21、KY56、L-8、白筋烟、白筋洋烟、S. N69、W. B68、白肋 162、白肋 6208、白肋 B-5、白肋半铁泡、白肋烟品系、半铁泡变种、白远州一号；

第 2 组群有白肋 KY41A、白肋小叶烟、半铁泡、建始白肋 10 号、南泉半铁泡。

第 5 亚群均为白肋烟。

从图 6-11 可以看出，几种其他类别烟草可以通过聚类图明显区分开来，其中晾烟和香料烟的血缘关系比较近，在图 6-11 中，聚在一个亚群里。

图 6-11　其他类别烟草种质资源 UPGMA 聚类图

注：图 6-11 中从上至下分别为：从江石秀禾叶、从江塘洞烟、丹寨柳叶亮杆、剑河老土烟、榕江羊角烟、丹寨桐叶烟、道真兰花烟、剑河香洞土烟、锦平花烟、榕江细羊角烟、榕江羊角烟（2）、台江翁龙团叶、台江小柳叶、Adcook、A37、Argiro、Basma 536、Basma（巴斯马）、Cekpka、PK-873、samsun（沙姆逊）、xanthi、xanthi-nc、Xianthi No. 2、黎平大叶烟、榕江大耳烟、黎平鸡尾大叶烟、黎平鸡尾烟、榕江羊角烟（1）、福泉兰花烟、孟加拉国兰花烟、盘县四格兰花烟、桐梓大叶茄花烟、山东兰花烟、141L8Lof81. 12、Ambale-ma、Beinhart1000-1、Beinhart100-1、Florida301、pennbel69、KY17（多叶）、KY17Lof51、KY17（少叶）、Lof51-528、Lof51-509、KY17Lof171、M. S 白肋 21、KY56、L-8、白筋烟、白筋洋烟、S. N69、W. B68、白肋 162、白肋 6208、白肋 B-5、白肋半铁泡、白肋烟品系、半铁泡变种、白远州一号、白肋 KY41A、白肋小叶烟、半铁泡、建始白肋 10 号、南泉半铁泡。

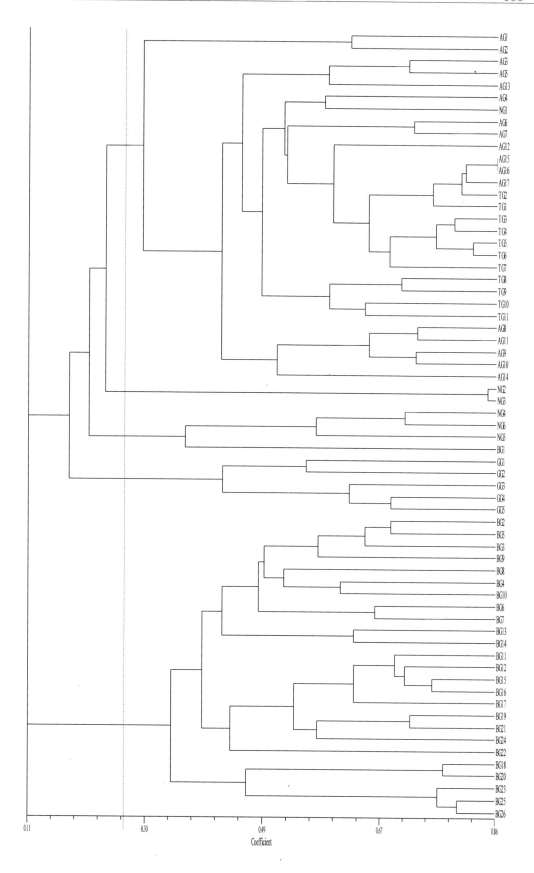

4. 总材料聚类分析

对 800 份烟草种质资源进行聚类分析，UPGMA 聚类图如图 6-12 所示。

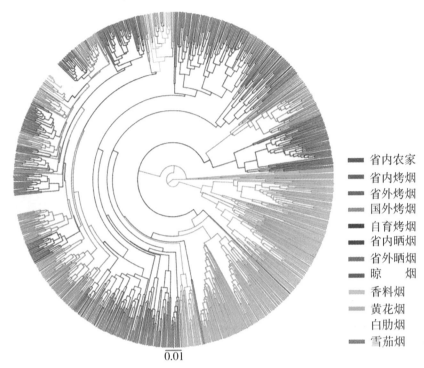

图 6-12　800 份烟草种质资源 UPGMA 聚类图（不同颜色表示不同亚群）

从图 6-12 中可以看出，烟草种质资源通过 SRAP 分子标记，不同亚群的烟草有聚在一起的趋势，同时又存在亚群间的交叉现象。例如：省内农家聚在一起，省内烤烟聚在一起，还有些烟草亚群内间隔穿插其他亚群的烟草，如自育烤烟被分为 3 个群体，1 类和省内烤烟遗传相似性比较近，1 类和省外晒烟遗传相似性比较近，还有 1 类夹杂在省外晒烟中；晾烟夹在省外晒烟中；白肋烟和其他类别烟草穿插在省内晒烟、省外晒烟之中；国外烤烟和省外烤烟相互穿插着。

以上结果说明不同类型烟草有各自独立的遗传基础，同时也证明各类型烟草资源间基因交流不足，深入挖掘不同类型烟草种质资源的利用价值，对于品种选育仍有很大潜力。本文通过 SRAP 标记和聚类分析，对已有烟草种质资源的遗传背景进行初步的了解，对今后育种中选择亲本有着重要的借鉴作用。

二、各亚群聚类分析

采用 Popgene 1.32 计算不同烟草亚群种质间的遗传距离，绘出不同亚群烟草种质间聚类图（图 6-13），可以显示出各亚群烟草种质间遗传关系的远近。

12 个亚群可以被聚类为 3 个亚群。

第 1 亚群为省内农家和省内烤烟。亚群内省内农家和省内烤烟各为 1 个组群。

第 2 亚群为自育烤烟、白肋烟、省内晒烟、省外晒烟、雪茄烟、黄花烟、晾烟和香料烟。其中自育烤烟为 1 个组群，白肋烟、省内晒烟、省外晒烟为 1 个组群，雪茄烟、黄花烟、晾烟和香料烟为 1 个组群。

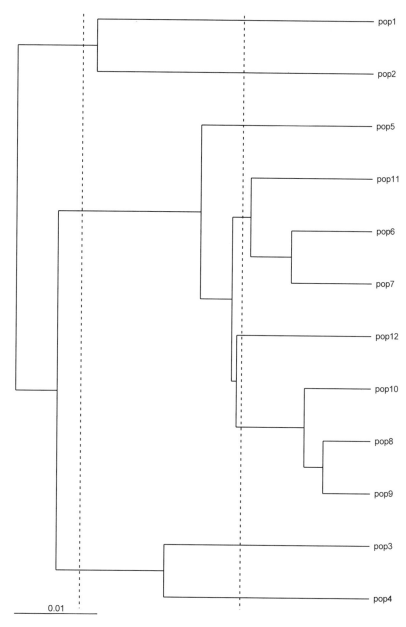

图 6-13　各亚群聚类分析图

注：pop1：省内农家；pop2：省内烤烟；pop3：省外烤烟；pop4 国外烤烟。；pop5：自育烤烟；pop6：省内晒烟；pop7：省外晒烟；pop8：晾烟；pop9：香料烟；pop10：黄花烟；pop11：白肋烟；pop12：雪茄烟。（表 6-2 同）

第 3 亚群为省外烤烟和国外烤烟，其中省外烤烟和国外烤烟各为 1 个组群。各亚群间遗传距离见表 6-2。

从亚群间的聚类分析可以看出，省内农家和省内烤烟在亲缘关系上比较近，省内农家和省内烤烟在亲本选择上都存在地理因素的局限，一般均在贵州地方特色种质资源基础上演变而成。

自育烤烟与省内农家、省内烤烟、省外烤烟和国外烤烟的亲缘关系均比较远，在亚群间聚类自育烤烟和其他烤烟类别烟草没有聚为一类，这从一个方面说明了自育烤烟在创造变异上有所突破，为选育优质新品种创造了条件，从另一个方面也证明通过广泛的杂交、诱变等多种技术结合能够创造出更多的变异。

表 6-2　各亚群间遗传距离

	pop1	pop2	pop3	pop4	pop5	pop6	pop7	pop8	pop9	pop10	pop11	pop12
pop1	0.0000											
pop2	0.0731	0.0000										
pop3	0.0831	0.0822	0.0000									
pop4	0.0947	0.1113	0.0546	0.0000								
pop5	0.0808	0.0938	0.0549	0.0827	0.0000							
pop6	0.0717	0.0878	0.0436	0.0777	0.0225	0.0000						
pop7	0.0759	0.0926	0.0470	0.0833	0.0241	0.0101	0.0000					
pop8	0.0874	0.1006	0.0601	0.0906	0.0298	0.0244	0.0259	0.0000				
pop9	0.0982	0.1107	0.0709	0.1014	0.0418	0.0351	0.0375	0.0092	0.0000			
pop10	0.0812	0.0942	0.0557	0.0918	0.0265	0.0166	0.0182	0.0124	0.0181	0.0000		
pop11	0.0809	0.0960	0.0535	0.0856	0.0304	0.0200	0.0201	0.0250	0.0364	0.0164	0.0000	
pop12	0.0889	0.1063	0.0658	0.0940	0.0365	0.0323	0.0306	0.0290	0.0392	0.0287	0.0307	0.0000

　　白肋烟、省内晒烟、省外晒烟被聚为1个组群，雪茄烟、黄花烟、晾烟和香料烟为1个组群，从进化过程来看，这2个组群中的类型血缘关系比较近，均为晒烟或者晾烟的分支。省外烤烟和国外烤烟聚为1个亚群，省外烤烟在亲本选择上多采用了国外优质烤烟的血统，因此亲缘关系与国外烤烟比较近。

　　各亚群间遗传距离中，省内烤烟和国外烤烟遗传关系最远，遗传距离为0.1113，省内晒烟和省外晒烟遗传关系最近，其遗传距离为0.0101。省内烤烟与国外烤烟在亲本选择上，存在着地理隔离，省内烤烟多半为贵州地方特色种质资源血统，与国外烤烟从亲本来源上来看有着本质的区别，因此在遗传距离上，两者相距最远。省内晒烟和省外晒烟2个亚群从遗传关系来看，相距最近，晒烟种质资源一般以晒烟种植农户来传播，其亲本来源远没有烤烟类型复杂，有着相对保守的遗传多样性。

三、基于数学模型的结构分析

1. 烤烟（不含自育烤烟）群体结构分析

　　利用 Structure 2.2 软件对 277 份烤烟资源（不含自育烤烟）进行类群划分测试。将类群划分测试过程中软件给出的 ln P(D) 值平均数，绘制成散点曲线图，曲线先陡后缓，K=7 时散点曲线出现第一个拐点，根据 Evanno 等描述的方法推断出在 K=7 时划分的结构最佳，此时可以分为 7 个类群，见图 6-14。可能性大于 0.6 的种质资源被划分到相应类群中，而小于0.6 的分到混合类群中，依此得到的 8 大类群的资源构成见表 6-3。

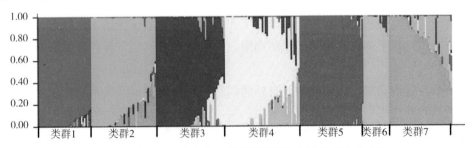

图 6-14　烤烟（不含自育）种质资源群体的遗传结构分析图

表 6-3 烤烟（不含自育）各类群材料划分

类群编号	种质资源编号
类群 1	6186、7202、7204、68E—2、75D-3、96019、GT-11A、H68E-1、H80A432、NB1、γ72（3）B-2、γ72（4）e-2、毕金二号、毕金一号、春雷二号、春雷三号、春雷三号（丙）、春雷三号（甲）、春雷四号、春雷五号、春雷一号、反帝三号-丙、工农高大烟、贵定 400 号尖叶、贵烟 4 号、娄山一号、湄辐四号、湄黄二号、湄潭黑团壳、湄育 2-1、湄育 2-2、新农 3-1 号、新铺二号、新铺三号、新铺一号、FY042
类群 2	315、317、507、517、5008、6251、6388、7618、8608、8813、317-2、400-7、4-4、78-02-46、78-11-36、8602-123、9111-21、CF965、保险黄 0764、扁黄金 1129、长脖黄、寸茎烟、大白筋 599、大虎耳、大黄金 5210、单育二号、单育三号、革新二号、革新三号、革新五号、革新一号、广黄 21 号、广黄 55、广黄六号、广黄三十九、广黄十号、72-41-11、桂单一号、红花大金元、偏筋黄 1036
类群 3	AK6、Bazanga log、Coker 51、Coker spedlgreed、Coker176、Coker213、Coker254、Coker258、Coker347、Coker411、Coker86、Delcrest 66、Delihi、Dixie Bright 101、E1、E2、F347、GAT-4、Hicks、Hicks（Broad leaf）、K149、K326、K346、K358、K394、K399、K730、Kutsaga51E、KutsagaE1、M.C、Meck、MRS-1、MRS-3、Nc2326、Nc71、Nc72、Nc107、Nc27.NF、Nc60、Nc8029、Nc82、NcTG55
类群 4	Nc37.NF、NcTG70、Oxford 1、Oxford 2、Oxford 2007、Oxford 2028、Oxford 26、Oxford 3、Oxford 4、Oxford 940、P3、PD4、PVH01、PVH02、PVH08、Qual 946、Reams M1、R-G、RG11、RG12、RG13、RG17、RG22、RG8、RG89、S.C58、special 400、Special 401、Speight G-108、Speight G-111、Speight G-140、Speight G-164、Speight G-28、Speight G-33、Speight G-70、Speight G-80、SPTG-172、T.T.7、TI93、TI245、TI448A、V2、VA 182、VA116、VA260、VA410
类群 5	大柳叶、独山软杆、福泉朝天立、福泉大鸡尾、福泉大枇杷叶、福泉丰收、福泉厚节巴、福泉沙坪烟、福泉团叶摺烟、福泉窝鸡叶烟、福泉小黄壳、福泉小黄叶、福泉小枇杷叶、福泉永兴二号、贵定尖叶摺烟、贵定柳叶、贵定团鱼叶、黄平大柳叶、黄平毛杆烟、金农一号、龙里小黄烟、炉山大柳叶、炉山大窝笋叶、炉山柳叶、炉山小柳叶、炉山小窝笋叶、麻江白花烟、麻江大红花、麻江立烟、湄潭大柳叶、湄潭龙坪多叶、湄潭平板柳叶、湄潭铁秆烟、湄潭紫红花、黔江一号、瓮安大毛烟、瓮安枇杷烟、瓮安铁秆烟、瓮安中坪烟、乌江二号、乌江一号、摺烟
类群 6	VA432、VA436、VA444、VA578、Vesta 30、Vesta 33、Vesta 47、Vesta 64、Virgina Bright leaf、Whit Gold、Yellow Mammoth、Yellow orinoco、ZT99、白花 G-28、万良烟、温德尔、温德尔（变异）
类群 7	晋太 7645、晋太 78、净叶黄、辽烟 8100、柳叶尖 0695、路美邑、牡丹 78-7、牡丹 79-6、宁东凤凰烟、潘园黄、千斤黄、黔-2、庆胜二号、神烟 1059、竖叶子 0982、竖叶子 0987、胎里富 1011、歪把子、窝里黑 0774、窝里黑 0782、小白筋 0948、许金二号、许金四号、许金一号、岩烟 97、永定 401、永定 7708、云烟 87、云烟二号、中卫一号、中烟 14、中烟 86、中烟 90、中烟 9203、资阳黄
混合类群	大顶烟 0893、红星一号、金星 6007、晋太 76、晋太 7618、抗 44、辽烟 7910、马尚特、牡丹 79-1、株 8、FS095、Nc1108、Nc567、Nc729、Nc89、Nc95、Speight G-41、T.T.7、TL106

　　烤烟（不含自育）各种质资源的所属类群见图 6-15。从图中可见各类群分布情况，其中大顶烟 0893、红星一号、金星 6007、晋太 76、晋太 7618、抗 44、辽烟 7910、马尚特、牡丹 79-1、株 8、FS095、Nc1108、Nc567、Nc729、Nc89、Nc95、Speight G-41、T.T.7、TL106 属混合类群，均没有类群超过可能性 0.6。混合类群中的种质资源遗传背景一般比较复杂，比如 Nc1108 为 Coker 371-Gold×Nc5130 杂交选育而成，Nc89 为 Nc95×Hicks 杂交选育而成。

　　烤烟（不含自育）各类群内资源间的平均距离见表 6-4，类群 6 内资源间的平均距离（杂合性期望值）为 0.0795，明显低于类群 3（0.1188）和类群 4（0.1208）内资源间的平均距离。

　　从基于等位基因频率的类群间开度值（allele frequency divergence）即净核苷酸距离（net nucleotide distance）（表 6-5）可以看出，烤烟（不含自育烤烟）类群 2 与类群 7 之间的遗传距离（0.0588）最近，而类群 1 与类群 3 之间遗传距离（0.1739）最远。

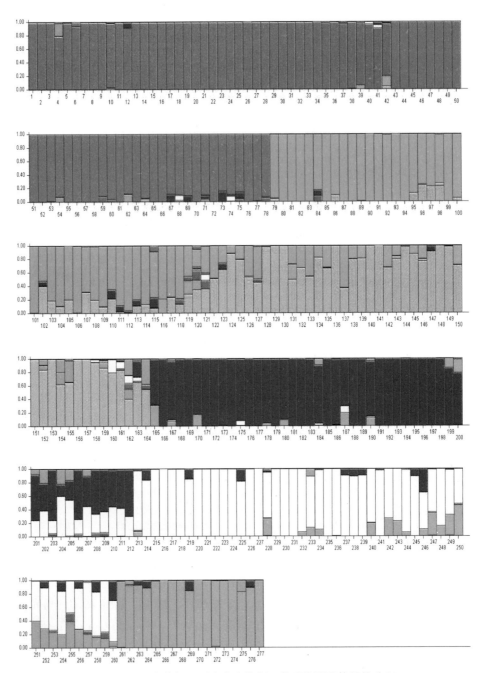

图 6-15　各烤烟（不含自育烤烟）种质资源群体结构分组

表 6-4　烤烟（不含自育烤烟）各类群内资源间平均距离

类群编号	资源间平均距离
类群 1	0.0811
类群 2	0.0814
类群 3	0.1188
类群 4	0.1208
类群 5	0.0963
类群 6	0.0795
类群 7	0.1042

表6-5　烤烟（不含自育烤烟）各类群基于等位基因频率的类群间开度值

	类群1	类群2	类群3	类群4	类群5	类群6	类群7
类群1	0.0000						
类群2	0.0882	0.0000					
类群3	0.1739	0.1275	0.0000				
类群4	0.1359	0.0953	0.0756	0.0000			
类群5	0.0801	0.0883	0.1519	0.1147	0.0000		
类群6	0.1103	0.0607	0.1195	0.0819	0.1004	0.0000	
类群7	0.1212	0.0588	0.1187	0.1019	0.1223	0.0822	0.0000

2. 自育烤烟群体结构分析

利用 Structure 2.2 软件对 212 份自育烤烟资源进行类群划分测试。将类群划分测试过程中软件给出的 ln P(D) 值平均数绘制成散点曲线图，曲线先陡后缓，K＝13 时散点曲线出现第一个拐点，根据 Evanno 等描述的方法推断出在 K＝13 时划分的结构最佳，此时可以分为 13 个类群，见图 6-16。可能性大于 0.6 的种质资源被划分到相应类群中，而小于 0.6 的分到混合类群中，依此得到的 14 个类群资源构成见表 6-6。

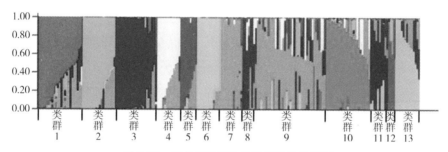

图 6-16　自育烤烟群体的遗传结构分析图

表6-6　自育烤烟各类群材料划分

类群编号	种质资源编号
类群1	FZ117、FZ110、FZ139、FZ128、FZ119、FZ127、FZ113、FZ132、FZ112、FZ118、FZ129、FZ122、FZ120、FZ123、FZ124、FZ125
类群2	FZ181、FZ172、FZ188、FZ174、FZ171、FZ176、FZ183、FZ184、FZ185、FZ182、FZ179、FZ187、FZ175、FZ180、FZ186
类群3	FZ165、FZ145、FZ162、FZ160、FZ150、FZ147、FZ146、FZ169、FZ152、FZ151、FZ154、FZ164、FZ149、FZ161、FZ148、FZ157、FZ163、FZ166、FZ158、FZ159
类群4	FZ24、FZ34、FZ25、FZ29、FZ32、FZ31、FZ30、FZ28、FZ26
类群5	FZ93、FZ87、FZ90、FZ92、FZ88、FZ91、FZ89
类群6	FZ200、FZ211、FZ201、FZ205、FZ203、FZ210、FZ208、FZ202、FZ209、FZ207、FZ212、FZ204、FZ206
类群7	FZ104、FZ105、FZ101、FZ106、FZ100、FZ98、FZ102、FZ96、FZ97、FZ95
类群8	FZ49、FZ50、FZ43
类群9	FZ39、FZ134、FZ142、FZ130、FZ173、FZ16、FZ121、FZ103、FZ79、FZ1、FZ33、FZ155、FZ67、FZ21、FZ23、FZ47、FZ85、FZ53、FZ84
类群10	FZ5、FZ11、FZ9、FZ6、FZ195、FZ12、FZ193、FZ199、FZ4、FZ194、FZ13、FZ198、FZ192、FZ3、FZ2、FZ197、FZ196、FZ14、FZ191、FZ17、FZ18

类群编号	种质资源编号
类群 11	FZ62、FZ61、FZ60、FZ58、FZ66、FZ59、FZ63、FZ64、FZ55
类群 12	FZ153、FZ177、FZ114
类群 13	FZ75、FZ80、FZ78、FZ74、FZ81、FZ82、FZ73、FZ76、FZ83、FZ77、FZ70
混合类群	FZ7、FZ8、FZ10、FZ15、FZ19、FZ20、FZ22、FZ27、FZ35、FZ36、FZ37、FZ38、FZ40、FZ41、FZ42、FZ44、FZ45、FZ46、FZ48、FZ51、FZ52、FZ54、FZ56、FZ57、FZ65、FZ68、FZ69、FZ71、FZ72、FZ86、FZ94、FZ99、FZ107、FZ108、FZ109、FZ111、FZ115、FZ116、FZ126、FZ131、FZ133、FZ135、FZ136、FZ137、FZ138、FZ140、FZ141、FZ143、FZ144、FZ156、FZ167、FZ168、FZ170、FZ178、FZ189、FZ190

自育烤烟各种质资源的所属类群见图 6-17。从图中可见各类群分布情况，其中 FZ7、FZ8、FZ10、FZ15、FZ19、FZ20、FZ22、FZ27、FZ35、FZ36、FZ37、FZ38、FZ40、FZ41、FZ42、FZ44、FZ45、FZ46、FZ48、FZ51、FZ52、FZ54、FZ56、FZ57、FZ65、FZ68、FZ69、FZ71、FZ72、FZ86、FZ94、FZ99、FZ107、FZ108、FZ109、FZ111、FZ115、FZ116、FZ126、FZ131、FZ133、FZ135、FZ136、FZ137、FZ138、FZ140、FZ141、FZ143、FZ144、FZ156、FZ167、FZ168、FZ170、FZ178、FZ189、FZ190 属混合类群，均没有类群超过可能性 0.6。混合类群中的自育烤烟遗传背景比较复杂，比如 FZ109 为地方特色种质资源片片黄与 K326 杂交后代选育而成。

自育烤烟各类群内资源间的平均距离见表 6-7，类群 9 内资源间的平均距离（杂合性期望值）为 0.0261，明显低于类群 10（0.1380）内资源间的平均距离。

表 6-7　自育烤烟各类群内资源间平均距离

类群编号	资源间平均距离
类群 1	0.0753
类群 2	0.0766
类群 3	0.0685
类群 4	0.0509
类群 5	0.0923
类群 6	0.1039
类群 7	0.0586
类群 8	0.0755
类群 9	0.0261
类群 10	0.1380
类群 11	0.0790
类群 12	0.1063
类群 13	0.1004

从基于等位基因频率的类群间开度值（allele frequency divergence）即净核苷酸距离（net nucleotide distance）（表 6-8）可以看出，自育烤烟亚群中类群 3 与类群 9 之间的遗传距离（0.0576）最近，而类群 8 与类群 13 之间遗传距离（0.1628）最远。

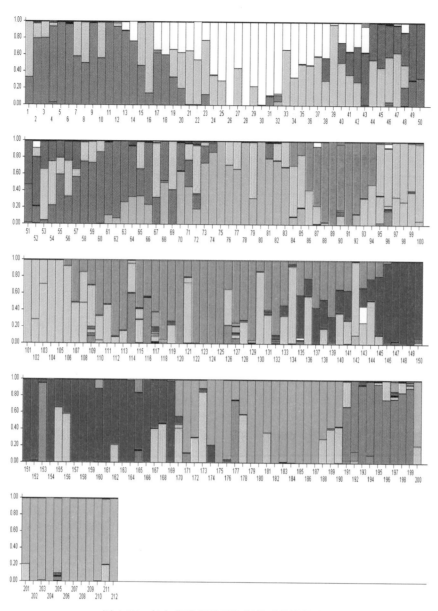

图 6-17　各自育烤烟种质资源的群体结构分组

表 6-8　自育烤烟各类群基于等位基因频率的类群间开度值

	类群 1	类群 2	类群 3	类群 4	类群 5	类群 6	类群 7	类群 8	类群 9	类群 10	类群 11	类群 12	类群 13
类群 1	0.0000												
类群 2	0.0976	0.0000											
类群 3	0.0808	0.0588	0.0000										
类群 4	0.1308	0.1297	0.1236	0.0000									
类群 5	0.1332	0.1367	0.1277	0.1391	0.0000								
类群 6	0.1180	0.1101	0.0969	0.1280	0.1291	0.0000							
类群 7	0.0624	0.0950	0.0813	0.1355	0.1331	0.1120	0.0000						
类群 8	0.1339	0.1235	0.1199	0.1018	0.1564	0.1103	0.1411	0.0000					

	类群 1	类群 2	类群 3	类群 4	类群 5	类群 6	类群 7	类群 8	类群 9	类群 10	类群 11	类群 12	类群 13
类群 9	0.0950	0.0799	0.0576	0.1053	0.1173	0.0799	0.1014	0.0843	0.0000				
类群 10	0.1247	0.0846	0.0872	0.0957	0.1221	0.0760	0.1141	0.0998	0.0704	0.0000			
类群 11	0.1071	0.1100	0.1018	0.0950	0.1291	0.1160	0.1205	0.0809	0.0701	0.0987	0.0000		
类群 12	0.1023	0.1312	0.1025	0.1536	0.1363	0.1151	0.1137	0.1481	0.1087	0.1257	0.1255	0.0000	
类群 13	0.1271	0.1439	0.1312	0.1365	0.0868	0.1430	0.1462	0.1628	0.1276	0.1273	0.1050	0.1524	0.0000

3. 晒烟类型群体结构分析

利用 Structure 2.2 软件对 246 份晒烟资源进行类群划分测试。将类群划分测试过程中软件给出的 ln P(D) 值平均数,绘制成散点曲线图,曲线先陡后缓,K=5 时散点曲线出现第一个拐点,根据 Evanno 等描述的方法推断出在 K=5 时划分的结构最佳,此时可以分为 5 个类群,见图 6-18。那些可能性大于 0.6 的种质资源被划分到相应类群中,而小于 0.6 的分到混合类群中,依此得到的 6 大类群的资源构成见表 6-9。

晒烟各种质资源的所属类群见图 6-19。从图中可见各类群分布情况,其中开阳叶子烟、Rustica、冬瓜坪晒烟、督叶实杆、风林一号、福清晒烟、盖贝尔一号、勒角合、辽宁大红花、勐板晒烟属混合类群,均没有类群超过可能性 0.6。这些混合类群的种质资源来源不太明确,但是推测其可能有比较复杂的亲本来源。

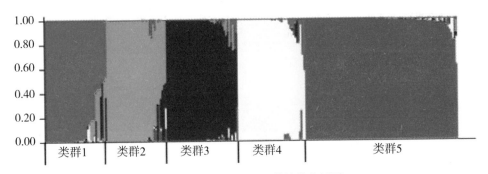

图 6-18　晒烟群体的遗传结构分析图

表 6-9　晒烟各类群材料划分

类群编号	种质资源编号
类群 1	光柄皱、松选 3 号、祥云土烟(一)、巫山黑烟、勐洛村晒烟、穆林大护脖香、穆林柳叶、小黄烟种、一朵花、芝勐町晒烟(二)、密节金丝尾(一)、杨家河大黄烟、泉烟、四川黑柳尖叶、黔江乌烟、新都柳叶、密节金丝尾(二)、清远牛利、山东晒烟、山洞烟什郎 70-30 号、小黄叶、孟定草烟、密叶一号、穆林护脖香、桑马晒烟、南雄青梗、南州黑烟-1、弄角二烟、千层塔、晒红烟
类群 2	二黑烟、金英红烟、广红 3 号、贺县公会晒烟、马里村晒烟(三)、海林小护脖香、鹤山牛利、古木辣烟、护脖香 1365、景红镇晒烟、红花铁杆子、黄柳夫叶、护耳柳叶烟(云南)、马里兰 872 号、勐腊晒烟、海林小护脖香、科普卡(无柄)、海林护脖香、兰帕库拉克、老山烟、红鱼坪大黄烟、科普卡(长柄)、黑牛皮、湖北二发早(1)、湖北二发早(2)、马里兰(短宽叶)、蛟沙晒烟、金沙江密节小黑烟、马里村晒烟(二)、芒勐町晒烟(一)、湖北大黄烟、马里兰 609、假川烟
类群 3	大瓦垅、白花铁杆子、坝林土烟、八大河土烟、Va782、72-50-5、大花、波贝达 3 号、大渡岗晒烟、81-26(晒黄烟)、大达磨 401、东川大柳叶、大塞山一号、邓州柳叶烟、大柳、土烟、安麻山晒烟(四)、澄红老板烟、68-13、A37、Va787、把柄烟、打洛晒烟、白里香、矮株二号、地里础、白花竹杂三号、波贝达 2 号、八里香、Va331、GAT-9、Va934、Va 509、安麻山晒烟(三)、东良晒烟、大牛耳、68-39、矮株一号、半坤村晒烟、Va539、安麻山晒烟(五)、Va309、Va312、Va781

续表

类群编号	种质资源编号
类群 4	开阳大蒲扇叶（大黄烟）、金沙青杆、凯里枇杷烟、凯里大柳叶、木水沟枇杷烟、盘县大柳叶、湄潭大蒲扇（3）、马耳烟、凯里鸡尾烟、麻江大广烟、湄潭大蒲扇（1）、湄潭大蛮烟、湄潭大黑烟（1）、湄潭黄杆烟、湄潭大黑烟（2）、凯里小广烟 、湄潭团鱼壳（2）、雷山土烟、湄潭大鸡尾（1）、湄潭大鸡尾（3）、麻江立烟、龙里白花烟、麻江柳叶烟、湄潭大柳叶、湄潭大鸡尾（2）、荔波大包耳、龙里红花烟、罗甸柳叶烟、麻江白花烟、湄潭大黑烟（3）、湄潭大黑烟（5）、罗甸烟冒、罗甸四十片、湄潭大黑烟（4）、麻江红花烟、麻江小广烟、龙里大白花、龙作柳叶、罗甸冬烟
类群 5	安龙转刀柳叶、长顺兰花烟、毕节大青杆（阮）、安顺大柳叶、光柄柳叶（杨）、贵阳大白花、毕节红花青杆、福泉白花大黑烟、贵定柳叶烟、大方二红花、毕节小青杆、黄平毛杆烟、巴铃大柳叶、福泉光把烟、贵定毛杆烟、安顺二吊枝、册亨丫他叶子烟、安顺小吊枝、长顺小立耳（2）、多年生烟、大柳叶（龚）、安龙柳叶烟、巴铃护耳烟（3）、白花2169（平）、安龙本黄烟、毕节吊把烟、安顺大吊枝变种（2）、大匹烟、光柄柳叶（罗）、安龙大脖烟、红花株长烟、巴铃护耳烟（1）、大柳叶（木）、道真大黑烟、边兰大青杆（1）、白花2169（皱）、德江大鸡尾、贵定黑土烟、册亨小柳叶、道真旧城枇杷烟、长顺大青杆（2）、惠水对筋烟、光柄大耳朵、赤水烟、大方大红花、大柳叶节骨密、安龙护耳大柳叶、包家坨二黄匹、摆金白花烟、道真稀节枇杷、光柄柳叶（木）、本所大鸡尾、册亨威旁叶子烟、道真黑烟、光把黑烟、贵定水红烟、赫章青杆烟、花坪风香溪、花溪大青杆、册亨伟俄烟、鲫鱼塘二黄匹、册亨威旁冬烟、巴铃小柳叶、德江中花烟（1）、黄平毛杆烟（皱叶）、德江尖叶子、长顺转刀烟、福泉青杆烟、长顺小立耳（1）、鲫鱼塘大黄匹、大柳叶节骨稀（1）、道真大坪园叶壳、德江兰花烟、福泉红花大黑烟、黄平毛杆烟（3）、黄平铧口烟、德江中花烟（2）、红花黑烟（浅色宽叶）、长顺大青杆（1）、贵定青杆烟、黄平小广烟、册亨威旁土烟、德江小黑烟、惠水三都大白花、岑巩小花烟、道真大坪枇杷烟、福泉小黑烟、护耳转刀小柳叶、刮刮烟
混合类群	开阳叶子烟、Rustica、冬瓜坪晒烟、督叶实杆、风林一号、福清晒烟、盖贝尔一号、勒角合、辽宁大红花、勐板晒烟

晒烟各类群内资源间的平均距离见表 6-10，各类群资源间平均距离在 0.0700～0.0939，各类群资源间平均距离相差不大。类群 1 内资源间的平均距离（杂合性期望值）0.0700 为最小，低于类群 3（0.0938）和类群 5（0.0939）内资源间的平均距离。

表 6-10　晒烟各类群内资源间平均距离

类群编号	资源间平均距离
类群 1	0.0700
类群 2	0.0865
类群 3	0.0938
类群 4	0.0724
类群 5	0.0939

从基于等位基因频率的类群间开度值（allele frequency divergence）即净核苷酸距离（net nucleotide distance）（表 6-11）可以看出，晒烟类群 1 与类群 4 之间的遗传距离（0.0220）较近，而类群 2 与类群 4 之间遗传距离（0.0421）较远。

表 6-11　晒烟各类群基于等位基因频率的类群间开度值

	类群 1	类群 2	类群 3	类群 4	类群 5
类群 1	0.0000				
类群 2	0.0293	0.0000			
类群 3	0.0243	0.0399	0.0000		
类群 4	0.0220	0.0421	0.0360	0.0000	
类群 5	0.0242	0.0419	0.0353	0.0274	0.0000

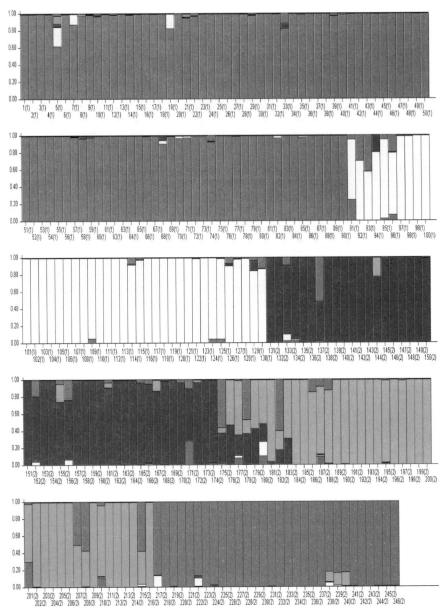

图 6-19　各晒烟种质资源群体结构分组

4. 其他类别群体结构分析

利用 Structure 2.2 软件对 65 份其他类别资源进行类群划分测试。将类群划分测试过程中软件给出的 ln P(D) 值平均数，绘制成散点曲线图，曲线先陡后缓，K＝10 时散点曲线出现第一个拐点，根据 Evanno 等描述的方法推断出在 K＝10 时划分的结构最佳，此时可以分为 10 个类群，见图 6-20。那些可能性大于 0.6 的材料被划分到相应类群中，而小于 0.6 的分到混合类群中，依此得到的 11 大类群的资源构成见表 6-12。

其他类别各种质资源的所属类群见图 6-21。从图中可见各类群分布情况，其中丹寨桐叶烟、剑河香洞土烟、锦平花烟、榕江羊角烟、榕江羊角烟（1）、Basma 536、Xianthi No. 2、道真兰花烟、S. N69、白肋小叶烟属混合类群，均没有类群超过可能性 0.6。

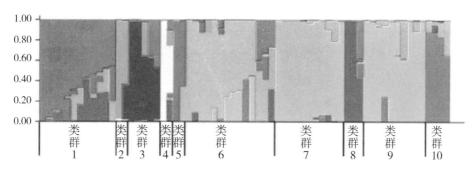

图 6-20　其他类别烟草群体的遗传结构分析图

表 6-12　其他类别烟草各类群材料划分

类群编号	种质资源
类群 1	黎平大叶烟、黎平鸡尾大叶烟、黎平鸡尾烟、榕江大耳烟、榕江羊角烟 (2)、台江翁龙团叶、台江翁龙团叶、台江小柳叶、A37、Adcook
类群 2	samsun、xanthi
类群 3	Argiro、Basma、Cekpka、PK-873
类群 4	xanthi-nc
类群 5	丹寨柳叶亮杆、剑河老土烟
类群 6	从江石秀禾叶、从江塘洞烟、盘县四格兰花烟、山东兰花烟、桐梓大叶茄花烟、141L8Lof81.12、半铁泡、建始白肋 10 号、南泉半铁泡、pennbel69
类群 7	KY17（多叶）、KY17（少叶）、KY17Lof171、KY17Lof51、KY56、L-8、Lof51-509、Lof51-528、M. S 白肋 21、白筋烟、白筋洋烟
类群 8	福泉兰花烟、孟加拉国兰花烟
类群 9	W. B68、白肋 162、白肋 6208、白肋 B—5、白肋 ky41A、白肋半铁泡、白肋烟品系、白远州一号、半铁泡变种
类群 10	Ambale-ma、Beinhart1000-1、Beinhart100-1、Florida301
混合类群	丹寨桐叶烟、剑河香洞土烟、锦平花烟、榕江羊角烟、榕江羊角烟 (1)、Basma 536、Xianthi No. 2、道真兰花烟、S. N69、白肋小叶烟

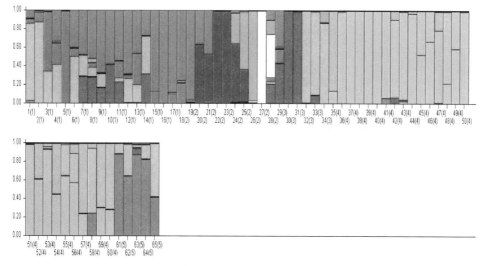

图 6-21　各其他类别种质资源群体结构分组

其他类别烟草各类群内资源间的平均距离见表 6-13，类群 4 内资源间的平均距离（杂合性期望值）为 0.0239，明显低于类群 10 内资源间的平均距离（0.1203）。

表 6-13 其他类别烟草各类群内资源间平均距离

类群编号	资源间平均距离
类群 1	0.0442
类群 2	0.0332
类群 3	0.0433
类群 4	0.0239
类群 5	0.0483
类群 6	0.0428
类群 7	0.1045
类群 8	0.0289
类群 9	0.0863
类群 10	0.1203

从基于等位基因频率的类群间开度值（allele frequency divergence）即净核苷酸距离（net nucleotide distance）（表 6-14），可以看出其他类别类群 6 与类群 7 之间的遗传距离（0.0606）最近，类群 5 与类群 10 之间遗传距离（0.2753）最远。

表 6-14 其他类别烟草各类群基于等位基因频率的类群间开度值

	类群 1	类群 2	类群 3	类群 4	类群 5	类群 6	类群 7	类群 8	类群 9	类群 10
类群 1	0.0000									
类群 2	0.1076	0.0000								
类群 3	0.0782	0.1444	0.0000							
类群 4	0.1719	0.1304	0.2132	0.0000						
类群 5	0.1618	0.1740	0.2297	0.2211	0.0000					
类群 6	0.1125	0.1178	0.1403	0.2077	0.2083	0.0000				
类群 7	0.1661	0.1590	0.1907	0.2407	0.2369	0.0606	0.0000			
类群 8	0.1474	0.1390	0.1531	0.2092	0.2474	0.0730	0.1026	0.0000		
类群 9	0.2172	0.1768	0.2571	0.2735	0.2736	0.1085	0.0798	0.1659	0.0000	
类群 10	0.1887	0.2227	0.2132	0.2696	0.2753	0.1362	0.1774	0.1866	0.1956	0.0000

四、AMOVA 分析和群体间分化

1. AMOVA 分析

烤烟种质资源（不含自育）AMOVA 分析（表 6-15）表明，在 $P<0.001$ 条件下，群体间的遗传变异占总遗传变异的 36.21%，而 63.79% 的遗传变异源于群体内材料，且均达到极显著水平，表明烟草种质资源在 DNA 水平上分化显著。对 800 份烟草种质资源进行 AMOVA 分析（表 6-16），结果表明群体间的遗传变异占总遗传变异的 35.46%，而 64.54% 的遗传变异源于群体内。

表 6-15　烤烟（不含自育）群体的 AMOVA 分析

变异来源	d.f	方差	占总方差百分数/%	概率/P
群体间	3	23.53	36.21	P<0.001
群体内材料	273	41.45	63.79	P<0.001

表 6-16　800 份种质资源的 AMOVA 分析

变异来源	d.f	方差	占总方差百分数/%	概率/P
群体间	11	17.09	35.46	P<0.001
群体内材料	788	31.09	64.54	P<0.001

2. 群体间遗传分化

群体间遗传分化系数见表 6-17，其中黄花烟和香料烟间遗传分化系数（0.140）最小，自育烤烟和雪茄烟间分化系数（0.592）最大，省外烤烟和自育烤烟间遗传分化系数（0.591）次之。由表可知自育烤烟与其他类型烤烟均存在较大的分化，由下文特有特缺位点分析可知自育烤烟存在大量特有位点（表 7-8），这可能是自育烤烟与其他类群烤烟存在较大分化的原因，同时也证明了自育品系拓宽了烤烟品种的遗传背景。

表 6-17　群体间遗传分化系数

	省内农家	省内烤烟	省外烤烟	国外烤烟	自育烤烟	省内晒烟	省外晒烟	晾烟	香料烟	黄花烟	白肋烟	雪茄烟
省内农家	0.000											
省内烤烟	0.481	0.000										
省外烤烟	0.525	0.299	0.000									
国外烤烟	0.489	0.462	0.427	0.000								
自育烤烟	0.443	0.545	0.591	0.559	0.000							
省内晒烟	0.413	0.311	0.341	0.338	0.415	0.000						
省外晒烟	0.387	0.359	0.379	0.355	0.425	0.264	0.000					
晾烟	0.424	0.182	0.232	0.232	0.461	0.320	0.382	0.000				
香料烟	0.507	0.202	0.260	0.335	0.566	0.337	0.415	0.201	0.000			
黄花烟	0.509	0.210	0.253	0.309	0.567	0.345	0.421	0.207	0.140	0.000		
白肋烟	0.526	0.241	0.391	0.412	0.585	0.352	0.379	0.221	0.294	0.297	0.000	
雪茄烟	0.538	0.336	0.483	0.088	0.592	0.378	0.393	0.278	0.370	0.374	0.174	0.000

第三节　小结与讨论

一、烟草种质资源基本按照地域或类别聚类

贵州省内农家种质资源通过聚类分析，可以按照地理区域来划分，主要是以福泉、湄潭两地为中心。

　　贵州省内烤烟种质资源通过聚类分析形成了 2 个大的亚群,一类主要以 D101 和金星 6007 为亲本来源,另一类以湄潭县选育为主,说明湄潭作为贵州特色烟草种植地区,其独特的气候和种植基础在形成贵州特色种质资源中起着重要作用。

　　省外烤烟种质资源通过聚类分析,可以以地理来源划分,一类以云南省和广东省选育种质资源为主,另一类以北方烟区选育种质资源为主。

　　国外烤烟种质资源通过聚类分析,其同一个系列种质资源更倾向于聚在一起,如 Coker、Hicks、牛津、Speight 和 RG 系列均在聚类图中以同系列聚在一起。

　　贵州省烟草科学研究所自育烤烟通过聚类分析,可以分为 5 个亚群,亚群 1 基本为省内烤烟、国内烤烟与国外烤烟种质资源的杂交后代,其他 4 个亚群基本为省内农家和地方特色种质资源与国外烤烟杂交后代一些自育烤烟在品质上保持了国外烤烟的优质,又兼顾了本地特色种质资源的适应性。

　　晒烟聚类分析结果多以地理来源进行区域划分。

　　其他类别烟草聚类多以烟草类别来划分。

　　通过对 800 份烟草种质资源的聚类分析,基本上能以地域聚类或类别聚类,这说明一个地区的烟草种质资源带有其地方特色,有各自独立的遗传基础而同类别烟草资源往往遗传相似性更强。

二、各亚群间聚类分析

　　省内农家和省内烤烟被聚为 1 个亚群,可见两者在亲缘关系上比较近,省内农家种和省内烤烟在亲本选择上都存在地理因素的局限,一般均在贵州地方特色种质资源基础上进行改进。

　　白肋烟、省内晒烟、省外晒烟被聚为 1 个组群,雪茄烟、黄花烟、晾烟和香料烟为 1 个组群,从进化过程来看,这 2 个组群中的烟草类别血缘关系比较近,均为晒烟或者晾烟的分支。

　　省外烤烟和国外烤烟聚为 1 个亚群,省外烤烟在亲本选择上多采用了国外优质烤烟的血统,因此亲缘关系与国外烤烟比较近。

　　省内晒烟和省外晒烟 2 个亚群间从遗传关系来看,相聚最近。

三、数学模型结构分析

　　基于数学模型的结构分析结果表明,烤烟(不含自育烤烟)可以分为 7 个类群且同一类群以相同地区来源材料为主,自育烤烟可以分为 13 个类群,晒烟可以分为 5 个类群,其他类型烟草可以分为 10 个类群。

四、AMOVA 分析与群体间遗传分化

　　对烤烟(不含自育烤烟)进行 AMOVA 分析,结果表明,群体间的遗传变异占总遗传变异的 36.21%,而 63.79% 的遗传变异源于群体内材料间。对 800 份总烟草种质资源进行 AMOVA 分析,结果表明群体间的遗传变异占总遗传变异的 35.46%,而 64.54% 的遗传变异源于群体内材料,且均达到极显著水平,种质资源在 DNA 水平上分化显著。黄花烟和香

料烟间遗传分化系数（0.140）最小，自育烤烟和雪茄烟间遗传分化系数（0.592）最大，自育品系与其他各类型烟草间遗传分化程度均较大。

参 考 文 献

Excoffier L，et al. 2005. Arlequin (version3. 0)：An integrated software package for population genetics data analysis . Evolutionary Bioinformatics Online，1：47—50.

Falush D，et al. 2007. Inference of population structure using multilocus genotype data：dominant markers and null alleles . Molecular Ecology，10：1471—1475.

Nei M，et al. 1979. Mathematical model for studying genetic variation in terms of restriction endonucleases. Proceedings of the National Acadamy of Science of the USA，76：5269—5273.

Pritchard J K，et al. 2000. Inference of population structure using multilocus genotype data . Genetics，155：945—959.

Roy J K, et al. 2006. Association analysis of agronomically important traits using SSR, SAMPL and AFLP markers in bread wheat . Current Science，90 (5)：683—689.

Weir B S，et al. 2002. Estimating F-statistics . Annual Review of Genetics，36：721—750.

第七章　烟草亚群特异性及位点
与性状间关联分析

亚群特异性位点分析对深入了解各亚群内遗传变异分布、解释亚群特异性有重要的价值，且根据亚群间补充等位变异数及亚群的特有位点研究进行育种亲本选择，对创造出遗传背景更丰富的种质资源有着重要的参考作用。

此外，烟草的很多重要性状，如品质、产量、抗逆性、形态等多表现为数量性状。由于数量性状受环境影响较大，因此对其遗传基础的研究比较困难。近年来，随着模式植物全基因组测序的完成，植物基因组学的研究已经呈现出由简单质量性状向复杂的数量性状转移的趋势，特别是大量 SNP 标记的开发以及生物信息学的迅猛发展，应用关联分析方法发掘植物数量性状基因已成为目前国际植物基因组学研究的热点之一。

关联分析（association analysis），又称连锁不平衡作图（LD mapping）或关联作图（association mapping），是一种以连锁不平衡为基础，鉴定某一群体内目标性状与遗传标记或候选基因关系的分析方法。与连锁分析相比，关联分析优点有：（1）花费的时间少，一般以现有的自然群体为材料，无需构建专门的作图群体；（2）广度大，可以同时检测同一座位的多个等位基因；（3）精度高，可达到单基因的水平。

本章通过亚群特异性位点和位点-性状关联分析，旨在找到和烟草重要农艺、品质、抗性等性状有显著或极显著相关的位点，直接或间接运用于烟草分子标记辅助育种和分子设计育种。

第一节　材料与方法

一、试验材料

同第五章。

二、DNA 提取与 SRAP 分析

1. DNA 提取

同第五章。

2. SRAP 分析

同第五章。

3. 产物检测

同第五章。

三、数据统计与分析

特有等位变异：特有等位变异是某群体具有的而其他各群体都没有的等位变异；特缺等位变异：是某群体没有的而其他各群体都有的等位变异；这两者用以测度群体分化的分子水平表征。

关联分析使用 TASSEL V 2.1（Bradbury 等，2007）软件完成。

同时应用由 SPAGeDi 1.3a（Hardy 和 Vekemans，2002）计算的基于标记估计的个体间亲本系数矩阵和 Structure 2.2（Pritchard，2000）计算的群体结构矩阵，进行群体结构校正；其统计模型为：

$$y = X\beta + S\alpha + Q\nu + Z\mu + \varepsilon$$

其中，y 为表型观察值；β 为除标记和群体结构以外的未知固定效应值；α 为标记的效应值；ν 为群体结构的效应值；μ 为多基因遗传背景的效应值；ε 为残差；Q 为群体结构的矩阵；X、S、Z 分别为 y 与 β、α、μ 相关的矩阵。

第二节　结果与分析

一、烟草亚群间补充等位变异数分析

比较两个群体的等位变异时，A 群体有而 B 群体没有的等位变异可以作为 A 拓宽 B 遗传基础的潜力，此处称为 A 对 B 的补充等位变异数；A 对 B 与 B 对 A 的补充等位变异数之和可以衡量 A 与 B 实际相差的等位变异数，也可以评价 A 和 B 的遗传关系的远近，此处称为 A 与 B 的互补等位变异数。

1. 烤烟亚群间补充等位变异数分析

比较烤烟亚群间补充等位变异数，见表 7-1，烟草烤烟亚群间补充等位变异数最多的是省内烤烟对国外烤烟的补充（254），最少的是国外烤烟对省内烤烟的补充（75）。

亚群间互补等位变异数以省内农家和自育烤烟的互补等位变异数最多（347），省内农家和省内烤烟的互补等位变异数最少（231）。可见在烤烟类别中，省内农家和自育烤烟的遗传关系最远，省内农家和省内烤烟的遗传关系最近。

对自育烤烟亚群来说，利用省内烤烟资源来增加自育烤烟资源等位变异数最有潜力，其次为省内农家资源，省外烤烟和国外烤烟对增加自育烤烟种质资源等位变异潜力较小。从自育烤烟亚群的遗传背景来看，自育烤烟多采用了国外优质烤烟来进行杂交组合，在亲缘关系上和国外烤烟比较接近，根据烤烟亚群间补充等位变异数结果推测，加大引入省内烤烟和省内农家种质资源亲本对烟草育种来说可能更容易创造出变异，更易于培育适宜贵州气候条件和体现贵州地方特色新品种。

表 7-1　烟草烤烟亚群间的互补等位变异数

等位变异数	省内农家	省内烤烟	省外烤烟	国外烤烟	自育烤烟
省内农家	*	105	204	239	235
省内烤烟	126（231）	*	213	254	241
省外烤烟	92（296）	79（292）	*	156	163
国外烤烟	82（321）	75（329）	111（267）	*	154
自育烤烟	112（347）	96（337）	152（315）	188（342）	*

注：表中所列的数字为行群体对列群体补充的等位变异数。括号内的数字为两群体间互补等位变异数

2. 烟草种质资源各亚群间补充等位变异数分析

比较烟草资源各亚群间补充等位变异数，见表 7-2，烟草种质资源各亚群间补充等位变异数最多的是黄花烟对国外烤烟的补充（426），最少的是香料烟对黄花烟的补充（3）。

亚群间互补等位变异数以国外烤烟和黄花烟的互补等位变异数最多（447），黄花烟和香料烟的互补等位变异数最少（50）。可见在烟草种质资源中，国外烤烟和黄花烟的遗传关系最远，黄花烟和香料烟的遗传关系最近。

在自育烤烟亚群中，利用黄花烟种质资源来增加自育烤烟资源等位变异数最有潜力，其余依次为雪茄烟、香料烟、晾烟、白肋烟、省内晒烟、省内烤烟、省内农家、省外晒烟、省外烤烟和国外烤烟。

表 7-2　烟草资源各亚群间的互补等位变异数

等位变异数	省内农家	省内烤烟	省外烤烟	国外烤烟	自育烤烟	省内晒烟	省外晒烟	晾烟	香料烟	黄花烟	白肋烟	雪茄烟
省内农家	*	105	204	239	235	130	166	49	56	30	53	38
省内烤烟	126（231）	*	213	254	241	137	171	47	53	25	57	39
省外烤烟	92（296）	79（292）	*	156	163	103	104	29	36	20	42	23
国外烤烟	82（321）	75（329）	111（267）	*	154	92	110	34	35	21	38	23
自育烤烟	112（347）	96（337）	152（315）	188（342）	*	84	108	17	24	7	36	21
省内晒烟	169（299）	154（291）	254（357）	288（380）	246（330）	*	156	34	43	20	55	39
省外晒烟	159（325）	142（313）	209（313）	260（370）	224（332）	110（266）	*	35	45	21	51	29
晾烟	259（308）	235（282）	351（380）	401（435）	350（367）	214（248）	252（287）	*	31	10	72	33
香料烟	260（316）	235（288）	352（388）	396（431）	351（375）	208（251）	256（301）	25（54）	*	3	79	39
黄花烟	278（308）	251（276）	380（400）	426（447）	378（385）	229（249）	276（297）	48（58）	47（50）	*	86	49
白肋烟	241（294）	223（280）	342（384）	383（421）	347（383）	203（258）	246（297）	50（122）	63（142）	26（112）	*	33
雪茄烟	261（299）	240（279）	358（381）	402（425）	367（388）	223（262）	259（288）	46（79）	58（97）	24（73）	68（101）	*

注：表中所列的数字为行群体对列群体补充的等位变异数。括号内的数字为两群体间互补等位变异数

利用补充等位变异数研究，对育种工作者选育工作有着重要的借鉴意义。从补充等位变异数研究结果来看，晾烟、香料烟、黄花烟、白肋烟和雪茄烟这些其他类别的烟草，对于烤

烟的补充等位变异数均比较多。如何在育种过程中，引入这些烟草类别的优质性状，尤其是在抗性方面的基因，一直也是育种家思考的问题。之前利用细胞融合和杂交等方法也创造出一批新种质，比如利用白肋烟和烤烟杂交选育出低焦油烤烟品种，利用雪茄烟 Beinhart1000-1 其单基因控制的抗赤星病抗性选育出一批抗赤星病的烤烟品种，还有利用野生烟草根黑腐病抗源 $N.debneyi$ 和野火病抗源 $N.longiflora$ 创造出一系列的抗病烤烟品种，这些都为现阶段新品种选育创造出一批有利用价值的核心种质。如何更充分利用其他烟草类别的优质、抗性基因，更深入研究挖掘其他烟草类别的性状和抗源，将有助于解决烤烟遗传背景狭窄的问题，确定烟草育种的方向。

二、烟草亚群特异性分析

群体间补充的等位变异中有一部分变异是群体特殊的，特有等位变异是某群体具有的而其他各群体都没有的等位变异；特缺等位变异是某群体没有的而其他各群体都有的等位变异。特有、特缺等位变异在一定程度上解释了群体的特异性。

1. 烤烟亚群（不含自育烤烟）的特异性分析

烤烟类别（不含自育烤烟）中各亚群的特有特缺位点见表 7-3，其中国外烤烟特有等位变异位点最多（83），省内烤烟特有等位变异位点最少（18）。省内农家特缺等位变异位点最多（48），国外烤烟特缺等位变异位点最少（20）。国外烤烟的特有变异位点最多，特缺变异位点最少。这从一定程度说明国外烤烟群体特异性较高，遗传丰富度较高。

表 7-3　烟草烤烟各亚群（不含自育烤烟）的特有特缺等位变异

等位变异	省内农家	省内烤烟	省外烤烟	国外烤烟
特有	20	18	48	83
特缺	48	52	24	20

省内农家特有特缺变异位点及频率见表 7-4，其中 me6-em2-24 这个特有变异位点在省内农家出现频率最高为 47.62%，表明在省内农家这个亚群中，有 47.62% 的资源在这个特有变异位点扩增出条带，属于省内农家种质资源较普遍存在的一个特有位点。

表 7-4　省内农家特有特缺变异位点及出现频率

特有变异位点		特缺变异位点			
变异位点	省内农家频率	变异位点	省内烤烟频率	省外烤烟频率	国外烤烟频率
me1-em2-3	9.52%	me1-em2-6	50.00%	2.33%	7.96%
me1-em9-46	4.76%	me1-em9-21	13.89%	50.00%	76.11%
me2-em2-2	4.76%	me2-em2-6	5.56%	1.16%	7.96%
me2-em6-31	4.76%	me2-em2-11	8.33%	33.72%	23.89%
me2-em7-33	7.14%	me2-em2-14	69.44%	29.07%	35.40%
me2-em7-35	2.38%	me2-em2-26	5.56%	22.09%	24.78%
me3-em2-23	2.38%	me2-em2-32	8.33%	11.63%	32.74%
me3-em2-35	4.76%	me2-em2-40	2.78%	2.33%	6.19%
me3-em2-38	7.14%	me2-em2-51	61.11%	56.98%	30.97%
me3-em2-43	7.14%	me2-em3-18	2.78%	4.65%	37.17%

特有变异位点		特缺变异位点			
变异位点	省内农家频率	变异位点	省内烤烟频率	省外烤烟频率	国外烤烟频率
me4-em1-14	2.38%	me2-em3-25	11.11%	3.49%	1.77%
me4-em6-4	7.14%	me2-em3-27	5.56%	19.77%	5.31%
me4-em6-9	9.52%	me2-em3-30	2.78%	22.09%	15.93%
me4-em9-2	9.52%	me2-em3-35	5.56%	25.58%	52.21%
me4-em9-35	7.14%	me2-em3-40	2.78%	1.16%	43.36%
me4-em9-12	4.76%	me2-em3-41	2.78%	2.33%	14.16%
me6-em2-21	4.76%	me2-em3-50	8.33%	4.65%	18.58%
me6-em2-24	47.62%	me2-em5-25	100.00%	1.16%	24.78%
me6-em2-31	2.38%	me2-em5-27	5.56%	1.16%	23.89%
me6-em2-44	2.38%	me2-em5-29	16.67%	1.16%	1.77%
		me2-em6-2	8.33%	8.14%	9.73%
		me2-em6-11	2.78%	6.98%	14.16%
		me2-em6-12	22.22%	12.79%	21.24%
		me2-em7-15	2.78%	8.14%	7.08%
		me2-em7-23	2.78%	59.30%	61.95%
		me2-em7-27	8.33%	1.16%	2.65%
		me2-em7-30	30.56%	31.40%	27.43%
		me3-em2-9	5.56%	39.53%	0.88%
		me3-em2-16	11.11%	89.53%	97.35%
		me3-em2-42	50.00%	1.16%	81.42%
		me3-em3-20	2.78%	1.16%	10.62%
		me3-em3-43	2.78%	6.98%	39.82%
		me3-em7-7	72.22%	3.49%	6.19%
		me3-em11-4	16.67%	8.14%	10.62%
		me3-em11-7	66.67%	26.74%	29.20%
		me3-em11-13	91.67%	17.44%	12.39%
		me3-em11-15	94.44%	76.74%	92.04%
		me3-em11-18	75.00%	75.58%	84.07%
		me3-em11-25	13.89%	84.88%	74.34%
		me3-em11-26	69.44%	25.58%	53.10%
		me3-em11-34	94.44%	88.37%	80.53%
		me4-em1-17	2.78%	1.16%	58.41%
		me6-em2-16	30.56%	1.16%	3.54%
		me6-em2-26	50.00%	32.56%	98.23%
		me7-em5-12	5.56%	39.53%	13.27%
		me7-em5-24	2.78%	8.14%	9.73%
		me7-em5-25	36.11%	68.60%	4.42%
		me7-em5-33	5.56%	2.33%	6.19%

　　省内烤烟特有特缺变异位点及频率见表7-5，其中me2-em5-3这个特有变异位点在省内烤烟出现频率最高为100%，表明在省内烤烟这个亚群中，所有的资源都有这个特有变异位点，属于省内烤烟种质资源有代表性的一个特有变异位点，从一定程度上来说是省内烤烟的

"身份证"。此外 me2-em5-35 这个特有位点的出现频率也很高，有 69.44% 的资源都存在这个特有变异位点，这也属于省内烤烟较普遍存在的一个特有位点。

表 7-5 省内烤烟特有特缺变异位点及出现频率

特有变异位点		特缺变异位点			
变异位点	省内烤烟频率	变异位点	省内农家频率	省外烤烟频率	国外烤烟频率
me1-em2-37	2.78%	me1-em2-8	57.14%	1.16%	0.88%
me1-em2-40	2.78%	me1-em2-10	4.76%	1.16%	25.66%
me2-em2-39	8.33%	me1-em2-11	16.67%	3.49%	56.64%
me2-em2-44	8.33%	me1-em2-15	23.81%	1.16%	51.33%
me2-em5-3	100.00%	me1-em9-2	2.38%	27.91%	29.20%
me2-em5-35	69.44%	me1-em9-5	92.86%	4.65%	54.87%
me2-em6-38	11.11%	me2-em2-1	4.76%	2.33%	8.85%
me2-em7-41	13.89%	me2-em2-22	47.62%	4.65%	0.88%
me3-em2-19	22.22%	me2-em2-27	7.14%	3.49%	16.81%
me3-em2-22	33.33%	me2-em2-46	2.38%	6.98%	83.19%
me3-em2-41	2.78%	me2-em2-47	23.81%	45.35%	4.42%
me3-em3-7	11.11%	me2-em5-6	7.14%	19.77%	34.51%
me3-em3-10	5.56%	me2-em5-24	100.00%	9.30%	52.21%
me3-em3-11	5.56%	me2-em6-26	2.38%	1.16%	3.54%
me4-em1-20	2.78%	me2-em6-36	9.52%	1.16%	13.27%
me4-em1-22	2.78%	me2-em7-2	11.90%	1.16%	6.19%
me4-em9-19	2.78%	me2-em7-7	2.38%	5.81%	4.42%
me7-em5-10	16.67%	me2-em7-9	35.71%	17.44%	36.28%
		me2-em7-13	30.95%	5.81%	7.08%
		me2-em7-24	2.38%	4.65%	8.85%
		me3-em2-10	2.38%	4.65%	9.73%
		me3-em2-11	14.29%	38.37%	50.44%
		me3-em2-15	66.67%	87.21%	78.76%
		me3-em2-24	7.14%	45.35%	11.50%
		me3-em2-3	2.38%	16.28%	45.13%
		me3-em2-5	7.14%	20.93%	46.02%
		me3-em3-1	4.76%	2.33%	0.88%
		me3-em3-16	16.67%	5.81%	14.16%
		me3-em3-23	21.43%	11.63%	25.66%
		me3-em3-34	14.29%	11.63%	22.12%
		me3-em3-38	9.52%	10.47%	17.70%
		me3-em3-42	14.29%	2.33%	0.88%
		me3-em3-8	28.57%	74.42%	65.49%
		me3-em3-9	21.43%	75.58%	61.06%
		me3-em7-12	2.38%	1.16%	15.93%
		me3-em7-26	78.57%	12.79%	1.77%
		me3-em7-27	14.29%	3.49%	11.50%
		me3-em7-31	66.67%	6.98%	5.31%
		me3-em7-32	90.48%	2.33%	0.88%
		me3-em7-40	2.38%	1.16%	7.96%

续表

特有变异位点		特缺变异位点			
变异位点	省内烤烟频率	变异位点	省内农家频率	省外烤烟频率	国外烤烟频率
		me4-em9-1	14.29%	8.14%	5.31%
		me4-em9-16	4.76%	1.16%	1.77%
		me4-em9-25	4.76%	18.60%	12.39%
		me4-em9-11	9.52%	17.44%	14.16%
		me3-em11-9	14.29%	16.28%	43.36%
		me3-em11-10	76.19%	50.00%	21.24%
		me6-em2-12	38.10%	29.07%	84.07%
		me6-em2-15	7.14%	1.16%	1.77%
		me6-em2-18	9.52%	38.37%	81.42%
		me6-em2-27	61.90%	22.09%	80.53%
		me6-em2-28	40.48%	3.49%	0.88%
		me6-em2-34	19.05%	25.58%	92.92%

省外烤烟特有特缺变异位点及频率见表 7-6，其中 me4-em6-17 这个特有变异位点在省外烤烟出现频率最高，为 74.42%，其次 me4-em6-10 的频率为 55.81%，这 2 个特有变异位点为省外烤烟较普遍存在的特有位点。

表 7-6 省外烤烟特有特缺变异位点及出现频率

特有变异位点		特缺变异位点			
变异位点	省外烤烟频率	变异位点	省内农家频率	省内烤烟频率	国外烤烟频率
me1-em2-12	2.33%	me2-em2-3	23.81%	72.22%	0.88%
me1-em2-20	4.65%	me2-em2-9	16.67%	11.11%	8.85%
me1-em2-22	1.16%	me2-em2-28	90.48%	25.00%	11.50%
me1-em2-27	11.63%	me2-em3-46	66.67%	80.56%	45.13%
me1-em2-49	1.16%	me2-em5-11	100.00%	30.56%	36.28%
me1-em2-50	3.49%	me2-em5-14	26.19%	5.56%	14.16%
me1-em9-11	6.98%	me2-em5-17	4.76%	5.56%	4.42%
me1-em9-17	6.98%	me2-em5-30	2.38%	2.78%	75.22%
me1-em9-23	1.16%	me2-em5-34	100.00%	91.67%	0.88%
me1-em9-29	41.86%	me2-em6-4	2.38%	2.78%	11.50%
me1-em9-44	1.16%	me2-em6-5	7.14%	11.11%	0.88%
me2-em3-4	1.16%	me2-em7-12	40.48%	5.56%	56.64%
me2-em3-5	6.98%	me2-em7-16	2.38%	30.56%	16.81%
me2-em3-7	1.16%	me3-em2-26	14.29%	16.67%	80.53%
me2-em3-9	30.23%	me3-em3-17	19.05%	55.56%	0.88%
me2-em3-16	22.09%	me3-em3-21	2.38%	11.11%	0.88%
me2-em3-32	36.05%	me3-em3-44	7.14%	2.78%	4.42%
me2-em6-1	8.14%	me4-em1-11	90.48%	94.44%	10.62%
me2-em6-10	11.63%	me4-em9-7	2.38%	5.56%	4.42%
me2-em6-23	12.79%	me6-em2-17	54.76%	2.78%	0.88%
me2-em6-24	2.33%	me6-em2-23	2.38%	41.67%	15.93%
me2-em6-39	3.49%	me6-em2-33	11.90%	5.56%	8.85%

续表

特有变异位点		特缺变异位点			
变异位点	省外烤烟频率	变异位点	省内农家频率	省内烤烟频率	国外烤烟频率
me2-em7-3	1.16%	me7-em5-9	2.38%	2.78%	12.39%
me2-em7-4	1.16%	me7-em5-23	90.48%	83.33%	17.70%
me2-em7-14	1.16%				
me2-em7-25	1.16%				
me3-em2-12	5.81%				
me3-em2-25	1.16%				
me3-em3-14	18.60%				
me3-em3-15	29.07%				
me3-em3-4	1.16%				
me3-em11-12	9.30%				
me3-em11-40	1.16%				
me3-em11-45	1.16%				
me4-em1-16	4.65%				
me4-em6-10	55.81%				
me4-em6-17	74.42%				
me4-em6-18	1.16%				
me4-em6-24	1.16%				
me4-em6-34	1.16%				
me4-em9-15	1.16%				
me4-em9-23	1.16%				
me6-em2-6	1.16%				
me6-em2-20	1.16%				
me6-em2-43	1.16%				
me7-em5-13	8.14%				
me7-em5-19	4.65%				
me7-em5-28	1.16%				

国外烤烟特有特缺变异位点及频率见表7-7，其中 me3-em2-21 这个特有变异位点在国外烤烟出现频率最高为 81.42%，其次 me1-em9-41 的出现频率为 51.33%，这 2 个特有变异位点均可以看作为国外烤烟较普遍存在的特有位点。通过性状关联分析，见表 7-17，me1-em9-41 位点与上等烟比率和橘黄烟率相关，这可能在一定程度上解释了国外烤烟优质的遗传基础。

表 7-7　国外烤烟特有特缺变异位点及出现频率

特有变异位点		特缺变异位点			
变异位点	国外烤烟频率	变异位点	省内农家频率	省内烤烟频率	省外烤烟频率
me1-em2-24	0.88%	me1-em9-3	2.38%	5.56%	3.49%
me1-em2-30	2.65%	me1-em9-14	14.29%	22.22%	26.74%
me1-em9-41	51.33%	me2-em2-45	7.14%	72.22%	23.26%
me2-em2-7	12.39%	me2-em3-36	97.62%	100.00%	2.33%
me2-em2-12	1.77%	me2-em5-4	100.00%	2.78%	4.65%
me2-em2-17	2.65%	me2-em5-10	4.76%	5.56%	1.16%

特有变异位点		特缺变异位点			
变异位点	国外烤烟频率	变异位点	省内农家频率	省内烤烟频率	省外烤烟频率
me2-em2-21	15.04%	me2-em7-31	11.90%	8.33%	1.16%
me2-em2-36	7.08%	me3-em2-17	71.43%	80.56%	9.30%
me2-em2-37	0.88%	me3-em2-30	11.90%	16.67%	72.09%
me2-em2-38	10.62%	me3-em2-31	69.05%	83.33%	44.19%
me2-em2-42	0.88%	me3-em3-6	38.10%	5.56%	15.12%
me2-em2-54	22.12%	me3-em3-31	30.95%	58.33%	10.47%
me2-em3-28	1.77%	me3-em7-11	4.76%	88.89%	1.16%
me2-em3-43	25.66%	me4-em1-5	2.38%	19.44%	1.16%
me2-em5-2	1.77%	me4-em1-17	80.95%	80.56%	34.88%
me2-em5-7	31.86%	me4-em1-29	4.76%	8.33%	3.49%
me2-em5-15	1.77%	me6-em2-11	26.19%	94.44%	6.98%
me2-em5-16	26.55%	me6-em2-32	2.38%	11.11%	11.63%
me2-em5-18	4.42%	me6-em2-36	52.38%	33.33%	15.12%
me2-em5-20	0.88%	me7-em5-5	95.24%	55.56%	15.12%
me2-em5-32	10.62%				
me2-em5-33	23.89%				
me2-em6-8	9.73%				
me2-em6-13	1.77%				
me2-em6-20	9.73%				
me2-em6-40	1.77%				
me2-em6-42	7.96%				
me2-em6-44	1.77%				
me2-em7-26	13.27%				
me2-em7-32	1.77%				
me3-em2-21	81.42%				
me3-em2-34	6.19%				
me3-em3-2	0.88%				
me3-em3-3	3.54%				
me3-em3-13	0.88%				
me3-em3-25	7.08%				
me3-em3-26	1.77%				
me3-em3-36	1.77%				
me3-em3-37	0.88%				
me3-em3-41	0.88%				
me3-em7-5	0.88%				
me3-em7-18	15.93%				
me3-em7-19	3.54%				
me3-em7-21	0.88%				
me3-em7-22	2.65%				
me3-em7-24	9.73%				
me3-em7-25	1.77%				
me3-em7-35	15.04%				

续表

特有变异位点		特缺变异位点			
变异位点	国外烤烟频率	变异位点	省内农家频率	省内烤烟频率	省外烤烟频率
me3-em7-42	1.77%				
me3-em7-44	4.42%				
me3-em7-45	3.54%				
me3-em11-3	8.85%				
me3-em11-5	0.88%				
me3-em11-6	8.85%				
me3-em11-20	23.01%				
me3-em11-21	0.88%				
me3-em11-22	1.77%				
me3-em11-23	0.88%				
me3-em11-32	14.16%				
me3-em11-36	15.04%				
me3-em11-39	0.88%				
me4-em1-7	38.94%				
me4-em1-8	7.96%				
me4-em1-10	2.65%				
me4-em1-12	15.93%				
me4-em1-30	1.77%				
me4-em1-34	2.65%				
me4-em1-36	10.62%				
me4-em6-1	41.59%				
me4-em6-3	37.17%				
me4-em6-8	10.62%				
me4-em6-14	0.88%				
me4-em6-22	2.65%				
me4-em9-33	0.88%				
me6-em2-7	6.19%				
me6-em2-14	7.08%				
me6-em2-29	3.54%				
me7-em5-7	0.88%				
me7-em5-8	10.62%				
me7-em5-15	8.85%				
me7-em5-20	18.58%				
me7-em5-29	0.88%				
me7-em5-30	1.77%				

2. 烤烟亚群（含自育烤烟）的特异性分析

含自育烤烟的烤烟各亚群的特有特缺等位变异见表7-8，相比较之前不含自育烤烟的各烤烟亚群的特有和特缺变异位点（表7-3）均有减少，而自育烤烟在所有烤烟亚群中所含特有变异位点最多（53），说明自育烤烟在选育过程中，通过拓宽亲本来源，对比其他烤烟亚群，有着更丰富的遗传多样性。

表 7-8 烟草烤烟种质资源各亚群（含自育烤烟）的特有特缺等位变异

等位变异	省内农家	省内烤烟	省外烤烟	国外烤烟	自育烤烟
特有	11	5	15	45	53
特缺	28	29	10	12	25

省内农家、省内烤烟、省外烤烟，国外烤烟特有特缺变异位点及频率，见表 7-9、表 7-10、表 7-11、表 7-12，自育烤烟特有特缺变异位点及频率见表 7-13。省内农家、省内烤烟、省外烤烟、国外烤烟在含有自育烤烟烤烟亚群间特有特缺变异位点结果和之前不含自育烤烟的烤烟亚群间比较，很多亚群之前特有并且出现频率比较高的变异位点在自育烤烟中也存在，不再属于其特有的变异位点。这从一个方面说明自育烤烟在亲本选择上，对省内农家、省内烤烟、省外烤烟、国外烤烟均有所借鉴，其遗传基础比较广泛，也在一定程度上吸取了各烤烟亚群的优势，为创造出优质新种质提供了条件。

表 7-9 省内农家特有特缺变异位点及出现频率

特有变异位点		特缺变异位点				
变异位点	省内农家频率	变异位点	省内烤烟频率	省外烤烟频率	国外烤烟频率	自育烤烟频率
me1-em2-3	9.52%	me1-em2-6	50.00%	2.33%	7.96%	9.43%
me1-em9-46	4.76%	me1-em9-21	13.89%	50.00%	76.11%	3.30%
me2-em6-31	4.76%	me2-em2-6	5.56%	1.16%	7.96%	1.89%
me2-em7-35	2.38%	me2-em2-11	8.33%	33.72%	23.89%	0.94%
me3-em2-23	2.38%	me2-em2-14	69.44%	29.07%	35.40%	75.94%
me3-em2-35	4.76%	me2-em2-26	5.56%	22.09%	24.78%	45.75%
me3-em2-38	7.14%	me2-em2-32	8.33%	11.63%	32.74%	25.47%
me3-em2-43	7.14%	me2-em2-40	2.78%	2.33%	6.19%	23.58%
me4-em1-14	2.38%	me2-em2-51	61.11%	56.98%	30.97%	7.08%
me4-em6-4	7.14%	me2-em6-2	8.33%	8.14%	9.73%	7.55%
me6-em2-21	4.76%	me2-em6-12	22.22%	12.79%	21.24%	23.58%
		me2-em7-15	2.78%	8.14%	7.08%	9.91%
		me2-em7-23	2.78%	59.30%	61.95%	1.42%
		me2-em7-30	30.56%	31.40%	27.43%	1.42%
		me3-em2-16	11.11%	89.53%	97.35%	23.11%
		me3-em3-20	2.78%	1.16%	10.62%	6.60%
		me3-em3-43	2.78%	6.98%	39.82%	1.42%
		me3-em11-13	91.67%	17.44%	12.39%	2.83%
		me3-em11-18	75.00%	75.58%	84.07%	8.02%
		me3-em11-25	13.89%	84.88%	74.34%	6.60%
		me3-em11-26	69.44%	25.58%	53.10%	18.40%
		me3-em11-34	94.44%	88.37%	80.53%	13.68%
		me4-em1-17	2.78%	1.16%	58.41%	13.68%
		me6-em2-16	30.56%	1.16%	3.54%	46.70%
		me6-em2-26	50.00%	32.56%	98.23%	0.94%
		me7-em5-12	5.56%	39.53%	13.27%	6.13%
		me7-em5-24	2.78%	8.14%	9.73%	9.91%
		me7-em5-25	36.11%	68.60%	4.42%	6.13%

表 7-10　省内烤烟特有特缺变异位点及出现频率

特有变异位点		特缺变异位点				
变异位点	省内烤烟频率	变异位点	省内农家频率	省外烤烟频率	国外烤烟频率	自育烤烟频率
me2-em2-39	8.33%	me1-em2-8	57.14%	1.16%	0.88%	2.83%
me2-em2-44	8.33%	me1-em2-11	16.67%	3.49%	56.64%	20.75%
me2-em5-35	69.44%	me1-em2-15	23.81%	1.16%	51.33%	4.72%
me3-em3-11	5.56%	me1-em9-2	2.38%	27.91%	29.20%	8.96%
me7-em5-10	16.67%	me1-em9-4	92.86%	4.65%	54.87%	11.79%
		me2-em5-6	7.14%	19.77%	34.51%	2.83%
		me2-em6-26	2.38%	1.16%	3.54%	12.74%
		me2-em6-36	9.52%	1.16%	13.27%	0.47%
		me2-em7-2	11.90%	1.16%	6.19%	2.83%
		me2-em7-7	2.38%	5.81%	4.42%	0.47%
		me2-em7-9	35.71%	17.44%	36.28%	11.79%
		me2-em7-24	2.38%	4.65%	8.85%	0.47%
		me3-em2-3	2.38%	16.28%	45.13%	13.21%
		me3-em2-5	7.14%	20.93%	46.02%	15.09%
		me3-em2-10	2.38%	4.65%	9.73%	1.89%
		me3-em2-15	66.67%	87.21%	78.76%	18.40%
		me3-em3-8	28.57%	74.42%	65.49%	12.74%
		me3-em3-9	21.43%	75.58%	61.06%	4.25%
		me3-em7-12	2.38%	1.16%	15.93%	50.00%
		me3-em7-32	90.48%	2.33%	0.88%	34.91%
		me3-em7-40	2.38%	1.16%	7.96%	26.89%
		me3-em11-9	14.29%	16.28%	43.36%	14.62%
		me3-em11-10	76.19%	50.00%	21.24%	4.25%
		me4-em9-16	4.76%	1.16%	1.77%	5.19%
		me4-em9-25	4.76%	18.60%	12.39%	0.47%
		me6-em2-15	7.14%	1.16%	1.77%	4.25%
		me6-em2-18	9.52%	38.37%	81.42%	16.04%
		me6-em2-27	61.90%	22.09%	80.53%	72.64%
		me6-em2-28	40.48%	3.49%	0.88%	4.25%

表 7-11　省外烤烟特有特缺变异位点及出现频率

特有变异位点		特缺变异位点				
变异位点	省外烤烟频率	变异位点	省内农家频率	省内烤烟频率	国外烤烟频率	自育烤烟频率
me1-em2-12	2.33%	me2-em2-9	16.67%	11.11%	8.85%	5.66%
me1-em2-50	3.49%	me2-em6-4	2.38%	2.78%	11.50%	4.25%
me1-em9-23	1.16%	me2-em6-5	7.14%	11.11%	0.88%	1.89%
me1-em9-29	41.86%	me2-em7-16	2.38%	30.56%	16.81%	11.79%
me1-em9-44	1.16%	me3-em2-26	14.29%	16.67%	80.53%	2.83%
me2-em3-7	1.16%	me4-em1-11	90.48%	94.44%	10.62%	0.94%
me2-em3-16	22.09%	me6-em2-17	54.76%	2.78%	0.88%	7.08%
me2-em6-39	3.49%	me6-em2-23	2.38%	41.67%	15.93%	25.00%
me2-em7-4	1.16%	me6-em2-33	11.90%	5.56%	8.85%	0.94%
me2-em7-14	1.16%	me7-em5-23	90.48%	83.33%	17.70%	2.36%
me3-em3-14	18.60%					
me3-em11-40	1.16%					

特有变异位点		特缺变异位点				
变异位点	省外烤烟频率	变异位点	省内农家频率	省内烤烟频率	国外烤烟频率	自育烤烟频率
me3-em11-45	1.16%					
me6-em2-43	1.16%					
me7-em5-28	1.16%					

表 7-12　国外烤烟特有特缺变异位点及出现频率

特有变异位点		特缺变异位点				
变异位点	国外烤烟频率	变异位点	省内农家频率	省内烤烟频率	省外烤烟频率	自育烤烟频率
me1-em2-12	2.33%	me2-em2-9	16.67%	11.11%	8.85%	5.66%
me1-em2-24	0.88%	me1-em9-3	2.38%	5.56%	3.49%	4.72%
me2-em2-7	12.39%	me1-em9-14	14.29%	22.22%	26.74%	0.47%
me2-em2-12	1.77%	me2-em2-45	7.14%	72.22%	23.26%	66.04%
me2-em2-36	7.08%	me3-em2-17	71.43%	80.56%	9.30%	18.40%
me2-em2-38	10.62%	me3-em2-30	11.90%	16.67%	72.09%	29.25%
me2-em2-42	0.88%	me3-em2-31	69.05%	83.33%	44.19%	33.02%
me2-em3-28	1.77%	me3-em3-6	38.10%	5.56%	15.12%	13.21%
me2-em3-43	25.66%	me3-em3-31	30.95%	58.33%	10.47%	37.74%
me2-em5-2	1.77%	me4-em1-29	4.76%	8.33%	3.49%	1.42%
me2-em5-15	1.77%	me6-em2-11	26.19%	94.44%	6.98%	17.92%
me2-em5-16	26.55%	me6-em2-32	2.38%	11.11%	11.63%	0.94%
me2-em5-18	4.42%	me6-em2-36	52.38%	33.33%	15.12%	20.75%
me2-em5-20	0.88%					
me2-em5-33	23.89%					
me2-em6-13	1.77%					
me2-em6-40	1.77%					
me2-em7-32	1.77%					
me3-em2-34	6.19%					
me3-em3-3	3.54%					
me3-em3-25	7.08%					
me3-em3-26	1.77%					
me3-em3-36	1.77%					
me3-em3-37	0.88%					
me3-em7-19	3.54%					
me3-em7-22	2.65%					
me3-em7-35	15.04%					
me3-em7-42	1.77%					
me3-em7-44	4.42%					
me3-em11-3	8.85%					
me3-em11-20	23.01%					
me3-em11-21	0.88%					
me3-em11-23	0.88%					
me3-em11-39	0.88%					
me4-em1-7	38.94%					
me4-em1-8	7.96%					
me4-em1-12	15.93%					
me4-em1-30	1.77%					
me4-em1-34	2.65%					

续表

特有变异位点		特缺变异位点				
变异位点	国外烤烟频率	变异位点	省内农家频率	省内烤烟频率	省外烤烟频率	自育烤烟频率
me4-em1-36	10.62%					
me4-em9-33	0.88%					
me6-em2-14	7.08%					
me7-em5-7	0.88%					
me7-em5-8	10.62%					
me7-em5-29	0.88%					

表 7-13　自育烤烟特有特缺变异位点及出现频率

特有变异位点		特缺变异位点				
变异位点	自育烤烟频率	变异位点	省内农家频率	省内烤烟频率	省外烤烟频率	国外烤烟频率
me1-em2-17	1.42%	me1-em2-46	97.62%	91.67%	93.02%	100.00%
me1-em2-26	0.94%	me1-em9-10	54.76%	22.22%	16.28%	81.42%
me1-em2-32	17.92%	me1-em9-33	97.62%	86.11%	96.51%	99.12%
me1-em2-39	20.28%	me1-em9-40	11.90%	11.11%	5.81%	60.18%
me1-em2-41	0.47%	me2-em3-3	100.00%	100.00%	19.77%	58.41%
me1-em2-42	0.47%	me2-em3-17	2.38%	100.00%	31.40%	19.47%
me1-em2-45	92.45%	me2-em3-34	97.62%	100.00%	20.93%	15.04%
me1-em2-47	65.09%	me2-em5-8	61.90%	100.00%	1.16%	2.65%
me1-em2-51	2.83%	me2-em5-26	100.00%	2.78%	1.16%	15.04%
me1-em9-13	16.51%	me2-em5-37	100.00%	100.00%	32.56%	84.07%
me1-em9-20	31.13%	me2-em6-32	54.76%	61.11%	76.74%	70.80%
me1-em9-25	2.36%	me2-em7-19	2.38%	2.78%	27.91%	15.04%
me1-em9-30	0.94%	me2-em7-34	14.29%	2.78%	1.16%	0.88%
me1-em9-37	4.25%	me3-em2-8	19.05%	5.56%	5.81%	37.17%
me1-em9-47	17.92%	me3-em3-18	2.38%	2.78%	23.26%	15.93%
me2-em2-50	21.23%	me3-em3-33	4.76%	8.33%	18.60%	18.58%
me2-em3-39	52.83%	me3-em7-1	100.00%	97.22%	23.26%	2.65%
me2-em5-36	50.47%	me3-em11-29	11.90%	19.44%	4.65%	0.88%
me2-em6-6	0.94%	me4-em1-2	28.57%	2.78%	19.77%	61.06%
me2-em6-21	2.83%	me4-em1-21	80.95%	44.44%	1.16%	43.36%
me2-em6-30	16.98%	me4-em1-23	2.38%	2.78%	1.16%	9.73%
me3-em2-33	20.75%	me4-em6-38	11.90%	2.78%	11.63%	44.25%
me3-em2-37	0.94%	me6-em2-4	14.29%	2.78%	23.26%	55.75%
me3-em3-32	3.30%	me7-em5-6	83.33%	97.22%	13.95%	6.19%
me3-em7-3	5.19%	me7-em5-27	45.24%	86.11%	4.65%	3.54%
me3-em11-11	2.36%					
me3-em11-14	26.42%					
me3-em11-33	14.62%					
me3-em11-44	0.47%					
me4-em6-6	11.32%					
me4-em6-7	5.19%					
me4-em6-11	14.62%					
me4-em6-26	22.17%					
me4-em6-30	6.60%					
me4-em6-31	0.47%					

特有变异位点		特缺变异位点				
变异位点	自育烤烟频率	变异位点	省内农家频率	省内烤烟频率	省外烤烟频率	国外烤烟频率
me4-em6-32	4.25%					
me4-em6-33	8.49%					
me4-em6-36	8.49%					
me4-em6-39	26.42%					
me4-em9-4	4.25%					
me4-em9-10	7.55%					
me4-em9-17	16.98%					
me4-em9-20	21.70%					
me4-em9-22	9.43%					
me4-em9-26	7.08%					
me4-em9-27	20.75%					
me4-em9-30	6.60%					
me6-em2-22	2.36%					
me6-em2-25	39.15%					
me6-em2-35	2.36%					
me6-em2-45	0.47%					
me7-em5-2	1.89%					
me7-em5-41	30.66%					

自育烤烟特有特缺变异位点中，其中 me1-em2-45 这个特有变异位点在自育烤烟出现频率最高为 92.45%，表明有 92.45% 的自育烤烟都有这个特有变异位点，通过性状关联分析，见表 7-18，me1-em2-45 这个位点与花序密度相关，对花序密度有 6.01% 的贡献率。其次，me1-em2-47 的变异位点频率为 65.09%、me2-em3-39 的变异位点频率为 52.83%、me2-em5-36 的变异位点频率为 50.47%，这几个变异位点都是自育烤烟资源中比较普遍存在的变异位点。

3. 烟草种质资源各亚群的特异性分析

烟草种质资源各亚群对比之后的特有等位变异，见表 7-14，其中特缺位点由于意义不大，没有统计。在特有等位变异位点中，国外烤烟的特有位点数最多，为 30 个；其次是自育烤烟，为 20 个。

表 7-14　烟草种质资源各亚群的特有等位变异

等位变异	省内农家	省内烤烟	省外烤烟	国外烤烟	自育烤烟	省内晒烟	省外晒烟	晾烟	香料烟	黄花烟	白肋烟	雪茄烟
特有	7	3	8	30	20	6	12	1	1	0	3	0

各亚群间对比的特有等位变异与之前烤烟亚群（含自育烤烟）的结果对比，自育烤烟的特有位点明显变少了。自育烤烟在烤烟亚群中存在的 33 个特有变异位点在其他类别烟草中存在，说明自育烤烟和其他类别的烟草亲缘关系有相近之处，从而证明了自育烤烟在拓宽其遗传背景上有自己的优势。贵州省烟草科学研究所通过杂交、诱变等手段创造出这一批新种质，在焦油、抗性、品质等方面都有自身优势，也从一方面论证了拓宽遗传背景，丰富遗传多样性更容易创造出优质品种。各亚群的特有位点和频率见表 7-15。

表 7-15　烟草各亚群特有变异位点及出现频率

省内烤家		省内烤烟		省外烤烟		国外烤烟		白育烤烟		省内晒烟		省外晒烟		晾烟		香料烟		白肋烟	
变异位点	频率	变异位点	频率	变异位点	频率	变异位点	频率	变异位点	频率	变异位点	频率	变异位点	频率	变异位点	频率	变异位点	频率	变异位点	频率
me1-em2-3	9.52%	me2-em2-39	8.33%	me1-em2-50	3.49%	me2-em2-36	7.08%	me1-em2-17	1.42%	me2-em7-22	9.23%	me1-em2-34	6.90%	me6-em2-42	5.88%	me3-em11-35	9.09%	me2-em6-15	7.69%
me1-em9-46	4.76%	me2-em5-35	69.44%	me1-em9-23	1.16%	me2-em2-38	10.62%	me1-em2-26	0.94%	me3-em3-12	4.62%	me2-em3-42	1.72%					me2-em6-41	3.85%
me3-em2-35	4.76%	me3-em3-11	5.56%	me1-em9-44	1.16%	me2-em2-42	0.88%	me1-em2-41	0.47%	me3-em3-27	7.69%	me3-em7-33	3.45%					me2-em7-17	3.85%
me3-em2-38	7.14%			me2-em3-7	1.16%	me2-em3-28	1.77%	me1-em2-42	0.47%	me3-em11-27	19.23%	me4-em1-15	2.59%						
me3-em2-43	7.14%			me2-em3-16	22.09%	me2-em5-2	1.77%	me1-em2-45	92.45%	me4-em6-2	1.54%	me4-em1-18	1.72%						
me4-em1-14	2.38%			me2-em6-39	3.49%	me2-em5-15	1.77%	me1-em2-51	2.83%	me4-em9-8	6.15%	me4-em6-37	2.59%						
me4-em6-4	7.14%			me3-em3-14	18.60%	me2-em5-16	26.55%	me1-em9-37	4.25%			me7-em5-16	13.79%						
				me7-em5-28	1.16%	me2-em5-18	4.42%	me2-em5-36	50.47%			me7-em5-22	25.86%						
						me2-em5-20	0.88%	me3-em2-33	20.75%			me7-em5-26	0.86%						
						me2-em5-33	23.89%	me3-em2-37	0.94%			me7-em5-34	10.34%						
						me2-em6-40	1.77%	me3-em3-32	3.30%			me7-em5-35	5.17%						
						me2-em7-32	1.77%	me3-em11-14	26.42%			me7-em5-45	0.86%						
						me3-em2-34	6.19%	me3-em11-44	0.47%										
						me3-3	3.54%	me4-em6-6	11.32%										
						me3-em3-25	7.08%	me4-em6-7	5.19%										
						me3-em3-26	1.77%	me4-em6-31	0.47%										
						me3-em3-37	0.88%	me4-em6-32	4.25%										
						me3-em7-22	2.65%	me4-em6-39	26.42%										
						me3-em7-35	15.04%	me4-em9-4	4.25%										
						me3-em7-44	4.42%	me6-em2-35	2.36%										
						me3-em11-20	23.01%												
						me3-em11-21	0.88%												
						me3-em11-39	0.88%												
						me4-em1-7	38.94%												
						me4-em1-12	15.93%												
						me4-em1-30	1.77%												
						me4-em1-34	2.65%												
						me4-em1-36	10.62%												
						me7-em5-7	0.88%												
						me7-em5-29	0.88%												

三、自育烤烟资源性状关联分析

记载自育烤烟的农艺性状、化学成份分析和评吸结果，对自育烤烟群体进行关联分析，筛选 P<0.001 水平下和性状极显著关联的位点。

自育烤烟农艺性状关联变异位点及表型贡献率（R^2）见表 7-16，me2-em2-17 这个变异位点对开花期贡献率比较大，达到 60.51%。

表 7-16　自育烤烟农艺性状关联变异位点和表型贡献率

位点	性状	−logP 值	R^2
me1-em2-14	开花期	3.54	4.24%
me1-em2-17	开花期	16.32	19.72%
	大田生育期	5.29	6.48%
me1-em2-23	开花期	13.27	16.38%
	大田生育期	5.03	6.14%
me1-em2-26	开花期	3.94	4.77%
me1-em2-4	开花期	7.32	9.21%
me1-em2-40	开花期	3.01	3.52%
me1-em2-7	开花期	3.52	4.21%
me2-em2-17	开花期	110.04	60.51%
	大田生育期	7.78	9.66%
me2-em2-19	开花期	3.19	3.76%
me2-em2-20	开花期	4.96	6.13%
me2-em2-29	开花期	22.10	25.45%
me2-em2-34	开花期	5.31	6.59%
	大田生育期	3.28	3.83%
me2-em2-35	开花期	13.27	16.38%
	大田生育期	5.03	6.14%
me2-em2-37	开花期	4.91	6.07%
me2-em2-51	开花期	9.73	12.22%
me2-em2-6	开花期	6.82	8.57%
	大田生育期	4.87	5.93%
me2-em3-4	大田生育期	7.00	8.68%
	开花期	3.85	4.66%
me2-em6-10	开花期	15.28	18.60%
me2-em6-14	开花期	6.50	8.15%
me2-em6-16	开花期	23.04	26.32%
	大田生育期	4.81	5.85%
me2-em6-22	开花期	4.86	6.00%
me2-em6-26	开花期	3.59	4.30%
me2-em6-27	开花期	6.89	8.66%
me2-em6-9	开花期	4.55	5.58%
me3-em2-46	开花期	5.52	6.87%
me3-em7-28	开花期	5.77	7.21%
me4-em1-29	开花期	4.17	5.07%

续表

位点	性状	−logP 值	R²
me4-em1-35	开花期	12.58	15.59%
me4-em9-18	开花期	4.10	4.99%
me4-em9-2	开花期	4.69	5.78%
me4-em9-21	开花期	5.16	6.39%
	大田生育期	3.70	4.39%
me6-em2-19	开花期	9.49	11.92%
	大田生育期	4.20	5.04%
me6-em2-26	开花期	3.03	3.55%
me7-em5-11	开花期	12.89	15.95%
me7-em5-12	开花期	3.17	3.73%
me7-em5-13	开花期	11.36	14.17%
me7-em5-15	开花期	3.70	4.45%
me7-em5-25	开花期	4.16	5.06%
me7-em5-4	开花期	3.92	4.74%

　　自育烤烟经济性状关联变异位点和表型贡献率见表 7-17，可以看出这些变异位点对产量等经济性状贡献率都不大，可以推测产量属于数量性状，与前人研究结果一致。其中 me6-em2-41 位点对亩产量、均价（元/kg）、中等烟比例 3 个性状均有贡献。

表 7-17　自育烤烟经济性状关联变异位点和表型贡献率

位点	性状	−logP 值	R²
me1-em2-9	单叶重/g	3.02	4.97%
me1-em2-25	橘黄烟率	3.26	5.08%
	中等烟比例	3.56	5.81%
me1-em9-41	橘黄烟率	3.29	5.15%
	上等烟比例	3.88	6.44%
me2-em2-52	均价/元/kg	3.23	5.02%
me2-em3-4	亩产量/kg/亩	4.34	7.70%
me2-em3-14	亩产值	3.00	4.90%
me2-em3-20	单叶重/g	4.10	7.03%
me2-em5-6	亩产量/kg/亩	4.01	7.06%
me2-em6-26	单叶重/g	3.33	5.56%
me2-em6-42	含梗率/%	3.16	5.25%
me2-em7-9	中等烟比例	3.08	4.94%
me3-em11-34	上等烟比例	3.23	5.25%
me3-em11-44	上等烟比例	3.06	4.94%
me4-em6-8	亩产量/kg/亩	3.25	5.58%
me4-em9-34	亩产量/kg/亩	4.16	7.35%
me6-em2-41	亩产值	3.12	5.13%
	均价/元/kg	3.26	5.06%
	中等烟比例	3.09	4.95%
me7-em5-37	中等烟比例	3.00	4.80%

　　自育烤烟形态性状关联变异位点和表型贡献率见表 7-18，可以看出 me2-em2-17 这个变异位点对花冠尖贡献率比较大，达到了 75.49%，且这个位点还对自然叶片数、有效叶片数、打顶株高、自然株高、叶形、茎围、主侧脉夹角均有贡献。此外 me1-em2-23、me2-em2-29、me2-em2-35、me2-em2-51、me2-em6-10、me2-em6-16、me2-em6-27、me3-em2-46、me4-em1-35、me7-em5-11、me7-em5-13 这些变异位点都和 6 个以上性状相关联。

　　形态性状关联变异位点中，和花冠尖、叶片数、株高相关的位点较多。而叶片数和株高都是育种过程中比较重要的选择指标。

表 7-18　自育烤烟形态性状关联变异位点和表型贡献率

位点	性状	−logP 值	R²
me1-em2-4	花冠尖	9.50	13.71%
	叶形	5.52	8.00%
	主侧脉夹角	9.14	4.57%
	叶色	3.63	3.13%
me1-em2-7	花冠尖	4.11	5.73%
	主侧脉夹角	3.93	1.90%
me1-em2-14	花冠尖	4.12	5.76%
	主侧脉夹角	3.99	1.93%
me1-em2-17	花冠尖	16.95	23.40%
	自然叶片数/片	5.23	6.32%
	有效叶片数/片	5.14	6.16%
me1-em2-18	打顶株高/cm	6.12	8.29%
	自然株高/cm	5.89	7.71%
	有效叶片数/片	4.47	5.30%
	自然叶片数/片	4.43	5.28%
me1-em2-22	主侧脉夹角	5.41	2.68%
me1-em2-23	花冠尖	14.55	20.45%
	自然株高/cm	7.97	10.50%
	自然叶片数/片	8.56	10.48%
	有效叶片数/片	8.44	10.28%
	打顶株高/cm	7.28	9.90%
	茎围/cm	3.63	4.32%
me1-em2-26	花冠尖	3.80	5.27%
	主侧脉夹角	3.52	1.67%
me1-em2-30	打顶株高/cm	5.53	7.45%
	自然株高/cm	5.33	6.93%
	自然叶片数/片	5.14	6.19%
	有效叶片数/片	5.14	6.16%
me1-em2-32	叶面	3.14	4.66%
me1-em2-39	叶耳	3.34	3.81%
me1-em2-40	花冠尖	3.20	4.34%
me1-em2-41	主侧脉夹角	3.18	1.49%
me1-em2-45	花序密度	3.56	6.01%
me1-em2-48	花序密度	3.59	6.06%
me1-em9-3	花色	3.15	5.10%

续表

位点	性状	−logP 值	R²
me1-em9-8	叶形	3.00	4.08%
me1-em9-14	叶尖	5.03	8.78%
	花序密度	3.11	5.16%
me1-em9-17	叶形	3.84	5.39%
me1-em9-25	叶形	3.31	4.57%
me1-em9-47	叶面	3.22	4.81%
me2-em2-4	花序密度	4.79	8.33%
me2-em2-6	自然叶片数/片	8.61	10.54%
	有效叶片数/片	8.62	10.49%
	打顶株高/cm	7.37	10.03%
	自然株高/cm	7.50	9.88%
	花冠尖	4.77	6.75%
me2-em2-8	花序密度	7.30	12.93%
	叶色	3.21	2.72%
me2-em2-9	叶耳	3.44	3.94%
me2-em2-14	花冠尖	3.16	4.27%
me2-em2-17	花冠尖	115.60	75.49%
	自然叶片数/片	29.76	31.12%
	有效叶片数/片	29.91	31.07%
	打顶株高/cm	23.30	28.74%
	自然株高/cm	22.34	26.89%
	叶形	3.43	4.76%
	茎围/cm	3.50	4.15%
	主侧脉夹角	3.59	1.71%
me2-em2-20	花冠尖	5.25	7.49%
me2-em2-21	茎叶角度	4.99	8.91%
me2-em2-29	花冠尖	26.46	33.66%
	有效叶片数/片	5.24	6.30%
	自然叶片数/片	5.18	6.25%
	打顶株高/cm	4.29	5.67%
	叶形	3.73	5.22%
	自然株高/cm	4.07	5.17%
me2-em2-34	花冠尖	4.87	6.90%
me2-em2-35	花冠尖	14.55	20.45%
	自然株高/cm	7.97	10.50%
	自然叶片数/片	8.56	10.48%
	有效叶片数/片	8.44	10.28%
	打顶株高/cm	7.28	9.90%
	茎围/cm	3.63	4.32%
me2-em2-37	茎叶角度	5.08	9.09%
	花冠尖	4.59	6.47%
me2-em2-40	花序密度	3.93	6.70%

续表

位点	性状	−logP 值	R²
me2-em2-51	花冠尖	9.80	14.13%
	有效叶片数/片	5.13	6.15%
	茎叶角度	3.45	5.94%
	自然叶片数/片	4.93	5.92%
	打顶株高/cm	3.35	4.31%
	自然株高/cm	3.26	4.04%
me2-em3-20	腰叶长/cm	3.35	4.30%
me2-em3-4	叶形	5.19	7.49%
	叶色	3.61	3.11%
me2-em3-6	叶色	3.96	3.45%
me2-em5-23	叶耳	3.56	4.09%
me2-em5-32	叶缘	3.63	6.15%
me2-em5-6	茎叶角度	6.32	11.43%
me2-em5-7	花序性状	3.55	5.78%
me2-em5-9	叶耳	3.13	3.54%
me2-em6-7	茎叶角度	3.41	5.86%
me2-em6-9	花冠尖	5.16	7.35%
	叶形	3.18	4.37%
me2-em6-10	花冠尖	17.47	24.02%
	打顶株高/cm	9.44	12.84%
	自然株高/cm	8.76	11.54%
	有效叶片数/片	7.64	9.30%
	自然叶片数/片	7.52	9.21%
	叶形	3.75	5.25%
	主侧脉夹角	5.40	2.67%
me2-em6-12	花冠尖	3.53	4.85%
me2-em6-14	花冠尖	7.45	10.77%
	有效叶片数/片	3.50	4.05%
	自然叶片数/片	3.45	4.00%
me2-em6-16	花冠尖	23.58	30.79%
	自然株高/cm	7.91	10.42%
	有效叶片数/片	8.38	10.21%
	自然叶片数/片	8.18	10.01%
	打顶株高/cm	7.30	9.94%
	叶形	4.68	6.69%
	主侧脉夹角	4.56	2.23%
me2-em6-22	花冠尖	5.17	7.36%
me2-em6-26	花冠尖	4.54	6.39%
me2-em6-27	花冠尖	7.58	10.95%
	花序密度	3.00	4.95%
	自然株高/cm	3.71	4.67%
	打顶株高/cm	3.45	4.44%
	自然叶片数/片	3.61	4.21%
	有效叶片数/片	3.45	3.98%

位点	性状	$-\log P$ 值	R^2
me2-em6-30	有效叶片数/片	3.20	3.66%
	自然叶片数/片	3.09	3.53%
me2-em7-25	花序性状	6.81	11.62%
me2-em7-30	花序性状	6.81	11.62%
me3-em11-10	叶耳	3.10	3.49%
me3-em11-11	叶形	3.30	4.55%
me3-em11-19	叶耳	4.35	5.11%
me3-em11-34	花序密度	3.42	5.74%
me3-em2-4	花序密度	3.09	5.12%
me3-em2-31	花序性状	3.22	5.16%
me3-em2-37	花冠尖	3.56	4.89%
me3-em2-41	花序性状	3.58	5.83%
	主侧脉夹角	5.28	2.61%
me3-em2-46	茎叶角度	18.95	32.37%
	花冠尖	4.76	6.74%
	打顶株高/cm	4.18	5.51%
	自然株高/cm	4.30	5.50%
	有效叶片数/片	4.11	4.84%
	自然叶片数/片	3.88	4.57%
me3-em3-43	叶缘	3.32	5.56%
me3-em7-2	叶色	4.13	3.61%
me3-em7-3	叶色	3.60	3.10%
me3-em7-25	花序性状	3.21	5.16%
me3-em7-28	花冠尖	5.18	7.37%
	打顶株高/cm	3.15	4.02%
	自然株高/cm	3.08	3.78%
	主侧脉夹角	5.33	2.63%
me4-em1-6	花序密度	7.38	13.07%
	叶色	6.66	6.01%
me4-em1-29	花冠尖	5.20	7.40%
	打顶株高/cm	3.00	3.79%
me4-em1-35	花冠尖	13.07	18.55%
	打顶株高/cm	11.96	16.10%
	自然叶片数/片	13.02	15.65%
	自然株高/cm	12.00	15.62%
	有效叶片数/片	12.99	15.54%
	叶形	5.15	7.42%
	腰叶长/cm	3.06	3.87%
me4-em6-1	茎围/cm	3.32	3.90%
me4-em6-12	茎叶角度	4.11	7.21%
me4-em6-22	茎叶角度	3.38	5.80%
me4-em6-33	主侧脉夹角	5.30	2.62%
me4-em6-34	茎叶角度	4.11	7.21%
me4-em9-2	花冠尖	4.58	6.46%

位点	性状	−logP 值	R²
me4-em9-18	花冠尖	3.89	5.40%
	有效叶片数/片	3.84	4.48%
	自然叶片数/片	3.73	4.37%
	打顶株高/cm	3.40	4.37%
	自然株高/cm	3.47	4.34%
me4-em9-21	花冠尖	4.57	6.44%
	有效叶片数/片	4.85	5.79%
	自然叶片数/片	4.69	5.61%
	自然株高/cm	4.11	5.23%
	打顶株高/cm	3.93	5.15%
me4-em9-28	打顶株高/cm	3.10	3.93%
me4-em9-34	花序密度	3.64	6.16%
me6-em2-19	花冠尖	7.95	11.50%
	打顶株高/cm	6.30	8.54%
	自然株高/cm	6.24	8.17%
	自然叶片数/片	5.61	6.80%
	有效叶片数/片	5.62	6.78%
me6-em2-26	花冠尖	3.06	4.12%
me7-em5-4	花冠尖	4.45	6.25%
me7-em5-11	花冠尖	15.59	21.74%
	自然叶片数/片	4.53	5.40%
	有效叶片数/片	4.52	5.37%
	叶形	3.60	5.02%
	自然株高/cm	3.02	3.70%
	主侧脉夹角	5.03	2.48%
me7-em5-12	花冠尖	3.14	4.25%
me7-em5-13	花冠尖	14.43	20.29%
	打顶株高/cm	6.50	8.82%
	自然株高/cm	5.99	7.84%
	叶形	4.60	6.57%
	有效叶片数/片	4.57	5.43%
	自然叶片数/片	4.48	5.34%
	主侧脉夹角	7.82	3.92%
	叶色	3.19	2.70%
me7-em5-15	打顶株高/cm	4.15	5.46%
	有效叶片数/片	4.39	5.20%
	自然叶片数/片	4.36	5.18%
	自然株高/cm	3.82	4.82%
	主侧脉夹角	3.78	1.81%
me7-em5-17	节距/cm	3.04	4.17%
	主侧脉夹角	3.13	1.46%

续表

位点	性状	−logP 值	R²
	花冠尖	4.04	5.63%
me7-em5-25	花序性状	3.34	5.39%
	叶形	3.49	4.84%
	主侧脉夹角	5.00	2.46%
	主侧脉夹角	15.32	7.42%
me7-em5-36	叶色	5.86	5.25%
	自然叶片数/片	3.40	3.93%
	有效叶片数/片	3.39	3.91%

　　自育烤烟品质性状关联变异位点和表型贡献率见表 7-19，可以看出 me3-em3-39 这个变异位点对氮碱比贡献率比较大，为 11.55%，其余品质相关变异位点对品质性状的贡献率都不大，低于 10%，这也从一个方面反映出烟叶品质一般为多基因调控，影响因素比较多，很难通过一两项指标来界定种质资源的品质好坏。

表 7-19　自育烤烟品质性状关联变异位点和表型贡献率

位点	性状	−logP 值	R²
me1-em2-20	两糖比	5.30	8.82%
me1-em2-25	糖碱比	3.31	4.92%
me1-em2-35	两糖比	5.30	8.82%
me1-em2-42	总分	3.28	5.52%
	吃味	3.24	5.47%
me1-em2-48	色度弱	3.02	7.71%
me1-em9-27	燃烧性	3.16	5.15%
me1-em9-47	糖碱比	3.44	5.13%
me2-em2-23	吃味	3.26	5.50%
	总分	3.03	5.03%
me2-em3-4	石油醚提取物/%	3.62	6.05%
me2-em3-15	两糖比	5.40	8.99%
me2-em6-2	两糖比	3.03	4.76%
me2-em6-27	身份适中	3.83	9.13%
me2-em7-2	还原糖/%	3.31	5.39%
me2-em7-15	氯/%	4.28	7.25%
	钾氯比	3.02	5.02%
me2-em7-39	氯/%	3.96	6.67%
	钾氯比	3.41	5.75%
	油份	3.05	8.04%
me2-em7-40	两糖比	4.07	6.63%
	油份有	3.05	8.04%
me2-em7-41	氯/%	4.17	7.06%
me3-em11-8	燃烧性	4.63	7.87%
me3-em11-26	燃烧性	3.59	5.95%
me3-em2-1	吃味	3.19	5.37%
	总分	3.06	5.10%

续表

位点	性状	−logP 值	R²
me3-em2-4	两糖比	4.48	7.36%
me3-em2-41	蛋白质/%	3.93	6.26%
me3-em3-39	氮碱比	6.53	11.55%
me3-em7-14	香型	4.73	8.00%
me4-em1-16	香型	4.03	6.73%
me4-em9-10	钾氯比	3.08	5.12%
me4-em9-25	钾氯比	4.31	7.46%
	两糖比	4.20	6.85%
me6-em2-20	两糖比	3.29	5.22%
me6-em2-22	糖碱比	3.23	4.78%
me6-em2-35	糖碱比	3.23	4.78%
me6-em2-41	烟气水分/mg	3.30	5.42%
me7-em5-15	烟气水分/mg	3.00	4.83%
me7-em5-24	总糖/%	3.20	5.35%
	还原糖/%	3.17	5.14%
	糖碱比	3.28	4.86%
me7-em5-30	香型	4.34	7.29%
me7-em5-32	总糖/%	3.35	5.63%
me7-em5-36	香型	4.34	7.28%

　　自育烤烟抗性性状关联变异位点和表型贡献率见表 7-20。抗病性状是育种选择重要指标，通过关联分析获得一批极显著关联的位点，可以通过与其他抗病标记结合应用于抗病辅助选择，对抗病育种有一定的指导意义。

表 7-20　自育烤烟抗性性状关联变异位点和表型贡献率

位点	性状	−logP 值	R²
me1-em2-28	气候斑	4.31	6.88%
me1-em9-11	TMV	3.19	5.17%
me2-em2-11	TMV	3.46	5.67%
me2-em3-6	TMV	3.01	4.84%
me2-em3-19	PVY	3.65	6.42%
me2-em3-21	PVY	3.65	6.42%
me3-em11-18	TMV	3.59	5.91%
me3-em11-28	TMV	3.09	5.00%
me3-em3-13	PVY	3.85	6.81%
me4-em6-12	气候斑	3.10	4.76%
me4-em6-34	气候斑	3.10	4.76%
me4-em9-12	黑胫病	3.95	7.29%
me6-em2-5	TMV	4.27	7.18%
me7-em5-4	青枯病	3.14	4.35%
me7-em5-20	TMV	3.99	6.67%
me7-em5-41	TMV	3.42	5.61%

表 7-21　自育烤烟优异关联位点筛选

位点	性状	−logP 值	R²
me1-em2-17	花冠尖	16.95	23.40%
me1-em2-23	花冠尖	14.55	20.45%
me2-em2-17	花冠尖	115.60	75.49%
	开花期	110.04	60.51%
	有效叶片数/片	29.91	31.07%
	自然叶片数/片	29.76	31.12%
	打顶株高/cm	23.30	28.74%
	自然株高/cm	22.34	26.89%
me2-em2-29	花冠尖	26.46	33.66%
	开花期	22.10	25.45%
me2-em2-35	花冠尖	14.55	20.45%
me2-em6-10	花冠尖	17.47	24.02%
me2-em6-16	花冠尖	23.58	30.79%
	开花期	23.04	26.32%
me3-em2-46	茎叶角度	18.95	32.37%
me7-em5-11	花冠尖	15.58	21.74%
me7-em5-13	花冠尖	14.43	20.29%

　　前文通过关联分析获得了一批显著关联的位点，关联度高且表型贡献值大的位点对于育种家在育种选择上有着重要的参考价值，在前文分析的基础上筛选了 10 个与不同性状极显著相关，并且表型贡献率超过 20% 的位点（表 7-21）。其中位点 me2-em2-17 对花冠尖的贡献率最大，达到 75.49%，这个位点同时对开花期的贡献率也比较大，达到 60.51%。这些位点中，对育种有重要参考价值的位点有 me2-em2-17、me2-em2-29 和 me2-em6-16，其中 me2-em2-17 这个位点对有效叶片数、自然叶片数、打顶株高和自然株高均有较大的贡献率，而叶片数在品种选育过程中，是一个重要的产量指标，利用 me2-em2-17 位点可以作为一个辅助手段为育种服务。me2-em2-17、me2-em2-29 和 me2-em6-16 这 3 个位点对开花期的贡献率均比较高，对选育生育期比较短的早熟种质资源有一定的参考价值。

表 7-22　自育烤烟特有位点关联分析情况统计

位点	性状	−logP 值	R²
me1-em2-17	花冠尖	16.95	23.40%
	开花期	16.32	19.72%
	大田生育期	5.29	6.48%
	自然叶片数/片	5.23	6.32%
	有效叶片数/片	5.14	6.16%
me1-em2-26	开花期	3.94	4.77%
	花冠尖	3.81	5.27%
	主侧脉夹角	3.52	1.67%
me1-em2-32	叶面	3.14	4.66%
me1-em2-39	叶耳	3.34	3.81%
me1-em2-41	主侧脉夹角	3.18	1.49%

续表

位点	性状	−logP 值	R²
me1-em2-42	总分	3.28	5.52%
	吃味	3.24	5.47%
me1-em2-45	花序密度	3.56	6.01%
me1-em9-25	叶形	3.31	4.57%
me1-em9-47	糖碱比	3.44	5.13%
	叶面	3.22	4.81%
me2-em6-30	有效叶片数/片	3.20	3.66%
	自然叶片数/片	3.09	3.53%
me3-em11-11	叶形	3.30	4.55%
me3-em11-44	上等烟比例	3.06	4.94%
me3-em2-37	花冠尖	3.56	4.89%
me3-em7-3	叶色	3.60	3.10%
me4-em6-33	主侧脉夹角	5.30	2.62%
me4-em9-10	钾氯比	3.08	5.12%
me6-em2-22	糖碱比	3.23	4.78%
me6-em2-35	糖碱比	3.23	4.78%
me7-em5-41	TMV	3.42	5.61%

贵州省烟草科学研究所自育烤烟种质资源，多以优质国外烤烟为主要亲本，辅以地方特色种质资源和抗病亲本杂交选育，对比以往贵州省选育的种质资源，自育烤烟的优势体现在综合抗性较好、化学成分协调、产量较高、烟叶烘烤外观品质较好，评吸结果以中间香型为主。

在烤烟类别中，自育烤烟特有的变异位点有 53 个，经过回归关联分析，有 19 个位点在 P<0.01 的条件下，对表型有贡献，见表 7-22。其中 me1-em2-17 位点对大田生育期、叶片数均有贡献，me1-em2-42 位点对吃味有贡献，me1-em9-47、me6-em2-22 和 me6-em2-35 位点对糖碱比有贡献，me2-em6-30 位点对叶片数有贡献，me3-em11-44 位点对初烤烟的上等烟比例有贡献，me4-em9-10 位点对钾氯比有贡献，me7-em5-41 位点对 TMV 抗性有贡献。这些均可以对今后选育工作起到借鉴作用，也从另一个方面阐释了自育烤烟存在自身优势的分子基础。

追踪有重要关联性状特有变异位点的自育烤烟种质资源，FZ202、FZ204、FZ205 这 3 个自育烤烟种质资源在 me1-em2-17 位点上有条带，这 3 个种质资源在叶片数和大田生育期表现均比较突出，FZ202 自然叶片数有 82.1 片，有效叶片数为 78.7，大田生育期 158 天；FZ204 自然叶片数有 69.1 片，有效叶片数为 65.7 片，大田生育期 151 天，FZ205 自然叶片数有 29.8 片，有效叶片数 26.4，大田生育期 136 天。这 3 个种质资源均表现为叶片数多，大田生育期长的特点，尤其是 FZ202 和 FZ204，其叶片数均远超过其他烤烟，且大田生育期也比一般烤烟要长。说明 me1-em2-17 这个位点可以作为叶片数和大田生育期的一个辅助指标，在烟草育种的早代进行选择。

在 me1-em2-42 位点上，只有 FZ117 有条带，其吃味在 212 份自育烤烟种质资源中表现最差，仅为 7.0，推测 me1-em2-42 位点可以作为一个反向指标应用于烟叶品质的筛选。

me1-em9-47、me6-em2-22 和 me6-em2-35 这 3 个位点对糖碱比均有贡献。其中 FZ5、

FZ11、FZ20、FZ63、FZ64、FZ68、FZ70、FZ74、FZ75、FZ89、FZ90、FZ91、FZ133、FZ135、FZ137、FZ138、FZ139、FZ150、FZ152、FZ153、FZ154、FZ157、FZ158、FZ159、FZ160、FZ161、FZ162、FZ163、FZ164、FZ165、FZ166、FZ167、FZ169、FZ170、FZ174、FZ175、FZ176、FZ178、FZ180 这些自育烤烟种质资源在 me1-em9-47 位点上有条带，FZ88、FZ89、FZ90、FZ91、FZ92 在 me6-em2-22 和 me6-em2-35 两个位点上有条带，FZ89、FZ90、FZ91 这 3 个自育烤烟种质资源在 3 个位点上均有条带，这几个自育烤烟糖碱比比值都较高。如 FZ89 糖碱比达到 10.6554，其中 FZ89 和 FZ90 这 2 个种质资源的糖碱比高的主要原因是烟碱含量均比较低，FZ89 的烟碱含量为 1.509，F90 烟碱含量为 1.695，综合利用这 3 个位点可以起到辅助筛选低烟碱含量烟草种质资源的作用。

me2-em6-30 位点上有条带的自育烤烟种质资源比较多，FZ61、FZ62、FZ64、FZ66、FZ68、FZ69、FZ70、FZ71、FZ72、FZ96、FZ100、FZ103、FZ104、FZ105、FZ106、FZ114、FZ126、FZ176、FZ177、FZ181、FZ190、FZ191、FZ192、FZ193、FZ194、FZ195、FZ196、FZ198、FZ199、FZ202、FZ203、FZ204、FZ205、FZ206、FZ210、FZ212 在 me2-em6-30 位点上均有条带，这些种质资源均有叶片数较多的特征，但是利用 me2-em6-30 位点作为叶片数筛选指标还存在局限性，此位点对叶片数的贡献率比较小，只能作为参考指标。

me3-em11-44 位点只有 FZ93 这个自育烤烟种质资源有条带，通过关联分析，推测其对初烤烟的上等烟比例有贡献，可能与烘烤性相关。

me4-em9-10 位点关联分析，结果是对钾氯比有贡献，FZ63、FZ70、FZ75、FZ76、FZ78、FZ80、FZ82、FZ83、FZ106、FZ160、FZ175、FZ176、FZ177、FZ180、FZ181、FZ184 均有条带，这些自育烤烟种质资源钾氯比均比较高，推测这个位点可以作为一个筛选高钾含量烤烟种质资源的指标。

me7-em5-41 位点关联分析结果是对 TMV 抗性有贡献，这个位点上的自育烤烟种质资源有条带的比较多，其 TMV 抗性多在中抗以上，因此，此位点可以对烤烟 TMV 抗性在早代进行辅助筛选。

第三节　小结与讨论

一、烟草亚群间互补等位变异数分析

烟草烤烟亚群间补充等位变异数最多的是省内烤烟对国外烤烟的补充（254），最少的是国外烤烟对省内烤烟的补充（75）。亚群间互补等位变异数以省内农家和自育烤烟的互补等位变异数最多（347），省内农家和省内烤烟的互补等位变异数最少（231）。可见在烤烟类别中，省内农家和自育烤烟的遗传关系最远，省内农家和省内烤烟的遗传关系最近。

比较烟草亚群间补充等位变异数，黄花烟对国外烤烟的补充（426）最多，香料烟对黄花烟的补充（3）最少。亚群间互补等位变异数以国外烤烟和黄花烟的互补等位变异数（447）最多，黄花烟和香料烟的互补等位变异数（50）最少。

二、利用其他亚群种质资源增加自育
烤烟资源等位变异对育种有重要价值

通过烟草亚群间补充等位变异分析，可以对自育烤烟的进一步改良提供指导。对自育烤烟亚群来说，利用省内烤烟种质资源来增加自育烤烟资源等位变异数最有潜力。拓宽自育烤烟的遗传多样性和遗传背景，引入省内烤烟和省内农家种质资源的优良基因对育种家来说可能更容易创造出适应于贵州气候条件和体现贵州地方特色的新品种。引入其他烟草类别的优质基因，对烤烟育种的遗传背景拓展和选育出重大突破性品种将起重要作用。以此解决生产关键问题，尤其是抗病性方面，以及现阶段种植的抗病烤烟品种基本 都是从雪茄烟、野生烟等其他烟草类别引入抗病基因而获得。从亚群间补充等位变异数分析结果也能说明，烤烟类别与其他类别烟草配合有较大的潜力。

三、拓宽自育烤烟遗传背景并利用性状关联变异位点辅助选育

自育烤烟相对于其他烤烟亚群特有条带较多，说明通过国外优质烟草资源与地方特色种质资源的杂交、诱变选育，有效地加大了自育烤烟的遗传多样性，拓宽了自育烤烟的遗传背景。

通过对自育烤烟的性状关联分析发现，有 10 个位点对性状贡献率超过 20%，这些位点对于育种家在育种选择上有着重要的参考价值。位点 me2-em2-17 对花冠尖的贡献率最大，达到 75.49%，这个位点同时对开花期的贡献率也比较大，达到 60.51%；me2-em2-17 位点对有效叶片数、自然叶片数、打顶株高和自然株高均有较大的贡献率；me2-em2-17、me2-em2-29 和 me2-em6-16 这 3 个位点对开花期的贡献率均比较高，这些都可以在育种过程中作为指标来参考选择。

自育烤烟特有变异位点中，有 19 个与性状关联的位点，其中有 9 个位点与重要性状关联，分别是 me1-em2-17 位点与大田生育期、叶片数相关，me1-em2-42 与吃味相关，me1-em9-47、me6-em2-22 和 me6-em2-35 位点与糖碱比相关，me2-em6-30 位点与叶片数相关，me3-em11-44 位点与初烤烟的上等烟比例相关，me4-em9-10 位点与钾氯比相关，me7-em5-41 位点与 TMV 抗性相关。这些均可以对今后选育工作起到借鉴作用，也从另一个方面阐释了自育烤烟具有自身优势的分子基础。

参 考 文 献

钱韦，葛颂. 2001. 居群遗传结构研究中显性标记数据分析方法初探. 遗传学报，28：244—255.

张军，赵团结，盖钧镒. 2008. 亚洲大豆栽培品种遗传多样性、特异性和群体分化研究. 中国农业科学，41（11）：3511—3520.

宗绪晓，关建平，顾竟. 2009. 中国和国际豌豆核心种质群体结构与遗传多样性差异分析. 植物遗传资源学报，10（3）：347—353.

Bradbury P J. 2007. TASSEL：software for association mapping of complex traits in diverse samples. Bioinformatics，23（19）：2633—2635.

Excoffier. L，Smouse PE，Quattro JM. 1992. Analysis of molecular variance inferred from metric distances among DNA haplotypes: application to human mitochondrial DNA restriction data. Genetics，131: 479—91.

Ferriol M，Pieo B，Nuez F. 2003. Genetic diversity of a germplasm coHecfion of Cucurbita pepo using SRAP and AFLP mal'kers. Theoretical and Applied Genetics，107: 271—282.

FIint-Garcia S A，Thuillet A C，Yu J M. 2005. Maize association population: a high-resolution platform for quantitative trait locus dissection. Plant J，44: l054—1064.

Flint-Garcia S A，Tnomsberry J M，Buckler E S. 2003. Strutture of linkage disequilibrium in plants. Annu Rev Plant Biol，54: 357—374.

Ge S，G C X Oliveira，B A Schaal. 1999. RAPD variation within and between natural populations of the wild rice Oryza rufipogon from China and Brazil. Heredity，82: 638—644.

Hardy O J，Vekemans X. 2002. SPAGeDi: a versatile eomputer program to analyze spatial genetic structure at the individual or population level . mol eeol note，2: 618—620.

Li G，Quiros C F. 2001. Sequence-related amplified polymorphism (SRAP)，a new marker system based on a simple PCR reaction: its application to mapping and gene tagging in Brassica. Theor Appl Genet，103: 455—461.

Nebauer S G，L del Castillo-Agudo，J Segura. 1999. RAPD variation within and among natural populations of outcrossing willow-leaved foxglove (Digitalis obscura L.). Theoretical and Applied Ge netics，98: 985—994.

Pritchard J K，Stephens M，Donnelly P. 2000. Inference of population structure using multi locus genotype data . Genetics，155: 945—959.

Riaz A，Poner D，Stephen M. 2004. Genotyping of peach and neetarine culfivars with SSR and SRAP molecular markers. Journal of the American Society for Hoaeultural Science，129: 204—211.

TASSAL. Edward Buckler Lab. Maize Diversity Research [http: //www. maizegenetics. net/ bioinformatics/].

Yu J M，Buckler E S. 2006. Cenetic association mapping and genome organization of maize. Curr Opin Biotechnol，17: 1—6.

第八章 云烟 85 多叶突变性状的遗传分析与分子标记定位

烟草是叶用经济作物，叶片数的多少是其经济产量的重要因素，因此人们对烟草叶片数的多少较为关注。近年来，从大田种植的 K346、云烟 85 等烟草品种中发现了一些多叶自然变异株，并从形态特征、生长特性、生理生化指标、DNA 分子标记（RAPD 标记和 SRAP 标记）等方面对这些变异株进行了鉴定和分析（唐永红等，2004；唐永红等，2005；陈刚等，2006；吴婷，2008）。利用云烟 85 中发现的突变体还培育出了新品种（系）。例如，兴烟 1 号就是 2005 年在大田里发现的一株自然变异植株（自然株高>3m；叶片数>100）经系统选育而得到的新品种（系），具有农艺性状突出稳定、抗病性表现较好、适应性广、产量高等特点，目前已进行一定面积的推广种植（杨辉等，2009；曹务栋等，2009）。

到目前为止，对兴烟 1 号这类突变性状的遗传及其在染色体上的位置尚不明确。为此，本研究以该多叶突变体为材料，通过对杂交后代中突变性状表现和分离的研究，阐明多叶突变性状的遗传特性；通过 DNA 分子标记筛选和分离群体分析，筛选与多叶性状连锁的标记和定位作图，为开展分子标记辅助选择提供指导，为进一步克隆突变基因和阐明多叶性状产生的分子遗传学机制奠定基础。

第一节 材料与方法

一、材料

所用材料为具有多叶突变体及具有正常叶数的烟草品种 K358。

二、杂交配组与作图群体的建立

以 K358 为母本、突变体为父本进行杂交，收获杂种并种植形成 F_1，观察 F_1 植株的性状表现，套袋自交并按单株收获种子，种植后形成 F_2 分离群体，对形成的 F_2 群体按单株计数叶片，并做好记录。F_1 和 F_2 代均按常规进行田间种植和管理。

三、DNA 提取

对 F_2 群体和亲本按单株采集幼嫩叶片，采用 CTAB 法提取 DNA（傅荣昭等，1994）。

四、建池与引物筛选

采用 BSA 法建池（Michelmore et al. 1991），根据对 F$_2$ 群体各单株叶片计数的结果，将 F$_2$ 群体分成多叶（>29）和少叶（<29）单株两大类，每类各取 13 株的部分 DNA 等量混合，建成多叶和少叶两个基因池，对这两个基因池进行 SSR 和 SRAP 扩增，筛选多态性标记引物。

五、SSR 扩增

本研究所用的 SSR 引物有两种，一种是根据已定位的烟草 SSR 合成的引物（Bindler et al. 2007），另一种是根据 NcBI 烟草 UniGene 资源自行建立开发的 EST-SSR 引物，具体开发方法参见文献（李小白等，2006）。所用的 SSR 引物均在上海生物工程有限公司合成，具体见表 8-1。

采用 20μL 扩增反应体系，含两种引物各 0.2μmol/L、1×PCR 缓冲液、2.0mmol/L MgCl$_2$、200μmol/L dNTPs、40ng 基因组 DNA 和 1U TaqDNA 聚合酶。扩增程序为 94℃预变性 5min，然后按 94℃变性 1min、55℃退火 1min、72℃延伸 1min 共进行 35 个循环，最后 72℃延伸 10min 并在 4℃下保存。扩增过程在 PCR Express-96（Hybrid）上完成。

表 8-1　实验中所筛选的 SSR 引物

引物编号	扩增基元	序列	预期产物/bp	退火温度/℃
NTgSSR1F	AC/AT	TTGCATTCTCCCTTATCG	252	55
NTgSSR1R		CGAATCTCAGCCATTCTG		
NTgSSR2F	CA/AT	AGCGTTAGAAACTAGATTAGA	173	55
NTgSSR2R		AGTACGCACAAGACCAA		
NTgSSR3F	GT/AT	TGTGGGTTTAGGTTCCCTGT	212	55
NTgSSR3R		TTCTTTCATTCACTACTTGTCATGTG		
NTgSSR4F	CA/AT	AGCCCGATCCAACCAC	169	55
NTgSSR4R		CATTGCGGAGTAGATTTTCGT		
NTgSSR5F	CA	AGCATGTTTTTGTCCGGGTA	191	55
NTgSSR5R		TGGCAACACTCTAGGCGATA		
NTgSSR6F	GT	CAGCAACCACGGATGTAGTG	207	55
NTgSSR6R		CAAAGCTCCAAGCAAGCATC		
NTgSSR7F	GT	GTTATGCCAAAACATGGC	130	55
NTgSSR7R		TCTCCAAGAACACATCCA		
NTgSSR8F	AC/AT	GCGCTATATCACTGTGGC	264	55
NTgSSR8R		CTGAGAGACTGGAGGGGT		
NTgSSR9F	GT	ACGATGGAGATGGTGTTG	306	55
NTgSSR9R		CCCAAGATACCCAACCTT		
NTgSSR10F	GT	TTTGGACCGTAAACTTCG	206	50
NTgSSR10R		TCTTCCCCTCCAAAAGAC		
NTgSSR11F	AC/AT	GGAGCAAGACTCCAACCT	176	55
NTgSSR11R		ACAGACGGGTAGACCTCC		

引物编号	扩增基元	序列	预期产物/bp	退火温度/℃
NTgSSR12F	CTT	TAGGTTCCTCCCTTCTCG	149	55
NTgSSR12R		CCCGATCCAAAAAGAGAT		
NTgSSR13F	CTT	ACACCTCCTTCTTCCTGC	203	55
NTgSSR13R		CCAAAATGGTTCACTGGA		
NTgSSR14F	CTT	TTCTTTGCTTCTAGCGGA	265	55
NTgSSR14R		AGTGGGGGTAGATCCTGA		
NTgSSR15F	AGG	AAAATCATTGTCACCCGAAAA	102	55
NTgSSR15R		CAACTTTAGGCATTTTTCTCTTGT		
NTgSSR16F	AAG/CAG	CGCTTGAAGGTTACAGGA	333	55
NTgSSR16R		GGGTTTATTCGAATCGGT		
NTgSSR17F	CTT	GCAACAGGAATCCAACCATC	144	55
NTgSSR17R		TTTTCTCAGAAGTGGTGAGTGTTT		
NTgSSR18F	CTT	GTTCTATTTGATCGCCCC	184	55
NTgSSR18R		AACAGCACCAACAGCATT		
NTgSSR19F	CTT	AAACAACTTCACGCCTCTT	152	55
NTgSSR19R		ACGTCATAACAGCTCACCA		
NTgSSR20F	GT	GGGTTGTAAATGGGTGTTGG	251	60
NTgSSR20R		CCGAGCAAGCCTATTTGATT		
NTgSSR21F	AAG	TGCTTTCATATTGGGCAT	226	55
NTgSSR21R		TCCTCACTGCTTGATGCT		
NTgSSR22F	CTT	TCGTCTTTTGTCTCCCTCATC	124	55
NTgSSR22R		TTGGCTCAAGAGAAGGTTGC		
NTgSSR23F	AAG	AGGCCTTTCTGAGTCTGCAT	185	55
NTgSSR23R		GGCGTGACACTTCCAACTTT		
NTgSSR24F	CTT	ACTTTCCCCCATCTTCACCT	165	55
NTgSSR24R		ACCAGGGGCTACCTGTCTTT		
NTgSSR25F	CTT	TCATCTGACTCTTCGGGA	178	55
NTgSSR25R		TCGAGCACCAAGATAAGC		
NTgSSR26F	TA	TCATTTCGGGTTGAGTACCTTT	187	55
NTgSSR26R	.	CATATGCTTCGGGAGATTGA		
NTgSSR27F	TA	AAATTACTTGTGCTTGTAAGTAGCG	282	55
NTgSSR27R		TCATTTCAGAAAGCATATATTGGTG		
NTgSSR28F	TA	CATTTGAACATGGTTGGCTG	224	55
NTgSSR28R		CTCAACTCTCGTCGCTCTTG		
NTgSSR29F	TA	GTAGATGGGAGAGCCACGTC	169	55
NTgSSR29R		AAAGGAGGTAAATTGCAGCG		
NTgSSR30F	CA	TGGAGGAACCAACAAGGAAG	203	55
NTgSSR30R		GTCCGACAGTATCTTCGCAA		
NTgSSR31F	CA	AAACTTGAAGCAGAGACGGC	171	55
NTgSSR31R		GCACATGCGGATCTTGATTT		
NTgSSR32F	TAA	GACGAAACTGAGGATATTCCAAA	216	55
NTgSSR32R		TGGAAACAAAGCCATTACCC		
NTgSSR33F	TA	GATAGGTAGATTATCCTCTGCAACA	182	55
NTgSSR33R		GGTGCTAGCAACATCATCAAA		

续表

引物编号	扩增基元	序列	预期产物/bp	退火温度/℃
NTgSSR34F	TAA	TTGGATTCTTACATTTGGCG	213	55
NTgSSR34R		TTGATCGTGCATCATAGGGA		
NTgSSR35F	TA	TTTGGAATTACAATTATACTCAACGTG	191	55
NTgSSR35R		GTTGATTGCTGATGGACGG		
NTgSSR36F	TA	AAGCCTGGTCAGTTATCCCA	204	55
NTgSSR36R		ATTCGCACCACTTAATCCCA		
NTgSSR37F	CA	CTTCCTCTGCCACCTTTCAG	210	55
NTgSSR37R		GCTTCCATAGTTGGTAAAGCCA		
NTgSSR38F	TA	AAAGATTGCAAGGTCAAAGATAAA	247	55
NTgSSR38R		GCCTAAGTGTTCCGGGCTAT		
NTgSSR39F	CAA	CTTCTTCCTAAGCCGAGGGT	177	55
NTgSSR39R		TTGATGATAGAACGCAACTCG		
NTgSSR40F	GAA	GAAGTTTCAAAGTAGCACCAACAA	234	55
NTgSSR40R		GCACCCTATTTGGTCTCCC		
NTgSSR41F	CA	GCCGCAACTAAATTCTCCAT	186	55
NTgSSR41R		GGAGTCCGCAAGAGAGGAAT		
NTgSSR42F	TA	TTGTTGCTCTCTCGAGTTCTTT	230	55
NTgSSR42R		GCAGTCGACTCATTGGCA		
NTgSSR43F	TAAA	GTTTGCAGATTGCACAGCTT	225	55
NTgSSR43R		TGCTGAGATCATTGTGAGGC		
NTgSSR44F	CA	AGCCAGCCACCAAATTTATC	208	55
NTgSSR44R		GGAACATTGCTCAAGCCCTA		
NTgSSR45F	TA	ATCCCACATAGGCCTCACAC	144	55
NTgSSR45R		GTCCGGTGCACTAAACTTCC		
NTgSSR46F	TA	GTGATTCCAGCGGAAGACAT	208	55
NTgSSR46R		TTCGAAATAAGTACCTAGAGTCGG		
NTgSSR47F	TA	CCTAACAGCATTTGCTACCCA	216	55
NTgSSR47R		GATGGACAAGAGTGGCCTTT		
NTgSSR48F	TA	GGAACTCGAGCTCTCCATTTAG	134	55
NTgSSR48R		TCCCGATTTGGGTTATGAAA		
NTgSSR49F	TAA	TTCGGCTACCAGCACTATACC	190	55
NTgSSR49R		TCTTATTTGCTGCAGGAATGC		
NTgSSR50F	GA	CAACACACACGCTCATCAGA	112	55
NTgSSR50R		TCCTCATCCATCGGTAAAGG		
NTgSSR51F	TAA	ACCTCTGTGGCCGTAAGCTA	224	55
NTgSSR51R		CCTCTACTTCAACAGGGTAAGAAA		
NTgSSR52F	TA	CCAGGAAGAGATTGTGAGAACA	223	55
NTgSSR52R		AGTTGGGATCCTCATCAGAAA		
NTgSSR53F	TA	CCCATGCATGCCTAATTTCT	218	55
NTgSSR53R		CCCAGAAGCCCTTATACAACC		
NTgSSR54F	GAA	CCCAATGGTACAGAGTATCCC	204	55
NTgSSR54R		TCACATATTCCTCTGATCGCC		
NTgSSR55F	TA	TTAGGCGGCGGTATTCTTAT	229	55
NTgSSR55R		TATGCCTCAATCCCTTACGC		

引物编号	扩增基元	序列	预期产物/bp	退火温度/℃
NTgSSR56F	TA	CCAGCACAGTCAACTCTCCA	227	55
NTgSSR56R		TGTAGCCATGACATAGCCGA		
NTgSSR57F	TA	TTTCCTTCATGCATATACCAATGT	219	55
NTgSSR57R		CCCATTCCTTCCCTGTTCTA		
NTgSSR58F	GAA	TGGCTGCTAGACATGGAGTG	221	55
NTgSSR58R		TCGTCTTCATCCACGAACAA		
NTgSSR59F	GA	AACCATACGCCTTCAGATCG	159	55
NTgSSR59R		TGGTTTGAGTAAAGAAATGTTGTGA		
NTgSSR60F	TAA	TTGTTCTATTCTGCCATGTCTCTC	209	55
NTgSSR60R		AAGCAAATCAAGTTTCTACCAGA		
NTgSSR61F	TA	GGGTTGGCCAATATGTGTACTT	129	55
NTgSSR61R		GGCTTCTCCAACATCATCAAA		
NTgSSR62F	TA	GGTCGATCCACAATTTAAACG	193	55
NTgSSR62R		GCACTTGCTCCTTTGTACCC		
NTgSSR63F	GAA	GCAGACTGGTAGATCCGAACA	220	55
NTgSSR63R		TGGTCAGAGTTTGTTTCCTCG		
NTgSSR64F	TAA	CTTTGCAGCAACAATCTCAA	105	55
NTgSSR64R		CACTTGGCTAGGCTAAATAAGCA		
NTgSSR65F	TA	TTTCTTTCTGTCTGATGCTTCAAT	224	55
NTgSSR65R		TTGTCCATCTCACTTGCTGC		
NTgSSR66F	GA	TGGTTTGCAAATGTCGAAAG	177	55
NTgSSR66R		CATCCGATCCGAATCAATTT		
NTgSSR67F	GA	ATTACGAGGCAAGAGCCAAA	182	55
NTgSSR67R		GGGCAATCATAAGTGATGGG		
NTgSSR68F	GAAA	CTGCTCCATCATTGCTCAAA	228	55
NTgSSR68R		GCAACATATCCGAACCTCCA		
NTgSSR69F	TA	TTGTCAAGAAGACCCAACGA	143	55
NTgSSR69R		GGCCTAGTGGAGCTAGGGTT		
NTgSSR70F	TA	GGTAGGGTGGAACAAATTTATCA	225	55
NTgSSR70R		AATATGGTCTATGCCCGCAA		
NTgSSR71F	TA	GGGAGCCTTGCCTTCTAAAT	210	55
NTgSSR71R		TTGACATTGAAATAGCGCCTT		
NTgSSR72F	TA	CCATATTCTCACAGCTAAACGC	206	55
NTgSSR72R		AAATTTCGACGACACTTGCC		
NTgSSR73F	TA	TGCCCAGCTACCTATTGAGG	194	55
NTgSSR73R		GAGAATTAACTCAAATAGTCGTTTGC		
NTgSSR74F	GA	GCCTTCCGGTTTGTCCTTAT	141	55
NTgSSR74R		CCGTGGTGACAGAGAAAGAA		
NTgSSR75F	TAA	AAAGAAGCACGGTCAAATAGG	222	55
NTgSSR75R		GCAACAACAAGGTGTCATGG		
NTgSSR76F	TAA	ATTGGGCAAATTGTTAGGCA	205	55
NTgSSR76R		TCACTGTTGTGCAACTTGAAA		
NTgSSR77F	TA	TTGAGACACATACAAGCGCA	160	55
NTgSSR77R		GCAGACCCAGGATGTTGTTA		

续表

引物编号	扩增基元	序列	预期产物/bp	退火温度/℃
NTgSSR78F	TA	CGGTATACACGTGCAATCAGA	229	55
NTgSSR78R		TCAAGTTGGGATTTAATACTTGGA		
NTgSSR79F	TA	AGAAGGCAAACTTTCTTGCTT	221	55
NTgSSR79R		TTCCAAATACCACACTTCTTACTCA		
NTgSSR80F	TA	TCGTGAATTATTTGAAACGCC	135	55
NTgSSR80R		CACCAATAAATTGGAGATGATGAA		
NTgSSR81F	TAA	TGCTCTGCGTTAGAACAGGA	151	55
NTgSSR81R		CGACGAGAGAAGATTAGTGAAAGA		
NTgSSR82F	TA	TTGCAGCAAACACTATACAGGTC	190	55
NTgSSR82R		GGTTCAGAGATGGAAGCCAA		
NTgSSR83F	TA	AAACCGAACCGAACTGATTT	230	55
NTgSSR83R		TCAAATTTATGATTCTTGTAGCGAA		
NTgSSR84F	TAA	GACAACAATCAGTAAAGGAAACGA	227	55
NTgSSR84R		AATGCAAGACCCTGTCAACC		
NTgSSR85F	TAA	ATCCAAATCGGATCCTCCAT	153	55
NTgSSR85R		TCCCTGCTTTATTCACGTCC		
NTgSSR86F	TAA	TTTGAAATGCACATTAAGCATC	257	55
NTgSSR86R		AAAGCTATGCAAGACCAAGAAGA		
NTgSSR87F	TA	CTGCAAATATCAACGGCTCA	209	55
NTgSSR87R		TCATCAGGAAGAGAAGTTGGC		
NTgSSR88F	CAA	TGGCCTCCATATGTAACCTACC	110	55
NTgSSR88R		TCCAGACACCACTTGTGGAA		
NTgSSR89F	CGA	TCAAATGAGGGGTTGTAGCCA	222	55
NTgSSR89R		TGCAATGGCTACACAAGAAGA		
NTgSSR90F	TA	TGTTAAGGTTATCATGTTCGATTTG	178	55
NTgSSR90R		TCCGGTCGTTGATAACTCGT		
NTgSSR91F	TAA	CCAACTCTACCGCTAACTTCAAA	229	55
NTgSSR91R		CACGACTGACGAGACATGGT		
NTgSSR92F	TA	TGGTACGATCTTCGACAAGC	216	55
NTgSSR92R		GAATCGGACCACAATGCTCT		
NTgSSR93F	TA	AATGCCACTTACGACATCTATCA	218	55
NTgSSR93R		TGAAGCGTTAACGGCAATTT		
NTgSSR94F	TAA	TTTGGAATCAATAAGACGACAA	96	55
NTgSSR94R		TTGACCAGTAGGCTTATCACACA		
NTgSSR95F	TA	TGTCAAACGCAGTTGTTGAAG	163	55
NTgSSR95R		TGTTTCATTTGGGTGGTAAGG		
NTgSSR96F	TA	CCAAAGGGTCAGTCTAGGAAA	222	55
NTgSSR96R		GTTGGGTTTGAGAAGGGAAG		
NTgSSR97F	GAA	TGGCCACCTAATACACACACA	245	55
NTgSSR97R		TTCCTCTCTGAAATTCCAATCAA		
NTgSSR98F	GAA	GTCTGTACCTTCGCCAAAGC	192	55
NTgSSR98R		TCCTCAGAGAACTCCAGCGT		
NTgSSR99F	GA	TCAGCAAACAATCAGGAAACA	217	55
NTgSSR99R		TGCTCCACGTAGGACAAAGA		

续表

引物编号	扩增基元	序列	预期产物/bp	退火温度/℃
NTgSSR100F	TA	TGGCCTTAGCCAGAAATCAT	226	55
NTgSSR100R		TCGATTCCAGACTTTCCTCC		
NTgSSR101F	TAA	ACAGTCGGATCTCACCCGTA	204	55
NTgSSR101R		TTCATGAATTGCTCGAATGC		
NTgSSR102F	CAG	GCGTGAAGCAACTAGAGAGAGA	188	55
NTgSSR102R		CCATCCATTGCTGCTGATAC		
NTgSSR103F	CAG	TCAAATCAAATCAACCCTCTCC	153	55
NTgSSR103R		TGGTTGGAGCTTCTCTCGTT		
NTgSSR104F	TA	CGCCGTCTCTCTCTACTCCA	230	55
NTgSSR104R		TGGAAACTCTTTCCGTTTGA		
NTgSSR105F	GA	TTCCATGAACCCTAGCCGT	109	55
NTgSSR105R		AGCTGTTGAAATAGCGTGCG		
NTgSSR106F	TAAAAA	GCCGAATTAAACCAACCAAA	186	55
NTgSSR106R		ACCGGATTGCTTAATTGTCG		
NTgSSR107F	CAT	AGGAGGCGAAGAAAGAGGAG	184	55
NTgSSR107R		CCCATGAATTCGTAACAGCA		
NTgSSR108F	GAA	GAGCCAGAAACAGAGCAAGAA	230	55
NTgSSR108R		GATGAATAGCTCTGAATGCTGC		
NTgSSR109F	AAG	AGGCCTTTCTGAGTCTGCAT	185	55
NTgSSR109R		GGCGTGACACTTCCAACTTT		
NTgSSR110F	TA	GGCCAGTATTACCTCGGTCC	228	55
NTgSSR110R		TCCAGAACTAGGAGATAAGAGCAAA		
NTgSSR111F	GAA	AAGCAGAGCATTAGATTGGAGAA	147	55
NTgSSR111R		TCCGGATCATACATTGTTGG		
NTgSSR112F	GT	GGGTTGTAAATGGGTGTTGG	251	60
NTgSSR112R		CCGAGCAAGCCTATTTGATT		
NTuESTSSR1F	A	CCAGTGACGATGCAACTCTG	185	55
NTuESTSSR1R		TCATGACTTGATCACTTCAAACAA		
NTuESTSSR2F	A	TCTCTTTCCCGCAATGTTTC	150	55
NTuESTSSR2R		AGATCTGACCAAAAGTCGGAAT		
NTuESTSSR3F	T	TGAACGCATGAAAAGAGCAC	316	55
NTuESTSSR3R		CCAGAACTGCAGTCACCTCA		
NTuESTSSR4F	T	CTTGGGATCGTTGACGAGAT	402	55
NTuESTSSR4R		CAGAAAGAGAGCCAATTTCCA		
NTuESTSSR5F	GA	GCTCAGCGAAATGATGTTGA	243	55
NTuESTSSR5R		TGGTTGGTGGAATGGATTTT		
NTuESTSSR6F	GA	GCAAAAGAGCGAGAGAGAG	243	55
NTuESTSSR6R		ACGCTTCTGTGGATCACTTA		
NTuESTSSR7F	GA	TCCCCTTGGACCAGTTGTAA	236	55
NTuESTSSR7R		TTTGAAACAGCACCAATCCA		
NTuESTSSR8F	ATG	GCTGAAGAAACATGGGGAAA	197	55
NTuESTSSR8R		TACAGTTCATCGTGCGCTTC		
NTuESTSSR9F	ATG	GGGCAAAGTTCAGAGAGTCG	381	55
NTuESTSSR9R		CCAGAAAGCTTGTGATCCTTG		

续表

引物编号	扩增基元	序列	预期产物/bp	退火温度/℃
NTuESTSSR10F	ATG	GCTGAAGGGGATGAATTTGA	262	55
NTuESTSSR10R		CCAACTTGTGCTTTCGACCT		
NTuESTSSR11F	ATG	GCAATAGGGACCGAGATTGA	472	55
NTuESTSSR11R		GTGCTCCTCCACTCCTCTTG		
NTuESTSSR12F	CAA	GGCAATAGAACACAATGAGCAA	199	55
NTuESTSSR12R		TTGTTCCAACAAAAGCAAAGG		
NTuESTSSR13F	CAA	ACGGCGGTGACAACTTTTAC	214	55
NTuESTSSR13R		TTTGTTGGGTTGGTGCTGTA		
NTuESTSSR14F	CAA	AATTGGTGGGAAAATGAACG	228	55
NTuESTSSR14R		GACTGCTGCATCTTCTGCTG		
NTuESTSSR15F	CAG	CATGTTGGGTGAATCACTGG	247	55
NTuESTSSR15R		ACTCCCTGGCATCAAGTTCA		
NTuESTSSR16F	CAG	CATGTTGGGTGAATCACTGG	244	55
NTuESTSSR16R		CCCTGGCATCAAGTTCATCT		
NTuESTSSR17F	CCA	TGGCAGATGACAGGAATGAG	297	55
NTuESTSSR17R		CCTTTGCTTGGTCACTAGCC		
NTuESTSSR18F	CCA	CCAATGACGGGAACGATTTA	228	55
NTuESTSSR18R		TTTCGTTGAACATGCACCTG		
NTuESTSSR19F	CCA	ACTACTCTGGCCATGGGAAA	317	55
NTuESTSSR19R		TTTCGTTGAACATGCACCTG		
NTuESTSSR20F	CCA	CGTCACCATCACCCCTAGTT	283	55
NTuESTSSR20R		GGAGGTAGAAGAGGCGATTTC		
NTuESTSSR21F	CGG	GAAGGCAAACTCGGTGGTAA	229	55
NTuESTSSR21R		TTGCAGGCATAGGACTTTCC		
NTuESTSSR22F	CGG	TCATAGCCGCAGGAGCTAAT	216	55
NTuESTSSR22R		ATGTTGCCCTAACGTTTTGC		
NTuESTSSR23F	CGG	CAATGCTTGGTCTCACCAGA	249	55
NTuESTSSR23R		ACTTGGGAGCAGAGTGAGGA		
NTuESTSSR24F	CGG	TGATTGTGGCTCTTGTCATCA	232	55
NTuESTSSR24R		CGTTGGAGGACTCCCAATTA		
NTuESTSSR25F	CGG	TGATTGTGGCTCTTGTCATCA	222	55
NTuESTSSR25R		TTTGCACATACCCCCAACTT		
NTuESTSSR26F	CGG	CGTAACATCACCGTCAACGA	249	55
NTuESTSSR26R		TCCTCCAGCTTTCCTTCAGA		
NTuESTSSR27F	GAA	TGCAACCCAATTATCACAGC	186	55
NTuESTSSR27R		TGCAGTAACCCTCACCTCAA		
NTuESTSSR28F	GAA	GCTTCTCCTCCTCCTCCCTA	166	55
NTuESTSSR28R		CCTCCTGTGGGGCTTATTTT		
NTuESTSSR29F	GAA	CTGCTACGAAGGAGGGACTG	224	55
NTuESTSSR29R		AGCCTTCATGATCCTTTCCA		
NTuESTSSR30F	TAA	ATGGCTTCTTCAGGTGGAAA	174	55
NTuESTSSR30R		ATCACTGAACCCCCAATTCA		
NTuESTSSR31F	TAA	TGCAGCAGCCACAGAAGTAG	245	55
NTuESTSSR31R		CCAACACCATAACACAGAGCA		

续表

引物编号	扩增基元	序列	预期产物/bp	退火温度/℃
NTuESTSSR32F	TGG	GCACCTGAAAAAGGAAGTCG	237	55
NTuESTSSR32R		TGCTGCATCATTTGCATACC		
NTuESTSSR33F	TGG	AGGAGCCTTATGCAGTGGAA	164	55
NTuESTSSR33R		ATGTTGCCCTAACGTTTTGC		
NTuESTSSR34F	TGG	CCATGGTTGCACCAACTAGA	221	55
NTuESTSSR34R		ACCACCCTTAAACCCTCCTC		
NTuESTSSR35F	TGG	TGGCAAGTAGCAGGACTGAA	205	55
NTuESTSSR35R		ATGGGTGGCTAGTGTCCAAA		
NTuESTSSR36F	TGG	CGTAACATCACCGTCAACGA	247	55
NTuESTSSR36R		TCCTCCAGCTTCCTTCAGAG		
NTuESTSSR37F	TTC	GCAGTGGAATGCCAGCTAAT	222	55
NTuESTSSR37R		TCCACTATGCTTTCTCCCAAA		
NTuESTSSR38F	TTC	TTCATAACAGCCTGCACTCG	223	55
NTuESTSSR38R		TTCTTCTCAGCTGCACTAGCC		
NTuESTSSR39F	CACCC	TTGCCCTTCTTCTCACTTTGA	250	55
NTuESTSSR39R		TTGGCTGGATCACTTCCAAT		
NTuESTSSR40F	TCTTG	GGCCGTGGAGTAGACAAAAA	216	55
NTuESTSSR40R		TGGCAACCATCATCCAAGTA		
NTuESTSSR41F	CCCCAG	AGCCTCAAGTCCAAGCTCAA	247	55
NTuESTSSR41R		TTATGGCCTTCAGGAGTAGCA		
NTuESTSSR42F	GCCTAA	TTGCTCCAAAGGCAAAAACT	203	55
NTuESTSSR42R		AGCAGTTCTCGCCACCTTAG		
NTuESTSSR43F	TTCTCC	CTCATCGCAGCTTTCTTCCT	238	55
NTuESTSSR43R		TAGAGCTGATGAGGCCGTCT		
NTuESTSSR44F	CCCCAA	GGTCGTCCTCCTAAGCTCAA	237	55
NTuESTSSR44R		TTGCTGAGGTTGGAGTAATGG		

六、SRAP 扩增

　　按照 Li（Li et al.，2001）等提出的原则设计 SRAP 引物，在上海生物工程有限公司分别合成了 8 条正向引物和 8 条反向引物，具体见表 8-2。

　　PCR 扩增总体积为 20μL，各组分的用量与 SSR 的扩增相同。扩增程序为 DNA 94℃预变性 5min，然后按 94℃变性 1min、37℃退火 1min、72℃延伸 1min 进行 5 个循环；再按 94℃变性 1min、52℃退火 1min、72℃延伸 1min 进行 35 个循环；最后 72℃延伸 10min 并在 4℃下保存。

表 8-2　实验中所筛选的 SRAP 引物

编号	正向引物序列（5'—3'）	编号	反向引物序列（5'—3'）
F1	TGAGTCCAAACCGGATA	R1	GACTGCGTACGAATTAAT
F2	TGAGTCCAAACCGGAGC	R2	GACTGCGTACGAATTTGC
F3	TGAGTCCAAACCGGAAT	R3	GACTGCGTACGAATTGAC
F4	TGAGTCCAAACCGGACC	R4	GACTGCGTACGAATTTGA

续表

编号	正向引物序列（5′—3′）	编号	反向引物序列（5′—3′）
F5	TGAGTCCAAACCGGAAG	R5	GACTGCGTACGAATTAAC
F6	TGAGTCCAAACCGGTAA	R6	GACTGCGTACGAATTGCA
F7	TGAGTCCAAACCGGTCC	R7	GACTGCGTACGAATTCAA
F8	TGAGTCCAAACCGGTGC	R8	GACTGCGTACGAATTAGC

七、扩增产物的检测

扩增产物用 8％的非变性聚丙烯酰胺凝胶电泳分离，采用银染法检测（张志峰等，2005），用扫描仪将显色并固定后的凝胶扫描成像，记录电泳结果。

八、突变基因的定位

多叶突变为隐性性状，为准确判断交换单株和杂合单株，本研究采用池间筛选出的多态性 SSR 只对 F_2 群体中的叶片数高于 29 的多叶单株进行分析，记录各单株呈现的电泳带型，然后用 JoinMap3.0 画出定位图。

第二节　结果与分析

一、多叶突变性状的遗传

在 F_1 代，各单株表现一致，叶片数、开花期和植株高度的表现与亲本 K358 相似，说明突变体的多叶性状是隐性性状。

在由 167 个单株组成的 F_2 群体中，分别有 133 个少叶单株和 34 个多叶单株（表 8-3），经统计测验得 χ^2 值为 1.92，小于 $\chi^2_{0.05}=3.84$，符合 3：1 分离，表明多叶突变性状受一对隐性单基因控制。

表 8-3　多叶突变性状在杂交 F_2 代的分离

叶片数	实际株数	理论株数（3：1）	χ^2 值 *
＞29	34	41.75	1.44
＜29	133	125.25	0.48
总数	167	167	1.92

注：*：$\chi^2_{0.05}=3.84$；$\chi^2_{0.01}=6.64$

二、引物筛选

本研究共筛选了 217 对引物，包括 SSR 引物 156 对，SRAP 正反向引物组合 64 个。在所筛选的 SSR 引物中，已定位的 SSR 引物 11 对，自行开发的 EST-SSR 引物 44 对。这些引物均能扩增到产物，但在多叶池和少叶池间显示多态性的极少，只有 NTgSSR15 和 NTgSSR111 在两池间显示多态性（图 8-1）。根据 BSA 的原理，基因池间除目标性状（叶片数）存在差异外，其他性状不存在差异。因此，NTgSSR15 和 NTgSSR111 与控制多叶性状的突变基因有连锁关系。

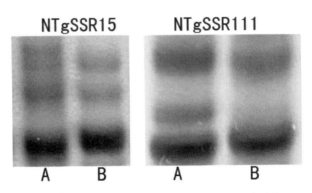

图 8-1　NTgSSR15 和 NTgSSR111 在池间显示的多态性（A：多叶池；B：少叶池）

三、多叶突变性状的分子标记定位

利用上述筛选出的多态性标记 NTgSSR15 和 NTgSSR111，分别对 F$_2$ 群体中的 34 个多叶株逐株进行了分析以计算多叶突变基因与标记间的遗传距离。结果显示，多叶突变性状与标记 NTgSSR15 有 3 个单株出现交换，标记 NTgSSR111 之间有 4 个单株出现交换。图 8-2 是标记 NTgSSR111 在 F$_2$ 群体部分单株中的分离情况。

图 8-2　SSR 标记 NTgSSR111 在 F$_2$ 群体部分单株中的分离（＊表示重组个体）

进一步利用 JoinMap3.0 软件分析发现，标记 NTgSSR15 和 NTgSSR111 分别位于多叶突变基因的两侧，与多叶突变性状（ML）间的距离分别为 9.06cM 和 12.19cM，定位图如图 8-3 所示。NTgSSR15 和 NTgSSR111 已被定位在第 23 连锁群，对应的编号分别为 PT20202 和 PT30355。因此，可以明确多叶突变性状位于第 23 连锁群。

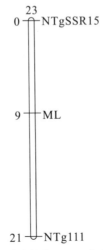

图 8-3　多叶突变性状（ML）的遗传连锁图谱

第三节　讨　论

有关植物叶数的遗传，因植物种类和所用材料的不同，目前尚无一致的结果，可能是多基因控制的结果（刘良式，2003；盖钧镒，2000），但也可能是单基因突变造成（佟道儒，1997）。对于以叶片为经济产量基础的烟草来说，多叶是一个非常重要的目标性状。近年来，在烟草中陆续得到了一些多叶自然变异株，为烟草叶片数的改良提供了新资源，但对多叶突变性状的遗传尚缺乏研究。唐永红等（2004）认为他们所用的 K346 多叶突变体是短日照和低温同时诱导的突变株，并推测是多基因控制的结果，而不是单基因突变所致（唐永红，2004），但这一推测缺乏实验证据。在本研究中，从云烟 85 中获得的多叶突变体在与正常叶数的品种 K358 杂交后，F_2 代中正常叶数与多叶的分离符合 3：1，证明该突变体的多叶性状受一对隐性基因控制，首次明确了多叶突变性状的遗传特性，为其在烟草育种中的应用奠定了遗传基础。

DNA 分子标记是继形态标记、细胞标记和生化标记之后发展起来的一种比较理想的遗传标记，为作物育种开辟了一条宽广的道路，近年来在作物遗传育种中得到了广泛应用并取得了较大进展。尽管分子标记技术在烟草上也有所应用，总体上还存在很多问题。我国已收集和保存了大量的烟草种质资源，其中蕴含了许多的有益基因，如何将这些基因有效地利用于育种实践并发挥作用是一个亟待解决的问题。如果能够大量筛选与目标基因紧密连锁的分子标记，并将这些标记运用于遗传育种的早期辅助选择中，就可以大大提高目标基因的转移选择效率，同时也可为目的基因的分离、克隆奠定基础。但到目前为止，烟草中定位的性状多与抗性有关，而且多是 RAPD 标记，其他性状涉及的较少。像多叶突变这样的性状，对提高烟草经济产量是非常重要的资源，但目前尚未找到连锁的标记和明确定位。简单序列重复（simple sequence repeat，SSR）亦称微卫星（microsatellite），与其他分子标记相比，具有多态性高、多等位性、共显性、可重复性高、数量丰富和对基因组有很好的覆盖性等特点。本研究利用多叶突变体与正常品种杂交的 F_2 分离群体，通过 BSA 法从 217 个标记中首次筛选到了 2 个多叶突变性状与连锁的 SSR 标记，并将其明确定位在第 23 连锁群上的 NTgSSR15 和 NTgSSR111 之间。植物育种中分子标记辅助选择的核心思想是通过分析寻找与目标基因紧密连锁的分子标记和进行选择，这种选择方法因不受其他基因效应和环境因素的影响，结果较可靠，同时可在早期进行选择，从而大大缩短育种周期。本研究结果为开展分子标记辅助选择多叶烟草提供了指导，也为进一步克隆突变基因和阐明多叶性状产生的分子遗传学机制奠定基础。

参 考 文 献

曹务栋，等. 2009. 不同留叶数对烤烟新品系兴烟 1 号生长及产值的影响. 耕作与栽培，(5)：13—14，43.

陈刚，等. 2006. 超大型烟草突变株的生理生化特征和分子生物学鉴定. 植物生理与分子生物学学报，32（1）：24—30.

傅荣昭，孙勇如，贾士荣. 1994. 植物遗传转化技术手册. 北京：中国科学技术出版社：131—1361.

盖钧镒. 2000. 作物育种学各论. 北京：中国农业出版社，440—453.

胡重怡，蔡刘体，郑少清. 2007. 分子标记在烟草育种中的应用与前瞻. 安徽农业科学，35（25）：7871—7872，791.

李小白，崔海瑞，张明龙. 2006. EST 分子标记开发及在比较基因组学中的应用. 生物多样性，14（6）：541－547.

刘良式. 2003. 植物分子遗传学（第 2 版）. 北京：科学出版社：363－452.

刘艳华，等. 2007. 分子标记技术在烟草遗传育种中的应用. 植物遗传资源学报，8（1）：118－122.

唐永红，贾敬芬，陈刚. 2004. 烟草 K346 品种叶数、株高变异株的 RAPD 分析. 农业生物技术学报，12（6）：735－736.

唐永红，贾静芬，陈刚. 2005. 烤烟叶数株高突变株的生长特征及 DNA 初步鉴定. 中国烟草学报，11（2）：28－34，39.

佟道儒. 1997. 烟草育种学. 北京：中国农业出版社，148－149.

吴婷. 2008. 烟草高秆多叶突变株的鉴定与纯化. 西南大学硕士学位论文.

杨辉，等. 2009. 兴烟 1 号烟叶外观品质与内在评吸质量的关系. 贵州农业科学，37（11）：60－62.

张志峰，等. 2005. 微卫星 DNA 聚丙烯酰胺凝胶电泳（PAGE）银染法的改良. 生物技术，15（3）：51－53.

申爱荣，等. 2007. 分子标记在烟草育种中的应用. 湖南农业科学（3）：62－65.

Bindler G，et al. 2007. A microsatellite marker based linkage map of tobacco. Theor. Appl. Genet.，114：341－349.

Li G，Quiros C F. 2001. Sequence-related amplified polymorphism（SRAP），a new marker system based on a simple PCR reaction：its application to mapping an d gene tagging in *Brassica*. Theor. Appl. Genet.，103：455－461.

Michelmore R W，Paran I. 1991. Identification of markers linked to disease-resistance genes by bulked segregate analysis：A rapid method to detect markers in specific genomic regions by using segregating populations. PNAS，88：9828－9832.

Powell W，Machray GC，Provan J. 1996. Polymorphism revealed by simple sequence repeats. Trends Plant Science，1：215－222.

第九章　烤烟种质资源DNA甲基化多样性分析与TMV抗性分子标记初步筛选

　　基因组携带了生物的基本遗传信息，通过基因的表达调控决定着物种的特征和行为。虽然通过基因重组或突变可获得新基因以适应环境变化和胁迫，但基因进化远滞后于环境变化，植物往往通过DNA甲基化、组蛋白修饰或RNAi等机制，快速对基因组进行表观修饰，而避免过度基因重组、突变与群体多样化，以适应复杂多变的生存环境中生物和非生物胁迫，并且这种修饰可通过表观遗传记录下来（彭海，2009）。表观遗传变异的水平和模式导致基因表达改变，这种变异的积累和规模化导致物种产生新的表型，在作物远缘杂交和多倍化中起重要作用（刘宝，2008）。DNA甲基化是最早发现的基因表观修饰方式之一，存在于所有高等生物中。DNA甲基化能关闭某些基因的活性，去甲基化则诱导了基因活化和表达。DNA甲基化在植物的生长发育过程中起着重要的调控作用，在不同组织或同一组织的不同发育阶段，基因组DNA上各CpG位点甲基化状态存在差异（Janousek，2002）。Finnegan等（1998）和Burn等（1993）研究发现植物春化作用是通过DNA甲基化的改变而发挥作用，可能是诱导开花非常重要的基因或基因启动子的去甲基化引起的。Sekhon等（2007）发现玉米 $P1-wr$ 基因第二内含子的去甲基化程度决定了玉米棒的颜色深浅。

　　异源四倍体普通烟草（*Nicotianatabacum* L.）经过了长期大量的杂合选育，必然增加了其表观遗传的复杂性，从而形成广泛的环境适应能力。同时不同生态胁迫对同一种质的长期影响也可能造就独特的烟草表观遗传模式，从而产生新的表型。因此烟草表观遗传将对抗性机制、品种选育和杂种优势等研究开拓新的领域。我们首次利用甲基化敏感扩增多态性（Methylation-sensitive Amplified Polymorphism，MSAP）方法分析了烟草种质资源的DNA甲基化水平和模式，并探讨了甲基化与烟草资源的地域来源、表型性状及TMV抗性的关系，为表观遗传水平研究烟草生态型、基因型和表型特征打下基础。

第一节　材料与方法

一、材料

　　选取48个普通烟草（*Nicotiana tabacum* L.）种质，根据不同地域来源分成3组（表9-1）。MSAP引物23条（表9-2）由上海捷瑞生物工程公司合成。实验中 *Hap*Ⅱ酶、*Msp*Ⅰ

酶、*Eco*R I 酶、T4 连接酶、rTaq 酶、DNA 提取试剂盒和 DNA Marker 均购自大连宝生物公司。实验在贵州省烟草科学研究所生物技术实验室进行。

表 9-1　DNA 甲基化分析的烟草种质

序号	种质编号	种质名称	亲本来源	地域来源	参考文献
J1	FS035	广黄 21 号	农家种质	广东	
J2	FS042	桂单一号	—	广西	
J3	FS043	红花大金元	大金元系选	云南	
J4	FS047	晋太 7618	晋太 76	山西	
J5	FS050	净叶黄	长脖黄系选	河南许昌	
J6	FS052	辽烟 7910		辽宁凤城	
J7	FS057	牡丹 78-7	—	吉林	
J8	FS061	潘园黄	—	河南	
J9	FS063	千斤黄	净叶黄系选	河南临颍	
J10	FS066	人民六队	红花大金元系选	云南曲靖	
J11	FS076	小黄金 1025	小黄金系选	山东	
J12	FS079	许金一号	十里庙×抗病多亲本	河南许昌	
J13	FS084	云烟 87	云烟 2×K326	云南	
J14	FS087	中烟 14	金星 6007×Speight G28	山东	佟道儒，1983
J15	FS089	中烟 90	单育 2 号×G28×净叶黄	山东	
J16	FG007	Coker 176	[C-258（61-10×319）258×（C-139×59-84-2F）× C-258（61-10×319）258×（C-139×59-84-2F）] Dwarf	美国—云南	何录秋，1995
J17	FG018	Dixie Bright 101	[（TI 448A×400）F₃×Oxford1]×（Florida301×400）BC₂F₃	美国—山东	
J18	FG025	Hicks（Broad leaf）	Hicks 系选	美国—山东	
J19	FG028	K326	McNair225（McNair30×Nc95）	美国—安徽	潘家华，2006；蒋予恩，1997
J20	FG035	Kutsaga E1	Kuo-fan× Hicks	津巴布韦—山东	
J21	FG037	Meck	—	美国—云南	许美玲，2001
J22	FG046	Nc37NF	（C-319×NcTG21）×Nc82	美国—山东	何录秋，1995；蒋予恩，1996
J23	FG052	Nc82	（Coker319×VA21）×Bot. Spec	美国—山东	蒋予恩，1996
J24	FG057	Oxford 1	Florida301×Virginia Bright Leaf	美国—云南	
J25	FG059	Oxford 2007	Coker319×K399	美国—云南	许美玲，2001
J26	FG071	PVH06		巴西—云南	许美玲，2001
J27	FG075	ReamsM-1	Sp. G28×Reams158	美国—山东	蒋予恩，1996
J28	FG077	RG11	Nc50×K399	美国—山东	许美玲，1997；蒋予恩，1996
J29	FG083	RG 8	k326×K399	美国—云南	许美玲，1997；蒋予恩，1996

续表

序号	种质编号	种质名称	亲本来源	地域来源	参考文献
J30	FG089	Special 400	Orinoco 系选	美国－贵州	
J31	FG101	T. T. 6	｛［（Hicks×万国芬）×Hicks］×Hicks｝×Vam-Hicks	台湾－山东	
J32	FG104	TI245	—	南美－美国－山东	
J33	FG107	V2	—	美国－云南	周金仙，1996
J34	FG114	Va444	—	美国－云南	许美玲，2001
J35	FG119	Vesta 64	Oxford 4×Yellow Special	美国－安徽	
J36		南江三号	红花大金元系选	开阳	李智勇，2009
J37		黔东南自留种	—	黔东南	
J38		韭菜坪二号	—	黔西	
J39		大方自留种	—	大方	
J40		吴春	—	黔西	
J41		黔西一号	—	黔西	
J42		毕纳一号	—	毕节	
J43		片片黄	—	福泉	
J44		金烟 1 号	—	金沙	
J45		草海 1 号	—	威宁	
J46		矮子黄	—	福泉	
J47		自美	—	福泉	
J48		白岩市	—	福泉	

注：以上数据除特别注明外，皆参考中国烟草种质资源信息网（http：//www. ycsjk. com）。"—"表示"未知"。

二、DNA 提取

选新鲜、饱满的烟草种子置于有湿润纱布的培养皿中，25℃光照培养 7d，取萌发的种子用试剂盒提取 DNA。通过测 OD260/OD280 定量 DNA 后，将其稀释至 100ng/μL。

三、MSAP 分析

用 Hap Ⅱ－EcoRI 和 MspI－EcoRI 分别对样本 DNA 进行双酶切，酶切体系为 10μL，包括 400ng DNA，1×buffer，EcoRI 和 HpaⅡ（或 MspI）内切酶各 3U，37℃保温过夜。在酶切体系中再加入已复性的接头序列进行连接反应，反应体系为 20μL，包括 1×T4 buffer，1.5U T4 连接酶，以及各 50pmol 的 EcoRI 和 HpaⅡ（或 MspI）接头序列，16℃过夜。然后对连接产物进行预扩增和选择性扩增反应。反应体系为 25μL，包括 1×PCR buffer，200μmol/L dNTPs，0.5μmol/L 扩增引物，2μL 模板 DNA，1U DNA 聚合酶。预扩增条件为：94℃ 30s；56℃ 1min，72℃ 1min，21 个循环，72℃延伸 10min。预扩增产物稀释 10 倍后进行选择扩增：94℃ 30s，65℃至 56℃ 30s（每循环降 0.7℃），72℃ 1min，共 13 循环，接着 94℃ 30s，56℃ 30s，72℃ 1min，23 个循环，72℃延伸 10min。扩增产物变性后于 6% 变性聚丙烯酰胺凝胶电泳，银染法显色。用 Quantity one 软件统计凝胶 500bp 以下的片段，

根据条带有无，以"1/0"格式输出。

表 9-2　MSAP 分析的接头和引物序列

接头和引物名称	序列（5′—3′）
接头	
*Hap*Ⅱ—*Msp*Ⅰ adaptor-F	GAT CAT GAG TCC TGC T
*Hap*Ⅱ—*Msp*Ⅰ adaptor-R	CGA GCA GGA CTC ATG A
*Eco*RI adaptor-F	CTC GTA GAC TGC GTA CC
*Eco*RI adaptor-F	AAT TGG TAC GCA GTC TAC
预扩引物	
EA00	GTA GAC TGC GTA CCA ATT CA
H/M+1	ATC ATG AGT CCT GCT CGG T
选扩引物	
H/M01	ATC ATG AGT CCT GCT CGG TAA
H/M02	ATC ATG AGT CCT GCT CGG TCC
H/M03	ATC ATG AGT CCT GCT CGG TTC
EA01	GAC TGC GTA CCA ATTC ATC
EA02	GAC TGC GTA CCA ATTC AGA
EA03	GAC TGC GTA CCA ATTC ACG
EA04	GAC TGC GTA CCA ATTC ATG
E01	GAC TGC GTA CCA ATTC AGC
E02	GAC TGC GTA CCA ATTC ACC
E03	GAC TGC GTA CCA ATTC ACA
E04	GAC TGC GTA CCA ATTC ACT
E05	GAC TGC GTA CCA ATTC AGG
E06	GAC TGC GTA CCA ATTC AGT

四、数据分析

　　根据谱带分子量大小，运用 Excel 软件对 Quantity one 输出数据进行整合，对条带数量和类型进行统计分析。根据甲基化多态性结果，采用 NTSYS-pc2.10e 软件对 48 个烤烟种质聚类分析。首先原始矩阵用 SimQual 程序求 Jaccard 相似系数，用 SHAN 程序中的 UPGMA 方法聚类，再用 Treeplot 模块生成聚类图；用 DCENTER 程序对相似系数矩阵进行转换，再用 EIGEN 程序求特征值和特征向量，做出主坐标间的三维图，进行主成分（Principal Component Analysis，PCA）分析。

　　将部分烤烟种质的半甲基化、全甲基化和总甲基化水平与其株高、茎围、节距、叶数、叶长、叶宽、叶形、叶尖、叶面、叶缘、叶色、叶耳、烟碱（％）、总糖（％）、还原糖（％）、总氮（％）、钾（％）、氯（％）、蛋白质（％）、黑胫病等性状参数，采用 DPS 数据处理系统进行灰色关联分析。数据进行标准化转换，分辨系数 0.5，母序列个数为零，参数 Δmin 等于 3。

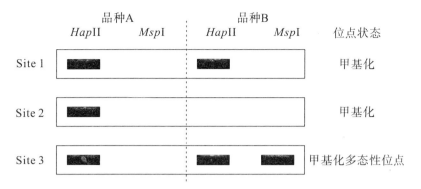

图 9-1　甲基化多态性位点鉴别模式（Keyte AL，et al.，2006）

第二节　结果与分析

一、MSAP 指纹图谱构建

同裂酶 HapII 和 MspI 可识别相同的四碱基序列 $5' - CCGG - 3'$，但对 DNA 甲基化敏感性不同。当 DNA 一条链中的 C 甲基化时（半甲基化），HapII 可以进行酶切，而两条链中的一个或两个 C 都甲基化时（全甲基化），HapII 没有活性。MspI 可对双链内部甲基化的胞嘧啶序列进行酶切，但不能对外部甲基化的胞嘧啶酶切。根据同裂酶分别与 EcoRI 组合进行的 AFLP 反应和扩增模式，可反映该位点甲基化状态及程度，将扩展带型主要分为三种类型，A 型：均有带，代表非甲基化位点；B 型：HpaII 有带、MspI 无带，代表单链 DNA 外部甲基化，为半甲基化位点；C 型：HpaII 无带、MspI 有带，代表双链 DNA 内部甲基化，为全甲基化位点（图 9-1，9-2）。

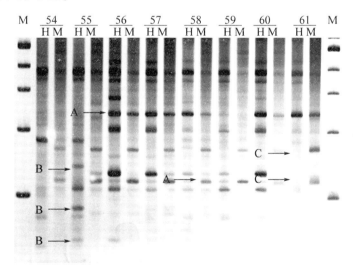

图 9-2　烤烟 DNA 甲基化 MSAP 模式图谱

二、多态性引物筛选

为研究 48 个烤烟种质 DNA 甲基化水平的不同，采用 MSAP 技术对烤烟萌发种子 DNA 的甲基化状态进行了分析。实验首先采用 30 对引物（10 个 E 引物和 3 个 H/M 引物）（表 9-2）对 4 份常规品种（Coker86、Coker176、Nc89 和 K394）和 1 份自育品系（76 号）进行了选择性扩增，初步筛选结果显示，其中有 16 对引物的 MSAP 图谱多态性较丰富，重复性较好，图谱清晰（图 9-3），作为后续实验的备用引物（表 9-3）。

表 9-3　筛选用于烤烟 MSAP 分析的引物

序号	EA	H/M	序号	EA	H/M
1	EA02	H/M 02	9	EA03	H/M 01
2	EA03	H/M 01	10	EA03	H/M 02
3	EA03	H/M 02	11	EA04	H/M 02
4	EA04	H/M 01	12	EA05	H/M 02
5	EA04	H/M 02	13	EA05	H/M 03
6	EA01	H/M 02	14	EA06	H/M 01
7	EA01	H/M 03	15	EA06	H/M 02
8	EA02	H/M 01	16	EA06	H/M 03

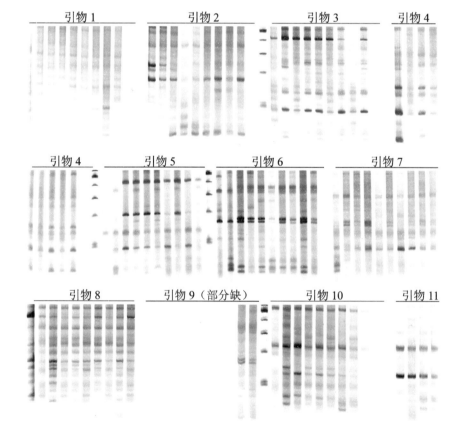

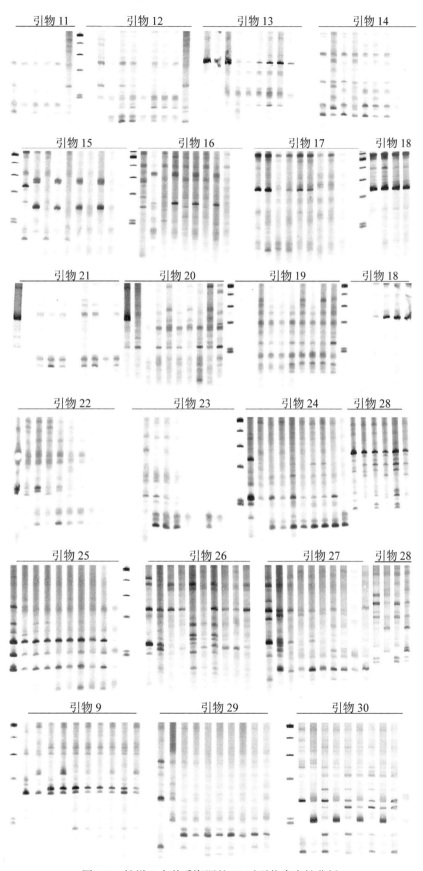

图 9-3　扩增 5 个种质资源的 30 对引物多态性分析

三、烤烟 DNA 甲基化水平分析

筛选的 16 对引物中，每对引物从 48 个烤烟种质资源中约扩增出 775～1347 条带，平均 1098 条带，其中甲基化条带 389 条，甲基化比例为 36.0%，半甲基化比率为 19.3%，全甲基化比率为 16.7%（表 9-4）。16 对引物共扩增出 525 个甲基化位点，其中甲基化多态性位点有 368 个，每对引物扩增的多态性位点为 16～32 个，平均多态性比率达到 70.4%。有研究发现海绵甲基化多态性比率为 26.5%，脐橙为 22.2%，棉花为 67%（黄达锋，2008；洪柳等，2005；Keyte AL，et al.，2006），可见烟草基因组表观调控的多样性和复杂性都很高，推测和烟草基因组较大，杂交选育频繁及多倍化进程较复杂有关。

表 9-4　16 对引物分析 48 个烤烟种质的 DNA 甲基化多态性

引物	总带数	甲基化带型	甲基化比率/%	B 型	B 型比率/%	C 型	C 型比率/%	A 型	甲基化位点	多态性位点	多态性比率/%
1	1060	528	49.8	245	23.1	283	26.7	266	39	18	46.2%
2	1094	266	24.3	105	9.6	161	14.7	414	32	23	71.9%
3	1111	363	32.7	178	16.0	185	16.7	374	33	29	87.9%
4	1176	358	30.4	173	14.7	185	15.7	409	28	22	78.6%
5	1017	303	29.8	129	12.7	174	17.1	357	36	20	55.6%
6	939	283	30.1	169	18.0	114	12.1	328	29	20	69.0%
7	916	340	37.1	274	29.9	66	7.2	288	31	16	51.6%
8	1086	372	34.3	181	16.7	191	17.6	357	29	24	82.8%
9	1239	277	22.4	121	9.8	156	12.6	481	32	23	71.9%
10	775	469	60.5	248	32.0	221	28.5	153	31	21	67.7%
11	1246	508	40.8	296	23.8	212	17.0	369	35	26	74.3%
12	1113	401	36.0	208	18.7	193	17.3	356	35	23	65.7%
13	952	392	41.2	238	25.0	154	16.2	280	34	21	61.8%
14	1347	371	27.5	186	13.8	185	13.7	488	33	30	90.9%
15	1321	585	44.3	291	22.0	294	22.3	368	38	32	84.2%
16	1182	408	34.5	268	22.7	140	11.8	387	30	20	66.7%
平均	1098	389	36.0	207	19.3	182	16.7	355	33	23	70.4%

四、烤烟 DNA 甲基化聚类分析

通过聚类分析烤烟发芽特定时期 DNA 甲基化模式在种质间的分布，发现 48 个种质可以区分为四个类群，除 J44（金烟一号）单独成一类群外，J1～J15 为一个类群，对应了选取的所有贵州省外种质，J16～J32 为一个类群，基本代表了选取的国外种质和一个台湾种质，J33～J48 为一个类群，包括了三个国外种质（V2、VA444 和 Vesta 64）与其他贵州省内种质（图 9-4），并且与半甲基化模式和全甲基化模式鉴定的地域来源结果类似。似乎贵州种质的甲基化模式与 J33（V2）、J34（Va444）和 J35（Vesta 64）接近，且此三个种质未聚类到国外种质中，是否与种质长期驯化或种质污染有关，有待进一步探讨。总的看来贵州种质与国外种质聚类系数较远，既具有典型的地方特征，也体现出丰富的生态多样性。

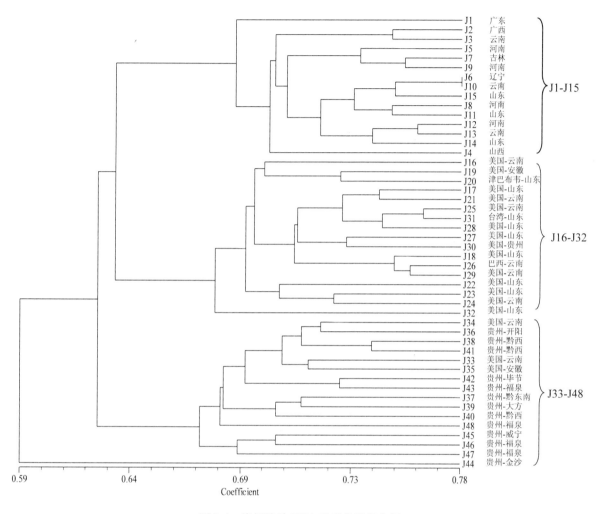

图 9-4　烤烟种质 DNA 甲基化聚类分析

就烤烟种质的遗传多样性来看，甲基化模式聚类分析难以客观反映种质间的亲缘关系。如 J9（千斤黄）来自 J5（净叶黄）系选，J15（中烟 90）来自 J5 与单育 2 号及 Speight G28 组配育成，而单育 2 号是净叶黄参与组配育成的（蒋予恩，1988），净叶黄又来自河南地方种质长脖黄系选，这三个种质亲缘关系较近。J10（人民六队）和 J36（南江三号）皆是从 J3（红花大金元）系选出的品种。J25（Oxford 2007）、J28（RG11）和 J29（RG 8）有共同亲本 K399。J13（云烟 87）与 J29（RG 8）有共同亲本 J19（K326）。但这些种质并未因较近的亲缘关系聚在一起，却被聚类在系数较远的不同亚群中，可见不同种质通过聚类趋同的结果，反映的是其表观遗传形成的"记忆"。

通过三维主成分 PCA 分析，明显可以看出烤烟种质 DNA 甲基化模式反映出的生态型特征，省内外和国内外的烤烟种质分别聚在不同区域，并未因相同或相近的亲本而呈现其他聚类特征（图 9-5）。

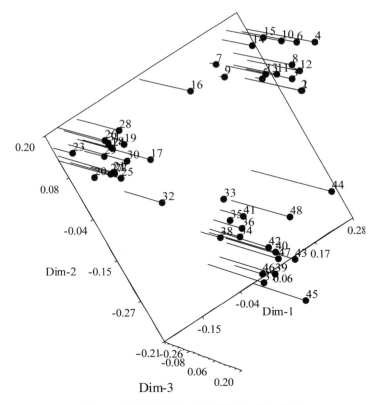

图 9-5 烤烟种质 DNA 甲基化的 PCA 分析

五、各种质 DNA 甲基化特征

48 个烤烟种质的 DNA 甲基化水平平均为 24.7%，极差为 10.9%，其中半甲基化水平为 13.1%，极差为 7.0%，全甲基化水平为 11.6%，极差为 9.3%。48 个种质中，种质 J27 （ReamsM-1）的半甲基化和总甲基化水平都最高，J9（千金黄）的半甲基化和总甲基化水平都最低。贵州省外种质（包括台湾）的平均半甲基化、全甲基化和总甲基化水平分别为 13.2%、9.9% 和 23.1%，国外引进种质的分别为 13.0%、12.1% 和 25.2%，贵州省内种质的分别为 13.2%、12.8% 和 26.0%（表 9-5）。可以看出不同地域来源的烤烟种质，其半甲基化水平比较接近，而全甲基化水平差异较大，从而导致总甲基化水平出现大的变化，表现为：贵州省内种质 > 国外种质 > 贵州省外种质，高的甲基化水平可能与贵州省多样性山地生态及明显的立体气候有关。

表 9-5 各烤烟种质的 DNA 甲基化水平

种质	A型位点	B型位点	B型/%	C型位点	C型/%	甲基化/%	种质	A型位点	B型位点	B型/%	C型位点	C型/%	甲基化/%
J1	126	72	13.7%	60	11.4%	25.1%	J8	133	67	12.8%	49	9.3%	22.1%
J2	130	81	15.4%	51	9.7%	25.1%	J9	137	46	8.8%	51	9.7%	18.5%
J3	115	59	11.2%	56	10.7%	21.9%	J10	127	71	13.5%	55	10.5%	24.0%
J4	114	80	15.2%	48	9.1%	24.4%	J11	138	69	13.1%	59	11.2%	24.4%
J5	124	78	14.9%	53	10.1%	25.0%	J12	131	66	12.6%	57	10.9%	23.4%
J6	134	64	12.2%	46	8.8%	21.0%	J13	128	68	13.0%	52	9.9%	22.9%
J7	120	69	13.1%	39	7.4%	20.6%	J14	123	70	13.3%	49	9.3%	22.7%

续表

种质	A型位点	B型位点	B型/%	C型位点	C型/%	甲基化/%	种质	A型位点	B型位点	B型/%	C型位点	C型/%	甲基化/%
J15	132	79	15.0%	34	6.5%	21.5%	J32	130	70	13.3%	68	13.0%	26.3%
J16	104	71	13.5%	66	12.6%	26.1%	J33	118	59	11.2%	46	8.8%	20.0%
J17	126	75	14.3%	72	13.7%	28.0%	J34	113	57	10.9%	61	11.6%	22.5%
J18	116	59	11.2%	71	13.5%	24.8%	J35	129	59	11.2%	64	12.2%	23.4%
J19	122	57	10.9%	55	10.5%	21.3%	J36	119	70	13.3%	59	11.2%	24.6%
J20	111	61	11.6%	52	9.9%	21.5%	J37	113	83	15.8%	47	9.0%	24.8%
J21	115	64	12.2%	75	14.3%	26.5%	J38	139	63	12.0%	56	10.7%	22.7%
J22	108	72	13.7%	67	12.8%	26.5%	J39	106	74	14.1%	72	13.7%	27.8%
J23	106	76	14.5%	72	13.7%	28.2%	J40	115	80	15.2%	69	13.1%	28.4%
J24	105	80	15.2%	45	8.6%	23.8%	J41	118	60	11.4%	63	12.0%	23.4%
J25	115	80	15.2%	67	12.8%	28.0%	J42	128	73	13.9%	56	10.7%	24.6%
J26	122	82	15.6%	60	11.4%	27.0%	J43	116	76	14.5%	68	13.0%	27.4%
J27	119	83	15.8%	71	13.5%	29.3%	J44	117	73	13.9%	80	15.2%	29.1%
J28	110	70	13.3%	51	9.7%	23.0%	J45	94	70	13.3%	81	15.4%	28.8%
J29	116	60	11.4%	64	12.2%	23.6%	J46	90	68	13.0%	70	13.3%	26.3%
J30	110	64	12.2%	83	15.8%	28.0%	J47	94	62	11.8%	80	15.2%	27.0%
J31	131	72	13.7%	73	13.9%	27.6%	J48	88	48	9.1%	71	13.5%	22.7%

六、部分种质 DNA 甲基化水平与表型的相关分析

灰色系统分析与研究"随机不确定性"的概率统计和研究"认知不确定性"的模糊数学不同，灰色系统研究的对象是"部分信息已知，部分信息未知"的"小样本"、"贫信息"不确定性系统。它通过对部分已知信息的生成和开发去认识现实世界，通过一定的方法理清系统中各因素间的主要关系，从中找到主要矛盾，抓住主要特征，从而实现对系统运行和演化规律的正确把握，目前已广泛应用到农业分析的各个领域。

通过分析 28 个烤烟种质的 20 个表型数据（表 9-6）与 DNA 甲基化之间的灰色关联度（表 9-7），发现与半甲基化关联度较紧密的 7 个表型有：叶长＞株高＞茎围＞总氮（％）＞叶色＞蛋白质（％）＞钾（％）；与全甲基化关联度较紧密的 7 个表型为：叶色＞钾（％）＞株高＞总氮（％）＞茎围＞叶数＞叶长；与总甲基化关联度较紧密的 7 个表型为：叶色＞株高＞叶长＞总氮（％）＞茎围＞钾（％）＞蛋白质（％）。其中叶色和光合效率有关，间接影响烟叶产量，也对生长后期烟叶的落黄有影响，株高和叶长对烟叶产量有影响，总氮、蛋白质和钾的含量对烟叶的评吸品质有直接影响。全甲基化偏向与钾含量相关，半甲基化更多与叶长和蛋白质相关。与 DNA 甲基化关联度较小的表型主要为：叶缘、叶耳、叶尖和黑胫病抗性，可见烤烟的产量和品质性状一定程度上都受到甲基化水平的影响，而甲基化水平和模式的不同主要是不同环境和生态影响形成的表观遗传状态不同，从而表现出种质的多样生态型特征。

表 9-6　部分烤烟种质的表型特征

编号	株高	茎围	节距	叶数	叶长	叶宽	叶形	叶尖	叶面	叶缘	叶色	叶耳	烟碱/%	总糖/%	还原糖/%	总氮/%	钾/%	氯/%	蛋白质/%	黑胫病
J2	161	10	5	23	72	31	3	1	3	4	3	2	4.2	12.8	8.9	2.5	1.9	0.3	9.0	2
J3	142	11	6	21	75	38	1	1	1	1	3	2	2.4	29.6	23.8	1.7	2.0	0.1	8.7	1
J5	216	10	6	18	84	40	1	1	3	4	3	2	2.5	23.6	13.0	2.5	1.5	0.1	12.9	1

续表

编号	株高	茎围	节距	叶数	叶长	叶宽	叶形	叶尖	叶面	叶缘	叶色	叶耳	烟碱/%	总糖/%	还原糖/%	总氮/%	钾/%	氯/%	蛋白质/%	黑胫病
J6	180	11	7	23	73	36	3	1	2	1	3	1	2.2	19.0	16.2	2.2	1.9	0.2	8.7	4
J8	147	7	3	27	55	16	1	2	3	4	3	1	2.5	28.9	22.9	2.1	1.8	0.1	9.6	2
J9	168	9	3	34	55	24	3	1	2	4	3	1	2.9	14.7	11.0	2.6	2.0	0.2	13.4	1
J10	157	8	4	30	55	20	3	2	3	4	3	1	2.4	10.7	8.4	2.9	2.3	0.2	15.3	4
J12	135	8	3	24	50	20	3	1	1	1	3	2	1.7	14.5	10.2	2.4	2.5	0.1	12.3	4
J13	187	9	6	24	77	35	1	2	2	4	3	1	3.1	10.0	9.7	2.8	2.1	0.2	10.3	2
J14	180	9	5	18	68	37	3	1	2	4	3	1	3.1	12.6	11.9	2.9	2.4	0.3	10.6	3
J15	167	9	5	23	61	22	3	1	2	4	2	1	2.6	21.9	20.0	2.3	2.2	0.3	8.6	4
J16	177	8	3	31	67	26	3	1	2	4	3	1	4.1	9.8	9.3	2.5	1.9	0.3	9.0	4
J17	169	9	7	21	69	40	3	1	1	3	3	1	2.5	14.9	13.1	2.5	2.5	0.3	9.3	4
J18	171	8	4	22	65	29	3	1	2	3	3	2	2.3	17.5	15.1	2.5	2.4	0.1	11.1	1
J19	142	8	3	29	51	20	3	1	2	1	3	1	2.9	14.7	13.1	2.5	2.1	0.2	9.2	2
J22	163	10	3	30	66	24	3	1	2	2	3	1	3.4	10.0	9.2	2.6	1.8	0.3	9.9	2
J23	155	9	5	22	80	32	3	1	1	1	3	1	2.8	13.1	12.9	2.7	2.4	0.2	9.9	2
J24	148	8	7	20	74	36	3	1	2	1	3	2	2.5	16.4	14.0	3.0	2.0	0.1	15.7	4
J25	157	8	5	20	75	31	3	1	2	3	3	1	2.4	18.2	14.7	2.3	2.0	0.2	8.7	2
J26	152	8	3	22	64	28	3	1	1	1	3	2	2.2	25.6	24.5	1.7	2.3	0.2	8.8	2
J27	148	9	3	23	73	28	1	2	2	3	3	1	3.1	15.1	14.5	2.5	1.9	0.3	9.0	2
J28	178	9	5	20	74	35	3	2	2	4	3	1	3.0	9.8	9.5	2.7	2.5	0.3	9.9	2
J29	137	8	4	23	67	26	3	2	2	1	3	2	3.3	19.5	18.2	2.3	1.8	0.2	8.1	4
J32	152	8	8	12	53	27	2	1	1	2	4	2	4.2	6.5	5.7	2.9	1.6	0.4	10.2	2
J33	149	9	5	23	67	30	3	1	2	2	3	1	3.1	16.4	14.2	2.5	1.6	0.3	8.8	2
J34	144	8	5	22	58	30	3	1	2	3	3	1	2.6	23.4	21.1	1.9	1.2	0.2	7.5	2
J35	189	9	5	23	61	29	3	2	2	4	3	1	4.5	9.8	9.4	2.7	2.1	0.4	9.8	4
J36	160	11	5	24	89	39	3	1	3	4	4	2	2.4	26.0	21.3	2.0	1.9	0.2	11.4	2

注：叶形（1：长椭圆；2：宽椭圆；3：椭圆；）、叶尖（1：渐尖；2：尾尖；）、叶面（1：较平；2：较皱；3：皱；）、叶缘（1：波浪；2：微波；3：平滑；4：皱折；）、叶色（1：黄绿；2：灰绿；3：绿；4：深绿；）、叶耳（1：大；2：中；）、黑胫病（1：感；2：抗；3：中感；4：中抗；）

表 9-7 28 个烤烟种质性状与 DNA 甲基化水平的灰色关联度

排序	半甲基化		全甲基化		总甲基化	
	性状因子	关联系数	性状因子	关联系数	性状因子	关联系数
1	叶长	0.7952	叶色	0.7801	叶色	0.8010
2	株高	0.7942	钾/%	0.7696	株高	0.7924
3	茎围	0.7931	株高	0.7567	叶长	0.7887
4	总氮/%	0.7820	总氮/%	0.7548	总氮/%	0.7840
5	叶色	0.7801	茎围	0.7433	茎围	0.7748
6	蛋白质/%	0.7655	叶数	0.7399	钾/%	0.7675
7	钾/%	0.7595	叶长	0.7387	蛋白质/%	0.7532
8	叶形	0.7168	烟碱/%	0.7344	叶数	0.7431
9	叶数	0.7135	叶形	0.7263	叶形	0.7131
10	叶宽	0.7113	蛋白质/%	0.7200	烟碱/%	0.7072
11	烟碱/%	0.7008	叶宽	0.6883	叶宽	0.7051
12	节距	0.6975	氯/%	0.6599	节距	0.6595
13	氯/%	0.6405	节距	0.6544	氯/%	0.6309

排序	半甲基化		全甲基化		总甲基化	
	性状因子	关联系数	性状因子	关联系数	性状因子	关联系数
14	叶面	0.6321	叶尖	0.6524	还原糖/%	0.6241
15	还原糖/%	0.6149	还原糖/%	0.6427	叶面	0.6216
16	总糖/%	0.6114	总糖/%	0.6311	总糖/%	0.6137
17	叶尖	0.6060	叶耳	0.6212	叶尖	0.6007
18	叶耳	0.6039	叶面	0.6123	叶耳	0.5827
19	黑胫病	0.5961	黑胫病	0.5983	黑胫病	0.5670
20	叶缘	0.5657	叶缘	0.5751	叶缘	0.5401

七、MSAP 带型与 TMV 抗性相关分析

通过检测多态性较好的第 7 对选择性引物对 14 个 TMV 感性种质和 10 个 TMV 抗性种质（表 9-8）的 MSAP 谱带，将统计的 42 个扩增位点的条带与 TMV 抗性进行相关分析，结果显示对 TMV 抗性贡献率最高的位点为 site 19，表型贡献率为 32.31%，另外，site 13 表型贡献率为 25.8%，site 7 表型贡献率为 21.17%（P<0.01）（表 9-9、9-10）。可见通过 MSAP 带型分析，可能找到一些有意义的功能性分子标记（FMs）。其实 MSAP 分析方法来源于 AFLP，不同之处在于 MSAP 中使用的的限制性内切酶可以同时辨别基因组中"GGCC"位点的甲基化特征，此处分析得到的与 TMV 抗性相关的 MSAP 标记位点在统计学上有显著贡献，将为进一步 TMV 抗性相关功能性标记的开发提供可能。

表 9-8　24 个烤烟种质的 TMV 抗性特征

序号	种质	TMV 抗性	序号	种质	TMV 抗性
1	1	S	13	K394	S
2	3	S	14	Nc89	S
3	7	S	15	22	R
4	12	S	16	41	R
5	32	S	17	89	R
6	49	S	18	107	R
7	50	S	19	151	R
8	52	S	20	162	R
9	97	S	21	204	R
10	A1	S	22	A10	R
11	A8	S	23	Coker86	R
12	76	S	24	coker176	R

注："R"表示抗病；"S"表示感病。

表 9-9　烤烟种质 DNA 甲基化带型与 TMV 抗性的关联分析

Locus	−logP	R^2	Locus	−logP	R^2
19	4.60	0.32	26	0.68	0.03
13	3.64	0.26	3	0.64	0.03
7	3.00	0.21	4	0.64	0.03
2	2.35	0.16	10	0.62	0.03

续表

Locus	−logP	R²	Locus	−logP	R²
12	2.30	0.16	32	0.51	0.02
41	2.01	0.14	34	0.42	0.02
8	1.57	0.10	9	0.39	0.02
16	1.46	0.09	24	0.39	0.02
20	1.40	0.09	22	0.25	0.01
33	1.16	0.07	1	0.23	0.01
40	1.16	0.07	29	0.23	0.01
6	1.09	0.06	17	0.21	0.01
31	1.09	0.06	35	0.20	0.01
38	1.06	0.06	23	0.18	0.00
5	1.04	0.06	18	0.14	0.00
39	1.04	0.06	27	0.14	0.00
14	1.02	0.06	15	0.11	0.00
30	0.91	0.05	36	0.11	0.00
25	0.77	0.04	37	0.11	0.00
11	0.72	0.04	28	0.11	0.00
42	0.70	0.04	21	0.10	0.00

表 9-10　引物 7 扩增 24 份烤烟种质的 MSAP 带谱

续表

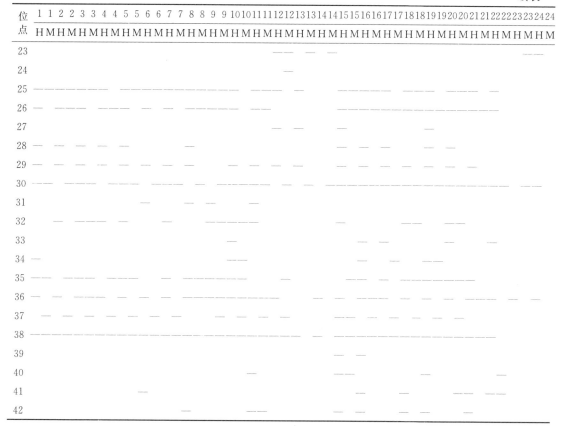

位点	1		2		3		4		5		6		7		8		9		10		11		12		13		14		15		16		17		18		19		20		21		22		23		24	
	H	M	H	M	H	M	H	M	H	M	H	M	H	M	H	M	H	M	H	M	H	M	H	M	H	M	H	M	H	M	H	M	H	M	H	M	H	M	H	M	H	M	H	M	H	M	H	M
23																									—	—																					—	—
24																									—																							
25	—		—	—	—																																											
26	—		—	—	—		—																																									
27																									—																							
28	—		—																																													
29	—		—																																													
30	—		—	—	—		—																																									
31	—																																															
32			—		—	—	—	—	—		—																																					
33	—																								—																							
34	—																								—				—		—																	
35	—		—																						—																							
36	—		—	—	—																				—				—		—																	
37	—		—	—	—		—		—																																							
38	—		—	—	—	—	—	—	—	—	—														—				—		—		—															
39																																																
40											—																														—							
41								—																			—		—																			
42															—																																	

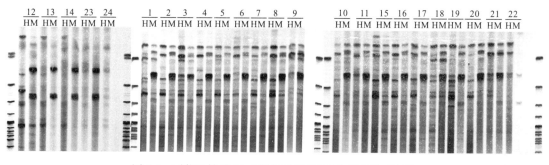

图 9-6　引物 7 扩增 24 个烤烟种质的 DNA 甲基化多态性

第三节　讨　论

植物受环境刺激易发生 DNA 甲基化等表观调控模式变化，从而调节基因表达以适应环境，当种质长期处于特定的生态环境中，这种可遗传的表观修饰逐步积累，从而形成多样的表观调控模式和表型，因此影响种质表观遗传模式的因素除了种质自身继承亲本的遗传特征外，很大程度上来自环境影响及两方面相互作用。本实验使用 48 个烤烟种质的 368 个甲基化多态性位点，聚类分析发现种质间 DNA 甲基化模式与其地域来源有关，未发现与遗传多样性相关。有文献报道使用 8 对选择性引物分析 20 份异源四倍体棉花的 DNA 甲基化模式，发现 150 个位点中，甲基化位点 32%，多态性位点 67%，经 PCA 分析发现，20 个种质 DNA

甲基化模式与地理来源有关（Keyte AL，et al.，2006），同时与拟南芥（Cervera MT，et al.，2002）、大米（Ashikawa I，2001）及本文的实验结果一样，也未发现与遗传多样性相关。

　　推测影响分析 DNA 甲基化与种质来源关系的可能因素有：1）种质来源记录不对，尤其是地方种质来源很广，在收集和实验过程中，很多记录容易发生出入；2）种质繁育或存储过程受到污染，在非专业化种质繁育中这种现象很普遍；3）不同来源的种质得到当地长期驯化，一定程度上表观遗传模式发生改变，并受实验条件限制，未能真实反映其地域来源，从而造成实验偏差；4）实验未能选取典型地域代表种质为材料，也使得生态型分布规律性不高。如选取的贵州种质多集中在中间香型区域，此区域地方种质交流频繁，难以形成稳定、多样的生态特征；5）以萌发 7d 的烟草种子为材料，研究其 DNA 甲基化调控模式，更多的反映了物种自身的继承特征，不能更好的反映种质在特定生态环境下随生长发育而逐渐张扬的"个性"，而且只有选取多态性典型、稳定且数量丰富的 DNA 甲基化片段，才可能更加精确反映种质栽培型与生态型的关系。总之，实验在一定程度上揭示了表观遗传与作物形成的地域和生态特色之间的联系，推测通过深入分析烟草表观遗传模式将有助于研究烟草品质特色的形成机理。

　　灰色关联分析已在农业综合分析中获得成功运用。作者发现，TMV 抗性贡献率最高的位点为 site 19，表型贡献率为 32.31%。可见通过 MSAP 带型分析，可能找到一些有意义的功能性分子标记（FMs），将为进一步 TMV 抗性相关功能性标记的开发提供可能。另外，从作者的研究结果来看，DNA 甲基化水平可能较高地影响到烤烟的叶色、株高、叶长、总氮（%）、茎围、钾（%）、蛋白质（%）和叶数等表型性状，而对叶缘、叶耳、叶尖和黑胫病抗性影响较小。钾（%）和总氮（%）对烟叶的燃烧性及刺激性非常重要，可见烤烟的产量和品质性状一定程度上都受到甲基化水平的影响，不同的表观遗传水平一定程度上表现为不同的种质生态型。

参 考 文 献

何录秋，邓锡兴. 1995. 美国烤烟育成品种的组合分析. 作物研究，2，32—34.

洪柳，邓秀新. 2005. 应用 MSAP 技术对脐橙品种进行 DNA 甲基化分析. 中国农业科学，38（11）：2301—2307.

黄达锋. 2008. 棉花组织特异性 DNA 甲基化及海岛棉种内甲基化多态性分析. 华中农业大学硕士学位论文.

蒋予恩. 1996. 美国弗吉尼亚州烤烟国家品种试验. 中国烟草科学，2：33—38.

蒋予恩. 1988. 我国烟草资源概况. 中国烟草科学，1：42—46.

李智勇，等. 2009. 烤烟新品种南江 3 号的选育及其特征特性. 中国烟草科学，30（4）：1—5.

刘宝. 2008. 表观遗传变异与作物遗传改良. 吉林农业大学学报，30（4）：386—393.

潘家华，等. 2006. 美国烤烟生产和品种的选育推广. 中国烟草学报，12（5）：59—65.

彭海，张静. 2009. 胁迫与植物 DNA 甲基化：育种中的潜在应用与挑战. 自然科学进展，19（3）：248—256.

佟道儒，等. 1983. 烤烟新品种中烟 14 的选育及其特征特性. 中国烟草科学，3：19—22.

许美玲，等. 2001. 云南烤烟品种资源"九五"研究进展. 烟草科学研究，1：16—20.

许美玲，卢秀萍. 1997. 新引美国烤烟品种简介. 作物品种资源，3：44—46.

中国烟草总公司青州烟草研究所.〔2010—03—18〕. 中国烟草种质资源信息网. http://www.ycsjk.com/.

周金仙，李洪全. 1996. 烤烟新品种 V2 引进选育及其特征特性. 烟草科技，4：35—37.

Ashikawa I. 2001. Surveying CpG methylation at $5'$—CCGG in the genomes of rice cultivars. Plant Mol Biol，45（1）：31—39.

Burn JE, et al. 1993. DNA methylation, vernalization, and the initiation of flowering. PNAS, 90 (1): 287−291.

Cervera MT, Ruiz-Garcia L, Martinez-Zapater JM. 2002. Analysis of DNA methylation in *Arabidopsis thaliana* based on methylation-sensitive AFLP markers. Mol Genet Genomics, 268 (4): 543−552.

Finnegan EJ, et al. 1998. DNA methylation and the promotion of flowering by vernalization. PNAS, 95 (10): 5824 −5829.

Janonsek B, et al. 2002. DNA methylation anlalysis of a male reproductive organ specific gene (MROS1) during pollen development. Genome, 45 (5): 930−938.

Keyte AL, et al. 2006. Infraspecific DNA Methylation Polymorphism in Cotton (*Gossypium hirsutum* L). Journal of Heredity, 97 (5): 444−450.

Sekhon RS, Peterson T, Chopra S. 2007. Epigenetic modifications of distinct sequences of the p1 regulatory gene specify tissue-specific expression patterns in maize. Genetics, 175 (3): 1059−1070.

第十章　烤烟种质资源腺毛密度及其与主要品质和抗病性状的灰色关联分析

烟叶腺毛分泌物是烟叶的主要表面化学成分，包括萜醇、烷烃、糖酯、表面蜡和挥发性的醛、酮、酸等（史宏志等，1995），在烤烟的香气、吃味和香型风格以及病虫害抗性等方面有重要的作用。近年来就烟叶腺毛的形态、生理和分泌机制进行了大量研究，试图通过腺毛来识别和改善烟叶品质。杨铁钊等（2003）认为腺毛密度和单位叶面积分泌物量在不同烟草基因型间存在着显著差异，呈极显著正相关，而腺毛密度与茎围及腰叶长、宽呈极显著负相关。查宏波等（2003）认为腺毛密度越大，产生的腺毛分泌物越多，烟叶致香物质也越丰富。Johnson（1988）认为对腺毛密度的选择进行烟草育种是有成效的。而李鹏飞等（2008）发现烟叶腺毛数量与分泌物中主要致香成分的含量不呈正相关，认为腺毛自身分泌能力的强弱是影响表面致香成分含量的关键。这些研究结果不尽相同，本章通过对 42 个自育烤烟新种质的腺毛密度与其他性状的灰色关联分析，进一步说明了腺毛密度对烟叶品质的重要性，为烟草选育研究和种质资源创新提供借鉴。

第一节　材料与方法

一、实验材料

以贵州省烟草科学研究所杂交选育的 42 个稳定烤烟新种质为材料，各烤烟种质对应编号见表 10-1，其特征特性详见《贵州省以自育烤烟新品系》。6 个常规品种 Nc37NF、K326、G140、云 87、红大和 RG11 为对照，在贵州福泉西场烟草种植基地进行试验。试验地面平整连块，土壤肥力中等，按小区对比，顺序区组排列设计。每个品种 60 株，行距 120 cm×55 cm，田间采用常规适宜方式种植和管理。田间病害严重度分级标准按国家行业标准 YC/39-1996 规定执行。取试点中部和上部叶烤后原烟送贵州省烟草科学研究所分析测试中心进行化学成分和评吸质量分析。实验选取黑胫病抗性、气候斑抗性、PVY 抗性、TMV 抗性、CMV 抗性、油份（片）、石油醚提取物（％）、烟气水分（mg/支）、焦油（mg/支）、总粒相物（mg/支）、刺激性、杂气、吃味、香气量、香气质、评吸总分共 16 个对烤烟品种质量影响较大的指标进行分析（表 10-2）。

表 10-1　自育烤烟种质对应编号

品系	9	11	13	27	33	34	35
编号	FZ8	FZ10	FZ12	FZ26	FZ32	FZ33	FZ34

品系	36	38	47	63	64	65	66
编号	FZ35	FZ37	FZ46	FZ60	FZ61	FZ62	FZ63

品系	68	86	88	94	95	97	119
编号	FZ65	FZ82	FZ84	FZ89	FZ90	FZ92	FZ114

品系	120	122	123	130	139	141	142
编号	FZ115	FZ117	FZ118	FZ124	FZ133	FZ134	FZ135

品系	143	147	148	151	156	172	174
编号	FZ136	FZ140	FZ141	FZ144	FZ149	FZ164	FZ166

品系	175	179	203	204	206	463	464
编号	FZ167	FZ171	FZ189	FZ190	FZ192	FZ195	·FZ196

表 10-2　自育烤烟抗病性及评吸相关品质

品系	黑胫病抗性	PVY抗性	TMV抗性	CMV抗性	气候斑抗性	总粒相物/mg/支	烟气水分/mg/支	油份	石油醚提取物/%	焦油/mg/支	香气质	香气量	吃味	杂气	刺激性	评吸总分
9	4	1	2	1	2	28.30	4.64	34	7.38	21.25	7.50	8.00	7.90	7.20	7.20	37.80
11	4	2	3	2	1	26.76	4.28	22	6.92	20.21	7.63	7.90	8.00	7.37	7.20	38.10
13	4	1	1	1	2	24.11	3.94	14	7.73	18.39	7.90	7.73	8.37	7.43	7.57	39.00
27	4	1	3	1	2	27.12	4.34	15	7.99	20.54	7.50	7.85	8.15	7.15	7.15	37.80
33	4	1	1	1	4	21.67	3.38	22	7.55	16.73	7.63	7.83	8.17	7.27	7.63	38.53
34	4	1	2	1	4	26.49	4.54	17	6.93	19.86	8.20	8.10	8.63	7.90	7.70	40.53
35	4	3	1	3	4	25.94	4.24	25	7.38	19.69	7.57	8.10	7.93	7.40	7.43	38.43
36	4	1	1	3	3	27.32	4.46	25	8.67	20.71	7.70	8.10	8.17	7.43	7.50	38.90
38	3	1	3	1	4	25.42	4.20	23	7.11	19.35	8.00	8.15	8.40	7.50	7.40	39.45
47	4	1	4	2	2	28.30	4.27	15	10.01	21.44	7.50	7.63	8.00	7.10	7.43	37.67
63	4	1	2	1	4	20.39	3.04	5	6.66	15.83	7.50	7.90	7.90	7.20	7.40	37.90
64	4	1	2	1	4	25.20	3.94	18	7.44	19.13	8.20	8.00	8.40	7.63	7.70	39.93
65	4	1	3	1	4	26.73	4.21	10	7.50	20.26	7.90	8.00	8.27	7.50	7.57	39.23
66	3	1	1	2	4	23.81	3.65	20	6.95	18.07	7.33	7.90	7.63	7.00	7.33	37.20
68	4	2	1	3	4	25.68	3.90	26	8.32	19.47	7.63	8.00	8.17	7.33	7.37	38.50
86	2	1	2	1	4	27.87	4.38	25	8.19	21.26	7.90	8.10	8.50	7.30	7.57	39.37
88	4	1	1	3	4	24.70	4.08	10	8.01	18.51	8.00	8.00	8.33	7.63	7.63	39.60
94	4	2	3	2	4	20.29	3.37	14	6.53	15.60	7.80	7.90	8.00	7.50	7.50	38.70
95	4	1	1	1	4	24.01	4.17	22	7.07	18.14	7.73	7.80	8.00	7.50	7.47	38.50
97	4	1	1	1	4	21.62	3.58	27	7.27	16.55	7.63	7.90	8.10	7.43	7.50	38.57
119	4	2	4	2	4	26.92	4.31	23	7.97	20.43	7.30	7.47	7.33	6.83	6.90	35.83

品系	黑胫病抗性	PVY抗性	TMV抗性	CMV抗性	气候斑抗性	总粒相物/mg/支	烟气水分/mg/支	油份	石油醚提取物/%	焦油/mg/支	香气质	香气量	吃味	杂气	刺激性	评吸总分
120	4	1	2	2	3	26.38	4.21	10	8.03	19.86	7.63	8.00	7.87	7.33	7.50	38.33
122	4	2	1	2	4	27.13	4.37	25	8.11	20.55	7.67	7.80	7.90	7.17	7.43	37.97
123	3	1	1	1	4	22.39	3.32	11	8.37	17.19	8.00	8.30	8.50	7.50	7.67	39.97
130	4	1	1	2	4	27.06	4.44	17	7.33	20.43	7.80	8.10	8.27	7.43	7.57	39.17
139	4	1	2	2	4	27.20	4.37	20	7.08	20.57	7.33	7.70	7.57	6.63	7.20	36.43
141	4	1	4	3	3	22.08	3.35	28	7.27	16.89	7.73	7.63	8.33	7.20	7.50	38.40
142	4	1	4	1	4	27.39	4.45	24	6.60	20.73	7.70	8.20	8.37	7.50	7.27	39.03
143	4	1	3	1	4	27.19	4.44	27	8.31	20.57	8.00	8.00	8.63	7.70	7.77	40.10
147	4	1	4	1	4	28.62	4.61	7	8.76	21.63	7.73	7.83	7.93	7.37	7.50	38.37
148	4	1	3	1	3	27.45	4.51	25	7.74	20.81	8.10	8.20	8.43	7.57	7.50	39.80
151	3	1	4	3	2	27.24	4.39	31	7.57	20.72	7.80	8.20	8.23	7.43	7.50	39.17
156	3	2	3	1	2	26.82	4.32	19	7.43	20.36	7.80	8.20	8.10	7.50	7.37	38.97
172	4	1	2	1	4	30.59	5.04	19	8.12	22.97	7.63	8.00	7.67	7.37	7.30	37.97
174	4	2	2	1	2	26.67	4.36	24	6.85	20.22	7.90	8.20	8.20	7.43	7.27	39.00
175	4	3	2	1	3	24.10	4.01	15	7.24	18.15	7.70	8.20	8.17	7.43	7.57	39.07
179	4	2	2	1	4	28.52	4.55	26	8.73	21.61	7.70	8.10	8.03	7.43	7.37	38.63
203	4	1	2	1	3	24.58	3.81	13	8.72	18.73	7.67	8.00	7.83	7.20	7.37	38.07
204	3	3	4	1	4	25.87	4.32	20	7.72	19.51	8.20	8.10	8.50	7.63	7.73	40.17
206	4	2	1	1	4	24.58	4.01	23	6.60	18.61	8.00	8.20	8.37	7.63	7.80	40.00
463	4	1	3	1	4	26.93	4.51	23	7.61	20.27	7.83	8.10	8.20	7.37	7.43	38.93
464	4	2	4	1	4	25.11	3.91	14	7.03	19.17	7.57	7.57	8.10	7.20	7.43	37.87

注：烤烟抗病性指标分为四个等级（1：感；2：中感；3：中抗；4：抗；）

二、腺毛密度调查

烤烟现蕾期，在大田中用便携式数码显微镜（ViTiny-VT101，台湾）对烟叶腺毛进行观察，并用镊子撕取各品系中部叶和上部叶的下表皮腺毛，立即放入装满75%乙醇的1.5mL离心管中脱色素和固定，然后把样品轻轻带回实验室，把下表皮平放到载玻片上且腺毛向上，在显微镜100×视野下选择没有叶脉、比较平整的区域，对单视野内腺毛进行计数，并计算此区域的腺毛密度。每周调查一次，共三次。每次调查选取各品系三个典型单株，每株取两片代表烟叶，分别在每叶单侧前1/3处、中1/2处和后1/3处取样，共18个数值算平均。

三、数据分析

采用DPS数据处理系统进行方差分析和灰色关联分析。数据进行标准化转换，分辨系数为0.5，母序列个数为2（腰叶腺毛密度和上部叶腺毛密度），参数Δmin等于零。

第二节　结果与分析

一、烟叶腺毛观察

鉴于烟叶上表面容易受到风雨和昆虫等外界因素干扰，而下表面相对稳定，因此选择烟叶下表面腺毛作为分析材料。用镊子直接撕取烟叶下表皮，再用75％酒精脱色、固定后显微观察。处理较简单、磨损较少，也不浪费烟叶。观察到的腺毛以有腺头腺毛为主，效果较好（图10-1a）。观察发现不同种质的烟叶腺毛密度有较大差异（图10-1b）。随着烟叶的成熟，腺头成熟破裂，释放出脂滴状内含物（图10-1c）。当使用便携式数码显微镜田间观察时，发现腺毛被激发出蓝色荧光，且不受背景色素干扰，烤后烟叶表面仍保持类似荧光色素团，推测荧光来自腺体内含物（图10-1d）。

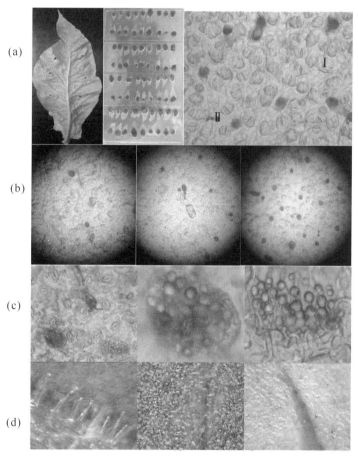

图10-1　烟叶腺毛特征观察

（a）撕取烟叶下表皮显微观察（100×）；

（b）不同的腺毛密度；（c）腺头成熟、破裂和分解；

（d）鲜烟叶和烤后烟叶的表面荧光；Ⅰ：气孔；Ⅱ：腺毛

二、腺毛密度分析

三次调查结果表明，现蕾期腺毛密度波动较大，平均变异幅度为 32.33%，最大变异幅度达到 112.0%（表 10-3），这与腺毛逐渐成熟、破裂有关。不同品种（系）间腺毛密度差异较大，6 个对照品种的腰叶腺毛密度平均为 439.0 根/cm²，上部叶平均为 664.0 根/cm²，腺毛密度最高的品种为 Nc37NF，腰叶和上部叶分别达到 524.2 根/cm² 和 825.7 根/cm²，最低的品种为 RG11，分别达到 327.6 根/cm² 和 524.2 根/cm²。42 个自育品系中有 25 个品系的腰叶腺毛密度高于对照平均值，其中 9 个品系大于或等于最高值，上部叶腺毛密度中有 6 个品系高于对照，但皆低于最高值。经 DPS 方差分析（数据不转换，LSD 多重比较），结果表明 42 个自育品系的腰叶腺毛密度与对照品种平均值间呈显著提高的品系有 34、88、120、130、142、174、203，呈极显著提高的有 141、156。而上部叶腺毛密度与对照均值间的差异不显著。

表 10-3　烤烟下表皮腺毛密度比较

品系（种）	腰叶		上部叶		品系（种）	腰叶		上部叶	
	平均根/cm²	C. V.	平均根/cm²	C. V.		平均根/cm²	C. V.	平均根/cm²	C. V.
9	445.6	40.8%	550.4	37.8%	130	550.4 *	35.7%	668.4	35.8%
11	367.0	40.6%	484.9	41.6%	139	380.1	21.5%	445.6	36.7%
13	471.8	36.3%	498.0	43.5%	141	602.9 **	35.9%	576.7	49.3%
27	432.5	32.8%	576.7	37.6%	142	537.3 *	29.6%	576.7	43.8%
33	380.1	33.3%	471.8	46.4%	143	458.7	21.6%	576.7	43.8%
34	524.2 *	41.3%	563.6	38.4%	147	484.9	16.9%	393.2	26.5%
35	367.0	6.2%	537.3	36.8%	148	340.8	13.3%	602.9	60.6%
36	471.8	14.4%	589.8	46.2%	151	419.4	21.7%	589.8	29.1%
38	445.6	5.1%	668.4	46.7%	156	589.8 **	30.6%	563.6	42.6%
47	406.3	5.6%	694.8	45.4%	172	419.4	14.3%	668.4	30.6%
63	393.2	10.0%	471.8	36.3%	174	550.4 *	32.7%	589.8	41.6%
64	367.0	30.9%	484.9	41.6%	175	445.6	18.4%	602.9	33.5%
65	419.4	14.3%	432.5	41.7%	179	511.1	42.8%	498.0	112.0%
66	314.5	0.0%	432.5	15.7%	203	550.4 *	25.8%	498.0	22.8%
68	367.0	6.2%	498.0	43.5%	204	471.8	36.3%	484.9	40.0%
86	484.9	9.4%	432.5	47.2%	206	511.1	40.0%	642.2	43.4%
88	537.3 *	11.2%	616.0	46.2%	463	367.0	12.4%	537.3	41.6%
94	367.0	6.2%	563.6	38.4%	464	432.5	15.7%	458.7	47.2%
95	471.8	8.3%	720.8	31.5%	Nc37NF	524.2	28.4%	825.7	41.5%
97	484.9	12.4%	550.4	49.5%	K326	445.6	27.0%	642.2	43.4%
119	471.8	30.0%	602.9	32.2%	G140	498.0	38.9%	707.7	53.6%
120	524.2 *	21.7%	602.9	42.4%	云87	380.1	23.9%	537.3	41.6%
122	498.0	18.2%	524.2	51.1%	红大	458.7	21.6%	747.0	50.2%
123	511.1	27.7%	576.7	55.5%	RG11	327.6	6.9%	524.2	24.1%

注：* 表示 P<0.05，** 表示 P<0.01。

三、烤烟腺毛密度与相关性状的灰色关联分析

自育烤烟品系的 16 个性状指标与现蕾期烟叶腺毛密度的灰色关联分析发现，香气质、香气量和腰叶腺毛密度的关联排名分别为第 2 和第 6，和上部叶腺毛密度的关联排名分别为第 5 和第 1，其他性状与腰叶或上部叶腺毛密度的关联度排名接近。总体上烟叶腺毛密度与评吸指标的关联度较高（杂气、香气质、香气量、吃味、刺激性、评吸总分），其中与杂气关联最高；其次是化学成分（石油醚提取物、焦油、烟气水分、总粒相物），与油份及抗病性指标（黑胫病、气候斑、PVY、TMV、CMV）的关联度较低（表 10-4）。

表 10-4　腺毛密度与抗病性及品质性状的灰色关联

排名	腰叶		上部叶	
	因子	关联系数	因子	关联系数
1	杂气	0.8566	香气量	0.8647
2	香气质	0.8553	杂气	0.8646
3	评吸总分	0.8546	吃味	0.8634
4	吃味	0.8539	评吸总分	0.8627
5	刺激性	0.8535	香气质	0.8612
6	香气量	0.8517	刺激性	0.8579
7	石油醚提取物	0.8512	焦油	0.8557
8	烟气水分	0.8479	烟气水分	0.8554
9	焦油	0.8417	总粒相物	0.8545
10	总粒相物	0.8417	石油醚提取物	0.8449
11	黑胫病抗性	0.8299	黑胫病抗性	0.8368
12	气候斑抗性	0.7611	气候斑抗性	0.7452
13	油份	0.7215	油份	0.712
14	PVY 抗性	0.6796	PVY 抗性	0.6588
15	TMV 抗性	0.6413	TMV 抗性	0.6451
16	CMV 抗性	0.6327	CMV 抗性	0.6432

第三节　讨　论

烟叶腺毛的分泌物对烤烟品质有明显影响，尤其是占 60% 总分泌物的非挥发性西柏烷三烯－二醇（Cembretriene-diols，CBT-diols,）（Wang E et al.，2003）。西柏烷双萜类是重要的烟叶香气前体物，其降解产物茄酮及其衍生物，如降茄二酮、茄醇、茄尼呋喃，也是很重要的香味物质，因此很多研究希望通过烟叶腺毛密度来间接反映烟草种质的品质。这里分析发现，腺毛密度与烟叶品质性状关联度很高，尤其是杂气，可能与香气前体物转化水平不同有关。似乎腰叶腺毛密度能更好的反映烟叶的香气质，而上部叶能更好的反映香气量，这与上部叶腺毛密度较大，分泌物较多，而腰叶成熟度较高的状况是一致的。但腺毛密度与石油醚提取物及油份的关联度很低，与黄平俊等（2007）的研究结果类似。当然，较高的腺毛密度仅意味着高的分泌潜力，仍无法直接断定烟叶的香气品质。调查的 42 个自育烤烟品系的烟叶下表面腺毛密度中，有 7 个品系显著高于对照均值，2 个品系极显著高于对照均值，可见常

规杂交选育在腺毛密度改善上起到了一定的作用。

另外在烟叶腺毛调查时，发现便携式数码显微镜光源能激发烟叶腺毛释放出淡蓝色荧光，并且烤后烟叶也能观察到类似荧光团，这有别于梁志敏等（2009）观察到的叶绿素红色荧光。推测荧光来自腺毛内含物或其分解产物。Liu（2004）报道喜树腺毛能在 360 nm 激发光下释放出蓝色荧光。Lang 等（1991）发现绿叶表面蓝色荧光可能是酚类物质，如绿原酸、肉桂酸、香豆素、莨菪亭、土大黄苷等，并且胡萝卜素没有蓝色荧光。Meyer 等（2003）发现玉米叶表面蓝色荧光来自羟基肉桂酸。Sinlapadech 等（2007）报道拟南芥突变体 *brt1* 的腺毛蓝色荧光是由于腺毛富集了芥子酸来源的聚酮体。可见释放荧光的物质大多是植物苯丙氨酸代谢途径的次生代谢产物，而这类产物对烤烟香气质量、香型和品质都有重要作用，如果能利用烟叶腺毛的蓝色荧光取代腺毛密度调查，将能更加快速高效获得烤烟种质的特征。

参 考 文 献

查宏波，等. 2003. 不同烤烟品种烟叶腺毛密度的差异性. 烟草科技，10：43－44.

黄平俊，许自成，欧阳花. 2007. 不同营养配比对烤烟腺毛密度和石油醚提物含量的影响. 耕作与栽培，1：9－10.

李鹏飞，等. 2008. 不同烤烟品种成熟过程中腺毛密度及叶面分泌物含量的变化. 湖南农业大学学报（自然科学版），34（3）：293－297.

梁志敏，等. 2009. 施肥对烟草腺毛叶绿体形态结构的影响. 西北植物学报，29（2）：0291－0295.

史宏志，官春云. 1995. 烟草腺毛分泌物的化学成分及遗传. 作物研究，9（3）：46－49.

杨铁钊，等. 2005. 烤烟叶面腺毛密度及其分泌物变化动态的相关分析. 中国烟草科学，26（1）：43－46.

Johnson JC. Nielsen MT, Collins GB. 1988. Inheritance of glandular trichomes in tobacco. Crop Science，28：241－244.

Lang M，Stober F，Lichtenthaler HK. 1991. Fluorescence emission spectra of plant leaves and plant constituents. Radiation and Environmental Biophysics，30（4）：333－347.

Liu WZ. 2004. Secretory Structures and Their Relationship to Accumulation of Camptothecin in *Camptotheca acuminata* (Nyssaceae). Acta Botanica Sinica，46（10）：1242－1248.

Meyer S，et al. 2003. UV-induced blue-green and far-red fluorescence along wheat leaves：a potential signature of leaf ageing. Journal of Experimental Botany，54（383）：757－769.

Sinlapadech T，et al. 2007. The hyper-fluorescent trichome phenotype of the brt1 mutant of Arabidopsis is the result of a defect in a sinapic acid：UDPG glucosyltransferase. The Plant Journal，49（4）：655－668.

Wang E，Wagner GJ. 2003. Elucidation of the functions of genes central to diterpene metabolism in tobacco trichomes using posttranscriptional gene silencing. Planta，216（4）：686－691.

第十一章　烟草诱变种质创新技术研究

育种的首要条件是创造出新的变异，通过常规的系统选育和杂交育种产生的自然突变和基因重组创造新变异，往往变异幅度和变异率较小，不能满足于育种需要。诱变育种因其突变频率较高、突变谱较宽、能有效创造新类型种质资源，而且突变性状稳定较快，有利于加速新品种选育进程等优势在作物育种中得到了广泛应用，并且取得了极大成功。同时，通过诱变技术获得的一系列新颖突变种质资源也是进行功能基因研究的重要基础材料。

在诱变中适宜诱变剂量的选择是提高诱变效率的关键。对于种子繁殖植物，常用 LD_{50}（M_1 代植株死亡 50％的剂量）、GD_{50}（作物长势下降 50％的剂量）、RD_{50}（M_1 代幼苗干物质降低 50％的剂量）和 VID_{50}（种子活力指数下降 50％的剂量）等指标预测适宜诱变剂量。但是，LD_{50} 法测定所需时间较长，又易受田间试验条件的影响，误差较大，通常偏高于育种常用剂量；而 GD_{50} 和 RD_{50} 法，尽管测定快速，重复性好，但多用于生物效应试验，很少用于测定育种用的适宜剂量；比较起来，VID_{50} 法测定周期短，在可控条件下试验，重复性好，又与育种常用剂量值接近，已成为在室内测定种子繁殖植物诱变适宜剂量的常用方法。

常用的诱变技术一般有物理诱变和化学诱变，两者方式复合诱变往往能综合两种诱变方式的优点，提高诱变效率。γ 射线是最常用的物理诱变剂，烷化剂 EMS（甲基磺酸乙酯）诱导多位点突变频率往往较高也被广泛的应用，此外 NaN_3 作为一种动植物的呼吸抑制剂，可使复制中的 DNA 碱基发生替换，导致突变体发生，是当前常用的诱变率高而且安全的一种化学诱变剂。

烟草新育种技术上，很少有通过两种诱变方式结合创造新种质的研究报道。为此本章通过烟草单一诱变和复合诱变相结合技术的研究，通过 VID_{50}（种子活力指数下降 50％的剂量）这一室内测定种子繁殖植物诱变适宜剂量的常用方法探讨烤烟诱变适宜剂量，并分析几种主要农艺性状的诱变效应，旨在摸索出更高效地创造变异方法，以便今后直接或者间接的为育种服务奠定基础。

第一节　γ 射线与 EMS 单一及复合处理对烤烟种子活力及几种主要农艺性状的诱变效应

一、试验与方法

1. 试验材料

烤烟品种 K346、Nc82 和云烟 85（云 85）的风干种子。

2. 试验方法

（1）γ射线与EMS单一及复合处理对烤烟种子活力的诱变效应

①诱变处理方法

^{60}Co γ射线剂量设置：0、100、150、200、250、300、350、400、450和500Gy（剂量率为1Gy/min）等共10个；

EMS浓度设置：0、0.05%、0.10%、0.15%、0.20%、0.25%、0.30%、0.35%、0.40%、0.45%和0.50%等共11个；

以及上述因素的各种组合，总计330个处理组合。

3个品种的风干种子在盛有50%甘油—水溶液的干燥器中平衡7d后，送浙江大学辐照中心进行辐射处理。辐照过的种子在温度为25℃的恒温箱内用清水预浸24h，然后分别用不同浓度的EMS在25℃下处理3h，处理过的种子在流水中冲洗6h后，用于发芽和种子活力指数测定。

②活力指数的计算

参照烟草种子检验规程进行烟草种子发芽试验，计算每天的种子发芽率，第14天测量根长，4次重复，每次重复100粒种子。种子活力指数：

$$VI = S \times Gi \text{；} Gi = \sum_{t=1}^{n} \frac{Gt}{Dt}$$

式中 VI 表示活力指数；S 为幼苗第14天的根长；Gt 为第 t 天的发芽增殖数；Dt 为相应的天数。

采用相对活力指数表示各诱变处理的活力指数值。相对活力指数：

$$VI\% = \frac{VI \text{ 辐照}}{VI \text{ 对照}} \times 100\%。$$

③函数拟合、作图与统计分析

采用Matlab 7.0软件进行函数拟合与作图，采用SAS 6.5软件进行统计分析。

（2）γ射线与EMS单一及复合处理对烟草几种主要农艺性状的诱变效应

①诱变处理方法

^{60}Co γ射线剂量梯度为：0、200、250、300、350和400Gy（剂量率为1Gy/min）共6个；

EMS浓度梯度为：0、0.1、0.2、0.3、0.4和0.5mmol/L共6个；

3个品种的风干种子在盛有50%甘油—水溶液的干燥器中平衡7d后，送浙江大学辐照中心进行辐射处理。辐照过的种子在温度为25℃的恒温箱内用清水预浸24h，然后分别用不同浓度的EMS在25℃下处理3h，处理过的种子在流水中冲洗6h后，用于田间试验。

②对烟草几种主要农艺性状的诱变效应研究

M_1 代采用3因子（品种、γ射线、EMS）完全随机区组设计，3次重复；每处理种植100株，4行区。生育期间按照《烟草种质资源描述规范和数据标准》介绍的方法，测量株高、茎围、节距、叶数、腰叶长和腰叶宽等指标。

M_1 代按照一株少粒法收种，在土壤肥力基本一致的田块种植成 M_2 代，完全随机区组设计，400株/处理，不设重复，生育期每处理随机选取150株调查上述性状。

③统计分析

按照增山公式法统计各性状的突变频率，其公式如下（董颖苹等，2005；林音等，1988）：

$$X_b(\pm) = \overline{X} \pm \sigma \left(\frac{n+1}{n} F_a \right)^{\frac{1}{2}}$$

其中，$X_b(\pm)$ 表示判别界限；n、$\overline{X}$ 和 σ 分别为样本（计算突变体突变界限时，指的是混合样本，即"对照＋各处理"）的容量、均值和标准差；F_a 指 $F_a(1, n-1)$，即统计学的 F 值。

④函数拟合、作图与统计分析

函数拟合与作图采用 Matlab 7.0 软件进行；统计分析采用 SAS 6.5 软件进行。

二、结果与分析

1. γ射线、EMS 与品种因素对活力指数效应值的联合方差分析

不同剂量 γ射线与不同浓度梯度 EMS 对 3 个不同烤烟品种种子活力指数诱变效应见表 11-1，γ射线、EMS 与品种因素对活力指数效应值的方差分析结果列于表 11-2。从表 11-2 可见，γ射线、EMS 及品种因素均对活力指数有极显著影响，而且因素间两两互作也对活力指数有极显著影响，说明在进行烤烟诱变育种时要综合考虑 γ射线、EMS 及品种因素。

表 11-1　不同剂量和浓度梯度 γ射线与 EMS 对 3 个品种种子活力指数的影响

品种	诱变剂量	0	100	150	200	250	300	350	400	450	500
	0.00	100.00	92.28	84.92	75.79	69.25	61.56	52.14	34.13	24.50	14.26
	0.05	91.71	88.12	76.91	73.16	63.33	58.19	46.02	30.17	20.34	12.01
	0.10	86.46	82.46	74.17	69.32	60.79	54.96	43.18	27.66	18.19	10.68
	0.15	83.38	79.21	70.38	64.16	58.16	51.07	40.47	24.29	17.38	9.47
	0.20	80.62	72.34	65.11	62.47	55.74	47.14	36.65	22.16	14.17	7.22
K346	0.25	75.13	67.16	60.36	56.22	53.35	42.32	30.81	18.04	10.18	5.64
	0.30	66.92	62.33	54.35	54.06	51.37	36.33	22.03	15.18	8.24	3.35
	0.35	52.44	50.42	49.68	48.90	47.15	32.16	18.17	11.64	6.11	3.77
	0.40	43.54	42.23	42.16	40.18	37.05	27.69	15.08	10.17	6.07	2.92
	0.45	36.90	30.08	29.44	27.63	25.35	21.60	13.66	9.24	5.82	2.08
	0.50	25.33	22.87	20.18	18.32	16.10	13.06	10.63	8.92	5.24	1.50
	0.00	100.00	94.36	87.79	80.47	72.05	64.33	53.16	38.18	27.77	16.87
	0.05	96.23	88.09	83.48	76.34	66.65	60.32	49.74	29.49	19.17	15.64
	0.10	90.37	84.06	80.27	70.15	62.71	53.96	34.81	22.04	17.61	14.14
	0.15	82.46	81.73	74.82	63.06	55.11	42.07	31.18	20.65	15.18	12.06
	0.20	75.73	70.17	64.46	58.37	43.68	35.96	24.72	18.17	13.99	10.68
Nc82	0.25	70.68	66.14	60.77	49.06	38.82	28.79	20.96	15.18	11.65	9.17
	0.30	61.45	59.70	54.49	43.23	30.05	23.67	17.78	13.26	10.79	8.02
	0.35	54.66	54.66	47.32	35.16	26.23	19.96	14.82	10.37	9.06	7.64
	0.40	46.91	49.24	38.65	31.71	22.16	15.11	12.76	9.91	7.98	5.85
	0.45	38.18	40.31	30.28	22.64	18.02	13.27	10.16	8.33	6.05	3.22
	0.50	27.84	25.75	20.64	17.16	14.18	9.13	7.65	5.28	3.62	2.11

品种	诱变剂量	0	100	150	200	250	300	350	400	450	500
	0.00	100.00	90.32	82.78	71.24	66.37	58.26	50.09	31.27	20.28	11.92
	0.05	90.51	83.62	74.33	69.57	60.23	52.85	33.77	24.95	13.67	10.15
	0.10	82.12	77.35	71.28	63.15	54.26	41.38	30.97	19.24	11.85	9.33
	0.15	78.25	73.62	65.34	56.17	47.69	34.28	22.17	13.49	9.92	8.62
	0.20	72.73	68.83	62.31	51.36	36.17	28.02	15.13	10.18	8.84	7.96
云85	0.25	64.30	63.27	54.16	47.15	30.63	21.57	13.69	9.01	8.08	6.28
	0.30	55.94	50.18	48.37	41.92	24.78	15.32	10.26	8.27	7.13	5.37
	0.35	46.04	42.39	39.16	32.88	19.74	12.12	8.76	7.14	6.02	4.15
	0.40	39.27	36.15	30.24	23.68	14.79	9.20	7.06	5.98	4.31	3.01
	0.45	30.18	27.34	24.10	19.37	10.08	8.32	6.11	4.69	3.53	1.64
	0.50	17.36	13.44	10.02	8.98	7.16	5.44	4.07	3.38	2.29	0.97

注: $0 \sim 500$ 为 ^{60}Co γ 射线剂量/Gy; $0 \sim 0.50$ 为 EMS 浓度/%。

表 11-2　γ 射线与 EMS 单一与复合处理对不同品种烟草种子活力指数影响的联合方差分析

变异来源	总方差	自由度	平均方差	F 值	显著性
γ 射线	133578.9	9	14842.1	61.1	0.000
EMS	76073.3	10	7607.3	39.0	0.000
品种	3760.0	2	1880.0	20.5	0.000
γ 射线×EMS	15902.1	90	176.7	25.4	0.000
γ 射线×品种	1319.4	18	73.3	10.6	0.001
EMS×品种	508.0	20	25.4	3.7	0.000

表 11-4 列出了 γ 射线与 EMS 诱变效应和种子活力指数的标准回归和偏回归结果。从中可见，无论标准还是偏回归系数，γ 射线都高于 EMS 处理的相应值，说明在复合处理中 γ 射线对活力指数的损伤效应大于 EMS。

表 11-3　烟草种子活力指数下降 50%（VID_{50}）的 γ 射线剂量与 EMS 浓度

品种	γ 射线/Gy	EMS/%
K346	326.06	0.38
Nc82	343.55	0.38
云85	299.34	0.31

表 11-4　γ 射线与 EMS 诱变效应和烟草种子活力指数的标准和偏回归分析

指标	γ 射线		EMS	
	标准回归	偏回归	标准回归	偏回归
活力指数	−0.750 **	−0.914 **	−0.572 **	−0.864 **

注: ** 表示 P<0.01

2. γ 射线对种子活力指数的诱变效应

根据 γ 射线辐射诱变效应的多靶单击模型 $y = 1 - (1 - e^{-vx})^n$ 和表 10-1 原始数据拟合了 3 个品种的活力指数—γ 射线剂量效应曲线（图 11-1），3 个品种的活力指数剂量效应回归方程分别为：

$$y(K346) = 1 - (1 - e^{-0.0025x})^{112.976} \quad 决定系数 = 93.6\%$$
$$y(Nc82) = 1 - (1 - e^{-0.0024x})^{114.039} \quad 决定系数 = 93.1\%$$
$$y(云85) = 1 - (1 - e^{-0.0027x})^{112.200} \quad 决定系数 = 94.0\%$$

从图 11-1 可见，3 个品种均在剂量较低时，曲线下降较快，剂量达到一定程度时，曲线开始弯曲；当剂量再增加时，曲线又趋于平缓，属于典型的指数型曲线。根据靶学说理论，υ 为存在于个体单位中的敏感体积，其值越大，说明对 γ 射线越敏感。本试验中云 85 的 υ 值大于 Nc82 和 K346，K346 的 υ 值又大于 Nc82，说明 3 品种 γ 射线的辐射敏感性顺序为云 85＞K346＞Nc82。

根据 3 品种上述 γ 射线—活力指数剂量效应公式，求解 $y=50$ 时的 x 值，即活力指数下降 50％时的 γ 射线剂量（VID$_{50}$），结果列于表 11-3。从中可见，云 85 的 VID$_{50}$ 值最低，接近 300Gy，而 K346 和 Nc82 的 VID$_{50}$ 值则比较类似，接近 350Gy。所以从本文研究结果看，烤烟 γ 射线诱变种质创新和新品种选育宜选择 300～350Gy 的吸收剂量。

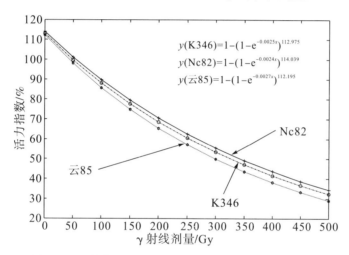

图 11-1　γ 射线对 3 个烟草品种种子活力指数诱变的剂量
—效应回归方程及其曲线

3. EMS 对种子活力指数的诱变效应

根据表 11-1EMS 对 3 个品种烤烟种子活力指数诱变效应的原始数据和最小二乘法原理拟合了 EMS—种子活力指数浓度效应曲线，发现这一曲线符合形如 $y = a + bx^{1.5} + ce^x$ 的指数方程，3 个品种拟合的 EMS—种子活力指数浓度效应曲线方程如下：

$$y(K346) = 104.46 - 187.60x^{1.5} - 7.51e^x \quad 决定系数 = 99.3\%$$
$$y(Nc82) = 198.64 - 24.14x^{1.5} - 98.03e^x \quad 决定系数 = 99.9\%$$
$$y(云85) = 224.71 - 8.85x^{1.5} - 126.51e^x \quad 决定系数 = 99.8\%$$

上述函数的图像如图 11-2 所示。从图中可见，3 个品种的活力指数值均随着 EMS 处理浓度的增大而下降，而且 3 品种均在处理浓度较小时下降幅度较大，随着处理浓度的增大，下降幅度开始减小，处理浓度再增大时，下降幅度又增大，呈指数型变化。从图 11-2 各品种曲线趋势可知，3 个品种对 EMS 诱变的敏感性顺序依次为云 85＞K346≈Nc82。

根据 3 品种上述 EMS—活力指数剂量效应公式，求解 $y=50$ 时的 x 值，即活力指数下降 50％时的 EMS 浓度（VID$_{50}$），结果列于表 11-3。可见，3 个品种的 VID$_{50}$ 都在 0.35％附近，用 EMS 进行烟草化学诱变育种时选用 0.35％的浓度较为适宜。

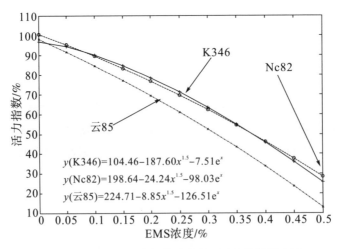

图 11-2　EMS 对 3 个烟草品种种子活力指数诱变的
浓度—效应回归方程及其曲线

4. γ 射线和 EMS 复合处理对活力指数的诱变效应

根据表 11-1 原始数据，利用最小二乘法拟合活力指数与理化诱变剂量（浓度）效应回归曲线，发现均为 $z = a + bx + cy$（其中 z 为活力指数，x 为 γ 射线剂量，y 为 EMS 浓度，a、b、c 为参数）型二元一次线性方程，各品种拟合的效应剂量曲线方程为：

$$z(K346) = 98.49 - 0.13x - 91.32y \quad 决定系数 = 95.0\%$$
$$z(Nc82) = 98.79 - 0.13x - 99.03y \quad 决定系数 = 95.9\%$$
$$z(云85) = 90.71 - 0.13x - 98.18y \quad 决定系数 = 94.4\%$$

图 11-3 显示了 K346 品种上述方程的曲线，其他两个品种的曲线与此类似（图略），从图 11-3 可见，活力指数随着复合处理剂量（浓度）的加大而呈线性递减。从效应剂量（浓度）曲线方程的截距和斜率可以看出，随着复合处理剂量（浓度）的加大，3 个品种活力指数下降的程度有所不同，云 85＞K346≈Nc82，说明 3 个品种的理化复合诱变敏感性不同，其中云 85 最敏感，而 K346 和 Nc82 相对较耐诱变处理。

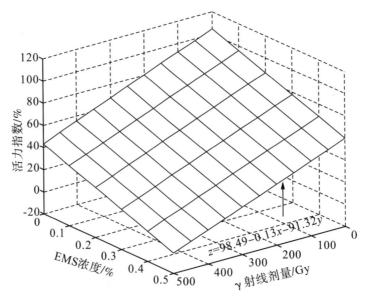

图 11-3　γ 射线与 EMS 复合处理对 K346 种子活力指数的
剂量（浓度）—效应回归方程及其曲线

5. γ 射线、EMS 与品种效应对 M_1 代观测性状的联合方差分析

从表 11-5 可见，γ 射线、EMS 和品种等 3 个因素均对 M_1 代各观测性状有极显著影响；品种×EMS 对腰叶宽没有显著影响，说明品种和 EMS 对腰叶宽的诱变效应相互独立；γ×EMS 对叶数、腰叶长和腰叶宽也没有显著影响，说明 γ 射线和 EMS 对这些性状的诱变效应相互累加；除此之外，因素间两两互作对 M_1 代各观测性状均有极显著影响，说明在通过诱变进行各性状改良时，应该注意因素间的协同效应和相互影响。

F 值的大小反映了效应或互作的变异程度，从表的 F 值可见，对节距、腰叶宽的影响主要是品种效应；而株高、叶数和腰叶长主要受 γ 射线诱变效应的影响；对于茎围的影响则以 EMS 的诱变效应占主导。

表 11-5　γ 射线与 EMS 复合处理对 M_1 代几个农艺性状和 M_2 代突变频率效应的 F 值表

因素	株高	茎围	节距	叶数	腰叶长	腰叶宽	M_2 代突变频率
品种	49. 624 **	13. 471 **	75. 125 **	3. 775 **	64. 530 **	614. 356 **	15. 858 **
γ 射线	73. 690 **	36. 376 **	69. 899 **	29. 432 **	121. 466 **	52. 449 **	5. 386 **
EMS	38. 864 **	57. 608 **	59. 547 **	20. 385 **	19. 247 **	66. 882 **	5. 363 **
品种×γ 射线	10. 148 **	15. 665 **	6. 850 **	19. 741 **	3. 907 **	2. 813 **	3. 049 **
品种×EMS	6. 217 **	3. 084 **	5. 998 **	11. 878 **	11. 029 **	1. 613	1. 485
γ 射线×EMS	7. 589 **	2. 370 **	2. 060 **	1. 294	0. 404	0. 731	2. 280 **

注：** 表示 $P < 0.01$

6. 复合处理对 M_1 代各观测性状的诱变效应

3 个品种各观测性状量效回归方程及其决定系数列于表 11-6。图 11-4 为 K346 株高性状量效回归方程的曲线，其他方程的形状与此类似。从表 11-6 可见，随着复合处理剂量（浓度）的增加，云 85 株高、茎围和腰叶长的下降速度>K346>Nc82，节距为 K346>Nc82>云85、叶数为 Nc82>云 85>K346、腰叶宽为 K346>云 85>Nc82，但是总体趋势都一致，即 γ 射线和 EMS 单一或复合处理都对 M_1 代各个观测性状有明显抑制作用，表现为随处理剂量（浓度）的增大而降低或缩短。各品种观测性状都呈现二元线性方程，从各方程的斜率和截距可知，复合处理都比单一处理增大了损伤，并且在低剂量范围内随复合处理剂量的增大而下降的趋势不明显，当剂量高达一定值后，则随复合处理剂量的增加而急剧下降，表现出一定的协同效应。

表 11-6　γ 射线与 EMS 复合处理对 3 个品种 M_1 和 M_2 代观测性状的剂量（浓度）—效应回归方程

指标	K346	Nc82	云 85
株高	$Z=155.034-0.137x-76.300y$ （93.5%）	$Z=148.013-0.118x-55.600y$ （94.7%）	$Z=183.015-0.160x-80.467y$ （94.7%）
茎围	$Z=9.884-0.010x-4.176y$ （95.6%）	$Z=9.605-0.006x-3.291y$ （93.5%）	$Z=10.012-0.009x-4.714y$ （95.9%）
节距	$Z=5.441-0.030x-2.381y$ （91.3%）	$Z=5.093-0.004x-2.914y$ （93.9%）	$Z=5.451-0.003x-1.957y$ （92.8%）
叶数	$Z=23.555-0.006x-3.010y$ （94.0%）	$Z=25.017-0.012x-6.033y$ （92.4%）	$Z=25.073-0.009x-5.386y$ （93.8%）
腰叶长	$Z=79.794-0.023x-14.071y$ （91.9%）	$Z=63.954-0.028x-10.533y$ （96.1%）	$Z=74.900-0.030x-21.410y$ （93.5%）

续表

指标	K346	Nc82	云 85
腰叶宽	$Z=29.167-0.010x-10.633y$ (94.4%)	$Z=24.393-0.011x-6.505y$ (93.7%)	$Z=35.872-0.015x-7.810y$ (94.3%)
M_2 代突 变频率	$z(K346)=-1.714+0.070x+52.004y-0.001x^2-65.804y^2-0.073xy$　　(87.8%) $z(Nc82)=-1.111+0.027x+32.081y-4.070x^2-40.893y^2-0.016xy$　　(92.7%) $z(云85)=-4.098+0.114x+87.596y-0.002x^2-113.393y^2-0.105xy$　　(92.8%)		

注:( )内数字为相应方程的决定系数

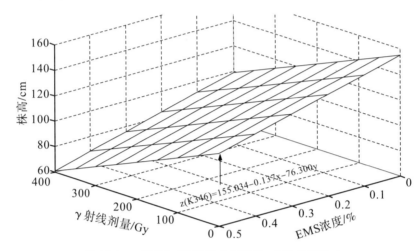

图 11-4　γ 射线与 EMS 复合处理对 K346 株高效应
的剂量（浓度）—效应回归曲线

　　γ 射线与 M_1 代各观测值的标准回归系数都大于 EMS 与相应性状的值；而且，在消除 γ 射线与 EMS 由于剂量单位不同所造成的影响后，γ 射线与 M_1 代各观测性状的标准回归系数仍然都大于 EMS 与相应性状的值（表 11-7），说明 γ 射线对 M_1 代各观测性状的损伤效应大于 EMS。

表 11-7　γ 射线与 EMS 处理对各观测性状效应的标准相关和偏相关系数

指标		株高	茎围	节距	叶数	腰叶长	腰叶宽	M_2 代突 变频率
标准 相关	γ 射线	−0.716**	−0.737**	−0.567**	−0.722**	−0.588**	−0.323**	0.113
	EMS	−0.485**	−0.499**	−0.549**	−0.505**	−0.444**	−0.286**	0.143
偏相关	γ 射线	−0.819**	−0.850**	−0.679**	−0.837**	−0.657**	−0.337**	0.114
	EMS	−0.695**	−0.737**	−0.667**	−0.731**	−0.549**	−0.302**	0.144

注:** 表示 P<0.01

7. 单一或复合处理对 M_2 代突变频率的诱变效应

　　品种、γ 射线、EMS、品种×γ 射线和 γ 射线×EMS 均对 M_2 代突变频率有极显著影响，而品种×EMS 效应则影响不显著（表 11-5），说明在烟草辐射诱变育种中应该注意上述因素，特别是 γ 射线与 EMS 互作和品种与 γ 射线互作的影响。从 F 值看，对 M_2 代突变频率影响最大的为品种效应（表 11-5），说明本研究使用的 3 个品种在辐射敏感性方面存在明显的基因型差异。

　　γ 射线、EMS 与 M_2 代突变频率的标准相关系数都未达到极显著水平，说明 M_2 代突变

频率与 γ 射线和 EMS 的剂量或浓度没有明显相关性；但是，无论标准相关还是消除 γ 射线与 EMS 由于剂量单位不同造成的干扰后的偏相关，EMS 的回归系数都大于 γ 射线，说明 EMS 对 M_2 代突变频率的影响要大于 γ 射线（表 11-7），从表 11-8 可见，3 个品种都以 EMS 的诱变频率高于 γ 射线；而且，γ 射线与 EMS 复合诱变的频率又高于 EMS 和 γ 射线单独诱变的频率，这也从一个侧面说明了 γ 射线×EMS 对 M_2 代突变频率的协同效应。

表 11-8　γ 射线与 EMS 单一及复合处理的 M_2 代突变频率

处理	K346/%	Nc82/%	云85/%
γ 射线	11.2	5.0	14.3
EMS	12.3	6.5	15.6
γ 射线＋EMS	18.6	13.7	24.7

M_2 代突变频率与 γ 射线剂量和 EMS 浓度的量效关系可以回归成二元二次型方程（表 11-6），图 11-5 绘制了理化因素诱变对 K346 品种 M_2 代突变率影响的量效曲线，其他两个品种的曲线与此类似。由图 11-5 可见，M_2 代突变频率随剂量增大而呈直线增加的趋势受到 γ 射线与 EMS 二次曲面以及互作效应的显著影响，M_2 代突变频率与复合处理剂量（浓度）呈曲线相关，即在低剂量范围内，M_2 代突变频率随复合处理剂量的增大而增高，当达到一定峰值后则随处理剂量的继续增大而下降，呈现出典型的抛物线型。根据二元函数求极值的原理，可分别求出 3 个品种突变频率达到最高值时的 γ 射线剂量和 EMS 浓度，即回归反应面的顶点坐标分别如下：

$$K346：\begin{matrix} 259.89 \\ (Gy) \end{matrix} \quad \begin{matrix} 0.25（％） \\ EMS \end{matrix}$$

$$Nc82：\begin{matrix} 325.48 \\ (Gy) \end{matrix} \quad \begin{matrix} 0.39（％） \\ EMS \end{matrix}$$

$$云85：\begin{matrix} 208.79 \\ (Gy) \end{matrix} \quad \begin{matrix} 0.29（％） \\ EMS \end{matrix}$$

尽管 3 个品种的剂量组合不尽相同，但总的来看基本都在 200～350Gy γ 射线和 0.3％～0.4％EMS。为便于试验操作，这里建议烟草理化复合诱变的适宜剂量选择为 300Gy γ 射线＋0.30％EMS。

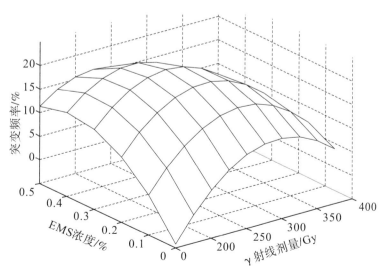

图 11-5　K346 品种 M_2 代突变频率剂量（浓度）效应三维反应面

三、小结

1. γ射线、EMS、品种及其两两互作等因素均对种子活力指数有极显著影响；

2. γ射线对活力指数的剂量效应关系符合多靶单击模型 $y=1-(1-e^{-vx})^n$；3个品种对γ射线的辐射敏感性顺序为云85＞K346＞Nc82；3个品种的 VID_{50} 值分别为 326.06Gy（K346）、343.55Gy（Nc82）和 299.34Gy（云85），烟草 γ射线诱变适宜剂量为 300～350Gy；

3. EMS对活力指数的浓度效应关系符合形如 $y=a+bx^{1.5}+ce^x$ 的指数方程；3个品种对 EMS 的诱变敏感性顺序为云85＞K346≈Nc82；3个品种的 VID_{50} 值分别为 0.38％（K346）、0.38％（Nc82）和 0.31％（云85），烟草 EMS 射线诱变适宜剂量为 0.35％；

4. γ射线与 EMS 复合诱变活力指数剂量（浓度）效应符合 $z=a+bx+cy$ 型二元一次方程；复合诱变敏感性顺序为云85＞K346≈Nc82；复合处理中γ射线对活力指数的损伤效应大于 EMS。

5. γ射线、EMS 和品种对 M_1 代各观测性状都有极显著影响；因素间两两互作除品种×EMS 对腰叶宽没有显著影响，γ射线×EMS 对叶数、腰叶长和腰叶宽没有显著影响外，其余互作对 M_1 代各观测性状均有极显著影响；

6. 对节距、腰叶宽的影响主要是品种效应，而株高、叶数和腰叶长主要受γ射线诱变效应的影响，对于茎围的影响则以 EMS 的诱变效应占主导；

7. γ射线对 M_1 代各观测性状的损伤效应大于 EMS；

8. M_1 代各性状指标与γ射线和 EMS 复合处理的量效方程均为二元一次类型，复合处理都比单一处理增大了损伤，并且在低剂量范围内随复合处理剂量的增大而下降的趋势不明显，当剂量高达一定值后，则随复合处理剂量的增加而急剧下降，表现出一定的协同效应；

9. M_2 代突变频率与γ射线剂量和 EMS 浓度的量效关系可以回归成二元二次型方程，在低剂量范围内，M_2 代突变频率随复合处理剂量的增大而增高，当达到一定峰值后则随处理剂量的继续增大而下降，呈现出典型的抛物线型；

10. 复合处理比单一处理增大了 M_2 代突变频率，根据二元函数求极值的原理，本研究建议γ射线和 EMS 复合烟草诱变以 300Gy＋0.3％组合比较适宜。

第二节　γ射线与 NaN_3 单一及复合处理对烤烟种子活力及几种主要农艺性状的诱变效应

一、试验与方法

1. 试验材料

烤烟品种 K326、贵烟11 和红花大金元（红大）的风干种子。

2. 试验方法

（1）γ射线与 NaN_3 单一及复合处理对烤烟种子活力的诱变效应

①诱变对种子活力影响试验处理方法

^{60}Co γ 射线剂量设置：0、100、150、200、250、300、350、400、450 和 500Gy（剂量率为 1Gy/min）等共 10 个；NaN$_3$ 浓度设置：0、0.5、1、1.5、2、2.5、3、3.5、4、4.5 和 5mmol/L 等共 11 个；以及上述因素的各种组合，总计 330 个处理组合。

3 个品种的风干种子在盛有 50% 甘油—水溶液的干燥器中平衡 7d 后，送浙江大学辐照中心进行辐射处理。辐照过的种子在温度为 25℃ 的恒温箱内用清水预浸 24h，然后分别用不同浓度的 EMS 在 25℃ 下处理 3h，处理过的种子在流水中冲洗 6h 后，用于发芽和种子活力指数测定。

②活力指数的计算

同第十一章第一节。

③函数拟合、作图与统计分析

同第十一章第一节。

（2）γ 射线与 NaN$_3$ 单一及复合处理对烟草几种主要农艺性状的诱变效应

①诱变处理方法

^{60}Co γ 射线剂量梯度为：0、200、250、300、350 和 400Gy（剂量率为 1Gy/min）等共 6 个；

NaN$_3$ 浓度梯度为：0、1、2、3、4 和 5mmol/L 等共 6 个；

3 个品种的风干种子在盛有 50% 甘油—水溶液的干燥器中平衡 7d 后，送浙江大学辐照中心进行辐射处理。辐照过的种子在温度为 25℃ 的恒温箱内用清水预浸 24h，然后分别用不同浓度的 NaN$_3$ 在 25℃ 下处理 6h，处理过的种子在流水中冲洗 8h 后，用于田间试验。

②对烟草几种主要农艺性状的诱变效应研究

同第十一章第一节。

③统计分析

同第十一章第一节。

④函数拟合、作图与统计分析

同第十一章第一节。

二、结果与分析

1. γ 射线、NaN$_3$ 与品种因素对活力指数效应值的方差分析

不同剂量 γ 射线与不同浓度梯度 NaN$_3$ 对 3 个不同烟草品种种子活力指数诱变效应见表 11-9，γ 射线、NaN$_3$ 与品种因素对活力指数效应值的方差分析结果见表 11-10。

从表 11-10 可见，γ 射线和 NaN$_3$ 均对烟草活力指数有极显著的影响，其互作效应对活力指数的影响也极显著，说明通过两种诱变剂对烟草进行复合处理时要特别注意剂量和浓度组合的选择，以达到最佳的诱变效果；尽管品种效应对种子活力的影响不显著，但是，其与 γ 射线和 NaN$_3$ 的互作效应对种子活力有极显著的影响，说明不同品种应该注意选择各自适宜的诱变剂类型。

表 11-9　不同剂量和浓度梯度 γ 射线与 NaN₃ 对 3 个品种种子活力指数的影响

品种	诱变剂量	0	100	150	200	250	300	350	400	450	500
	0.0	100.00	91.59	86.62	84.16	68.92	60.15	51.58	33.36	23.09	13.10
	0.5	93.79	88.08	81.09	80.63	63.89	59.64	48.17	32.83	22.62	12.87
	1.0	88.75	81.39	77.81	77.21	71.11	57.89	45.78	32.74	23.37	12.37
	1.5	85.20	78.99	73.07	68.30	55.31	54.48	39.79	30.80	21.67	11.58
	2.0	82.78	67.94	65.95	62.23	56.08	53.96	41.11	32.77	21.38	9.76
K326	2.5	77.17	64.57	62.75	54.87	50.65	49.71	41.28	31.11	21.19	9.67
	3.0	69.51	54.73	54.48	52.16	44.45	42.90	39.55	34.81	20.64	7.24
	3.5	57.66	42.85	39.65	38.33	36.09	34.86	32.56	28.39	16.41	7.05
	4.0	48.82	36.49	32.13	28.10	27.02	26.63	25.91	21.92	15.40	5.19
	4.5	41.29	28.94	25.87	23.68	21.59	20.56	18.25	13.97	10.48	4.75
	5.0	30.64	22.58	20.76	19.45	18.69	15.20	11.86	7.20	5.81	2.47
	0.0	100.00	101.32	87.82	78.54	65.55	54.41	46.01	35.24	28.47	15.87
	0.5	95.43	81.76	78.08	77.65	64.73	53.69	44.41	32.64	25.19	12.51
	1.0	88.78	80.56	75.56	68.05	62.30	49.52	43.49	32.18	22.60	11.21
	1.5	83.57	78.83	73.33	65.53	58.43	48.78	41.66	23.65	20.63	10.28
	2.0	67.62	66.08	64.88	61.16	55.68	46.24	39.80	31.05	16.54	9.01
贵烟 11	2.5	66.65	65.50	64.59	58.91	55.37	43.84	37.75	25.45	15.35	8.29
	3.0	62.14	59.61	56.83	55.54	49.79	40.71	35.09	24.68	14.26	8.17
	3.5	59.31	51.23	49.70	49.82	43.75	37.07	27.99	23.29	13.88	7.73
	4.0	48.56	46.57	41.74	40.26	33.95	29.38	25.40	20.42	10.10	6.43
	4.5	40.84	35.22	30.35	31.12	25.17	19.56	15.75	14.18	9.51	6.24
	5.0	23.84	21.49	17.47	14.86	12.31	11.92	9.90	9.52	8.49	4.77
	0.0	100.00	102.41	85.18	78.51	68.30	54.35	45.17	34.35	27.99	15.41
	0.5	93.03	88.60	83.16	77.27	67.48	52.95	44.07	32.02	26.01	13.96
	1.0	87.70	81.72	74.67	73.74	63.45	51.00	42.61	31.65	25.44	12.39
	1.5	81.28	79.77	69.31	66.44	59.07	48.00	39.46	29.36	24.98	11.69
	2.0	68.04	66.40	65.32	58.75	55.60	46.64	37.94	27.76	24.06	10.43
红大	2.5	63.36	61.62	61.00	58.31	52.32	45.41	34.25	26.96	22.56	8.57
	3.0	55.11	54.31	59.37	53.81	49.28	42.96	30.47	26.43	20.76	7.92
	3.5	52.69	50.48	48.61	46.47	47.21	36.42	28.81	26.06	18.20	7.31
	4.0	49.97	48.40	46.80	38.19	35.05	31.10	25.14	23.23	15.12	6.63
	4.5	39.31	33.16	27.15	26.07	25.00	22.26	20.12	13.86	12.35	5.50
	5.0	26.14	24.44	23.36	18.26	16.40	15.50	12.71	10.50	8.39	4.23

注：0～500 为 ^{60}Co γ 射线剂量（Gy）；0～5 为 NaN₃ 浓度（mmol/L）。

表 11-10　γ 射线与 NaN₃ 单一与复合处理对不同品种烟草种子活力指数影响的联合方差分析

变异来源	总方差	自由度	平均方差	F 值	显著性
γ 射线	113009.2	9	12556.6	62.2	0.000
NaN₃	66641.5	10	6664.1	34.0	0.000
品种	25.6	2	12.8	0.2	0.759
γ 射线×NaN₃	16095.6	90	178.8	28.8	0.000
γ 射线×品种	523.8	18	29.1	4.7	0.000
NaN₃×品种	461.4	20	23.0	3.72	0.000

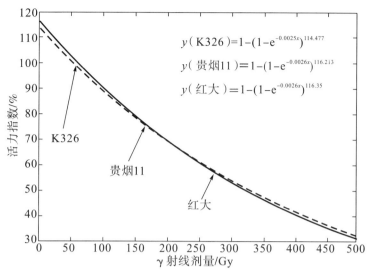

图 11-6　γ 射线对 3 个烟草品种种子活力指数诱变的
剂量—效应回归方程及其曲线

2. γ 射线对种子活力指数的诱变效应

根据 γ 射线辐射诱变效应的多靶单击模型 $y=1-(1-e^{-vx})^{n}$ 和表 11-9 原始数据拟合了 3 个品种的活力指数—γ 射线剂量效应曲线（图 11-6），3 个品种的活力指数剂量效应回归曲线分别为：

$$y(\text{K326})=1-(1-e^{-0.0025x})^{114.477} \qquad \text{决定系数}=95.1\%$$

$$y(\text{贵烟 11})=1-(1-e^{-0.0026x})^{116.213} \qquad \text{决定系数}=94.3\%$$

$$y(\text{红大})=1-(1-e^{-0.0026x})^{116.351} \qquad \text{决定系数}=94.1\%$$

从图 11-6 可见，3 个品种均在剂量较低时，曲线下降较快，剂量达到一定程度时，曲线开始弯曲；当剂量再增加时，曲线又趋于平缓，属于典型的指数型曲线。贵烟 11 和红大的 v 和 n 参数值都非常接近，而 K326 的两参数值尽管也接近贵烟 11 和红大，但是，从图中还是可以明显区分其曲线（图 11-6）。根据靶学说理论，v 为存在于个体单位中的敏感体积，其值越大，说明对射线越敏感。本试验中 K326 的 v 值略小于贵烟 11 和红大，说明 K326 品种较贵烟 11 和红大耐辐射。

根据 3 品种上述 γ 射线——活力指数剂量效应公式，求解 $y=50$ 时的 x 值，即活力指数下降 50% 时的 γ 射线剂量（VID_{50}），结果列于表 10-11。从中可见，K326 的 VID_{50} 尽管略大于贵烟 11 和红大的值，但都在 350Gy 附近。为了便于试验操作，本文建议 γ 射线辐照烟草进行品种选育的剂量选择 350Gy 较为适宜。

3. NaN₃ 对种子活力指数的诱变效应

根据表 11-9，NaN_3 对 3 个品种烟草种子活力指数诱变效应的原始数据和最小二乘法原理拟合了 NaN_3—种子活力指数浓度效应曲线，发现这一曲线符合形如 $y=a+bx+cx^{2.5}+de^{-x}$ 的指数方程，3 个品种拟合的 NaN_3—种子活力指数浓度效应曲线方程如下：

$$y(\text{K326})=99.13-5.60x-0.68x^{2.5}+3.87e^{-x} \qquad \text{决定系数}=99.4\%$$

$$y(\text{贵烟 11})=85.77-4.68x-0.63x^{2.5}+16.10e^{-x} \qquad \text{决定系数}=98.9\%$$

$$y(\text{红大})=95.84-11.66x-0.21x^{2.5}+4.83e^{-x} \qquad \text{决定系数}=94.1\%$$

上述函数的图像如图 11-7 所示。从中可见，3 个品种的活力指数值均随着 NaN₃ 处理浓度的增大而下降，其中 K326 下降的整个过程比较平缓均匀，而贵烟 11 和红大两个品种则处理浓度较小时下降幅度较大，随着处理浓度的加大，下降幅度开始减小，处理浓度再增大时，下降幅度又增大，呈指数型变化。从图 11-7 中各品种曲线趋势可知，3 个品种对 NaN_3 诱变的敏感性顺序依次为红大＞贵烟 11＞K326。

根据 3 品种上述 NaN_3—活力指数剂量效应公式，求解 $y=50$ 时的 x 值，即活力指数下降 50% 时的 NaN_3 浓度（VID_{50}），结果列于表 11-11。可见，3 个品种的 VID_{50} 都在 4mmol/L 附近，用 NaN_3 进行烟草化学诱变育种时选用 4mmol/L 的浓度较为适宜。

表 11-11　烟草种子活力指数下降 50%（VID_{50}）的 γ 射线剂量与 NaN_3 浓度

品种	γ 射线/Gy	NaN_3/mmol/L
K326	331.34	4.25
贵烟 11	324.39	3.84
红大	324.84	3.52

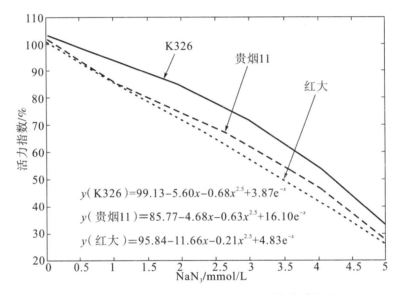

图 11-7　NaN_3 对 3 个烟草品种种子活力指数诱变的
浓度—效应回归方程及其曲线

4. γ 射线和 NaN_3 复合处理对活力指数的诱变效应

根据表 11-9 原始数据，利用最小二乘法拟合活力指数与理化诱变剂量（浓度）效应回归曲线，发现均为 $z=a+bx+cy$（其中 z 为活力指数，x 为 γ 射线剂量，y 为 NaN_3 浓度，a、b、c 为参数）型二元一次线性方程。各品种拟合的效应剂量曲线方程为：

$$z(K326)=97.68-0.12x-9.33y \qquad 决定系数=94.2\%$$
$$z(贵烟11)=96.16-0.12x-8.68y \qquad 决定系数=94.1\%$$
$$z(红大)=94.84-0.12x-8.55y \qquad 决定系数=93.6\%$$

图 11-8 显示了 K326 品种上述方程的曲线，活力指数随着复合处理剂量（浓度）的加大而呈线性递减。从效应剂量（浓度）曲线方程的截距和斜率可以看出，随着复合处理剂量（浓度）的加大，3 个品种活力指数下降的程度有所不同，红大＞贵烟 11＞K326，说明 3 个品种的理化复合诱变敏感性不同，其中红大最敏感，而 K326 较耐诱变处理。

表 11-12 列出了 γ 射线与 NaN_3 诱变效应与种子活力指数的标准回归和偏回归结果。从

中可见，无论标准还是偏回归系数，γ射线都高于 NaN₃ 处理的相应值，说明在复合处理中γ射线对活力指数的损伤效应大于 NaN₃。

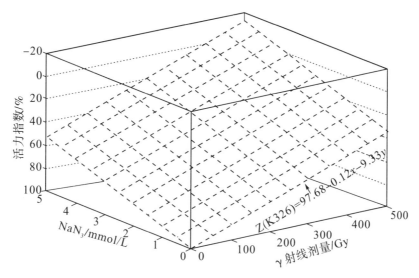

图 11-8　γ射线与 NaN₃ 复合处理对 K326 种子活力指数的
剂量（浓度）—效应回归方程及其曲线

表 11-12　γ射线与 NaN₃ 诱变效应与烟草种子活力指数的标准和偏回归分析

指标	γ射线		NaN₃	
	标准回归	偏回归	标准回归	偏回归
活力指数	−0.743**	−0.905**	−0.572**	−0.854**

注：** 表示 P<0.01

5. γ射线、NaN₃ 与品种效应对 M₁ 代观测性状的联合方差分析

从表 11-13 可见，γ射线、NaN₃ 对 M₁ 代各观测性状都有极显著影响；品种效应除对腰叶宽影响不显著外，对其他性状均有极显著影响；品种×γ射线对各性状也有显著效应，说明遗传背景不同的品种对于γ射线的抑制作用反应不同；品种×NaN₃ 对于茎围、叶数、腰叶长和腰叶宽存在极显著效应，而对于株高和节距则以独立效应为主；γ射线×NaN₃ 对于株高、节距和叶数没有极显著影响，说明对于这些性状，γ射线和 NaN₃ 表现为累加效应；而对于互作效应显著的性状，如茎围、腰叶长和腰叶宽，γ射线和 NaN₃ 表现为协同效应。

F值的大小反映了效应或互作的变异程度，从表 11-13 的 F 值可见，对茎围、叶数和腰叶长的影响主要是品种效应；而株高和节距主要受 NaN₃ 效应的影响；对于腰叶宽的影响则品种×γ射线效应占主导地位。

表 11-13　γ射线与 NaN₃ 单一及复合处理对 M₁ 代几个农艺性状和 M₂ 代突变频率效应的 F 值表

因素	株高	茎围	节距	叶数	腰叶长	腰叶宽	M₂代突变频率
品种	130.486**	83.624**	93.557**	698.724**	165.948**	3.143	0.770
γ射线	94.833**	73.284**	96.536**	46.914**	48.771**	17.800**	9.001**
NaN₃	205.677**	59.837**	193.799**	72.585**	33.279**	27.796**	2.707*
品种×γ射线	3.476**	7.641**	5.248**	5.341**	9.731**	65.597**	2.677*
品种×NaN₃	0.814	2.804**	1.522	2.052*	2.093*	11.021**	2.996**
γ射线×NaN₃	0.808	2.576**	0.648	0.340	3.817**	6.702**	9.960**

6. 复合处理对 M_1 代各观测性状的诱变效应

3 个品种各观测性状量效回归方程及其回归系数列于表 11-14。图 11-9 为 K326 株高性状量效回归方程的曲线，其他方程的形状与此类似。从表 11-14 可见，随着复合处理剂量（浓度）的增加，K326 株高的下降速度>红大>贵烟 11、茎围为红大>K326>贵烟 11、节距为贵烟 11>K326>红大、叶数为红大>K326>贵烟 11、腰叶长为贵烟 11>K326>红大、腰叶宽为 K326>贵烟 11>红大。但是总体趋势都一致，即 γ 射线和 NaN_3 单一或复合处理都对 M_1 代各个观测性状有明显抑制作用，表现为随处理剂量（浓度）的增大而降低或缩短。各品种观测性状都呈现二元线性方程，从各方程的斜率和截距可知，复合处理都比单一处理增大了损伤，并且在低剂量范围内随复合处理剂量的增大而下降的趋势不明显，当剂量高达一定值后，则随复合处理剂量的增加而急剧下降，表现出一定的协同效应。

表 11-14 γ 射线与 NaN_3 复合处理对 3 个品种 M_1 和 M_2 代观测性状的剂量（浓度）—效应回归方程

指标	K326	贵烟 11	红大
株高	$Z=172.874-0.132x-7.220y$ (97.7%)	$Z=215.417-0.161x-7.831y$ (92.4%)	$Z=192.834-0.115x-6.600y$ (91.3%)
茎围	$Z=4.531-0.003x-0.126y$ (94.2%)	$Z=4.912-0.002x-0.145y$ (95.9%)	$Z=4.221-0.002x-0.103y$ (94.7%)
节距	$Z=10.416-0.008x-0.499y$ (93.4%)	$Z=9.333-0.007x-0.417y$ (94.8%)	$Z=11.788-0.009x-0.423y$ (93.1%)
叶数	$Z=22.795-0.006x-0.588y$ (90.2%)	$Z=29.954-0.010x-0.461y$ (95.4%)	$Z=22.481-0.012x-0.582y$ (61.3%)
腰叶长	$Z=73.621-0.023x-1.452y$ (88.7%)	$Z=63.711-0.033x-0.807y$ (64.7%)	$Z=76.182-0.035x-1.417y$ (93.4%)
腰叶宽	$Z=30.691-0.011x-0.437y$ (87.2%)	$Z=31.217-0.011x-0.639y$ (89.6%)	$Z=35.667-0.021x-0.948y$ (93.1%)
M_2 代突变频率	$z(K326)=-2.419+0.037x+3.216y-4.450x^2-0.398y^2-0.002xy$ (94.8%) $z(贵烟11)=-1.670+0.030x+5.333y-2.668x^2-1.936y^2-0.005xy$ (93.7%) $z(红大)=-1.488+0.031x+5.229y-4.643x^2-0.851y^2-0.001xy$ (95.4%)		

注：（ ）内数字为相应方程的决定系数

γ 射线与 M_1 代各观测值的标准回归系数都大于 NaN_3 与相应性状的值，但是在消除 γ 射线与 NaN_3 由于剂量单位不同所造成的影响后，NaN_3 对节距的偏回归系数大于 γ 射线的相应值（表 11-15），说明 NaN_3 对节距的损伤效应大于 γ 射线，而对于其他性状则 γ 射线的损伤效应大于 NaN_3。

表 11-15 γ 射线与 NaN_3 处理对各观测性状效应的标准回归和偏回归系数

指标		株高	茎围	节距	叶数	腰叶长	腰叶宽	M_2 代突变频率
标准回归	γ 射线	-0.642**	-0.676**	-0.653**	-0.294**	-0.558**	-0.721**	0.671**
	NaN_3	-0.448**	-0.449**	-0.490**	-0.216*	-0.324**	-0.477**	0.310**
偏回归	γ 射线	-0.105	-0.350	-0.163	-0.157	-0.213*	-0.113	0.463**
	NaN_3	-0.162	-0.017	-0.302**	-0.146	-0.101	-0.083	0.151

注：* 表示 $P<0.05$；** 表示 $P<0.01$

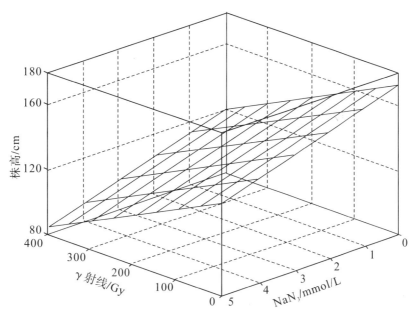

图 11-9　γ 射线与 NaN₃ 复合处理对 K326 株高
效应的剂量（浓度）—效应回归曲线

7. 单一或复合处理对 M₂ 代突变频率的诱变效应

γ 射线、NaN₃、品种×NaN₃ 和 γ 射线×NaN₃ 均对 M₂ 代突变频率有极显著影响，NaN₃ 和品种×γ 射线对 M₂ 代突变频率有显著影响，而品种效应影响不显著（表 11-13）。从 F 值看，对 M₂ 代突变频率影响最大的为 γ 射线×NaN₃，接下来依次为 γ 射线、品种×NaN₃、NaN₃ 和品种×γ 射线（表 11-13），说明理化因素复合处理较单一因素处理对 M₂ 代突变频率的影响要大，并且单一处理中 γ 射线又较 NaN₃ 处理对 M₂ 代突变频率的影响大。品种效应对 M₂ 代突变频率没有显著影响（表 11-13），说明本研究的 3 个品种在辐射敏感性方面没有明显的基因型差异。

γ 射线、NaN₃ 与 M₂ 代突变频率的标准回归系数都达到极显著水平，而且 γ 射线的值要大于 NaN₃（表 11-15），说明 γ 射线的诱变效应要优于 NaN₃。特别是在消除 γ 射线与 NaN₃ 由于剂量单位不同造成的干扰后，γ 射线的偏回归系数明显地大于 NaN₃，充分说明 γ 射线对 M₂ 代突变频率的影响要大于 NaN₃。从 γ 射线与 NaN₃ 单一及复合处理的 M₂ 代突变频率看（表 11-16），可见 3 个品种的复合处理都较单一处理的突变频率高，而且 γ 射线的突变频率要高于 NaN₃。

表 11-16　γ 射线与 NaN₃ 单一及复合处理的 M₂ 代突变频率

处理	K326/%	贵烟 11/%	红大/%
γ 射线	3.58	5.18	5.78
NaN₃	2.00	3.16	3.46
γ 射线＋NaN₃	7.69	6.54	6.87

M₂ 代突变频率与 γ 射线剂量和 NaN₃ 浓度的量效关系可以回归成二元二次型方程（表 11-14），图 11-10 绘制了理化因素诱变对 K326 品种 M₂ 代突变率影响的量效曲线，其他两个品种的曲线与此类似。由图 11-10 可见，M₂ 代突变频率随剂量增大而呈直线增加的趋势受到 γ 射线与 NaN₃ 二次曲面以及互作效应的显著影响，M₂ 代突变频率与复合处理剂量（浓度）

呈曲线相关，即在低剂量范围内，M_2 代突变频率随复合处理剂量的增大而增高，当达到一定峰值后则随处理剂量的继续增大而下降，呈现出典型的抛物线型。根据二元函数求极值的原理，可分别求出 3 个品种突变频率达到最高值时的 γ 射线剂量和 NaN_3 浓度，即回归反应面的顶点坐标分别如下：

K326：γ 射线（324.9Gy）、NaN_3（4.04mmol/L）；

贵烟 11：γ 射线（295.2Gy）、NaN_3（2.85mmol/L）；

红大：γ 射线（300.7Gy）、NaN_3（3.07mmol/L）；

尽管 3 个品种的剂量组合不尽相同，但总的来看基本都在 300Gy γ 射线和 3mmol/L NaN_3 左右，所以本文建议烟草理化复合诱变的适宜剂量可以选择为 300Gy γ 射线加 3mmol/L NaN_3。而且，笔者也发现利用这样的剂量组合的确可以筛选到比其他组合较多的有益突变。

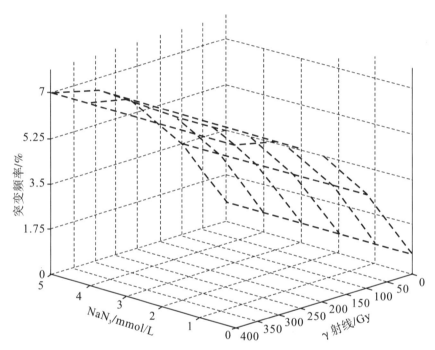

图 11-10　K326 品种 M_2 代突变频率剂量（浓度）效应三维反应

三、小结

1. γ 射线、NaN_3、γ 射线×NaN_3、γ 射线×品种、NaN_3×品种等因素均对种子活力指数有极显著影响；

2. γ 射线对活力指数的剂量效应关系符合多靶单击模型 $y=1-(1-e^{-ux})^n$；3 个品种对 γ 射线的辐射敏感性顺序为贵烟 11≈红大＞K326；3 个品种的 VID_{50} 值分别为 331.34Gy（K326）、324.39Gy（贵烟 11）和 324.84Gy（红大），烟草 γ 射线诱变适宜剂量为 350Gy；

3. NaN_3 对活力指数的浓度效应关系符合 $y=a+bx+cx^{2.5}+de^{-x}$ 的指数方程；3 个品种对 NaN_3 的诱变敏感性顺序为红大＞贵烟 11＞K326；3 个品种的 VID_{50} 值分别为 4.25mmol/L（K326）、3.84mmol/L（贵烟 11）和 3.52mmol/L（红大），烟草 NaN_3 射线诱变适宜剂量为 4mmol/L；

4. γ 射线与 NaN$_3$ 复合诱变活力指数剂量（浓度）效应符合 $z=a+bx+cy$ 型二元一次方程；复合诱变敏感性顺序为红大＞贵烟 11＞K326；复合处理中 γ 射线对活力指数的损伤效应大于 NaN$_3$；

5. γ 射线、NaN$_3$ 对 M$_1$ 代各观测性状都有极显著影响；品种效应除对腰叶宽影响不显著外，对其他性状均有极显著影响；品种×γ 射线对各性状也有显著或极显著效应；品种× NaN$_3$ 对于茎围、叶数、腰叶长和腰叶宽存在极显著效应，而对于株高和节距则以独立效应为主；γ 射线×NaN$_3$ 对于株高、节距和叶数没有显著影响，而对于其他性状都有极显著影响；除品种外，其余因素对 M$_2$ 代突变频率都有显著或极显著影响；γ 射线对各指标的效应都大于 NaN$_3$；

6. M$_1$ 代各性状指标与 γ 射线和 NaN$_3$ 复合处理的量效方程均为二元一次类型，复合处理都比单一处理增大了损伤，并且在低剂量范围内随复合处理剂量的增大而下降的趋势不明显，当剂量高达一定值后，则随复合处理剂量的增加而急剧下降，表现出一定的协同效应；

7. M$_2$ 代突变频率与 γ 射线剂量和 NaN$_3$ 浓度的量效关系可以回归成二元二次型方程，在低剂量范围内，M$_2$ 代突变频率随复合处理剂量的增大而增高，当达到一定峰值后则随处理剂量的继续增大而下降，呈现出典型的抛物线型；根据二元函数求极值的原理，本研究建议 γ 射线和 NaN$_3$ 复合烟草诱变以 300Gy＋3mmol/L 组合比较适宜。

第三节　小结与讨论

1. 利用单一或者复合诱变因素处理烟草种子对烟草种子活力指数有极其显著的影响

利用 γ 射线结合化学诱变技术，对烟草种子进行诱变处理，结果发现，无论是 γ 射线结合 EMS 诱变还是 γ 射线结合 NaN$_3$ 诱变，γ 射线、EMS 或 NaN$_3$、品种及其两两互作等因素均对种子活力指数有极其显著的影响。

2. γ 射线对烟草不同品种烟草种子活力指数的剂量效应关系符合多靶单击模型 $y=1-(1-e^{-ux})^n$

6 品种 γ 射线的辐射敏感性顺序为云 85＞贵烟 11、红大＞K346、K326＞Nc82，其中 Nc82 较耐 γ 射线辐射。

6 个品种的 VID$_{50}$ 值分别为 326.06Gy（K346）、343.55Gy（Nc82）、299.34Gy（云 85）、331.34Gy（K326）、324.39Gy（贵烟 11）和 324.84Gy（红大），烟草 γ 射线诱变适宜剂量为 300～350Gy；

研究得出烟草风干种子 γ 射线诱变适宜剂量为 350Gy，属于佟道儒报道的 γ 射线诱变烟草种子的剂量范围（50～1000Gy）。由于佟道儒的报道涉及烟草属不同的种，又由于烟草种间 γ 射线诱变敏感性差异很大，所以剂量范围较大；而作者的研究仅涉及普通烟草种，所以作者研究发现的 γ 射线处理适宜剂量也仅适用于普通烟草种。并且从佟道儒报道中的 LD50 值推断，Florida 402 和 Virginia Gold 等属于普通烟草种的品种其诱变适宜剂量在 300～400Gy 之间，与作者的研究结果比较类似。

3. EMS 对活力指数的浓度效应关系符合形如 $y=a+bx^{1.5}+ce^x$ 的指数方程

3 个品种对 EMS 的诱变敏感性顺序为云 85＞K346≈Nc82；3 个品种的 VID$_{50}$ 值分别为 0.38%（K346）、0.38%（Nc82）和 0.31%（云 85），烟草 EMS 射线诱变适宜剂量

为 0.35%。

4. NaN$_3$ 对活力指数的浓度效应关系符合 $z + a + bx + cy$ 的指数方程

3 个品种对 NaN$_3$ 的诱变敏感性顺序为红大＞贵烟 11＞K326；3 个品种的 VID$_{50}$ 值分别为 4.25mmol/L（K326）、3.84mmol/L（贵烟 11）和 3.52mmol/L（红大），烟草 NaN$_3$ 射线诱变适宜剂量为 4mmol/L。

5. γ 射线与 EMS 或 NaN$_3$ 的复合诱变活力指数剂量（浓度）效应符合 $y = a + bx + cx^{2.5} + de^{-x}$ 型二元一次方程

其中 γ 射线与 EMS 复合诱变敏感性顺序为云 85＞K346≈Nc82；γ 射线与 NaN$_3$ 复合诱变敏感性顺序为红大＞贵烟 11＞K326。γ 射线与这 2 个化学诱变剂复合处理中 γ 射线对活力指数的损伤效应大于 EMS 和 NaN$_3$。

6. γ 射线、EMS 或 NaN$_3$ 和品种对 M$_1$ 代各观测性状都有极显著影响

在 γ 射线和 EMS 复合诱变中，因素间两两互作除品种×EMS 对腰叶宽没有显著影响，γ 射线×EMS 对叶数、腰叶长和腰叶宽没有显著影响外，其余互作对 M$_1$ 代各观测性状均有极显著影响；对节距、腰叶宽的影响主要是品种效应，而株高、叶数和腰叶长主要受 γ 射线诱变效应的影响，对于茎围的影响则以 EMS 的诱变效应占主导；γ 射线对 M$_1$ 代各观测性状的损伤效应大于 EMS。

在 γ 射线和 NaN$_3$ 复合诱变中，品种效应除对腰叶宽影响不显著外，对其他性状均有极显著影响；品种×γ 射线对各性状也有显著或极显著效应；品种×NaN$_3$ 对于茎围、叶数、腰叶长和腰叶宽存在极显著效应，而对于株高和节距则以独立效应为主；γ 射线×NaN$_3$ 对于株高、节距和叶数没有显著影响，而对于其他性状都有极显著影响；除品种外，其余因素对 M$_2$ 代突变频率都有显著或极显著影响；γ 射线对各指标的效应都大于 NaN$_3$。

7. M$_1$ 代各性状指标与 γ 射线和 EMS 或 NaN$_3$ 复合处理的量效方程均为二元一次类型

2 种复合处理方式都比单一处理增大了损伤，并且在低剂量范围内随复合处理剂量的增大而下降的趋势不明显，当剂量高达一定值后，则随复合处理剂量的增加而急剧下降，表现出一定的协同效应。

8. M$_2$ 代突变频率与 γ 射线剂量和 EMS 浓度的量效关系可以回归成二元二次型方程

在低剂量范围内，2 种复合处理方式的 M$_2$ 代突变频率随复合处理剂量的增大而增高，当达到一定峰值后则随处理剂量的继续增大而下降，呈现出典型的抛物线型；复合处理比较单一处理增大了 M$_2$ 代突变频率，根据二元函数求极值的原理，本研究建议 γ 射线和 EMS 复合烟草诱变以 300Gy+0.3% 组合比较适宜，γ 射线和 NaN$_3$ 复合烟草诱变以 300Gy+3mmol/L 组合比较适宜。

参 考 文 献

董颖苹，等. 2005. 植物化学诱变技术在育种中的运用及其进展. 种子，24（7）：54—58.

国家烟草专卖局. 1994. YC/T20. 1994 烟草种子检验规程.

林音，司述明，刘宏跃. 1998. 以 VID$_{50}$ 作指标快速预测种子繁殖植物的适宜辐照剂量. 核农学通报，9（1）：13—14.

柳学余. 1992. 农作物化学诱变育种. 南京：东南大学出版社.

马惠平. 1998. 诱变技术在作物育种中的应用. 种子，20（4）：48—50.

任学良，等. 2008a. γ 射线与 NaN$_3$ 处理对烟草种子活力的影响，烟草科技，6：54—55.

任学良，等. 2008b. γ 射线与 NaN₃ 复合处理对烟草几种主要农艺性状的诱变效应. 中国烟草科学报，14（1）：23−26.

佟道儒. 1997. 烟草育种学. 北京：中国农业出版社.

温贤芳. 2001. 中国核农学. 郑州：河南科学技术出版社.

徐冠仁. 1996. 植物诱变育种学. 北京：中国农业出版社.

颜启传. 2001. 种子学. 北京：中国农业出版社.

第十二章 烟属植物的起源、进化
与分类研究的新进展

  Goodspeed 在其 1954 年出版的专著《烟属》中对烟草起源、进化、分类情况进行了系统论述，相关的烟草起源假说、进化关系、植物学分类等学术观点，成为半个世纪以来的经典。目前国内各种与烟草相关的专著、教科书、文献等还是引用 Goodspeed 的理论体系。半个多世纪以来，相关专家从未停止过对烟属起源、进化和分类等的进一步研究，这其中主要包括烟草新种的发现，运用现代分子技术对烟草起源、烟属进化关系的探寻，建立新分类体系的尝试等。这些研究在一些地方验证了 Goodspeed 经典理论，而有的部分则与经典理论有较大出入，分子系统进化研究结果在烟草起源，*N. sylvestris*、*N. nudicaulis* 等 6 个种的进化关系方面有较大改变；基本分析出现代多倍体烟草的进化时间；对烟属提出新的分类体系；发现了 8 个新种等。通过大量相关外文文献的查询、翻译，现将烟属起源、进化、分类等研究的最新进展整理成文，以便科研工作者查询。

第一节 烟属起源与分子系统进化

  烟草作为重要经济作物和植物研究中的模式植物，其起源、进化以及多倍体的演化一直受到研究者的重视。*Mat*K、核糖体转录区间（ITS）研究等分子手段的应用，使烟草起源、进化学说进入一个新的阶段。

一、烟属起源、进化和分类研究主要历程

  烟属的起源、进化和分类的研究从烟属发现至今经历了三个主要阶段（表 12-1）。烟草分类及系统发育的依据从植物形态特征如花结构和颜色，到细胞学特征如染色体结构和数目，到基因组基因序列，如 *Mat*K、核糖体转录区间（ITS），使得烟属的分类及系统发育模式越来越得到认同；烟属起源、进化的认识从依据种的原产地分布，形态特征及种间杂交的可能性提出的假说，到利用基因组原位杂交、利用基因进化来分析确定种的可能亲本或祖先种以及种的形成时间。

  虽然在一些非科学研究性的文章中提到烟草的起源时间为 6000～10000 年前，但是 Oka-muro 等（1985）用 DNA 重组方程估计烟草物种的形成时间还更早，要追溯到 1000 万年前。烟属的起源、进化和分类是非常复杂又耐人寻味的研究领域，而且由于杂交和基因渗透是普遍发生的事情，因此要充分阐述清楚烟属种间关系的复杂模型，需要充分利用分子生物学、形态学、细胞学和地理生物学的数据。目前，栽培种烟草双二倍体具有不同的双亲基因组，

即 S-基因组和 T-基因组的细胞学特征已得到广泛认同。分子生物学和生物化学方面的证据显示 *N. sylvestris* Speg. & Comes（林烟草）和其亲缘关系很近的一个种是母本，它为种间杂交种贡献了 S-基因组，同时贡献细胞质（Olmstead et al.，1991；Aoki et al.，2000）；栽培种烟草双二倍体的父本是 *N.* sect. *Tomentosae*（绒毛烟草）组的一个成员，如 *N. tomentosiformis* Goodsp.（绒毛状烟草），其基因组可能从 *N. otophora* Grisebach（耳状烟草）获得（Kenton et al.，1993；Riechers et al.，1999；Lim et al.，2000a；Kitamura et al.，2001）。

表 12-1 烟属起源、进化和分类研究研究的主要历程

主要研究阶段		起源、进化或分类事件	主要论述或观点	参考文献
20 世纪中叶前烟草分类演化研究	1753 年	林奈描述烟草种	首次对烟草种进行了描述	Knapp et al.，2004
	1818 年	莱曼以花的特征为依据进行归类	首次把烟草种作为一个整体的属	
	1838 年	George Don 等以花的性状和颜色，对烟草进行分组	烟草首次被划分为 4 个分组	
	20 世纪早期	George Don 描述四倍体烟草的可能来源于 East 和 Kostoff 描述划分烟属"遗传中心"种	发现四倍体烟草可能来源"*Rustica*"和"*Petunioids*"。发现烟草的"遗传中心"种	
Goodspeed 的分类体系及演化假说	1954 年	Goodspeed 的《烟属》出版，提出分类系统及起源假说	Goodspeed 根据烟草原产地，植物学形态特征，染色体结构及特征，种间杂交的可能性等研究结果，将已认识的烟属划分为 3 个亚属，14 个组	Goodspeed，1954
分子生物系统发育及进化研究	2000 年	Aoki 和 Ito 利用 *mat*K 基因研究烟属的系统发育进化	利用烟草叶绿体 *mat*K 基因序列分析了 39 个烟草种间关系，结果与传统的分类方法大多吻合；烟草起源于南美洲，然后扩散到其他洲；烟草祖先种染色体基数为 N=12	Aoki et al.，2000
	2003 年	Chase 等利用基因组原位杂交，核糖体 DNA 转录间隔区（ITS）研究烟属系统发育，及烟属杂交种起源	采用 ITS 序列分析法，以 3 个人工双二倍体种、*Cestrum* 和 *Petunia* 为参照，分析烟草 66 个自然种的种间关系，并结合 GISH 法，分析烟草种的起源和进化。结果表明烟草的祖先种不是 *Cestrum* 和 *Petunia*，而可能是澳洲土著的 *Anthocercidae* 类群.	Chase et al.，2003
	2004 年	Clarkson 等利用质体 DNA 研究烟草系统发育	利用烟属质体 DNA 区域，包括内含子 *trn*L，间隔子 *trn*L-F 和 *trn*S-G，两个基因 *ndl*F 和 *mat*K，分析了烟草的系统发育关系，结果表明 *Nicotiana* 与澳洲土著的 *Anthocercideae* 是姐妹种；烟草起源于南美洲南部，后来扩散到非洲和澳洲	Clarkson et al.，2004
	2004 年	Knapp 等基于分子系统分析与传统分类相结合提出烟属分类的新方法。	基于遗传学，形态学的研究进展，及分子生物技术在烟属分类上的应用，提出新分类系统，建议取消分类中的亚属，划分为 13 个组	Knapp et al.，2004
	2008 年	Intrieri 等利用 *phy*A 基因评价烟属种间关系。	*N. tabacum* 中两个来自祖先种的拷贝都能转录，具有功能，与之前认为的多倍化之后大多数重复基因沉默的模式不同	Intrieri et al.，2008
	2010 年	Clarkson 等利用核基因谷氨酸盐合成酶的进化研究了烟属二倍体和异源四倍体的起源，系统发育	第一次利用低拷贝的核基因对烟草进行系统发育和起源研究，结果显示用低拷贝的核基因来分析多倍体的祖先种，尤其是以前不知道其亲本的多倍体，非常有用；可用低拷贝的来进一步阐明烟草同倍体和多倍体的起源和进化	Clarkson et al.，2010
	2010 年	Leitch 等利用基因组原位杂交研究烟属多倍体种基因组大小的进化	利用烟草多倍体基因组大小的比较，结合原位杂交分析，结果表明不同时代形成烟草多倍体基因组没有明确的模式。	Leitch et al.，2010

二、烟属分子系统分类与传统分类的比较

在 Goodspeed 的职业生涯里，大部分时间在研究烟草，通过精辟细致的分析，获得了许多结果和假说，并经受住了时间的考验。Goodspeed 的《烟属》专著是一部基于细胞学，杂交关系，形态学和烟属种地理分布的综合分析论著。在综合大多数烟草种花的颜色与形态，染色体数目和地域分布数据的基础上，他把当时发现的 60 个烟草种划分为 3 个亚属，14 个组。在进化分析上，Goodspeed 假定存在的两个祖先基因库（$'pre\text{-}petunioid'$ 和 $'pre\text{-}cestroid'$）相结合，产生了现代烟草的两个形态学系谱：一方面，这些形态与 $Cestrum$ 和 $Petunia$ Juss 相似；另一方面他强调，染色体加倍和属间杂交在进化中的作用，并声明杂交频繁致使解决种间关系非常困难。他总结说，整个烟属的物种由初级的多倍体（n=12）或二级的多倍体（n=24）组成，这些多倍体由已经灭绝的类群（n=6）演化而来；认为双二倍体的结合，遗传的逐渐分化是解释目前自然出现的烟草种分布的关键。Goodspeed 甚至提出烟草进化的未来设想，在这种设想中，狭隘的地方性二倍体物种将灭绝，更高倍性物种的数量将会增加。

分子细胞遗传学技术的基因组原位杂交（GISH）为揭示杂交类群神秘的起源和身份提供了新的方法（Bennett，1995）。原位杂交技术作为一门新兴的分子细胞遗传学技术，自从利用放射性同位素标记的 DNA 探针与非洲爪蟾细胞核内的 rDNA 杂交首次获得成功之后（Gall et al.，1969）受到研究人员的广泛关注。这种技术采用荧光标记 DNA 探针来"描绘"目标类群细胞分裂中期（Parokonny et al.，1992a；b；Kenton et al.，1993；Parokonny，1995）。GISH 和 FISH 已经用于解答关于基因组的关系，杂交类群的起源和进化中的很多问题。该技术已被用来阐明 $N. tabacum$ 复杂的起源问题（Kenton et al.，1993；Volkov et al.，1999）。

从 Baldwin（1992）发表 nrDNA ITS 以后，ITS 分析法已被广泛用于开花植物系统发育研究，推断构建物种系统发育树。假如 PCR 扩增的 ITS 是单一拷贝类型，大部分研究者认为从这个区域分析获得的系统发育模式能代表一个类群种潜在的系统发育关系，因为它来自于双亲可遗传的核基因（Doyle，1992），当然，系统发育关系的确认也需要跟踪其基因组杂交的某些方面的信息。ITS 是通过杂交被"捕获"的，正如质体或线粒体标记，可以通过杂交和基因渗透在物种间横向转移。ITS 重复是位于染色体的核仁组织区（NOR），通过计数细胞分裂中期有二级结构的染色体数目，来评估类群是否有多个 ITS 序列，相对比较容易（Flavell，1980）。然而，原位杂交实验能显示出烟草基因组中更小的信号位点（Kenton et al.，1993；Lim et al.，2000a；b）。Kenton 等（1993）用 NOR 特异性 DNA 探针，pTA71（Gerlach et al.，1979）鉴定和记载了 8 个染色体区域。因此，传统的细胞学方法计数二级结构数目可能少于 ITS 实际的拷贝数目。有研究报道，也许是因为细胞质和核兼容性选择，双二倍体往往有利于他们获得母性亲本的 ITS 拷贝类型（Soltis et al.，1995；Franzke et al.，1999）。但在烟草中，证据表明它们没有明显的偏向性；因为人工杂交种双二倍体的例子表明，它们既有保持母本拷贝的模式，有也保持父本拷贝的模式，在双二倍体有明确的证据显示，它们有两种模式的实例：$N. tabacum$ 有一个父本的等位 ITS 拷贝，$N. rustica$ 有母本的等位 ITS 拷贝（Chase et al.，2003）。

Intrieri 等（2008）研究表明，编码基因 $phyA$ 是研究烟属进化的良好候选基因，它在烟属的亚属中都出现，而且在双二倍体中有两个具有功能的 $phyA$ 拷贝，与以前认为在多倍体化后大部分重复基因都沉默的观点（Adams et al.，2005；Comai，2005）不一致。Clarkson 等（2010）研究表明，烟属二倍体含有一个单拷贝的 $ncpGS$ 基因，多倍体种中含有两个同源性拷贝

的 *ncp*GS 基因，而且所有同源的序列都有开放读码框，并用该基因可以阐明烟属多倍体的亲本系谱。以上研究表明，继承自双亲的低拷贝的核基因可用于检测杂交种，并用于分析系统发育。

分子系统分析，包括质体基因，ITS 分析和核基因在分析烟属的系统发育研究的应用，使得烟属的起源进化及种间关系变得越来越明朗。严格一致的系统树中包含的许多进化分支，与 Goodspeed 最初确定分类亚属起源虽然不完全一致，但高度相似。Goodspeed（1954）的烟草分类计划，是建立在一个良好的细胞学信息（即在那个时代对基因组最好的推断）基础上的，因此他的分类与分子系统分析如 *mat*K 基因，ITS 分析的系统树有相当好的一致性，但在祖先种的认同，部分种的归属及其起源进化有些不一致。

表 12-2　根据 Goodspeed（1954）烟属分类，染色体数目和分布表（Chase et al.，2003）

组/种	染色体数目/n	自然地理分布
Nicotiana Subgenus *Rustica* (Don) Goodsp.		
Nicotiana section *Paniculatae* Goodsp.		
Nicotiana glauca Graham	12	阿根廷
Nicotiana benavidesii Goodsp.	12	秘鲁
Nicotiana cordifolia Phil.	12	智利
Nicotiana cutleri D'Arcy	12	玻利维亚南部
Nicotiana knightiana Goodsp.	12	秘鲁南海岸
Nicotiana paniculata L.	12	秘鲁西部
Nicotiana raimondii J. F. Macbr.	12	智利，玻利维亚
Nicotiana solanifolia Walpers	12	智利北海岸
Nicotiana section *Thyrsiflorae* Goodsp.		
Nicotiana thyrsilfora Bitter ex Goodsp.	12	秘鲁，Maran Āon 山谷
Nicotiana section *Rusticae* Don		
Nicotiana rustica L.	24	厄瓜多尔，秘鲁，玻利维亚西北部
Nicotiana Subgenus *Tabacum* (Don) Goodsp.		
Nicotiana section *Tomentosae* Goodsp.		
Nicotiana tomentosa Ruiz & Par.	12	秘鲁南部和中部，玻利维亚西部
Nicotiana tomentosiformis Goodsp.	12	玻利维亚
Nicotiana otophora Griseb.	12	玻利维亚，阿根廷西北部
Nicotiana setchellii Goodsp.	12	秘鲁北部
Nicotiana glutinosa L.	12	秘鲁，厄瓜多尔
Nicotiana kawakamii Y. Ohashi	12	玻利维亚
Nicotiana section *Genuinae* Goodsp.		
Nicotiana tabacum L.	24	世界各地烟草种植区
Nicotiana Subgenus *Petunioides* (Don) Goodsp.		
Nicotiana section *Undulatae* Goodsp.		
Nicotiana undulata Ruiz & Pav.	12	秘鲁，玻利维亚，阿根廷北部
Nicotiana arentsii Goodsp.	24	秘鲁，玻利维亚
Nicotiana wigandioides Koch & Fintelm	12	玻利维亚
Nicotiana section *Trigonophyllae* Goodsp.		
Nicotiana obtusifolia M. Martens & Galeotti（syn: *N. trigonophylla* Dunal）	12	美国西南部，墨西哥
N. palmeri A. Gray	12	美国西南部
Nicotiana section *Alatae* Goodsp.		
Nicotiana sylvestris Speg. & Comes	12	阿根廷，玻利维亚
Nicotiana langsdorfii Weinm.	9	巴西，巴拉圭，阿根廷
Nicotiana alata Link & Otto	9	乌拉圭，巴西，巴拉圭，阿根廷
Nicotiana forgetiana Hemsl.	9	巴西东南部

组/种	染色体数目/n	自然地理分布
Nicotiana bonariensis Lehm.	9	巴西东南部，乌拉圭，阿根廷
Nicotiana longiflora Cav.	10	玻利维亚，巴西，乌拉圭，巴拉圭，阿根廷
Nicotiana plumbaginifolia Viv.	10	秘鲁，玻利维亚，阿根廷，巴拉圭，巴西
Nicotiana azambujae L. B. Smith & Downs	?	巴西南部
Nicotiana mutabilis Stehmann & Semir	9	巴西
Nicotiana section *Repandae* Goodsp.		
Nicotiana repanda Willd.	24	美国南部，墨西哥北部
Nicotiana stocktonii Brandegee	24	墨西哥
N. nesophila I. M. Johnston	?	墨西哥
Nicotiana section *Noctiflorae* Goodsp.		
Nicotiana noctiflora Hooker	12	阿根廷，智利
Nicotiana petunioides (Griseb.) Millán.	12	阿根廷，智利
Nicotiana acaulis Speg.	12	阿根廷
Nicotiana ameghinoi Speg.	?	阿根廷
Nicotiana paa Mart. Crov.	12	阿根廷北部，智利西北部
Nicotiana section *Acuminatae* Goodsp.		
Nicotiana acuminata (*Graham*) Hook.	12	智利，阿根廷
Nicotiana pauciflora J. Remy	12	智利
Nicotiana attenuata Torr. ex S. Watson	12	美国西部
Nicotiana corymbosa J. Remy	12	智利，阿根廷
Nicotiana longibracteata Phil.	?	阿根廷，智利
Nicotiana miersii Remy	12	美国西部
Nicotiana linearis Phil.	12	智利
Nicotiana spegazzinii Milla′n	12	阿根廷
Nicotiana section *Bigelovianae* Goodsp.		
Nicotiana quadrivalvis Pursh (*syn*：*N. bigelovii* (Torr.) Wats.)	24	美国西部
Nicotiana clevelandii A. Gray	24	加利福尼亚，亚利桑那
Nicotiana section *Nudicaules* Goodsp.		
Nicotiana nudicaulis S. Watson	24	墨西哥东北部
Nicotiana section *Suaveolentes* Goodsp.		
Nicotiana suaveolens Lehm.	16 (32)	澳大利亚东南部
Nicotiana maritima H. -M. Wheeler	16	澳大利亚南部
Nicotiana velutina H. -M. Wheeler	16	澳大利亚
Nicotiana gossei Domin	18	澳大利亚中部
Nicotiana excelsior J. M. Black	19	澳大利亚
Nicotiana megalosiphon Van Heurck & Miill. Arg.	20	澳大利亚东部
Nicotiana exigua H. -M. Wheeler	16	澳大利亚东南部
Nicotiana goodspeedii H. -M. Wheeler	20	澳大利亚南部
Nicotiana ingulba J. M. Black	20	澳大利亚昆士兰州
Nicotiana stenocarpa H. -M. Wheeler	20	澳大利亚
Nicotiana occidentalis H. -M. Wheeler	21	澳大利亚
Nicotiana rotundifolia Lindl.	22	澳大利亚西南部
Nicotiana debneyi Domin	24	澳大利亚东海岸，新喀里多尼亚（岛）（南太平洋）
Nicotiana benthamiana Domin	19	澳大利亚西北部和中北部
Nicotiana fragrans Hooker	24	南太平洋

续表

组/种	染色体数目/n	自然地理分布
Nicotiana umbratica N. T. Burb.	23	澳大利亚西部
Nicotiana cavicola N. T Burb.	20（23）	澳大利亚西部
Nicotiana amplexicaulis N. T. Burb.	18	澳大利亚
Nicotiana hesperis N. T. Burb.	21?	澳大利亚西海岸及岛屿
Nicotiana simulans N. T. Burb.	20	澳大利亚
Nicotiana burbidgeae Symon	21	澳大利亚南部
Nicotiana heterantha Kenneally & Symon	24	澳大利亚西部
Nicotiana wuttkei Clarkson & Symon	14	澳大利亚东北部
Nicotiana truncata D. E. Symon.	?	澳大利亚西部
Nicotiana africana Merxm.	23	纳米比亚

1. Nicotiana 祖先种

在 Goodspeed（1954）假说中，*Nicotiana* 的进化涉及到包含'pre *Petunia*'（导致现代 *Petunia* 属的系谱）和'*pre-Cestrum*'（*Cestrum* 属的祖先）的'ancestral reservoir'。关于祖先种'pre-*petunioid*'和'pre-*cestroid*'引起开花模式多样性扩展的观点认为现存二倍体的产生是类群种之间的杂交，这与 *Petunia* 的类似，另一个与 *Cestrum* 类似。Olmstead 等（1999）用 *rbcL* 和 *ndhF* 的分析，与 Chase 等（2003）的 ITS 分析得到的结果相同，结果显示 *Petunia* 和 *Cestrum* 都不是烟草的姐妹系，虽然烟草两种开花类型，一种看起来像 *Petunia*，另一种像 *Cestrum*，但这可能是由于适应昆虫传粉的协同进化，而与烟草起源进化没有任何关系。如果现存的烟草二倍体和土著的 *Anthocercidae* 相关的属是通过 *Petunia* 和 *Cestrum* 的祖先种之间杂交产生的，那么很可能发现两种不同基因排列模式的证据，它们与这两个祖先的相符合。这虽然是可能的，但会因为后来基因组易位变得非常困难。如果可以找到证据支持这一假说，它可用于检测基因组组织模式。不过，这一假说目前看起来不太成立，因为基于 DNA 序列的系统发育分析显示 *Nicotiana* 与澳洲土著的 *Anthocercideae* 是姐妹种（Clarkson et al.，2004；Garcia et al.，2003）。这虽然与地理生物学的观点有出入，但从细胞学观点上看有意义，并获得支持，因为 *Nicotiana* 和 *Anthocercideae* 染色体基数都是 $n=12$，而现代的 *Petunia* 和 *Cestrum* 的染色体数分别是 $n=8$ 和 $n=7$。然而，Goodspeed 使用的遗传分类学时代之前的术语，因此不好用现代分析系统发生的框架来评价他假说中的观点。分子系统发育分析，包括 *mat*K 基因，ITS 序列和核基因 *ncp*GS 分析（Chase et al.，2003；Clarkson et al.，2004；Clarkson et al.，2010），与 Goodspeed（1954）假说中关于烟属四倍体组/种的祖先种的认识比较见表 12-3。

Goodspeed（1954）表示，*N.* section *Repandae*（*N. stocktonii*，*N. repanda* 和 *N. nesophila*）组关系最密切的成员是 *N. plumbaginifolia*-like，$n=12$，其"alatoid"祖先类群现在已经灭绝，但是 GISH 实验和 FISH 实验不支持这个假说。以 *N. palmeri* 和 *N. obtusifolia* 的基因组 DNA 为探针，在 *N.* section *Repandae* 组成员的染色体上都有弥散的标记信号，结果显示 *N.* section *Repandae* 组的成员可能是一个自动加倍的多倍体起源，而不像是烟草中的异源多倍体起源；采用来自 *N. palmeri* 和 *N. obtusifolia* 的 DNA 为探针与 *N.* section *Repandae* 基因组杂交的弥散信号（Chase et al.，2003），*N.* section *Repandae* 组成员在 ITS 系统树的位置表明还涉及另一个种（比如 *N.* sections *Acuminatae* 或 *Alatae* 组的成员），它来自这些类群祖先所在 ITS 系统树的同一个分支。

表 12-3　不同方法对烟属特异四倍体组/种的祖先种分析比较（Leitch et al.，2010）

异源四倍体组/种	质体分析和 ncpGS 分析（ITS 类型分析）母本祖先种	质体分析和 ncpGS 分析（ITS 类型分析）父本祖先种	Goodspeed（1954）推定的祖先种
N. arentsii	N. undulata（ITS）	N. wigandioides	N. undulata XN. wigandioides
N. rustica	N. paniculata *（ITS）	N. undulata	N. paniculata XN. undulata
N. tabacum	N. sylvestris	N. tomentosiformis（ITS）	N. sylvestris XN. sect. Tomentosae
N. sect. Polydicliae	N. sect. Trigonophyllae	N. attenuata（ITS）	N. sect. Alatae XN. sect. Petunioides
N. sect. Repandae	N. sylvestris（ITS）	N. sect. Trigonophyllae	N. sect. Alatae XN. sect. Trigonophylla（except N. nudicaulis；N. sect. Petunioides XN. sect. Trigonophyllae）
N. sect. Suaveolentes	N. sylvestris **（ITS）	N. sect. Trigonophyllae ♯	涉及 N. sect. Alatae，N. sect. Noctiflorae 和 N. sect. Petunioides

注：* 不能排除 N. knightiana；
　　** 非决定性证据，列出最可能的祖先，但不能排除 Noctiflorae 或 Alatae；
　　♯ 非决定性证据，列出最可能的祖先。

2. 不同分类法显示部分烟属种位置的差异

分子系统分类法与 Goodspeed 分类有高度的相似性，但在部分种的类组划分上有些不一致（参见表 12-2 和图 12-1），主要表现在 4 个二倍体种的分组差异和 2 个多倍体组的划分，其调整情况和原因如下：

（1）Goodspeed 把 N. glutinosa 放在 N. sect. Tomentosae 组，但分子系统分析法把它放在 N. sect. Undulatae 组（原因参见下文 Goodspeed 分类不确定分析）。

（2）Goodspeed 把 N. thyrsiflora 作为 N. sect. Thyrsiflorae 唯一的种，但分子系统分析法把它放在 N. sect. Undulatae，并把 N. sect. Thyrsiflorae 合并到 N. sect. Undulatae。因为 ITS 分析结果显示 N. sect. Thyrsiflorae 组的 N. Thyrsiflora（Goodspeed，1954）与 N. sect. Undulatae 的成员 N. arentsii，N. undulata 和 N. Wigandioides 是姐妹种（Chase 等，2003）

（3）Goodspeed 把 N. glauca 放在 N. sect. Paniculatae，但是分子系统分析把它归到 N. sect. Noctiflorae 组（原因参见下文 Goodspeed 分类不确定分析）。

（4）Goodspeed 把 N. sylvestris 作为 N. sect. Alatae 的成员，但分子系统分类把它作为一个单独的组列出来，建立一个新组 N. sect. Sylvestres（林烟草组）。因为虽然 N. sylvestris 与 N. sect. Alatae 的成员形态上关系密切，也与 N. sect. Noctiflorae 的成员有相同的染色体特征，但是它的基因组涉及好几个异源四倍体形成事件，它可能比其他现存种更可能是烟草基因组的祖先种（Chase et al.，2003），而且在严格一致分子系统分析中，N. sylvestris 作为 N. sect. Alatae 的成员或 N. sect. Noctiflorae 的成员得不到良好的自展比例支持（Chase et al.，2003；Knapp et al.，2004）。

（5）分子系统分析用 N. sect. Polydicliae 替代了原组名 N. sect. Bigelovianae。其成员 N. clevelandii A. Gray，N. quadrivalvis Pursh（原名是 N. bigelovii（Torrey）S. Watson）明显是并系群体，基因组来源复杂，并且由 ITS 分析和质体分析结果显示，这两个类群的亲本虽然相同（推定为 N. sect. Trigonophyllae-like 和 N. sylvestris-like；Chase et al.，2003；Clarkson et al.，2004），但是多倍体化事件发生在不同的时代。

（6）分子系统分类把 Goodspeed 的 *N*. sect. *Repandae* 和 *N*. sect. *Nudicaules* 合并为 *N*. sect. *Repandae*。因为分子生物学数据结果表明，它们具有相同的亲本，一个亲本是祖先种 *N*. *sylvestris*-type（Knapp et al.，2004），另一个亲本是 *N*. *obtusifolia*-type（Clarkson et al.，2010），因此它们属于一个组。

烟属中有 40% 是多倍体种，包括（a）*N*. *tabacum*（section *Nicotianae*），（b）*N*. *rustica*（section *Rusticae*），（c）*N*. *arentsii*（section *Undulatae*），（d）*N*. *clevelandii* 和 *N*. *quadrivalvis*（section *Polydicliae*），（e）*N*. *nudicaulis*，*N*. *repanda*，*N*. *nesophila* 和 *N*. *stocktonii*（section *Repandae*），（f）section *Suaveolentes* 的 23 个种。栽培烟草种是烟草多倍体种中形成比较晚的种（小于 20 万年），其基因组由亲本 *N*. *sylvestris* 和 *N*. *wigandioides* 贡献，而多倍体 sect. *Polydicliae* 和 sect. *Suaveolentes* 的形成时间分别在 1 百万年左右和 1 千万年前，它们的其中一个亲本还是不能确定（Leitch et al.，2010）。分子系统发育与分组以及起源时间的关系看，这些烟草多倍体的形成不仅在时间上很不一致，而且在其亲本（二倍体）种的关系上也有很大的差异。

3. 烟属的起源进化

Goodspeed（1954）关于烟草的研究与假设是建立在完全单起源概念的基础上，他综合了许多资源和数据，使他能用系统发育框架分清类组。尽管用分子系统分类描述的结果与 Goodspeed 分类并不完全相同，但结果具有一致性也是值得注意的。但烟草的进化比他之前想象的要复杂的多，他没能提供烟草的重新分类法。现代分子生物学技术，能获得更多的进化特征（如用 GISH 解析二倍体基因组在杂交类群中的分布），并能获得更细致的洞察系统发育历史。在 ITS 系统树中，*N*. *Bigelovianae* 组的两个种 *N*. *clevelandii* 和 *N*. *quadrivalvis* 在大多数系统树分析中位置未能解决。虽然 ITS 分析系统树主骨架之外的分支自展百分比大多是 BP<54，但是结果支持 *Nicotiana* section *Tomentosae*（不含 *N*. *glutinosa*）是其他组的姐妹组。虽然在全部的 ITS 分析中可能有个别分错的地方，但结果显示 Goodspeed（1954）划分的三个亚属中没有一个是单系起源的。

基于细胞学，形态学，质体基因与核基因的研究以及基因组原位杂交，结合分子钟的分析，认为烟属多倍体产生于不同的年代（Aoki et al.，2000；Chase et al.，2003；Clarkson et al.，2005；Kovarik et al.，2008）。Goodspeed 烟属起源进化假说与分子系统分析的起源进化关系，参见图 12-2。

（1）最年轻的双二倍体种 *N*. *tabacum*，*N*. *rustica* 和 *N*. *arentsii* 产生于 20 万年前，其亲本是 *N*. *sylvestris* 和 *N*. sect. *Tomentosae* 的一个成员。

（2）*N*. sect. *Polydicliae* 组的两个种（*N*. *clevelandii* A. Gray，*N*. *quadrivalvis* Pursh）产生于约 1 百万年前，其本是 *N*. *obtusifolia*（section *Trigonophyllae*）的一个祖先种和 *N*. *attenuata*（section *Petunioides*）的祖先种（Chase 等，2003；Clarkson 等，2004 Knapp 等，2004）。

（3）*N*. sect. *Repandae* 组的 4 个种（*N*. *repanda* Willd.，*N*. *nesophila* I. M. Johnston，*N*. *nudicaulis* S. Watson，*N*. *stocktonii* Brandegee）产生于约 450 万年前，它们的亲本可能都是 *N*. *sylvestris* 的祖先种和 *N*. *obtusifolia* 的祖先种。

（4）*N*. sect. *Suaveolentes* 组中最古老的多倍体种，产生于 1 千万年前，可能是起源于一个简单的多倍体。在烟草多倍体种的进化及演化过程中，可能发生了染色体组的翻转，重复序列的交换，种间染色体的易位、重排和丢失。

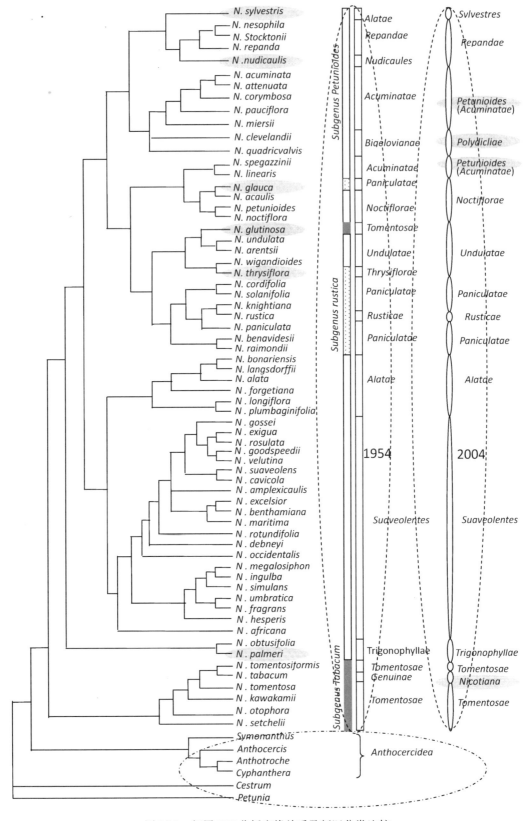

图 12-1　烟属 ITS 分析亲缘关系及新旧分类比较

(参考 Goodspeed，1954；Chase et al.，2003；Knapp et al.，2004)

三、分子系统学对 **Goodspeed** 分类不明确种归属的解析

Goodspeed（1954 年）对当时认识的 60 个种，大部分都确定了类群的划分，但他对 *N. Glauca* 和 *N. glutinosa* 种，因为不能肯定其地域分布或进化历史，表示对它们的类群划分存在疑问。

1. *N. glauca*。Goodspeed 把 *N. glauca* 放在 *N.* sect. *Paniculatae* 组，他强调开花特性使他把 *N. glauca* 放在 *N.* sect. *Paniculatae* 组，其花具有`花冠形状，卵形，心形叶片，与 *N.* sect. *Paniculatae* 组的所有成员一样，并强调它的"隔离进化"（Goodspeed，1954）。在他对 *N. noctifiora* 的讨论中，提到了它与 *N. glauca* 的花结构类似。但是 ITS 系统分析把 *N. glauca* 从 *N.* sect. *Paniculatae* 调至 *N.* sect. *Noctiflorae*（Chase，2003；Knapp，2004）。*N.* sect. *Paniculatae* 组和 *N.* sect. *Noctifiorae* 组都来自南美洲南部，*N. Glauca* 在分子系统分支上作为 *N.* sect. *Noctifiorae* 组的姐妹系的位置，那么 *N. glauca* 是具有黄色管状花特征的 *N.* sect. *Noctifiorae* 组的一个成员。

2. *N. glutinosa*。Goodspeed 把 *N. glutinosa* 放在 *N.* sect. *Tomentosae* 组，但他指出它的性状特征明显的混合有其他组的特征。他还表示怀疑澳洲的类群 *N.* sect. *Suaveolentes* 组的准确来源，Olmstead et al.（1991）根据澳大利亚烟草种在质体 DNA 限制性位点变化的缺失分析结果，确定澳大利亚烟草物种（*N.* sect. *Suaveolentes*）是殖民统治导致的辐射扩散而造成的，可能仅仅是新近到达而不是地理隔离引起的。一种地理隔离模式应包括更大程度的变异以及较少的衍生系统发育。Goodspeed 说明，*N. glutinosa* 显然部分是"alatoid"源性的，但 *N. acuminatae* 和 *N. noctiflorae* 都是可能是其他基因库来源。分子系统分析法把 *N. glutinosa* 由 *N.* sect. *Tomentosae* 调至 *N.* sect. *Undulatae*（Chase et al.，2003；Knapp et al.，2004；Clarkson et al.，2004）。ITS 分析结果显示 *N.* sect. *Undulatae* 组的 *N. arentsii*，*N. undulata* 和 *N. wigandioides*，*N.* sect. *Thyrsifiorae* 组的 *N. thyrsifiora*，*N.* sect. *Tomentosae* 组的 *N. glutinosa* 与 *N.* sect. *Paniculatae* 是姐妹种，结果支持 *N.* sect. *Tomentosae* 不含 *N. glutinosa*；Knapp 等（2004）的重新分类也支持把 *N. glutinosa* 放至 *N.* sect. *Undulatae*。

虽然随着现代分子生物技术的发展，尤其是基因序列，基因组原位杂交技术在烟属研究中的应用，烟属起源时间、系统发育关系、进化和种间关系的分析研究越来越多，烟属的起源进化的研究结果越来越得到认同，但是关于烟草起源和进化，以及演化过程中仍然有些问题无法解答，例如，栽培烟草异源多倍体在进化过程中是否只出现过一次？来自祖先二倍体烟草的基因是否同时渗入到新的烟草种中？哪些一定存在于烟草祖先种基因库中的遗传变异性片段仍然包含在烟草中？烟草多倍体基因组大小在进化中有怎样的演化模式等？这些问题都有待深入研究，一步步澄清。

图 A

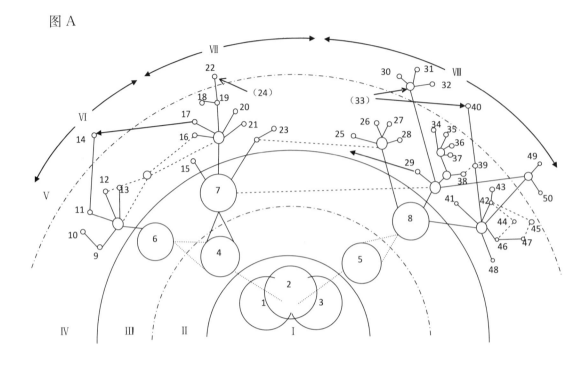

图 B

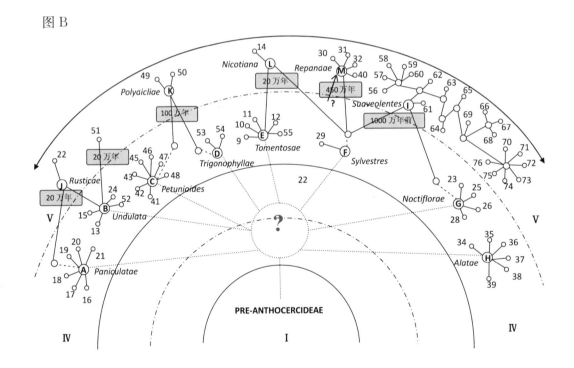

第二节　烟属植物学分类新体系

烟草在植物分类学上属于双子叶植物纲（Dicotyledoneac），管花目（Tubiflorae），茄科（Solanaceae），烟属（*Nicotiana*）。烟属是茄科植物中的第五大家族，不仅栽培利用的商品烟草种（普通烟草和黄花烟草）对农业经济意义重大，其他野生种也具有重要的利用价值，其中很多是烟草主要病害的抗源。对烟属内种的分类方法几经变迁，Goodspeed 在《烟属》中所阐述的经典分类系统在过去 50 年来被广泛采纳。近年，随着烟草新种的发现、创新和烟属分类研究的不断深入，特别是分子生物技术在烟属分类中的广泛、深入利用，烟属新的分类方法也随之产生。据报导目前发现烟属的种已达 86 个（包括人工合成的种），但各学术机构、学派说法不一，对很多种的确定有较大争议，其中 70 多个种的命名得到了普遍认可。Knapp（2004）

图 12-2　烟草分子系统进化关系

（A：参照 Goodspeed，1954，王仁刚、蔡刘体译；B：王仁刚、蔡刘体、任学良制图）

注：Ⅰ：古代祖先植物群（pregeneric reservoir）；Ⅱ：烟草祖先（ancestral nicotiana complexes）；Ⅲ：亚属前类群（per-subgeneric aggregates）；Ⅳ：12 对染色体的现代烟草（modern 12-paired level）；Ⅴ：24 对染色体的现代烟草（modern 24-paired level）；Ⅵ：普通烟草亚属（subgenus *tabacum*）；Ⅶ：黄花烟草亚属（subgenus *rustica*）；Ⅷ：碧冬烟草亚属（subgenus *petunioides*）；

A：圆锥烟草组（N. sect. *Paniculatae*）；B：波叶烟草组（N. sect. *Undulata*）；C：渐尖叶烟草组（N. sect. *Petunioides*）；D：三角叶烟草组（N. sect. *Trigonophyllae*）；E：绒毛烟草组（N. sect. *Tomentosae*）；F. 林烟草组；（N. sect. *Sylvestres*）；G：夜花烟草组（N. sect. *Noctiflorae*）；H：具翼烟草组（N. sect. *Alatae*）；I：香甜烟草组（N. sect. *Suaveolentes*）；J：黄花烟草组（N. sect. *Rusticae*）；K：多室烟草组（N. sect. *Polydicliae*）；L：普通烟草组（N. sect. *Nicotiana*）；M：残波烟草组（N. sect. *Repandae*）；

1：古夜香树（Pre-*Cestrum*）；2：古烟草（Pre-*nicotiana*）；3：古碧冬茄（Pre-*petunia*）；4：类夜香树（*Cestroid*）；5：类碧冬茄（*Petunioid*）；6：古普通烟草（Per-*Tabacum*）；7：古黄花烟草（per-*rustica*）；8：古碧冬烟草（Per-*petunioides*）；9：绒毛烟草（*N. tomentosa* Ruiz & Pay.）；10：绒毛状烟草（*N. tomentosiformis* Goodsp.）；11：耳状烟草（*N. otophora* Griseb.）；12：赛特氏烟草（*N. setchellii* Goodsp.）；13：粘烟草（*N. glutinosa* L.）；14：普通烟草（*N. tabacum* L.）；15：拟穗状烟草（*N. thrysiflora* Bitter ex Goodsp.）；16：贝纳末特氏烟草（*N. benavidesii* Goodsp.）；17：茄叶烟草（*N. solanifolia* Walp.）；18：奈特氏烟草（*N. knightiana* Goodsp.）；19：圆锥烟草（*N. paniculata* L.）；20：心叶烟草（*N. cordifolia* Phil.）；21：雷蒙德氏烟草（*N. raimondii* J. F. Macbr.）；22：黄花烟草（*N. rustica* L.）；23：粉蓝烟草（*N. glauca* Graham）；24：波叶烟草（*N. undulata* Ruiz & Pav.）；25：夜花烟草（*N. noctiflora* Hook.）；26：矮牵牛状烟草（*N. petuniodes*（Griseb.）Millán.）；27：阿米基诺氏烟草（*N. ameghinoi* Speg.）；28：无茎烟草（*N. acaulis* Speg.）；29：林烟草（*N. sylvestris* Speg. & Comes）；30：残波烟草（*N. repanda* Willd.）；31：斯托克通氏烟草（*N. stocktonii* Brandegee.）；32：岛生烟草（*N. nesophila* I. M. Johnston）；33：三角叶烟草（*N. trigonophylla* donal.）；34：福尔吉特氏烟草（*N. forgetiana* Hemsl.）；35：具翼烟草（*N. alata* Link & Otto）；36：蓝格斯多夫烟草（*N. langsdorffii* Weinm.）；37：博内里烟草（*N. bonariensis* Lehm.）；38：长花烟草（*N. longiflora* Cav.）；39：蓝茉莉叶烟草（*N. plumbaginifolia* Viv.）；40：裸茎烟草（*N. nudicaulis* S. Watson）；41：渐狭叶烟草（*N. attenuata* Torrey ex S. Watson）；42：渐尖叶烟草（*N. acuminata*（Graham）Hook.）；43：少花烟草（*N. pauciflora* J. Remy）；44：长苞烟草（*N. longibracteata* Phil.）；45：斯佩格茨烟草（*N. spegazzinii* Milla'n.）；46：伞床烟草（*N. corymbosa* J. Remy）；47：狭叶烟草（*N. linearis* Phil.）；48：摩西氏烟草（*N. miersii* J. Remy）；49：克利夫兰氏烟草（*N. clevelandii* A. Gray）；50：毕基劳氏烟草（*N. bigelovii*（Torrey）S. Watson）后更名为夸德瑞伍氏烟草（*N. quadrivalvis* Pursh）；51：阿伦特氏烟草（*N. arentsii* Goodsp.）；52：芹叶烟草（*N. wigandioides* Koch & Fintelm）；53：欧布特斯烟草（*N. obtusifolia* M. Martens & Galeotti）；54：帕欧姆烟草（*N. palmeri* A. Gray）；55：卡瓦卡米氏烟草（*N. kawakamii* Y. Ohashi）；56：特大管烟草（*N. megalosiphon* Van Huerck & Miill. Arg.）；57：因古儿巴烟草（*N. ingulba* J. M. Black）；58：拟似烟草（*N. simulans* N. T. Burb.）；59：荫生烟草（*N. umbratica* N. T. Burb.）；60：西烟草（*N. hesperis* N. T. Burb）；61：非洲烟草（*N. africana* Merxm.）；62：香烟草（*N. fragrans* Hooker）；63：西方烟草（*N. occidentalis* H. -M. Wheeler）；64：迪勃纳氏烟草（*N. debneyi* Domin）；65：圆叶烟草（*N. rotundifolia* Lindl.）；66：高烟草（*N. excelsior* J. M. Black）；67：本塞姆氏烟草（*N. benthamiana* Domin）；68：海滨烟草（*N. maritima* H. -M. Wheeler）；69：抱茎烟草（*N. amplexicaulis* N. T. Burb.）；70：哥西氏烟草（*N. gossei* Domin）；71：稀少烟草（*N. exigua* H. -M. Wheeler）；72：莲座烟草（*N. rosulata*（S. Moore）Domin）；73：古特斯比氏烟草（*N. goodspeedii* H. -M. Wheeler）；74：颤毛烟草（*N. velutina* H. -M. Wheeler）；75：香甜烟草（*N. suaveolens* Lehm.）；76：洞生烟草（*N. cavicola* N. T. Burb）；

根据烟草分子系统进化研究结果，淡化了亚属的概念，将烟属 76 个种，重新划分为 13 个组，引起了广泛关注。

一、20 世纪中叶前的烟属分类

1753 年，林奈描述了热带美洲的 4 种烟草：*N. glutinosa*（粘烟草），*N. tabacum*（普通烟草），*N. rustica*（黄花烟草），*N. paniculata*（圆锥烟草）。莱曼（1818）首次将 21 个烟草种作为一个整体属，并第一次提及一个来自澳洲的特异种；莱曼所描述的烟属大部分是由 Humboldt 和 Bonpland 收集的种，其中没有涉及到普通烟草和碧冬烟草的种间分组问题，而是以花的特征为依据将 7 种烟草分为两个未归类的分支：一个是带有托盘状花和圆形花冠裂片的分支；另一个是具有漏斗状花和尖的或近长尖的花冠裂片的分支。

1838 年，George Don 首次明确提出了烟属内分支的组名。烟属首次被分为 4 个组，主要是依据花的性状和颜色，其特征分别是："I Sect. *Tabacum*"（普通烟草）带有漏斗状的红花，"II Sect. *Rustica*"（黄花烟草）带有性状多样的黄花，"III Sect. *Petunioides*"（矮牵牛状烟草）带有高脚碟状的花，"IV Sect. *Polydiclia*"（多室烟草）带有膨大的花和 4 瓣的蒴果。

在对茄科作物进行综合分类研究时，Dunal 在 1852 年将烟属分为两个组群，根据蒴果的形态明确分组："Sectio I. *Didiclia*"（双室烟草），这些种带有两瓣的蒴果，这包括大部分的种；"Sectio II. *Polydiclia*"，这些种带有多瓣的蒴果，只包含 *N. quadrivalvis*（夸德瑞伍氏烟草）和 *N. multivalvis*（姆欧替委斯烟草）两个种。而 Von Wettstein 拒绝使用 Dunal 的分组，采纳了 Don 的主要分组原则。他将烟属分为三个组 *N. sect. Tabacum*，*Rustica* 和 *Petunioides*，而在他界定的 *N. sect. Petunioides* 中包括了来自 Don 界定的分组 *N. sect. Polydicli*。

20 世纪早期，Anastasia 等对烟属种的遗传学研究沿用了 Don 的分组方法，并发现四倍体烟草可能来源于"*Rustica*"和"*Petunioides*"。Setchell 也利用了 Don 的三个分组，包括他的分组 *N. sect. Petunioides* 中被 Don 划为 *N. sect. Polydiclia* 的那些种。在 20 世纪早期到中期，对烟属中各成员的大量研究工作使 East 和 Kostoff 发现了许多称为"遗传中心"（Genetic Center）的种；Kostoff 后来命名了这些相同的组，或多或少的与他早期的"遗传组"相同。因为这些命名与任何的分类描述都不一致，所以并没有真正发表。

二、Goodspeed 分类体系

20 世纪前半叶，美国学者 Goodspeed 在烟属细胞遗传和分类学方面进行了广泛的工作，他的著作（Goodspeed，1954）已经成为最近 50 年来烟属分类的标准。Goodspeed 根据烟草的原产地、植物学形态特征、染色体数目、染色体形态结构、染色体联会特点、种间杂交的可能性等研究结果，将 Don 对烟属分类所采用的三个组（*N. sect. Tabacum*，*Rustica* 和 *Petunioides*）分别提升为三个亚属，同时，对它们进行了明确的表述，提出了一系列相关种的组名。在组的划分上，他从 *N. sect. Alatae*（具翼烟草组）中分离出一个新组 *N. sect. Repandae*（残波烟草组）；从 *N. sect. Acuminatae*（渐尖叶烟草组）中分离出两个新组 *N. sect. Nudicaules*（裸茎烟草组）和 *Bigelovianae*（毕基劳氏烟草组）。

Goodspeed 专著《烟属》中，将当时发现的 60 个种，划分为三个亚属 14 个组，有 45 个种原产于南美洲和北美洲；有 15 个种原产于大洋洲及南太平洋的一些岛屿。*Rustica*（黄花烟亚属）包含 3 个组 9 个种；*Tabacum*（普通烟亚属）包含 2 个组 6 个种；*Petunioides*（碧冬茄烟草亚属）包含 9 个组 45 个种；1960 年美国学者 NBurbidge 和 Wells 先后对此种分类作了两次修正。Burbidge 给原产澳大利亚的种增加了 5 个新种：*N. umbratica*（荫生烟草）、*N. cavicola*（洞生烟草）、*N. amplexicaulis*（抱茎烟草）、*N. hesperis*（西烟草）、*N. simulans*（拟似烟草），并把 *N. stenocarpa* 改名为 *N. rosulata*（莲座烟草）。Wells 将 *N.* sect. *Trigonophyllae*（三角叶烟草组）的 *N. Palmeri*（帕欧姆烟草）和 *N. trigonophylla*（三角叶烟草）两个种合并为 *N. trigonophylla* 一个种。这样烟属包含的种就成为 64 个。1968 年美国学者 Smith 在 Goodspeed 分类的基础上对 64 个种进行了归纳分类。近年又发现两个新种：一个是原产于西南非洲纳米比亚的 *N. africana*（非洲烟草）暂置 *Petunioides*（碧冬茄烟草亚属）的 *N.* sect. *Suaveolentes*（香甜烟草组）；另一个是原产南美洲安第斯山一带的 *N. kawakamii*（卡瓦卡米氏烟草），暂置于 *Tabacum*（普通烟亚属）的 *N.* sect. *Tomentosae*（绒毛烟草组）。因此当时确定的烟属植物有 66 个种。

三、烟属新种的发现与命名

N. burbidgeae（巴比德烟草）来源于南澳洲的北部斯普林斯地区，1981 年 Horton 在修订《澳洲烟草》时提及收集到了一些 *N. benthamiana*（本塞姆氏烟草）的染色体数目发生变化的烟草，2n=42（*N. benthamiana* 2n=38），但当时未因这一细胞学的特征而确定为一个新种。Peter Ellis 进一步证实了这些 2n=42 的烟草是一个稳定的群体，而在形态学上也与 *N. benthamiana* 有着一些细微但却是本质上的区别，即 *N. burbidgeae* 与 *N. benthamiana* 除了在染色体数目上有差别外，形态学上不同之处在于茎杆较木质化，叶片多叶肉且无柄，花冠较大。1984 年 Symon 确定其为一个新种。

N. wuttkei（伍开烟草）原产于澳大利亚昆士兰州东北部地区，由 Clarkson 和 Symon 在 1991 年第一次公开描述。根据调查人所提供的描述，*N. wuttkei* 的形态学特征，类似于 *N.* sect. *Suaveolent*（香甜烟草）中包含非典型染色体数目 2n=28 的烟草种，而 *N. wuttkei* 的染色体数目被证实为 2n=32。*N. wuttkei* 成功地与 2n=32 的 *N. maritima*（海滨烟草）和 *N. velutina*（颤毛烟草）杂交。植物形态学特征与染色体配对特征表明，*N. wuttkei* 的亲源关系更接近于 *N. maritima*，但与 *N. maritima* 等亲源种不同的是：*N. wuttkei* 具有很多优良的抗病特征，抗多种烟草重要病害，如黑胫病、霜霉病、TSWV、PVY、TRV 等，具有较大潜在利用价值。

N. heterantha（赫特阮斯烟草）原产于西澳大利亚布鲁姆地区，1994 年由 Symon 公开描述，目前该种仅发现过两个混杂于牧草之中的种群。其外观特征较接近于 *N. rosulata*（莲座叶烟草Ⅰ）。染色体数 2n=48。

N. truncata（楚喀特烟草）是 Symon 于 1998 年描述并公开发表的一个种，该种的发现最早可追溯到 1955 年，是由 Ising 从混杂于 *N. simulans*（拟似烟草）的种子中分离纯化出来的。Robinson 在南澳大利亚库伯佩迪附近的一次荒漠生物资源调查中再次发现了 *N. truncata*，并意识到可能是一个新种。该种区别于其他种的显著特征是截平头的花萼略肉质，叶片无毛，成熟的蒴果类似于 *N. glauca*（粘烟草），染色体数 2n=36。

N. mutabilis（姆特毕理斯烟草）是由 Stehmann 于 2002 年描述的新种，来源于巴西南

部，该种区别于其他种的显著特征是花色由白色变为粉色或洋红色。在形态学特征上类似于 *N. forgetiana*（福尔吉特氏烟草），其区别在于花的裂片较浅，而且具有一个花色变化过程。

　　另外还有三个新种：*N. azambujae*（阿姆布吉烟草）发现于澳洲南部，1964 年由 Symon 描述；*N. paa*（皮阿烟草）是 20 世纪 70 年代在南美阿根廷发现的新种；*N. cutleri*（卡特勒烟草）是发现于南美西部玻利维亚的种，其典型特征有是黄绿色的花冠，由 Missouri 于 1976 年公开描述。

四、Sandra Knapp 对烟属中种的新划分

　　基于新种的发现及遗传学与形态学的研究进展，特别是 FISH（荧光原位杂交）和 GISH（基因组原位杂交）等现代分子生物技术在烟属分类上的使用，Knapp 提出了对烟属分类的新方法。新分类系统与原分类系统的主要差异体现在：

　　1）在 Knapp 的烟属划分方法中，淡化了亚属的概念；

　　2）将 Goodspeed 的分组 *N.* sect. *Repandae*（残波烟草组）和 *Nudicaules*（裸茎烟草组）合并为 *N.* sect. *Repandae*（残波烟草组），因为这两个组的质体和细胞核数据分析表明，它们具有相同的亲本，因此属于一个组；

　　3）将 *N.* sect. *Thrysiflorae*（拟穗状烟草组）与 *Undulatae*（波叶烟草组）合并为一个 *N.* sect. *Undulatae*（波叶烟草组）；

　　4）因 *N. sylvestris*（林烟草）基因组属多种异源多倍体，不同于其他的现存种，因此将其从 *N.* sect. *Alatae*（具翼烟草组）中分出，建立一个新组 *N.* sect. *Sylvestres*（林烟草组），即将林烟草种单独列为一组；

　　5）将 *N. nudicaulis*（裸茎烟草）由 *N.* sect. *Nudicaules*（裸茎烟草组）列入 *N.* sect. *Repandae*（残波烟草组）、将 *N. thrysiflora*（拟穗状烟草）由 *N.* sect. *Thrysiflorae*（拟穗状烟草组）列入 *N.* sect. *Undulate*（波叶烟草组）、*N. glauca*（粉蓝烟草）从 *N.* sect. *Paniculatae*（圆锥烟草组）调至 *N.* sect. *Noctiflorae*（夜花烟草组）、*N. glutinosa*（粘烟草）由 *N.* sect. *Tomentosae*（绒毛烟草组）调至 *N.* sect. *Undulatae*（波叶烟草组）；

　　6）新增 8 个种，分别为 *N. mutabilis*（姆特毕理斯烟草）、*N. azambujae*（阿姆布吉烟草）列入 *N.* sect. *Alatae*（具翼烟草组），*N. paa*（皮阿烟草）列入 *N.* sect. *Noctiflorae*（夜花烟草组），*N. cutleri*（卡特勒烟草）列入 *N.* sect. *Paniculatae*（圆锥烟草组），*N. burbidgeae*（巴比德烟草）、*N. heterantha*（赫特阮斯烟草）、*N. truncata*（楚喀特烟草）、*N. wuttkei*（伍开烟草）列入 *N.* sect. *Suaveolentes*（香甜烟草组）；

　　7）将 *N.* sect. *Trigonophyllae*（三角叶烟草组）由 1960 年合并而来的一个种（*N. trigonophylla*，三角叶烟草）重新拆分，并用种名 *N. obtusifolia* 替代了原名 *N. trigonophylla*，该组变为两个种（*N. obtusifolia*，欧布特斯烟草、*N. palmeri*，帕欧姆烟草）；

　　8）普通烟草组的写法由原先的 *N.* sect. *Genuinae* 改为 *N.* sect. *Nicotiana*。用 *N.* sect. *Polydicliae*（多室烟草组）替代了原组名 *N.* sect. *Bigelovianae*（毕基劳氏烟草组）。种名 *N. bigelovii*（Torrey）S. Watson（毕基劳氏烟草）改为 *N. quadrivalvis* Pursh（夸德瑞伍氏烟草）；

　　9）Burbidge 于 1960 年将 *N.* sect. *Suaveolentes*（香甜烟草组）中的 *N. stenocarpa* 改名

为 *N. rosulata*，Knapp 分类系统则分类为：*N. rosulata*（S. Moore）Domin（莲座叶烟草Ⅰ）和 *N. stenocarpa* H.-M. Wheeler（莲座叶烟草Ⅱ）；

　　10）将原先的 14 个分组整合为 13 个，种数由原 66 个增至 76 个。

　　Knapp 分类系统组的划分及其主要特性、典型种和原产地等详述如下，各组包含的种列于表 12-4。

1. *Nicotiana* sect. *Alatae* Goodsp.（具翼烟草组）

　　有丛枝花结形成的草本植物，叶无柄，带有多种性状的柔毛，茎上部少叶、形成的抱茎明显小于基部花结；花冠两侧对称、高脚杯状、绿色、白色或粉红到红色，花粉管在喉部有明显的膨大，裂片尖锐或钝圆；傍晚开花、白天枯萎，偶尔白天开花。

　　染色体数：n = 9，10。

　　典型种：*N. alata* Link & Otto。

　　原产地：墨西哥、乌拉圭。

2. *Nicotiana* sect. *Nicotiana*.（*Nicotiana* sect. *Tabacum* G. don）（普通烟草组）

　　茎粗大的草本或只有主茎的灌木；叶大、无柄或有宽大的翼状柄，被有粘性的绒毛；花冠近规则、高脚杯状、通常带有粉红色，从白色到红色都有；花粉管膨大，裂片尖锐；白天开花。

　　染色体数目：n = 24。

　　典型种：*N. tabacum* L. 。

　　原产地：安第斯山脉，全球都有分布。

3. *Nicotiana* sect. *Noctiflorae* Goodsp.（夜花烟草组）

　　一年生或多年生草本植物或小灌木；叶无柄或有柄，柔毛纤细到粘性的都有、通常带有一个白色的管状组织，边缘呈侵蚀状或卷曲；花冠规则，管状到高脚杯状，红色、黄色或白色，花粉管平直或顶端膨大，裂片通常呈圆形；白天或傍晚开花。

　　染色体数目：n = 12。

　　典型种：*N. noctiflora* Hook。

　　原产地：南美洲南部。

4. *Nicotiana* sect. *Paniculatae* Goodsp.（圆锤烟草组）

　　粗壮的草本植物或小树；叶有柄，通常带有短的柔毛；花冠管状、规则，绿色或黄色，花粉管平直，裂片小、圆形；白天开花。

　　染色体数目：n = 12。

　　典型种：*N. paniculata* L. 。

　　原产地：南美洲西部。

5. *Nicotiana* sect. *Petunioides* G. Don（渐尖叶烟草组）

　　一年生草本植物，偶尔在基部有一点木质；叶有柄或在茎顶部带有翼叶柄，带有粘性的柔毛；花冠规则或两侧对称，高脚杯状，白色，花粉管外表皮呈绿色或紫色，裂片尖锐；傍晚开花，花在白天也不明显枯萎。

　　染色体数目：n = 12。

　　典型种：*N. acuminate*（Graham）Hook。

　　原产地：美国西南部和南美洲南部。

6. *Nicotiana* sect. *Polydicliae* G. Don（N. sect. *bigelovianae* Goodsp.）（多室烟草组）

一年生草本植物；叶短有柄，茎上生的叶无柄，柔毛稀疏，通常稍带粘性；花冠规则，高脚杯状，白色，花粉管平直，裂片尖锐；傍晚开花。

染色体数目：n = 24。

典型种：N. *quadrivalvis* Pursh.

原产地：美国西南部和墨西哥。

7. *Nicotiana* sect. *Repandae* Goodsp.（N. sect. *Nudicaules* Goodsp.）（残波烟草组）

有花结形成的草本植物；叶片长、有柄或在花结上有翼状柄，带有纤细的柔毛，上部的茎生叶短小，有柄或提琴状、抱茎；花冠规则或稍有对称，管型—高脚杯状或高脚杯状，白色，花粉管有时非常细，裂片尖锐或圆形；花在白天或傍晚开放。

染色体数目：n = 24。

典型种：N. *repanda* Willd.。

原产地：美国西南部和墨西哥北部。

8. *Nicotiana* sect. *Rusticae* G. Don.（黄花烟草组）

粗壮的草本植物；叶有柄，柔毛浓密，呈粘性；花冠管状、规则或稍有对称，绿色或黄色，花粉管平直、短小，裂片尖锐；白天开花。

染色体数目：n = 24。

典型种：N. *rustica* L.。

原产地：安第斯山脉，世界各地都有分布。

9. *Nicotiana* sect. *Suaveolentes* Goodsp.（香甜烟草组）

有花结形成的草本植物，偶尔基部没有明显的花结；叶片无柄或带有翼状柄，、有粘性柔毛；花冠稍有对称或规则，高脚杯状，白色，花粉管平直或顶部膨大，裂片圆形；傍晚开花或不开花、闭花受精。

染色体数目：n = 16，18，19，20，21，22。

典型种：N. *suaveolens* Lehm.。

原产地：澳洲、新加勒多尼亚、纳米比亚。

10. *Nicotiana* sect. *Sylvestres* S. Knapp（林烟草组）

巨大的草本植物或小的灌木；叶片宽大，植株未成熟时，在基部形成花结，叶片无柄，带有翼状柄或耳状柄，带有粘性的柔毛；花冠规则，高脚杯状，白色，花粉管非常长，上半部分呈一端膨大的纺锤形，裂片尖锐；傍晚开花。

染色体数目：n = 12。

典型种：N. *sylvestris* Speg. & Comes。

原产地：安第斯山脉、玻利维亚阿根廷。

11. *Nicotiana* sect. *Tomentosae* Goodsp.（绒毛烟草组）

粗壮的、柔软木质灌木或小树；叶片宽大，有翼状叶柄，柔毛浓密，通常有点粘性；花冠对称，钟状至高脚杯状，红色到粉红色、暗白色，花粉管弯曲，裂片尖锐、稍呈圆形；白天开花或不完全的夜间开花、黎明也不枯萎。

染色体数目：n = 12。

典型种：N. *tomentosa* Ruia & Pav.

原产地：安第斯山脉、秘鲁阿根廷。

12. *Nicotiana* sect. *Trigonophyllae* Goodsp.（三角叶烟草组）

一年生或不完全多年生草本植物；叶片无柄，匙形，带有粘性柔毛，上部的茎生叶片抱茎；花冠规则，管状至高脚杯状都有，绿色至白色都有；白天开花。

染色体数目：n ＝ 12。

典型种：*N. teigonophylla* Dunal.。

原产地：美国西南部和墨西哥。

13. *Nicotiana* sect. *Undulatae* Goodsp.（*N.* sect. *Thrysiflorae* Goodsp.）（波叶烟草组）

草本植物到软木质小树都有；叶片大多数无柄到有柄，具有柔毛，通常有粘性；花冠对称或近规则，高脚杯状，黄色到粉红色或白色，花粉管平直或弯曲，裂片尖锐；白天开花。

染色体数目：n ＝ 12。

典型种：*N. undulate* Ruia & Pav.。

原产地：安第斯山脉、厄瓜多尔到玻利维亚。

表 12-4　Knapp 新分类系统对烟属的分组

组名	种名	配子染色体数
N. sect. *Nicotiana*.（普通烟草组）	*N. tabacum* L.（普通烟草）	24
N. sect. *Alatae*（具翼烟草组）	*N. alata* Link & Otto（具翼烟草）	9
	N. bonariensis Lehm.（博内里烟草）	9
	N. forgetiana Hemsl.（福尔吉特氏烟草）	9
	N. langsdorffii Weinm.（蓝格斯多夫烟草）	9
	N. longiflora Cav.（长花烟草）	10
	N. plumbaginifolia Viv.（蓝茉莉叶烟草）	10
	N. mutabilis Stehmann & Samir（姆特毕理斯烟草）●	9
	N. azambujae L. B. Smith & Downs（阿姆布吉烟草）●	?
N. sect. *Noctiflorae*（夜花烟草组）	*N. acaulis* Speg.（无茎烟草）	12
	N. glauca Graham（粉蓝烟草）	12
	N. noctiflora Hook.（夜花烟草）	12
	N. petuniodes（Griseb.）Millán.（矮牵牛状烟草）	12
	N. paa Mart. Crov.（皮阿烟草）●	12
	N. ameghinoi Speg.（阿米基诺氏烟草）	12
N. sect. *Paniculatae*（圆锥烟草组）	*N. benavidesii* Goodsp.（贝纳末特氏烟草）	12
	N. cordifolia Phil.（心叶烟草）	12
	N. knightiana Goodsp.（奈特氏烟草）	12
	N. paniculata L.（圆锥烟草）	12
	N. raimondii J. F. Macbr.（雷蒙德氏烟草）	12
	N. solanifolia Walpers（茄叶烟草）	12
	N. cutleri D'Arcy（卡特勒烟草）●	12
N. sect. *Petunioides*（渐尖叶烟草组）	*N. acuminata*（Graham）Hook.（渐尖叶烟草）	12
	N. attenuata Torrey ex S. Watson（渐狭叶烟草）	12
	N. corymbosa J. Remy（伞床烟草）	12
	N. linearis Phil.（狭叶烟草）	12
	N. miersii J. Remy（摩西氏烟草）	12
	N. pauciflora J. Remy（少花烟草）	12
	N. spegazzinii Milla'n.（斯佩格茨烟草）	12
	N. longibracteata Phil（长苞烟草）	12
N. sect. *Polydicliae*（多室烟草组）	*N. clevelandii* A. Gray（克利夫兰氏烟草）	24

续表

组名	种名	配子染色体数
N. sect. *Repandae*（残波烟草组）	N. *quadrivalvis* Pursh（夸德瑞伍氏烟草）	24
	N. *nesophila* I. M. Johnston（岛生烟草）	24
	N. *nudicaulis* S. Watson（裸茎烟草）	24
	N. *repanda* Willd.（残波烟草）	24
	N. *stocktonii* Brandegee.（斯托克通氏烟草）	24
N. sect. *Rusticae*（黄花烟草组）	N. *rustica* L.（黄花烟草）	24
N. sect. *Suaveolentes*（香甜烟草组）	N. *africana* Merxm.（非洲烟草）	23
	N. *amplexicaulis* N. T. Burb.（抱茎烟草）	18
	N. *benthamiana* Domin（本塞姆氏烟草）	19
	N. *burbidgeae* Symon（巴比德烟草）●	21
	N. *cavicola* N. T. Burb（洞生烟草）	20（23）
	N. *debneyi* Domin（迪勃纳氏烟草）	24
	N. *excelsior* J. M. Black（高烟草）	19
	N. *exigua* H. -M. Wheeler（稀少烟草）	16
	N. *fragrans* Hooker（香烟草）	24
	N. *goodspeedii* H. -M. Wheeler（古特斯比氏烟草）	20
	N. *gossei* Domin（哥西氏烟草）	18
	N. *hesperis* N. T. Burb.（西烟草）	21?
	N. *heterantha* Kenneally & Symon（赫特阮斯烟草）●	24
	N. *ingulba* J. M. Black（因古儿巴烟草）	20
	N. *maritima* H. -M. Wheeler（海滨烟草）	16
	N. *megalosiphon* Van Huerck & Miill. Arg.（特大管烟草）	20
	N. *occidentalis* H. -M. Wheeler（西方烟草）	21
	N. *rosulata*（S. Moore）Domin（莲座叶烟草Ⅰ）	20
	N. *rotundifolia* Lindl.（圆叶烟草）	22
	N. *simulans* N. T. Burb.（拟似烟草）	20
	N. *stenocarpa* H. -M. Wheeler（莲座叶烟草Ⅱ）	20
	N. *suaveolens* Lehm.（香甜烟草）	16
	N. *truncata* D. E. Symon（楚喀特烟草）●	18
	N. *umbratica* N. T. Burb.（荫生烟草）	23
	N. *velutina* H. -M. Wheeler（颤毛烟草）	16
	N. *wuttkei* Clarkson & Symon.（伍开烟草）●	14
N. sect. *Sylvestres*（林烟草组）	N. *sylvestris* Speg. & Comes（林烟草）	12
N. sect. *Tomentosae*（绒毛烟草组）	N. *kawakamii* Y. Ohashi（卡瓦卡米氏烟草）	12
	N. *otophora* Griseb.（耳状烟草）	12
	N. *setchellii* Goodsp.（赛特氏烟草）	12
	N. *tomentosa* Ruiz & Pav.（绒毛烟草）	12
	N. *tomentosiformis* Goodsp.（绒毛状烟草）	12
N. sect. *Trigonophyllae*（三角叶烟草组）	N. *obtusifolia* M. Martens & Galeotti（欧布特斯烟草）	12
	N. *palmeri* A. Gray（帕欧姆烟草）	12
N. sect. *Undulatae*（波叶烟草组）	N. *arentsii* Goodsp.（阿伦特氏烟草）	24
	N. *glutinosa* L.（粘烟草）	12
	N. *thrysiflora* Bitter ex Goodsp.（拟穗状烟草）	12
	N. *undulata* Ruiz & Pav.（波叶烟草）	12
	N. *wigandioides* Koch & Fintelm（芹叶烟草）	12

注：●表示新增加的种。

随着现代技术，特别是分子生物技术的广泛运用、人们对烟草的遗传性状和形态特征研究的不断深入和新种的陆续发现，使得 Goodspeed 烟属的经典分类标准受到了更多的考验，烟属的分类学研究又成为一个热点，进入一个诸多学说活跃的时期，这些观点在短时间内或许还难以统一。Sandra Knapp 提出对烟属分组的修改，更为合理地解释了烟属中种的来源和进化关系，但还需经过大量的研究与验证才能得到更为合理的命名与分类法则，特别是其对香甜烟草组中莲座叶烟草种的划分与 2004 年 Clarkson 报道的另一文献相左，似乎烟属分 13 个组含 75 个种的分类方法更为合理。

第三节　小　结

本章根据大量相关研究文献原文的翻译、整理工作，总结了目前最新的关于烟属起源、进化、分类研究进展，填补了国内相关领域的资料空白。主要内容如下：

1. 烟草起源的祖先

Goodspeed 认为烟草与夜香树和碧冬茄是姐妹系，Cestroid（类夜香树）和 Petunioid（类碧冬茄）为现代烟草祖先。而基于 DNA 序列的系统发育的多项研究都发现，现代烟草与澳洲土著植物 Anthocercideae（粘性雷花）亲缘关系更近，是姐妹系，而与夜香树和碧冬茄相去甚远。烟草可能起源于古粘性雷花植物类群。

2. 几个种的亲缘关系

依据分子系统发育学研究，发现 6 个种的亲缘关系与原学说有较大出入，它们是：*N. sylvestris* 与其他烟草亲关系较远，是现代多倍体烟草的祖先之一，因此从具翼烟草组（*N. sect. Alatae*）分出成为单独的林烟草组（*N. sect. Thyrsiflorae*）；*N. nudicaulis* 与波叶烟草组（*N. sect. Undulatae*）亲缘关系较远，而与残波烟草组（*N. sect. Repandae*）成员是姐妹种，因此将其划入残波烟草组；*N. glutinosa* 与 *N. thyrsiflora* 亲缘和波叶烟草组（*N. sect. Undulatae*）的成员更近一些，因些将其划入波叶烟草组（*N. sect. Undulatae*）；*N. Glauca* 与原圆锥烟草组（*N. sect. Paniculatae*）成员亲缘较远，应属夜花烟草组的成员；三角叶烟草组（*N. sect. Trigonophyllae*）并非只有一个种，分子进化研究显示，该组是由 *N. obtusifolia* 和 *N. palmeri* 这两个近缘种组成。

3. 烟草起源进化时间

利用 DNA 重组方程估计烟草物种的形成的时间，要追溯到 600 万至 1000 万年前。最年轻的双二倍体种 *N. tabacum*，*N. rustica* 和 *N. arentsii* 产生于 20 万年前；*N. clevelandii*，*N. quadrivalvis* 产生于约 100 万年前；*N. repanda*，*N. nesophila*，*N. nudicaulis*，*N. stocktonii* 则产生于约 450 万年前；而 *N. Suaveolentes* 组中最古老的多倍体种，产生于 1000 万年前，可能是起源于一个简单的多倍体。

4. 8 个新种的发现

在烟属定名 66 个种后，又陆续发现了 8 个新种，它们是：*N. burbidgeae*（巴比德烟草）、*N. wuttkei*（伍开烟草）、*N. heterantha*（赫特阮斯烟草）、*N. truncata*（楚喀特烟草）、*N. mutabilis*（姆特毕理斯烟草）、*N. azambujae*（阿姆布吉烟草）、*N. paa*（皮阿烟草）、*N. cutleri*（卡特勒烟草）。

5. 包含 13 个组，76 个种的新分类体系。

新分类体系收录了 76 个烟草自然种（新加 8 个种，并将 *N. trigonophylla*，和 *N. rosulata*，各拆分成两个种）；淡化了烟草的三个亚属的概念，根据亲缘关系直接划分为 13 个组。

参 考 文 献

任学良，李继新，李明海. 2007. 美国烟草育种进展简况. 中国烟草学报，6（13）：57—64.

苏德成，等. 2005. 中国烟草栽培学. 上海：上海科学技术出版社.

佟道儒. 1997. 烟草育种学. 北京：中国农业出版社：12—24.

王仁刚，王云鹏，任学良. 2010. 烟属植物学分类研究新进展. 中国烟草学报，16（2）：84—90.

Adams K. L., Wendel J. F. 2005. Polyploidy and genome evolution in plants. Curr. Opin. Plant Biol., 8；135—141.

Aoki S, Ito M. 2000. Molecular phylogeny of Nicotiana (Solanaceae) based on the nucleotide sequence of the matK gene. Plant Biology, 2：316—324.

Baldwin B G. 1992. Phylogenetic utility of the internal transcribed spacers of nuclear ribosomal DNA in plants：an example from the Compositae. Molecular Phylogenetics and Evolution，1：3—16.

Bennett，M D. 1995. The development and use of genomic in situ hybridization (GISH) as a new tool in plant biosystematics. In：Brandham P E, Bennett M D, eds. Kew chromosome conference IV. London：Royal Botanic Gardens, Kew：167—183.

Chase M W, et al. 2003. Molecular systematics, GISH and the origin of Hybrid Taxa in Nicotiana (Solanaceae). Annals of Botany, 92：107—127.

Clarkson J J, et al. 2004. Phylogenetic relationships in *Nicotiana* (Solanaceae) inferred from multiple plastid DNA regions. Molecular Phylogenetics and Evolution，33：75—90.

Clarkson J R, Symon D E. 1991. *Nicotiana wuttkei* (Solanaceae), a new species from north-eastern Queensland with an unusual chromosome number. Austrobaileya, 3：389—392.

Clarkson J. J., et al. 2010. Nuclear glutamine synthetase evolution in Nicotiana：Phylogenetics and the origins of allotetraploid and homoploid (diploid) hybrids. Molecular Phylogenetics and Evolution，55：99—11.

Clarkson J J, et al. 2005. Long-term genome diploidization in allopolyploid Nicotiana section Repandae (Solanaceae). New Phytologist，168：241—112.

Comai, L. 2005. The advantages and disadvantages of being polyploid. Nat Rev. Genet., 6：836—846.

Doyle J J. 1992. Gene trees and species trees：molecular systematics as one-character taxonomy. Systematic Botany, 17：144—163.

Flavell R. 1980. The molecular characterization of plant chromosomal DNA sequences. Annual Review of Plant Physiology, 31：56-596.

Franzke A，Mummenhoff K. 1999. Recent hybrid speciation in Cardamine (Brassicaceae) conversion of nuclear ribosomal ITS sequences in statu nascendi. Theoretical and Applied Genetics，20：831—834.

Gall J G, Pardue ML. 1969. Formation and detection of RNA-DNA hybrid molecules cytological preparations. Proc Natl Acad Sci USA，63 ：378—383.

Garcia V. F., Olmstead R. G. 2003. Phylogenetics of tribe Anthocercideae (Solanaceae) based on ndhF and trnL/F sequence data. Syst. Bot., 28，609—615.

Goodspeed T. H. 1954. The genus Nicotiana. Chronica Botanica, 16：1—536.

Horton P. 1981. A taxonomic revision of Nicotiana (Solanaceae) in Australia. Adelaide Bot. Gard, 3：1—56.

Intrieri M. C., Muleo R., Buiatti M. 2008. Phytochrome A as a functional marker of phyletic relationships in Nicotiana genus. Biologia Plantarum, 52 (1)：36—41.

Kenton A, et al. 1993. Characterization of the Nicotiana tabacum L. genome by molecular cytogenetics. Molecular and General Genetics, 40：159—169.

Kitamura S., et al. 2001. Relation ships among Nicotiana species revealed by the 5S rDNA space sequence and fluorescence in situ hybridization. Theor. Appl Genet. , 103, 678－686.

Knapp S, Chase M W, Clarkson J J. 2004. Nomenclatural changes and a new sectional classification in *Nicotiana* (Solanaceae) . Taxon, 53 (1): 73－82.

Kovarik A, et al. 2004. Concerted evolution of 18-5. 8-26S rDNA repeats in Nicotiana allotetraploids. Biological Journal of the Linnean Socity, 82: 615－625.

Laskowska D, Berbeć A. 2003. Preliminary study of the newly discovered tobacco species *Nicotiana wuttkei* Clarkson et symon. Genetic Resources and Crop Evolution, 50: 835－839.

Leitch J. , et al. 2008. The Ups and Downs of Genome Size Evolution in Polyploid Species of Nicotiana (Solanaceae). Annals of Boany, 101: 805－814.

Lim K Y, et al. 2000a. Molecular cytogenetic analyses and phylogenetic studies in the Nicotiana section Tomentosae. Chromsoma, 109: 245－258.

Lim YK, et al. 2000b. Gene conversion of ribosomal DNA in Nicotiana tabacum is associated with undermethylated, decondensed and probably active gene units. Chroosoma, 109: 161-172.

Marks C. 2007. Evolution of *Nicotiana* L. (Solanaceae) in Australia. Australian Systematic Botany Society Newslette, 130 (3): 4－6.

Olmstead R G, Palmer J D. 1991. Chloroplast DNA and systematics of the Solanaceae. In: Hawkes JG, Lester RN, Nee M, Estrada N, eds. Solanaceae III: taxonomy, chemistry, evolution. London: Royal Botanic ardens, Kew: 161－168.

Olmstead R G, et al. 1999. Phylogeny and provisional classi®cation of the Solanaceae based on chloroplast DNA. In: Nee M, Lester RN, Hawkes JG, eds. Solanaceae IV. London: Royal Botanic Gardens, Kew: 111－137.

Parokonny AS, et al. 1992a. Genomic divergence of allopatric sibling species studied by molecular cytogenetics of their F1 hybrids. Plant Journal, 2: 695－704.

Parokonny AS, et al. 1992b. Genomic reorganization in Nicotiana asymmetric somatic hybrids analysed by in situ hybridization. Pant Journal, 2: 863－874.

Parokonny AS, Kenton AY. 1995. Comparative physical mapping and evolution of the Nicotiana tabacum karyotype. In: Brandham PE, Bennett MD, eds. Kew chromosome conference IV. London: Royal Botanial Gardens, Kew: 301－320.

Soltis PS, Soltis DE. 1995. Plant systematics: inferences of phylogeny and evolutionary processes. Evolutonary Biology, 28: 139－194.

Stehmann J R, Semir J, Ippolito A. 2002. Nicotiana mutabilis (Solanaceae), a new species from southern Brazil. Kew Buletin, 57: 33, 639－646.

Symon D E. 1998. A new nicotiana (Solanaceae) from near coober pedy, South Australia. J Adelaid Bot Gard, 18 (1): 1－4.

Symon D E. 1994. A new species of *Nicotiana* (Solanaceae) from Dalhousie Springs, South Australia. Adelaideot Gard, 7 (1): 117－121.

Symon D E, Kenneally K F. 1994. A new species of Nicotiana (Solanaceae) form near Broome, Western Australia. Nuytsia, 9 (3): 421－425.

Tropicos. Missouri Botanical Garden. [2009-02-05]. http: //www. tropicos. org/name/29606668.

Tropicos. Missouri Botanical Garden. [2009-02-05]. http: //www. tropicos. org/Name/29607441.

Tropicos. Missouri Botanical Garden. [2009-02-05]. http: //www. tropicos. org/Name/29607441.

Volkov RA, et al. 1999. Elimination and rearrangement of parental DNA in the allotetraploid Nicotiana tabacum. Molecular Biology and Evolution, 16: 311－320.

第十三章 烟草种质资源管理系统操作手册

一、系统界面

1. 登陆界面

打开 IE 浏览器，在地址栏输入网址，则打开登陆界面，如下图：

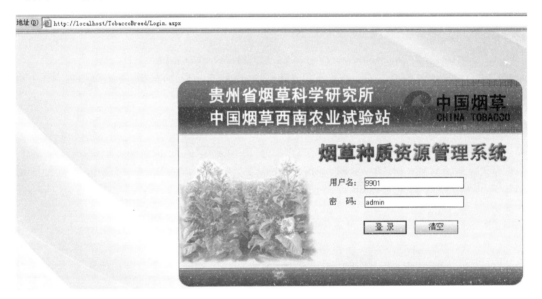

输入用户名和密码，点击［登录］按钮进入烟草种质资源管理系统，如果用户名和密码都输入错误，可点击［清空］按钮，然后重新输入。

2. 主界面

主界面最上栏是信息显示，左边是功能模块点击栏，最下栏是版权信息，中间是各功能模块操作栏。如下图所示：

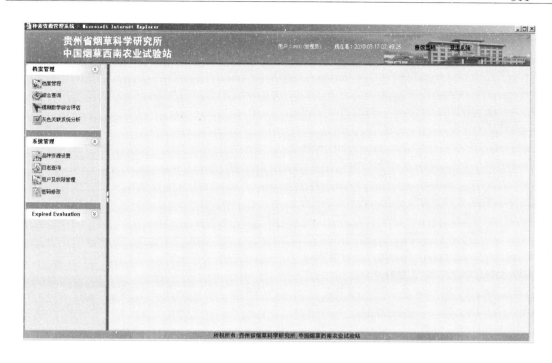

二、档案管理

1. 档案管理

在主界面下点击档案管理→档案管理，打开后可对档案信息进行查询、增加、删除、修改、刷新功能。如下图所示：

查询品种资源时，输入查询条件，再点击［查询］按钮即可找到相关信息。

新增一个品种资源档案，请点击［增加］按钮，系统打开新窗口进行输入，输入的指标项有 84 种，输入完成后点击［提交］按钮即可保存，如果不保存，点击［返回］按钮即可。如下图所示：

如某个品种资源档案有误，在查询出来的信息中勾选 1 个品种，再点击［修改］按钮，系统打开新窗口进行输入修改，修改的指标项有 84 种，输入完成点击［提交］按钮即可保存，如果不想保存，点击［返回］按钮即可。如下图所示：

如要删除某些品种资源档案，在查询出来的信息中勾选多个品种，再点击［删除］按钮即可删除品种资源档案。

2. 综合查询

在主界面下点击档案管理→综合查询，打开后可对品种资源的指标项进行组合查询。如下图所示：

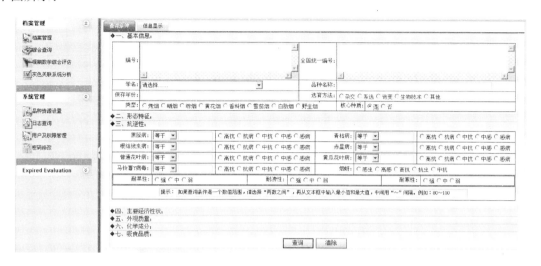

点击"一、基本信息"、"二、形态特征"、"三、抗逆性"、"四、主要经济性状"、"五、外观质量"、"六、化学成分"、"七、吸食品质"都能打开或关闭要查询的条件，在7大条件中输入想要查询的指标，然后点击［查询］按钮，即可显示查询到的内容。如下图所示：

基本信息	编号：001	全国统一编号：000001982	页码：yad	
	品种名称：测试	又名：	学名：Nicotiana petunioides	原产地：
	保存年份：	保存位置：	种子量：	原产地：
	选育单位：	选育方法：杂交	类型：烤烟	核心种质：是
形态特征	株型：塔形	株高：6.00 cm	茎围：12.00 cm	节距：4.00 cm
	自然叶数：6.00 片	最大叶长：24.00 cm	最大叶宽：7.00 cm	叶柄：76.00 cm
	叶形：椭圆	叶尖：钝尖	叶面：平	叶缘：平滑
	叶色：绿	叶片厚薄：薄	叶耳：无	叶片主脉：细
	茎叶角度：小	花序密度：松散	花序形状：球形	花色：白
	花冠长度：大	花冠直径：0.00	花萼长度：0.00	蒴果形状：卵圆形
	种子颜色：深褐色	千粒重：0.00	开花时间： 天	大田生育期： 天
抗逆性	黑胫病：18.00	青枯病：29.00	根结线虫病：23.00	赤星病：20.00
	普通花叶病：23.00	黄瓜花叶病：28.00	马铃薯病毒：2.00	烟蚜：感虫
	耐旱性：强	耐涝性：强	耐寒性：强	
外观	产量：15.00	上等烟率：7.00	中等烟率：10.00	桔烟比率：23.00
	原烟颜色：橘黄	原烟光泽：浓	原烟结构：疏松	原烟身份：稍厚
	原烟油分：多	原烟单叶重：0.00		
化学成分	总糖：13.00 %	还原糖：12.00 %	总氮：3.00 %	蛋白质：16.00 %
	烟碱：16.00 %	钾：10.00	氯：27.00	焦油：0.00 mg/支
	烟气烟碱：0.00 %	糖碱比：2.00	钾氯比：14.00	两糖比：19.00
	氮碱比：19.00	施木克值：1.00		

如有多条记录，请点击"首页"、"上页"、"下页"、"末页"图片即可看相关内容。如要对查询出来的内容输出，请点击［打印］按钮。

3. 模糊数学综合评估

在主界面下点击档案管理→模糊数学综合评估，打开后可对品种资源的指标项进行模糊数学综合评估。如下图所示：

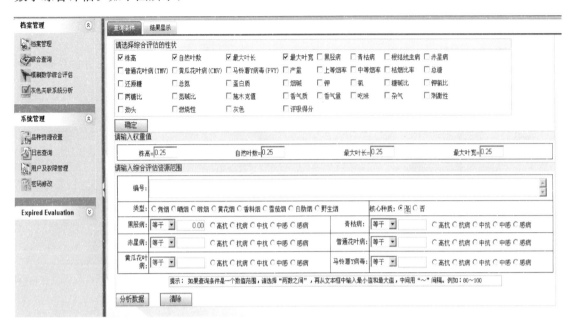

先选择"综合评估的性状"，点击［确定］按钮，输入权重值，再输入"综合评估资源范围"，如果之前的选择或输入出错，请点击［清除］按钮，想要综合评估值请点击［分析数据］按钮，即可得到综合评判值。如下图所示：

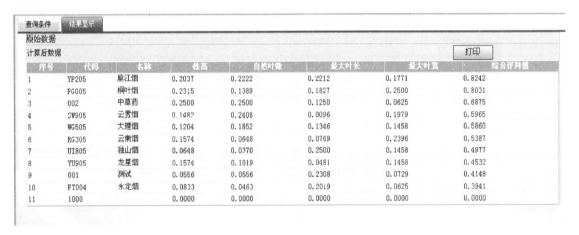

4. 灰色关联系统分析

在主界面下点击档案管理→灰色关联系统分析，打开后可对品种资源的指标项进行灰色关联系统分析。如下图所示：

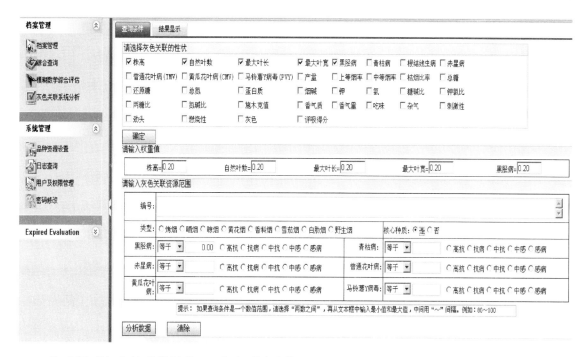

先选择"灰色关联的性状",点击[确定]按钮,输入权重值,再输入"灰色关联资源范围",如果之前的选择或输入出错,请点击[清除]按钮,想要灰色关联系统分析的值请点击[分析数据]按钮,即可得到加权关联度的评估值。如下图所示:

序号	代码	名称	株高	自然叶数	最大叶长	最大叶宽	黑胫病	加权关联度
1	1000		0.1871	0.1871	0.1871	0.1871	0.2000	0.9484
2	YP205	麻江烟	0.1975	0.1985	0.1984	0.1961	0.1415	0.9319
3	002	中草药	0.2000	0.2000	0.1933	0.1902	0.1415	0.9250
4	FG005	桐叶烟	0.1990	0.1941	0.1964	0.2000	0.1137	0.9031
5	FT004	永定烟	0.1912	0.1894	0.1974	0.1902	0.1234	0.8915
6	UI805	独山烟	0.1903	0.1889	0.1944	0.1944	0.0983	0.8719
7	WG505	大理烟	0.1931	0.1965	0.1938	0.1944	0.0866	0.8644
8	YU905	龙里烟	0.1950	0.1921	0.1894	0.1944	0.0892	0.8603
9	001	测试	0.1898	0.1898	0.1989	0.1907	0.0892	0.8585
10	SW905	云雾烟	0.1945	0.1995	0.1876	0.1972	0.0753	0.8541
11	RG305	云南烟	0.1950	0.1903	0.1909	0.1994	0.0667	0.8423

三、系统管理

1. 品种资源设置

在主界面下点击系统管理→品种资源设置,打开后可对品种资源的多种指标项进行增加、删除、修改功能。其作用是在档案输入时减少出错的可能,规范数据格式,也是品种资源的数据字典。如下图所示:

在进行增加、删除、修改操作时，必须先在左边树形中选择最小层指标，在中间栏会显示已经有的指标内容。

增加新指标项时，请点击［增加］按钮，在右边栏录入代码、名称，点击［提交］按钮即可实现保存功能。

修改指标项时，在中间栏勾选要修改的指标，点击［修改］按钮，在右边栏录入代码、名称，点击［提交］按钮即可实现保存功能。

删除指标项时，在中间栏勾选要删除的多项指标，点击［删除］按钮即可实现对品种资源指标字典功能。

2. 日志查询

在主界面下点击系统管理→日志查询，打开后可对操作本系统的所有情况进行查询，以便对操作员进行监督。如下图所示：

选择日期段、选择模块名称、输入操作内容或工号，点击［查询］按钮即可看到在指定时间段内软件的操作情况。

3. 用户及权限管理

在主界面下点击系统管理→用户及权限管理，打开后可实现对用户管理、组管理、用户归属组、组权限设置功能，同一用户可属于多个组。如下图所示：

您当前的位置：系统管理→用户及权限管理

用户信息　组信息　用户所属组　组权限

| | | | | | | 增加 | 禁用 | 修改 | 刷新 |

选择	代码	工号	中文名	部门名称	到期日期	状态
☐	0014	9901	管理员	信息中心	2023-12-31	启用
☐	0015	9902	张华达		2011-01-25	启用

☑ 启用信息　☐ 禁用信息　　共 2 行记录　◄◄ ◄ [1/1] ► ►►　每页显示 20 行记录　页码 ☐ 转到

（1）用户信息管理

　　新增一个操作员用户时，请点击［增加］按钮，系统打开新窗口进行输入，输入相关信息后，点击［提交］按钮即可保存，如果不想保存，点击［返回］按钮即可。如下图所示：

用户信息 -- 网页对话框　　　　　　　　✕

用户信息增加　　　　　　　　　　　　提交　　返回

用户代码：　0016　　　　　工　号：　☐

中文名：　☐　　　　　　　终止日期：　2011-03-17

所属部门：　☐　　　　　　使用状态：　◉ 启用　○ 禁用

初始密码：　☐

确认密码：　☐

　　如果某个操作员信息有误，在用户信息显示中勾选要修改用户，点击［修改］按钮，系统打开新窗口进行修改输入，输入相关信息后，点击［提交］按钮即可保存，如果不想保存，点击［返回］按钮即可。如下图所示：

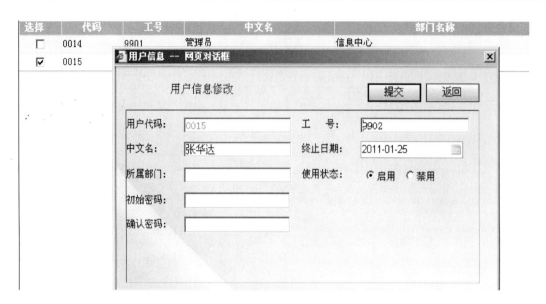

如某些用户不允许使用本系统时，在用户信息显示中勾选不允许使用的用户，点击［禁用］按钮即可实现。

（2）组信息管理

新增一个组时，请点击［增加］按钮，在中间栏进行输入相关信息后，点击［提交］按钮即可保存。

如果某个组的描述有误，在左边栏勾选对应的组，点击［修改］按钮，在中间栏进行输入相关信息后，点击［提交］按钮即可保存。

如某些组不能使用时，在左边栏勾选对应的组，点击［禁用］按钮即可实现。

右边栏显示的内容为本组内有哪些用户存在。如下图所示：

（3）用户所属组管理

在左边栏勾选相应的用户信息，右边栏会显示当前用户所在的组，在右边栏勾选想归属的组，点击［提交］按钮即可实现保存。一个用户可归属到多个组中。如下图所示：

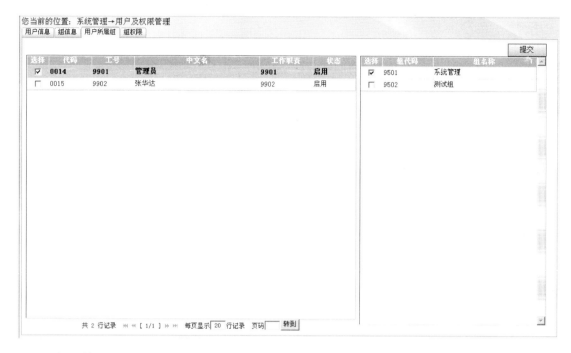

（4）组权限管理

在左边列表中选择相应的组，再选择主菜单内容，即可看到当前组能使用的功能模块情况，如果要设置组权限，请在右边栏中勾选相应模块及功能，点击［提交］按钮即可对组权限设置的进行保存。如下图所示：

4. 密码修改

在主界面下点击系统管理→密码修改，打开后可实现操作员修改密码，防止操作密码泄露的情况下进行的处理。如下图所示：

　　输入原密码，再输入新密码和新密码确认，确定修改点击［确定］按钮，不想修改密码点击［取消］按钮。